唱個山歌甩過來
——桑植民歌精粹

侯碧云 任重 主编

桑植民歌——
国家非物质文化遗产
各族人民用岁月写就的『诗经』
响彻世界的声音

CHANG GE SHAN GE SHUAI GUO LAI

沈阳出版发行集团
沈阳出版社

图书在版编目(CIP)数据

唱个山歌甩过来:桑植民歌精粹 / 侯碧云,任重主编. -- 沈阳 : 沈阳出版社,2019.4
 ISBN 978-7-5441-6969-1

Ⅰ. ①唱… Ⅱ. ①侯… ②任… Ⅲ. ①民歌-作品集-桑植县 Ⅳ. ①I277.264.4

中国版本图书馆 CIP 数据核字(2019)第 056697 号

出版发行:沈阳出版发行集团 | 沈阳出版社
（地址:沈阳市沈河区南翰林路 10 号　邮编:110011）

网　　　址:http://www.sycbs.com
印　　　刷:长沙市精宏印务有限公司
幅面尺寸:170mm×240mm
印　　　张:31.25
字　　　数:400 千字
出版时间:2019 年 6 月第 1 版
印刷时间:2019 年 6 月第 1 次印刷
选题策划:张晓薇
责任编辑:杨敏成
封面设计:潇湘悦读文化研究会
版式设计:湖南知新集团新湖湘文艺书局
责任校对:张　晶
责任监印:杨　旭

书　　　号:ISBN 978-7-5441-6969-1
定　　　价:150.00 元

联系电话:024-24112447
E － mail:sy24112447@163.com

本书若有印装质量问题,影响阅读,请与出版社联系调换。

《唱个山歌甩过来——桑植民歌精粹》

编 委 会

总 编 审：李启明　赵宾儒
编　 审：李法龙
学术顾问：尚立昆　黄新平
主　 编：侯碧云　任　重
副 主 编：尚生武　汪吉山　吴光辉
编　 委：蔡和平　李德鑫　彭　洁　陈　颉
　　　　　　谷　瑶　尚艳丽　王海春　彭　丹
　　　　　　钟桂萍　甄　崴　马　宁
封面题字：王　杰

响彻世界的声音

《唱个山歌甩过来——桑植民歌精粹》代序

陈友材

对桑植这块土地我一直满怀感情。二十多年前，我曾在那里工作生活了一段时间，第一次听到桑植民歌是在一个叫彭家台的偏远村寨，一位尘灰满面的石匠，在夕阳里的树荫下，哼唱着那似曾熟悉的声音，嗓音醇厚，旋律优美，让我深深感动。桑植民歌以这样的方式第一次走进我的心灵，从此一发不可收拾。这些裹挟着岁月痕迹和历史回响的声音里，浓缩着生活在这块土地上人们的全部情感。桑植民歌从泥土中破茧而出，带着最初的芬芳，嘹亮婉转了千年。她从娄澧大地出发，一直走到维也纳金色大厅。毫不夸张地说，这是生于斯长于斯的祖辈们在人世间传唱的最为动听的声音，这也是偏处一隅的桑植人民对中国民歌的不朽贡献。

发端于八大公山的澧水和一路奔腾的娄水是横贯桑植的两条大动脉，也是桑植的母亲河，由她所滋养的3474平方公里的土地，正是桑植民歌发展壮大和生生不息的土壤。桑植民歌从先民们刀耕火种的辛勤劳作中孕育生长，从土家、白、苗等各族儿女跋山涉水的艰苦历程中交融勃发，从红军时代炮火连天的激情岁月中焕发新意。作曲家彭梦麟说，桑植民歌是泥巴里长出来的，是山民包谷酒里泡出来的，是火塘里的烟蒐里熏出来的，是么姑儿们伴嫁时哭出来的，是从情郎情姐儿的对歌声里骂出来的，是土司招神送鬼的牛角号里吹出来的。是的，桑植每一条溪流的叮咚声里都流淌着经久不绝的民歌，每一个山头的缕缕清风中都回荡着悦耳动听的山歌。从武陵大地泥土中迸发出来的民歌，直抵内心，触碰灵魂。面对"歌的海洋"，我们不由得感叹创作者们的伟大。艰难困苦的生活没有抑制住艺术创造的激情，或许是贫穷创造了这"溢彩

流光的金色旋律"。苦难,往往会成就另一种辉煌。

桑植民歌是世居于此的各族儿女用岁月写就的"诗经"。一山一俗,一水一音,其赋比兴手法的纯熟运用和衬词衬腔的广泛使用,使其在叙情言志、揭示人物内心世界等方面达到了臻美的艺术境界。特别是那些具有强烈远古遗风色彩的傩腔、薅草锣鼓等歌谣,更被称为是"中国历史上延续时间最长,内容最复杂的文化之一"。关于桑植民歌的艺术特性、演唱技法和社会价值已被人们从不同层面反复探析,形成了系列专业理论研究成果。在2300多首桑植民歌中,最动人心魄的应该是那些占据大量篇章的情歌,它将人类最基本的情感反复咏叹,形成经典。那些或直抒胸意,或婉约悠长的情歌,唱断了溇澧儿女万千柔肠,唱尽了数辈人的思念怀想。

"韭菜开花细茸茸,有心恋郎不怕穷,只要二人情意好,冷水泡茶慢慢浓。"(《冷水泡茶慢慢浓》)

"麻风细雨不离天,麻雀不离屋檐边,燕子不离天楼板,情哥不离姐面前。"(《咕噜噜呱啦啦》)

"板栗开花一条线,去年想你到今年。去年想你犹自可,今年想你没种田,耽误阳春大半年。"(《板栗开花一条线》)

"姐儿门前一树槐,手攀槐树望郎来;娘问女儿望什么,我望槐花几时开。"(《我望槐花几时开》)

我相信,在这些穿越千年风霜的动人情歌声里,一定会有那痴情女子凝望的双眸。即使容颜迟暮,地老天荒,也一定会化作守望的姿态,凝固在岁月的风尘里。

桑植是湘鄂边、湘鄂西、湘鄂川黔革命根据地的策源地和中心地,是中国工农红军第二方面军长征出发地。在风起云涌的二十世纪初,桑植被推到了历史舞台的前沿,从而开启了它在中国革命史上抒写波澜壮阔历程的序章。这段红色记忆,也造就了桑植民歌的升华。这一时期涌现出来的民歌作品,慷慨豪迈与儿女柔情交织融合,既有视死如归的革命乐观主义,也有眷念不舍的军民鱼水情。

"一更月儿圆,姐妹们坐灯前,翻开麻篮抽根线,做双鞋子红军哥哥穿;飞针又走线,越做心越甜,红军哥哥是针,我们是线,红军哥哥引路,我们永向前。"(《做军鞋》)

桑植民歌的巅峰之作《马桑树儿搭灯台》，正是诞生于这一特殊历史时期，历经多次改编而韵味未变，被誉为"金色的旋律"。

"马桑树儿搭灯台，写封书信与姐带，郎去当兵姐在家，我三五两年不得来，你个儿移花别处栽。马桑树儿搭灯台，写封书信与郎带，你一年不来我一年等，你两年不来我两年挨，钥匙不到锁不开。"

今天，重温这些红色歌曲，我们仍然能够感受到那分由婉约温柔与壮烈豪放谱写的动人情怀。由此，它也成了桑植民歌中最为光彩夺目的一页。

桑植民歌以它特有的魅力为世人了解桑植展现了一个绚丽多姿的"文化窗口"，也为桑植提供了一个登高远望拥抱世界的舞台，当娄菊香、尚立顺、尚生武、向佐绒、黄道英等一代代民歌手走出大山，为党和国家领导人激昂高歌时，当旋律回荡在维也纳金色大厅时，便注定桑植民歌属于世界。因此，我们更有理由和责任让生长桑植民歌的土地更加肥沃丰实，让这面文化旗帜继续高扬，让这一国家级非物质文化遗产更加熠熠生辉。

"却顾所来径，苍苍横翠微。"回望来路，我们已记不起是谁唱响了桑植民歌的第一声。历史可以留下空白，但无数个桑植民歌的原创者们不应被忘记。桑植民歌是他们用全部情感和心血创作的最朴实无华浑然天成的音乐经典，是值得我们永远守望的精神家园。我们相信，桑植民歌的每一个音符都会跳跃着先辈们最初的心跳，延续千年仍然澎湃你我。因此，唱桑植民歌要有一颗虔诚感恩的心，感谢最伟大的先民们为后代子孙留下的宝贵精神宝藏。

当前，全国上下正全力决战脱贫攻坚，作为全省扶贫工作的主战场，桑植正处于决胜全面小康的关键时期。扶贫也需要文化力量的助力，而作为"文化名片"的桑植民歌，完全可以肩负起文化的责任，放声讴歌我们伟大时代，让桑植动听的声音响彻世界。

2018年11月.长沙

（陈友材，湖南省原文化厅非遗处处长、中华人民共和国驻瑞典王国大使馆参赞）

目 录

代序

响彻世界的声音 ………………………………………………… 陈友材　001

第一篇　高山放歌——山歌

唱个山歌甩过来 ………………002	风吹头发盖眉毛 ………………016
哎咳哎山歌 ……………………003	柑子树上开白花 ………………016
白鹤起翅腿腿儿长 ……………003	高山高岭逗风凉 ………………017
白岩脚下桂花开 ………………004	高山高岭种苦荞 ………………017
板栗开花一条线 ………………005	高山砍柴不用刀 ………………018
棒棒儿捶在岩板儿上 …………006	高堂瓦屋一口印 ………………019
背起锄头上蕨山 ………………006	哥招手妹点头 …………………020
不为冤家不得来 ………………007	歌师唱歌好口才 ………………020
不用风吹自团圆 ………………008	隔河梦见郎上街 ………………021
布谷 ……………………………008	跟着月亮去看郎 ………………022
菜子开花结成球 ………………009	古怪歌 …………………………022
唱歌要从心里来 ………………010	好歌唱来好歌还 ………………023
唱个山歌难起头 ………………010	好猪草 …………………………023
唱个山歌探妹心 ………………011	好郎好姐不用媒 ………………024
车子不纺线不紧 ………………011	何日得团圆 ……………………024
朝看日头夜看星 ………………012	河边杨柳细条条 ………………025
除非阎王把簿勾 ………………012	花园难舍我又来 ………………025
大河涨水小河流 ………………013	话到嘴边口难开 ………………026
大姐上四川 ……………………013	怀里揣着蜜一坨 ………………026
嗯嗯歌 …………………………014	讲起恋郎真艰难 ………………027
风吹荷叶自团圆 ………………015	叫我唱歌就唱歌 ………………027

姐牵情丝把郎缠	028	天下只有和为贵	050
九岭十八岗	029	桐子开花坨打坨	051
砍条大路歌就来	030	土家吹起木叶歌	051
口对口来心对心	031	五句歌儿不打难	052
郎姐相伴早有缘	031	犀牛望月姐望郎	053
郎在高山唱山歌	032	小菜歌	053
老板我儿死对头	033	小妹站在青竹林	054
冷水泡茶慢慢浓	033	小小夫妻学裁缝	054
恋郎要恋鸭客郎	034	小小幺姑爱坏人	055
两朵鲜花一样红	034	言语粗糙莫捡过	056
路程远哒难得来	035	岩板刻字万万年	056
妹疼皮肉哥疼心	035	幺姑选婆家	057
麦草帽儿十八转	036	幺妹儿泪满腮	057
摸到枕头喊情哥	037	夜打登州小罗成	058
莫把姣姣累成痨	037	一对阳雀儿树上跹	058
难为姐做鞋	038	一朵映山红	059
你唱花花儿我来解	039	一个鸡公五色毛	060
你歌没得我歌多	040	有事作个无事待	060
坡前坡后讨口粮	040	有心哪怕千里路	061
青布围裙挑白花	041	又有好久没唱歌	061
情妹想哥想成痨	041	远看大姐扯猪草	062
赛过黄莺画眉音	042	月亮出来亮堂堂	062
三蔸杉树并排栽	043	远看大姐穿身蓝	063
筛子关门眼睛多	043	越打越团圆	064
山歌不唱怅满怀	044	站到江边凑人多	064
山歌不唱冷秋秋	045	这山没得那山高	065
山歌不唱满起怀	046	真的舍不得	066
山歌不唱忘记多	046	转来好像鹞子飞	066
山歌越唱越快活	047	捉鸡	067
上坡不起腿无力	047	啄梆歌（一）	067
太阳出来柿树青	048	啄梆歌（二）	068
太阳出来四山红	048	自从没到郎一堆	068
太阳出来照白岩	049		
太阳图	050		

第二篇　澧水情思——小调

挨姐坐到好喜欢…………………070
八马四季红……………………070
八件宝物………………………071
八十岁公公何须忙………………072
斑鸠打架为争窝…………………072
芭蕉树上挂红灯…………………073
包谷煮酒醉情人…………………074
补来补去又团圆…………………074
苞谷秆秆节节多…………………075
不要媒人配成亲…………………075
不成品对莫勉强…………………076
不要一心挂两头…………………077
唱得小妹走拢来…………………077
唱个歌儿不打难…………………078
车车儿歌………………………078
扯猪草…………………………079
虫虫儿飞………………………080
枞树开花一包针…………………080
搭亲家…………………………081
打鱼歌…………………………082
大采茶歌………………………083
大十杯酒………………………084
大田栽秧行对行…………………085
单身苦…………………………085
单问情哥几时来…………………086
倒采茶…………………………087
灯草开花黄………………………088
嘀咯儿调………………………088
丢姐只为听闲言…………………089
东家吃米我吃糠…………………090
嗯嗯调…………………………090

二人同穿一双鞋…………………091
二十七八未嫁人…………………091
柑子树上吊金钱…………………093
高山顶上鸟啄岩…………………093
哥哥来取鞋………………………094
哥哥去砍柴………………………094
哥学郎中入了迷…………………095
歌师唱歌闹仙台…………………096
歌师傅来老仙台…………………097
隔河望见一枝花…………………098
咕噜噜呱啦啦……………………098
薅黄瓜…………………………099
好花一朵满屋香…………………099
好汉难打脱身拳…………………100
好酒打开满屋香…………………101
好玩不过少年郎…………………101
何不开笼早放雀…………………102
何日与妹得团圆…………………102
花大姐…………………………103
画十花…………………………104
槐树花花儿香……………………105
回娘家…………………………106
娇女儿要看娘……………………107
姣姣长成人………………………108
接郎接到八里山…………………109
姐穿花衣逗小郎…………………109
姐儿灯下绣荷包…………………110
姐儿门前两朵花…………………111
姐儿门前一菜园…………………111
姐儿门前一树桃…………………112
姐是天上伴月星…………………113

解十花……………………………114	情姐门前一条坡…………………136
解十梦……………………………115	穷快活……………………………137
九连环……………………………116	去哒去哒又转来…………………138
看花容易绣花难…………………116	三个斑鸠飞过湾…………………138
狂风打动树枝摇…………………117	人生残疾是前缘…………………139
来客杀鸡…………………………118	三送郎……………………………139
懒人愁……………………………118	三根丝线三尺长…………………140
烂衣补成花老虎…………………119	三月桃花一样红…………………141
郎不丢来姐不丢…………………119	桑木扁担软溜溜…………………142
郎从门前过………………………120	山伯访英台………………………143
郎打网来姐搬罾…………………120	上金寨……………………………144
郎从哪里来………………………121	上坡不起慢慢悠…………………145
郎跟姐拜年………………………122	上四川……………………………145
老鸹要叫让它叫…………………122	十爱………………………………146
郎在山上砍炭柴…………………123	十把扇子…………………………147
擂擂歌……………………………123	十二月探郎………………………148
恋姐只要嘴巴乖…………………124	十画古人…………………………149
恋郎要恋胡子郎…………………124	十剪………………………………150
凉风绕绕听不明…………………125	十七十八在娘家…………………151
六劝郎……………………………125	十七十八正好玩…………………151
明朝又来啄………………………126	十劝姐……………………………152
南京城里雪花飘…………………127	十绣………………………………153
你天晴落雨莫出来………………127	十要………………………………154
你永远是我心上人………………128	十月逢春好唱花…………………155
牛栏门前倒瓢糠…………………129	十月怀胎（一）…………………156
扭捏歌……………………………129	十月怀胎（二）…………………157
女儿长成人………………………130	十月霜打花才开…………………158
盘歌………………………………131	十月望郎…………………………159
偏坡莫挖蔸………………………131	时刻挂念在心中…………………159
盘花歌……………………………132	时刻把姐挂心怀…………………160
螃蟹歌……………………………133	手拿扇子把门敲…………………161
巧送鞋……………………………134	梳妆台上懒照颜…………………161
俏白尼……………………………134	数数歌……………………………162
情姐门前一田秧…………………135	水深自有渡船人…………………162
情哥只为小乖乖…………………136	水晶花儿开………………………163

004

睡告告	164	小郎恋姐费尽心	190
四川下来墩墩儿岩	165	小郎相亲	191
四季鸟儿广又广	165	小十二时（一）	192
四季望郎	167	小十二时（二）	193
四季想郎	168	小小柴棚出孟姜	194
四月探郎	168	心事肚里咽	195
送郎打泼灯	169	新打班船儿两头翘	196
送郎好凄惶	170	绣荷包	197
送郎送到篾竹湾	170	绣花鞋	198
太阳出来晒山坡	171	绣香袋	198
太阳出来柿树青	172	许郎歌	199
太阳出来照白岩	172	雪见太阳一场空	200
探妹歌	173	雪天吹大风	200
天上乌云十八排	174	呀嗬歌	201
同天共日头	174	摇篮曲	201
弯大哥	175	洋芋歌	202
望郎歌	176	一个姐儿想十郎	203
问郎几时来	177	一个雀儿一个头	204
我把酒儿对郎斟	177	一更里	205
我唱盘歌你解答	178	一心回去学种田	205
我的对对儿	179	影身挂到心里边	206
我劝哥哥莫赌博	180	与姐送东西	207
我望槐花几时开	180	愿舍皮肉不舍郎	208
我要和你结姊妹	181	月月思亡妻	209
五更里五柱香	182	栽花莫栽映山红	210
五更月儿	184	长工歌（一）	211
五绣	185	长工歌（二）	212
洗茼蒿	185	正月子儿飘	212
下河陪到姐洗衣	186	只动木叶不用媒	213
下象棋	187	只为情姐住高山	213
相亲相爱永不分	187	只为一颗米	214
想坏姐来想坏郎	188	自从你走后	214
想起单身好伤心	189	**捉螃蟹**	**215**
小放羊	189		
小郎打单身	190		

005

第三篇 花山风韵——灯调

（一）花灯调

拜码头……………………217
蚌壳灯调……………………217
本是一块盖面肉……………218
采茶…………………………219
采花歌………………………220
踩不断的铁板桥……………222
唱个金鸡配凤凰……………222
朝拜老爷来…………………223
灯从何处生…………………224
等待郎回家…………………224
对门一枝花…………………225
独占花魁……………………226
放风筝………………………227
高山顶上一树桐……………227
姑嫂去烧香…………………228
观灯调………………………229
海棠花花儿红………………229
害奴一世怎下场……………230
红绣鞋………………………230
和合二仙下天台……………231
花不逢春蜂不来……………231
花灯儿花朵开………………232
花灯玩进屋…………………232
花灯越玩越有劲……………233
花树缠我我缠他……………233
话到嘴边口难开……………234
叫得奴家好痛心……………235
叫声哥哥你莫愁……………237
金童玉女下凡来……………237
金童玉女出天庭……………238

开台词………………………238
梁山调………………………239
琉璃灯盏堂前挂……………240
满江红………………………240
梅花朵朵红…………………241
蜜蜂调………………………242
莫学干溪水断流……………242
莫学花椒黑了心……………243
哪里顺风哪里去……………243
闹花灯………………………244
闹五更（一）………………244
闹五更（二）………………247
娘试女………………………248
掐菜苔………………………250
贫家冷水泡浓茶……………251
千朵万朵红花开……………251
芹菜韭菜栽几行……………252
清早起来不梳妆……………253
请七姑娘……………………254
人到世上要谦和……………255
如今的后生多"雀宝"………256
上走云南下走川……………257
山坡路又荒…………………257
十爱…………………………258
十八哥哥不载财……………259
十杯酒………………………260
十打…………………………263
十二月相思…………………264
十劝郎………………………265
十想…………………………267
十绣…………………………268

思念在心怀……270	小四景……304
四打……271	谢台词……305
四季花儿开……272	新打船儿跟江划……305
四季相思……273	杏元和番去……306
不谢东君谢谁家……276	要想恋姐莫怕死……306
送夫君……277	雪花飘……307
送情人……278	一把扇子二面花……308
苏州打货……280	一朵莲花开……308
太阳出来照梭罗……281	一团喜气从天降……309
天上无油月自亮……282	迎接女娇娥……310
跳出天罗……283	有心恋郎不嫌贫……311
跳粉墙……285	虞美人……312
铜钱歌……287	与姐下盘棋……314
玩灯好热闹……288	鸳鸯闪翅飞……315
玩花灯……289	长龙出峡浪上标……316
未必男女讲不得话……290	正月好唱一抹光……317
蚊虫闹嗡嗡……292	正月开的迎春花……318
梧桐开花一口钟……294	正月是新年……319
五更鼓儿敲……294	只爱姐儿好人才……320
五炷香……296	走进门来喜洋洋……320
五更思郎……297	走到天外也回来……321
先梳头来后插花……298	
鲜花调……298	(二) 车车灯
苋菜红来韭菜青……299	车车灯两块牌……322
闲来无事上山坡……300	车车灯是个怪……322
小尼姑思春……301	出灯调……323
小女婿……302	坡脚一书生……323
想当初……303	荷花开满塘……324

第四篇　生命之歌——劳动号子

(一) 劳动号子	打飞硪……328
扯炉歌……327	打铁歌……329

澧水船工号子……330	千万不能扯拗拔……347
溇水桨号子……333	巧木匠……348
撬岩号子……334	桑木叶子……348
挑担号子……335	数板……349
岩工号子……336	唢呐腔……350
摇橹号子……337	太阳出来照四方……351
	天色黑了我不忙……352
（二）薅草锣鼓	下田歌……352
半声……338	小午时中……353
参神请神……339	歇稍歌……354
短声……340	幺板……354
反哒串……340	阳雀子归归阳……355
裹小脚……341	要吃烟和茶……355
黄罗花儿……342	一树花儿鲜……356
黄罗伞儿……343	有钱莫讨后来娘……357
姐绣花……344	正板……358
路边黄花开……345	中间薅起蛾眉月……359
起板……346	走姐房中过……360

第五篇　多姿多彩——风俗礼仪歌

（一）哭嫁歌	妹哭姐……373
伴嫁歌……362	娘哭女……374
爹娘恩怎报答……363	陪十姊妹……375
红白喜事问答歌……364	上头歌……376
哭爹娘（一）……365	上头姐回新嫁娘词……377
哭爹娘（二）……366	赞词板……378
哭娘……368	祝词板……378
哭上头人……369	
哭姊妹……370	**（二）祭祀歌**
离娘词……371	十送……379
骂媒婆……372	拜祖词……380
媒婆……373	祖训……381

(三) 丧歌

哭亡人 ……………………… 382
奠酒板 ……………………… 383
劝孝歌 ……………………… 384
四季雀儿叫 ………………… 385
送骆驼 ……………………… 386

(四) 上梁歌

开盒仪式歌 ………………… 387

搭梁 ………………………… 388
开梁口 ……………………… 389
梁布 ………………………… 390
抛梁粑 ……………………… 391
竖屋起扇 …………………… 392
元宝 ………………………… 393
赞厨子 ……………………… 394
赞酒 ………………………… 395
主梁 ………………………… 397

第六篇 神秘之声——傩腔

拜天地 ……………………… 399
打梳妆 ……………………… 400
风扫叶 ……………………… 401
告茶调 ……………………… 402
观山板 ……………………… 403
红绫袄 ……………………… 404
怀胎调 ……………………… 405
姜女春去几时来 …………… 406
姜女道家 …………………… 407
教子板 ……………………… 408
进宝下书板 ………………… 409
景致多 ……………………… 410
敬酒板 ……………………… 411
开洞板 ……………………… 412
老旦板 ……………………… 413
老生板 ……………………… 414
鲁班词 ……………………… 415
卖货调 ……………………… 416
梅香正板 …………………… 417

牧羊板 ……………………… 417
奴家一双好小脚 …………… 418
十绣十样景 ………………… 419
思夫板 ……………………… 420
汜郎数板 …………………… 420
汜郎正板 …………………… 421
算命调 ……………………… 422
太阳出来一盆火 …………… 423
头上乌鸦叫呱呱 …………… 423
西峨山上一蔸茶 …………… 424
小生垛板 …………………… 425
绣花调 ……………………… 426
丫环板 ……………………… 427
幺姑娘 ……………………… 428
叶青花儿红 ………………… 429
一树槐 ……………………… 430
一心要挑杂货担 …………… 431
赞鸽子 ……………………… 432
赞牙床 ……………………… 433

第七篇　红色之恋——革命歌曲

不打胜仗不回乡 ………………… 435
朝盼日头夜盼星 ………………… 435
参军小调 ………………………… 436
当兵就要当红军 ………………… 437
地主恶霸怕贺龙 ………………… 437
妇女歌 …………………………… 438
贺龙夜过马鬃岭 ………………… 438
歌唱红三军 ……………………… 439
行军歌 …………………………… 440
贺龙将军到 ……………………… 441
贺龙将军颂 ……………………… 442
贺龙总的儿童团 ………………… 443
红军打来晴了天 ………………… 443
红军大战十万坪 ………………… 444
红军到 …………………………… 445
红军到了我的屋 ………………… 445
红军到了我们村 ………………… 446
红军队伍进了村 ………………… 446
红军发给土地证 ………………… 447
红军哥哥到我家 ………………… 447
红军好 …………………………… 448
红军几时才回返 ………………… 449
红军是俺穷人军 ………………… 450
姐妹双双做军鞋 ………………… 450
马桑树儿搭灯台 ………………… 451
骂洋人 …………………………… 452
门口挂盏灯 ……………………… 452
农民协会歌 ……………………… 453
泥巴腿子坐江山 ………………… 454
千山万岭举梭标 ………………… 454
农民协会力量大 ………………… 455
穷人只望贺龙军 ………………… 455
穷人登天并不难 ………………… 456
盼红军 …………………………… 457
桑植出贺龙 ……………………… 458
杀敌歌 …………………………… 458
山寨来了贺龙军 ………………… 459
十绣红军 ………………………… 460
水淹向子荣 ……………………… 461
四劝 ……………………………… 462
四思念 …………………………… 462
逃难调 …………………………… 463
送郎当红军 ……………………… 464
天天只盼红军到 ………………… 465
望红军 …………………………… 466
慰劳亲人贺龙军 ………………… 467
湘鄂川黔蛟龙腾 ………………… 468
要当红军不怕杀 ………………… 468
想念香大姐 ……………………… 469
要在人间建天堂 ………………… 470
拥护苏维埃政府 ………………… 471
月亮起来照高楼 ………………… 472
赞桥 ……………………………… 472
抓我当壮丁 ……………………… 473
做军鞋 …………………………… 474

后记 ……………………………………………………………………… 475

第一篇 高山放歌——山歌

多年来,桑植人民长期生活在交通闭塞、文化落后的环境中,伴随着生活和实践,他们对人的本性和自然现象用自己的语言和智慧进行直观而形象的大胆描述,高山之上唱山歌成为人与人之间交流和情感宣泄的最好方式。

桑植山歌有高腔、平腔、低腔之分,也有上下句和五句之别,曲调高亢激昂,开朗明快,演唱者凭借个人的感受多以自由散板节奏演唱。桑植山歌曲体丰富而独特,有一句歌、两句歌、三句歌、四句歌、五句歌、六句歌、七句歌等,其歌体多呈奇数结构。其中最有代表性的是三句体山歌,体现了桑植人崇"三"(三生万物)的朴素哲学思想,如《九岭十八岗》,桑植其他很多山歌都由它衍生出来。

桑植在地域上分内半县和外半县,地域不同也让桑植的高腔山歌风格迥异,我们姑且将其分为豪放和婉约两派。

桑植高腔山歌的豪放派,是桑植民歌中最有特色的一种高腔山歌,主要分布在外半县,以白石、西莲、人潮溪等地最为突出。它主要体现在民歌演唱的技巧上,因演唱时声音冲出后又突然收回,真假声结合完美,有钻天入云之感觉,民间称之为"翻天云"。如《麦草帽儿十八转》《白鹤起翅腿腿儿长》,等等。

桑植高腔山歌的婉约派,起源于湖南四大水系之一——澧水的发源地,澧水横穿桑植全境。在澧水的滋润下,桑植山歌演唱更具有水乡的温柔,演唱时嘴唇和舌根快速抖动,喉结上下轻微移动。如《叫我唱歌就唱歌》《高山砍柴不用刀》等。这种风格的高腔山歌主要分布在内半县,以五道水、芭茅溪等为代表。

唱个山歌甩过来

1=C 2/4
自由地

谷彩花 唱
王海春 记

(我)唱个山歌歌儿甩呔 过来哟

(你)接得到的哟 是呔 妙手呃

接不到的哎 你莫怪哟

山歌歌儿不对 仁呃 义在哟哦

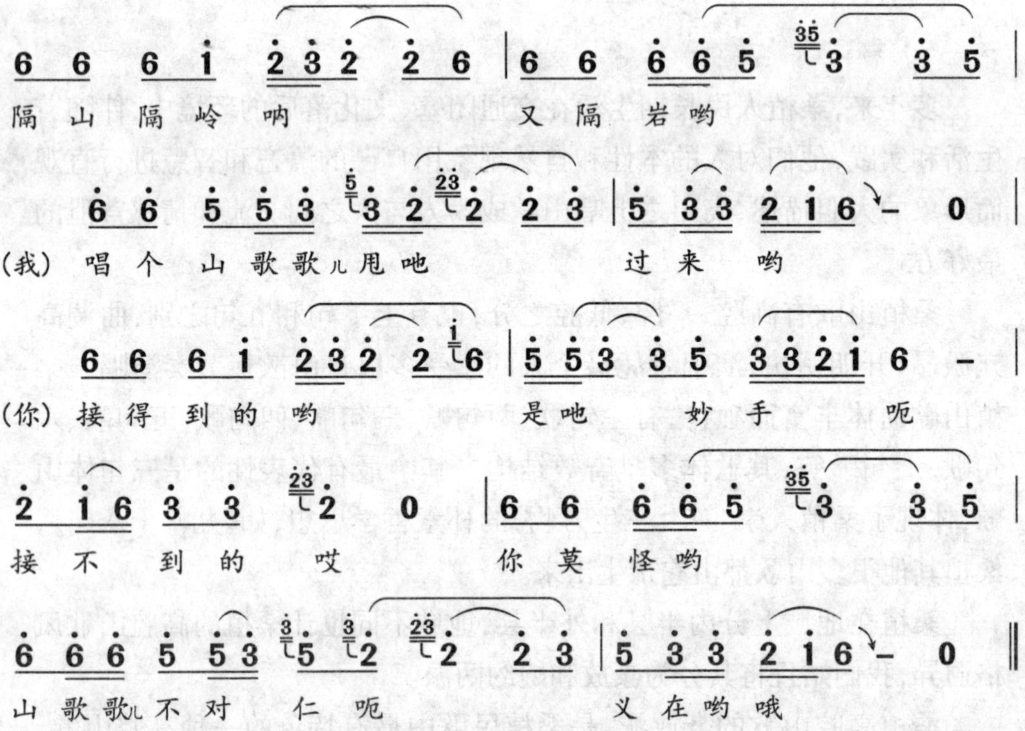

山歌不唱满起怀，泉水不挑满起来，十八幺姑儿来挑水，
双脚蹬到水井岩，腰腰儿一扭挑起来。
太阳落土点点红，观音骑马我骑龙，观音骑马高山走，
我骑马来抱江流，不打赢仗不回头。

哎咳哎山歌

1=F 2/4 3/4

涂长姑 唱
陈金钟 记

山歌 好唱（哎咳 哎 哎咳哎 哎咳 哎 哎咳）难起 头嘞，（咿
岩匠 难打（哎咳 哎 哎咳哎 哎咳 哎 哎咳）岩狮子嘞，（咿

哎咳哎 哎咳）木匠 难修 转嘞（哎咳 哎咳 哎 哎咳 哎）
哎咳哎 哎咳）裁缝 难缝 皮嘞（哎咳 哎咳 哎 哎咳 哎）

角 楼嘞（哎咳 哎 哎）；
褂子哟（哎咳 哎 哎）。

白鹤起翅腿腿儿长

1=A
自由、高亢地

谷兆芹 唱
蔡晞 记

（我）白鹤 起翅啊 腿腿儿啊

长啊， （我）一翅 飞到 田啦

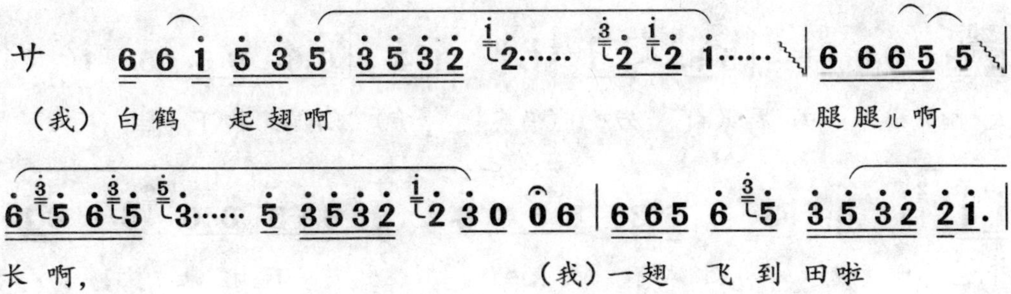

(乐谱内容略)

埂上啊；

打铳儿郎 （你）

莫打呀 我哇， （我）

只吃 螺蛳儿不哇

吃秧啊。

白岩脚下桂花开

1=F 4/4

莫祖喜 唱
左泽松 记

太阳儿出来哟 照白岩哟（呜噢 咿）白岩 脚下 桂 花儿

开也 （哎 哟），风不 吹来哟 花不 摆来 哟，

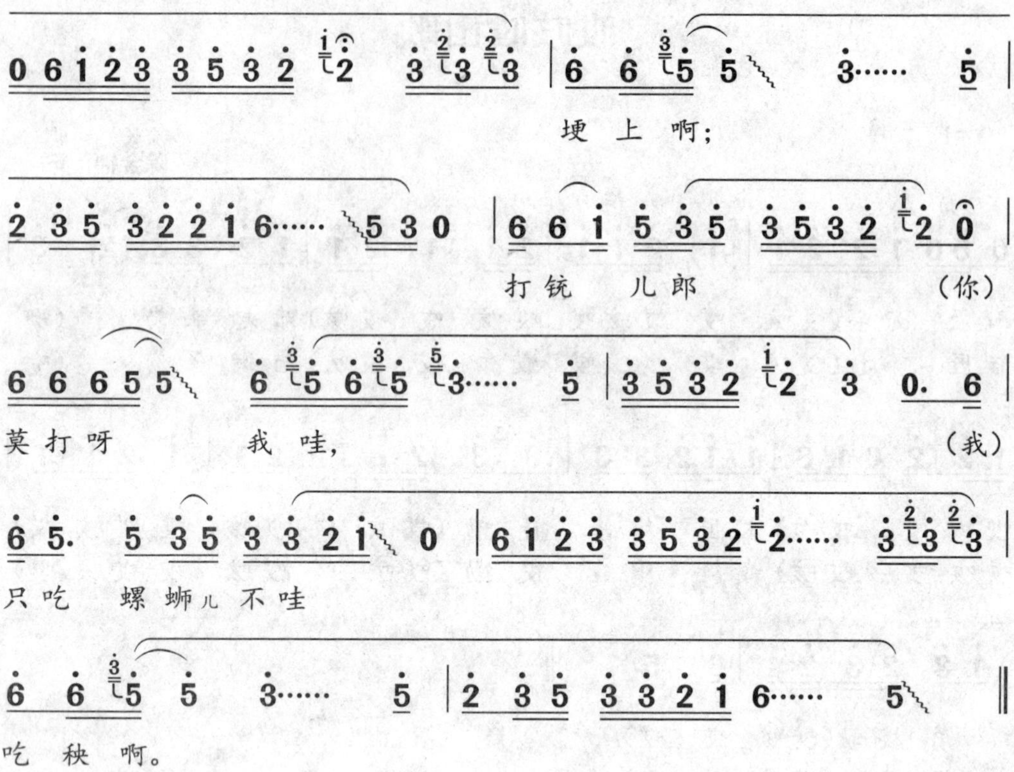

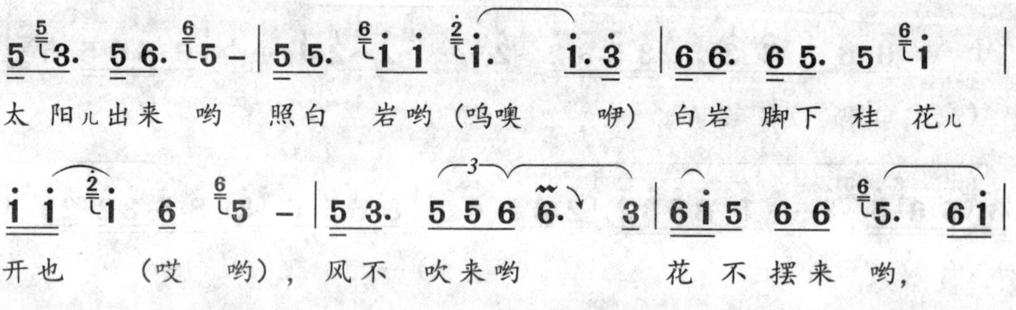

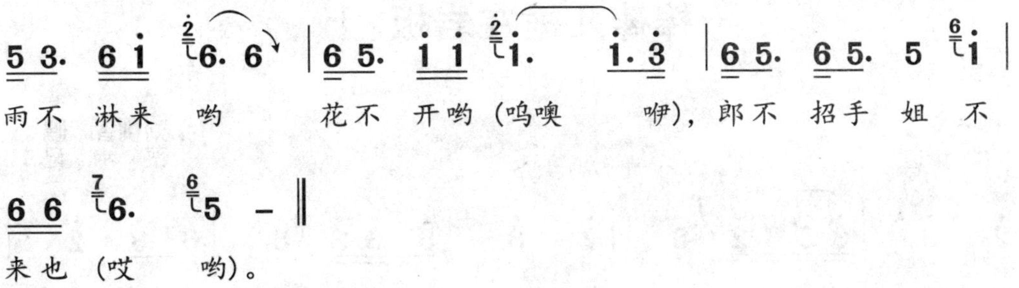

雨不淋来哟　花不开哟（呜噢　咿），郎不招手姐不

来也（哎　哟）。

板栗开花一条线

1=C 2/4 3/4
抒情、稍慢

宋才果　唱
黎连城　记

板栗开花哟　一条　线呵，去年想你到今

年啰（呵　喂）；去年想　你　由啊事可呵，今年想

你　没种田啰呵，耽误阳春大　半　年啰（呵　喂）。

注：由事可为方言，意为不要紧、不打紧。

棒棒儿捶在岩板儿上

1=A 2/4
中速

刘桃香 唱
蔡晞 记

郎在高山打一望哟呵 姐在哟
唱个山歌丢个信儿啰呵 棒棒儿哟

河下哟 情郎哥哥儿喂 咿哟 洗衣裳依哟。
捶在哟 情郎哥哥儿喂 咿哟 岩板儿上依哟。

词二：郎在河中撒鱼网，
　　　姐在河边洗衣裳，
　　　洗一洗来望一望，
　　　棒棒捶在岩头上。

背起锄头上蕨山

1=G 2/4
中速

田玉桃 唱
陈金钟 黎连城 记

五荒六月嗯 闹饥荒吖嗯， 大户人家
小郎是个嗯 硬气汉哪嗯， 背起锄头

（哎哟）不开仓吖嗯。
（哎哟）上蕨山啦嗯。

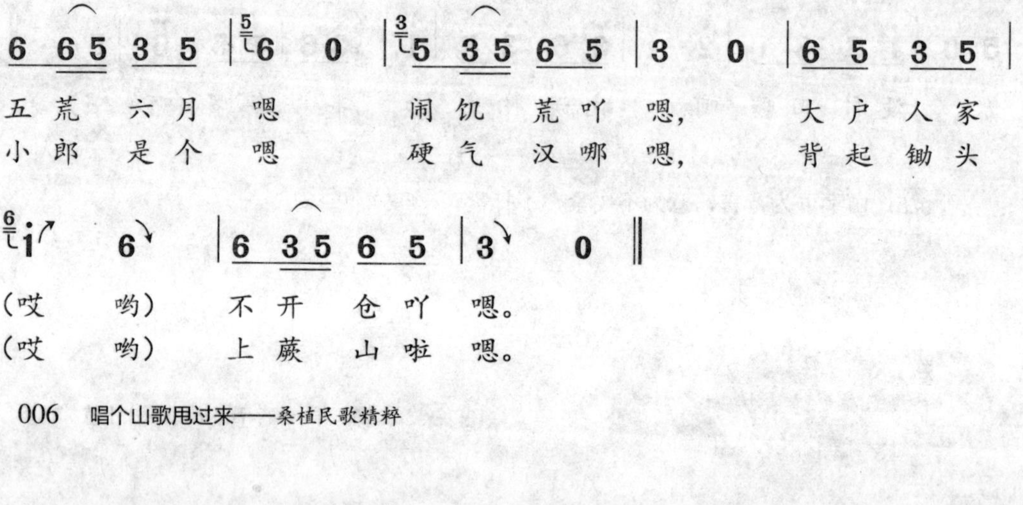

不为冤家不得来

1=♭B 2/4
高亢、自由地

文振荣 唱
蔡 晞 记

小小儿鲤鱼也　　紫红鳃也，
小小儿鲤鱼也　　紫红鳃也，

一游　游到啥　　上江来，
下江　游到啥　　上江来，

深有千道也　　青　丝网，
冲破千道也　　青　丝网，

浅有百座　哟　　钓鱼 哟　台也，你 逆水而上
绕过百座　哟　　钓鱼 哟　台也，我 不为冤家

为　　谁来 哟；
不　　得来 哟。

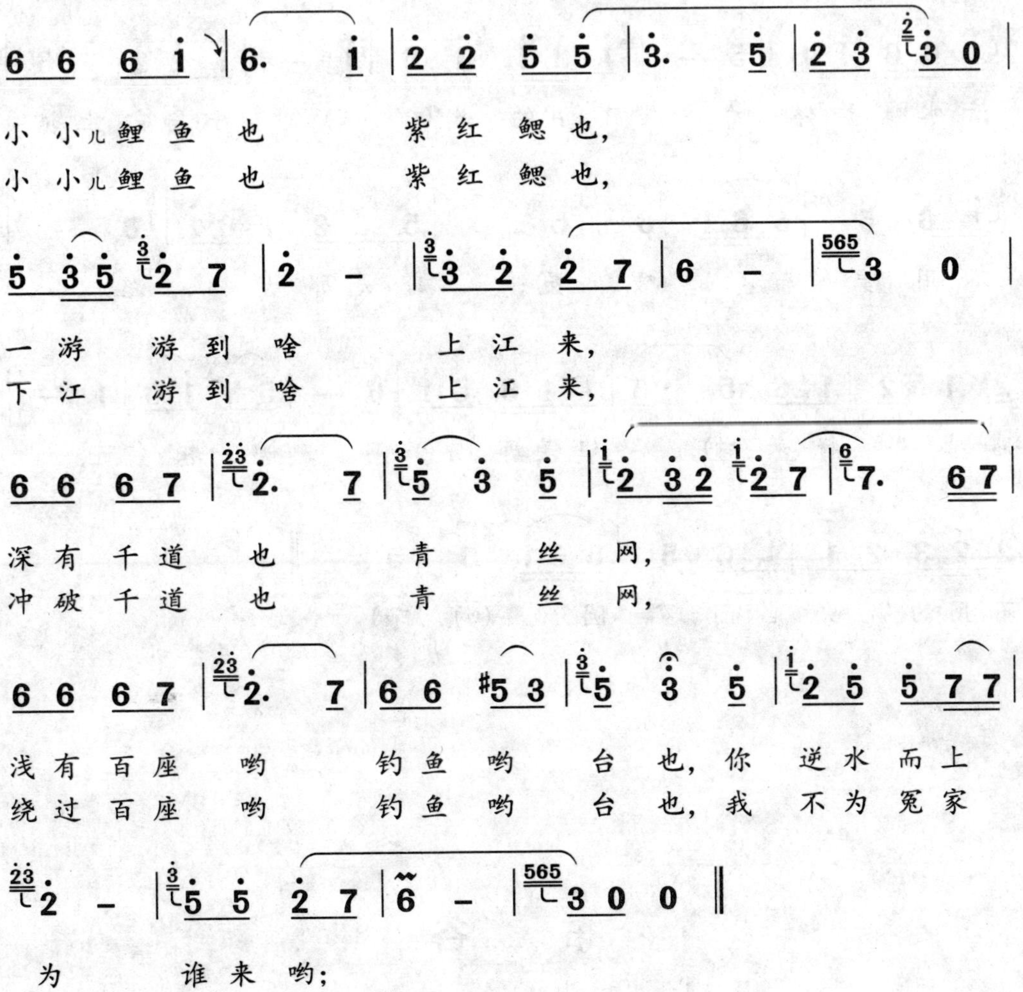

不用风吹自团圆

1=C 2/4 3/4

陈瞎子 唱
蔡晞 记

清水嘛烧茶哟　不用的盐（啰喂），好马它上坡

不用啰鞭　（啰喂）；郎是那大　路

沾啦草籽（来哟），姐是那隔河柳相连，

不用的风吹自团啰圆　（哟喂）。

布　谷

1=♭B 2/4
自由地

陈天兰 唱
荣发 蔡晞 记

那小鸡儿打架（哪哈）　　有客来也，
那裁衣要比（哪哈）　　身材剪来，

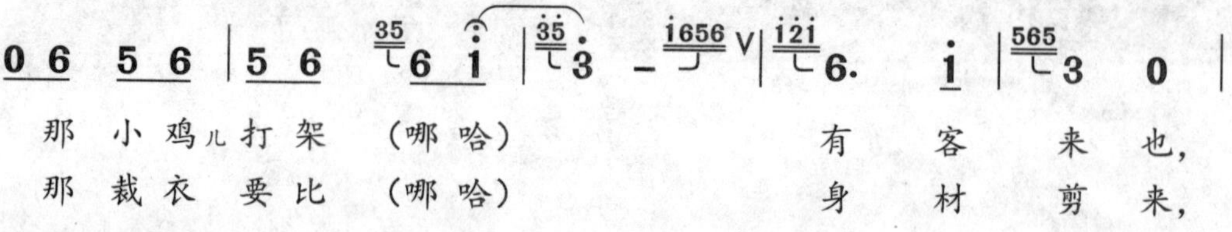

| 0 5 $\widehat{\overset{35}{3}}$ | 1 6 3 | 1 5 2 | $\widehat{6}$ - | 1 6 $\dot{3}$ | 5 6 5 $\overset{3}{\frown}$ 3 0 :||

剪　嘞　刀落地嘞　　　　有　衣　裁　也，
相　哎　恋要从嘞　　　　心　里　爱　也。

（渐快）
| 6 6 1 6 5 6 1 6 | 5 6 3 5 1 6 5 6 | 1 6 5 6 1 6 3 5 |

（芙蓉配牡 丹啦好花 迎春开呀，有情仁义 姐呀时刻 挂心怀呀，

| 3 5 3 5 1 6 1 6 | 5 6 3 5 6 1 5 6 | 5 6 1 6 5 6 3 5 |

郎要恋到 姐你大大 方呀方呀，姐要恋到 郎你有话 只管讲吖，

（突慢）
| 0 6 6 1 | $\widehat{\overset{2}{3}}$ 2 $\overset{3}{\frown}$ 3 2 6 | 1 2 3 6 | 1 2 1 3 - |

那螃蟹嘞　　　　上　　树

| 5 3 5 3 | 3. 1 | 1 2 1 6 $\widehat{565}$ 3 | 0 5 0 3 0 ||

巴（爬）也　　　不　得　　　哟。）布谷！

菜子开花结成球

1=F 2/4
稍慢

蔡美生　唱
蔡　晞　记

| 6 1 5 6 6 | 6 1 5 6 | 1 2 2 1 6 5 6 5 | 6 1 5 6 |

菜子开花结成球，菜子好来 好打油，（姑儿喂）
大姐梳个盘龙卷，二姐梳个 插花纽，（姑儿喂）

| 1 2 2 1 6 | 5 6 5 ||

送给情姐 好梳 头。
三姐梳个 滚绣 球。

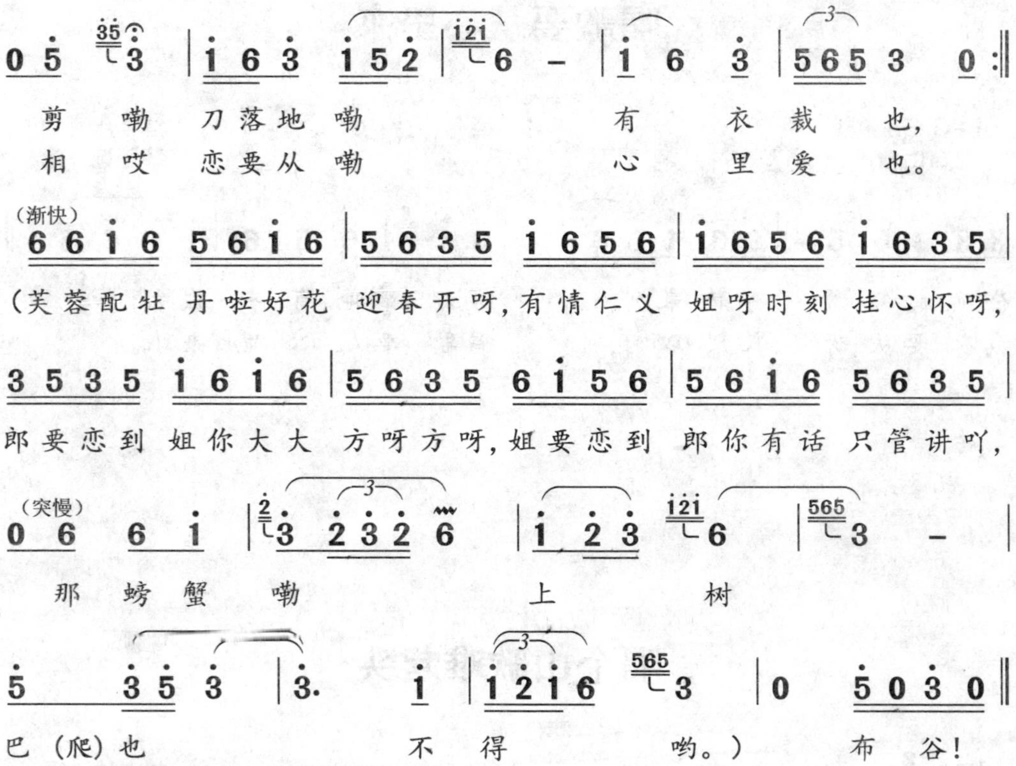

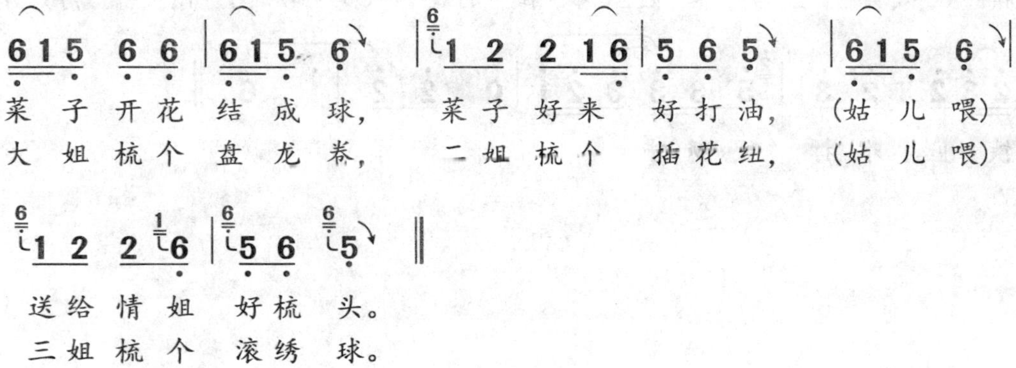

唱歌要从心里来

1=G 4/4　　　　　　　　　　　　　　冯子成　唱
自由地　　　　　　　　　　　　　　黎连城　记

3 3 ⅰ 6 5 - | 3 3 ⅰ 5 6 ⅰ - | 6 ⅰ 6̆ ⅰ 6 5 6 | ⅰ ⅰ 6̃ 5 - ‖

公鸡 打架呀　有财 来呵，　　剪刀 落地有衣 裁啦；
裁衣 要从呀　衣架 取呵，　　唱歌 要从心里 来啦。

唱个山歌难起头

1=A 2/4　　　　　　　　　　　　　　刘占林　唱
　　　　　　　　　　　　　　　　　　陈金种　记

6 6 ⅰ 6 | 5̆ 6 0 | 6 6 5 5. | 3. 3 | 2 3 2　2 3 | 5̆ 3　2 ⅰ |

唱个 山啦歌　难起 头哇，　　那木 匠难修 八卦

2̇ 2̇ ⅰ 6 0 | 6 2̇　ⅰ 2̇ ⅰ 6 0 | 6 6 5 5. | 3 - |

楼哇，　　岩匠 难啦打　　岩狮 子吖，

2̇ 3̇ 2̇　2̇ 3̇ | 5̆ 3 3 3 2̇ ⅰ | 0 2̇ 2̇ | ⅰ 6 ‖

铁匠 难打　铁绣哇　　　　　球哇。

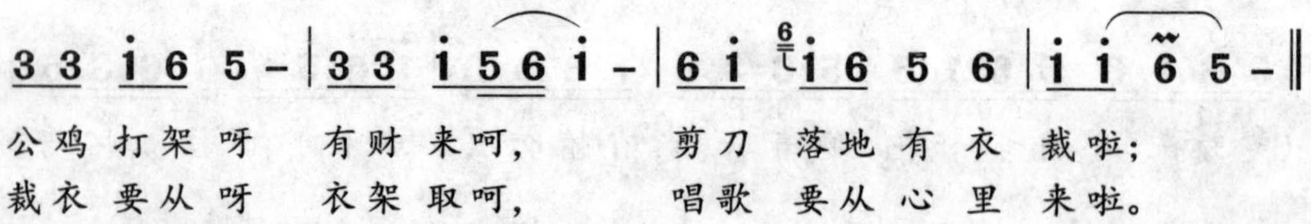

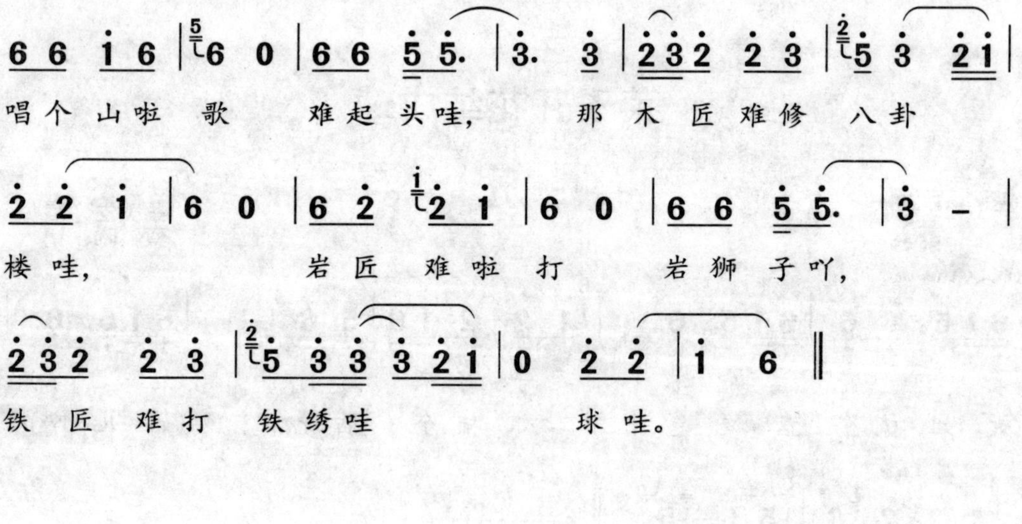

唱个山歌探妹心

1=A 2/4 3/4
中速

王万法 唱
蔡晞 记

隔河看见嘛（哎哟）柳叶青来（呀树儿哟），心想过河
打个岩头嘛（哎哟）试深浅来（呀树儿哟），唱个山歌

（格格里里 噜噜啦啦 心肝啰啰儿啥，又）怕水 深来嘛（呀树儿哟）。
（格格里里 噜噜啦啦 心肝啰啰儿啥，又）探妹 心来嘛（呀树儿哟）。

车子不纺线不紧

1=G
自由地

谷金娥 唱
陈金钟 蔡晞 记

车子 不纺 线不哇 紧哪， 房子 不扫 起灰呀
尘啦， 刀子 不磨 生黄啊 锈哇，
山歌 不唱 冷清清啥， 山歌 越唱啊
越有哇 劲 啦。

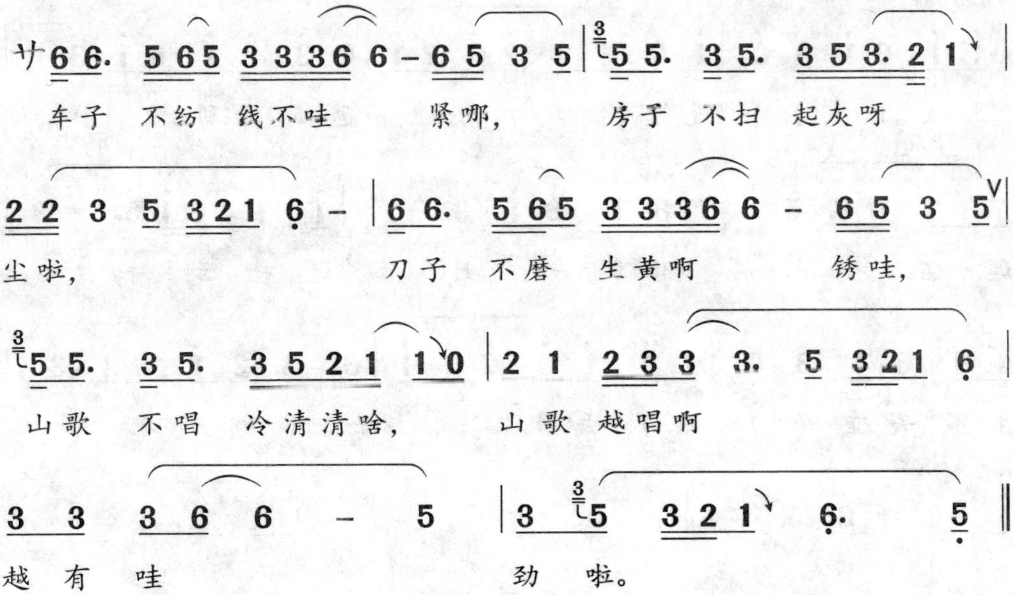

朝看日头夜看星

1=D 4/4
慢、怀念地

姚伏之 唱
蔡晞 记

浑水 长流 呵　　　有 日　清，
哥哥儿 一 去 呵　　　何 日　返，

哥哥儿 走 后 呵　　　难 相　亲；
朝看 日 头 呵　　　夜 看　星。

除非阎王把簿勾

1=D 4/4

向益仁 唱
陈金钟 记

上坡不 起　慢慢儿悠哇，　恋姐不到慢　慢儿

逗　哇。　有朝一 日　　逗 哇 到 手，

生不丢哇来　死不丢哇，　除非阎王把 簿

勾 哇。

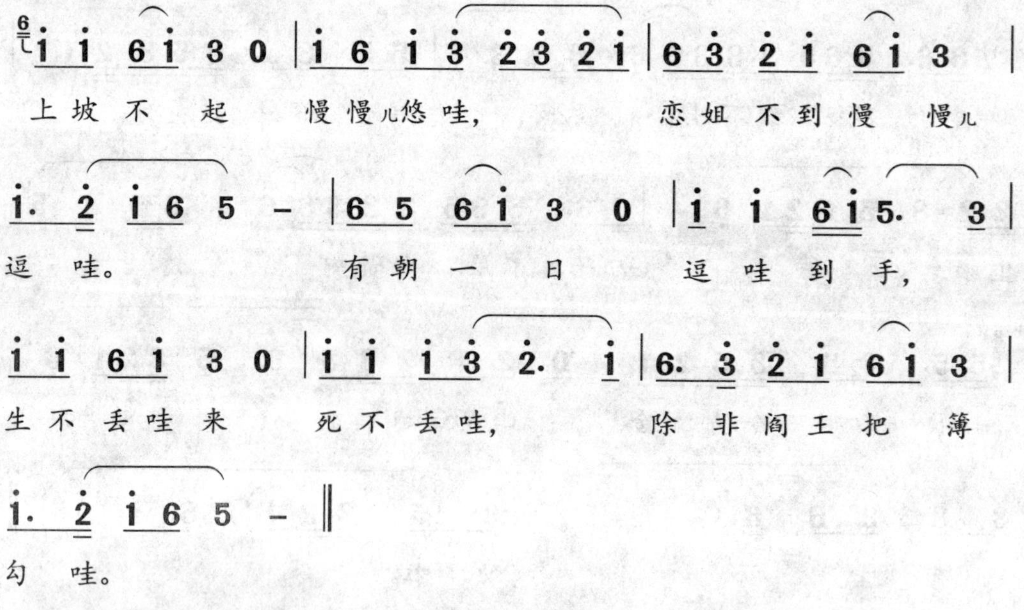

大河涨水小河流

1=♭B 2/4 1/4
稍快

刘四妹 唱
黎连城 记

大河 涨水（咿儿 哟）小河（嘟）流，（那是 咿啥儿哟）
口问 鹭鸶（咿儿 哟）泅什（嘟）么，（那是 咿啥儿哟）

一对 鹭鸶（是 哩哩啦啦 呷呷啦啦 心肝溜溜 沙呷罗罗
飘洋 过海（是 哩哩啦啦 呷呷啦啦 心肝溜溜 沙呷罗罗

沙 没离 沙）跟水 泅 （那是 呀 啥儿哟）。
沙 没离 沙）寻对 头 （那是 呀 啥儿哟）。

大姐上四川

1=G 2/4

涂长姑 唱
陈金钟 记

男问：大姐儿，你过哪里去呀？

女唱：（哟 哟）上 四 川 啦 （二 哥 哥儿）。

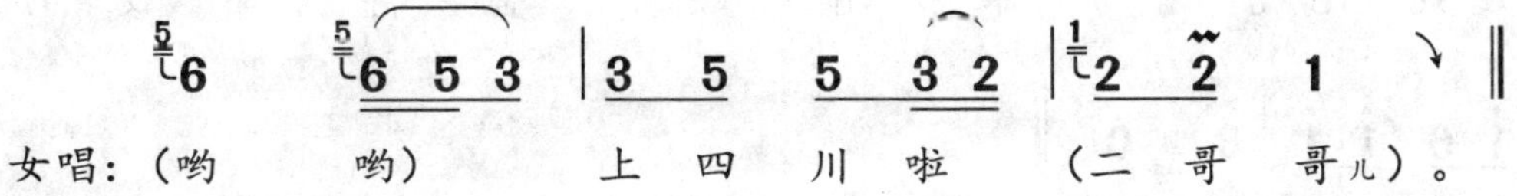

男问：大姐儿，那你的头发发儿就生得好哇！

女唱：萝卜丝儿。

男问：大姐儿，那你的耳朵生得好啦！
女唱：粪瓢瓜儿。
男问：大姐儿，那你的眉毛毛儿生得好哇！
女唱：弯弯儿眉。
男问：大姐儿，那你的眼睛儿生得好哇！
女唱：圆溜溜儿。
男问：大姐儿，那你的鼻子生得好哇！
女唱：不流清鼻涕儿。
男问：大姐儿，那你的嘴巴巴儿生得好喃！
女唱：像撮瓢瓜儿。
男问：大姐儿，那你的牙齿生得好喃！
女唱：像粉墙墙。
男问：大姐儿，那你全身都生得好喃！
女唱：按合①合儿。

注：①按合为方言，意为刚好。

嗯 嗯 歌

1=C 2/4
稍慢

戴福香 唱
白诚仁 蒋慧鸣 记

| 1 6 | 6̲ 1 1 | 2̇ 0 | 2 1 | 2 1 | 6̇ ᵛ 0 | 1 6͡6 1 6 | 2 1 |

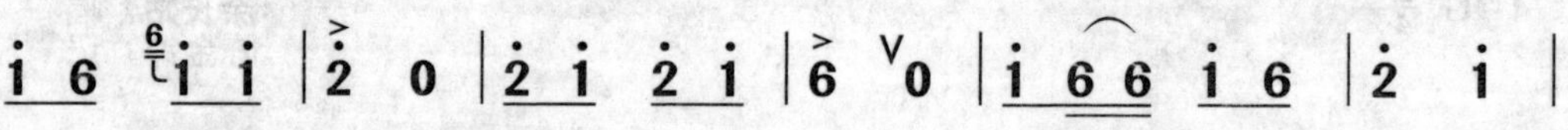

草鞋 烂哒 嗯　　四根 筋嘞 嗯，　蛤蟆 死哒 （哎 哟）
姣姣 死哒 嗯　　眼不 闭嘞 嗯，　舍不 得情 哥 （哎 哟）

| 1 6 1 1 | 6̇ 0 ‖

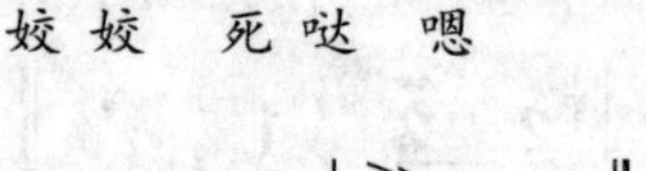

四脚 伸嘞 嗯。
打单 身嘞 嗯。

风吹荷叶自团圆

1=♭B 4/4

自由地

金岸武 唱
蔡晞 远达 记

锣打(哪)当中(吖)　　鼓打边哟，

好姐不要郎(吖)　　开言(呵)，

郎是哪无风(嘞)　　自(呵)　　动

草，　(啊)姐是 隔河(哪)

柳相连(罗)，　风吹荷叶儿自(吖)

团圆(啰)。

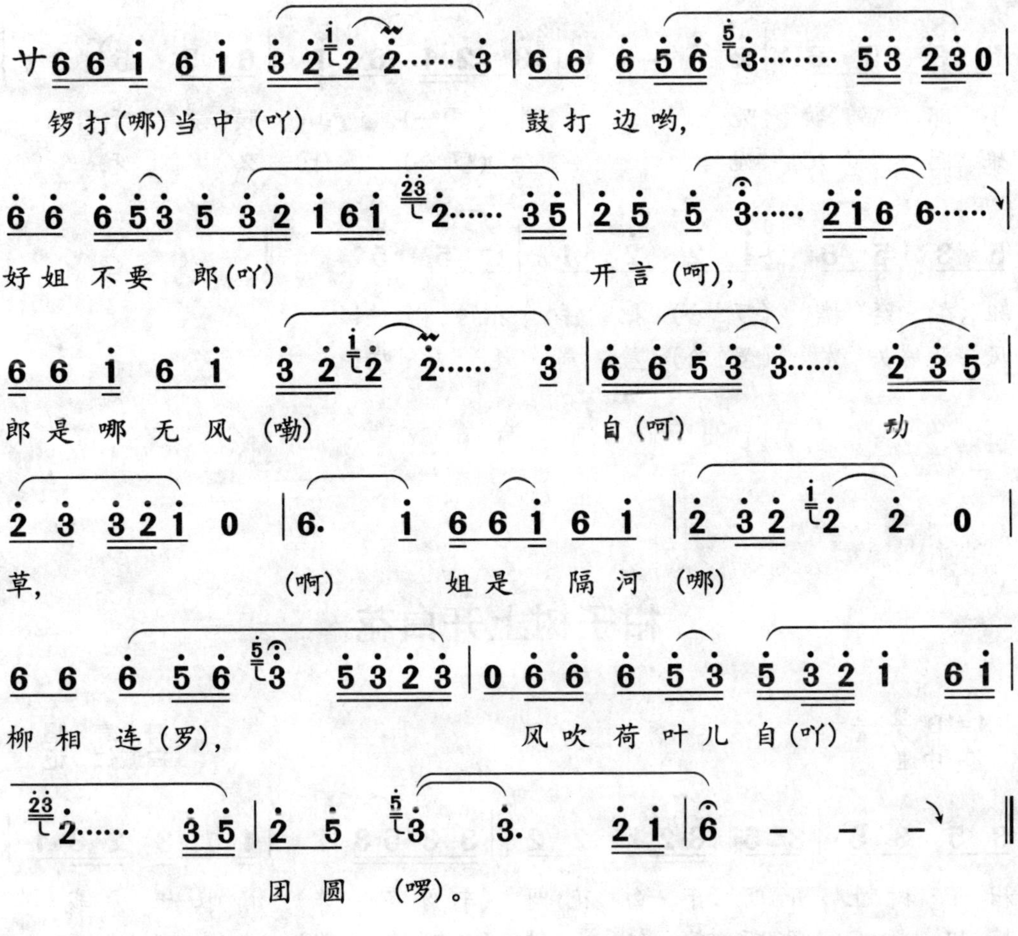

风吹头发盖眉毛

1=♭B 2/4
高亢、轻快地

金甲姑 唱
尚立顺 记

| 5 3 5 6 | 2 — | 2̇ 3 2̇ 1̇ 6 1̇ | 6 5 5 |

小郎 唱歌 呃　　　半（啰哈） 山 腰 呀，
娘问 女儿 呃　　　望（啰哈） 什 么 呀，

| 5 3 5 6 | 6̇1̇ 2̇ 2̇ 6̇1̇ | 6 5 5 ‖

姐在 绣楼 （啰哈）把手 招 哇！
风吹 头发 （啰哈）盖眉 毛 哇！

柑子树上开白花

1=♭B 2/4 3/4
中速

符太寿 唱
白诚仁 记

| 3 5 3 5 | 3 5 3 2 1 | 2 2 | 3 3 5 3 2 | 1 1 3 2 3 1 |

柑子 树上 开呀 开 白 花呀 （车呀冬 车），情啦 姐 爱我
情姐 爱我 年呀 年 纪 小哇 （车呀冬 车），我哇 爱 情姐

| 6 1 5 6 1 | 2 2 3 2 1 6 | 5 5 | 6 6 1 6 5 ‖

（车是车冬车） 我呵 是我 爱 她呀 （车是车冬车）；
（车是车冬车） 会呀 是会 当 家呀 （车是车冬车）。

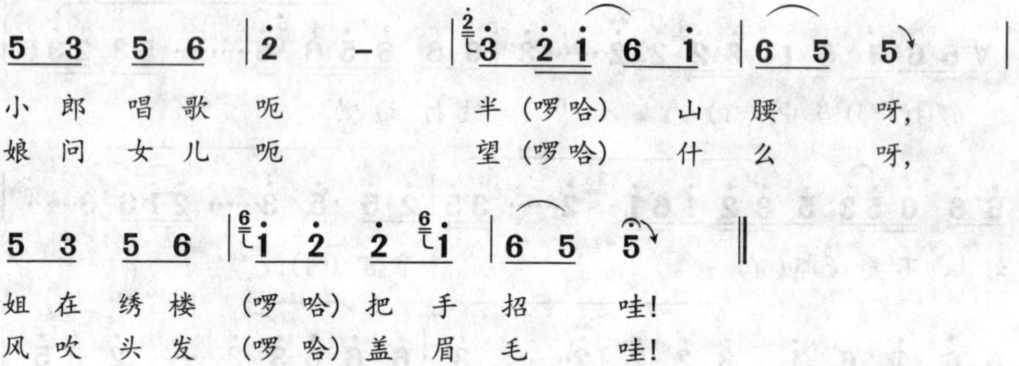

高山高岭逗风凉

1=D 2/4
中速

褚昌华 唱
白诚仁 蒋慧鸣 记

高山 高岭（敦 敦 呀儿 喂）逗风 凉呃（哟咿 哟），
郎吃 芹菜（敦 敦 呀儿 喂）勤想 姐呃（哟咿 哟），
芹菜的 韭菜（妹子儿梭 情啦郎的哥）栽几 行呃
姐吃的 韭菜（妹子儿梭 情啦郎的哥）久想 郎呃
（哟 咿 哟）。
（哟 咿 哟）。

高山高岭种苦荞

1=♭B
自由地

陈祚殿 唱
陈金钟 记

高山 高岭嘛 种苦 荞喂， 郎打 瞌睡嘛姐来 摇 喂；
你看到鲜花儿你不 采呀，前世得的嘛瞌睡 痨 啰。

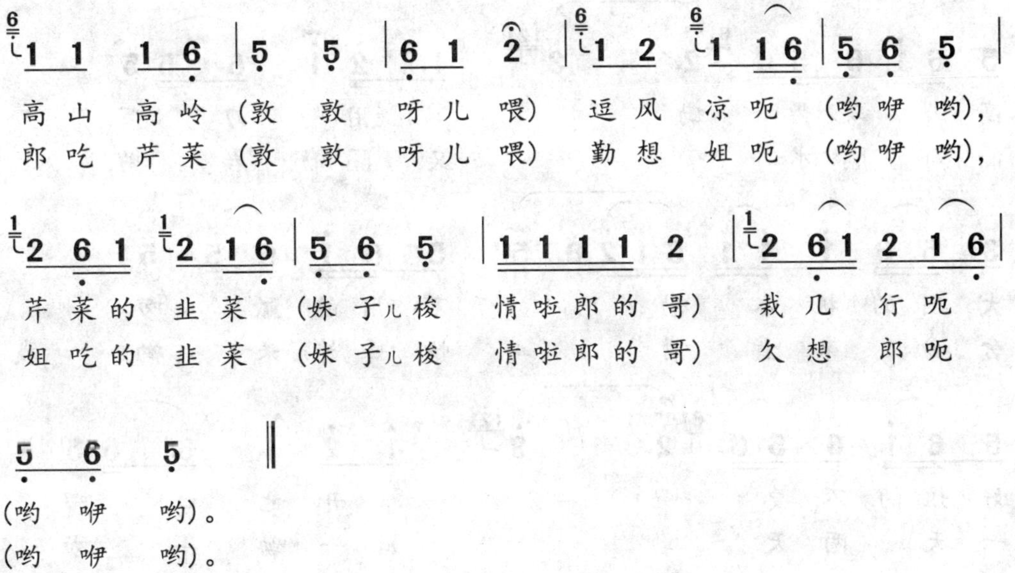

高山砍柴不用刀

1=C 2/4
自由地

袁绍云 唱
武生 记

高山 砍柴 嘞   不用嘞 刀 啰，
隔山 隔水 嘞   又隔嘞 岩 哟，我

大河 的挑水 嘞   不用的瓢 啰，
舍命 来看 嘞   情妹妹儿来 哟，我

好姐 的不要 嘞   郎开哒 口 啰
一天 两天 嘞   如一嘞 年 啦

只要 眨眼 嘞   动眉 毛 啰。

心肝 我的 嘞 呃   情妹 妹儿 呃。

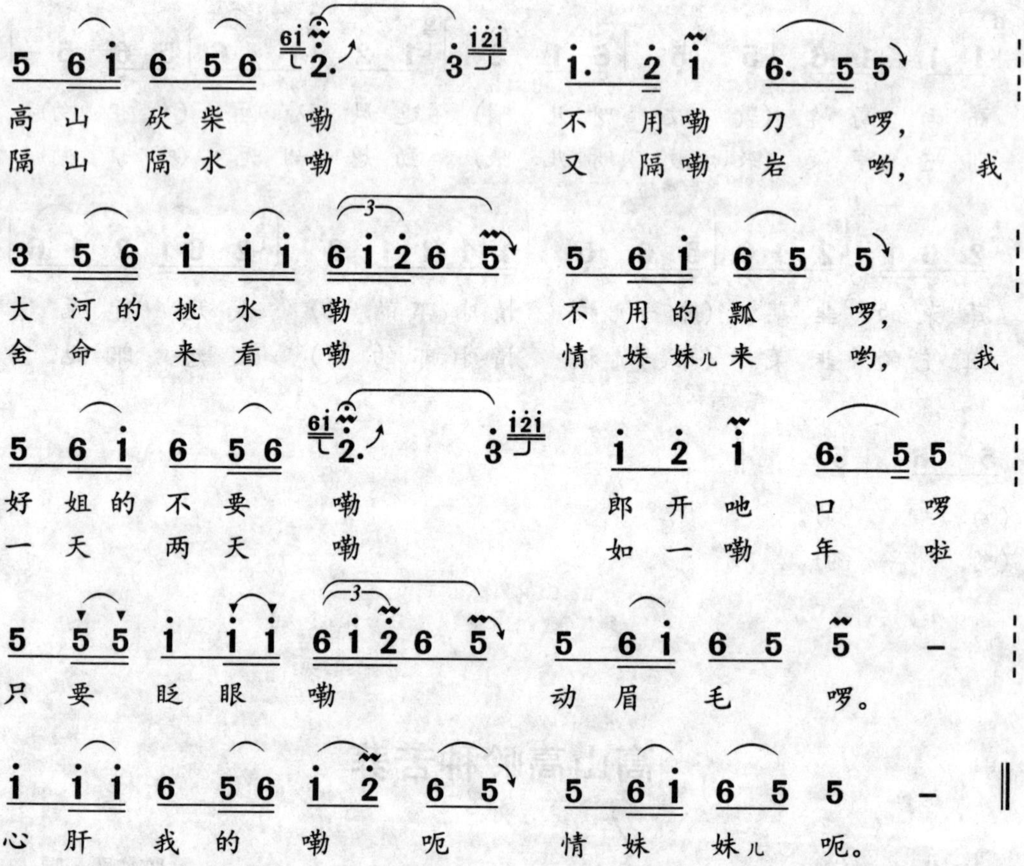

高堂瓦屋一口印

戴福香 唱
史晚政 陈金钟 记

1=D 4/4 5/4
自由、高亢

高堂　　瓦屋哦　　　　一口的印（啰哦），
要思　　情来哟　　　　就思的情（啰哦），

如今的 姐儿不出啰　　门（啰　　喂），
要什么 穿针引线啰　　人（啰　　喂），

刺蓬 摘花下也 不得手（啰喂），
一不是借钱找哦 担保（啰喂），

扁担　抹腰喂　　我难进的门（啰哦），
二不是卖田啰　　凭中的证（啰哦），

缺少　穿针引线啰　　人（啰　　喂）。
做个　君子儿最至啰　诚（啰　　喂）。

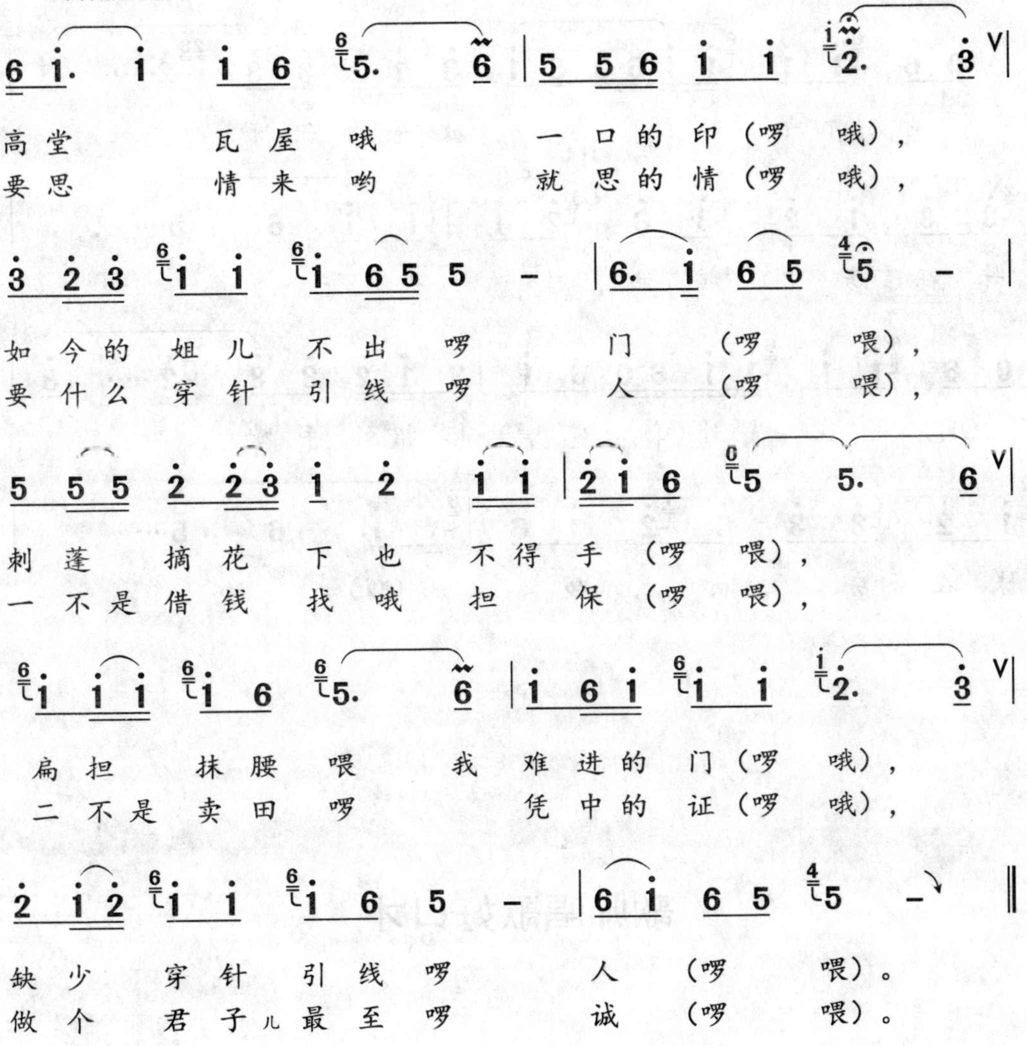

哥招手妹点头

1=♭B
自由地

尚本固 唱
陈金钟 记

哥 清早 起来　　放早的牛嘞，

妹在 房中 梳 油 哇　头 罗；

（啊）哥在 窗外（嘞 哎嘿）招招的手嘞，

妹在 房中 点 点 啰　头（啰）。

歌师唱歌好口才

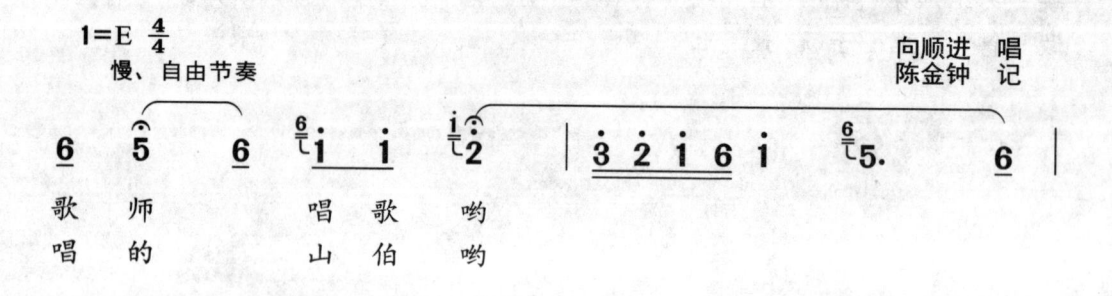

1=E 4/4
慢、自由节奏

向顺进 唱
陈金钟 记

歌 师　　唱 歌 哟
唱 的　　山 伯 哟

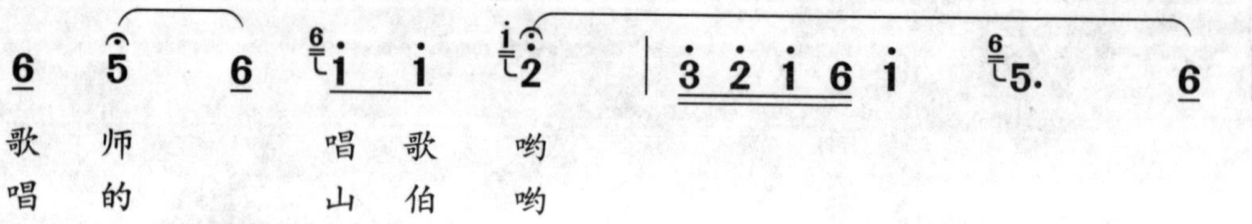

| 2 2 1̲ 1 6 ⁶5̲6̲ 5̇ - | 5̲ 5̲ 6 2̇ 1̇ 1̇ 1̇ 6̃ 5̲ 6̲ |

好 口　才 哟，　　　无 的　　 唱 出 呵
访 黄　台 哟，　　　五 娘　　 思 想 欧

| 1̇ 6̲ 1̇ ⁵6̲ ⁶5̲ 5 - ‖

有 的　来 哟。
蔡 伯　阶 哟。

隔河梦见郎上街

1=A　　　　　　　　　　　　　　　　　　谷寿香　唱
自由地　　　　　　　　　　　　　　　　陈金钟　记

|廿2̲ 1̲ 1̲ 1̲ 2̲ 7̱ - 6̱ | 6̲ 6̲ 6̲ 5̲ 3·5̲ | 5̲ 5̲ 3̲ 1̲ 2·3̲ |

隔 河 梦 见 啰　　　　 郎 上 街 呀，你 跟 我 买 把 扇 子 儿

| ⁵3̲ 2̲ 1̲ 6̱ - ⁵6̱ 0 0·6̱ | 6̲ 6̲ 6̲ 1̲ 2·3̲ | 5̲ 3̲ 5̲ 1̲ 2̲ 3̲ 2̲ 7̱·6̱ - |

来 哟，　　　　你 买 扇 莫 买 哟　　油 哇　纸 扇 啰，

(渐快)
| 6̲ 1̲ 2̲ 3̲ 2̲ 3̲ 2̲ 3̲ 2̲ 3̲ 2̲ 3̲ 2̲ 3̲ 2̲ 3̲ 2̲ 3̲ 2̲ 3̲ | 5 3 - |

(呵嗬)要 买 磨 骨 刮 骨 龙 样 耍 骨 戏 珠 喜 鹊 儿 六 枚 梅 花 儿 开 也，

| 5̲ 3̲ 5̲ 3̲ 5̲ 3̲ 2̲ 2·2̲ 3̲ | 5̲ 3̲ 5̲ 2̲ 7̱·6̱ - ‖

给 我 买 把 包 边 儿 扇 子 儿 来 (哟 嗬 啊)。

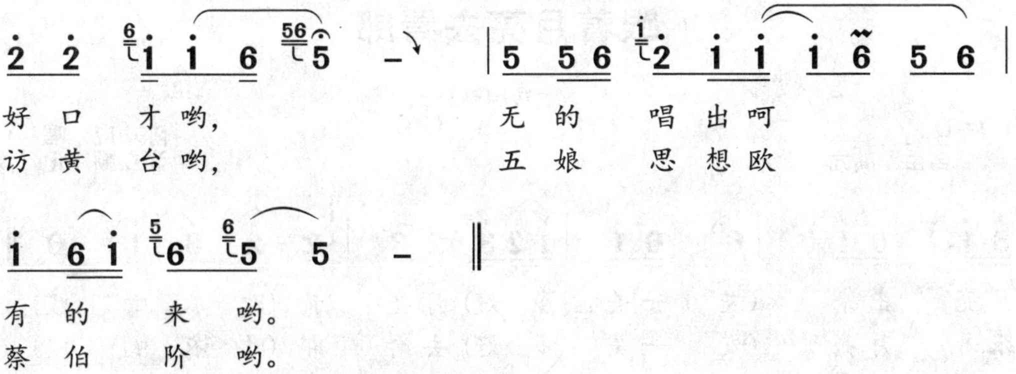

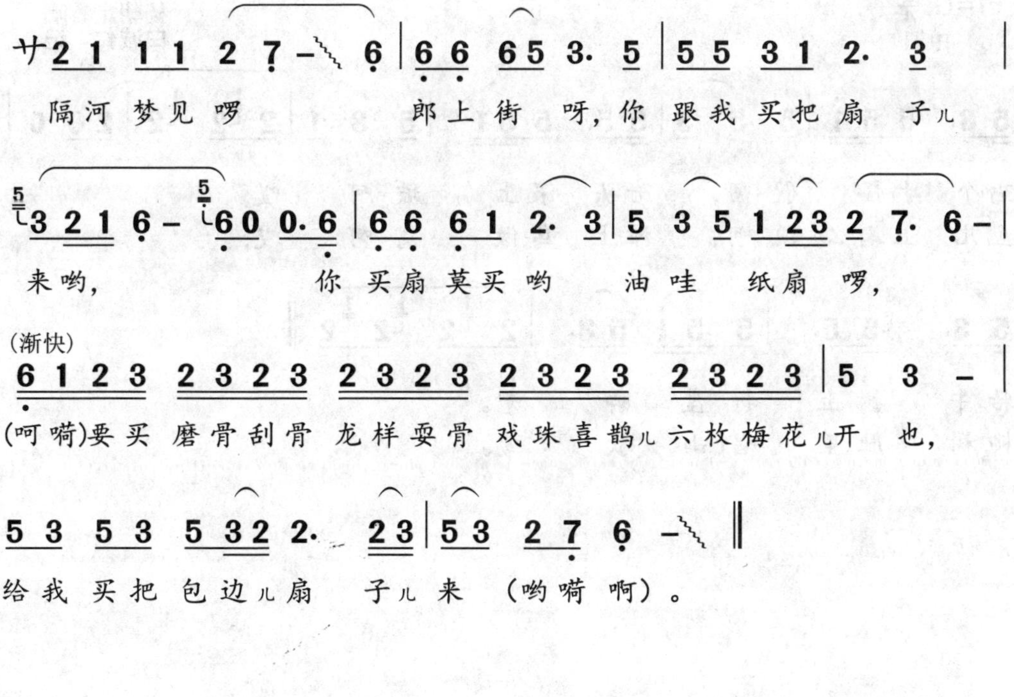

跟着月亮去看郎

（一句山歌）

1=D 2/4　　　　　　　　　　　　　　陈功应　唱
自由、高亢　　　　　　　　　　　　尚立顺　记

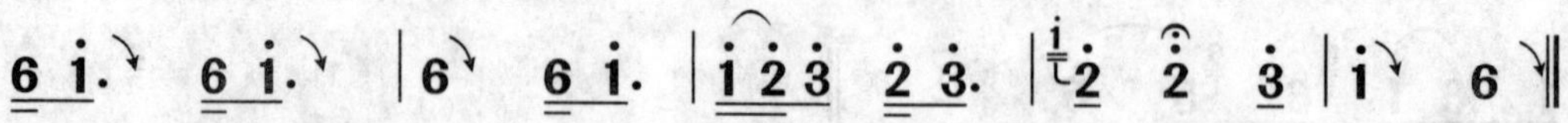

月亮　出来　（哎　一美　多　好）月亮　黄（欧　衣　哟　哎），
跟着　月亮　（哎　一美　多　好）去看　郎（欧　衣　哟　哎）；
可惜　月亮　（哎　一美　多　好）不等　我（欧　衣　哟　哎），
一脚　踩进　（哎　一美　多　好）烂泥　塘（欧　衣　哟　哎）。

古　怪　歌

1=G 2/4　　　　　　　　　　　　　　杨朝定　唱
中速　　　　　　　　　　　　　　　白诚仁　记

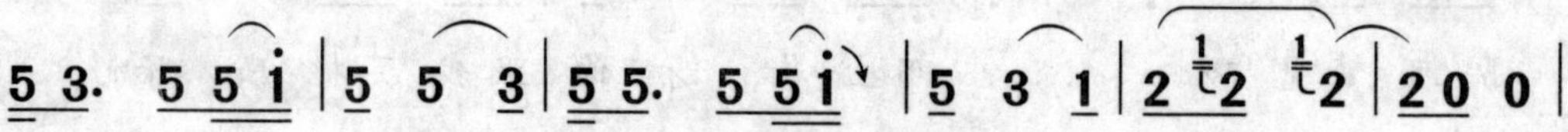

唱个　古怪　歌呵，　岩头　滚上　坡呵　哎，
鱼儿　上山么顶呵，　滩上　鸟做　窝呵　哎，

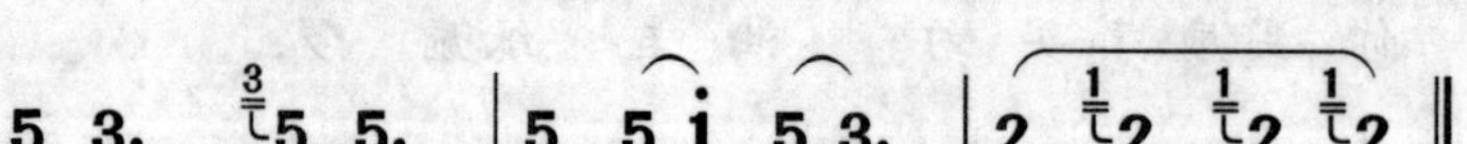

牯牛　树上　打盘　脚　嘞。
柳树　肚里　唱山　歌　嘞。

好歌唱来好歌还

1=♭B 4/4
自由地

钟为勤 唱
陈金钟 记

好歌唱来哟　　　我好歌还来，
穷哥单把哟　　　你穷姐恋来，

还个绿叶配哟　　　（噢）
穷姐心好水哟　　　（噢）

牡丹啰。
自甜啰。

好猪草

（一句山歌）

1=E 2/4
中速

莫祖喜 唱
陈金钟 记

我 袖子儿嘛一挽嘛（呀树儿喂）手一 招来（姐儿），
这条嘛弯里嘛（呀树儿喂）好猪 草来（姐儿），
糯米嘛藤来嘛（呀树儿喂）汁耳 根来（姐儿），
猪吃哒要长嘛（呀树儿喂）三百 斤来（姐儿）。

第一篇　高山放歌——山歌　023

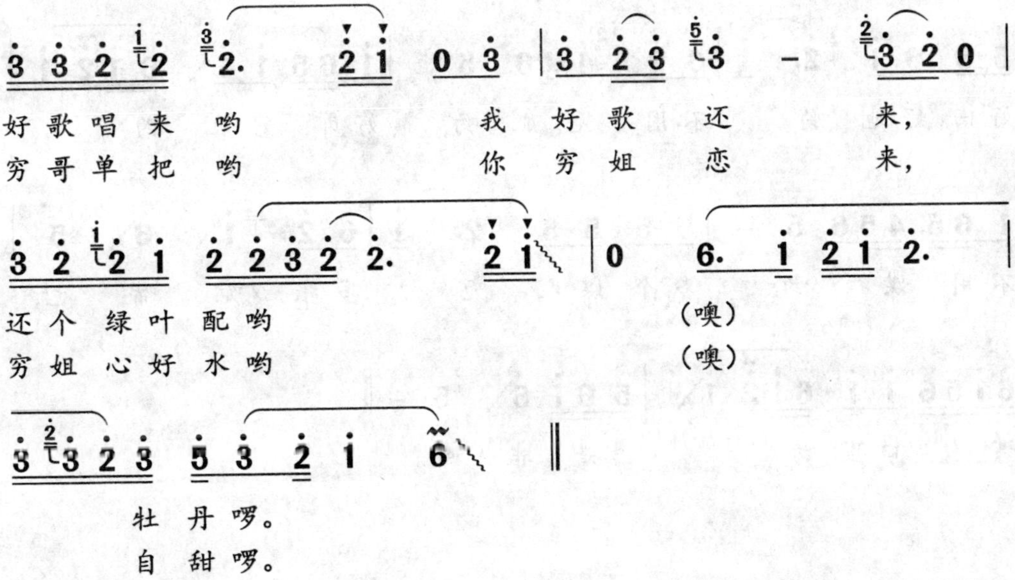

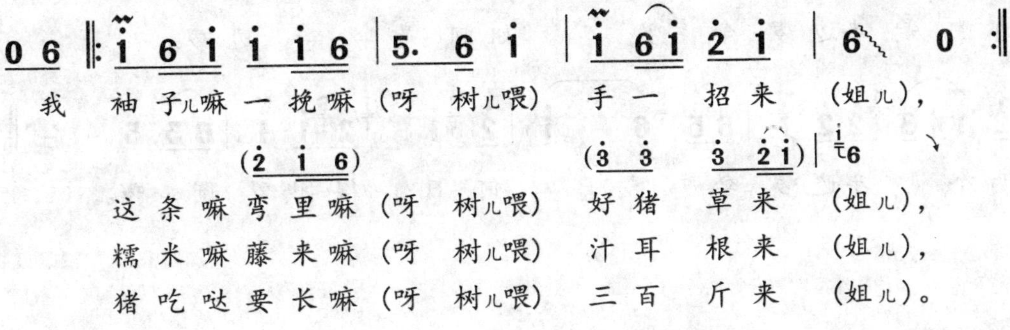

好郎好姐不用媒

1=D 4/4
中速

谷志先 唱
白诚仁 记

好田好地哟 不用呃肥哟，好郎好姐哟
不用媒哟；多个媒人呃 多张呃嘴也，
媒人口里哟 出是非哟。

何日得团圆

1=F 4/4
中速

夏德金 唱
黎连城 记

郎啊是半边啰伞啰，姐呵是伞半边啰，
两个 半边啰伞啰，何日 得团啰圆啰。

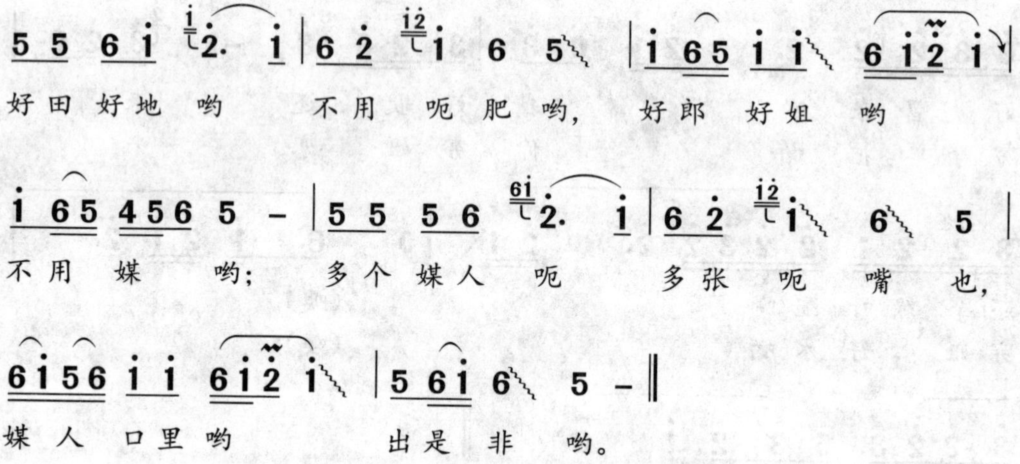

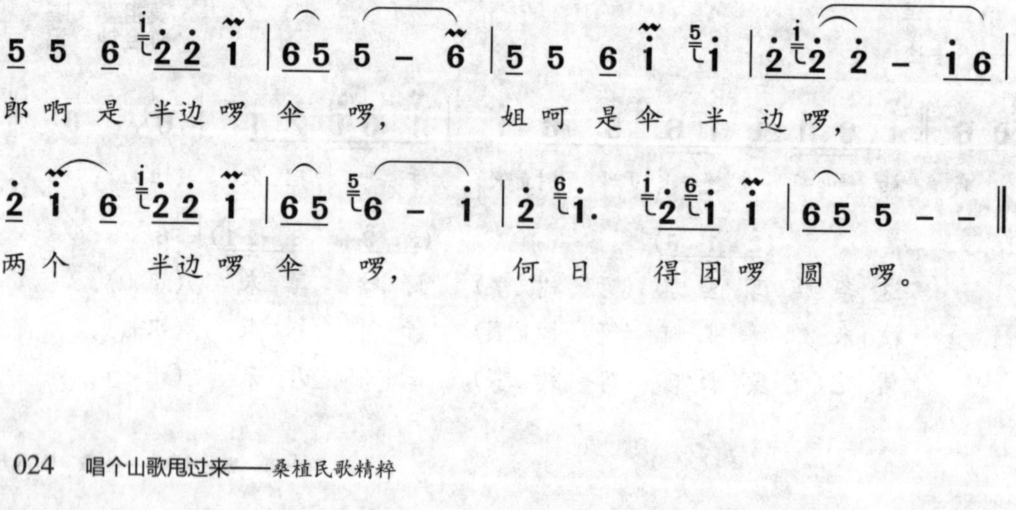

河边杨柳细条条

1=♭B 4/4　　　　　　　　　　　　　　　　　尚二妹 唱
自由地　　　　　　　　　　　　　　　　　　黎连城 记

5 5 3 5 6 | 2. 3 | 6 1 1 2 1 | 6. 5 5 | 5 5 3 5 6 | 1 2 1 6 — |
河边　杨柳（嘞　呜）细条（也）　条　（罗），无风　无雨　（也）

5 1 6. 5 5 — | 5 5 3 5 6 | 2. 3 | 1 6 1 1 2 1 | 6. 5 5 |
摆摆摇　（啰）；　时时　见妹（嘞　呜）时时（嘞）　好（哇），

5 1 6 5 5 6 | 1 2 1. 1 6 | 6 1 6 6 1 6 6 1 6 0 | 6 1 6. 5 5 — ‖
一时　不见　（也 咿也 也咿也 也咿也 也咿也 也）　好心焦　（啰）。

花园难舍我又来

1=G 2/4　　　　　　　　　　　　　　　　　娄菊香 唱
　　　　　　　　　　　　　　　　　　　　　蔡晞 记

1 6 1 6 | 1 1 3 2 | 3 2 2 3 | 2 2 2 | 2 1 6 | 5 0 |
听你唱歌我就来，脚踏（的个）园门呃　花就　开，
高山高岭搭歌台，好花（的个）不往呃　别处　栽，

6 2 3 1 | 2 3 2 2 2 | 3 2 2 | 2 1 6 | 5 0 ‖
（哎哟咿）好歌（的个）好声　逗凤　来。
（哎哟咿）花园（的个）难舍　我又　来。

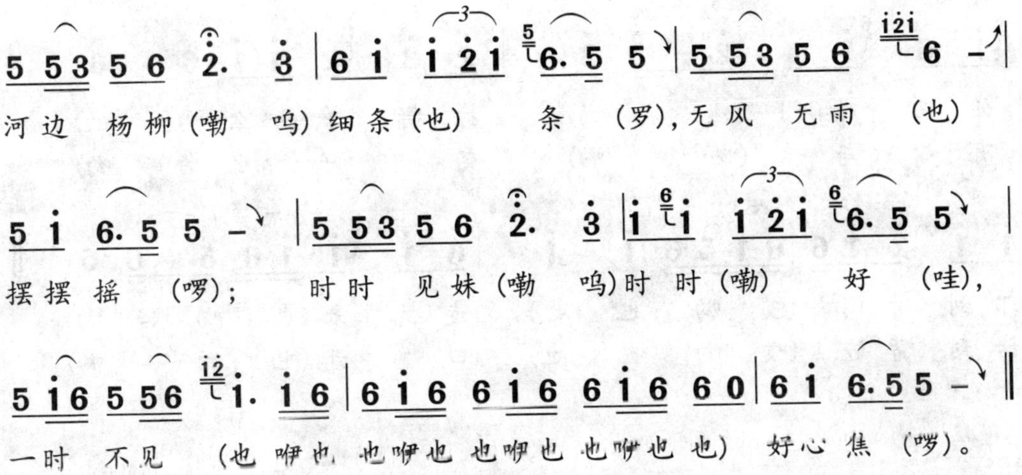

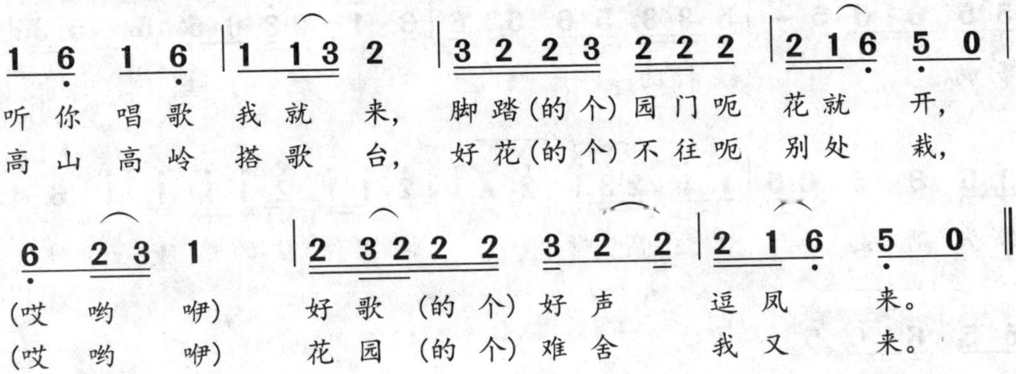

话到嘴边口难开

1=C 4/4 5/4
中速

张九洲 唱
黎连城 记

姐在 对门（哟 哟） 打猪 草（那么哟 哟）
有心 与姐（哟 哟） 交相 好（那么哟 哟）

郎到对门（哎哟也也） 走拢 来（也 哟 哟）；
话到嘴边（哎哟也也） 口难 开（也 哟 哟）。

怀里揣着蜜一坨

1=D 4/4 5/4
稍慢

朱耀榜 唱
陈金钟 记

情姐门前（啰嗬）一条坡哟， 别人的走少我走 哇
多哟； 铁打的鞋子呵 穿啦烂了哇， 我把
岩头踏起 灯盏窝哟， 怀里像揣的嘛蜜一呀
坨哇。

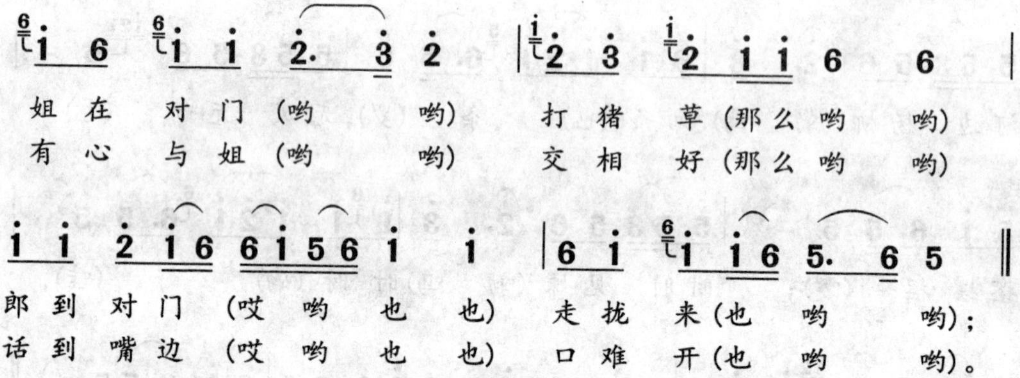

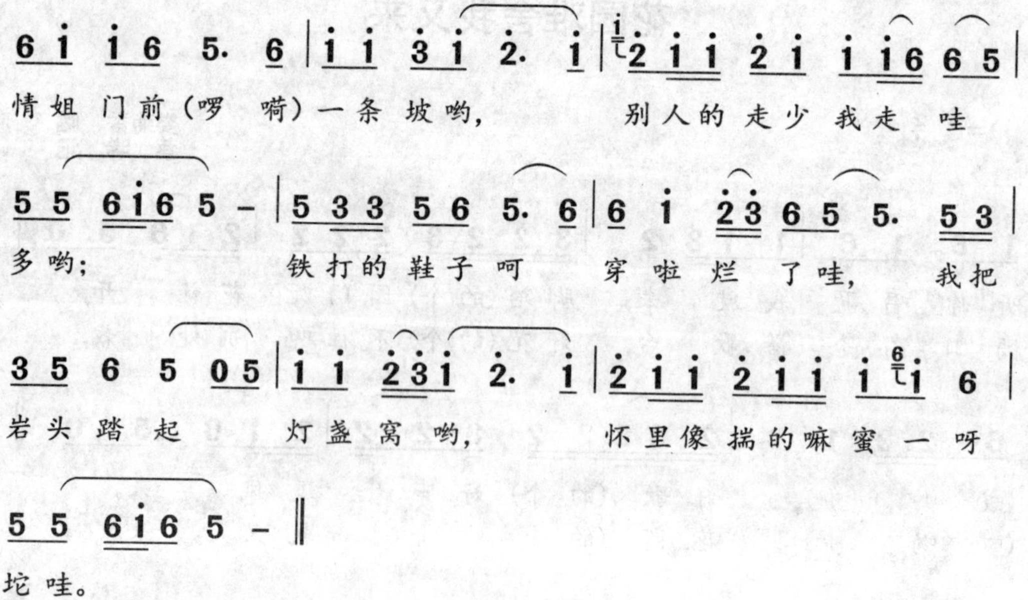

讲起恋郎真艰难

1=D 2/4　　　　　　　　　　　　　　　蔡美生 唱
稍慢　　　　　　　　　　　　　　　　　蔡 晞 记

讲起（溜溜儿）恋郎真艰（溜溜儿）难，
上滩（溜溜儿）就怕鸳鸯（溜溜儿）口，

讲起（溜溜儿）鲤鱼上急（溜溜儿）滩；
下滩（溜溜儿）又怕网来（溜溜儿）缠。

叫我唱歌就唱歌

1=♭B 4/4　　　　　　　　　　　　　　娄菊香 唱
豪迈、自由地　　　　　　　　　　　　蔡 晞 记

叫我唱歌（咧呜呵呜）就唱啰歌呵，
唱歌不怕（咧呜呵呜）歌师嘞傅呵，

叫我撑船嘞就下河啰。
撑船哪怕嘞乱岩壳啰。

第一篇　高山放歌——山歌　027

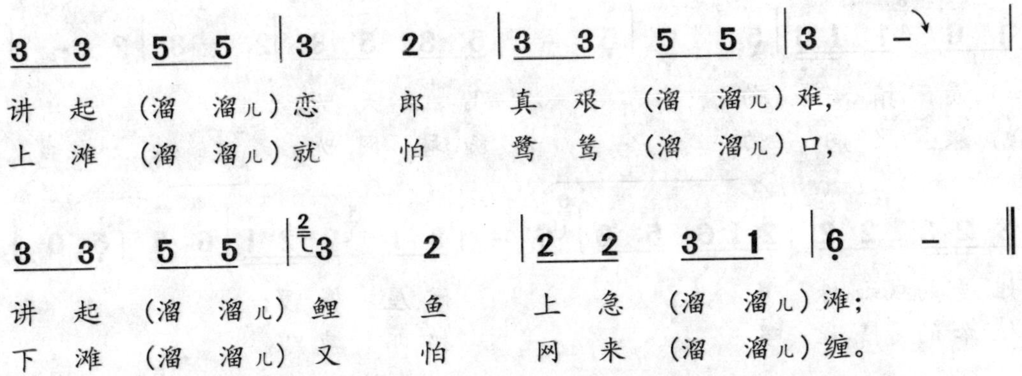

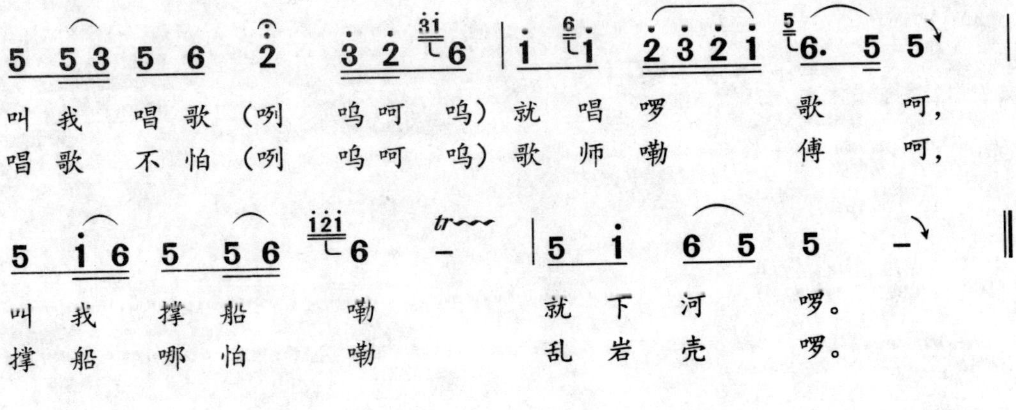

姐牵情丝把郎缠

1=A 2/4

金甲姑 唱
黎连城 左泽松 记

```
1 6· | 1 1 6 | 5· 6 | 5 - | 5 3 5 3 | 2· 3 | 2 - |
```
郎是 蜻蜓 哟　　　　　　　飞 上 天 咯,
蜻蜓 飞向 哟　　　　　　　蜘蛛 网 咯,

```
3 2 3 | 2 2 | 2 1 6 | 5· 6 | 6 - | 3 1 | 2 2 1 | 6 5 | 5 0 ‖
```
姐是的 蜘蛛 啰　　　网屋 檐啰;
姐牵的 情丝 啰　　　把郎 缠啰。

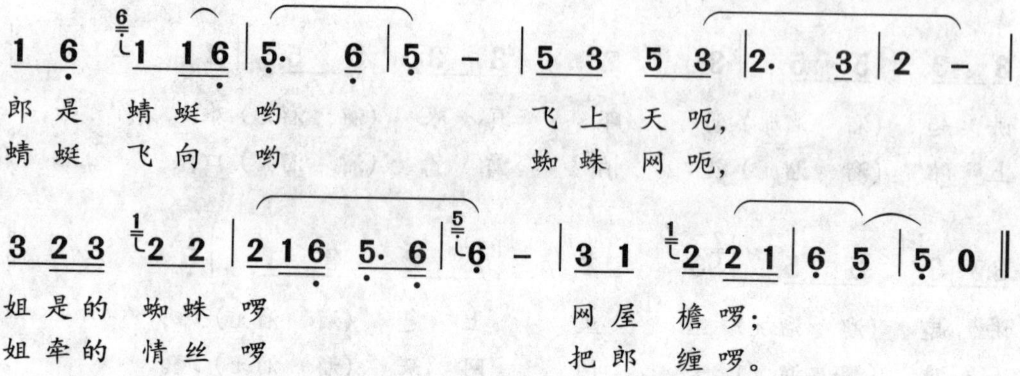

九岭十八岗

1=♭B 2/4
稍慢

娄菊香 唱
左泽松 记

| 5 5 3 | 5 6 | 2̇ | 2̇ 6 | 1̇ 2̇ | 2̇ 1̇ 6 | 6 | 5. |

九 岭嘛 十 八 岗 哎, 情 哥 坡 上 吁,
槐 树嘛 脚 下 坐 哎, 打 下 一 盘 哇,
走 上儿嘛 几 个 岭 哎, 走 过 几 个 啦,
花 壁嘛 我 都 有 哎, 没 到 那 时 啊,
隔 壁嘛 小 么 妹 哎, 你 到 里 候 呀?
隔 嘛 小 去 郎 哎, 说 哪 在 去 吁,
情 姐嘛 去 看 花 哎, 莫 不 当 行 呀,
讲 了嘛 回 头 看 哎, 莫 女 人 家 啦,
打 碗嘛 这 包 久 哎, 学 儿 才 闲 啊,
  嘛 荷 蛋 哎, 姐 饱 吃 口 啊,
        饱   一 餐

| 6 6 | 1̇ | 2̇ | 1̇ 6 | 5 6 1̇ | 6 5 | 5 | 5. |

姐 儿 在 树 下(是) 歌 荫 啰 凉 啊
前 面 的 来 了(是) 女 姣 啰 娥 呵。
口 问 的 情 姐(是) 讨 花 啰 玩 呵。
铁 树 的 开 花(是) 水 倒 啰 流 呵。
山 高 的 路 远(是) 我 送 啰 你 呵。
没 有 的 丈 夫(是) 有 爹 啰 娘 呵。
人 到 的 几 个(是) 十 一 啰 八 呵。
人 口 的 三 十(是) 去 岩 啰 半 呵。
胸 早 的 掉 下(是) 一 姐 啰 头
明   的 再 来(是) 陪   玩

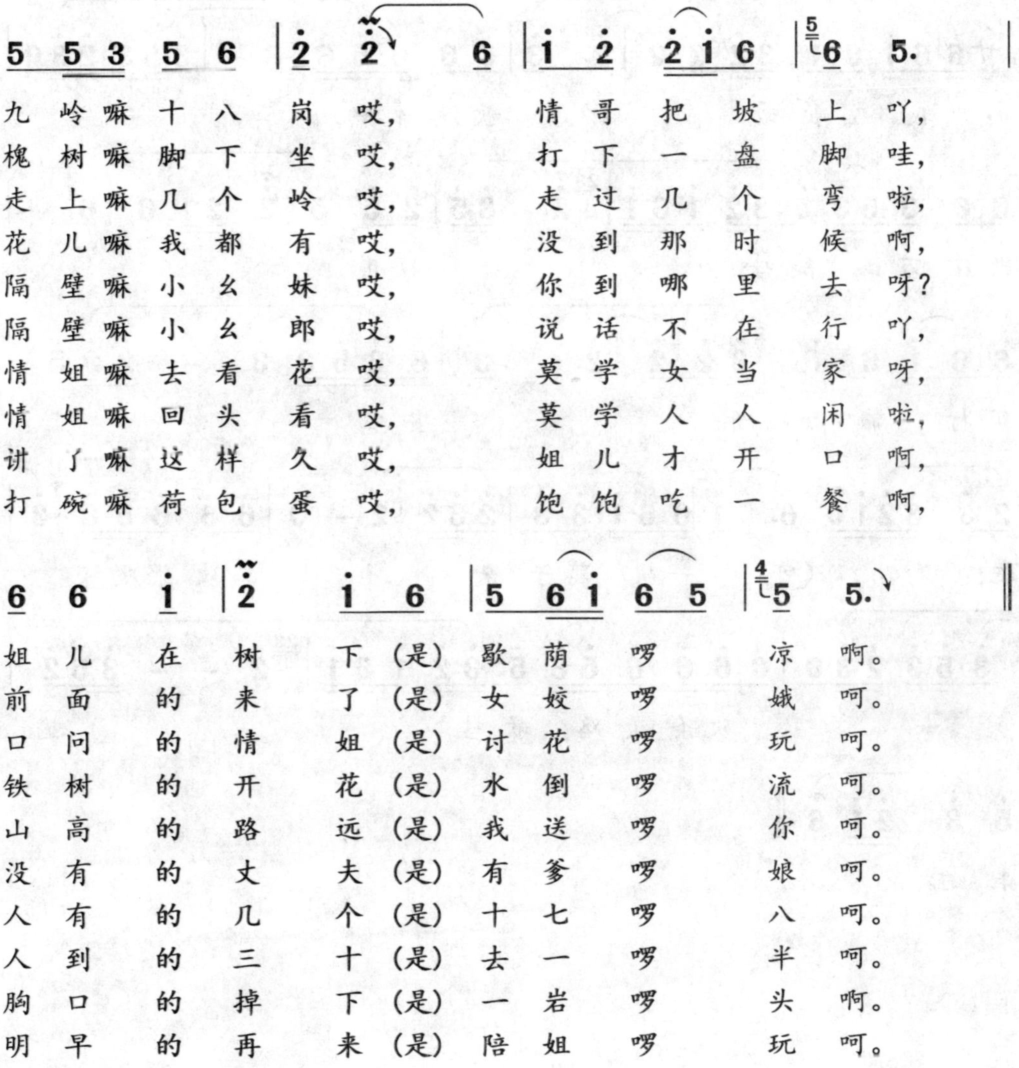

砍条大路歌就来

1=♭B 4/4 3/4 2/4　　　　　　　　　　　黎运旦 唱
自由地　　　　　　　　　　　　　　　蔡 晞 记

叫我 唱歌 嘞　　　　歌没 来哟，

歌在万山 陡哇　　　石崖哟。

新打 镰刀 呀　　　安啦　　　　　上

把，（呵）一砍 蒿子 来　　二砍柴哟，

砍条大路 歌哇　　　　　　　　　就

来哟。

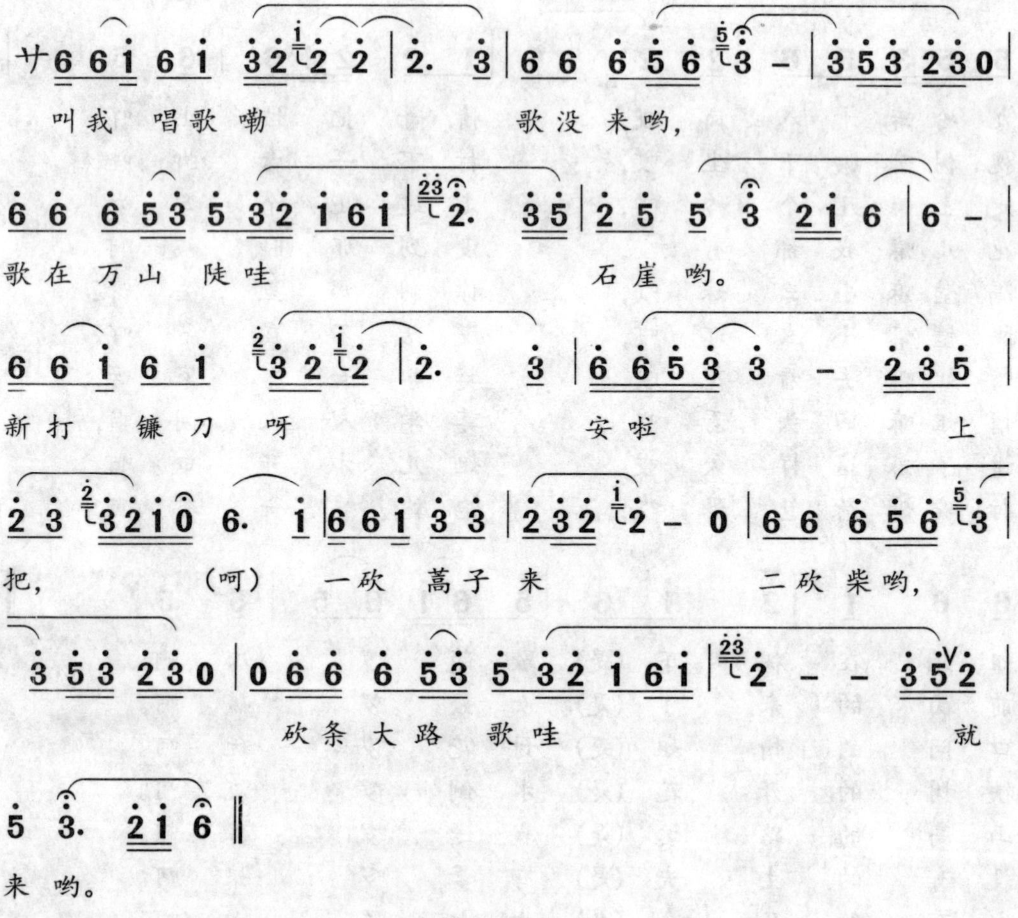

口对口来心对心

1=A 4/4
中速

钟善坎 唱
蔡晞 记

这山画眉儿 叫一声（啰呵），那边画眉儿就接啰
两只画眉儿 一起叫（啰呵），口对口来心对啰

音啰。
心啰。

郎姐相伴早有缘

1=D 4/4
中速

陈协宣 唱
陈金钟 记

蜜蜂呀翅膀尖呀，遍山把花恋呀，
无水呀莫栽田呀，哥哥不忘恋呀，

一翅的飞呀到姐跟前。
郎姐的相呀伴早有缘。

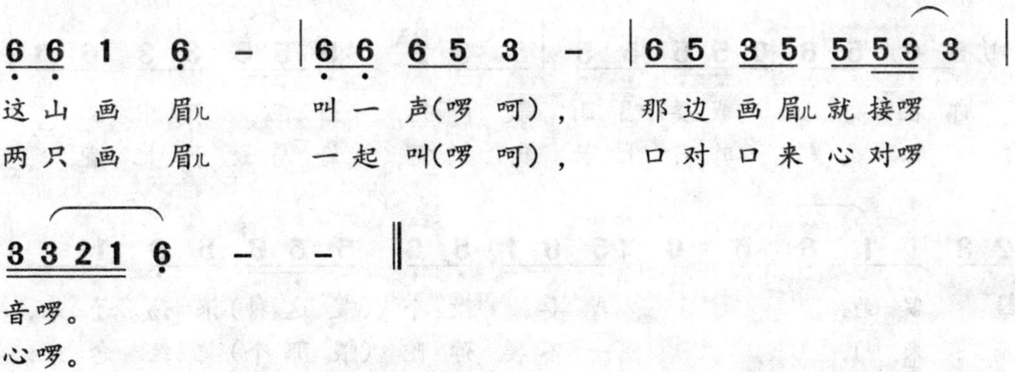

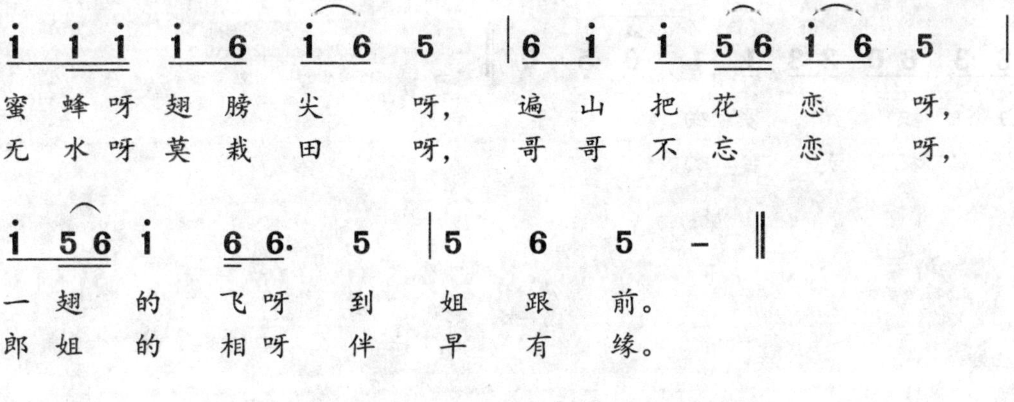

郎在高山唱山歌

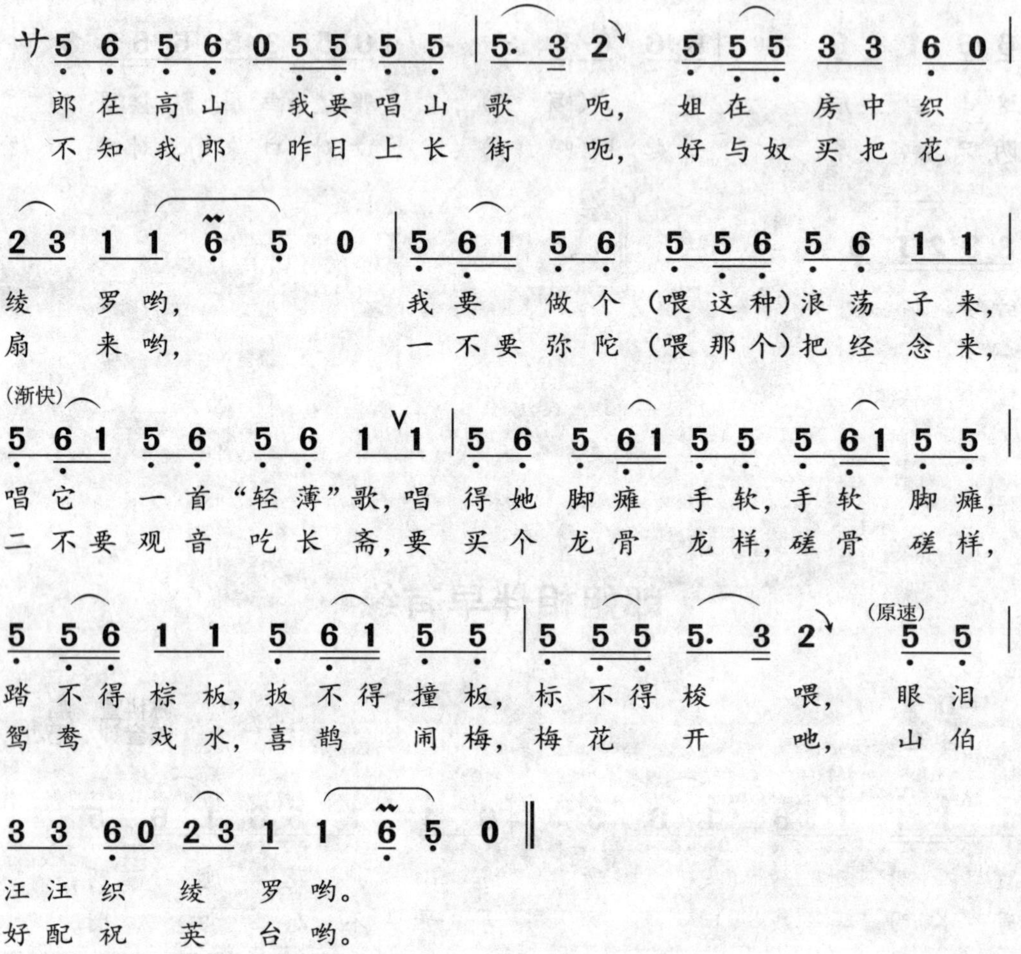

老板我儿死对头

1=G 2/4
自由地

王万法 唱
蔡晞远达 记

我老汉不怕大疯狗，老板我儿死对头，犁耙甩在大路上我八月十五过中秋。

冷水泡茶慢慢浓

1=E
慢，自由地

向顺进 唱
陈金钟 记

韭菜开花也细茸茸噢
有心恋郎噢 不怕穷噢；只要
二人嘞 情意好嘞，
冷水泡茶哟 慢慢儿浓啊。

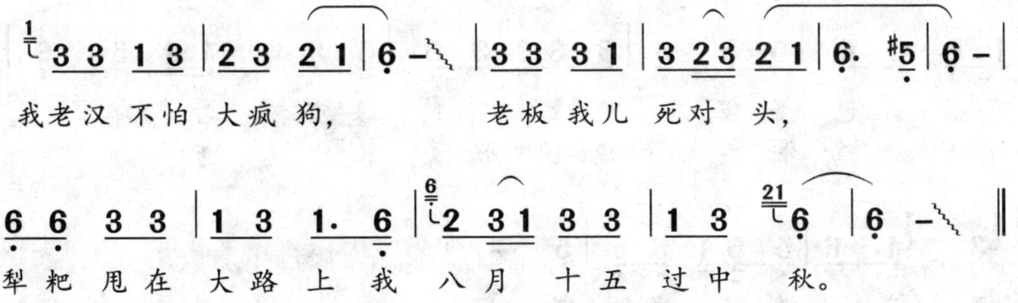

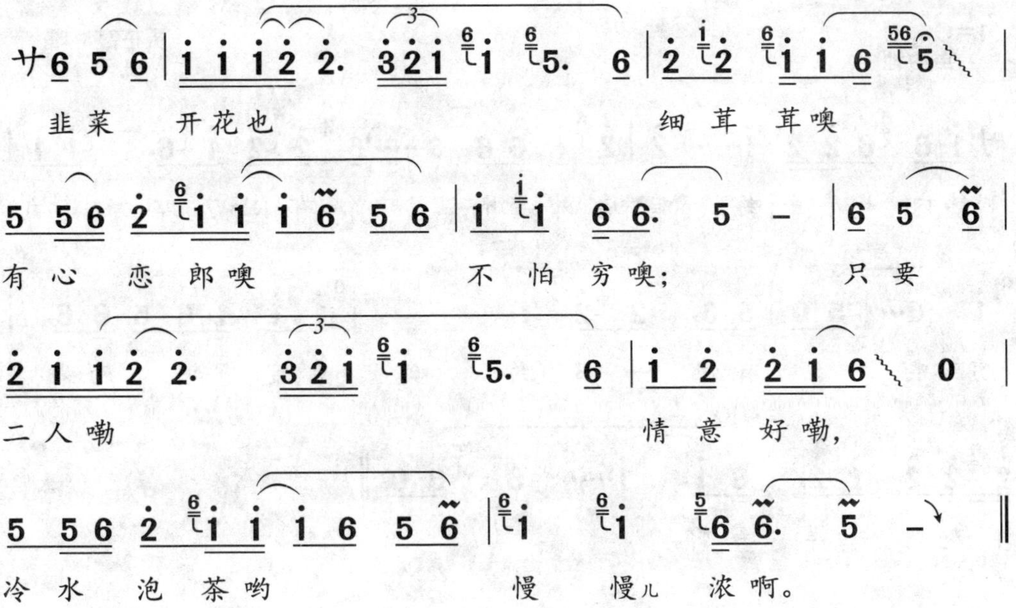

恋郎要恋鸭客郎

1=♭B 2/4
中速

文秀英 唱
陈金钟 记

早晨荷包蛋啰，晚上杀鸭娘吖，恋郎要恋鸭客哟郎。
白天放鸭忙啊，晚上情义长吖，恋郎要恋鸭客哟郎。

两朵鲜花一样红

1=C
自由地

贾正高 唱
陈金钟 记

墙内栽花(来哟 呜)墙外红啊，你有心恋郎莫怕穷啊；有朝一日(哟 哦)天变了哇，两朵鲜花呀一样红啊。

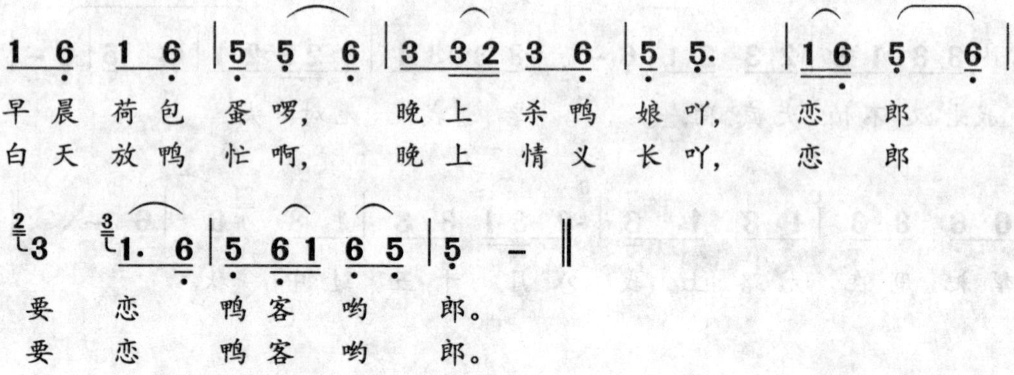

路程远哒难得来

1=G 2/4
中速

皮喜姑 唱
陈金钟 记

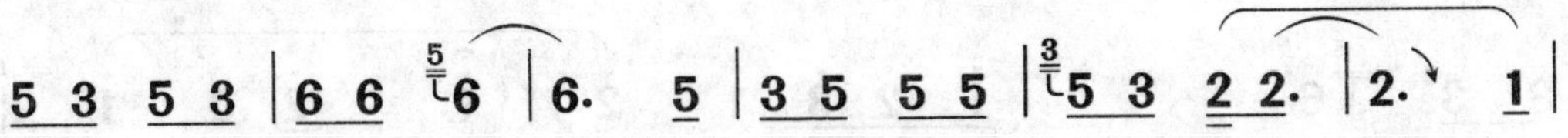

大树 倒哒 难得 抬，（我）路程 远哒 难得 来哟，
大树 倒哒 根没 离，（我）口里 离姐 心没 离也，

（我）来哒 又怕 会不 到啥（姐也， 哦）会到 又怕 丢不 开也；
（我）口里 离姐 三五 月啦（姐也， 哦）心里 没离 半时 节哟。

妹疼皮肉哥疼心

1=A 2/4
自由地

朱耀榜 唱
陈金钟 记

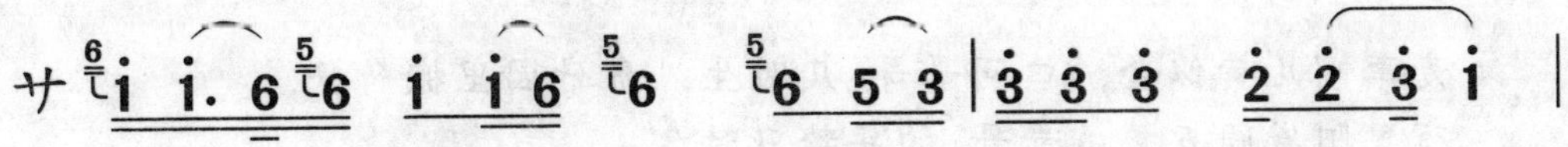

妹扯 （的）猪草 （外 安你） 要小（哇）心（哪），
刀快 （的）如若 （哇 安你） 切妹（呀）手（哇），

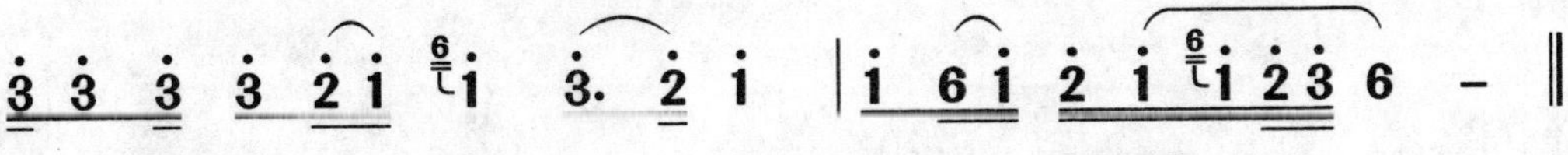

芭茅 （的）刀快 （哟衣 哟） 赛过 针（哪）；
妹疼 （的）皮肉 （哟衣 哟） 哥疼 心（哪）。

麦草帽儿十八转

1=♭A

向桂芝 唱
黄新平 记

麦草帽儿哦十八的转哪，
我想起的哥儿在哦云南哦，
我又隔黄河哦三哪道水哦 又隔的峨眉啰九层山呐 相交的一回难哦上的难哦。

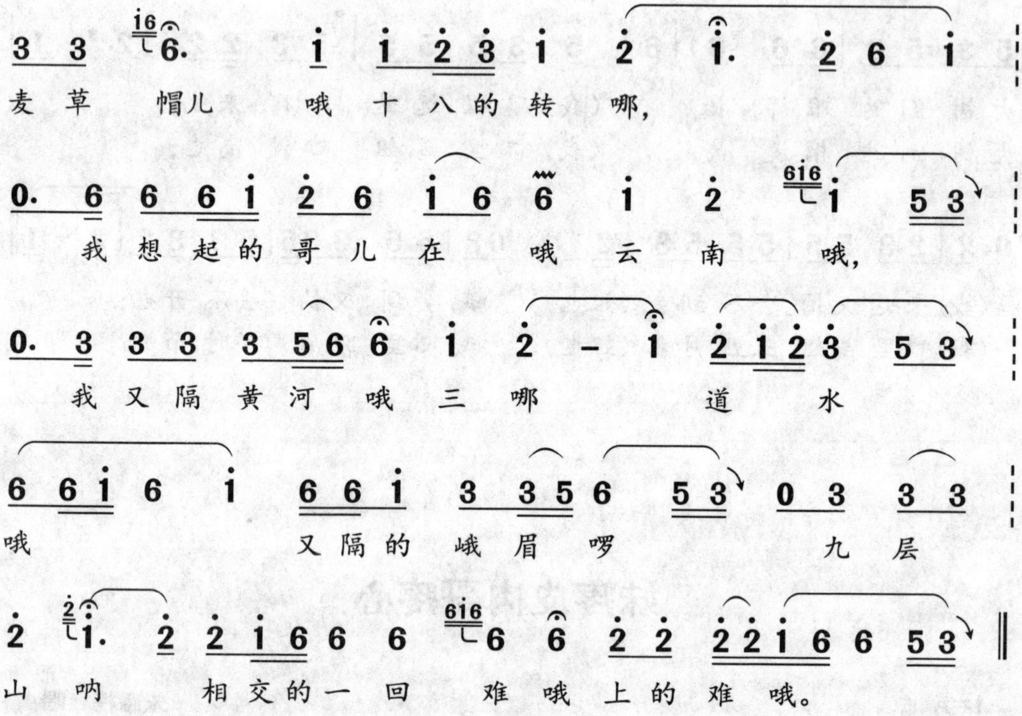

麦草帽儿黄似金，口问哥哥儿几时生，贵竹园里搬竹笋，
夜里阳雀闹五更，哥哥儿的年龄丑时生。
栀子花儿嫩艳艳，栽到云南大路边，六月的日头晒不死，
十月霜打隔岩檐，一朵鲜花万万年。

摸到枕头喊情哥

1=G
自由地

刘桃香 唱
陈金钟 记

唱歌莫在(呀 哈)人家的屋前屋后唱呃 (咳),

大户的人家女哋儿多哇,

嫂子听见嘞 由事的可喂,

姑儿的听见满嘞床摸嘞,

摸到的枕头喊嘞 情哥嘞。

莫把姣姣累成痨

1=G 2/4
中速

邓良成 唱
蔡晞远达 记

这山望见嘛(喂 喂)那山高来(噢噢),望见姑娘
没得柴烧嘛(喂 喂)请人砍来(噢噢),没得水吃
没得水吃嘛(喂 喂)请人挑来(噢噢),莫把姣姣儿

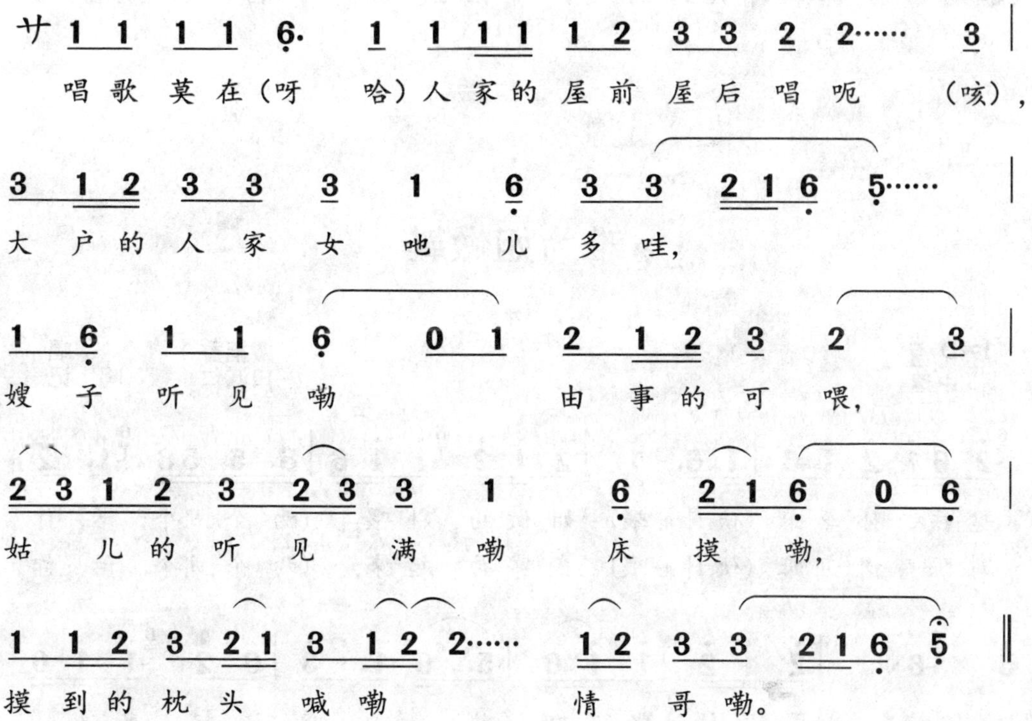

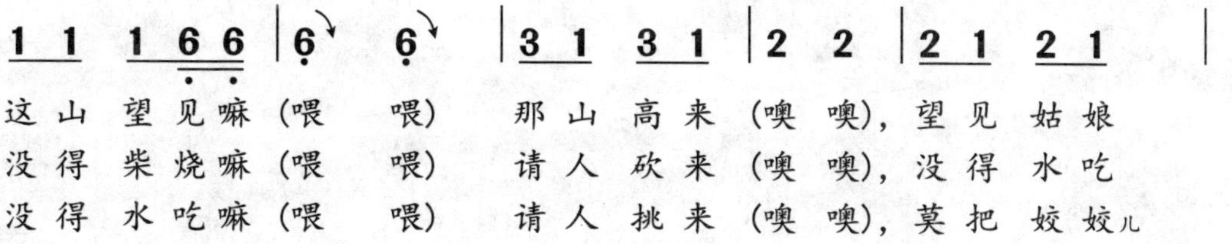

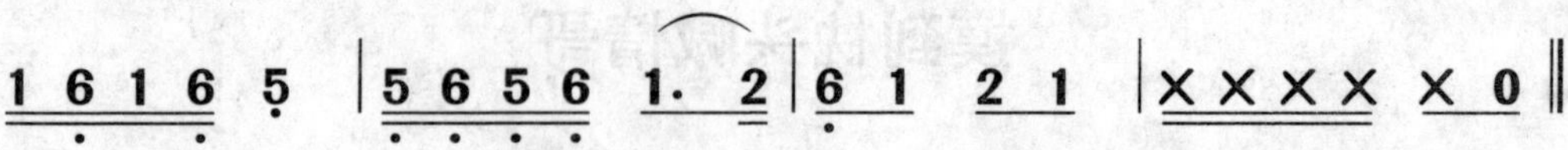

```
1 6 1 6 5̣ |5 6 5 6 1.2|6̣ 1 2 1 |× × × × × 0‖
```
（冬儿冬的郎　郎儿郎的冬）打柴烧哇（昌儿弄冬昌）。
（冬儿冬的郎　郎儿郎的冬）请人挑哇（昌儿弄冬昌）。
（冬儿冬的郎　郎儿郎的冬）累成痨哇（昌儿弄冬昌）。

难为姐做鞋

1=D 2/4
中速

戴福香 唱
白诚仁 慧鸣 记

```
2 6 1 2 i 6|i 6. i|2 i 2 i i 6|5. 5 5 6|i. 2|
```
赵钱　孙李嘛（伙计儿喂）姐做的　鞋喂，（两个儿那个　话你
冯陈　褚卫嘛（伙计儿喂）我穿的　起来，（两个儿那个　话你

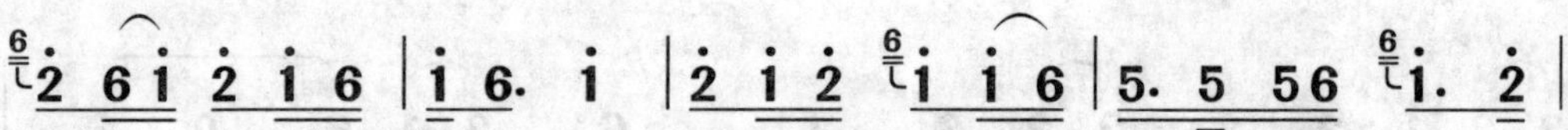

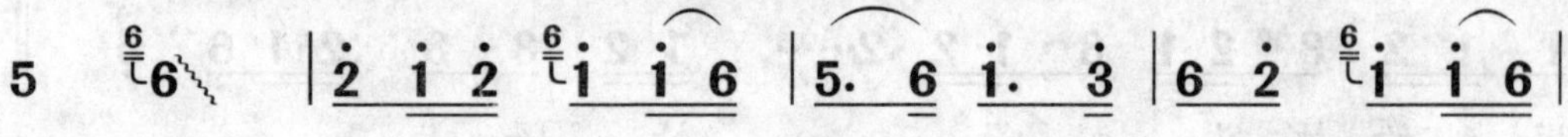

```
5 6̃ |2 i 2 i i 6|5. 6 i. 3|6 2 i i 6|
```
说　嘛）周吴的　郑王嘛（哟　哟呜）送起　来也
说　嘛）年年的　难为嘛（哟　哟呜）姐做鞋也

```
5 6̃ 5|5 0‖
```
（哟衣　哟）。
（哟衣　哟）。

①难为：方言，麻烦的意思。

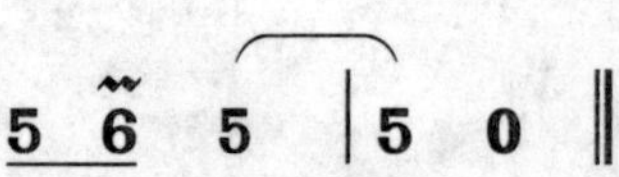

你唱花花儿我来解

1=C 2/4 3/4
中速

彭淑元 唱
蔡晞远达 记

(男)隔山隔岭来 又隔呀 河哇，那边唱
(女)隔山隔岭来 又隔呀 河哇，这边唱
(男)歌先生来哟 老仙啦台哇，唱个花
(女)歌先生来哟 老仙啦台哇，你唱花

歌 是哪个 哇？ 蚂蚁子过河来 你好大 的
歌 就是我 哇？ 蚂蚁子过河来 你天大 的
花儿你来解 呀； 什么子花开来 它一口 的
花儿我来解 呀； 桐子 花开来 一口 的

胆 嘞， 粟米子下锅 好大的 心 哪，招呼惹
胆 嘞， 粟米子下锅 碗大的 心 哪，专门惹
钟 吖， 什么子花开 肚里 绒 吖，什么花
钟 吖， 土姜树花开 肚里 绒 吖，桃子花

到 歌先生 来。
你 歌先生 来。
开 半边红 来？
开 半边红 来。

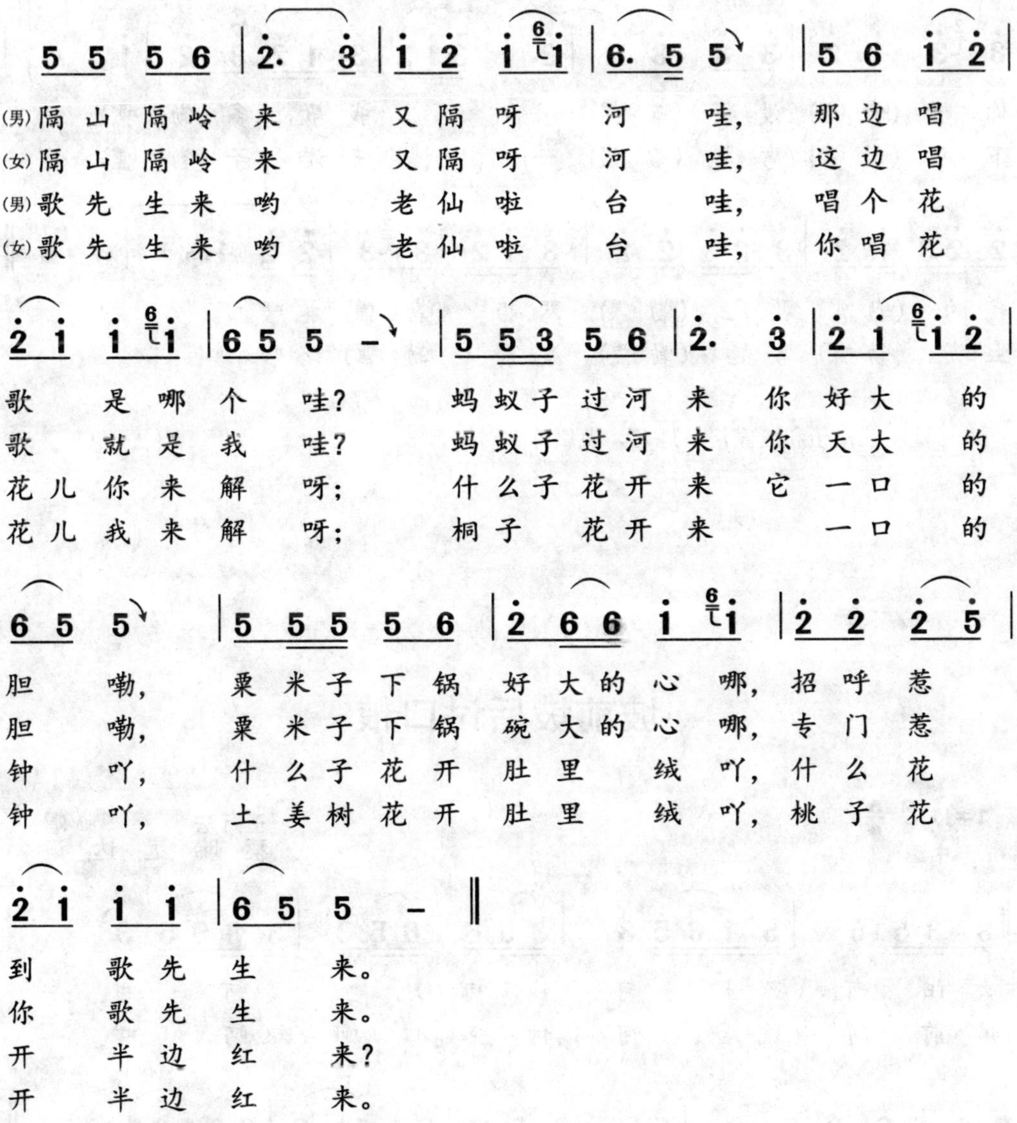

你歌没得我歌多

1=D 2/4
中速、高亢地

罗年青 唱
陈金钟 记

你歌（嘞嘿）没得（嘞嘿）我歌多（嘞嘿），
下头（嘞嘿）弯起（嘞嘿）三溇子（嘞嘿），

我的（嘞嘿）歌儿（嘞嘿）驾船（嘞嘿）拖啰。
上头（嘞嘿）弯起（嘞嘿）渡家（嘞嘿）洛啰。

注：三溇子和渡家洛：地名，现属陈家河镇。

坡前坡后讨口粮

1=D 2/4 3/4
中速

王万法 唱
蔡晞远达 记

太阳呵落土呵铺呵地呵黄呵哎，
坡前呵坡后呵讨呵口呵粮呵哎，

大娘（那个）可怜啰 小呀小儿的郎（啊 哎咿哟）。

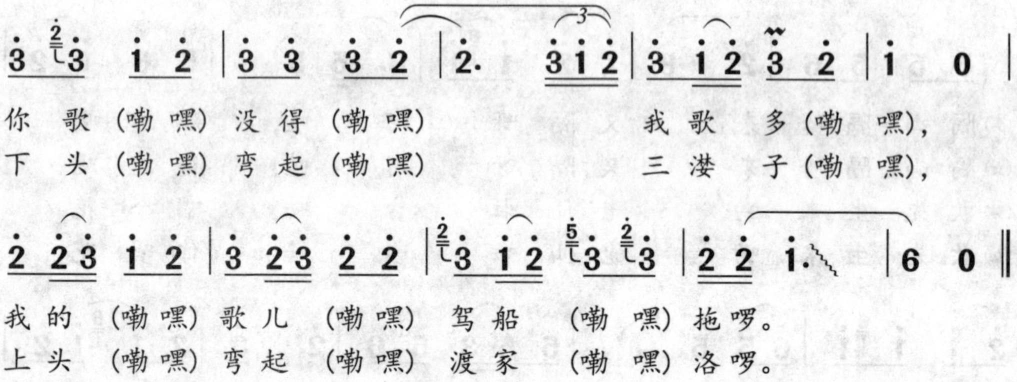

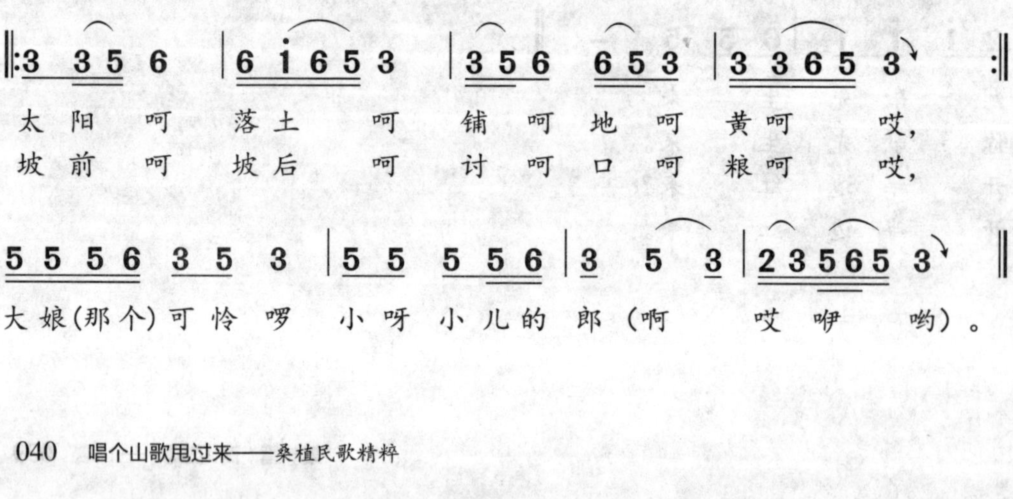

青布围裙挑白花

1=G 自由地

刘占林 唱
陈金钟 记

青布围裙啊 挑白呀 花也，三百六十啊 九根纱呀，当中挑起呀 胡椒哇 眼来，你

（渐快）

当中又挑 飞龙滚龙 凤凰展翅 杜子雀儿 牡丹花，

（突慢）

爱花的 哥 哥儿啰 相送他哟。

情妹想哥想成痨

1=F 2/4 稍慢

王万法 唱
蔡晞 记

大 雨嘛落来嘛（伙计我的 妹儿哟 喂） 小 哇雨 飘，
瓦 罐嘛煨饭嘛（伙计我的 妹儿哟 喂） 吃 呀不 饱，

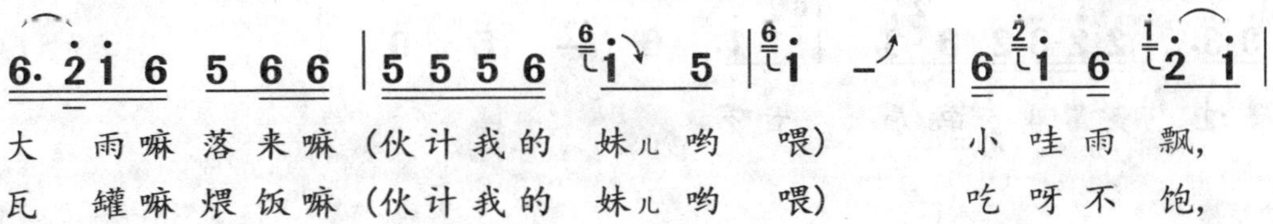

(完俩那个话哟, 你说嘛,) 岩屋的躲雨（哟嗨哟）
(完俩那个话哟, 你说嘛,) 情妹妹儿想哥（哟嗨哟）

像哇天牢喂（哟哎哟）；
想啊成痨喂（哟哎哟）。

注：完为桑植方言，意为我。

赛过黄莺画眉音

1=D
自由地

龙世姑 唱
陈金钟 记

这边 唱歌 那边听啰哎， 隔河 隔 水听不 清啰，

有朝 一日 听明了呵， 你一 声来嘛我一 声呵，

赛过 黄莺嘛 画眉儿 音啰。

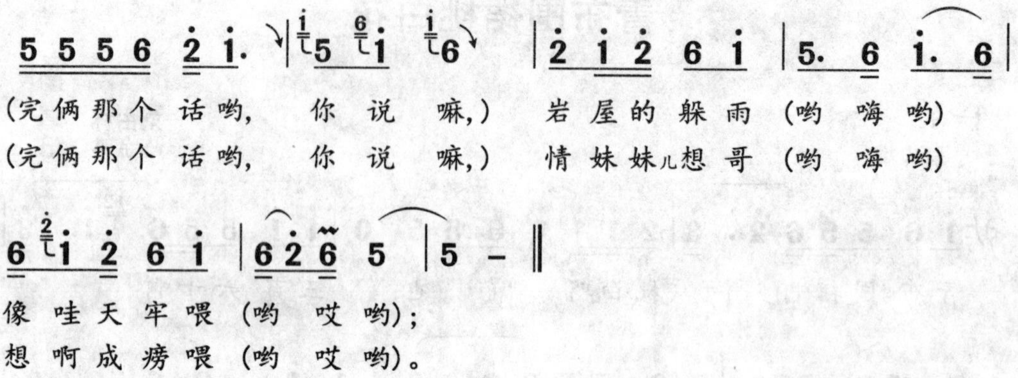

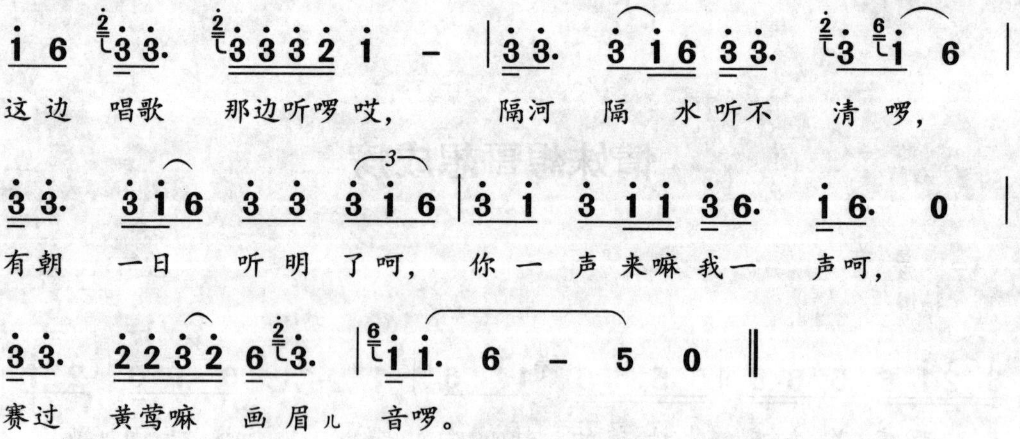

三蔸杉树并排栽

1=D 2/4　　　　　　　　　熊武成 唱
自由地　　　　　　　　　武 生 记

廾1 １6. 2̇3̇2̇1̇ 1. | 2̇3̇2̇1̇ 33 2̇ - |
三蔸　彬树嘞　　并排的栽吔，

2̇3̇1̇2̇ 3̇4̇3̇ 2̇2̇ 0 1̇ 2̇3̇1̇2̇ 3̇5̇3̇ 2̇ 2̇1̇ 1̇6̇5̇
三个的大姐儿嘞嗨　我一样的乖哟

5 5̇6̇ 2̇2̇ 1̇ 1̇. 2̇3̇1̇2̇ 3̇3̇ 2̇ -
前头走的嘞　　大姨姐儿嘞

3̇4̇3̇ 3̇2̇2̇ 0 1̇ 2̇3̇1̇2̇ 2̇ 2̇ 1̇
后头走的嘞　是小姨妹儿嘞

2̇3̇2̇ 2̇3̇2̇2̇ 0 1̇ 3̇2̇3̇2̇ 2̇ 2̇ 1̇ 1̇. 6̇5̇ ‖
当中走的嘞　是我媳妇儿嘞。

筛子关门眼睛多

1=A　　　　　　　　　　谷兆芹 唱
自由地　　　　　　　　　蔡 晞 记

廾5 3̇5̇ 2̇3̇ 3̇5̇3̇2̇ 2̇1̇6̇ 6̇1̇ - | 2̇5̇ 5̇3̇ 3̇2̇1̇ 1̇2̇1̇ |
大河哇涨水　　　起旋涡啰，

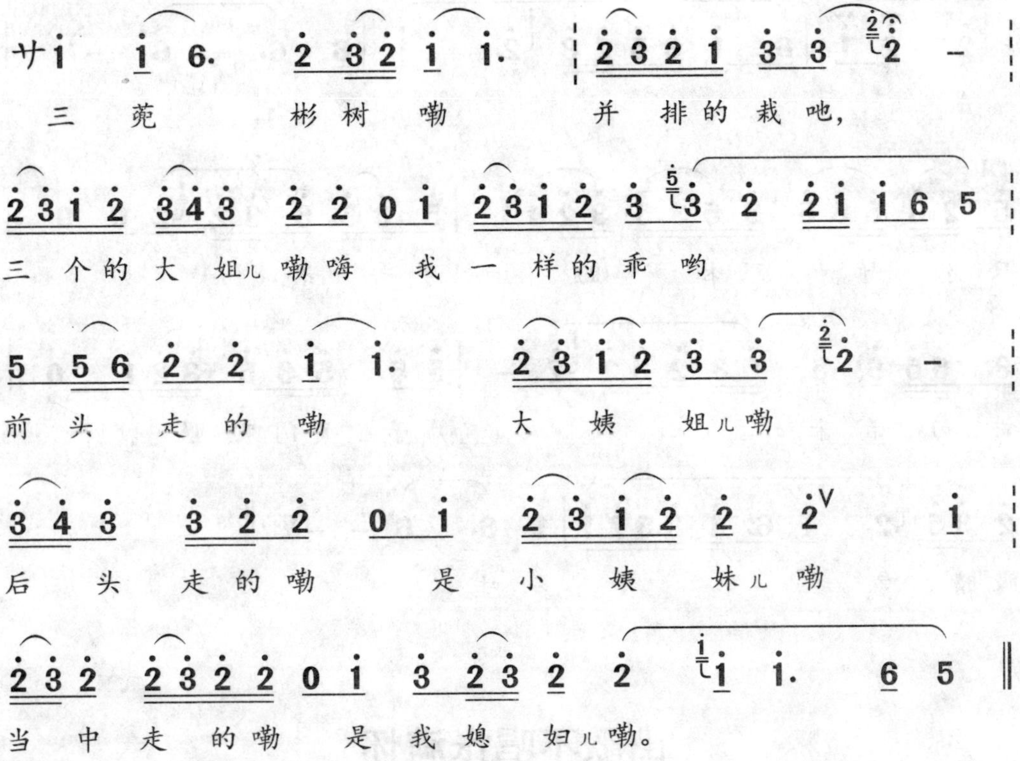

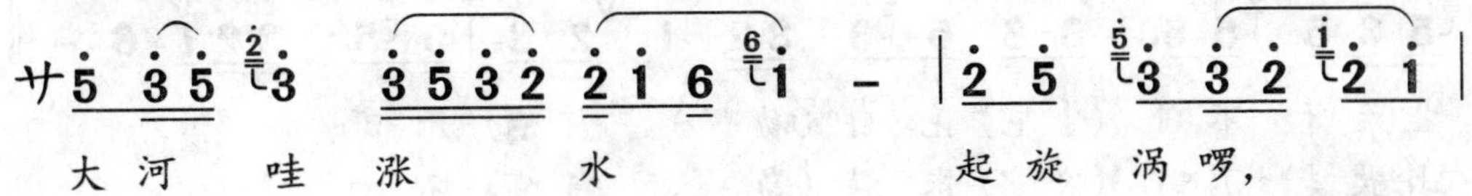

起呀旋涡， 我想恋姐人又

啊 多啊，

只想啊 跟啦 姐儿 讲句话，

讲句话来， 筛子儿关门来眼啦

眼睛啰 多哇。

山歌不唱怅满怀

1=A
自由地

陈功远 唱
陈金钟 记

大路 不走 喃 草成啦 排呀，
荞麦 不锄 喃 苗荒吖 死吖

韭菜呀 不割 （啥它）花自（嘞 啊嗬）开呀；
山歌哇 不唱 （啥它）怅满（嘞 啊嗬）怀哟。

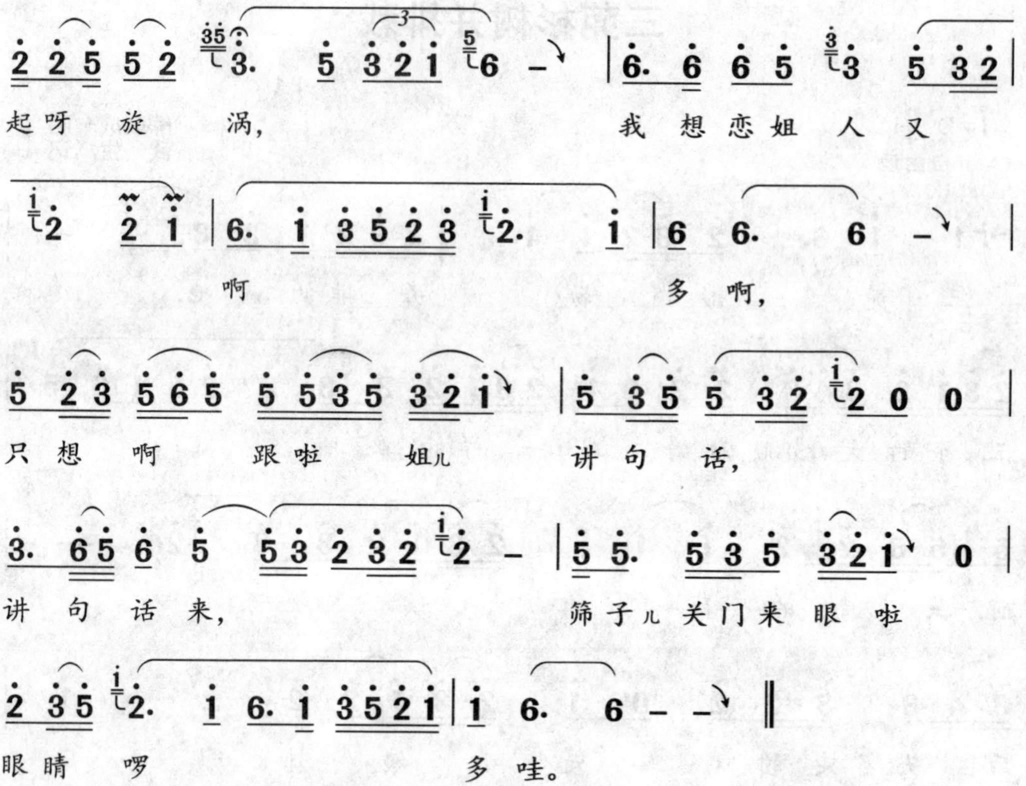

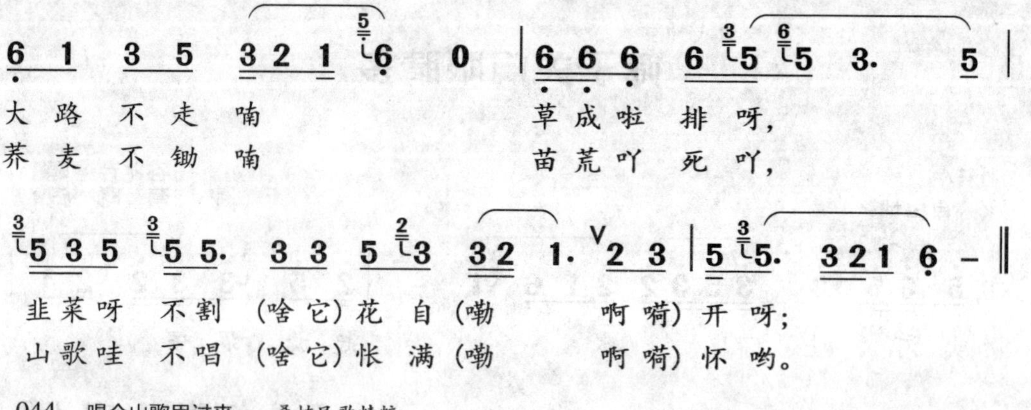

山歌不唱冷秋秋

谷兆芹 唱
陈金钟 记

1=A
自由地

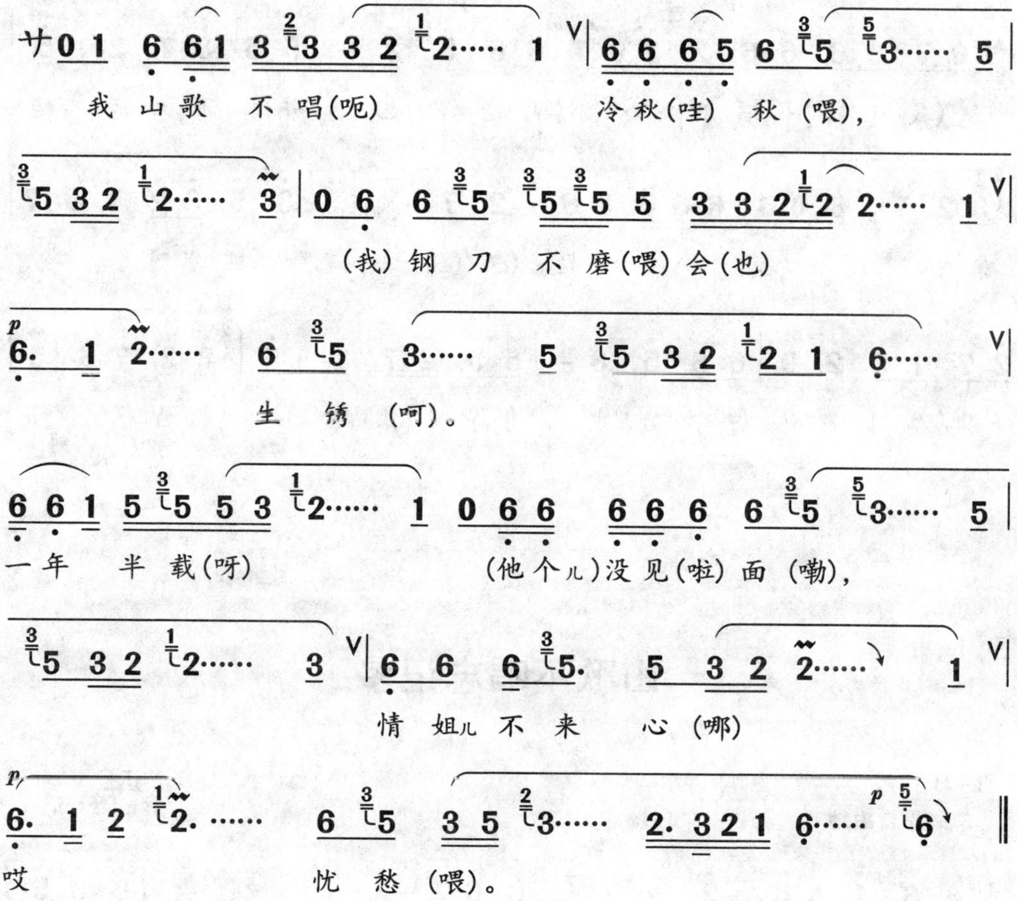

注：冷秋秋为方言，意为不热闹、冷清。

山歌不唱满起怀

1=A
自由地

鲁官翠 唱
蔡晞 记

(我)山歌不唱呃　(我)满起怀也，井水不挑满起来也。(我)十八岁幺姑儿(来哎)　来也挑水呀一脚踏到喂　井中岩也　身子儿一扭站起来哟。

山歌不唱忘记多

1=B
高昂自由地

黎运旦 唱
蔡晞 记

山歌不唱 (来 哪) 忘记多 (哇 哪) 大路不走 (喂 它) 草哇 成窝 哟。
快刀不磨 (来 哪) 黄锈起 (哟 哪) 胸膛不挺 (来 哪) 背呀 就驼 哟。

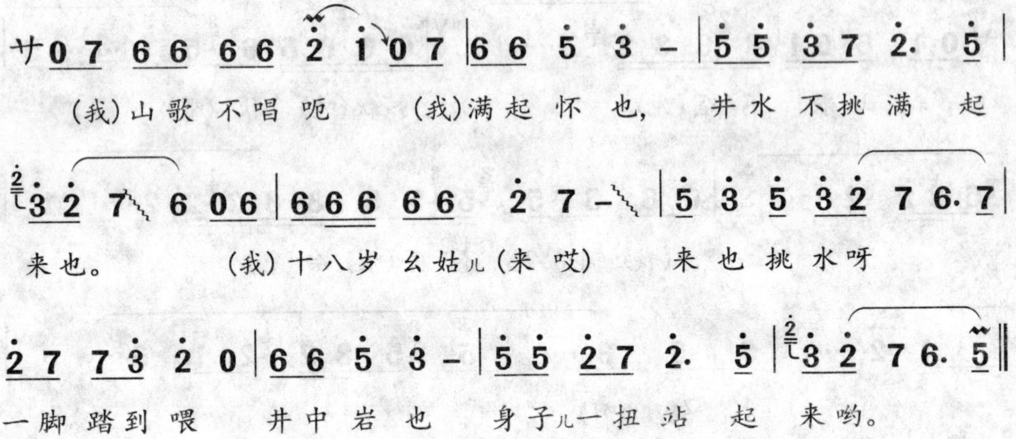

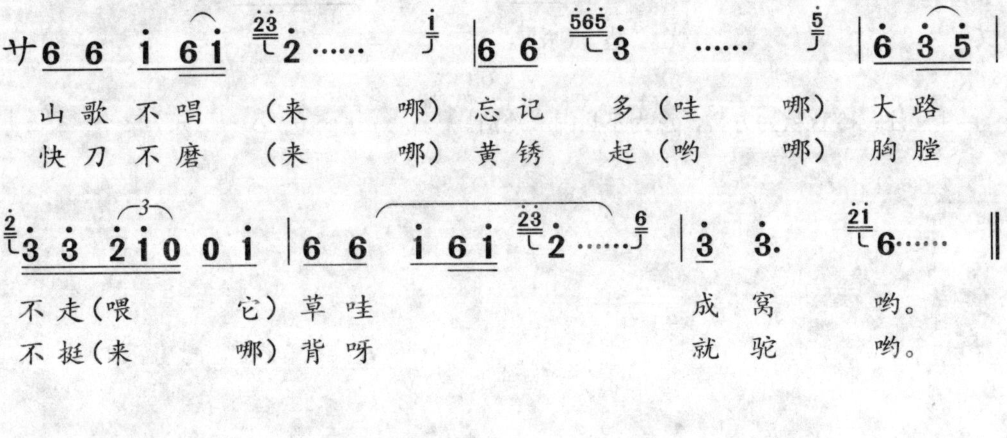

山歌越唱越快活

1=A 2/4 3/4

肖月香 唱
蔡晞 记

苗家 生来 爱唱 歌，　　　　歌声 悠悠 坡连
这山 唱歌 那山 应，　　　　一人 唱歌 万人
坡，　山山 岭岭 歌不 断嘞，唱得 彩霞 从天 落。
和，　同声 歌唱 丰收 年嘞，苗歌 越唱 越快 活。

上坡不起腿无力

1=F
自由地

尚德春 唱
武 生 记

上坡 不起 嘞　　腿无 啰 力 哟，
自从 没得 啰　　好的 逮 嘞
我逮 哒三 碗 嘞　　油炒 饭 呐，
上坡 只见 嘞　　脚板儿 翻 嘞。

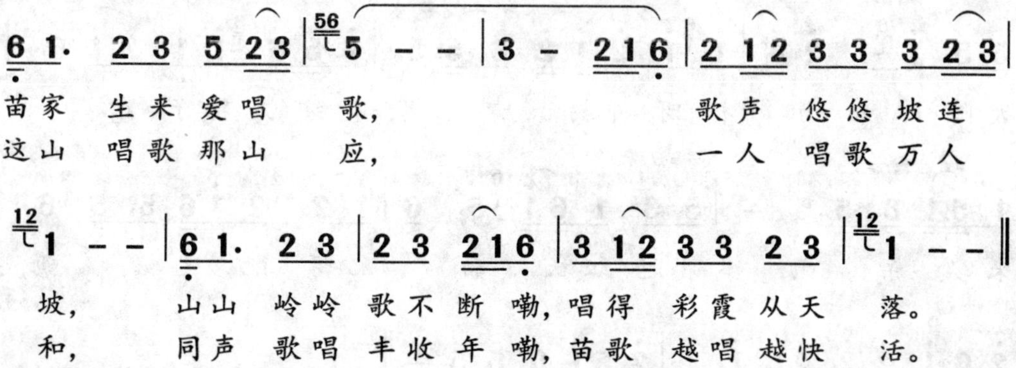

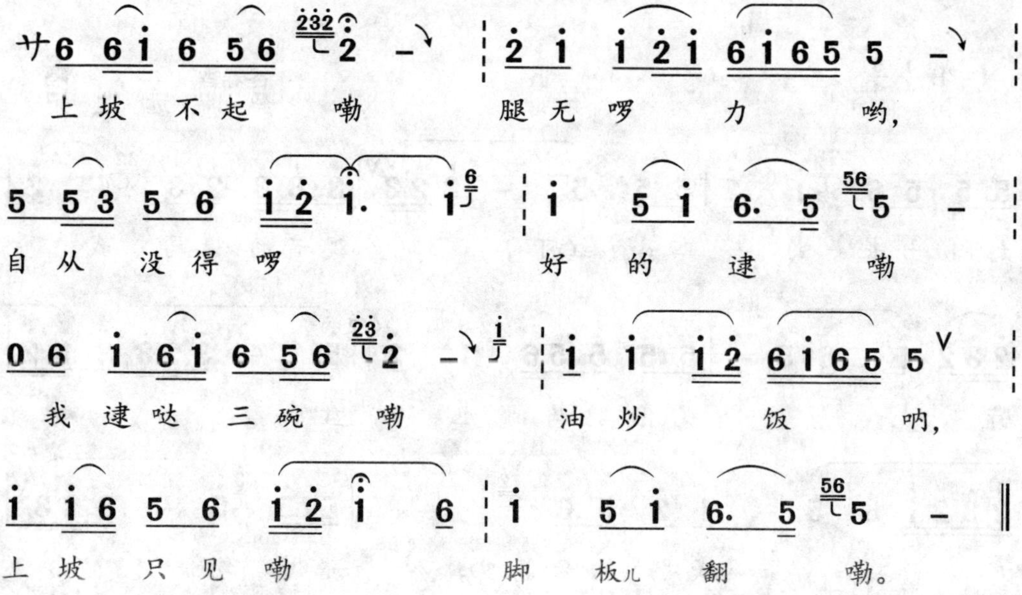

太阳出来柿树青

1=D 4/4
中速

陈昌君 唱
陈金钟 记

5 5 1 6̄1 2 - | 1 6̄1 2 1 2 6.5 5 | 1 5 6 6̄1 1 2 1 6. |
太阳 出来 嘞 柿呀柿树儿 青 嘞,花红的 轿子儿嘞

1 5 1 6.5 5 - | 5 3 1 6 1 6̄5. 6 | 1 2 2̄1 2 1 6 5.6 5̄6 |
来娶 亲 嘞, 穿起红袄 嘞 配呀 配罗 裙 嘞,

2 6 1 2 2 2 6 1. | 2 5 1 6.5 5 - ‖
红布的 鞋子 嘞   登轿 门 嘞。

太阳出来四山红

1=♭B 4/4 5/4
中速

谷寿香 唱
蔡晞远达 记

5 5 5 5 6 1̄2̄1. 2 | 5 5 3̄5 - 3 2 3 | 3 3 3 2 3 3̄2̄1. 2 |
太阳 出来 哟 四山 红呵,   观音的 骑马 我

2 3 2 1. 6 5 - | 5 5 5 5 6 1̄2̄1. 2 | 2̄1̄5 - 3 2 3 3 1 2 |
骑 龙; 观音骑马 也 盘哪   山走,

2 3 2 1 6 5 - | 1 2 5 6 1̄2̄1 - | 5 5 3̄5 - 3 2 3 |
我骑龙来 哟, 跟水游

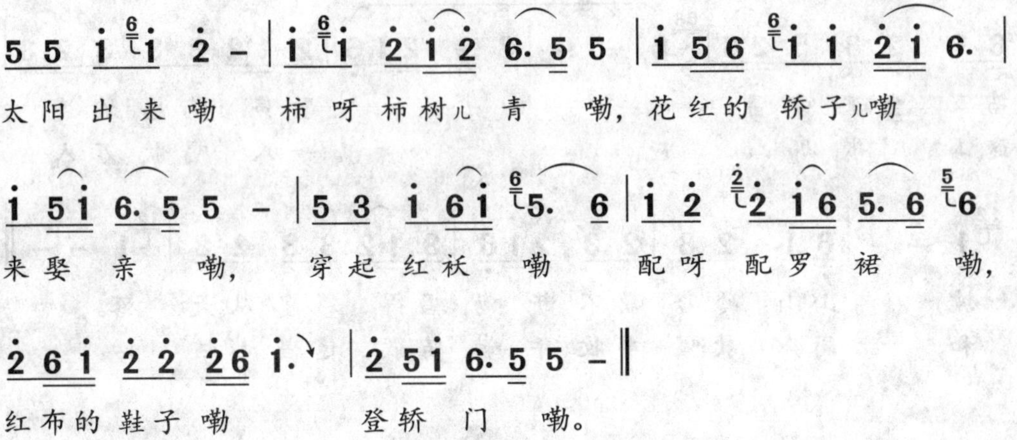

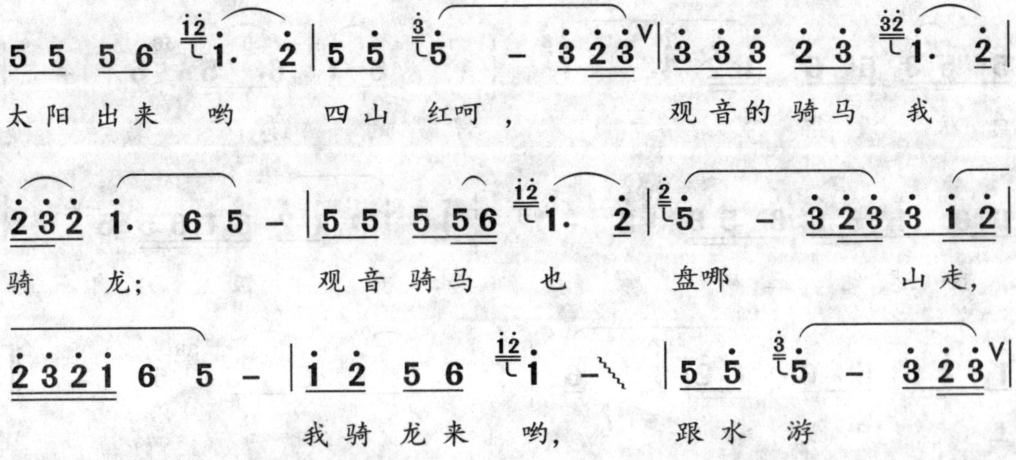

太阳出来照白岩

陈代君 唱
蔡晞 记

1=F 4/4 3/4 2/4
中速

(男)太阳出来（哟嗬）照白岩哟，照到的岩上
(女)太阳出来（哟嗬）照白岩哟，照到的岩上

桂也花儿开哟；风不的吹来（哟嗬
桂也花儿开哟；风不的吹来（哟嗬

嗬儿)花也不摆（哟嗬），雨不的淋来（哟嗬
嗬儿)花也要摆（哟嗬），雨不的淋来（哟嗬

嗬儿)花不的开(哟衣)郎不的招手姐也不
嗬儿)花要的开(哟衣)郎不的招手姐也要

来（哟嗬）。
来（哟嗬）。

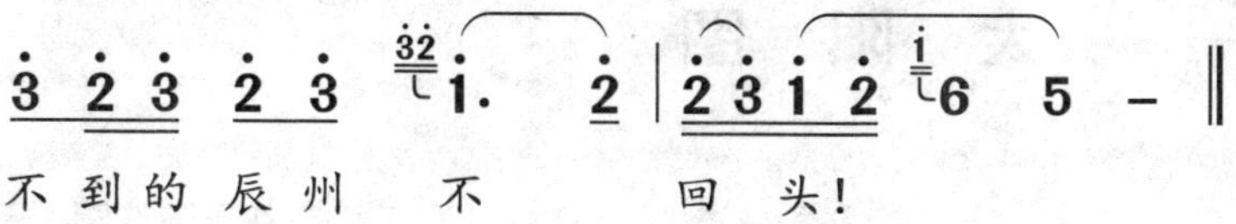

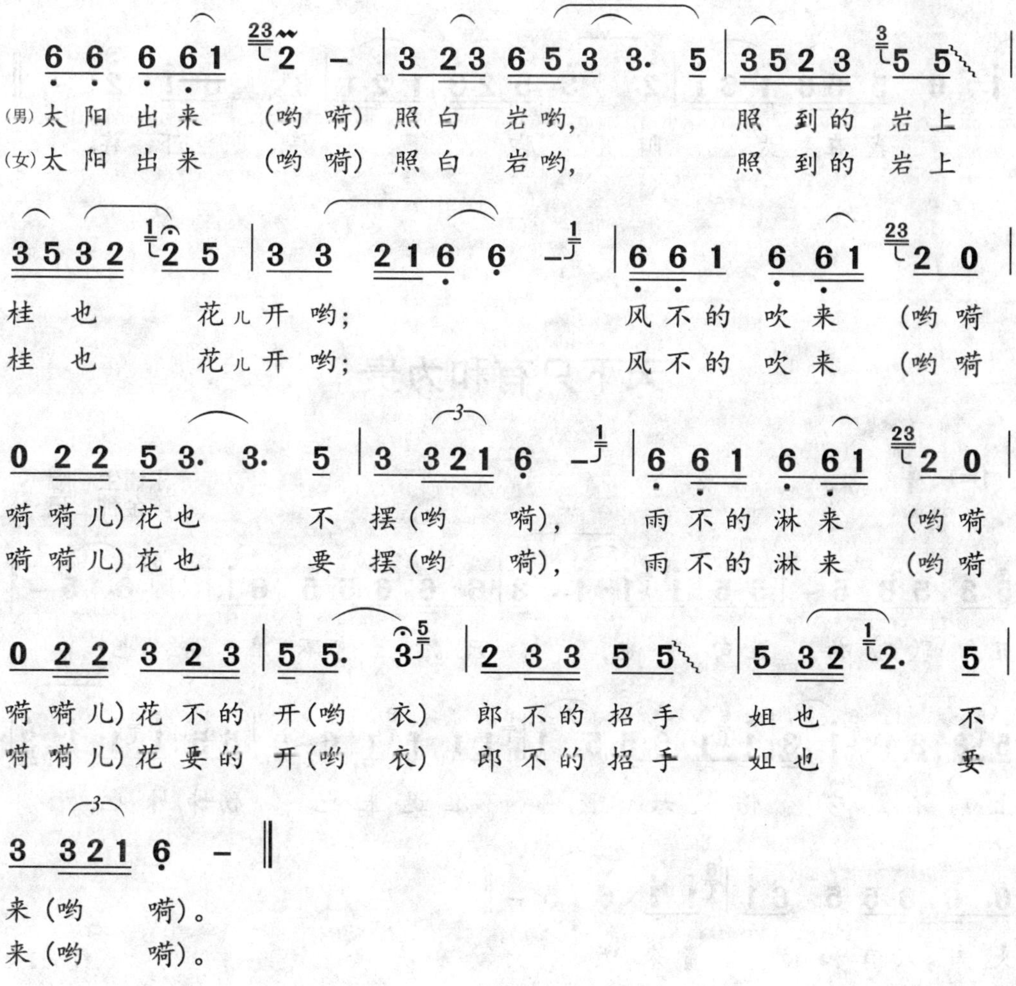

太阳图

1=G 4/4
慢

谷志道 唱
蔡晞 记

(3 1̇ 2 3̇ | 1̇ 2 2. | 1̇ 2 | 3̇ 2̇ 3 1̇ 2 1̇ 6 — |)
小郎 走了 哟 (那个) 你 莫 愁，

(5 5 2 3 1̇ 2 1̇ 6 | 1̇ 2 1̇ 6 1̇ 2 — | 3̇ 1̇ 2 3̇ 2 1̇ 6 1̇ |)
给你 (那个) 画 个 太 阳 图； 你见 太阳 如见 我

(1̇ 0 5 5 6 1̇ 6 1̇ | 2. 3̇ 5 2 3 1̇ 2 1̇ | 6 6 1̇ 2 — ‖)
我在 太 阳 脚 下 游， 脚下 游。

天下只有和为贵

1=F 4/4
中速

朱儒生 唱
陈金种 记

5 3 5 6 5 — | 5 5 1̇ 1̇ 1̇.. 3̇ | 6. 6 6 5 5 6 1̇ | 1̇ 6. 5 — |
五句 歌儿 哟 五句 对 也， 只准 上前 不准 退 也；

5 3 3 1̇ 1̇.. 3̇ | 1̇ 1̇ 6. 5. 1̇ | 1̇ 1̇ 1̇ 1̇ 6 — | 5 5 1̇ 1̇.. 3̇ |
上前 不准 啰 伤父母 喂， 不准 退来也 伤姊妹 也，

6. 6 6 5 5 6 1̇ | 1̇ 1̇ 6 5 — ‖
天 下 只有 和为 贵来 呃。

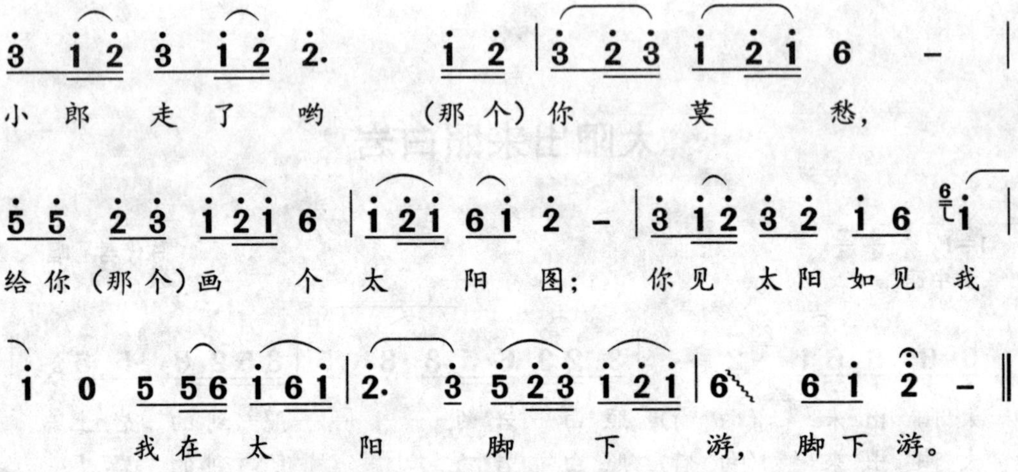

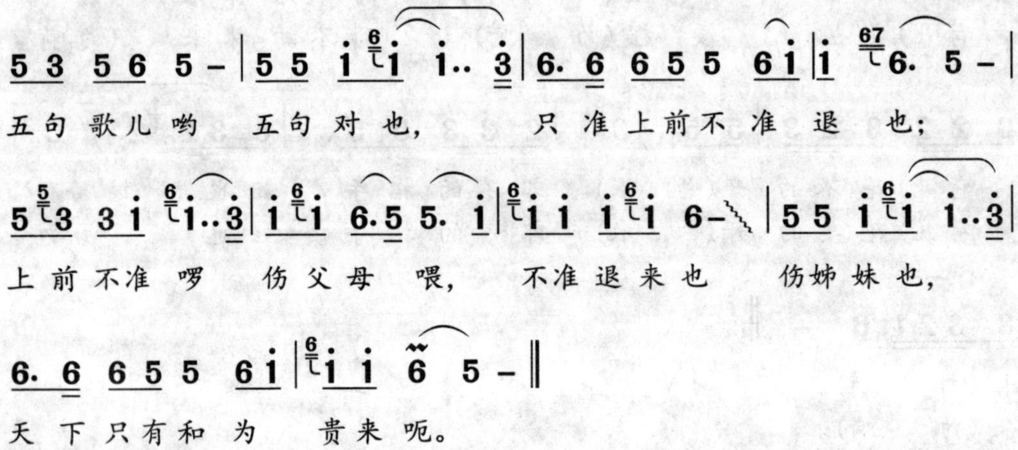

桐子开花坨打坨

1=C 2/4
稍慢

尚世龙 唱
武生 记

5 53 56 | 2. 1 6 2 1 | 6. 5 5 | 5 53 56 | 1 2 1 6 |
桐子 开花嘞　坨打　坨啰，睡到 半夜啰

5 6 1 6. 5 | 5 — | 5 53 56 | 2 3 2 1 | 1 2 2 1 | 6. 5 5 |
唱山 歌啰；爹妈 问我嘞　唱么 得啰，

5 53 2 2 1 | 1 — 6 | 5 5 1 6 6 5 | 5 — ‖
没得 媳妇儿哟　　睡不 着　啰。

土家吹起木叶歌

1=E 2/4 3/4
快

宋才果 唱
龙世姑 词
黎连城 记

1 6 6 1 6 | 5 — | 3 1 3 1 | 2 — | 3 6 3 6 |
bizika jie 哟　　yeixie cq 哟喂，　　sima galai
土家 吹起哟　　木叶儿歌哟喂，　　忘记冷来

1 3 6 5 5 | 5 — | 1 6 1 6 | 5 — | 3 1 3 |
si ma gea 哟喂，sima gie lai si ma zei
忘记 饿啰哟喂，忘记 热呀来 忘啊记

五句歌儿不打难

1=♭B 2/4
慢板

李松林 唱
范志光 黎连城 记

五句 歌儿（哟） 不打难（呵），不比挑花绣牡（呵）丹（呵），挑花还要（外）针（哟）脚的齐（哟），绣花的还要（哟）五色线（呵），唱歌只要声气（哟）尖（呵）。

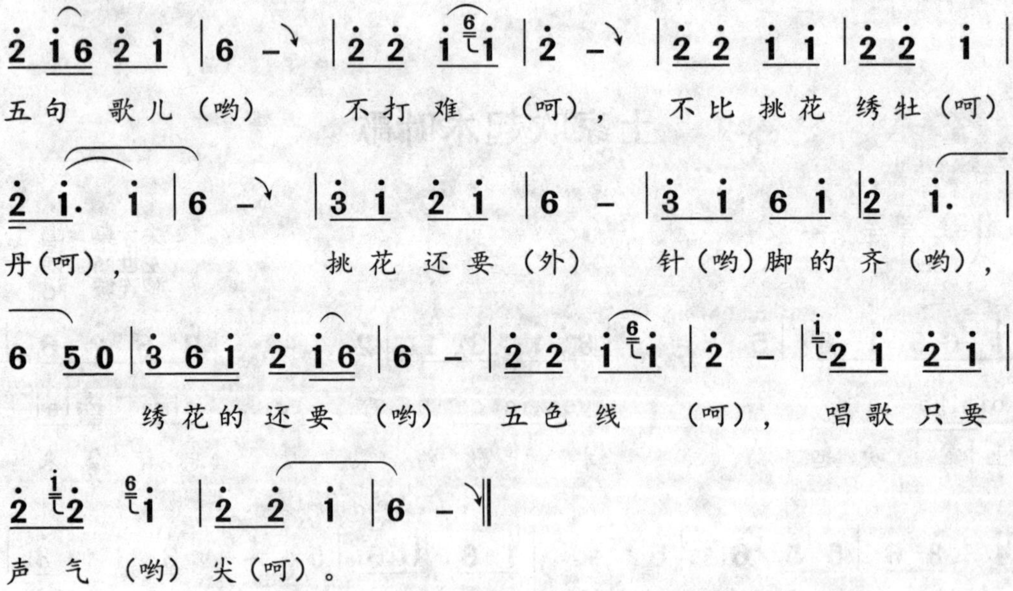

犀牛望月姐望郎

1=C 4/4 3/4　　　　　　　　　　　　刘桃香 唱
中速　　　　　　　　　　　　　　　　蔡晞 记

6 6 1̄2̇1 6 | 5̄3↘ | 2̄ 3̄2 6̄1 | 5̄6↘ 0 | 2̄ 2̇1 6 6̄1 |

太阳 落 山 哟　四山 黄 哟，犀牛 望 月
犀牛 望 月 哟　归东 海 哟，情姐 望 郎

p
3 2 3 5 6 | 1̇ 6 1̇ 2̇ 1̇ | 1̇ 6 — ↘ ‖

（呀呀呀得儿喂）姐望 郎　　　哟；
（呀呀呀得儿喂）回绣 房　　　哟。

小 菜 歌

1=C 2/4　　　　　　　　　　　　谷清香 唱
中速　　　　　　　　　　　　　　蔡晞 记

2̄3̄1 2̄1 | 2̇3̄ 1̇2̇ | 2̄3̄1̄2̇ 3̄2̄3 | 1̇ 6↘ | 2̄3̄1 2̄1 |

清早 起来（青菜）雾沉 沉啦（白菜），层层 浓雾
块块 菜园（青菜）青又 青啦（白菜），苑苑 小菜

3. 2̇ 1̇ 2̇ | 2̇ 2̇ 1̇ 1̇ 2̇ | 2̄3̄1̄2̇ 3̄2̇ | 1̇ 3 2̇ 2̇ |

（青菜 白菜 罗卜 尤头 尖儿 韭菜 葱哎）不见 人嘞
（青菜 白菜 罗卜 尤头 尖儿 韭菜 葱哎）爱煞 人嘞

1̇ 6. 6̄5 ‖

（干哥 哥儿）。
（干哥 哥儿）。

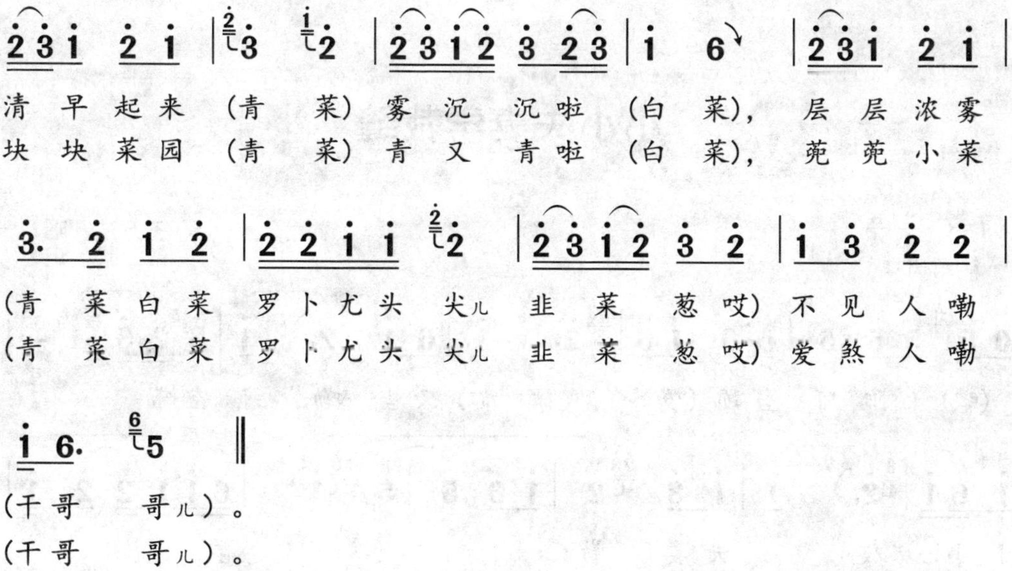

小妹站在青竹林

1=A 4/4
中速

王万法 唱
蔡晞 记

1 5̇ 6̇ | 1 6̇ | 6̇ 5̇. | 2 3 1 2 3 2 1̇ 2̇ | 3. 2̇ 1̇ |
小妹（溜溜）站在　青竹（溜溜）林嘞，

2 3 2 1 5̇/3 | 2 3 2 1 | 6̇ 1 2 6̇ | 5̇ 5̇. |
手扶啰竹杆　望情（溜溜）人呃。

1 5̇ 6̇ | 1 6̇ | 6̇ 5̇. | 2 3 1 2 3 2 1̇/2 1 — |
娘问（溜溜）女儿　望什（溜溜）么，

2 3 2 1 5̇/3 | 2 3 2 1 | 6̇ 1 2 6̇ | 5̇ 5̇. ‖
我数啊竹子　有几（溜溜）根嘞。

小小夫妻学裁缝

1=C 2/4 3/4
自由地

王万法 唱
蔡晞 记

0 5 | 5 5 5 | 5 6 1̇ 6̇ | 2̇3̇/2̇. | 1̇ 6̇ 1̇ | 1̇/2̇. | 1̇ 3̇ 2̇ 3̇ 1̇ — |
（哦）太阳呵当顶（啰　哎 你）又当嘞　空嘞，

1̇ 6̇ 1̇ | 3̇/2̇. | 1̇ 1̇ 3̇ | 2̇3̇/2̇ | 1̇ 6̇ 5̇ 5̇ | 6̇/5̇ | 6̇ 1̇ 1̇ 2̇ 2̇. 1̇ |
小小儿哎　夫妻嘞　　　　学呵

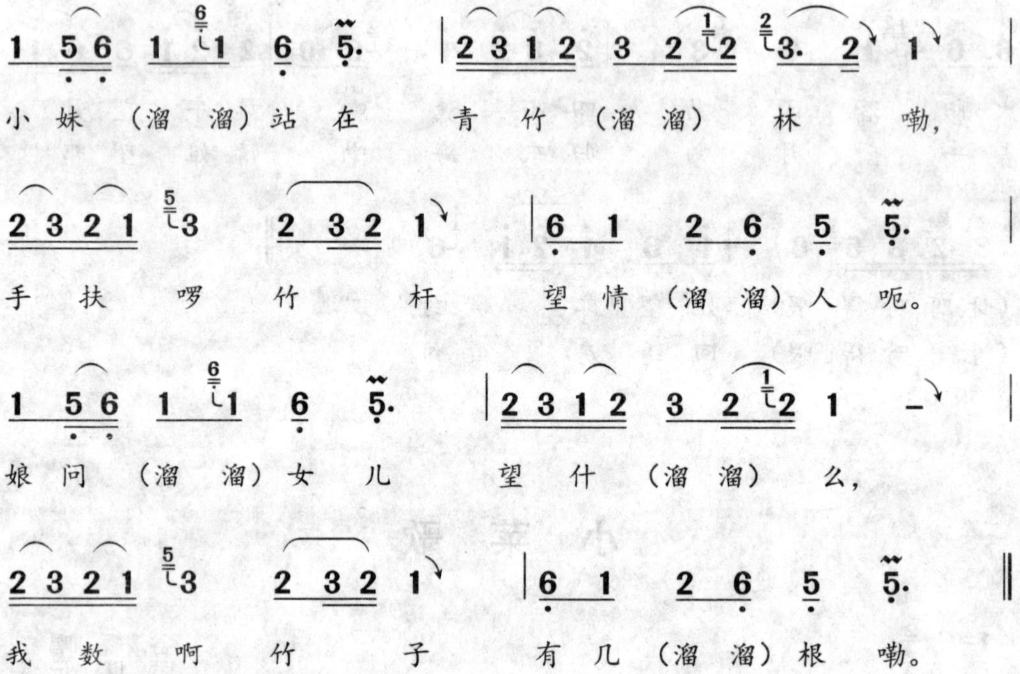

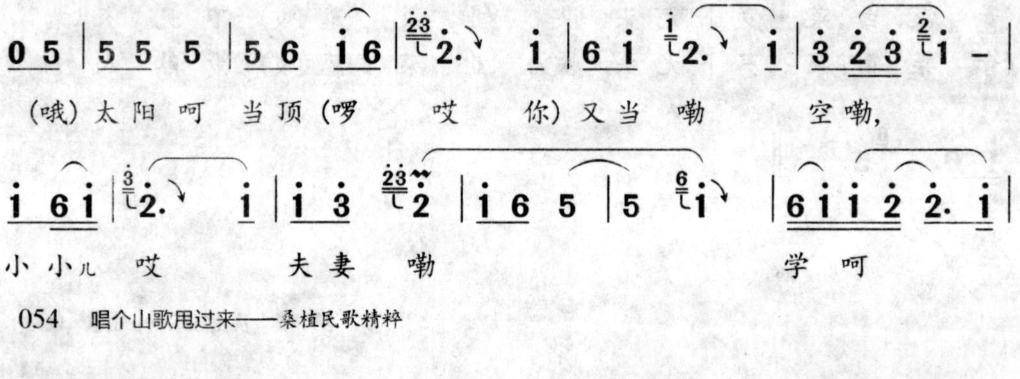

小小幺姑爱坏人

覃梅姑 唱
蔡晞 记

1=♭B 2/4
慢

小小儿幺姑儿嘞　小小儿龄嘞哎，小小儿幺姑儿哎
爱坏人啰，　　去年爱坏哟　张哎
果老哟，　今年爱坏哟　吕洞宾嘞哎，
惹得仙家哟　都害相思病。

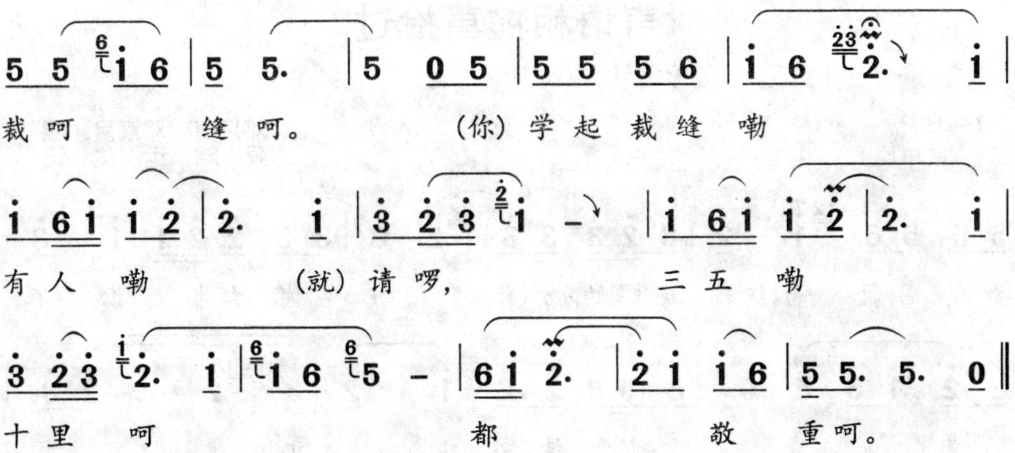

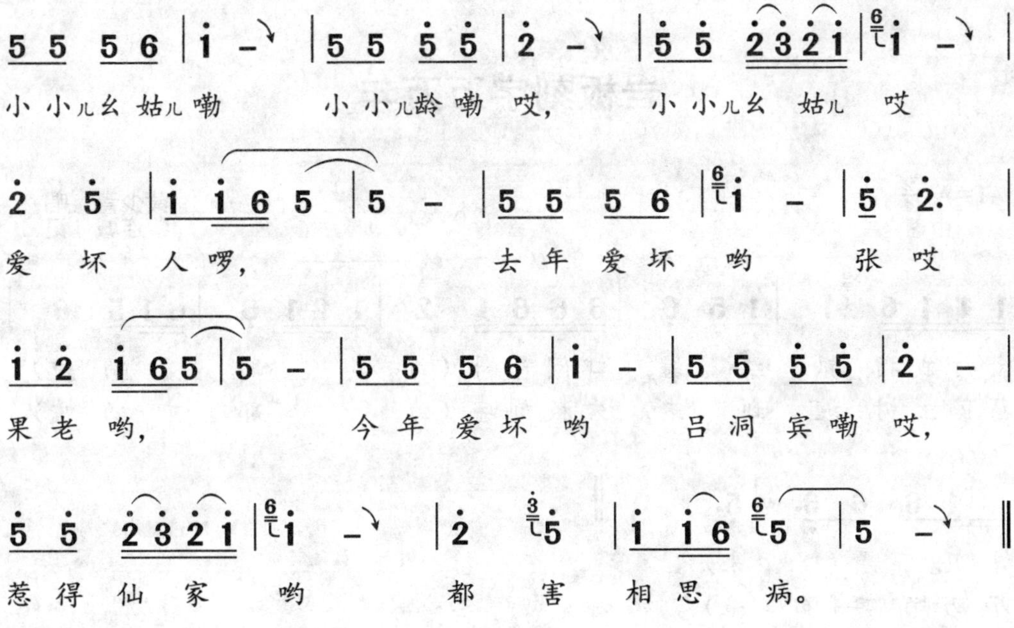

言语粗糙莫捡过

1=♭B 4/4
自由地

邓月梅 邓双月 唱
蔡晞 远达 记

要我唱歌嘞 我 就唱的歌嘞, 我 左推右推又推不
脱嘞。 少读 诗书哎 文 才
浅, 哎 石灰 写字 白的多嘞,
言语粗糙就莫 捡 过啰 哎。

注：莫捡过为方言，意为包涵。

岩板刻字万万年

1=A 2/4
中速

黄少青 唱
黎连城 记

金打戒指 银 丝 缠, 口问哥哥（哟 耶哎哟哎）
葛藤上树 缠 到 老, 岩板刻字（哟 耶哎哟哎）
缠 几呵 年（啰 来）。
万 万呵 年（啰 来）。

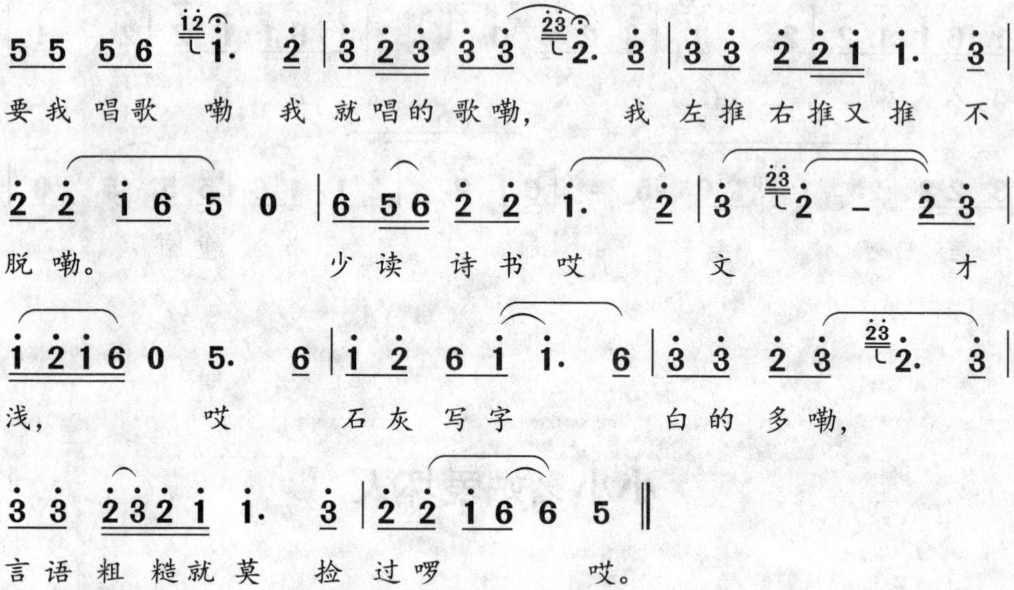

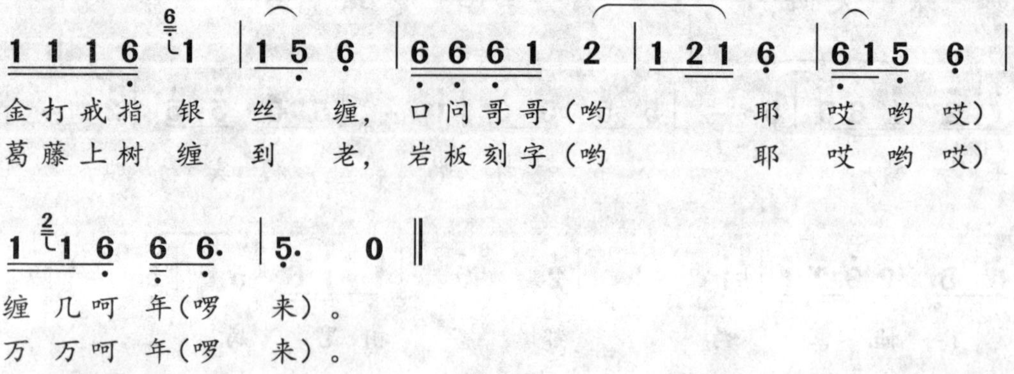

幺姑选婆家

1=F 4/4 2/4
中速

向益仁 唱
陈金钟 记

对门幺姑儿哟 一枝的个花啰，
对门幺姑儿哟 生来的个娇啰，

朝朝（的个）暮暮啥 选 婆 家啰， 她
把人（的个）搬起啥 板 一 跂啰， 她

一个壶里（你看）两啊样的酒哇， 一个瓶中（你看）
十家八家（你看）都哇甩的脱哇， 还是独自（你看）

两样的花啰， 一脚她想把 两船 踏啰。
一根的苗啰， 朝天的大路路儿走 错 了啰。

幺妹儿泪满腮

1=G 2/4
中速

金甲姑 唱
蔡晞 记

太阳往西歪呀，牡丹顺墙栽，幺妹（的）没得

（嗬嗬也嗬） 好郎配（来），幺妹泪满腮。

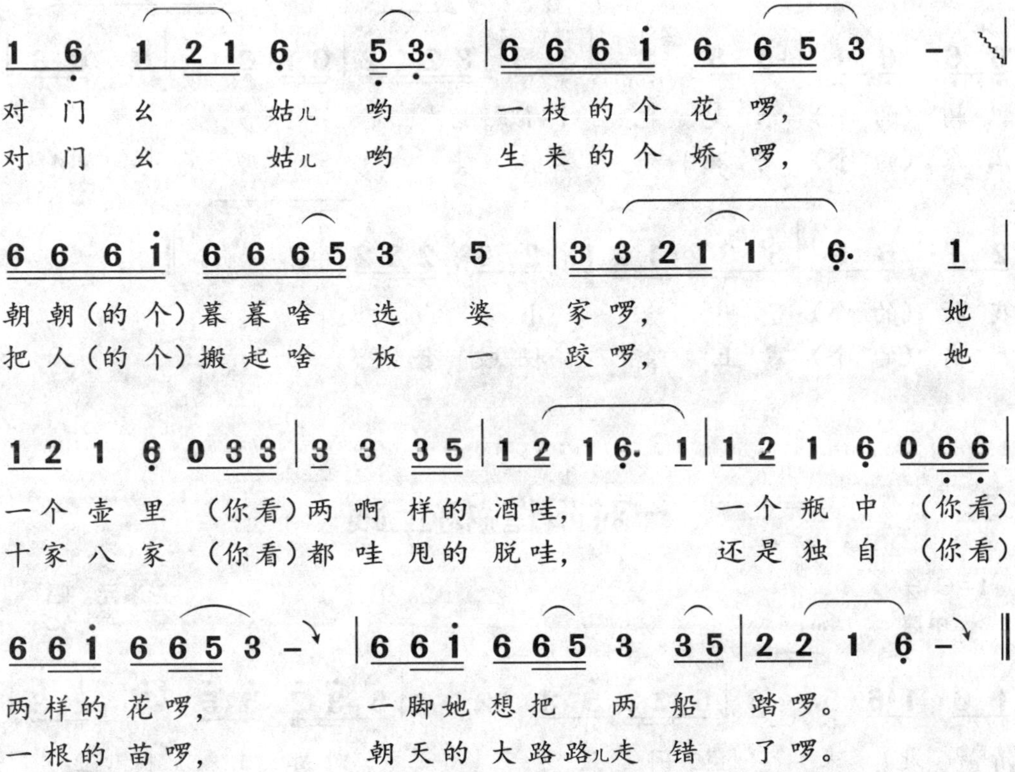

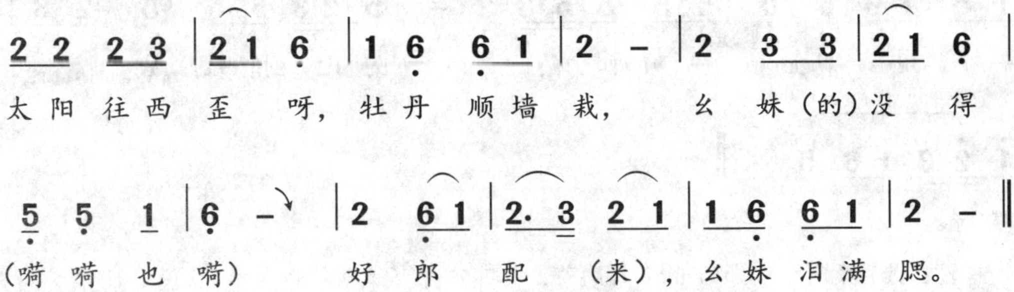

夜打登州小罗成

1=G 2/4
慢

黄少清 唱
陈金钟 记

枞树（的个）长大也 叶似哟 针啰，
山东（的个）好汉嘞秦叔哇 宝啰，

夜打（的个）登州啥 小罗 成啰。
瓦岗（的个）寨上啥 程咬金啰。

一对阳雀儿树上跐

1=C 4/4 2/4
中速

彭淑元 唱
蔡 晞 记

清早起来 把门 开呀， 一对那阳雀儿树上

跐呀， 左枝跳到 右啊枝上哪，

一声规规儿 一声阳吖， 好比 情姐儿喊情

郎吖。

注：跐为桑植方言，读zhuāi，即蹲着。

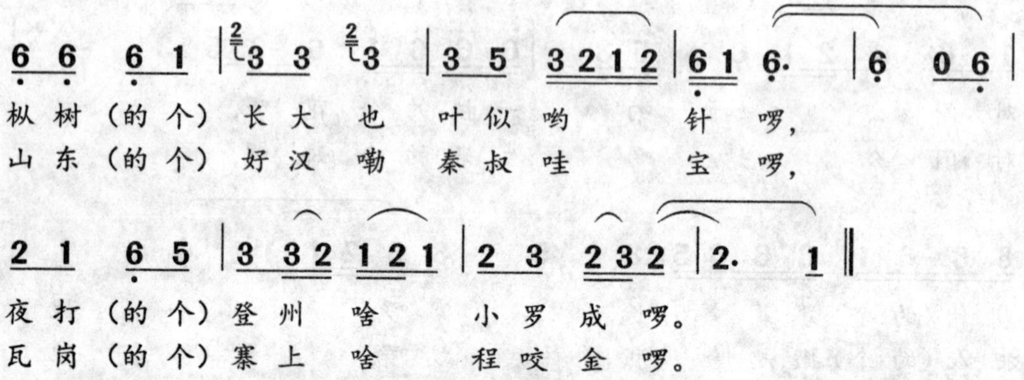

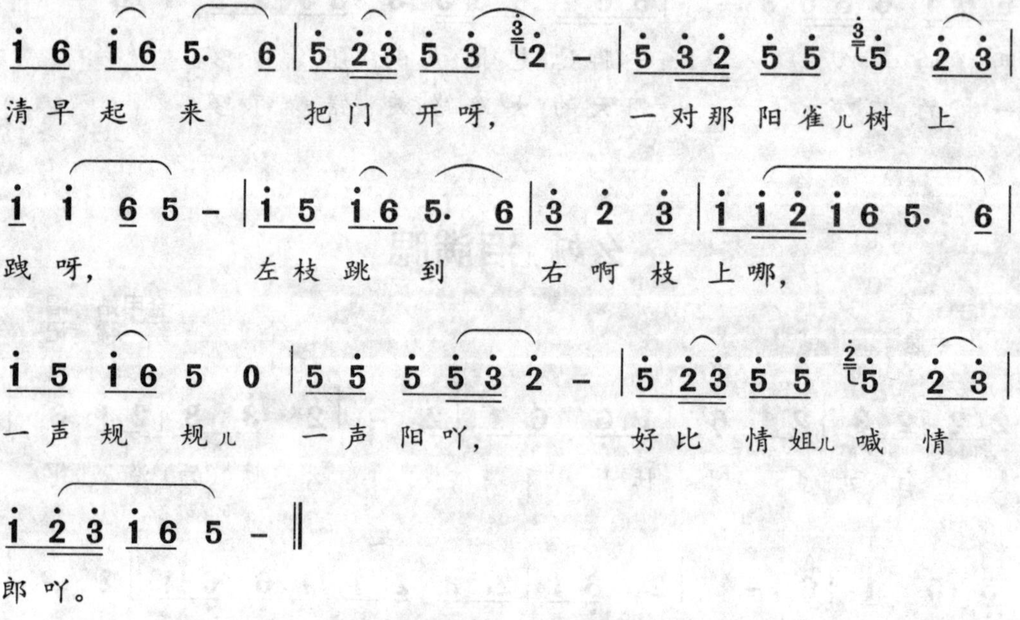

一朵映山红

王万法 唱
蔡晞远 达记

1=♭B 2/4
自由地

一朵映山红呵，生在河当中呵，我情哥要花戴呵，除非变蛟龙呵，脚踩枝枝根嘞，手拿枝枝儿牙，我拢枝枝捏也，摘朵枝枝呵花哟；

郎是芭蕉树呵，姐是芭蕉油呵，那树油同根生呵，郎姐意相投呵，郎是驼驼背嘞，姐是跛子脚，虽说不好看来，簸箩对簸呵箩哟。

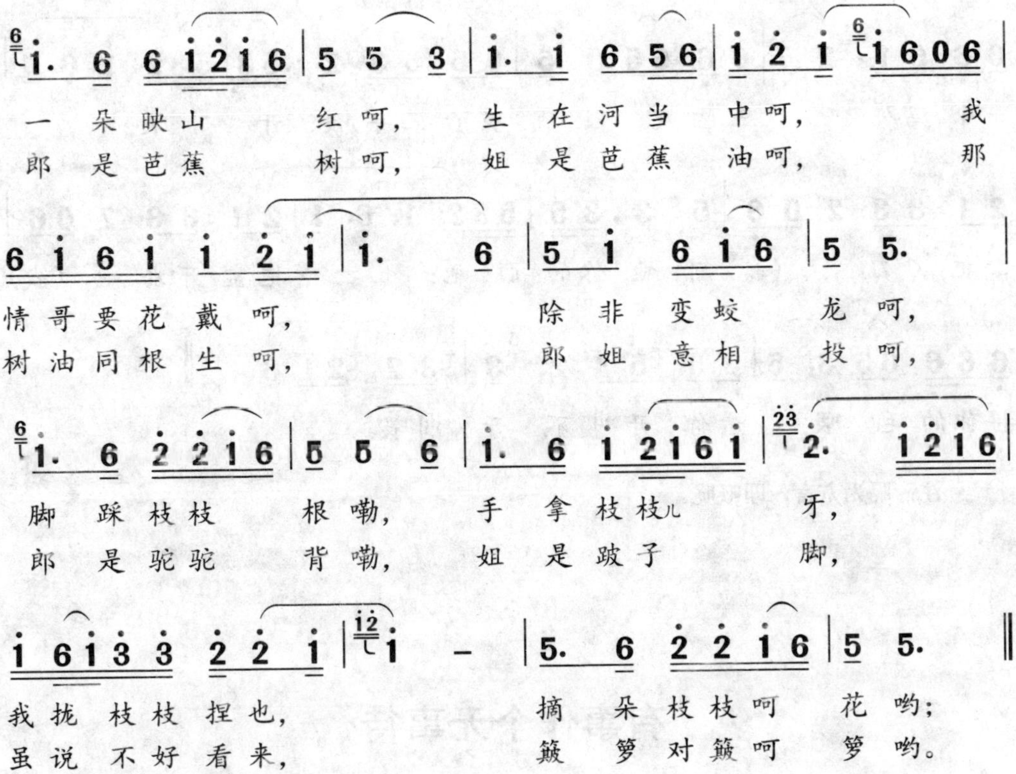

一个鸡公五色毛

1=G 4/4 2/4

谷春凡 唱
陈金钟 记

6 6 6 1 | 2. 7 6 6 6 5 3. 5 | 6 5 5 3 2. 5 3 | 5 3 2 1 6. 1 |
一个鸡公呃　五色毛喂，我喂了三年没　开　叫喂；

2 1 3 3 2 0 6 | 5 3 3 5 | 5 3 2 1 6. 1 | 2 1 3 3 2 0 6 |
拿把刀刀儿喂（我）割　呃你的膈呃；　　拖盆开水呃（我）

6 6 6 6 5 3. 5 | 6 5 5 3 2. 3 | 5 3 2 2 1 6 - ‖
捋你的毛喂，看你开叫不　开　叫喂。

注：膈为方言，即喉咙。

有事作个无事待

1=A 2/4
稍慢

陈金生 唱
蔡晞 记

3 5 3 1 | 1. 6 | 3 5 3 1 2 | 2 3 2 1 | 1. 6 |
郎也（溜溜）乖　来　姐也（溜溜）乖，二人（那个）有　事
有事（溜溜）作　个　无事（溜溜）待，神仙（那个）下　凡

2 3 1 6 | 1. ‖
莫相（溜溜）挨。
也难（溜溜）猜。

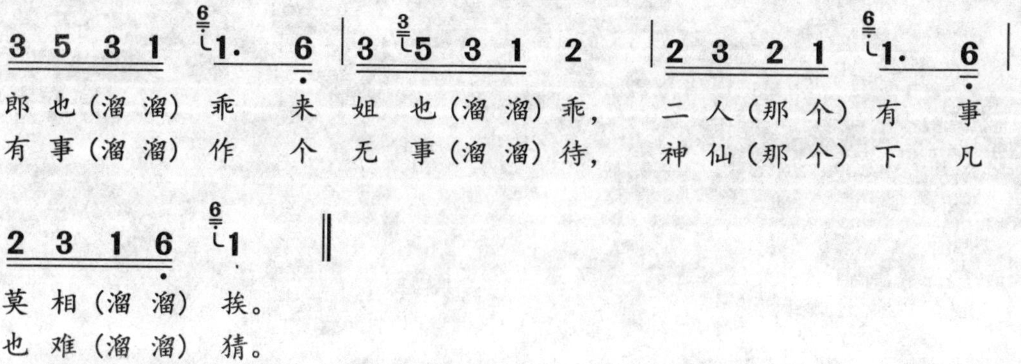

有心哪怕千里路

1=C 4/4
中速

周三妹 唱
蔡晞 记

2 2 2 1̇ 2̇ 1̇ 6 | 2 2 2.3 1 6 0 | 1̇ 1̇ 2̇ 2 2̇ 1̇ 6 | 1̇ 2̇ 1̇ 6 1̇ 2̇ - |

莫说的盐贵呀不吃哪 盐啊，莫说的路远啦不 相恋，
有心的哪怕呀千里哪 路啊，无心的哪怕呀同 阶檐，

1̇ 6 1̇ 6 5 5 6 | 1̇ 1̇ 2̇ 2 2̇ 1̇ 6 | 1̇ 2̇ 1̇ 6 1̇ 2̇ - ‖

(哩呀哩哩郎吖) 莫说的路远呀不 相恋。
(哩呀哩哩郎吖) 无心的哪怕呀同 阶檐。

又有好久没唱歌

1=♭B 2/4
中速稍快

戴福香 唱
尚立顺 记

1̇. 6 1̇ 6 | 2̇ 3̇ 1̇ 1̇ | ³2̇ ↓ 1̇ 2̇ 1̇ 2̇ 1̇ | 6. 1̇ 5 6. 6 |

又 有 好 久 (对门伢儿 哥) 没 唱 歌 来 (妹儿呀 喂)，我
今 朝 遇 到 (对门伢儿 歌) 和 气 伴 来 (妹儿呀 喂)，我

1̇ ⁶1̇ 1̇ 6 5 | 5 3 5 | 6 6 1̇ 2̇ 1̇ | 2̇ 6. 5 ‖

喉 咙 起 了 (是 哎哟 咿) 蜘 蛛 窝 来 (哥哇)；
只 唱 几 首 (是 哎哟 咿) 不 唱 多 来 (哥哇)；

第一篇 高山放歌——山歌

远看大姐扯猪草

1=C 4/4
中速

尚二妹 唱
艳群 记

远看 大姐哟　　没好 高哇（呀衣呀），
你转个 弯弯儿哟　　翻过 垭呀（呀衣呀），

背起个 背笼啥（呀呀儿哟）扯猪草啦（呀儿咿儿哟）。
那边嘛 坪里啥（呀呀儿哟）好猪草啦（呀儿咿儿哟）。

月亮出来亮堂堂

1=C 2/4
稍慢

陈功必 唱
黎连城 记

月亮 出来（哟）　亮 堂 堂，
打不到鱼儿（哟）　不 收 网，

照到 河下（冤家啥）打 渔郎 欧。
恋不到情姐儿（冤家啥）不 回乡 欧。

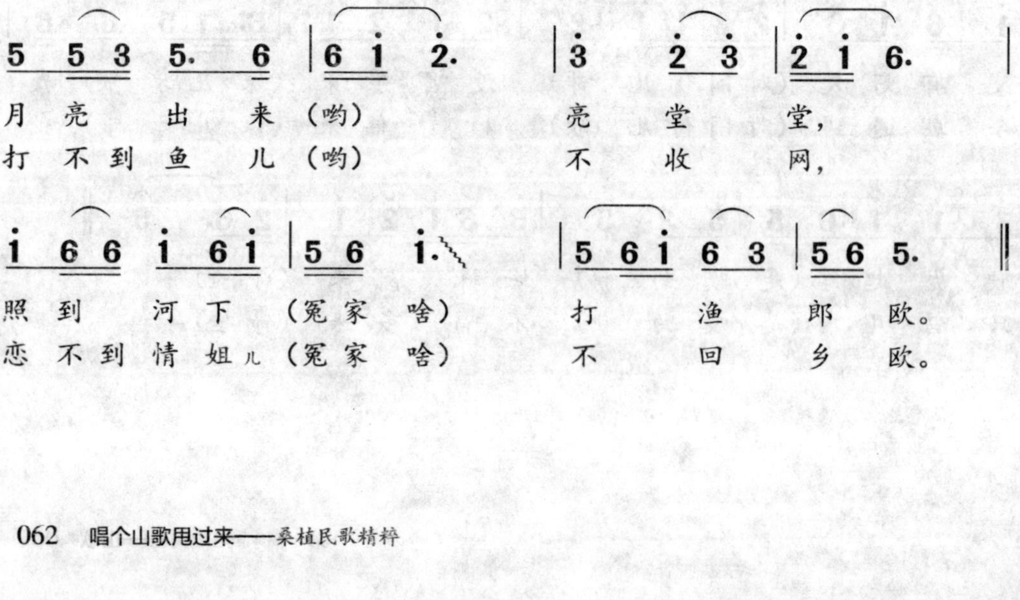

远看大姐穿身蓝

1=D 2/4
自由地

戴福香 唱
白诚仁 蒋慧鸣 记

远看大姐哟 穿身蓝嗯（嘞， 呜）头戴金簪

耳戴 环来（哎 哎哟），头戴金簪（嘞 呜）

是我打也（哎哟），耳戴 环来 哟 是我买

（啰， 呜）怀抱 娃娃儿我有 份 来（哎哟）。

　　哥哥说话说得差，恨不得当面几耳巴，只有栽田分谷米，只有买马分四蹄，哪有玩耍分儿女。
　　情妹儿说话无情义，冷水盆里无热气，走了几多摸黑路，吹了几多冷北风，不分儿女一场空。
　　我的哥哥你莫急，我把娃娃儿拜结你，有人就喊干老子，无人就喊儿的爹，只当个人亲生的。
　　搬把椅子当门坐，娃娃儿搬起我看着，鼻子眼睛都像我，十根指头般般儿齐，满了周岁接回去。

越打越团圆

1=♭B 2/4
稍慢

蔡美生 唱
蔡晞 记

门前（咿）一个潭啰，鱼儿呵团团啰旋啰，哥哥呵拿网打呀，越打越团啰圆啰。（也嗬 也儿哟）。

站到江边凑人多

1=♭B
自由、高亢

罗年青 唱
鲁颂 记

叫我（咧嘿）唱歌（咧嘿） 哦哩）就唱呃歌（咧嘿），
我虽（咧嘿）不是（咧嘿） 哦哩）划船呃手（咧嘿），

叫我（咧嘿）撑船（咧嘿） 就下 河嘞。
站在（咧嘿）江边（咧嘿） 凑人 多嘞。

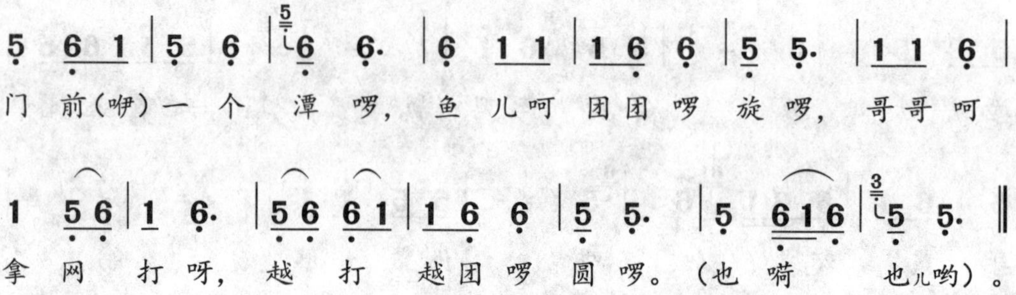

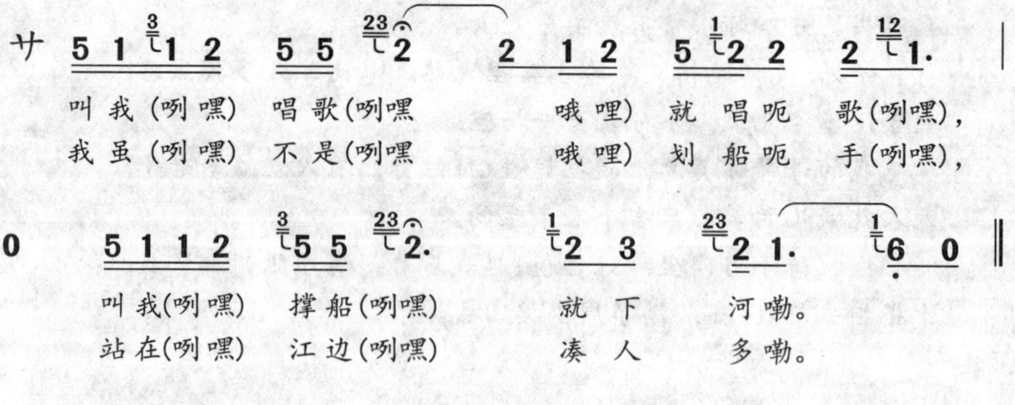

这山没得那山高

1=D 2/4
中速

谷志壮 唱
黎连城 记

6 1 6 | 5 - | 6 1 6 | 5 - | 5 5 6 5 6 1 | 5 - |
这　　山　　没　　得　　（格 的 呀 格 斗儿 格
那　　山　　有　　个　　（格 的 呀 格 斗儿 格

1 3 3 3 1 | 1 2 - | 2 6 1 2 | 1 6 1 | 6 5 4 | 5 - |
哎哟哎哟哎）那呀山高哎（大姐呀　姐，
哎哟哎哟哎）妹儿呀多娇哎（大姐呀　姐，

6 1 0 | 6 1 0 | 5 6 1 6 | 5 6 1 6 | 3 3 3 1 | 2. 1 |
郎得儿妹得儿奴的哥哥儿情郎冤家三个妹子儿三，你
郎得儿妹得儿奴的哥哥儿情郎冤家三个妹子儿三，你

6 1 2 2 | 6 1 6 | 6 6 6 4 | 5 - ‖
何不早些来呀，小郎冤家啥）。
何不早些来呀，小郎冤家啥）。

真的舍不得

1=D 4/4
自由地

金岩武 唱
蔡晞 记

真的嘛舍不得 喃，小郎 好品德 啰，
去年嘛见一面 喃，今年 心还热 啰，

那怕的你 去 你去呀八九月 啰；
你看的舍 得 舍得呀舍不得 啰。

转来好像鹞子飞

1=E 2/4
慢、自由地

向益仁 唱
蔡晞 记

铁炉 打铁（呀啥儿喂） 铁花 飞哪（咿儿哟），
去时 好象（呀啥儿喂） 蛇进 草哪（咿儿哟），

远处 恋姐（呀树儿喂） 郎吃 亏来（咿儿哟）。
转来 好像（呀树儿喂） 鹞子飞来（咿儿哟）。

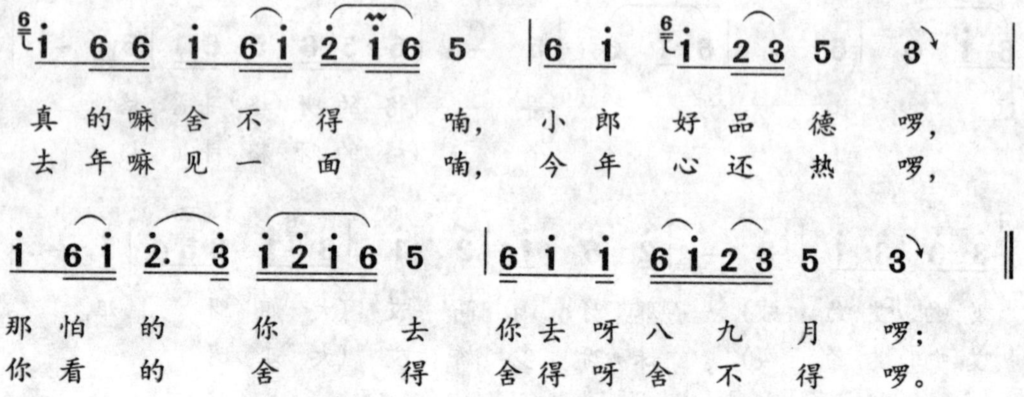

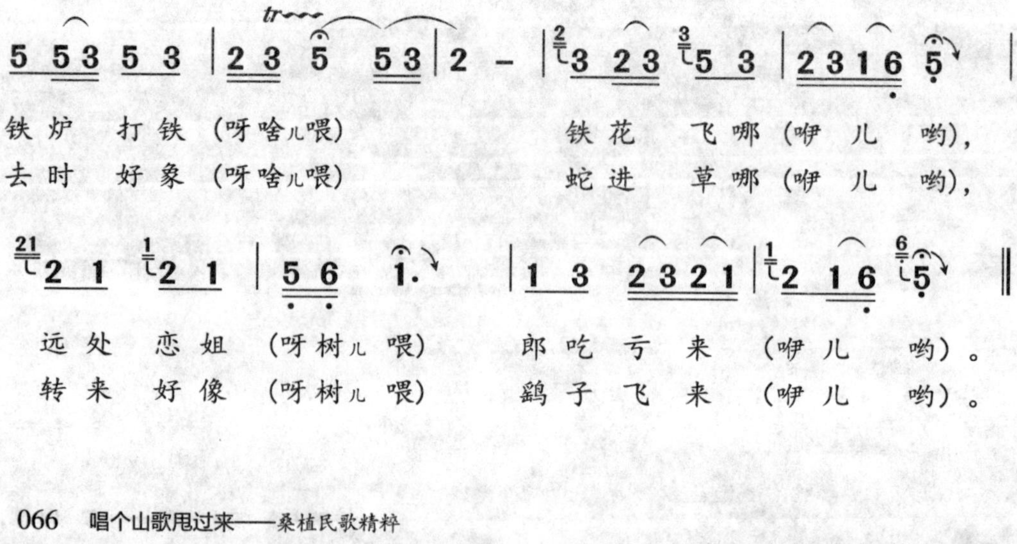

捉　鸡

1=A 4/4
中速

钟为勤 唱
蔡 晞 记

5 3　3 2　2̃　⅟₇6̣· ｜ 2 5　5 2 3　²⁄₇3 ｜ 5 3 3　3 2 1　6̣· 1 2 ｜

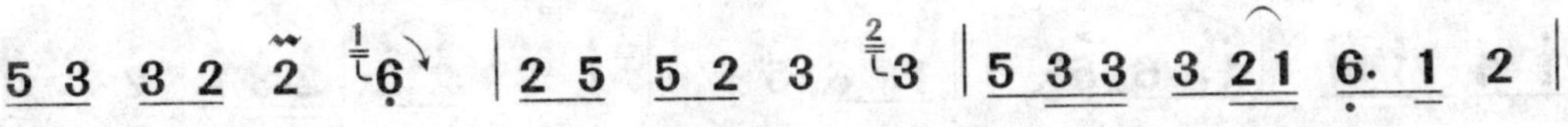

手把 谷篮 提　呀，　谷子儿撒屋里　呀，姐要哪 提鸡 （呀 子儿 喂）

鸡儿 谷吃 迷　呀，　轻轻儿走拢去　呀，捉住那 鸡儿 （呀 子儿 喂）

2 1　2 1　6̣· 1　6̣ ‖

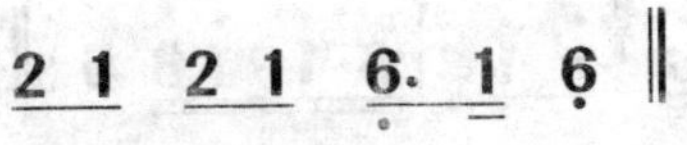

逗鸡 吃来 （呀 衣 呀）。

待客 吃来 （呀 衣 呀）。

啄梆歌（一）

1=D 2/4 3/4
中速

罗年青 唱
黎连城 记

1̇· 6　1̇ 6 ｜ ⁶⁄₇1̇· 6 5 ｜ 3 3 1　3 2 3 ｜ ²⁄₇3 1̇ 1̇　2 0 ｜

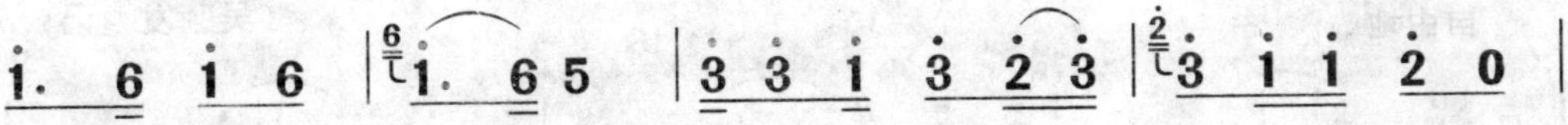

高山 高岭 （啄　梆） 种啊 高粱啊， （啄梆梆儿啄），

好吃 不过 （啄　梆） 高啊 粱酒啊， （啄梆梆儿啄），

3 2　²⁄₇3 2 1 ｜ 6 2 3 1̇ ｜ 1̇ 6 2　⁶⁄₇1̇ 1̇ ｜ 1̇ 6 1̇ 6　5 0 6 ｜

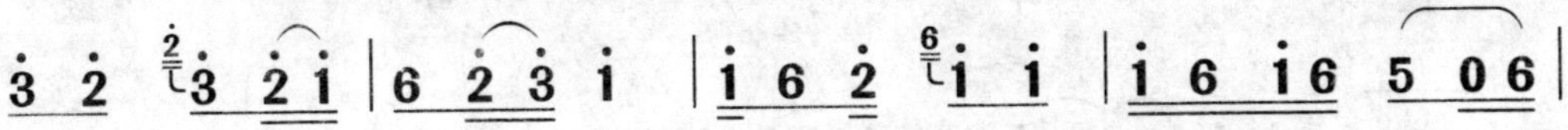

高粱 叶子儿 （打啄　梆） 般啦般儿长啊，（哥哥儿你来 啄

好玩 不过 （打啄　梆） 少哇 年 郎啊，（哥哥儿你来 啄

1̇ 6 1̇ 6　5 0 6 ｜ 1̇ 6 2　⁶⁄₇1̇ 1̇ ｜ ⁵⁄₇6· 3 5 ‖

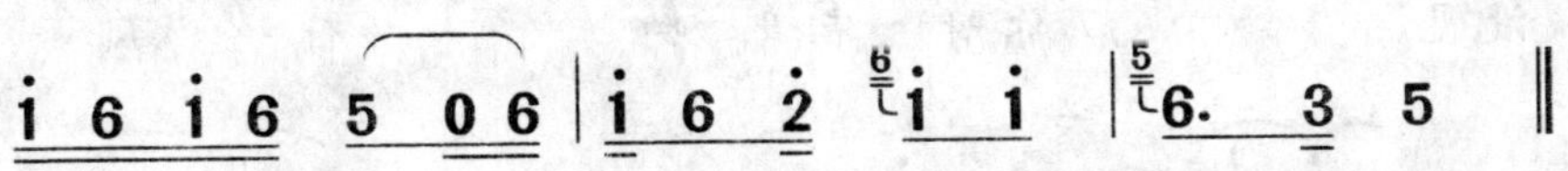

妹妹儿你来 啄，） 般啦般儿长啊 （哟　得儿喂）

妹妹 你来 啄，） 少哇 年 郎啊 （哟　得儿喂）

注：啄梆，在此曲中作衬词使用。

啄梆歌（二）

1=G 2/4
稍快

肖喜生 唱
蔡晞 记

高山 砍柴（啄 梆 啄 梆） 不用 刀（啄梆啄
好姐 不用（啄 梆 啄 梆） 郎开 口（啄梆啄

啄梆啄）大河 挑水（打啄梆）不用 瓢来（哥哥儿你来啄）。
啄梆啄）只要 启眼（打啄梆）动眉 毛来（妹妹儿你来啄）。

自从没到郎一堆

1=B 2/4
自由地

向益仁 唱
吴荣发 记

风吹哎　　　木叶儿哎　　呀啥儿喂　　欧
一年来　　　半载也　　　呀啥儿喂　　欧

哎　　满坪儿　飞呀 衣儿哟　　自从 没
噢　　没见　　你呀 衣儿哟　　什么 风

到（白）呀啥儿喂　郎一堆来 衣儿哟
儿　　呀啥儿喂　吹来的来 衣儿哟

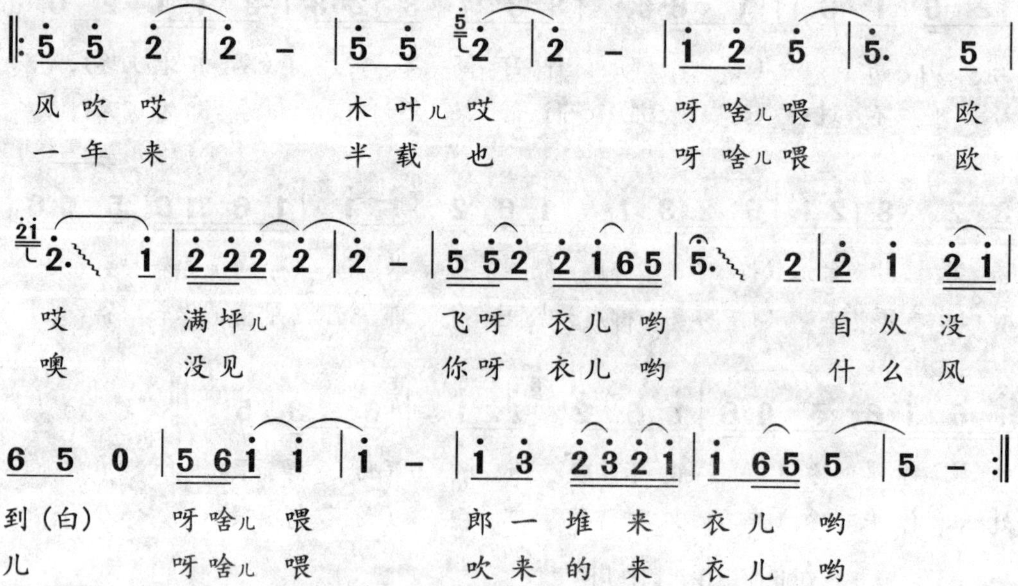

第二篇 澧水情思——小调

桑植地处湖南西北部,是典型老、少、边、穷、库区,自然环境恶劣,面对艰苦的生产生活环境,人们常以歌唱的方式来表达情感,或风趣活泼,或凄婉悠扬,或高亢明快,或清幽哀怨。伴随着劳动和民俗活动的交流,在桑植形成了"无时不歌,无处不歌,无人不歌"的习俗,人们通常很随意地用歌声来表达自己劳作、生活时的情感,桑植民歌中的小调便成了抒发情感的最佳方式。小调在桑植民歌中占据了大量篇幅,如吟如诉,婉转动听,悠扬悦耳,歌曲结构形式多样,并以众多衬词烘托气氛。小调内容多为情歌,歌词想象丰富,寓意深刻,感人肺腑。各族青年多以歌为媒,凭歌表达爱恋,极富诗情画意。

桑植属于西南官话区,独特的地理环境孕育了桑植人独特的语音声调,"zh、ch、sh、r"四个卷舌音在本土方言中准确而广泛地使用,同时"儿话音"也在桑植民歌中频繁出现,桑植人对小巧玲珑和喜爱的人和物都使用"儿化音",如"伙计儿""哥哥儿""花花儿""叶叶儿",桑植人把方言的声调和民歌的声腔完美地融合在小调中,增加了民歌小调的柔情和温婉,呈现出鲜明的本土方言音乐化特征。如《嘀咯儿调》《槐树花花儿香》等。

桑植民歌多用衬词、衬腔扩充声腔,通过在非常单调的歌腔中加入生动的衬词,大大扩充了歌词的内容,丰富了歌的旋律,使音乐生动、鲜明、形象。这一民歌特性在小调类尤为突出。如《花大姐》《咕噜噜呱啦啦》《大河涨水小河流》等。

桑植民歌的修辞手法丰富多彩,虽然大量采用了直抒胸臆的生活语言,但是这些质朴的语言却不乏自然优美及文采斐然,其中的比喻、夸张、拟人、排比、顶针、反诘等修辞手法广泛使用,听桑植民歌不论低吟浅唱,还是高歌长颂,你不能不佩服桑植人驾驭语言的天赋。如《冷水泡茶慢慢浓》《恋姐只要嘴巴乖》《水深自有渡船人》《芭蕉树上挂红灯》等。

挨姐坐到好喜欢

1=D 2/4

谷清香 唱
陈金钟 记

5 55 65 6 | i i 5 6 | i 6. | 3 2 3 2 2 | 3. 3 3 i 2. i |

画眉嘛生蛋（一对麻麻 雀啊）在青 山来，（它到山头坐我
挨姐嘛坐到（一对麻麻 雀啊）好喜 欢来，（它到山头坐我
有朝嘛一日（一对麻麻 雀啊）各分 开来，（它到山头坐我
好比嘛刀刀儿（一对麻麻 雀啊）割心 肝来，（它到山头坐我

i 2 i i | 2 i 6 | 6 6 i 6 | i 6. | i 2 6 i i | 2 i 6 5 ‖

心里嘛只想 只想伸手捉啊，哟嗬啊嗬 去了儿 嗬）。
心里嘛只想 只想伸手捉啊，哟嗬啊嗬 去了儿 嗬）。
心里嘛只想 只想伸手捉啊，哟嗬啊嗬 去了儿 嗬）。
心里嘛只想 只想伸手捉啊，哟嗬啊嗬 去了儿 嗬）。

八马四季红

（划拳歌）

1=♭B 2/4
稍快

谷志壮 唱
蔡晞 记

i. 6 i 6 | 5 5 6 | 2 3 i | i 5 6 | i - | 5 5 6 |

三呀三包头 呵 幺儿一点 中， 禄位

2 i | 5 i 6 5 3 | 5. 3 | i 6 5 3 6 | 5 3 0 |

高升二八两点中，是该你把酒奉呃，

2 6 2 i 6 | i 0 | 5 5 6 | 2 i | 5 6 5 4 | 2 - ‖

你蹦我不蹦， 全福寿高升 八马四季红。

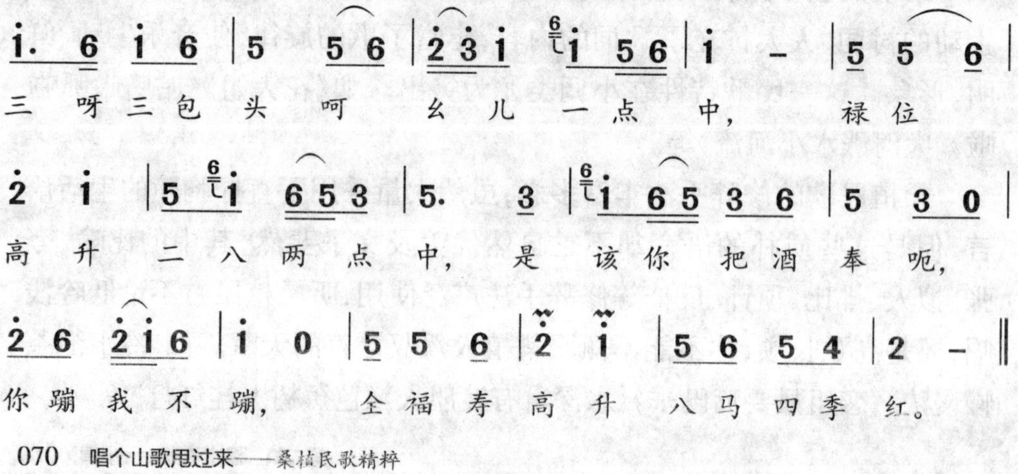

八件宝物

1=G 2/4
中速

向书泽 唱
蔡 晞 记

| 3 3 2 | 5 3. | 2 3 2 1 | 6 1 | 2 3 | 5 2 ⅰ6 | 1 ²3 | 5 2 | 2. 0 ‖

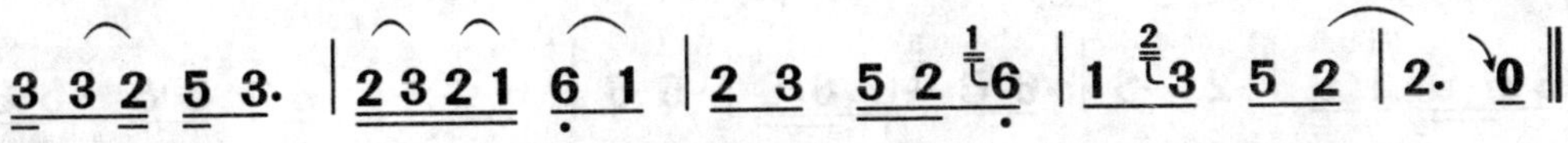

男：轻悄 悄嘞 悄轻 轻， 轻轻 推开啥 姐 房 门 啰；
　　叫声 姐姐 姐不 应， 生怕 她爹妈 隔 壁 听 啰；
　　捏姐 鼻子 姐惊 醒，"吺雀 吺雀"啥 喊 三 声 啰。

女：你是鬼来你是神，稀花儿①把奴吓掉魂？
男：不是鬼来不是神，我是隔壁王老庚；
　　今夜想姐睡不着，特来与姐谈交情。
女：你要与奴谈交情，八件宝物要答应；
　　蛤蟆胡子要四两，鲤鱼背上要根筋，
　　走马头上要只角，人参果子要半斤。
　　蛾眉月儿打梳子，梭罗树上砍树人，
　　红脸书生要一个，白脸观音要一尊。
男：只要与我结成亲，八件宝物不要紧。
　　蛤蟆胡子买丝线，鲤鱼背筋扯头绳，
　　走马头角打簪子，人参果子买杏仁。
　　雪花银两打梳子，画条儿②上面砍树人，
　　红面书生我一个，白脸观音你一尊，
　　八件宝物样样有，只要姐儿你答应。

注：①稀花儿：方言，差点、险些之意。
　　②画条儿：方言，即画、图画之意。

八十岁公公何须忙

1=D 2/4
稍快

向绪先 唱
鲁 颂 黎连城 记

6 6 6 i 6 | ⁀2 ⁀6 | ⁀6 6 ⁀6 6 6 | ⁀6 6 ⁀6 6 | ⁀6 6 i 6 | ⁀6 6 ⁀5 3 |

八十岁 公公（青索）何须 忙（呀么 燃索），怎不 轻闲（青索 燃索
有朝的 一日（青索）无常 到（呀么 燃索），空忙 一场（青索 燃索
年过 八十（青索）我要 忙（呀么 燃索），忙进 忙出（青索 燃索
哪天 阎王（青索）来勾 簿（呀么 燃索），无悔 阳间（青索 燃索

3 3 3 3 5 5 5 5 | ⁀5 3 | ⁀2 7 | ⁀6 5 ⁀5 3 | ⁀2 7 6 0 ‖

索索索索 索索索索 青索 燃索）度时 光呵（娃娃儿啥）；
索索索索 索索索索 青索 燃索）见阎 王呵（娃娃儿啥）；
索索索索 索索索索 青索 燃索）寿缘 长呵（娃娃儿啥）；
索索索索 索索索索 青索 燃索）好时 光呵（娃娃儿啥）。

斑鸠打架为争窝

1=♭B 2/4

李国安 唱
蔡 晞 记

1 ⁀1 6 | 1 6 | ⁀2 3 ⁀3 1 | 2. 3 | 1 3 2 | 1 ⁀1 5 6 |

斑鸠 打架 为争 窝， 水牛 哟 打架 啰
鸡公 打架 为啄 头， 情姐 哟 打架 啰

2 ⁀2 6 1 | 1 ⁀6 1 2 ⁀1 6 | 5. 6 5 — ‖

（衣 衣 哟） 角挑 角嘞（哟 衣 哟）。
（衣 衣 哟） 抓簪 坨嘞（哟 衣 哟）。

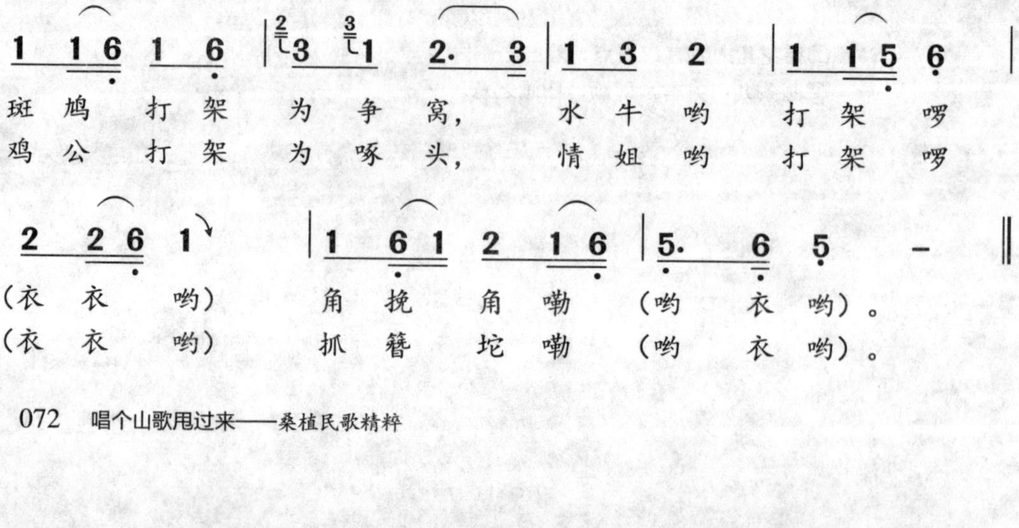

芭蕉树上挂红灯

1=G 2/4
稍快

桂尧清 唱
蔡晞远达 记

5 3 | 5 3 | 5 35 | 6. 5 | 6. 6 | 35 6. | 5 | 35 | 30 |

芭 蕉 树 上 挂 红 灯，（心 肝 奴 的 妹　　小 哥 郎）
苋 菜 红 来 韭 菜 青，（心 肝 奴 的 妹　　小 哥 郎）

5 33 | 52 | 35 23 | 5. 3 | 3 35 | 2 21 | 6 6 | 2 23 |

情啦哥 情妹（哎衣 呀啥儿喂）　表哇衷 情啦。（叮啦叮 当当
二呵人 相交（哎衣 呀啥儿喂）　到哇如 今啦。（叮啦叮 当当

6 6 | 20 | 1 6 6 1 | 2 21 | 23 21 | 20 | 5 3 53 |

牡 丹 花，　十呵指尖尖 叶 叶儿花，）要 学 后 园
牡 丹 花，　十呵指尖尖 叶 叶儿花，）要 学 苋 菜

5 35 | 6 6 5 | 3. 3 | 3 31 | 2 21 | 33 1 | 20 | 3. 1 | 2 - |

芭 蕉 树哇， 年年换叶 不换　心呵，　　（哎）
红 到 老哇， 莫学花椒 黑肚　心呵，　　（哎）

6 6 | 21 | 21 | 6 - ‖

换叶 不换 心 呵。
花椒 黑肚 心 呵。

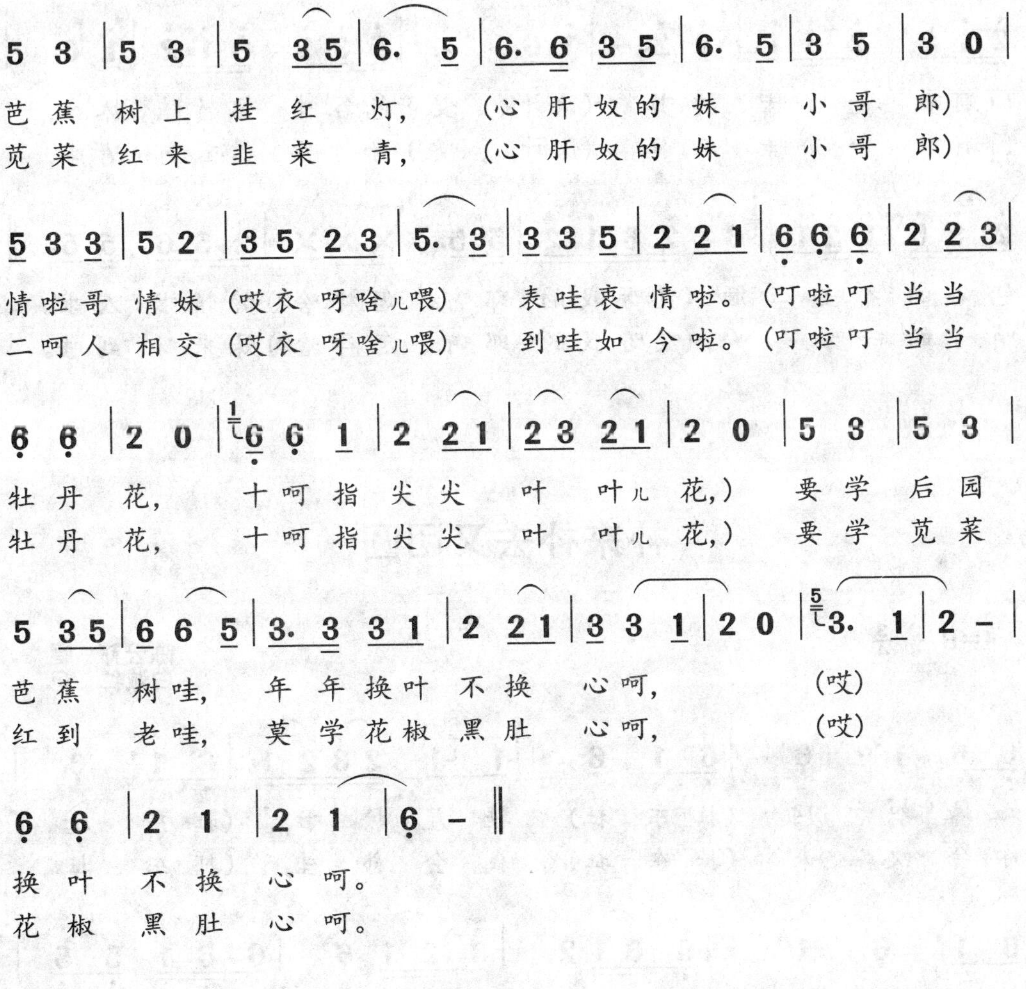

包谷煮酒醉情人

1=G 2/4
中速

陈建立 唱
范志光 黎连城 记

门前啦 一个哇 坪啦,(伙计儿,哎,)包谷哇 像竹哇 林啦,
门前啦 一个哇 坳啦,(伙计儿,哎,)哥打呀 鸳鸯啊 哨啦,

包谷的煮哇 酒(哎呀我的 郎啊,怎样啥?)醉情啦 人啦。
哨子的一呀 响(哎呀我的 郎啊,怎样啥?)妹来呀 到哇。

补来补去又团圆

1=B 2/4 3/4
中速

陈云荪 唱
白诚仁 记

蜘蛛织 网 (扯东扯) 挂屋檐啦,(扯东 扯
你会吹 来 (扯东扯) 我会补哇,(扯东 扯

扯东 扯西 扯嘛 叶儿幺 姐儿扯) 狂风的一呀
扯东 扯西 扯嘛 叶儿幺 姐儿扯) 补来的补哇

来呀(扯嘛叶儿) 吹 半 边啦(相恋 姐儿);
去呀(扯嘛叶儿) 又 团 圆啦(相恋 姐儿);

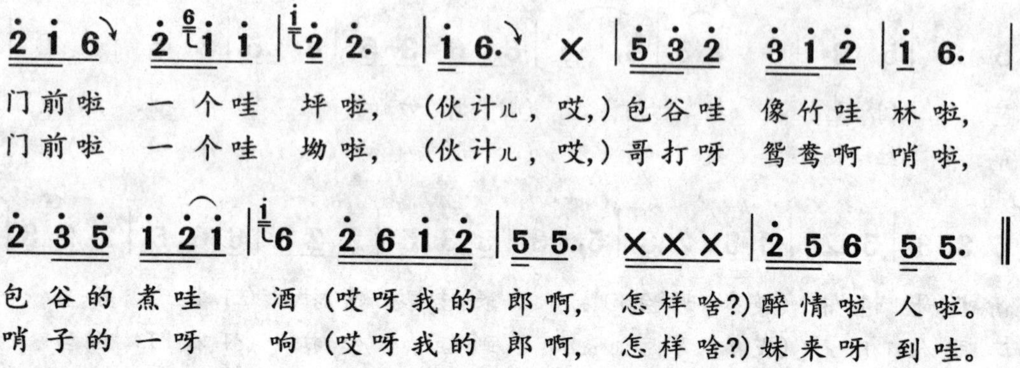

苞谷秆秆节节多

1=♭B 2/4

胡宗政 唱
蔡晞 记

苞谷秆秆儿（啰喂 呀子儿喂）节节儿多（啊哟喂）。
挪钱挪米（啰喂 呀子儿喂）早娶我（啊哟喂）。
快请媒人（情哥哥儿 哎哟喂）我家说（啰哟喂）。
免得奴家（情哥哥儿 哎哟喂）受折磨（啰哟喂）。

不要媒人配成亲

1=G 2/4
中速

文秀英 唱
陈金钟 记

哥有嘛心来嘛（衣 哟）妹有的心啦（呀啥儿呀
飞到嘛半天嘛（衣 哟）施一的礼呀（呀啥儿呀
呀），哥变的鹞子嘛（格格啦里 情哥啦的 唦落落儿唦
呀），不要的媒人嘛（格格啦里 情哥啦的 唦落落儿唦
呀来呀子儿衣）妹变的鹰啰（呀啥儿呀 呀）；
呀来呀子儿衣）配成的亲啰（呀啥儿呀 呀）；

不成品对莫勉强

1=F 2/4

陈功远 唱
黎连城 记

| 5 5 | 5 3 | 2 ⌒1 | 3 5 2 3 5 | 5 5 5 3 | 2 3 1 2 |

女：小小 情哥（敦 敦 依花 喂）胆子 大啦（哎 哟 依），
　　这次 采花（敦 敦 依花 喂）饶了 你啦（哎 哟 依），

| 2 3 1 2 3 2 | 1 2 1 6 | 1 2 6 1 2 | 2 3 1 2 3 2 | 1 1 6 6 ‖

敢到 我家（妹子ㄦ啥 情郎 哥）来采 花啦（哟嗨 哟）。
下次 采花（妹子ㄦ啥 情郎 哥）拖刀 杀啦（哟嗨 哟）。

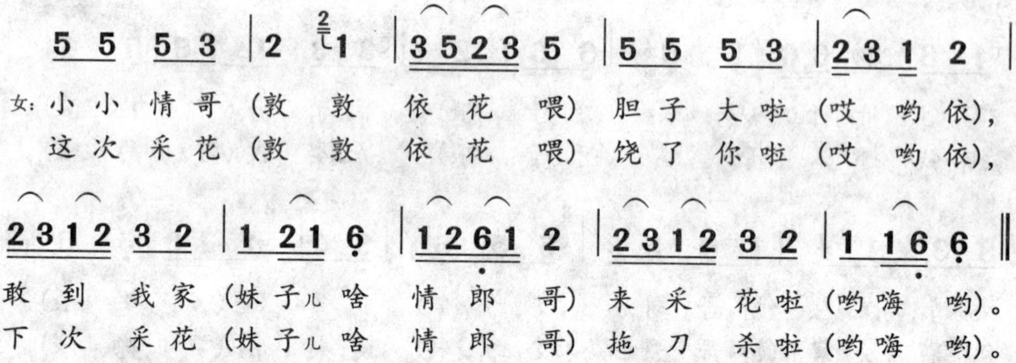

男：你拖刀杀也无妨，变成路边刺一蓬，
　　有朝一日姐路过，划破姐的新衣裳。
女：划破衣裳也无妨，我家有个砍柴郎，
　　三刀两刀砍断刺，把你抛下养鱼塘。
男：抛下鱼塘也无妨，变个鱼儿水中藏，
　　有朝一日姐洗衣，把姐引到塘中央。
女：引到塘中也无妨，我家有个打鱼郎，
　　三网两网打到你，提回家中煮鱼汤。
男：你煮鱼汤也无妨，变个鱼刺碗边藏，
　　只等姐儿来喝汤，鱼刺刺到喉咙上。
女：刺到喉咙也无妨，隔壁有个王药匠，
　　两个字号一碗水，将你打下茅厕缸。
男：打下茅缸也无妨，变个蚊子枕边藏，
　　只等姐儿睡着了，轻轻爬到脸包上。
女：黄鼠狼休把天鹅想，不成品对莫勉强，
　　醒来顺手一巴掌，要你一命见阎王。

注：不成品对为方言，意为不般配、不相称。

不要一心挂两头

1=C 2/4
稍慢

娄菊香 唱
黎连城 记

| 1 1 6 1 6 | 1 3 2 | 2 3 1 2 3 2 1 | 1 1 6 5 |

送郎嘛一里 面向东， 日出（的个）东方 一点哪红

| 6 2 3 1 | 2 3 1 2 3 2 1 | 1 1 6 5 |

（姐哟也） 难舍（的个）难 分 情意 浓。

送郎二里出门西，一对斑鸠往上飞，郎在东来姐在西。
送郎三里柑子湾，捡个柑子十二瓣，郎吃甜来姐吃酸。
送郎四里大桥头，桥下河水往东流，水归东海不回头。
送郎五里小溪坡，遇见情姐的亲哥哥，手扯衣服梭身过。
送郎六里下大坪，口喊姐姐你转身，怕你哥哥告别人。
送郎七里小河口，口喊哥哥加劲走，看到帆船会调头。
送郎八里大河岸，口喊艄公把舵搬，哥哥一路好上船。
送郎九里送完哒，口喊姐儿你回家，转去怕你爹娘骂。
送郎十里船调头，口喊哥哥你慢走，不要一心挂两头。

唱得小妹走拢来

1=♭B 2/4
稍快

刘四妹 唱
黎连城 记

| 1 6 1 6 | 5 5 | 5 2 3 5 | 5 5 3 5 3 | 2 3 1 2 |

唱得 好嘞（冬 冬 呀荷儿哟） 唱得 乖嘞（哎）
唱得 青山（冬 冬 呀荷儿哟） 鸟儿 叫嘞（哎）

| 3 3 1 2 2 1 | 1 1 6 5 | 2 3 1 2 3 2 1 | 1 1 6 5 |

唱得 莲花 （哎嗨哟） 朵朵 开（那是哎嗨哟）。
唱得 小妹 （哎嗨哟） 走拢 来（那是哎嗨哟）。

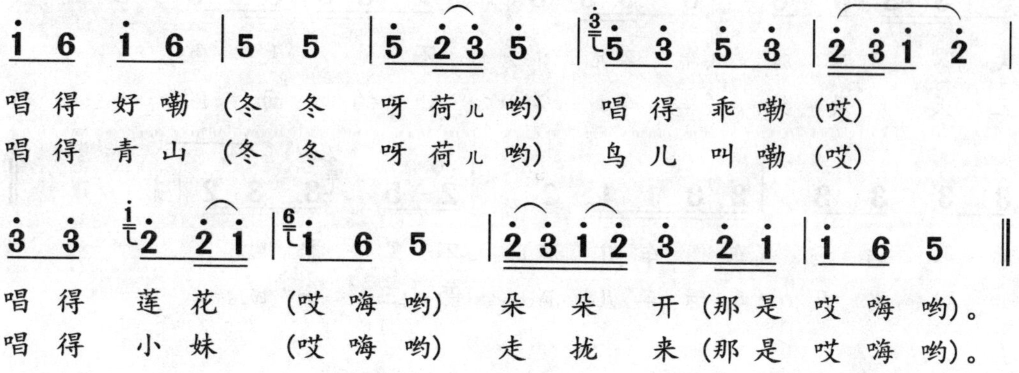

唱个歌儿不打难

1=B 2/4
中速

甘春香 唱
白诚仁 记

唱个 歌儿是（香袋 袋儿）不打 难（来是荷包 包儿），
挑花 只要是（香袋 袋儿）针针儿 好（来是荷包 包儿），
绣花 只要是（香袋 袋儿）五色 线（来是荷包 包儿），

不比是 挑花是（香里荷包 包儿）绣 牡丹（那是耍须 须儿）。
绣花的 只要是（香里荷包 包儿）五色 线（那是耍须 须儿）。
唱歌的 只要是（香里荷包 包儿）声气 圆（那是耍须 须儿）。

车车儿歌

1=C 2/4 3/4
中速

陈瞎子 唱
白诚仁 记

大雾 朦朦（车车儿 溜）不见 天 欧，
三天 没见（车车儿 溜）姐的 面 欧，

洪水 滔滔（车呀车儿 溜）不见 船 欧；
如同 离开（车呀车儿 溜）两三 年 欧。

078 唱个山歌甩过来——桑植民歌精粹

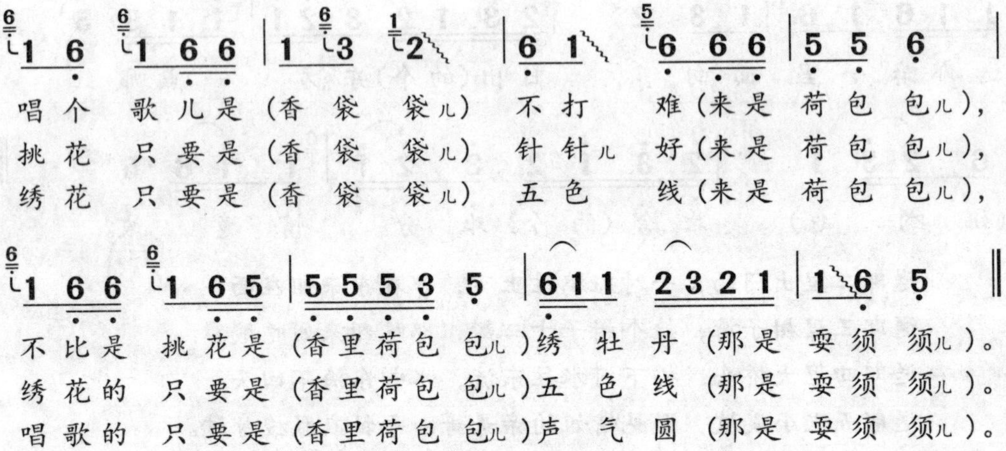

扯猪草

1=A 2/4
稍慢

金岸武 唱
蔡晞 记

| 3 3 3 | 2 3 5 | 2 3 3 | 2 1 | 6 1 2̃³ 2 | 2 3 2 1 |

大姐嘛本姓曹（喂，　呀伙儿哟　　喂　哟），
一扯嘛马齿苋（喂，　呀伙儿哟　　喂　哟），
三拉嘛蛾蛾儿肠（喂，　呀伙儿哟　　喂　哟），
五扯嘛铁蒿子（喂，　呀伙儿哟　　喂　哟），
七扯嘛猪耳朵（喂，　呀伙儿哟　　喂　哟），
猪草嘛多又鲜（喂，　呀伙儿哟　　喂　哟），

| 2 3 3 3 | ³2 3 1 | 1 6 5 1 | 6 | 5 3 5 | 2 5 3 |

上　山嘛扯猪哇草（哇啊衣哟，　衣　哟呀衣哟
二　扯嘛齐头哇蒿（哇啊衣哟，　衣　哟呀衣哟
四　扯嘛蘑菇哇草（哇啊衣哟，　衣　哟呀衣哟
六　扯嘛糯米哇藤（哇啊衣哟，　衣　哟呀衣哟
八　扯嘛枇杷哇根（哇啊衣哟，　衣　哟呀衣哟
猪儿长得溜溜哇圆（哇啊衣哟，　衣　哟呀衣哟

| 5 5 6 1 | 2 3 2 | 2 3 2 1 | 2 3 3 3 | 2 2 1 | 1 6 5 1 6 ‖

衣呀呀伙儿哟衣哟　喂　哟，）上　山嘛扯猪哇草（哇啊衣哟）。
衣呀呀伙儿哟衣哟　喂　哟，）二　扯嘛齐头哇蒿（哇啊衣哟）。
衣呀呀伙儿哟衣哟　喂　哟，）四　扯嘛蘑菇哇草（哇啊衣哟）。
衣呀呀伙儿哟衣哟　喂　哟，）六　扯嘛糯米哇藤（哇啊衣哟）。
衣呀呀伙儿哟衣哟　喂　哟，）八　扯嘛枇杷哇根（哇啊衣哟）。
衣呀呀伙儿哟衣哟　喂　哟，）猪儿长得溜溜哇圆（哇啊衣哟）。

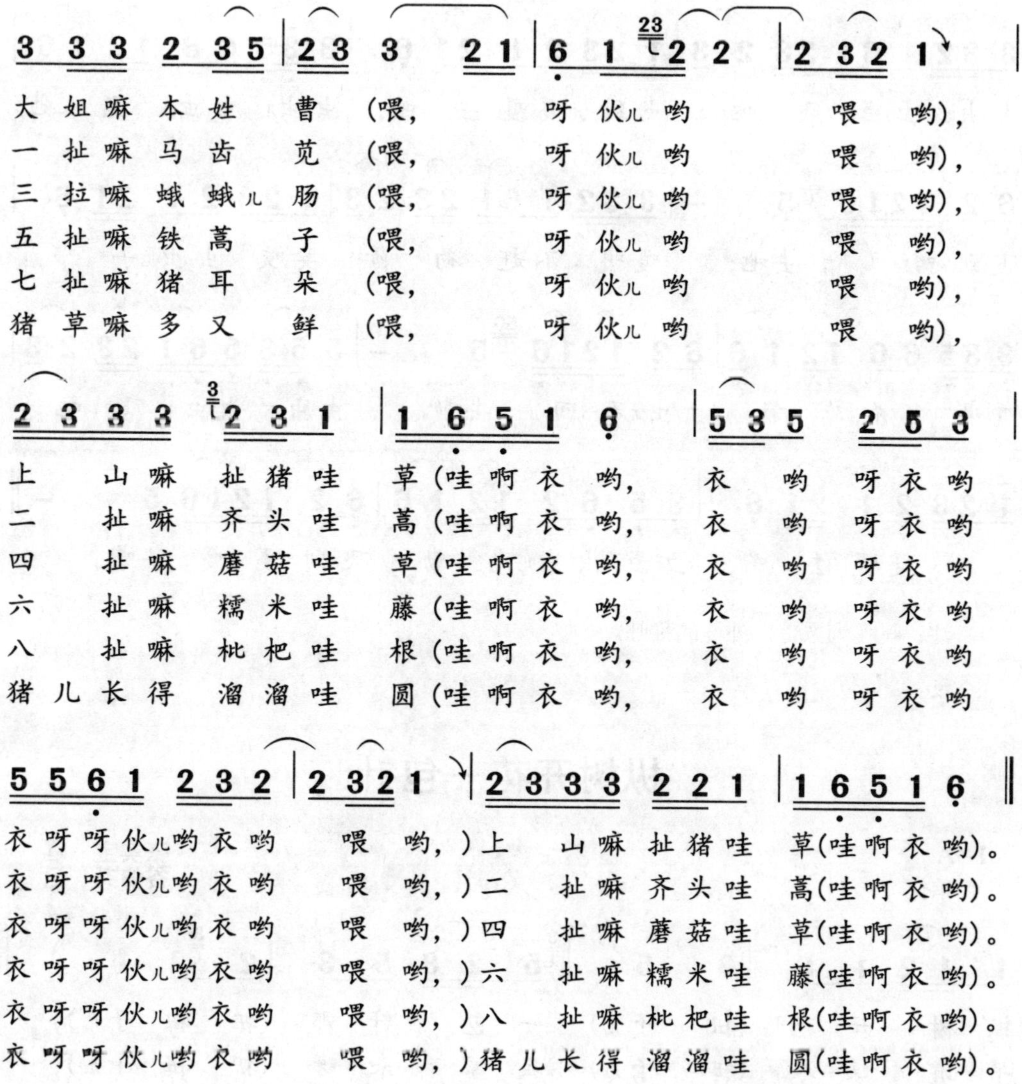

虫虫儿飞

1=F 4/4
中速

尚德春 唱
武生 记

3 32 1 61 23 23 | 1 23 21 21 6. | 3 35 66 12 1 6 |
虫虫儿 虫虫儿 飞 呐 飞到 嘎嘎 去 呐， 虫虫儿 虫虫儿 飞 呐

6 2 12 16 5 — | 3 32 1 61 23 23 | 1 23 21 21 6. |
飞到 嘎嘎 去 呐； 嘎嘎 不赶 狗 嘞 要咬 虫虫儿 手 喂，

3 35 66 12 1 6 | 6 2 12 16 5 — | 5 53 56 1 23 23 |
嘎嘎 不杀 鸡 嘞， 虫虫儿 不回 去 嘞。 虫虫儿 虫虫儿 飞 呐

1 23 21 21 6. | 3 5 62 12 1 6 | 6 2 12 16 5 — ‖
飞到 嘎嘎 去 嘞， 虫虫儿 虫虫儿 飞 嘞 飞到 嘎嘎 去 嘞。

注：嘎嘎为方言，外婆的称呼。

枞树开花一包针

1=A 2/4
稍快

张实宝 唱
谷伯尧 记

1 12 1 6 | 6 5 | 5 23 5 3 | 2 21 1 |
枞树 开花 （扭 子儿） 一包 针哪 （扭 扭子儿），
早请 媒人 （扭 子儿） 我家 来呀 （扭 扭子儿），

2 36 1 2 2 | 2 36 1 2 36 1 | 2 36 1 2 |
我劝 哥哥 （心肝 肉肉儿 心肝 肉肉儿 心肝 肉肉儿 啥）
免得 妹妹 （心肝 肉肉儿 心肝 肉肉儿 心肝 肉肉儿 啥）

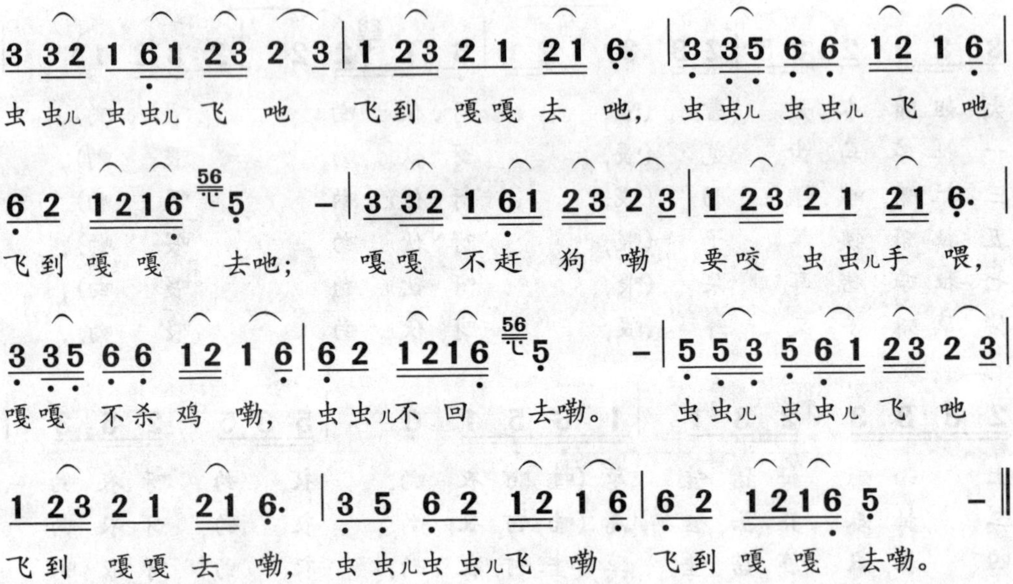

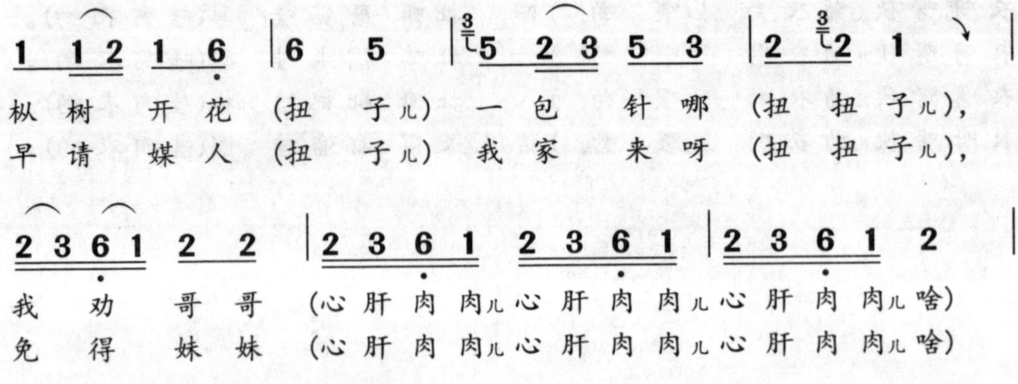

早 订 亲（哪 扭 扭 子儿）。
嫁 别 人（哪 扭 扭 子儿）。

搭亲家

1=G 2/4 3/4
稍快

陈功田 唱
蔡晞 记

鸦雀儿吖吖，对门对户是搭亲啰家呀，亲家的儿子会写哟字呵，亲家的姑娘是会挑呵花哟。

大姐挑的莲子呵粗呵，二姐是挑的是牡丹啰花呀。
只有三姐不会挑呵挑两啰穷啰，关到是门门儿是纺棉啰花呵。
棉花纺到十二多贫啰穷啰，哥哥儿是还在是写字啰忙啰。
哥哥儿手边包谷啰粥啰，全靠是卖字是饱肚啰肠啰。
早上吃的包谷啰粥啰，夜晚是睡的是壳叶啰床啰。

第二篇 澧水情思——小调 081

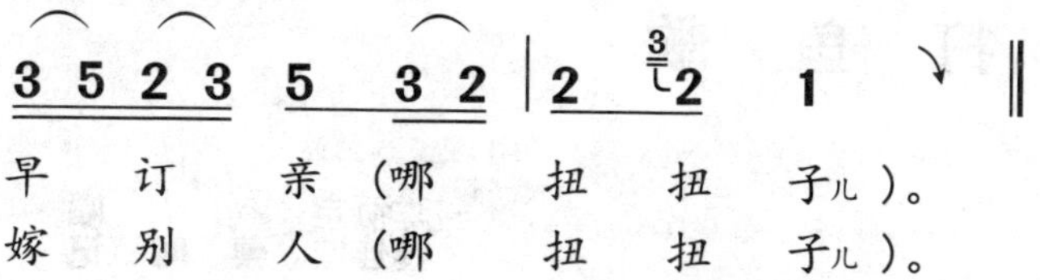

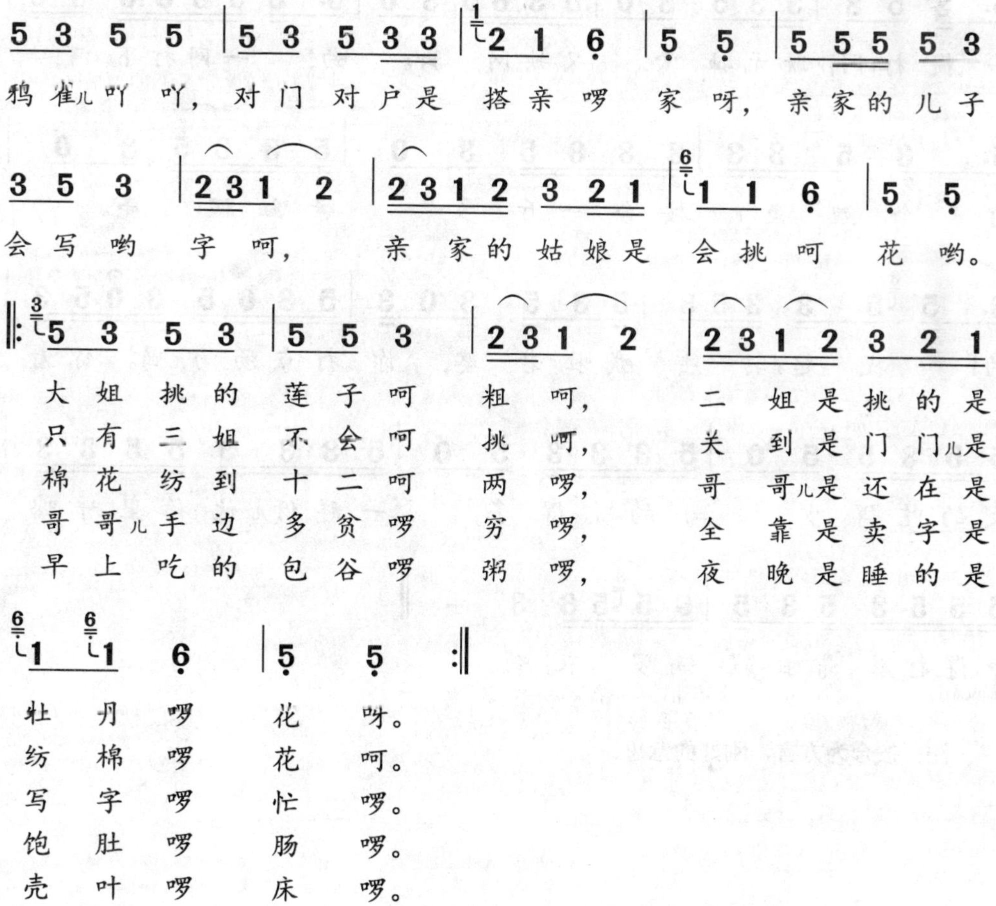

打 鱼 歌

1=G 2/4 3/4　　　　　　　　　　　陈协定 唱
稍慢　　　　　　　　　　　　　黎连城 蔡晞 记

高高山下一呀条河，哟！水急滩多。

河边站着个打呀鱼哥，哟！一双赤脚。

手提打网，既无扯索，又缺网脚。哟！一网打下河，

打个鲤鱼儿按合一斤多，紫红腮壳。

哟！提起转去喊啦老婆，你打点汤汤儿喝。你看

大的吃得少，小的吃得多，一群伢儿伙稀里呼噜

争得打破鼎啦罐锅啰衣哟。

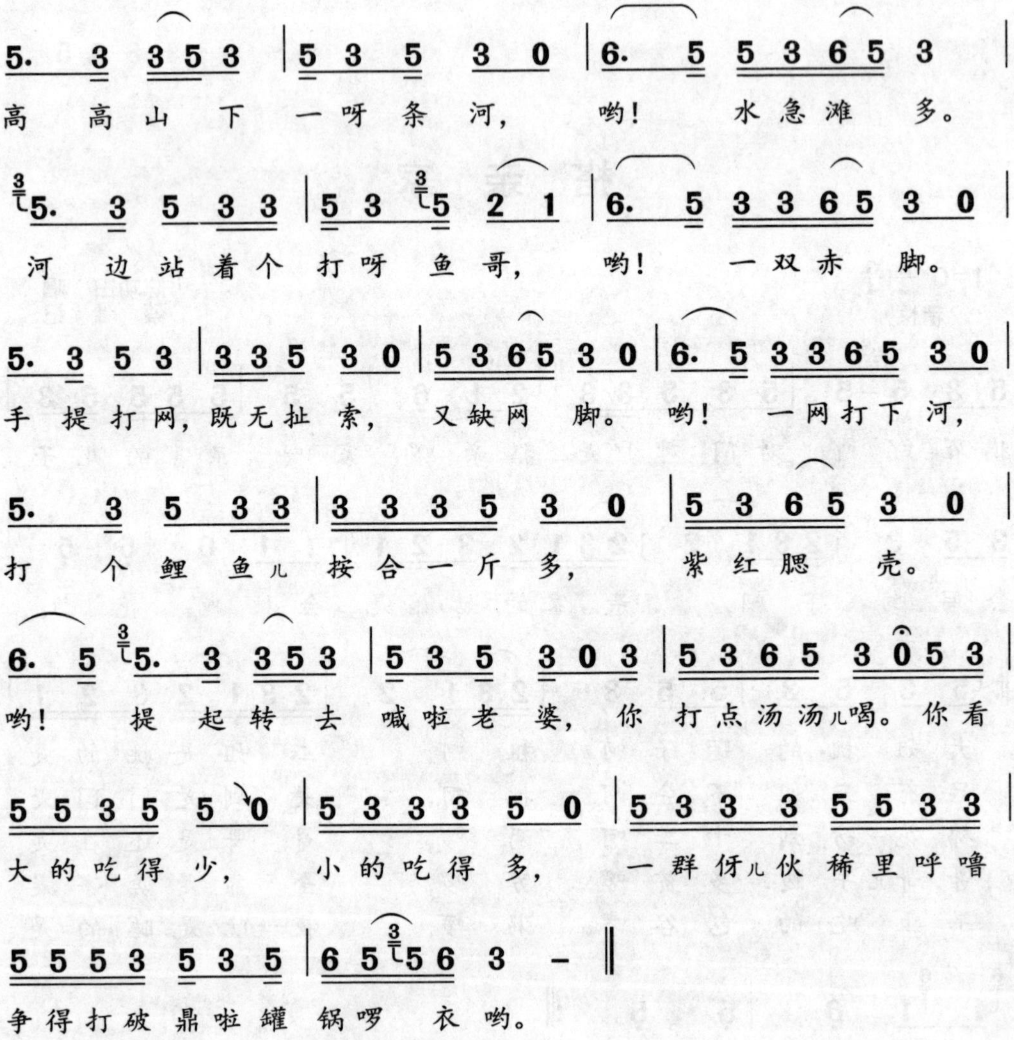

注：按合为方言，刚好的意思。

大 采 茶 歌

1=B 3/4　　　　　　　　　　　　　　　　　　　陈贞姑 唱
稍慢　　　　　　　　　　　　　　　　　　　　黎连城 记

| 1 6 5 1. 2 3 | 3 5 3 2 1 6 5 1 | 2 3 1 2 3 2 1 6 | 1 2 1 6 6 5 6 ‖

正月采茶茶园是新年啦，姊妹双双典茶园哪，
一典采茶园十发芽呀，块块双八紧相连哪。
二月两采两茶不称啦，块妹两细呀
叁两采四起茶用青哇，妹十家摘斤哪。
三月绣茶茶叶老哇，四间共手哪
两采山中叶叶圆啦，姐在绣茶人哪。
四边采黄茶敬土呀，中在家两忙黄
忙月采起钱热忙地呀，忙树家中麦呀。
五打采桑茶无人呀，茶山脚中小盘哪。
多月采起树秋风呀，多扦土下恶安哪。
六扦采高茶来右采，柳杨柳保桑
七月采茶吃秋低凉，姐树子少凉呀，
左起采造茶来风呀，儿坐有好香
脚月采定茶酒中凉吃，绫缎了织呀
八头采定是苦呀，罗茶酒布尝呀，
九三采明茶桂阳哇，头没双都吃
姐月采定钱重我，晚吃巴晚呀，
十月采明茶花呀，姊造担里阳
请把要等钱浓天呀，妹泥伞姐当呀，
你月采定茶与啦，脚茶到重当乡
冬把　茶我哇，踩雨篮叮钱
腊要　钱飞终月呀，起不下回啦，
　等　茶与呀，拾脚再宝殿
　　　明交三，收树相空呀，
　　　　雪，事茶　九逢
　　　　交二　无担　再呀
　　　　是　十　　相
　　　　年　茶　　逢

大十杯酒

1=F 2/4
稍慢

陈昌书 唱
黎连城 记

（乐谱略）

一杯 酒斟起呀， 交与 梁兄呵弟， 眼泪
山伯 与贤弟呀， 无心 把酒哇吃， 前思

汪 汪 往下 滴呀， 放下 酒不 吃 呀。
后 想 不乐 意呀， 美酒 难下 去 呀。

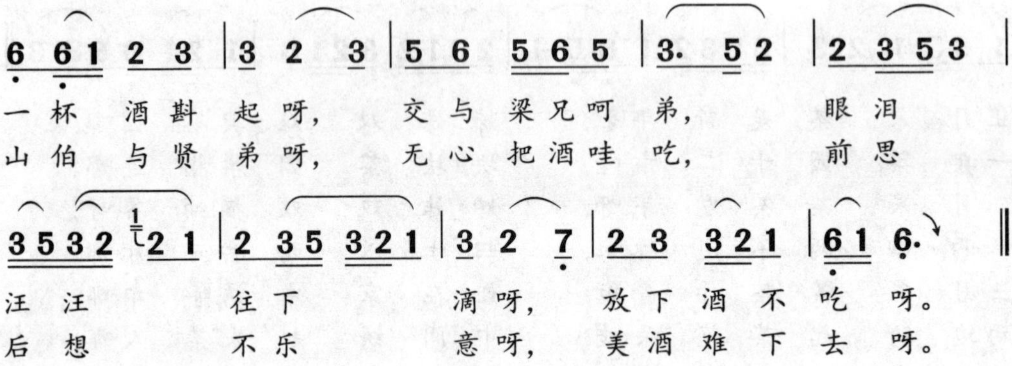

二杯酒儿斟，梁兄你且听，席上无菜莫担心，多把酒来饮。
今生枉为人，姻缘难得成，那是前世没修定，只可待来生。
三杯酒儿黄，劝郎归家乡，刻苦攻读习文章，不必把奴想。
在家把奴想，想得断肝肠，前世烧了断头香，今生难成双。
四杯来斟酒，戒箍扭打扭，金丝缠到银丝纽，交与梁兄手。
今日别离后，常到奴家走，河里无鱼市上有，情丢意不丢。
五杯酒儿甜，梁兄听奴言，奴把汗衫脱几件，别处招姻缘。
姻缘别处说，不必挂牵我，梁兄别处求一个，奴来道恭贺。
六杯酒儿酌，梁兄听我说，梁兄回家把书谋，不要思念我。
想我是空的，穿了马家衣，奴家心想许配你，我依爹不依。
七杯酒儿斟，梁兄你且听，劝郎回家订新亲，不要思故人。
若是记在心，好似掉了魂，哪怕二人欠成病，姻缘总不成。
八杯酒儿酌，梁兄你听着，世上的姑娘有的是，比我好得多。
只管讨一个，讨个女姣娥，郎才女貌都不错，胜过我两个。
九杯酒儿甜，梁兄听奴劝，劝郎归家守田园，莫在花街转。
若是好贪花，失误前程大，老来知悔又迟哒，怪不得小奴家。
十杯酒儿甜，梁兄听奴劝，天赐的姻缘活拆散，两眼泪涟涟。
两眼泪满腮，送出大门外，好比张郎送灯台，一去永不来。

大田栽秧行对行

1=♭B 2/4

谷兆芹 唱
陈金钟 记

| 6 6 6 6 5 | 6 5 | 3 5 5 5 | 3 5 2 3 | 5 5 | 3 5 3 2 |

大田 栽秧(嘛青梭) 行对 行(啦 兰 梭),一行 稗 子(嘛
秧苗 没有(嘛青梭) 稗子 好(啦 兰 梭),稗子 没 得(嘛
家花 没有(嘛青梭) 野花 香(啦 兰 梭),野花 香 来(嘛

| 2 7 | 6 7 2 | 3 5 7 | 2 2 7 | 6. 7 2 | 3 5 | 2 3 2 | 2 7 6 ‖

青梭 兰梭 二兰 梭妹儿 兰 梭)一行 秧(喃 嗯 嗯儿梭)。
青梭 兰梭 二兰 梭妹儿 兰 梭)秧苗 黄(喃 嗯 嗯儿梭)。
青梭 兰梭 二兰 梭妹儿 兰 梭)不久 长(喃 嗯 嗯儿梭)。

单 身 苦

1=♭B 2/4 3/4

宋才果 唱
黎连城 记

| 1 6 1 3 | 1 2 3 | 1 6. 6 | 6̇ 1 3 | 2̇ 3 6 | 1 1 2 1 |

灯草 开花 黄哎,(伙计儿,) 听我 开言 唱呵
出门 一把 锁哇,(伙计儿,) 进门 一把 火呵,

| 1 6 1 3 1 6 | 6 6. | 1̇ 2̇ 1 | 5. 6 | 6̇ 1 6. 6 |

听我的 唱个 (伙计儿 哎哟 呀 伙儿 衣 哟)
想起个 单身 (伙计儿 哎哟 呀 伙儿 衣 哟)

| 6̇ 1 6 1 6 | 5 5. ‖

单身 啰 郎 啊。
苦愁 啰 多 呵。

第二篇 澧水情思——小调 085

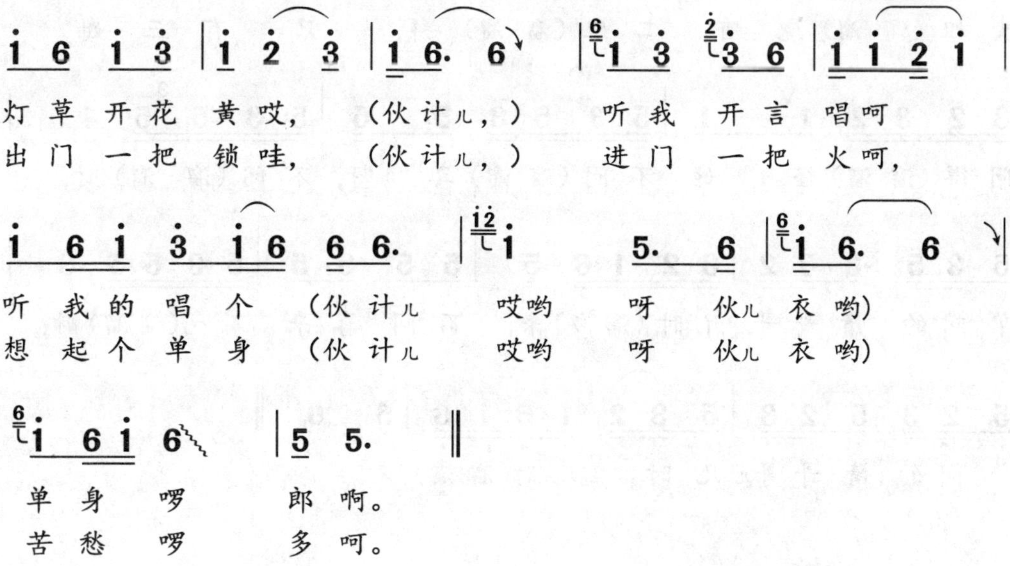

上屋转下屋，到处灰扑扑，人打单身好不苦。
走进堂屋看，长了青苔蔓，打起单身真艰难。
火坑刨一刨，刨出条青竹标①，差点把我吓死了。
灶锅刷几刷，刷出个青蛤蟆，险些把魂吓掉哒。
回到房中坐，没得女姣娥，泪水打从肚里落。

注：①青竹标为毒蛇名，色如青竹，故名。

单问情哥几时来

1=G 2/4
中速

乐运松 唱
陈金钟 记

高山打鼓 庙门（溜溜）开，三个 大姐儿烧香（溜溜）来。
大姐（溜溜）烧香 二姐（溜溜）拜，只 有 三 姐
问得（溜溜）怪，她 不问（溜溜）喜 呀，不问（溜溜）财，
单问的 情哥哥儿几时（溜溜）来，不问 喜来 不问（溜溜）财，
单问 的 情哥哥儿几时 几时（溜溜）来。

倒 采 茶

1=A 2/4
中速

张正帮 唱
白诚仁 蒋慧鸣 记

| 3 5 3 | 5 3 | 2 3 1 2 | 2. 3 | 1 2 2 | 1 6. | 6 1 2 | 2 1 6 |

腊月采茶下 大的凌 哟（奴的当 家也），王 祥 为母（的
孟生哭出冬 笋的来 呐（奴的当 家也），天 赐 鲤鱼（的

| 5 5 5 6 | 1 6 1 | 2 3 2 | 3 2 1 | 1. 6 5 |

牡丹一枝花他是）卧 寒 冰 （来就 倒 采 茶）。
牡丹一枝花他是）跳 龙 门 （来就 倒 采 茶）。

冬月采茶小雪寒，曹操领兵下江南，百而千来千而万，孔明设计取西川。
十月采茶是霜降，韩信追赶楚霸王，霸王逃到乌江死，韩信功劳不久长。
九月采茶是重阳，千里寻兄关云长，过五关来斩六将，擂鼓三通斩蔡阳。
八月采茶是秋分，董永卖身葬双亲，董永葬父又葬母，天赐仙女结为婚。
七月采茶是月半，目连寻母到阴间，十八层地狱寻到母，刘氏四娘泪不干。
六月采茶热忙忙，甘罗十二为丞相，甘罗十二年纪少，太公八十遇文王。
五月采茶石榴红，杨泗磨斧斩蚊龙，斩得蚊龙头落地，一盆鲜血满江红。
四月采茶插黄秧，游子远离李三娘，远游一去有六载，磨房教训小儿郎。
三月采茶是清明，苏秦求官空回程，爹娘堂前高声骂，嫂子把他不当人。
二月采茶百花开，无情无义蔡伯阶，苦了行孝赵氏女，罗裙兜土筑坟台。
正月采茶是新年，抱石投江陈玉莲，湿鞋脱在江流口，大喊三声王状元。

灯草开花黄

1=♭B 2/4

金甲姑 唱
陈金钟 记

| 1 6 6 1 1 | 5 5 6 2 2 2 1 | 1̇ 2 - | 2 6 0 1 |

灯草嘛开花儿黄呃，听我开言唱，唱个 的

| 1̇ 2 1̇ 2 1̇ 1 1 1 3 6 | 5 - ||

情 姐哟想情（衣衣儿）郎。

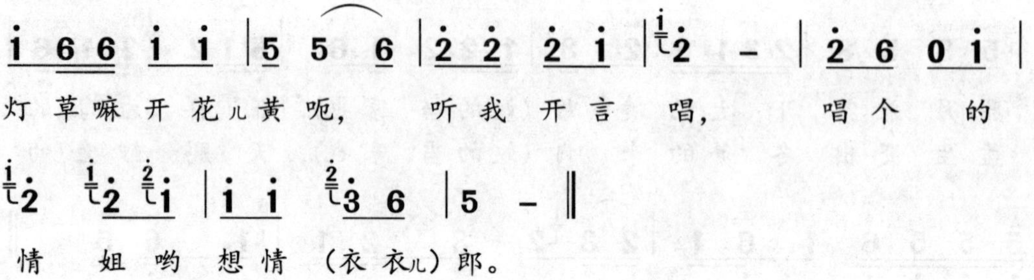

梦见郎回来，起床依门望，眼泪滴到门槛上。
紧望也无益，回房打主意，写封书信给郎去。
墨墨儿挨两挨，纸纸儿裁两裁，请个先生把笔代。
书信都写起，无人下书去，请来隔壁小兄弟。
去得我都去，不知到哪里？姐儿跟我讲住地。
兄弟你只管去，住地告诉你，他到四川做生意。
门前一粉墙，恩果栽两旁，纸糊窗户是店房。

嘀咯儿调

1=G 2/4
中速

赵转芝 唱
蔡晞 记

| 2 2 2 2 | 3 2 1 | 2 3 2. ³ | 6 1 1 1 2 1 6 | 5 6 5. |

一根（的个）嘀 咯儿树 嘞， 打 一个 嘀 咯儿的 床 嘞，
一个（的个）嘀 咯儿田 嘞， 打 一箩 嘀 咯儿的 粮 嘞。

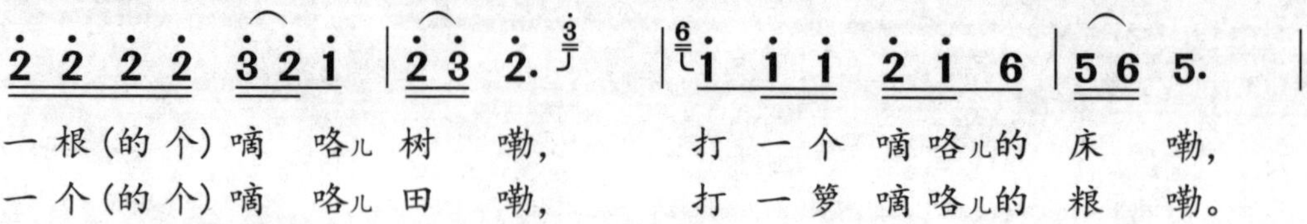

| 3 35 6 6 i | 5 5 6 i | 6 i 6 i 2 i 6 | 5 — |

一个 嘀咯儿的 姐 姐 哟， 配 一 个 嘀 咯儿的 郎。
一个 嘀咯儿的 妹 妹 哟， 做 一 个 嘀 咯儿的 娘。

| 3 3 2 i 2 3 5 | 2 — | 3 35 6 6 i | 5 5 6 i |

(衣儿 呀 衣 哟)， 一 个 嘀 咯儿的 姐 姐儿 哟，
(衣儿 呀 衣 哟)， 一 个 嘀 咯儿的 妹 妹儿 哟，

| 6 i 6 i 2 i 6 | 5̲6̲ 5. ‖

配 一 个 嘀 咯儿的 郎 呵。
做 一 个 嘀 咯儿的 娘 呵。

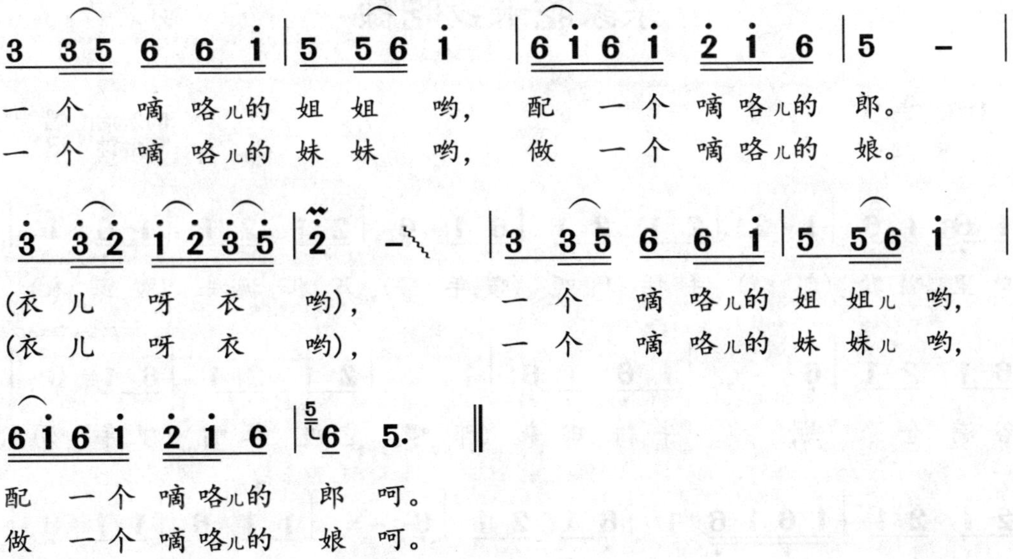

注：嘀咯儿为方言，很小的意思。

丢姐只为听闲言

1=B 2/4 3/4

陈功田 唱
黎连城 记

| 5 5 5 6 | 2. 3 | 2 1 | 6 1 5 6. 0 |

往日 打 伞 伞 团 圆 罗，
伞烂 只 为 路 边 刺 罗，

| 1 6 1 6 6 | 5 6 5 | 5 5 1 6 6 | 6 1 6 5 — ‖

今日 打伞嘛（幺姐姐） 伞哪烂边哪（衣 哟）。
丢姐只为嘛（幺姐姐） 听哪闲言哪（衣 哟）。

第二篇 澧水情思——小调 089

东家吃米我吃糠

1=C 2/4
慢

向宏治 唱
陈金钟 记

| 1̣ 6̣ | 1̣ 6̣ | 1 2 | 2̣ 1 2̣ 1 | 6̣ 1 6̣ | 2̣ 1 2̣ 1 | 1̣ 6̣ 1 |

口里 唱歌（郎啰）手插 秧呃（啰年啰），汗水 换来（哎嗨衣）

| 6̣ 1 2̣ 1 | 6̣ — | 1̣ 6̣ | 1̣ 6̣ | 1 2 | 2̣ 1 2̣ 1 | 6̣ 1 6̣ |

谷满 仓来 哟， 牛耕 田来（郎啰）它吃 草啊（啰年啰），

| 2̣ 1 2̣ 1 | 1̣ 6̣ 1̣ 6̣ 1 | 6̣ 1 2̣ 1 | 6̣ — | 1 1 6̣ | 1 1 6̣ |

东家 吃米（哎哟衣嗬哟）我吃 糠哦（哟， 里里 啰 里里 啰

| 2̣ 1 2̣ 1 | 1̣ 6̣ 5̣ 6̣ 1 | 1 1 6̣ ‖

我吃 糠来（可怜 啰 伤心 啰）。

嗯 嗯 调

（划拳歌）

1=E 2/4
中速

罗年青 唱
蔡晞 记

| 2̇ 2̇ 3̇ 6 1̇ | 2̇ 2̇ | 3̇ 2̇ 3̇ 2̇ 2̇ 1̇ | 1̇ 6̇ 1̇ 6 |

初划 个拳儿（嗯 嗯）方合 的连啦（来对 啦），

| 2̇ 1̇ 2̇ 1̇ | 5 6 1̇ 6 1̇ | 3̇ 1̇ 2̇ 1̇ 1̇ 6 | 1̇ 6 1̇ 2̇ ‖

二朵 的金花（奴的冤家啥）输了 一拳是 再来 划。

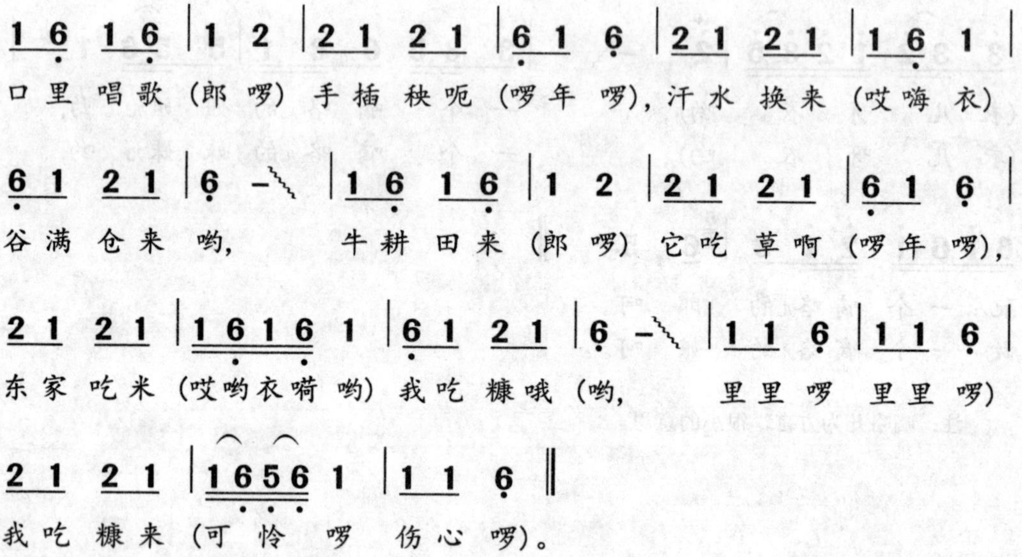

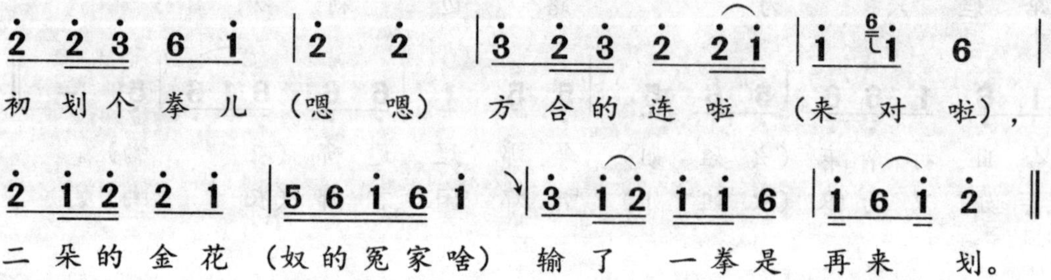

二人同穿一双鞋

1=E 2/4
稍慢

涂长姑 唱
陈金钟 记

(3 2 3. 3 | 2 3 2 1 6 6 1 | 2 3 2 1 6 6. |
你娘管你管得怪呀,(溜溜梭哇),
真心爱我只管来呀,(溜溜梭哇),

5 3 3 3 5 3 2 | 7 3 2 7 6 6 1 | 2 3 2 7 6 6 0 |
绣房的门前唄把灰筛呀;(溜溜梭哇),
莫怕的门前唄把灰筛呀;(溜溜梭哇),

3 7 6 5 3 7 6 5 | 7 6 7 5 7 6 5 | 6 5 0 6 5 0 |
心想同姐会呀一面啥,(姐也,姐也!)
哥哥儿进出我呀背你啥,(哥喂,哥喂!)

2 3 2 1 2 3 2 1 | 3 2 3 6 6 5 | 5 3 5 7 3 2 1 | 2 — ‖
你娘知道下不得台呀,下不得台呀。
二人同穿一呀双鞋呀,同穿一双鞋呀。

二十七八未嫁人

1=G 4/4
稍慢

黎兴维 唱
陈金钟 记

5 5 3 2 5 | 5 3 5 5 3 2 3 5. 3 | 6 1 6 1 2 0 2 0 |
正月是新春啦,我娘好狠心,二十七八
二月是花朝哇,与郎初相交,郎拨琵琶

第二篇 澧水情思——小调

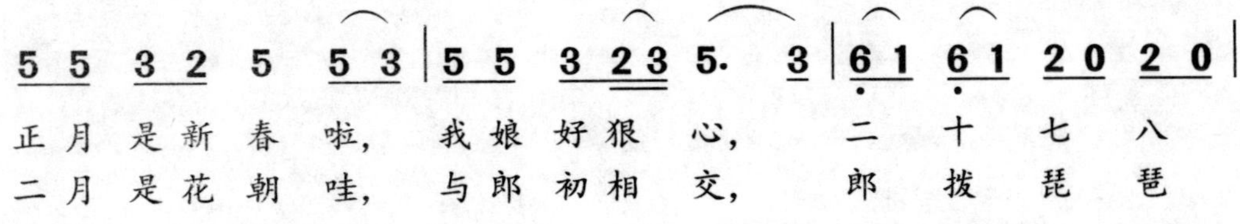

```
6 1  6 1  2 2  3 5 6 | 5 5  3 5 6  5 — |
```
不哇 嫁人啦，(衣儿哟哟呀衣哟)，
姐呀 吹箫哇，(衣儿哟哟呀衣哟)，

```
6 1  6 1  2 0  2 0 | 6 1  6 1  2 2  3 5 6 |
```
二十七八 不哇 嫁人啦，(泪淋
郎拨琵琶 姐呀 吹箫哇，(喜盈

```
5 5  1 6 5  3 2 3  5 | 3 5 6  5 — — ‖
```
淋啦，泪呀 淋淋， 哎衣哟)。
盈啦，喜呀 盈盈， 哎衣哟)。

三月是清明，娃娃怀在身，一咳一吐脑壳昏，(闷沉沉)。
四月是立夏，茶饭吃不下，我娘请医把脉拿，(急坏哒)。
五月是端阳，医生开药方，关门杀贼没得整场，(泪汪汪)。
六月热难当，妈妈着了慌，恐怕我儿命不长，(泪汪汪)。
七月月半进，我儿未许婚，搬起猪头找不到庙门，(好伤心)。
八月是中秋，走路把腰勾，可怜人比黄花瘦，(光骨头)。
九月菊花开，无人求婚来，只见姑娘枯瘦如柴，(泪满腮)。
十月小阳春，妈妈急掉魂，无人来求婚我儿命难存，(悔不尽)。
冬月飞雪花，媒人到我家，爹妈忙把红庚发，(笑哈哈)。
腊月一年尽，二人结成婚，拜堂进房娃娃生，(气死人)。
哎呀我的妈，哎呀我的娘，这杯苦酒是你酿成。(怎见人)？

柑子树上吊金钱

1=♭B 2/4
中速

尚本固 唱
左泽松 记

柑子的树上（咿）吊金钱啰，
城墙的高头（咿）跑得马啰，
君子莫听隔壁啰言。
宰相肚里行得啰船。

高山顶上鸟啄岩

1=G 2/4
中速

陈家河流行
黎连城 记

高山顶上鸟儿啄岩啰，姐儿以为
山高出些雀宝鸟啰，把姐引到
郎呵砍柴哪（一嗬嗨，梭妹儿溜子儿湾 小妹儿呀衣
半啦山来哪（一嗬嗨，梭妹儿溜子儿湾 小妹儿呀衣
哟，）郎呵砍柴哪（衣嗬嗨）。
哟，）半啦山来哪（衣嗬嗨）。

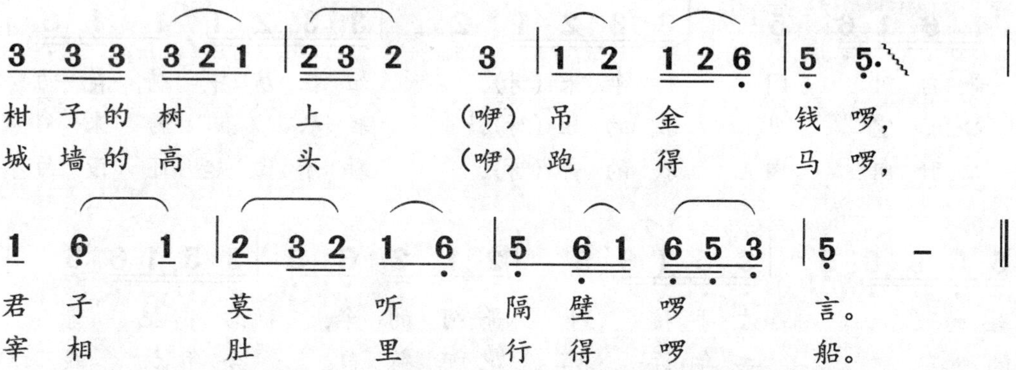

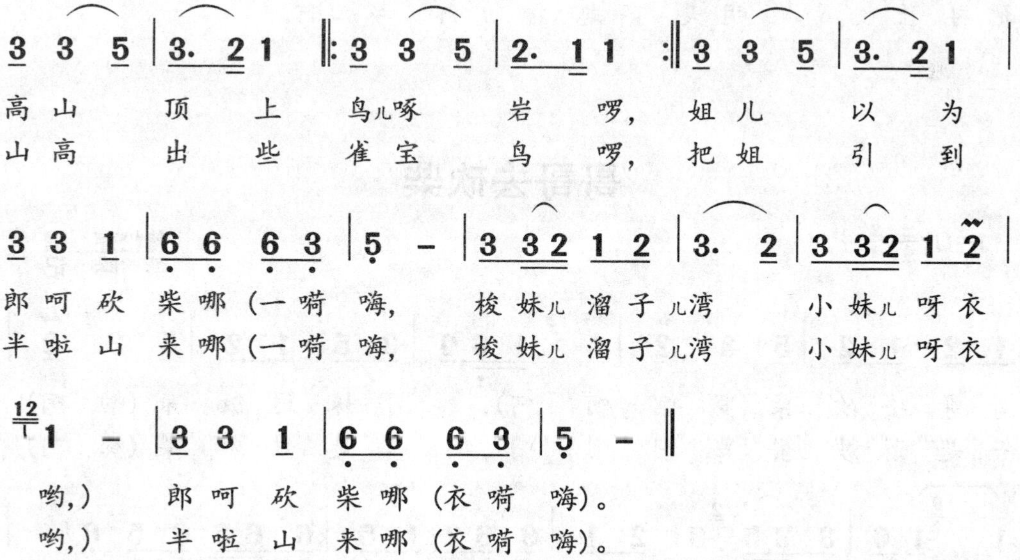

注：雀宝为方言，意为风趣幽默。

哥哥来取鞋

1=♭B 2/4

桂顺姑 唱
蔡晞 记

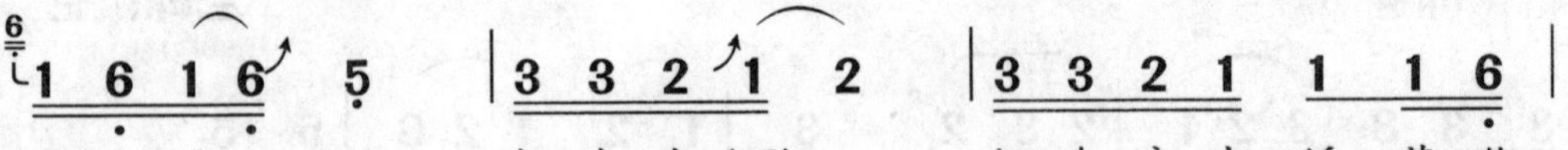

哥自对门打伞来(呀), 姐在房中绣花哟
心肝宝贝我的姐(呀), 我从沙市转来哟
心肝肉肉儿我的哥(呀), 鞋子做起还没哟

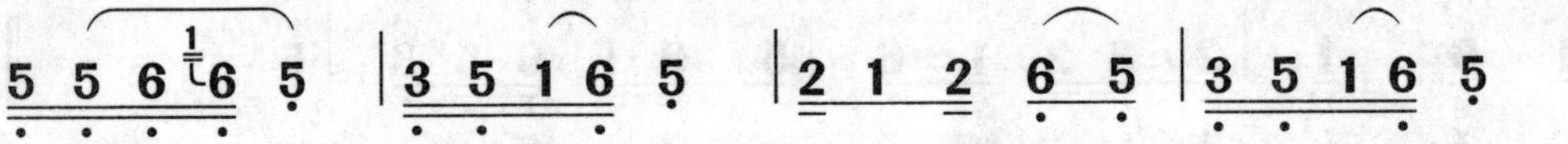

鞋哟, 左手接到哥呵的伞, 右手把哥
的哟, 去年许我花呵荷包, 今年许我
上哟, 你到我家歇呵一晚, 明灯高挂

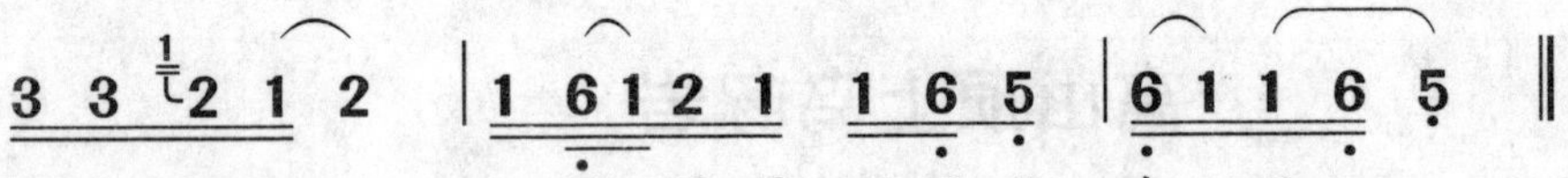

抱在怀哟, 口问哥哥儿哪里哟来哟。
一双鞋哟, 不为鞋子不得哟来哟。
把鞋上哟, 明天穿起转回呵乡啊。

哥哥去砍柴

1=G 2/4 3/4

蒋松莲 唱
蔡晞 记

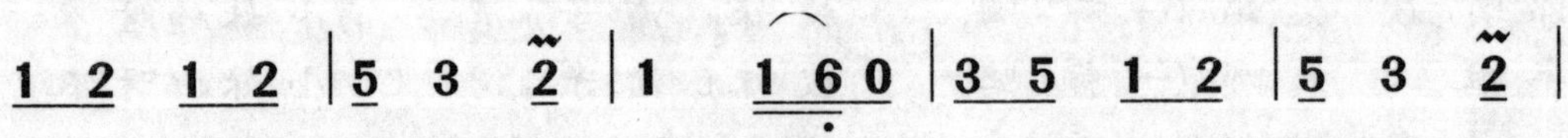

哥哥去砍柴(罗呵呵呵), 小妹送饭来(哟呵
一是葱炒蛋(罗呵呵呵), 二是豆牙菜(哟呵

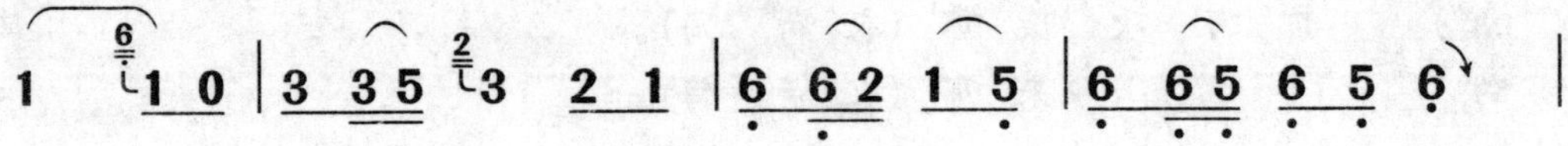

呵), 口问妹妹你送的什么菜(呀呀儿呀,
呵), 三是腊肉嘛和蒜哪薹(呀呀儿呀,

哥学郎中入了迷

1=F 2/4 3/4

谷兆芹 唱
陈金钟 记

哥学(嘛)郎中(摧呀箍箍儿纽)他心入迷哟，
单身的个打到(摧呀箍箍儿纽)三十几来
(呀呀得儿哟)，娘说他眼角出了(摧呀箍箍儿纽)
苦瓜褶哟，我看他是年轻嘛
(摧呀箍箍儿纽)那是笑眼眯呀(呀依得儿哟)。

第二篇 澧水情思——小调

歌师唱歌闹仙台

1=C 2/4

李梅香 唱
陈金钟 记

歌师 唱歌（喂 喂）闹仙台（那么呀子儿喂），
我唱 盘歌嘛（啰幺姐儿）你来解（那哈幺嫂子儿）。

盘：什么弯弯弯上天？　　　解：月亮弯弯弯上天，
　　什么弯弯在江边？　　　　　船儿弯弯在江边，
　　什么弯弯街前卖？　　　　　梳子弯弯街前卖，
　　什么弯弯姐跟前？　　　　　眉毛弯弯姐跟前，

　　什么团团团上天？　　　　　月亮团团团上天，
　　什么团团在河边？　　　　　团鱼团团在河边，
　　什么团团街前卖？　　　　　饼子团团街前卖，
　　什么团团姐跟前？　　　　　麻篮团团姐跟前，

　　歌师傅来老先生，　　　　　七岁唱歌到如今，
　　天上挂有好多星，　　　　　未到天上数明星，
　　一斗芝麻好多颗？　　　　　芝麻论升不论颗，
　　一匹绫罗好多根？　　　　　绫罗论尺不论根。

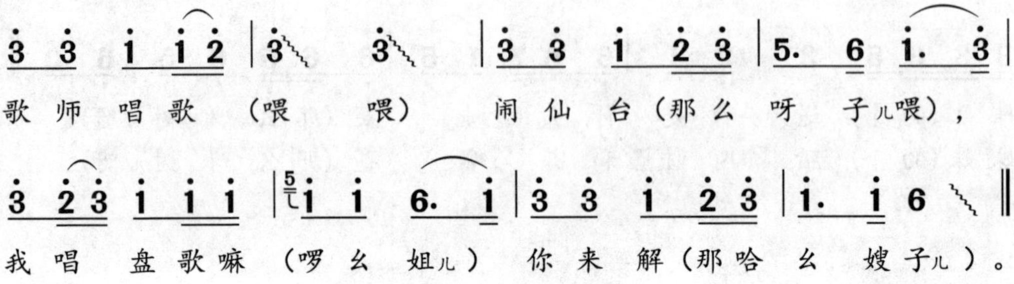

歌师傅来老仙台

1=B 2/4 3/4

罗年青　田采玉　唱
陈金钟　　　　　记

盘：歌师（的个）傅来呀　老哎　仙（的个）台呀，
解：歌师（的个）傅来呀　老哎　仙（的个）台呀，

我　唱呃　盘歌哇　你呀　来（的个）解哟。
你　唱呃　盘歌哇　我呀　来（的个）解哟。

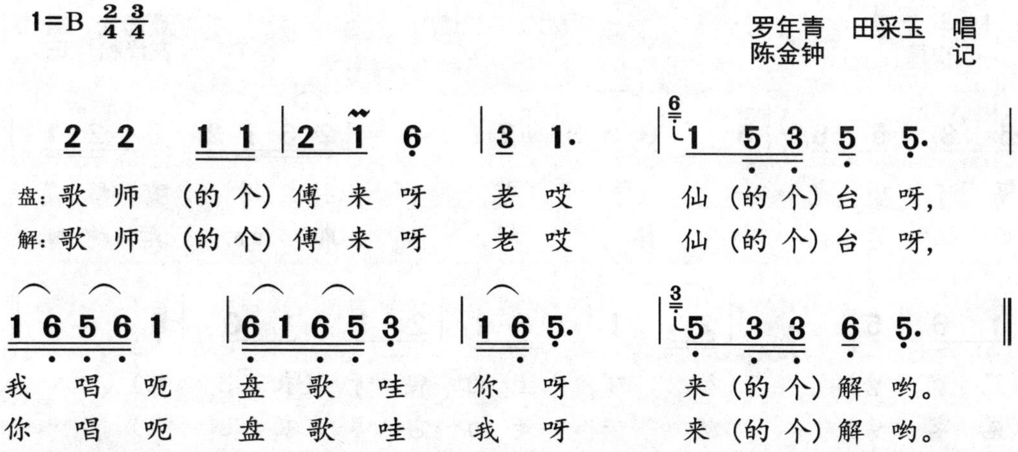

盘：什么穿青又穿白，什么穿的葡萄色，
　　什么穿的十样景，什么穿的一墨黑？
解：喜鹊穿青又穿白，斑鸠穿的葡萄色，
　　锦鸡穿的十样景，乌鸦穿的一墨黑。
盘：说天知来道天知，月宫梭罗几百枝，
　　几百枝子朝上长，几百枝子朝下"持"①。
解：说天知来道天知，月宫梭罗九百枝，
　　五百枝子朝上长，四百枝子朝下"持"。
盘：什么吃草不吃根，什么睡着不翻身。
　　什么肚里长牙齿，什么肚里长眼睛？
解：镰刀吃草不吃根，岩头睡着不翻身，
　　磨子肚里长牙齿，灯笼肚里长眼睛。

注：①持：方言，读chī，伸长的意思。

隔河望见一枝花

1=G 2/4 3/4
中速

夏德金 唱
左泽松 记

5 3 5 3 | 5 6 5 3 | 2 — | 2 3 1 2 3 2 1 |
隔河望见一枝花，　引　得　蜜蜂是
劝姐莫捉小蜜蜂，　郎　的　真魂嘛

1 6 5 — | 2 1 1 | 6 1 2 1 1 6 | 5 — ‖
（冤家啥）　往　啰　上的爬呀（衣儿　哟）。
（冤家啥）　就　啰　是的它哪（衣儿　哟）。

咕噜噜呱啦啦

1=G 2/4
稍快

田玉桃 唱
白诚仁 记

5 5 5 6 1 1 6 | 5 5 6 5 5 6 | 5 5 3 2 2 2 |
麻风（的个）细雨（是咕噜噜呱啦啦啰啰啰）不离呀
燕子（的个）不离（是咕噜噜呱啦啦啰啰啰）天楼呀

2 3 2 | 6 6 6 1 | 2 2 1 6 1 | 5 5 6 2 2 1 |
天　啦，麻雀儿(的个)不离(是咕噜噜呱啦啦啰啰啰
板　啦，情哥儿(的个)不离(是咕噜噜呱啦啦啰啰啰

6 6 6 1 5 5 ‖
屋檐啰　边　哪；
姐面啰　前　哪。

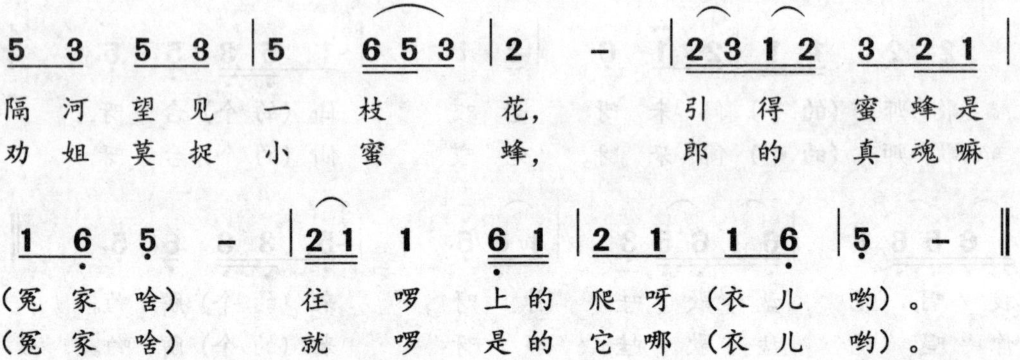

薅 黄 瓜

1=F 2/4 3/4
稍慢

陈功远 唱
陈金钟 记

5 35 656 | i 6 3 5 | 5 35 656 | i 6 3 5 |
奴在哟 园中咙 薅黄咙 瓜呀，

5 35 6i65 | 5 35 6563 2.1 | 5.3 53 5321 | 6 |
哥哇在外面 打呀泥巴呀(哥哥儿啥)，打掉黄瓜花呀(哎嗨哟)；

5 35 656 | i 6 3 5 | 5 35 656 | i 6 3 5 |
打掉喂 公花哟 不要喂 紧啦，

5 35 6i65 | 5 35 6563 2.1 | 5.3 53 532 | 1 — ‖
打呀掉母花 不哇结瓜呀(哥哥儿啥)，又怕爹娘骂呀(嗨哎)！

好花一朵满屋香

1=♭B 2/4
欢快地

覃文才 唱
黎连城 记

2 2 6/i 1 1 | 2 2 | 3 3 i/2 2 1 | i 6 5 | i 2. 3 i 2 1 |
好烟 吃杯嘛(猜猜) 口里 香啊， (猜大猜) 好茶 喝杯
好酒 喝杯嘛(猜猜) 昏又 醉啊， (猜大猜) 好花 一朵

2. 3 1 1 2. 3 1 1 | 2 2 | 3 2 3 i/2 2 1 | i 6 5 ‖
(七 不弄冬 八 不弄冬 猜 猜) 清又 凉啊 (猜大猜)。
(七 不弄冬 八 不弄冬 猜 猜) 满屋 香啊 (猜大猜)。

好汉难打脱身拳

1=D 2/4
稍快

苦竹坪流行
黎连成 记

1 6̣ | 1 6̣ | 5̣ 5̣ 6̣ | 2. 2 | 2̃1 2 6̣. | 2 6̣ 1 |
一 把 双 须 锁 哇 两 把 钥 匙 开 呀 开 呀 不

2 1 | 6̣ 1̣ | 6̣ 1 1 6̣ | 5̣. 6̣ | 2 6̣ 1 | 2 1 | 6̣ 1̣ |
开 来 约 你 二 回 来 开 呀 不 开 来

6̣ 1 | 1 6̣ | 5̣ - ‖ 1 6̣. | 2 2̃ 3 | 3 3̃ 2 3 |
约 你 二 回 来 郎 是 蜻 蜓 啦 飞 上 的
郎 要 飞 来 啦 姐 要 的

2 1 | 6̣ 1̣ | 6̣ 1 | 6̣ 1 | 6̣ 5̣ - | 5̣ 5 6 | 1 2 1 2 1 6̣ |
天 喃 （一 把 双 须 锁） 姐 是 的 蜘 蛛
缠 喃 （一 把 双 须 锁） 好 汉 是 难 打

2. 2 2 1 | 2 6̣. ‖: 2 6̣ | 2 2 1 | 6̣ 1̣ | 6̣ 1 | 1 6̣ |
（两 把 钥 匙 开 呀） 网 吖 屋 檐 喃 （约 你 二 回
（两 把 钥 匙 开 呀） 脱 哇 身 拳 喃 （约 你 二 回

|1. 5̣. 6̣ :‖|2. 5̣ - ‖
来）。 来）。

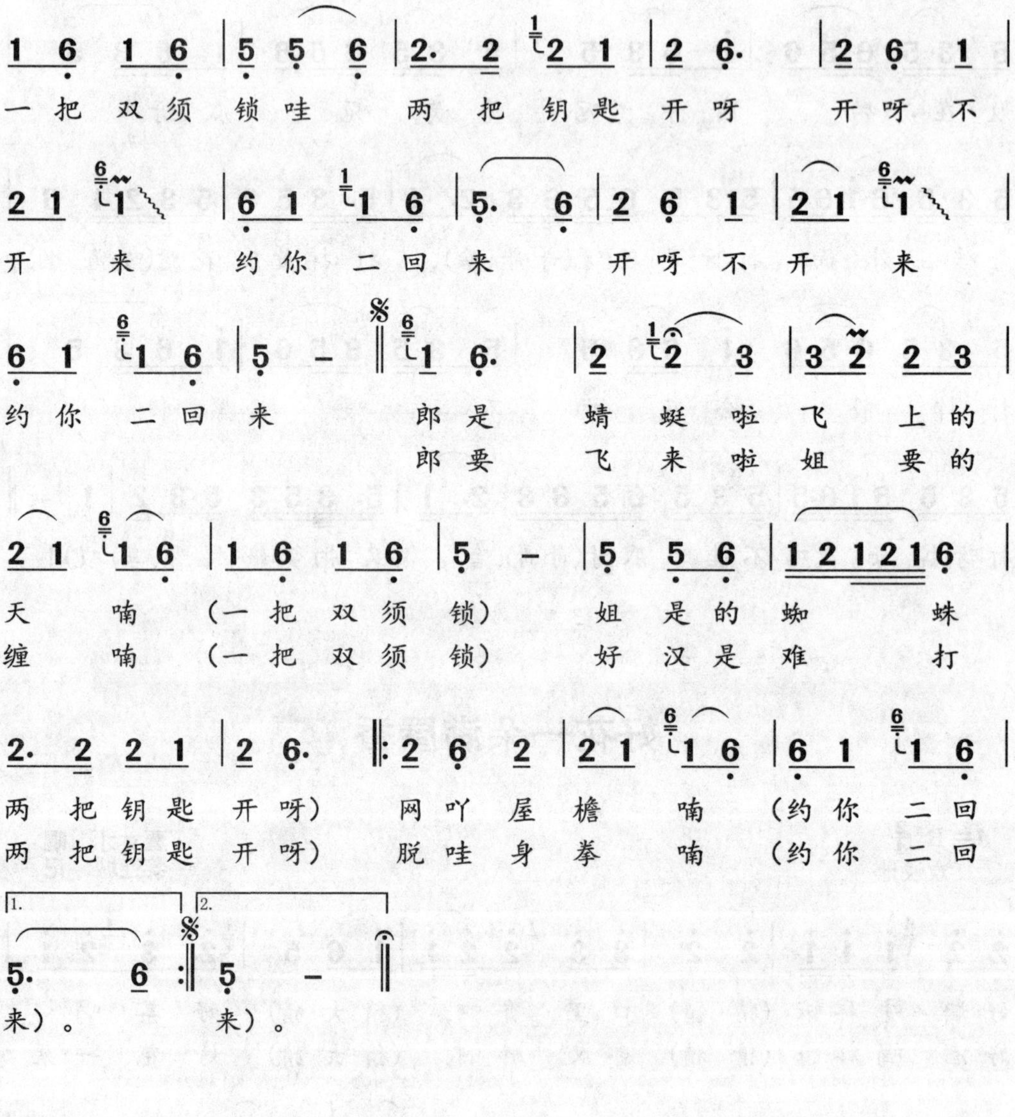

好酒打开满屋香

1=B 2/4
中速

戴福香 唱
陈金钟 记

1 1 1 6 5 | 3 3 1 1 | 2 2. | 3 2 3 6 1 | 1 6 1 6 5 |
好酒打开 满哪屋(的)香(欧), 好歌 唱来 甜啦甜如糖,

5 5 6 1 6 | 1 1 1 3 2 | 3 1 2 3 1 | 6 6 1 6 5 |
好花啊引来 蜜呵蜂采, 好姐的惹动 少哇年的郎,

5 5 1 5 6 | 6 6 2 | 1 1 6 | 5 5 6 5 ‖
(哟 呵 喂子儿哎) 好姐 惹动 少 哇年 郎。

好玩不过少年郎

1=A 2/4
稍慢

陈功远 唱
蔡晞 记

3 1 6 | 2. 3 | 5 6 3 3 | 2 3 1 2 3 2 3 5 | 2 1 6 5 1 |
太 阳 落 山 坡 背 黄,
好 吃 不 过 高 梁 酒,

2. 3 | 2 3 2 1 | 6 5 6 1 | 1 2 3 5 | 2 1 6 |
坡 前 坡 后 种 高
好 玩 不 过 少 年

5 0 6 6 5 3 2 | 5 — ‖
梁。
郎。

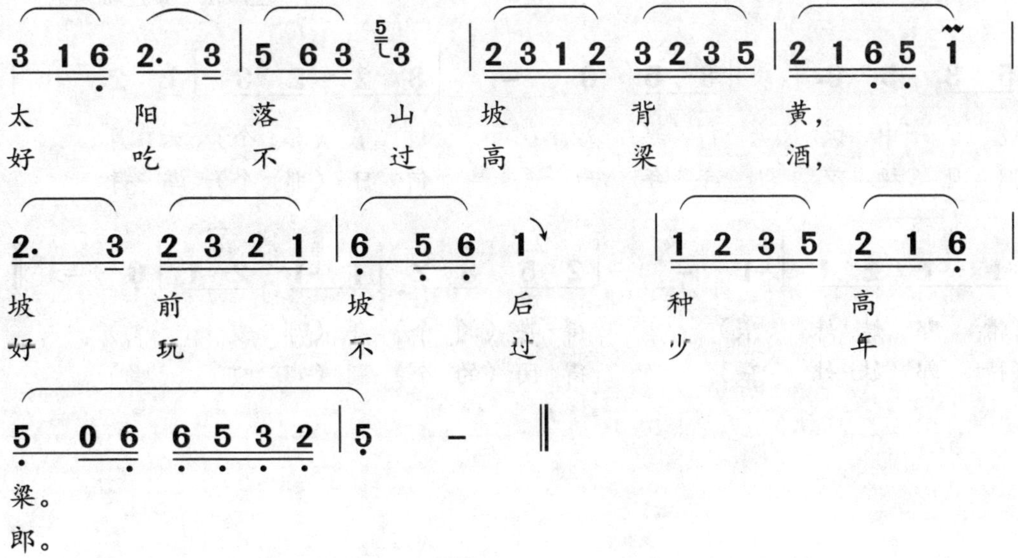

何不开笼早放雀

1=G 2/4 3/4

张清照 唱
黎连城 记

搬把椅子拦门坐哇,（媳妇的她呀对她对婆婆哇说哇:"你的儿子死得早,你的儿子死得早,何不的开呀笼开笼早放呵雀呵!"

何日与妹得团圆

1=A 2/4 3/4
中速

聂德金 唱
左泽松 黎连城 记

吃了中饭得半天，过了（那个）六月（情郎妹妹喂）得半（的个）年（哪哎哟）。
只见桃花年年开，何日（那个）与妹（情郎妹妹喂）得团（的个）圆（哪哎哟）。

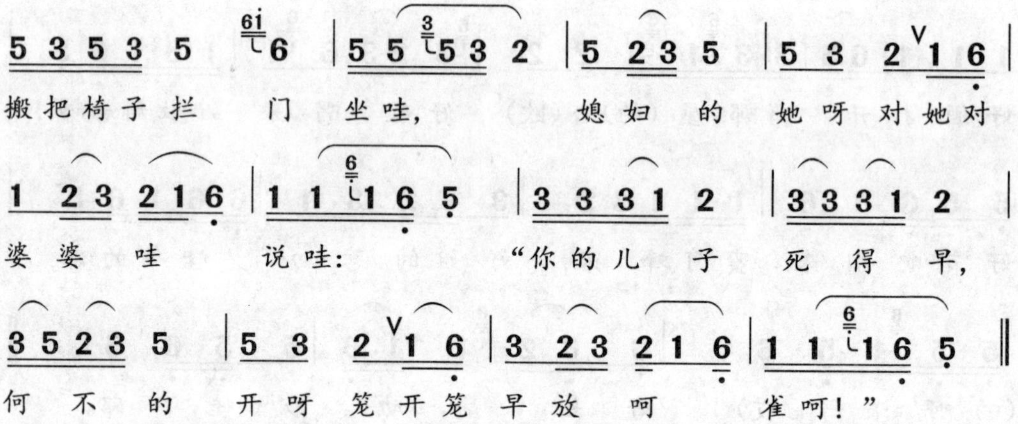

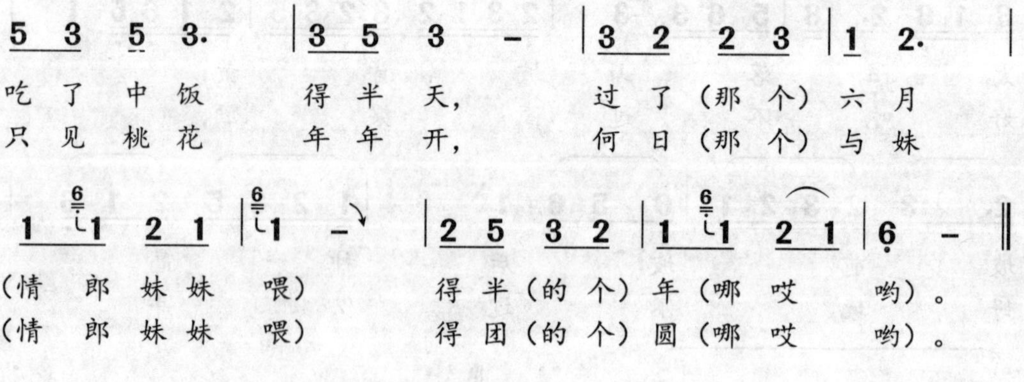

花 大 姐

1=G 2/4
中速

卓大恒 唱
史明政 记

‖: $\underline{1}$· $\underline{6}$ $\underline{1}$ 6 | $\underline{2}$ $\underline{3}$ $\underline{6}$ $\underline{1}$ 2 | $\underline{3}$ $\underline{2}$ $\underline{3}$ $\overset{6}{\underline{1}\underline{1}}$ | $\overset{6}{\underline{1}\underline{1}}$ $\underline{1}$ $\underline{6}$ 6 :‖

姐　儿　坐在（三个妹子儿三）花果　坪啦（两个 妹子儿啥）
身　穿　花衣（格呀格子儿格）花围　裙啦（两个 妹子儿啥）

（渐快）　　　　　　　　　　　　　　　　　　　　　　（慢）
$\underline{1}$ $\underline{1}$ 6 | $\underline{1}$ $\underline{1}$ 6 | $\underline{6}$ $\underline{6}$ $\underline{1}$ | $\underline{6}$ $\underline{6}$ $\underline{1}$ | $\underline{6}$ $\underline{6}$ $\underline{1}$ | $\underline{6}$ $\underline{1}$ $\underline{2}$ | 2· | 3 |

上是格　下是格　格子飞　多是扯　扯是溜　呀子儿喂　　　你

$\underline{3}$ $\underline{2}$ $\underline{3}$ $\overset{6}{\underline{1}\underline{1}}$ | $\underline{1}$· $\underline{6}$ 6 ‖

早些　来呀　大　姐啥

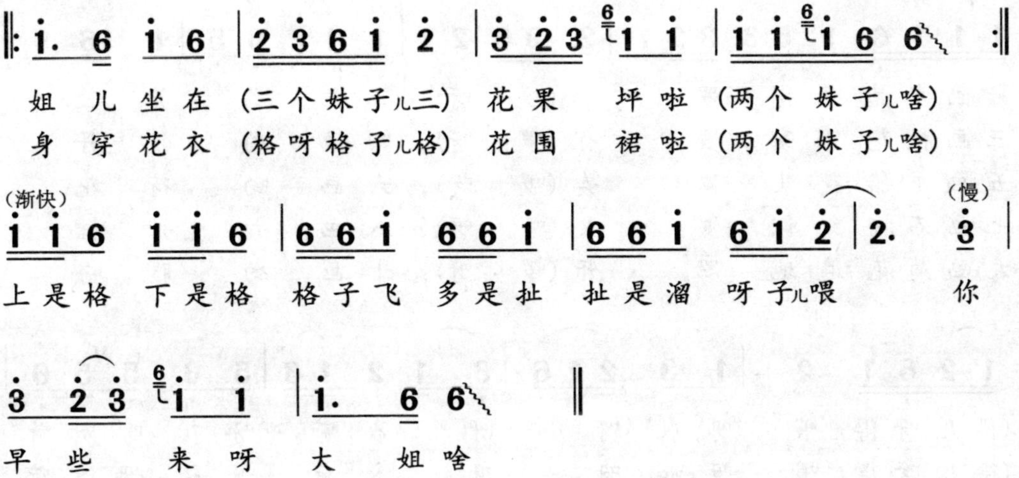

画 十 花

1=G 2/4 3/4　　　　　　　　　　　许志武 唱
中速　　　　　　　　　　　　　　蔡晞远达 记

| 1 1 1 6 | 1 5 3 3 2 1 | 2 3 5 2 | 1 1 2 6 5 | 1 ⁵↙6. |

一画 水晶 开得 罗　　早（啰 呀），二画 哟 芙 蓉
三画 桃花 家家 罗　　有（啰 呀），四画 哟 牡 丹
五画 龙船 花儿 罗　　美（啰 呀），六画 哟 荷 花
七画 石榴 红似 罗　　火（啰 呀），八画 哟 丹 桂
九画 菊花 遍地 罗　　开（啰 呀），十画 哟 腊 梅

| 1 2 6 1 | 2 | 1 3 2 1 6 | 6. 1 2 1 6 | 5 6 5 ∨5 6 |

（得儿 呀 得儿 喂　呀 衣 呀　　呀　衣 嗬　呀 衣 呀 呀 嗬
（得儿 呀 得儿 喂　呀 衣 呀　　呀　衣 嗬　呀 衣 呀 呀 嗬
（得儿 呀 得儿 喂　呀 衣 呀　　呀　衣 嗬　呀 衣 呀 呀 嗬
（得儿 呀 得儿 喂　呀 衣 呀　　呀　衣 嗬　呀 衣 呀 呀 嗬
（得儿 呀 得儿 喂　呀 衣 呀　　呀　衣 嗬　呀 衣 呀 呀 嗬

| 2 1 6 | 1 6 | 5 | 6 6 | 1 2 1 6 | 5 - ‖

衣　呀）出水 哟　香 吖（衣　　呀）。
衣　呀）吐芬 哟　芳 吖（衣　　呀）。
衣　呀）满池 哟　塘 吖（衣　　呀）。
衣　呀）十里 哟　香 吖（衣　　呀）。
衣　呀）斗冰 哟　霜 吖（衣　　呀）。

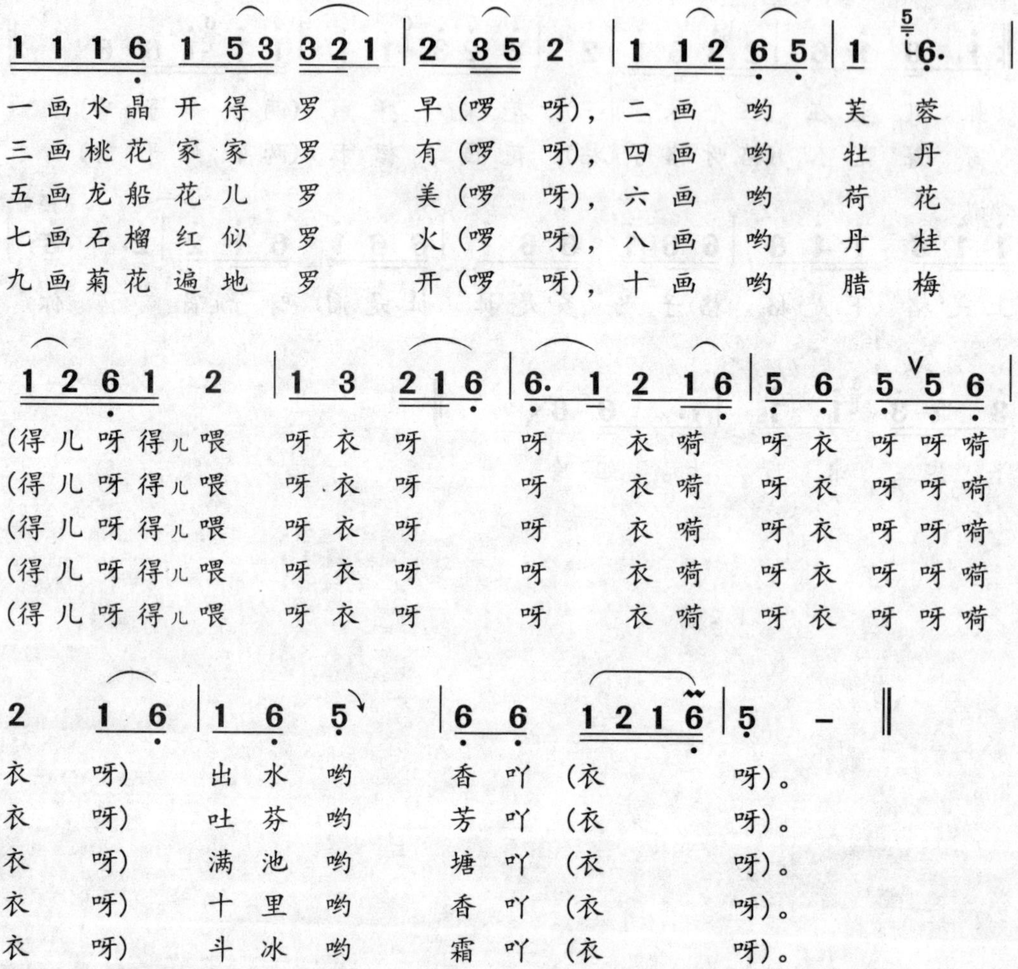

槐树花花儿香

1=♭B 3/4 2/4
稍慢

向国政 唱
黎连城 记

6̲ 1 6 6 | 6̲ 1 6 6 5 | 3 V 5 5 | 6 6 5 3 5 | 5̲ 6. 7 | 5̲ 6 ‖

送郎(嘛嘟)送到(哟嗬 嗬嗬嗬 心肝 嗬嗬儿 肉 肉儿
郎半(嘛嘟)边来(哟嗬 嗬嗬嗬 心肝 嗬嗬儿 肉 肉儿

6 6 5 3 5 | 5̲ 6. 7 | 5̲ 6 | 6 3 5 6 5 3 | 3̲ 5. 6 3̲ 5 3 | 3̲ 2 0 ‖

哥儿 姐嗬 也 衣 也) 大门(嘟)边(哪 安 安 安),
哥儿 姐嗬 也 衣 也) 姐半(嘟)边(哪 安 安 安),

6̲ 1 6 6 | 6̲ 1 6 6 5 | 3 1 | 2 2 3 2 2 2 3 | 6 3 5 6 6 ‖

伸手(嘛嘟) 捡个(哟嗬 嗬 槐呀 槐呀槐树 花花儿 香呀
不知(嘛嘟) 何日(哟嗬 嗬 槐呀 槐呀槐树 花花儿 香呀

6 5 3 5 | 5̲ 6. 7 | 5̲ 6 0 | 6 5 6 3̲ 5 5 3 | 3̲ 5 5 3 ‖

哥儿 姐和 也 衣 也) 破铜(嘟)钱(哪 安 安
哥儿 姐和 也 衣 也) 得团(嘟)圆(哪 安 安

5 3 3 5 3 | 2. 1 2 ‖

哥儿 呀衣 哟)。
哥儿 呀衣 哟)。

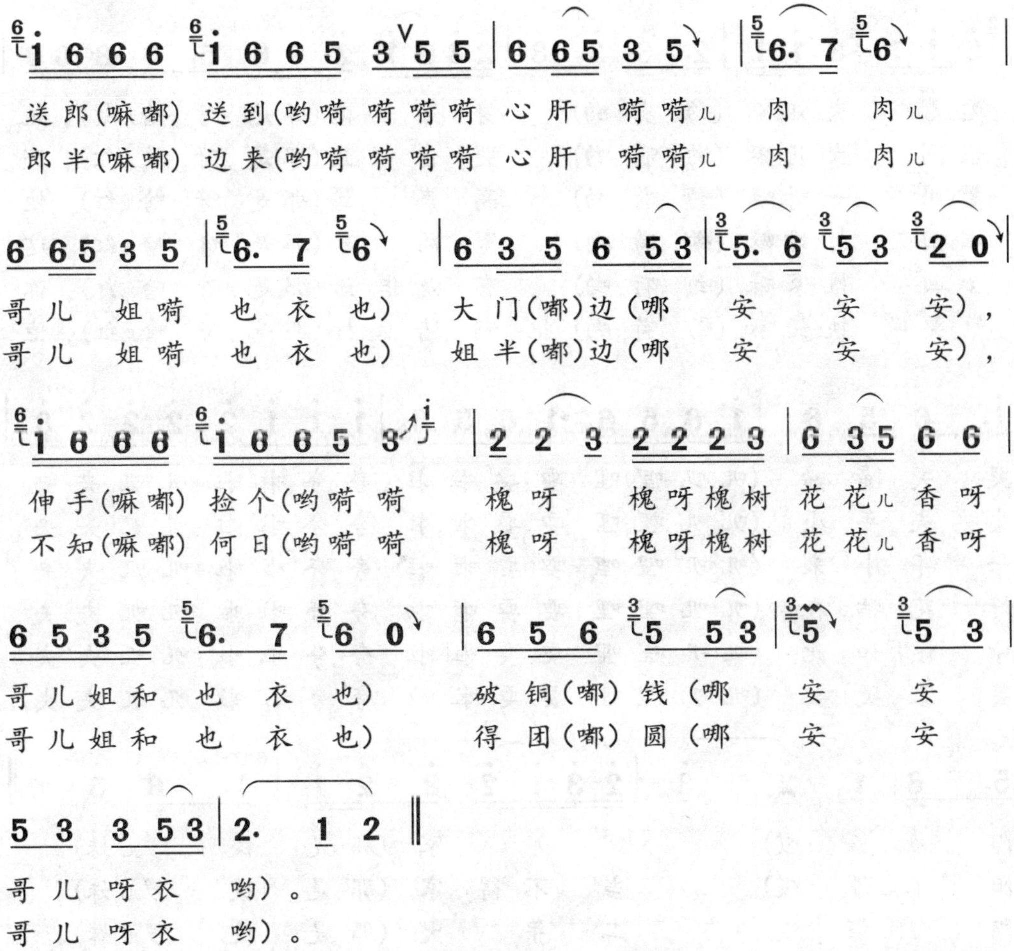

回 娘 家

1=C 2/4 3/4　　　　　　　　　　　　　　谷志壮 唱
中速　　　　　　　　　　　　　　　　　　黎连城 记

| 2̇3 1 1 | 2̇3 1 1 | 2. 3 2. 3 | 2 3 6 1 2 1 6 | 5. 6 3 0 6 |

远　看　大　姐嘛（哟 嘀 哟）身　穿　花（那是 呀 啥儿红），她
娘　问　女　儿嘛（哟 嘀 哟）哭 什　么（那是 呀 啥儿红），那
爹　娘　一　听嘛（哟 嘀 哟）高 声　骂（那是 呀 啥儿红），他
碓　凹　打　蛇嘛（哟 嘀 哟）冤 屈　死（那是 呀 啥儿红），这
女　回　娘　家嘛（哟 嘀 哟）有 是 非 话（那是 呀 啥儿红），你
奴　要 做 铁　锤嘛（哟 嘀 哟）把 铜 墙　打（那是 呀 啥儿红），他

| 1̇. 6 5 6 | 1̇ 6 5 6 | 1̇ 6 5 6 | 1̇ 1̇ 1̇ 2̇ 2 2 2 3 |

哭　哭　啼　啼（叽 叽 哩 哩 耍 耍 啦 啦 夸 夸 啦 啦 叽 叽 夹 夹
丈　夫　年　小（叽 叽 哩 哩 耍 耍 啦 啦 夸 夸 啦 啦 叽 叽 夹 夹
一　年　小　来（叽 叽 哩 哩 耍 耍 啦 啦 夸 夸 啦 啦 叽 叽 夹 夹
好　花　插 在（叽 叽 哩 哩 耍 耍 啦 啦 夸 夸 啦 啦 叽 叽 夹 夹
命　该　如 此（叽 叽 哩 哩 耍 耍 啦 啦 夸 夸 啦 啦 叽 叽 夹 夹
芙　蓉　硬 要（叽 叽 哩 哩 耍 耍 啦 啦 夸 夸 啦 啦 叽 叽 夹 夹

| 5. 6 1̇ 2̇ 3̇ | 2̇ 3̇ 1̇ 2̇ 3̇ 2̇ 1̇ | 1̇. 6 5 |

阳　雀儿 催 哎）回　娘　家（那是 梭　啰儿 妹）。
阳　雀儿 催 哎）当　不 得 家（那是 梭　啰儿 妹）。
阳　雀儿 催 哎）二　年　大（那是 梭　啰儿 妹）。
阳　雀儿 催 哎）牛　屎　巴（那是 梭　啰儿 妹）。
阳　雀儿 催 哎）受　折　磨（那是 梭　啰儿 妹）。
阳　雀儿 催 哎）配　牡 丹 花（那是 梭　啰儿 妹）。

娇女儿要看娘

1=G 2/4
慢

戴福香 唱
陈金钟 记

正月娇女儿哟 要看啦娘啊,婆啊家留我筛茶的忙啊(衣呀衣哟);我手拿茶盘儿嘞 哭一呀场啊,眼啦泪洒在茶盘儿的上啊(衣呀衣哟)。

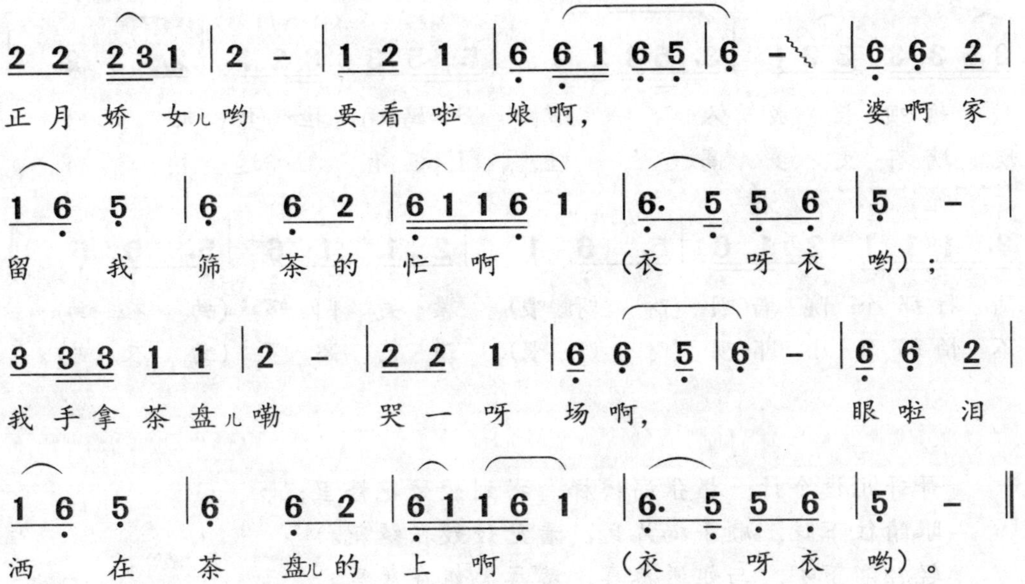

三月娇女要看娘,婆家留我挖地忙,
我手拿锄头哭一场,眼泪洒在锄把上。
五月娇女要看娘,婆家留我薅草忙,
手拿薅锄哭一场,眼泪洒在锄把上。
七月娇女要看娘,婆家留我割谷忙,
手拿镰刀哭一场,眼泪洒在刀把上。
十月娇女要看娘,婆家留我种麦忙,
手拿麦种哭一场,眼泪洒在麦种上。
腊月娇女要看娘,只见哥哥没见娘,
急忙走进厨房去,只见嫂子没见娘。
走进菜园去看娘,只见黄土不见娘,
哭声妈来喊声娘,你在生白白把奴养。

姣姣长成人

向益仁 唱
陈金钟 记

1=♭B 2/4

| 3 5 3 3 | 3 2 1 | 3. 5 3 2 1 | 5 5 3 | 3 2 1 | 2. 3 2 |

姣 姣 呗 长 成 人　　啰，爹 妈 哟 担 焦 心　啰，
院 墙 有 丈 多 高　　哇，门 框 有 九 道 梢　啰，

| 3. 1 1 1 | 2 1 6 | 5. 6 1 | 2 1 1 6 | 5. 6 5 |

高 打 那 个 院 墙 呗（呀 呀儿 喂）紧 关 门 啰（哟 衣 哟）；
不 怕 那 个 小 郎 呗（呀 呀儿 喂）道 艺 高 啰（哟 衣 哟）。

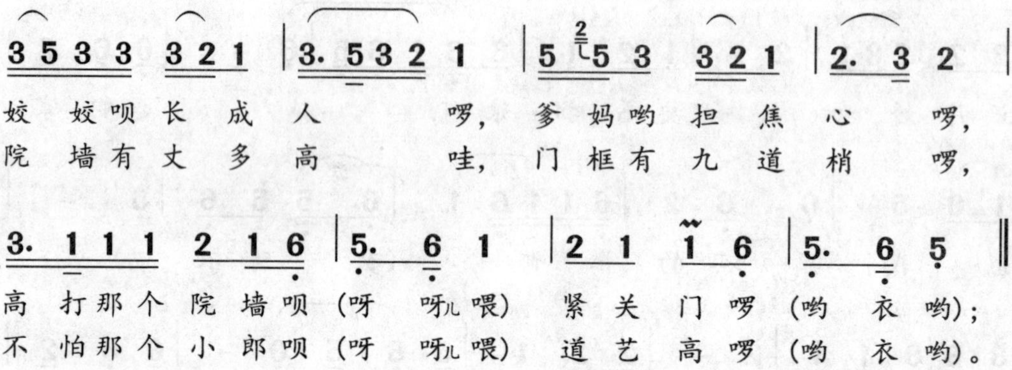

哥哥儿设个计，搭张高楼梯，搭到姣姣花楼里；
眼睛往下眨，顺手揭片瓦，看见姣姣在绣花。
轻轻溜下去，与姐送恭喜，恭喜大姐在屋里。
椅子拖两拖，哥哥儿你请坐，我筛茶茶儿你解渴；
哥哥儿来得急，没得么得吃，只有笼中提仔鸡。
顺手拿把谷，撒个满堂屋，该死的鸡子来吃谷；
两脚忙轻走，鸡儿捞到手，七寸钢刀拿得有。
鸡儿割断喉，血儿往下流，流个狮子滚绣球；
火儿刨两刨，水儿滚泡泡，该死的鸡子儿打赤膊。
捋得白亮亮，放在砧板上，砣砣切得般般长；
仔鸡用油炒，豆腐用油泡，红花菜碗拿来舀。
桌子架一张，杯筷摆两双，靠靠儿椅子放两当；
哥哥儿你请坐，小妹把酒酌，口喊哥哥儿把酒喝。

接郎接到八里山

1=♭B 2/4
中速

田玉桃 唱
白诚仁 蒋慧鸣 记

| 1 3 2 | 2 1 6 6 | 2. 1 1 | 6 6 1 6 1 5 |

接郎呃 接呀 到 （依　呀　呀呀儿）八 里
画眉嘞 唱吖 歌 （依　呀　呀呀儿）不 为

| 6 5 6 1. 6 | 5. 6 5 | 1 3 2 | 2 1 6 6 |

山嘞（衣　呀 衣 呀），只见嘞 画眉嘞
别嘞（衣　呀 衣 呀），只望嘞 哥哥嘞

| 2. 1 1 | 6 6 1 6 1 5 | 6 5 6 1. 6 | 5. 6 5 ‖

（衣　呀 呀呀儿）唱 歌 玩嘞（衣　哟 衣 呀）。
（衣　呀 呀呀儿）早 团 圆嘞（衣　哟 衣 呀）。

姐穿花衣逗小郎

1=♭B 2/4 3/4
稍快

胡卓然 钟为勤 唱
陈金钟 蔡晞 记

| 2 6 1 | 2 1 2 | 2 1 5 | 3 — | 5 3 4 5 3 2 |

河哇面起风逗哇人凉， 千年的古树
高哇堂瓦屋逗哇燕子， 姐穿那花衣

| 2. 1 1 5 | 6 — | 3. 2 1 3 | 2 — | 6 5 | 6 — |

逗哇凤凰，（哎 哟 哎 哟　衣　呀
逗哇小郎，（哎 哟 哎 哟　衣　呀

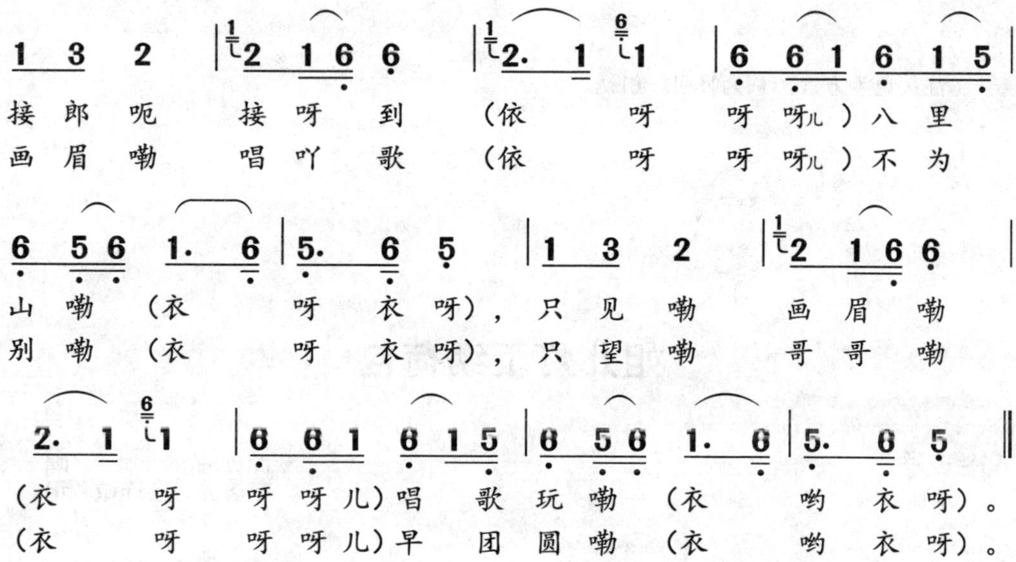

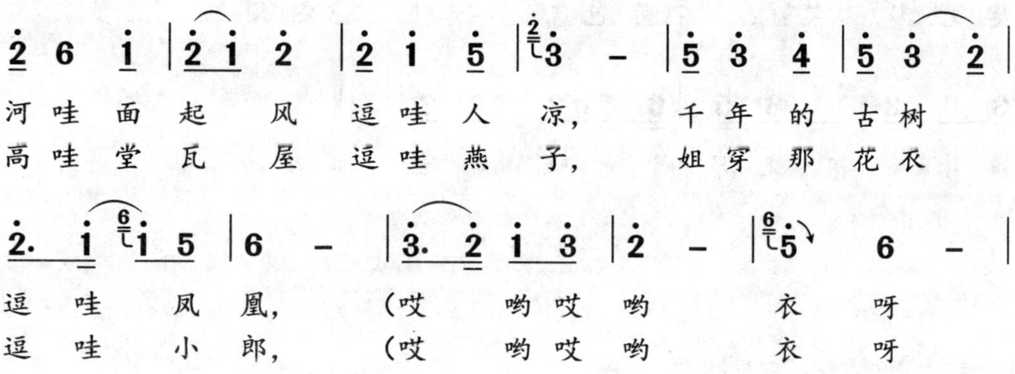

呵 呵 哎 哟）逗哇 凤凰啊（衣 呀 衣 哟）；
呵 呵 哎 哟）逗哇 小郎啊（衣 呀 衣 哟）。

注：逗为方言，意为吸引、引诱。

姐儿灯下绣荷包

1=E 2/4
中速

向兴顺 唱
范志光 黎连城 记

月亮初升 挂树梢， 姐儿的 灯下哟
绣荷哟 包哇，（也 啰 也） 针脚的不齐
莫见哪 笑哇，（荷包喂 小哇 耍须溜子儿多
情妹儿 相交那 干哥哇 哥哇）。

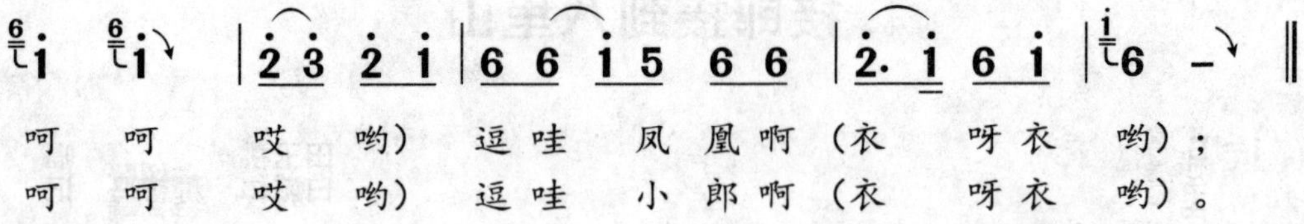

姐儿门前两朵花

1=♭B 2/4 3/4

向绍登 唱
蔡晞 记

中速

1 5̲6̲ 1̲6̲ | 6̲6̲1̲ ⁶/₁̇ 1̇ | 2 2̲6̲1̲ | 2̲1̲ 6̲ 5̲6̲ |

你姐儿门前（扯冬鼓儿扯 哟）两朵 花（哪，扯冬
左边 门前（扯冬鼓儿扯 哟）被郎的摘（哪，扯冬

5̲5̲6̲ 1̇ | 2̲1̲6̲ 5̲ 6̲ | 2̲1̲ 2̲1̲6̲ | 5̲ 6̲ |

扯那么哟 幺姐个扯 哟），两朵花儿（嘛叶儿
扯那么哟 幺姐个扯 哟），右边一朵（嘛叶儿

2̲6̲1̲ 2̲1̲ | 6̲1̲3̲ 5̲ ‖

都不差哪（相恋姐儿）。
落谁家呀（相恋姐儿）。

姐儿门前一菜园

1=G 4/4

姚淑贞 唱
蔡晞 记

1̇ 6̲6̲ 6̲1̲ 2̲3̲2̲3̲ | 2̲3̲5̲ 3̲2̲1̲6̲ 2 - | 6̲6̲ 6̲1̲ 2.̲3̲ 2̲3̲ |

姐儿嘛门 前 一（呀么）一 菜 园，芹菜（那个）韭 菜

³̲1̲1̲ 1̲5̲ 6̲7̲6. | 5̲3̲ 3̲5̲ 6̲ 1̇ | 2̲̇ 5̲3̲ 2̲3̲2̲1̲ ¹̲6̲ |

栽（呀么）栽两边；吃了（那个）芹菜 情意 重 吖，

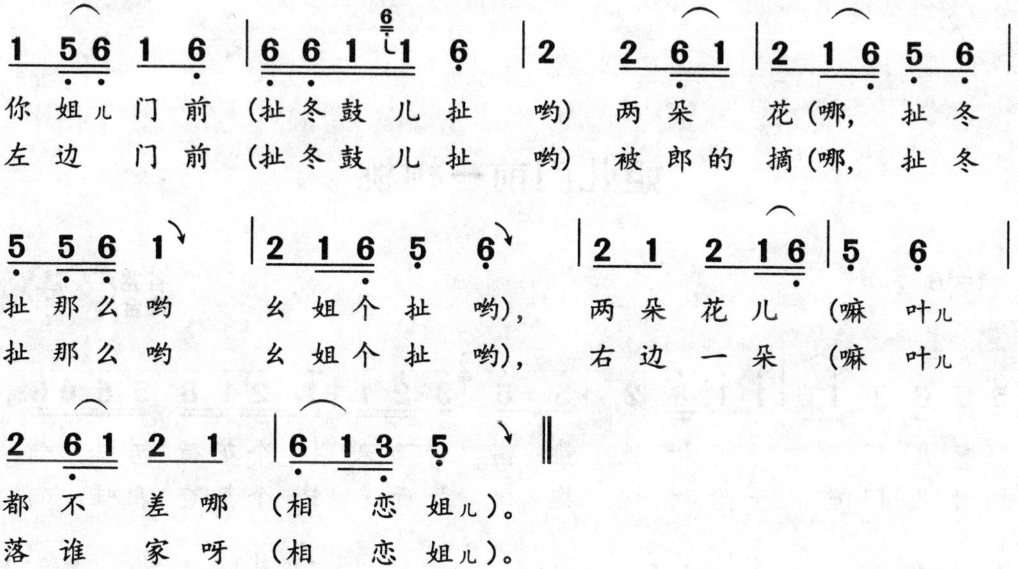

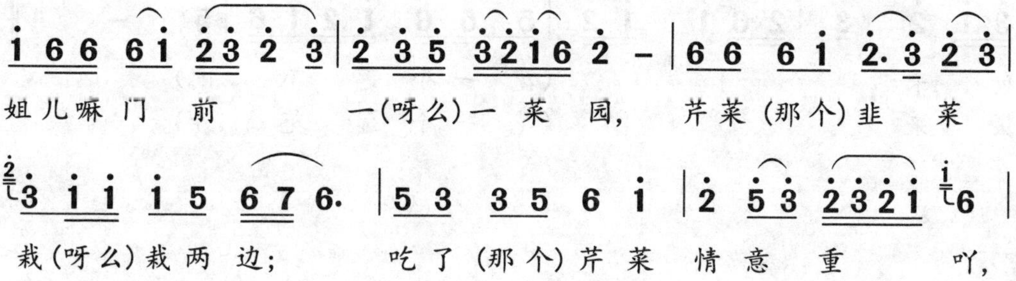

姐儿门前一树桃

1=♭B 2/4

谷兆芹 唱
陈金钟 记

姐呀儿门前 一呀树桃，桃树 上面来 挂个花荷 包哇，啊
姐呀儿门前 一呀树槐，槐树 上面来 挂个花香 袋哇，啊

荷包绣得好哇，要须二面吊哇，哪呀个不爱（衣儿呀衣哟
香袋绣得好哇，要须二面排哇，哪呀个不爱（衣儿呀衣哟

哎） 花呀 荷
哎） 花呀 香

包 来 （花 一个 莲 花 闹）。
袋 来 （花 一个 莲 花 开）。

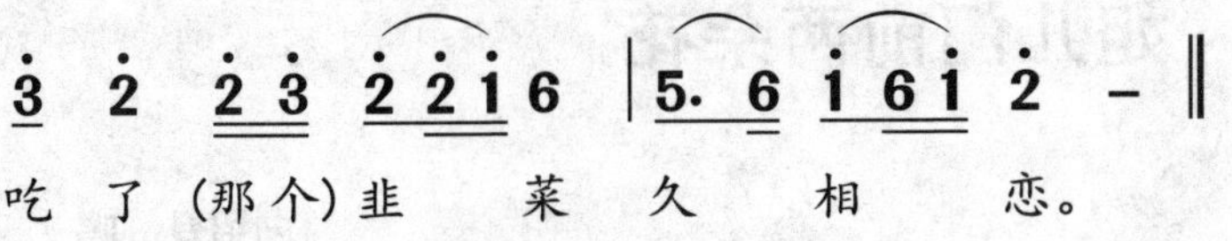

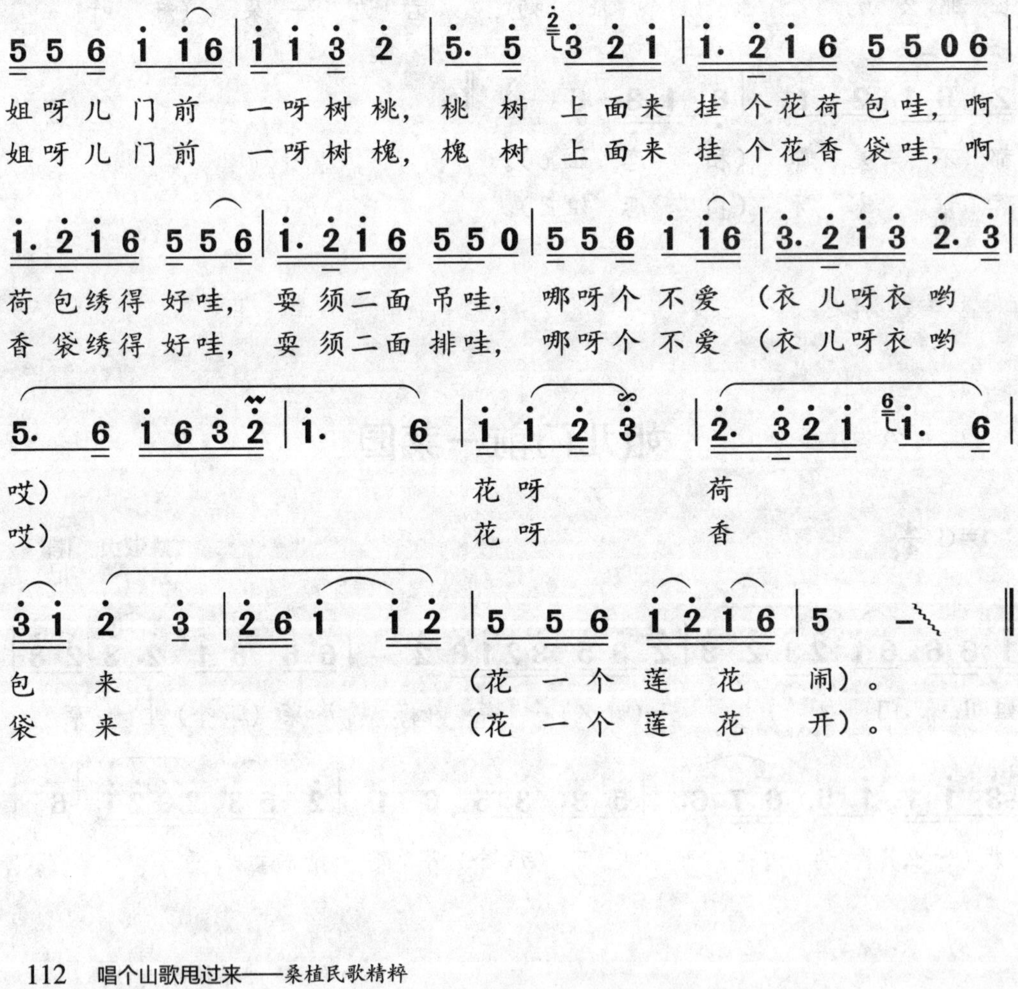

姐是天上伴月星

1=A 2/4

陈天兰 唱
蔡晞 记

6 1 1 | 6̇1 6̇1 | 2. 6 | 2 2 5 | 3. 5 | 1. 6 | 5̇6 | 2 6̇1 2. 3 |

郎 是 天 上 啰　　蛾 眉 呀　月　　呀, 姐 是 吖
初 一 伴 你 啰　　到 十 吖　五　　哇, 十 五 哇

6 7 6 5 3 ‖: 6. 1̇ 2̇ 3̇ | 7 6 5 3 | 6̇1 6̇1 | 6 5 3 5 |

天 啦 上　　(啰 幺 姐 儿 来)　伴 月 呀
伴 啦 你　　(啰 幺 姐 儿 来)　到 天 啦

6 1̇ 5 3 :‖ 2. 1̇ 6 | 3 5 | 6 1̇ 5. ‖

星 啦;
明 啦,　　到 哇 天 明 啦。

第二篇 澧水情思——小调　113

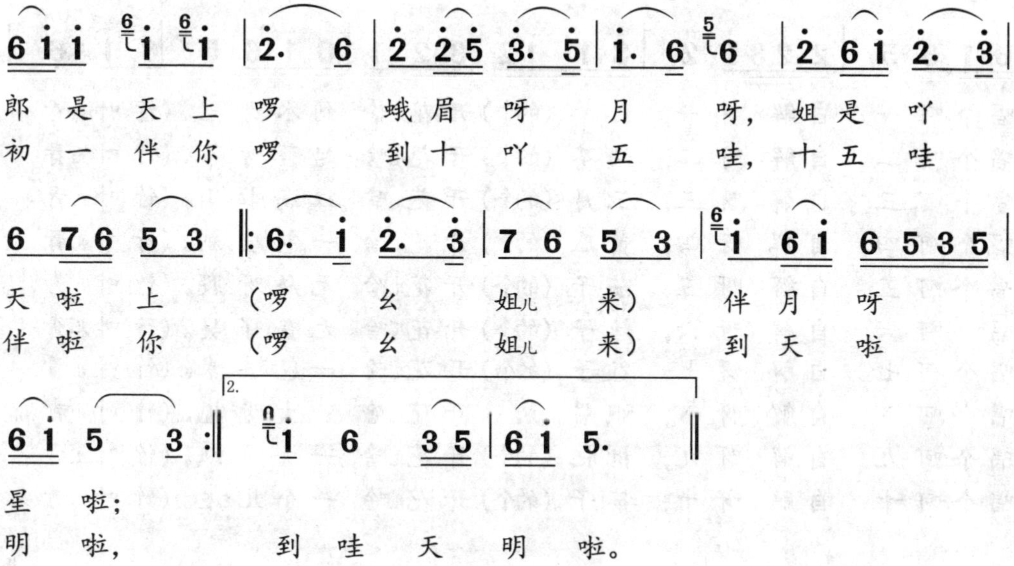

解 十 花

1=G 2/4

胡卓然 唱
陈金钟 记

| 6 1 6 5 | 2 2 3 1 2 | 3 1 1 2 3 2 1 | 6 1 6 5 | 6 1 6 |

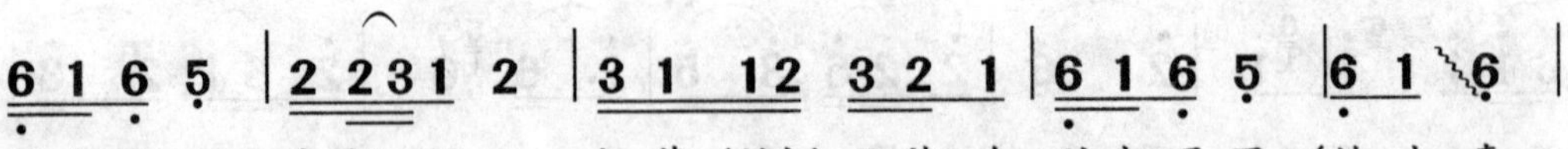

唱个呵一　自解 呀一，灯草（的个）开花儿啥　到水呀里。(竹叶儿青
唱个呵二　自解 呀二，油茶（的个）开花儿啥　起苔呀苔儿。(竹叶儿青
唱个呵三　自解 呀三，三月（的个）开花儿啥　红满啦山。(竹叶儿青
唱个呵四　自解 呀四，黄瓜（的个）开花儿啥　一包哇刺。(竹叶儿青
唱个呵五　自解 呀五，茄子儿（的个）开花儿啥　无屁呀股。(竹叶儿青
唱个呵六　自解 呀六，辣子（的个）开花儿啥　无香呀臭。(竹叶儿青
唱个呵七　自解 呀七，谷子（的个）开花儿啥　一包哇米。(竹叶儿青
唱个呵八　自解 呀八，蛾眉 豆儿开花儿啥　一大呀抓。(竹叶儿青
唱个呵九　自解 呀九，枇杷（的个）开花儿啥　一大呀纽。(竹叶儿青
唱个呵十　自解 呀十，茶子（的个）开花儿啥　一个儿迟。(竹叶儿青

| 3 3 1 1 2 | 3 2 1 2 3 2 1 | 1 6 1 2 1 | 1 6 1 6 5 ‖

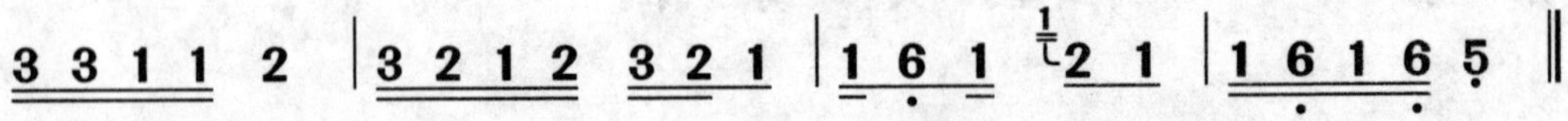

柳呵叶叶儿青　柳青的个 竹青啥　十姊的 妹妹儿 闹呵闹花灯)。
柳呵叶叶儿青　柳青的个 竹青啥　十姊的 妹妹儿 闹呵闹花灯)。
柳呵叶叶儿青　柳青的个 竹青啥　十姊的 妹妹儿 闹呵闹花灯)。
柳呵叶叶儿青　柳青的个 竹青啥　十姊的 妹妹儿 闹呵闹花灯)。
柳呵叶叶儿青　柳青的个 竹青啥　十姊的 妹妹儿 闹呵闹花灯)。
柳呵叶叶儿青　柳青的个 竹青啥　十姊的 妹妹儿 闹呵闹花灯)。
柳呵叶叶儿青　柳青的个 竹青啥　十姊的 妹妹儿 闹呵闹花灯)。
柳呵叶叶儿青　柳青的个 竹青啥　十姊的 妹妹儿 闹呵闹花灯)。
柳呵叶叶儿青　柳青的个 竹青啥　十姊的 妹妹儿 闹呵闹花灯)。
柳呵叶叶儿青　柳青的个 竹青啥　十姊的 妹妹儿 闹呵闹花灯)。

解 十 梦

1=C 2/4 3/4　　　　　　　　　　　　　　　　　　吴光荣 唱
慢　　　　　　　　　　　　　　　　　　　　　　陈金钟 记

男：亲亲姐呀姐姐亲，我把呀 十梦(哦 哎 哟 吆 吆儿)
报你听(啦 衣儿 哟)：一梦墙上去跑 马呀；二梦的 枯井(啦
哎 哟 吆 吆儿) 万 丈 深(啦 衣儿 哟)。

　　三梦观音当堂坐，四梦堂前打伞人，
　　五梦钢刀十二把，六梦麻线十二根，
　　七梦松柏树一对，八梦锣鼓响沉沉，
　　九梦打开姐房门，十梦船上打渔人。
女：亲亲郎，郎亲亲，我把十梦解你听：
　　一梦墙上去跑马，墙上跑马是圣人。
　　二梦枯井万丈深，万丈枯井聚宝盆。
　　三梦观音当堂坐，堂上观音是家神。
　　四梦堂前打伞人，堂前打伞团圆亲。
　　五梦钢刀十二把，把把钢刀保郎身。
　　六梦麻线十二根，根根麻线是马缰绳。
　　七梦松柏树一对，一对松柏好歇阴。
　　八梦锣鼓响沉沉，情哥是爱热闹人。
　　九梦打开姐房门，情哥是个爱玩人。
　　十梦船上打渔人，船上打鱼是能人。

九 连 环

1=G 2/4 3/4　　　　　　　　　　　　　　向益仁 唱
中速　　　　　　　　　　　　　　　　　陈金钟 记

1 6 5 5 3 | 2 1 2 5 | 3 3 5 6 6 1 | 2 3 2 6 | 5 3 5 3 5 |
情啦郎　哥哥哎　相思了奴的把 九 哇 连 得儿环 啰,

6 5 6 1 1 6 | 5 3 5 6 | 6 7 6 5 6 1 1 6 5 5 | 5 5 3 2 3 5 5 |
九是 九连得儿环 啰, 拿 一把刀儿来割哇, 割哇不断啦(郎吖

3 5 3 2 1 6 1 | 2 1 6 5 6 1 6 1 | 5 6 5 3 5 6 5 3 | ∥ | ∥ | ∥ |
一得儿 哟荷得儿 喂朵的 哟啼,得儿

1 6 1 2 | 3 5 6 5 6 | 1 6 1 2 | 6 1 6 1 ‖
哟啼朵 喂朵一朵的 哟啼得儿 哟 啼)。

注：※"得儿"唱弹舌音。

看花容易绣花难

1=G 2/4 3/4　　　　　　　　　　　　　郁天成　　　唱
稍慢　　　　　　　　　　　　　　　白诚仁 蒋慧鸣 记

3 5 3 2 | 3 5 3 2 | 3 5 3 2 | 2 3 3 2 1 6 1 |
手拿(咧) 绣针(啰) 穿(啰)丝 线(呐)
牡丹(咧) 绣在(啰) 鞋(呀)尖 上(啊),

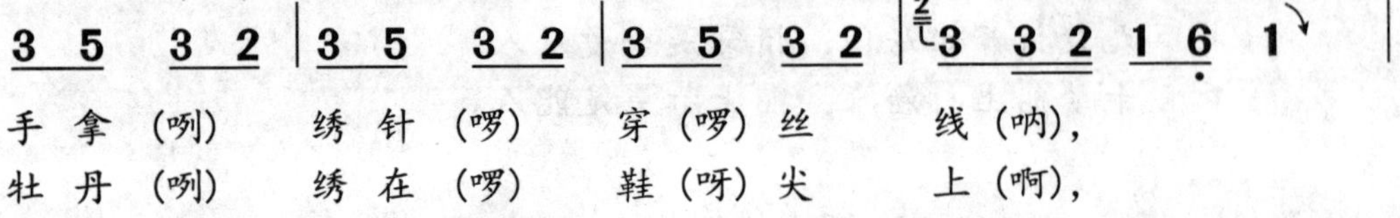

$\stackrel{\frown}{2\ 3\ 2\ 1}$ $\stackrel{\frown}{3\ 3}$ 1 $1\ \underline{6}$ | $\underline{6}$ 1 5 | $\underline{6}\ \underline{6}$ $1\ 5$ $\underline{6}$ |

绣　不得　桄(啊)　子儿　　绣　牡　　丹　哪，(喂　树儿　呀
看　花的　容(啊)　易　　绣　花　　难　哪，(喂　树儿　呀

$3.\ \underline{2}$ $1\ 2$ 3 | $3\ \stackrel{\frown}{3}$ $\underline{6}\ 2$ | $1.\ \underline{6}$ 1 |

喂　树儿呀　树儿喂　　喂　喂　呀衣　哟)
喂　树儿呀　树儿喂　　喂　喂　呀衣　哟)

$\stackrel{\frown}{2\ 3\ 1\ 2}$ $\stackrel{\frown}{3\ 3.}$ $1\ \underline{6}$ | $\underline{6}$ 1 5 | $\underline{6}\ \underline{6}$ $1\ 5$ $\underline{6}$ ‖

绣　不得　桄(啊)　子儿　　绣　牡　　丹 (啦　喂　树儿哟)。
看　花的　容(啊)　易　　绣　花　　难 (啦　喂　树儿哟)。

狂风打动树枝摇

1=A 2/4　　　　　　　　　　　　　　　　　　胡宗政　唱
中速　　　　　　　　　　　　　　　　　　　　史明政　记

$1\ 1\ \underline{6}$ $1\ 1\ \underline{6}$ | $\underline{6}\ 1.$ 2 | $3\ 2\ 2\ 3$ $\stackrel{2}{\underline{3}}\ 1.$ |

唱个(嘛)　山歌(嘛　歌儿　高)　打动(的个)　姣(来
英台(嘛)　打动(嘛　歌儿　高)　梁山(的个)　伯(来

$\underline{6}\ 1\ \underline{6}$ 5 | $1\ 3\ 3\ 1$ $1\ \underline{6}\ 5\ 3$ | $\stackrel{3}{\underline{5\ 5.}}$ $\stackrel{\sim}{6}$ |

妹来喏　喂)，　狂风(的个)打动(啥　嗨哟　衣)
妹来喏　喂)，　小郎(的个)打动(啥　嗨哟　衣)

$\underline{6.\ 2}\ 1\ 2$ $\underline{6}\ 1.$ | $2\ \stackrel{\sim\sim}{6.}$ 5 ‖

树　枝(的个)摇(咧　哥咧　哎)。
有　情(的个)姣(咧　哥咧　哎)。

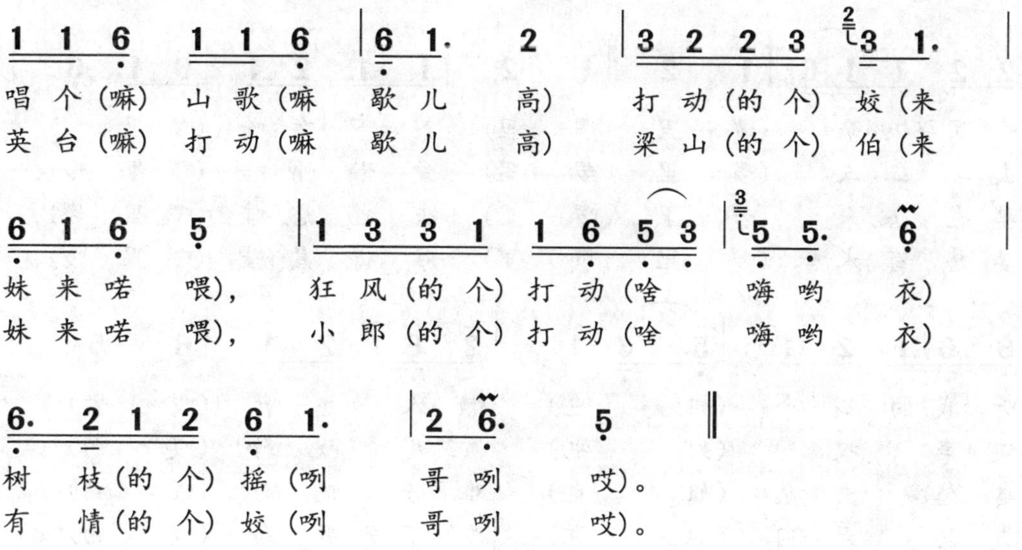

来客杀鸡

1=D 2/4
稍快

王建光 唱
蔡晞 记

刀儿嘛盖几 盖呀（伙计儿），鸡儿嘛你莫怪呀，

你是客人（伙计儿奴的乖我的话怎么样啥）

一碗哪 菜呀！

懒人愁

1=B 4/4
中速

肖喜生 唱
史明政 记

吃了饭来（啰里 啰里）茶下喉哇（啰里啰），
夫妻二人（啰里 啰里）爱懒惰哇（啰里啰），
妻也愁来（啰里 啰里）夫也愁哇（啰里啰），
妻愁有米嘛（啰里啰里）难得煮哇（啰里啰），

听我的唱个（姐 也）懒人愁嘞（哎 哟）。
唉声叹气（姐 也）皱眉头嘞（哎 哟）。
妻愁夫愁（姐 也）难分忧嘞（哎 哟）。
夫愁无肉（姐 也）难下喉嘞（哎 哟）。

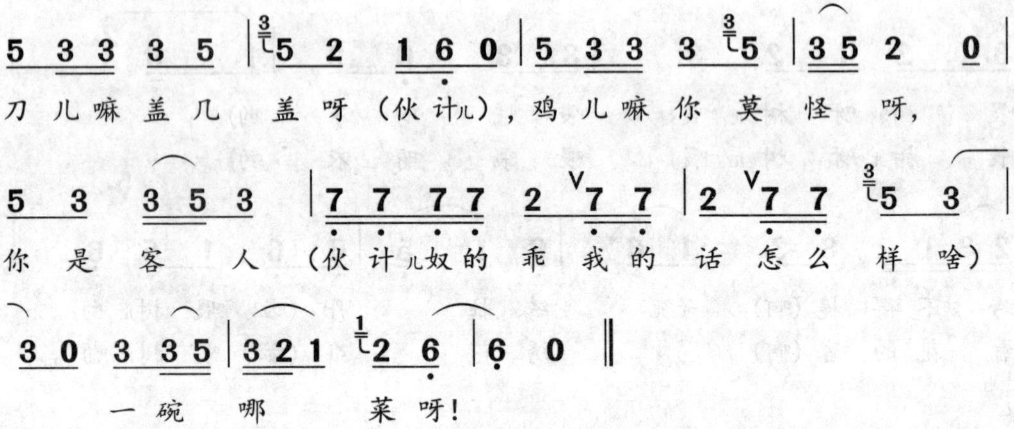

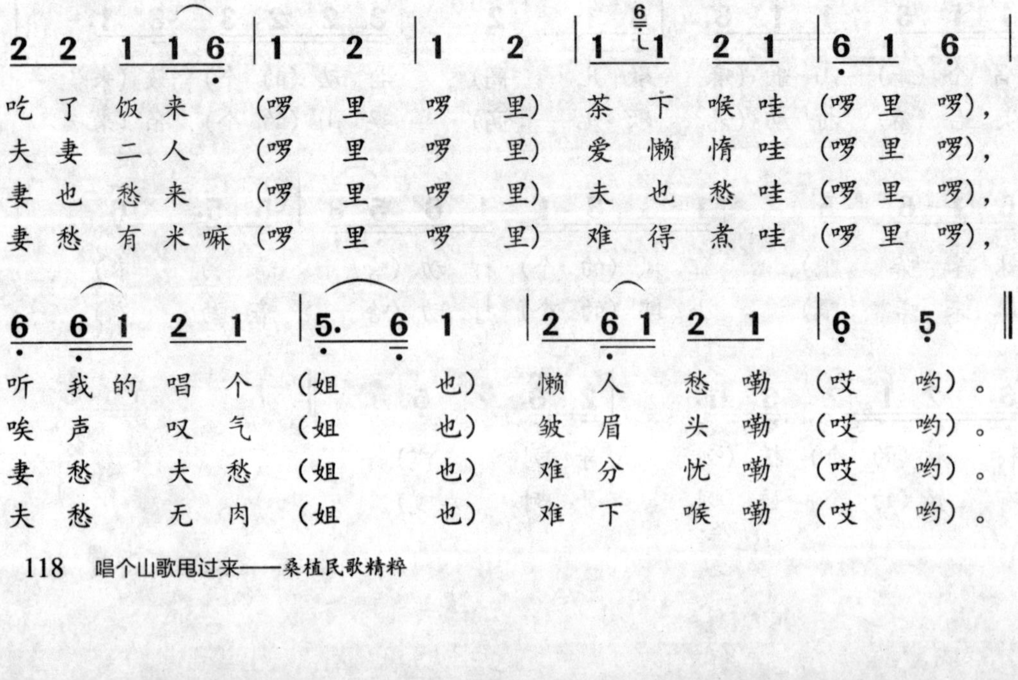

烂衣补成花老虎

1=A 4/4

彭清祥 唱
陈金钟 记

（1 1 6 1 6. 1 5 6 5 | 6 5 5 5 3 5 3. 5 2 3 2. |
单身好不呵 苦啊， 衣烂啦无人啦 补啊

3 2 2 3 5. 6 1 | 1 2 3 2 1 1. 6 5 6 5. |
有心（的个）求 姐 难开呀 口啊；

5 1 1 6 6. 1 5 6 5 | 6 5 5 5 3 5 5. 3 2 3 2. |
自己躲到啊 补啊， 青布呵重白呀 布啊，

2 2 2 3 5. 6 1 | 3 2 3 2 1 1 6 5 6 5. ‖
穿起（的个）像 个 花老啊 虎啊。）

郎不丢来姐不丢

1=♭B 2/4
中速

王万法 唱
蔡晞远达 记

‖: 1 6 1 6 | 1. 6 1 | 1 2 | 3 3 2 1 | 1 2 1 6 :‖
郎不丢来（啰啰咧）姐不啰 丢咧，
阎王勾簿（啰啰咧）双双啰 去咧，

1 6 6 1 | 2 2 | 1 2 1 | 5. 6 1 | 6 5 3 1 | 5 5 6 5 ‖
只怕（那个）阎王（啰咧来啰） 把哟簿勾（啰咧）。
奈何（那个）桥上（啰咧来啰） 手哟牵手（啰咧）。

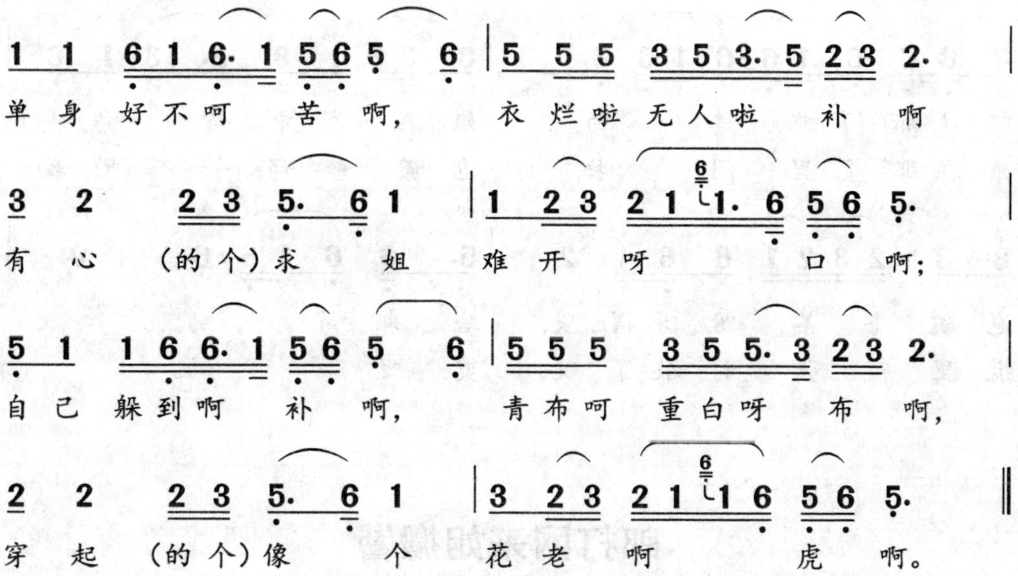

郎从门前过

1=♭B 4/4
中速

戴福香 唱
白诚仁 记

郎从那门前过哟,姐儿在家中坐哟,我泡碗香茶呀呀得儿喂,给郎喝哟。
娘在那屋里问啦,你泡茶给哪个哟,我慌里慌张打破了碗,烫哒脚哟。

郎打网来姐搬罾

1=D 4/4

陈协宣 唱
陈金钟 记

大河(溜溜儿)涨水小河(溜溜儿)浑,郎打(溜溜儿)网来姐搬(溜溜儿)罾,(哟呀子儿喂)姐搬(溜溜儿)罾。
郎一(溜溜儿)网来姐一(溜溜儿)罾,打个(溜溜儿)鲤鱼按合(溜溜儿)斤,(哟呀子儿喂)按合(溜溜儿)斤。
郎要(溜溜儿)头来姐要(溜溜儿)尾,提起(溜溜儿)回去平半(溜溜儿)分,(哟呀子儿喂)平半(溜溜儿)分。

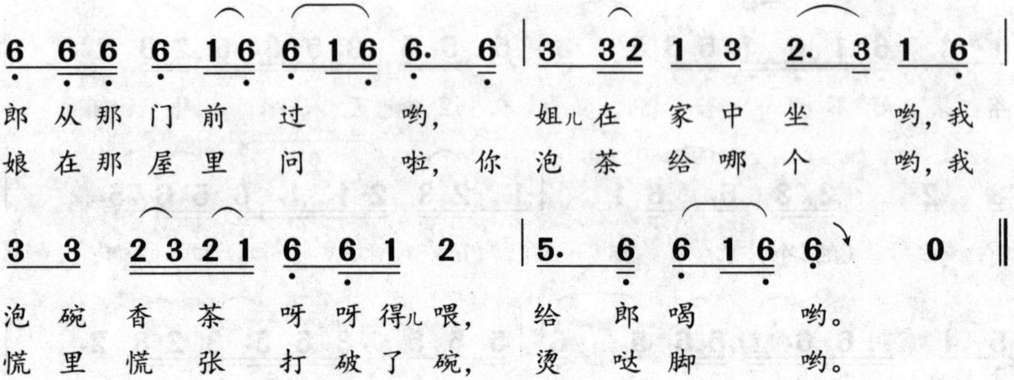

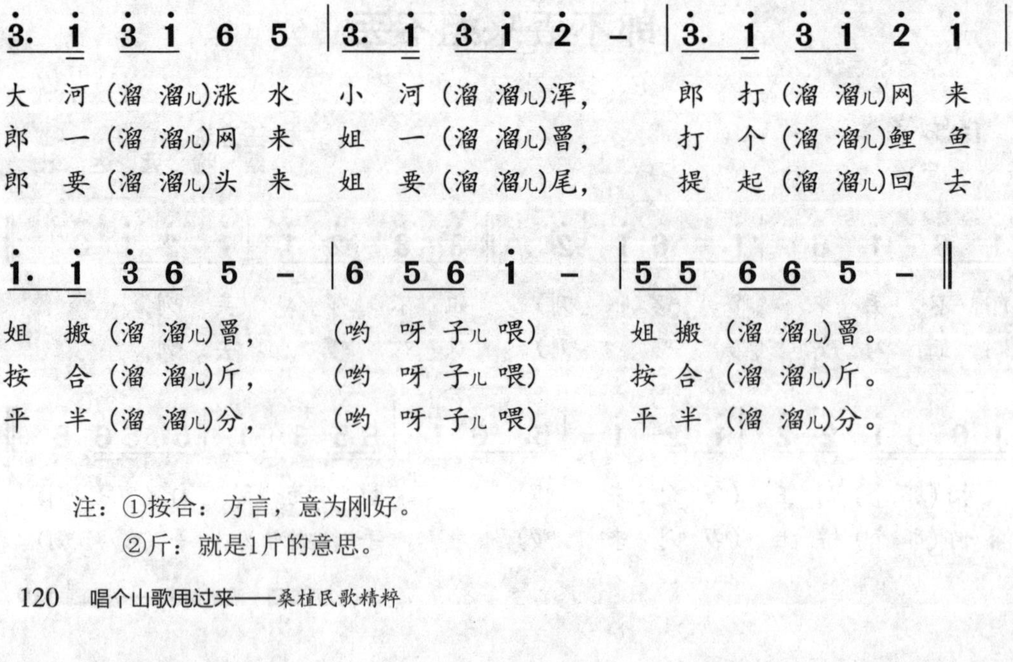

注:①按合:方言,意为刚好。
②斤:就是1斤的意思。

郎从哪里来

1=A 2/4
中速

刘占林 唱
蔡晞 陈金钟 记

| 2 3̲5̲ 2̲3̲ | 5̲3̲ 2̲1̲. | 3̲3̲3̲ 1̲2̲ | 3 $\overline{^2_1}$ 3 0 |

郎从（哩个）高哇山　（心肝啦衣嗬肉　肉）

‖: 3̲ 3̲3̲ 1̲2̲ | 3 $\overline{^2_1}$ 3 0 | 2̲3̲ 2̲1̲ | $\overline{^3_2}$ $\overline{^1_2}$ | 3̲5̲ 2̲3̲ |

（姐啦么姐嗬也　也）　打伞来哟（啊　啊），姐在（哩个）
（姐啦么姐嗬也　也）　绣腰带哟（啊　啊），左手（哩个）
（姐啦么姐嗬也　也）　郎的伞哟（啊　啊），右手（哩个）
（姐啦么姐嗬也　也）　抱在怀哟（啊　啊），心肝（哩个）

| $\overline{^3_5}$ 3̲ 2̲1̲ | 1̲ 6̲̇ 0̲1̲ | 6̲̇ 6̲̇ 0̲1̲ | 2̲1̲ 2̲1̲ |

房啊中　（嗨呀嗬　嗨呀嗬　嗨西花花儿
接啊到　（嗨呀嗬　嗨呀嗬　嗨西花花儿
把啊郎　（嗨呀嗬　嗨呀嗬　嗨西花花儿
肉啊肉儿（嗨呀嗬　嗨呀嗬　嗨西花花儿

| 3̲ 3̲3̲ 1̲2̲ | $\overline{^2_3}$ $\overline{^2_3}$:‖ 3̲ 3̲3̲ 1̲2̲ | 3 $\overline{^2_3}$ 3 0 | 2̲3̲ 2̲1̲ |

香啦么衣嗬肉　肉），（姐啦么姐嗬也　也）　哪里来呀
香啦么衣嗬肉　肉），
香啦么衣嗬肉　肉），
香啦么衣嗬肉　肉），

| $\overline{^3_2}$ $\overline{^1_2}$ | 2̲1̲ 1̲2̲3̲ | 6̣ — ‖

（啊　啊　哥哇啊衣　哟）。

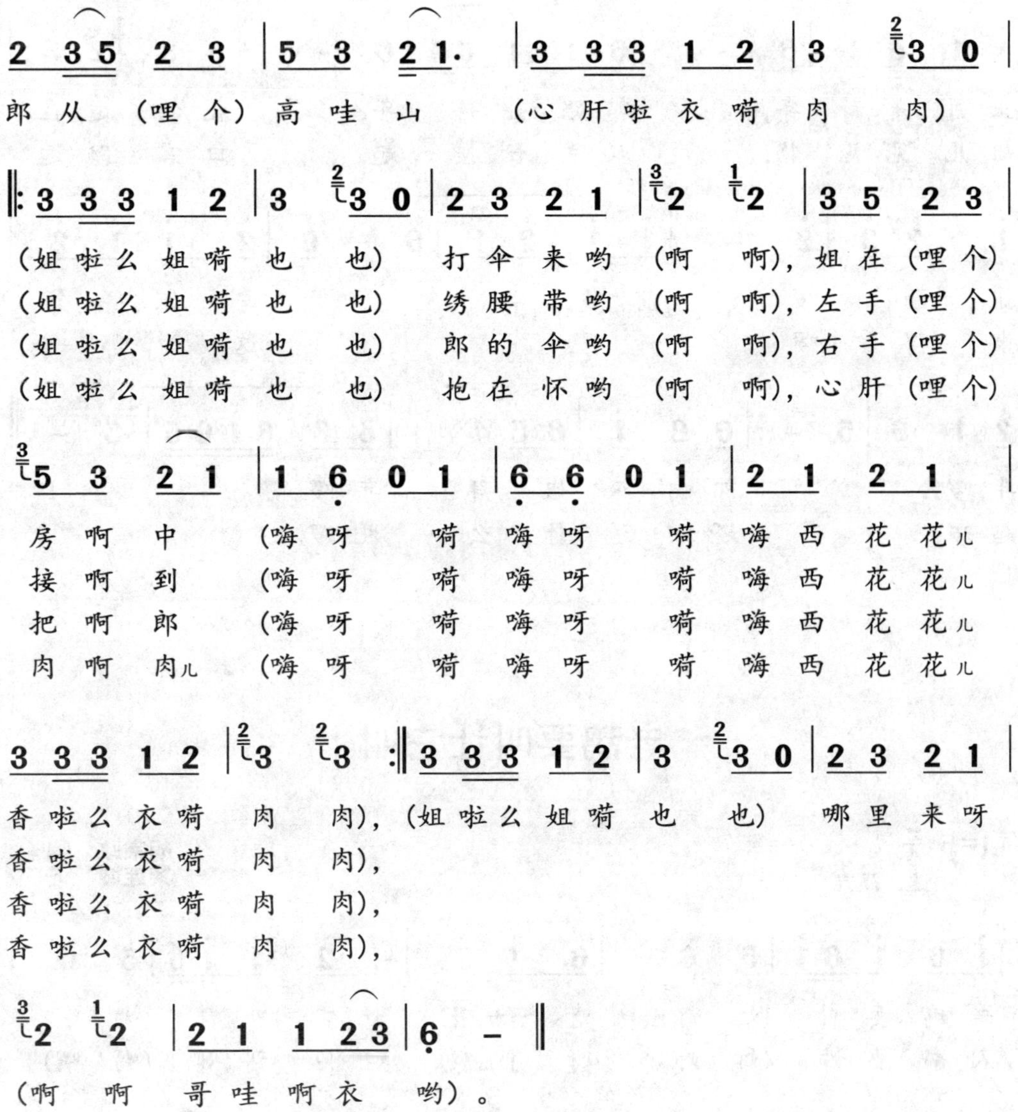

郎跟姐拜年

1=C 2/4
中速、稍快

文秀英 唱
陈金钟 记

正月是新年，郎跟姐拜年，礼物送在姐面啰前啰，与姐拜个年啰，郎啊跟姐拜年啰。
姐儿见礼物，双手忙接起，口言路远来得啰稀啰，这为哪一起啰，还啊送什么礼啰。

老鸹要叫让它叫

1=E 2/4
中速、高亢

胡宗政 唱
黎连城 记

老鸹要叫（灯灯儿呀子儿喂）让它叫哪（哟喂），风吹是芭茅（幺妹子儿情郎哥）让它摇哪（哟喂）。
人家要讲（灯灯儿呀子儿喂）任他讲哪（哟喂），脚踩是不断（幺妹子儿情郎哥）铁索桥哪（哟喂）。

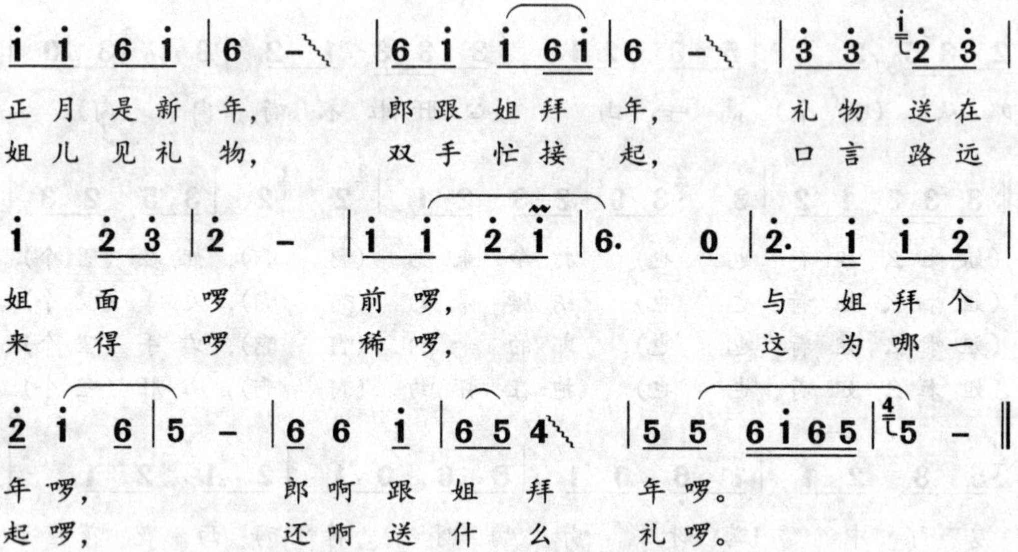

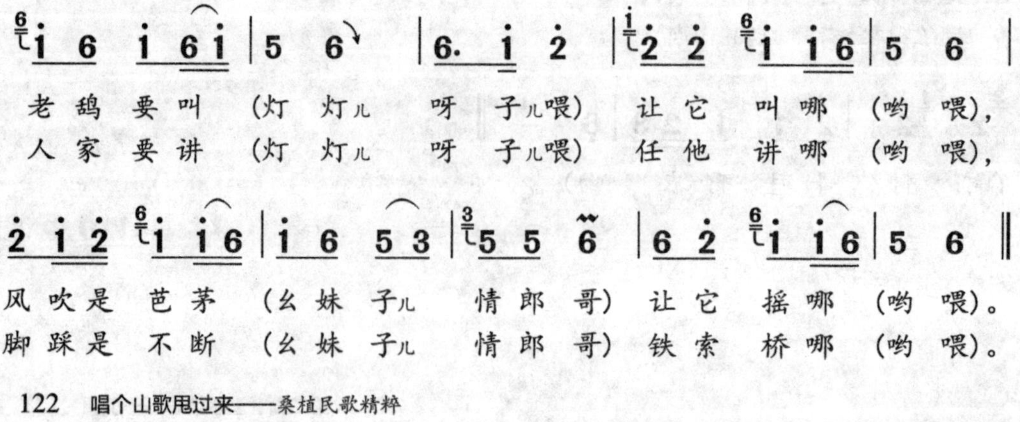

郎在山上砍炭柴

1=D 2/4
中速

肖喜生 唱
陈金钟 记

郎在山中（格冬格冬格　三个妹子儿三　哎哟哎哟也）
口问姐送（格冬格冬格　三个妹子儿三　哎哟哎哟也）

砍啦炭　柴呀（我的幺姐姐），姐走小路嘛（格冬格冬格呀
什啦么　菜呀（我的幺姐姐），腊肉干鱼嘛（格冬格冬格呀

三个妹子三哪　哎哟哎哟也）送啊饭来呀（我的幺姐姐）。
三个妹子三哪　哎哟哎哟也）和哇蒜薹呀（我的幺姐姐）。

擂擂歌

（划拳歌）

1=A 2/4
中速

熊子成 唱
陈金钟 记

新划（那个）拳儿又（擂呀擂），四季（那个）财呀（擂擂打），
四季（那个）财来呀（擂呀擂），五季（那个）魁首（擂擂打），

七个（那个）巧来，（小小冤　家　嗬儿喂）无哇输无赢　再来划。
八匹（那个）马来，（小小冤　家　嗬儿喂）无哇输无赢　再来划。

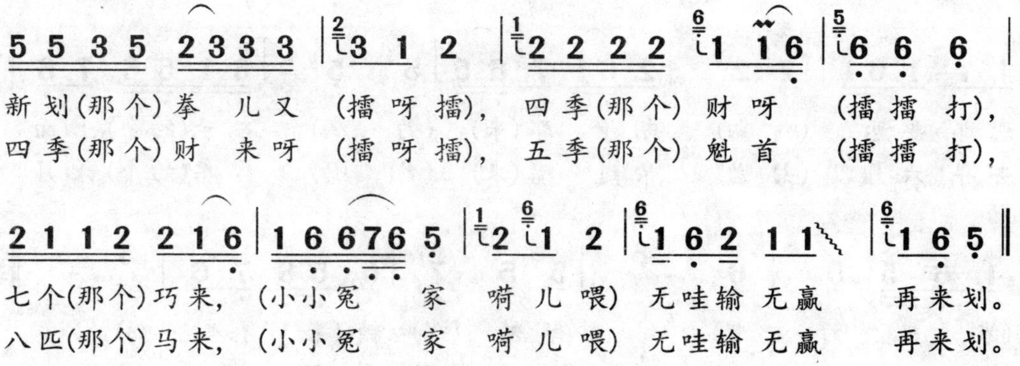

恋姐只要嘴巴乖

1=C 3/4

杨朝定 唱
蔡晞 记

1 - 6 | 1 - 6 | 1 - 1 3 | 2 - - | 6 - 1 | 6 - 6 1 |

高　山　高　岭　（香　袋　袋儿）　高　山　界　（那是
切　菜　只　要　（香　袋　袋儿）　刀　子　快　（那是
刀　子　不　快　（香　袋　袋儿）　切　了　手　（那是

5 - 5 | 6 - - | 1 - 6 | 1 - 6 | 5 6 5 3 | 5 - - |

嗬　嗬也），　界　上　种　起（嗬那嗬嗬也）
嗬　嗬也），　恋　姐　只　要（嗬那嗬嗬也）
嗬　嗬也），　嘴　巴　不　乖（嗬那嗬嗬也）

6 - 1 | 2 - 3 2 | 1 - 6 5 | 5 - - - ‖

包　包儿菜　（啦哈么　嗬嗬也）；
嘴　巴儿乖　（啦哈么　嗬嗬也）；
出　了　丑　（啦哈么　嗬嗬也）。

恋郎要恋胡子郎

1=D 2/4

陈翠香 唱
蔡晞 记

慢

1 1 1 6 1 | 2 2 | 2 6 1 7 6 5 | 5 | 5 | 6 1 5 6 7 6 |

恋郎要恋　（哟哟）　胡子　郎（来）（哟　哟）　胡子（的个）上面
去年六月　（哟哟）　亲过嘴（来）（哟　哟）　今年（的个）六月

1 6 5 5 5 | 6 - | 5 5 7 | 6 5 6 7 6 | 5 - ‖

（依火儿　哟　喂）　有蜂（吖）糖（来）衣　哟）。
（依火儿　哟　喂）　还在（呀）香（哪）衣　哟）。

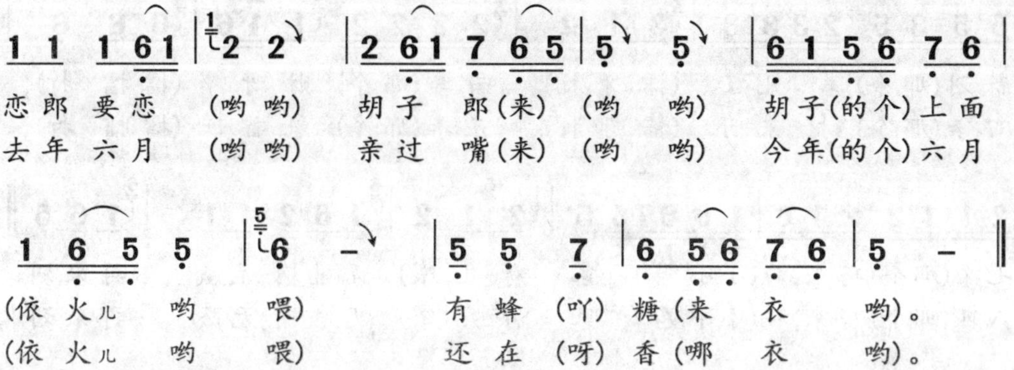

凉风绕绕听不明

白艮姑 唱
蔡晞 记

1=G 2/4

你在唱来（伙计儿，喂）我在听（呀衣子哟）
有朝一日（伙计儿，喂）听明了（呀衣子哟）
你一声来（伙计儿，喂）我一声（呀衣子哟）

凉风绕绕（呀呵咳）没听明（呀衣子哟）。
你一声来（呀呵咳）我一声（呀衣子哟）。
好似阳雀（呀呵咳）叫五更（呀衣子哟）。

六 劝 郎

肖兴华 唱
陈金钟 记

1=A 4/4
慢

一劝我的郎　　早早进学喂堂，
十年苦读在寒窗哎，用心习文章。
如果高中了嘞，黄伞当头照，
如果中状元嘞，奴也把光沾，

第二篇 澧水情思——小调

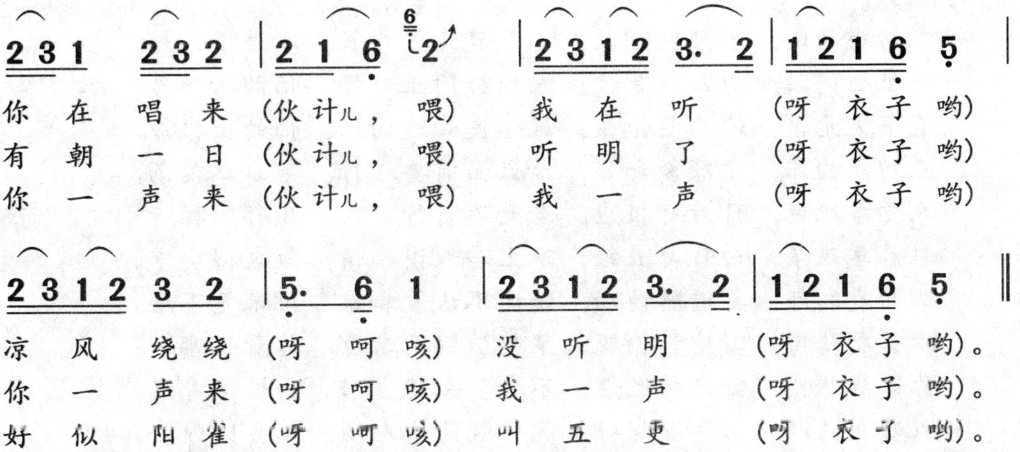

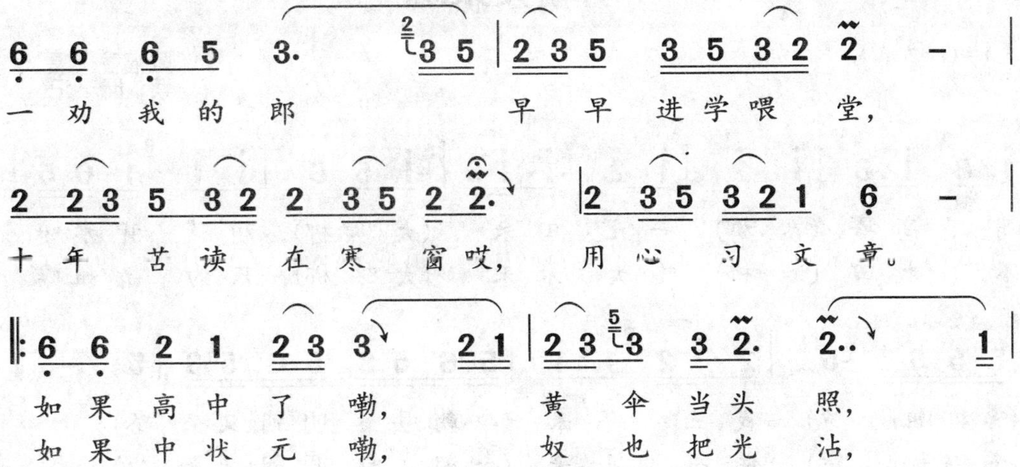

$\widehat{5\ 2\ 3\ 5}$ $\widehat{3\ 2}$ $\widehat{2\ 3\ 5}$ $3\stackrel{\frown}{2}1$ | $2\ 3\ 5\ 3\stackrel{\frown}{2}1$ | $\dot{6}$ - :‖

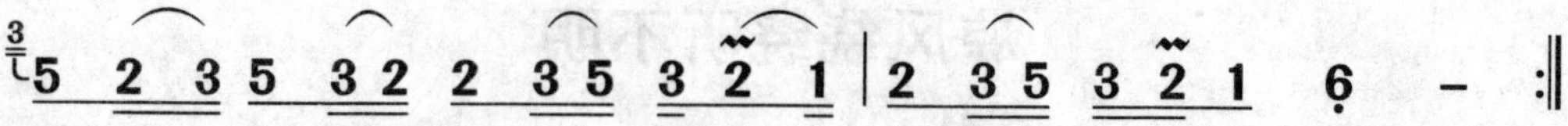

轻吹　细打　好热　闹喂，　不枉　奴心嘞　操。
哥哥ル　快乐　似神　仙嘞，　奴也　得安嘞　然。

二劝我的郎，不可做词状，羊毛笔ル五寸长，赛过杀人枪。
一纸公门投，为人结冤仇，人到公门正好修，怕的折阳寿；
笔下又无情，输的要做赢，黑起良心进衙门，怕的出报应。
三劝我的郎，孝顺爹和娘，爹娘面前要在行，亲自奉茶汤。
人要孝双亲，日后好报应，老天不负行孝人，儿孙照样行；
早晨孝双亲，白日习五经，晚上与奴谈知情，奴也得安宁。
四劝我的郎，莫进赌博场，赌博不认爹和娘，讨米无下场。
你若要赌博，田地都输脱，架起炉锅无米着，你看怪哪个？
你若要赌钱，输得稀巴烂，不卖妻儿就当田，一世单身汉。
五劝我的郎，切莫进院行，院行就是杀人场，不会比奴强。
你到院行里，花费钱和米，或唱歌ル或唱戏，无钱你出去；
你到院行行，婊子本无情，翻起眼睛不认人，无钱赶出门。
六劝我的郎，酒不可多尝，酒吃多杯发癫狂，得罪众亲朋。
莫吃卯时酒，惶惶醉到酉，酒吃多杯怕醉吐，看你丑不丑；
酒是杜康造，人人都说好，郎吃三杯通大道，免得旁人笑。

明朝又来啄

1=G 2/4

戴福香　唱
蔡　晞　记

| $\dot{1}\ 6\ \dot{1}\ 6$ | $\dot{1}\ \dot{2}$ | $\dot{1}\ \dot{2}$ | $\widehat{\dot{1}\ \dot{1}}\ \dot{1}\ 6$ | $\widehat{\dot{1}\ \dot{1}}\ 5\ 6$ | $\dot{1}\ \dot{1}$ | $\widehat{\dot{1}\ \dot{1}}\ 6\ 5$ |

高山高岭（啄梛）一丘　田来　（大啄梛），葫芦　背水嘛
不为栽田（啄梛）吃大　米来　（大啄梛），只为　情姐嘛

| $5\ 5\ 6\ 5$ | $\stackrel{4}{\widehat{\dot{1}\ 5}}$ | $\dot{2}\ \dot{1}\ \dot{2}$ | $\widehat{\dot{1}\ \dot{1}}\ \dot{1}$ | $5\ 6\ 5\ 3$ | $5\ 3\ 5\ 3$ | 5 - ‖

（啄梛姐ル啄）栽三　年来　（今朝ル去哒　明朝ル又来　啄）；
（啄梛姐ル啄）住高　山来　（今朝ル去哒　明朝ル又来　啄）。

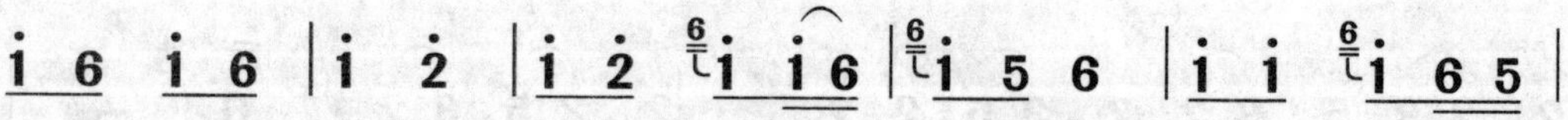

南京城里雪花飘

1=F 2/4

金岸武 唱
蔡晞 记

正月 元宵 灯花儿 放吖，
男女 老少 看灯 忙吖，} （弯 啦弯 啰儿转， 转啦 啰儿弯，
男人 看灯 随灯 赶啦，
我边 看灯 边看 郎吖，

梭儿 郎当 呀衣 哟，南京 城里 雪花 飘，雪花 溜溜儿转

雪花 溜溜儿转，转啦 溜球 溜打 球， 闹扬 州哇

杨 子 叶叶儿溜， 杨 子 叶叶儿溜， 闹扬 州哇 杨 子 叶叶儿溜）。

你天晴落雨莫出来

1=G 2/4 3/4
中速

王万法 唱
蔡晞 远达 记

(男)大 姐二 姐 你从 哪里 来呀？ （女）我从 绣花

楼上 来呀； （男）三 姐四 姐 你在 哪里 坐啊？

第二篇 澧水情思——小调

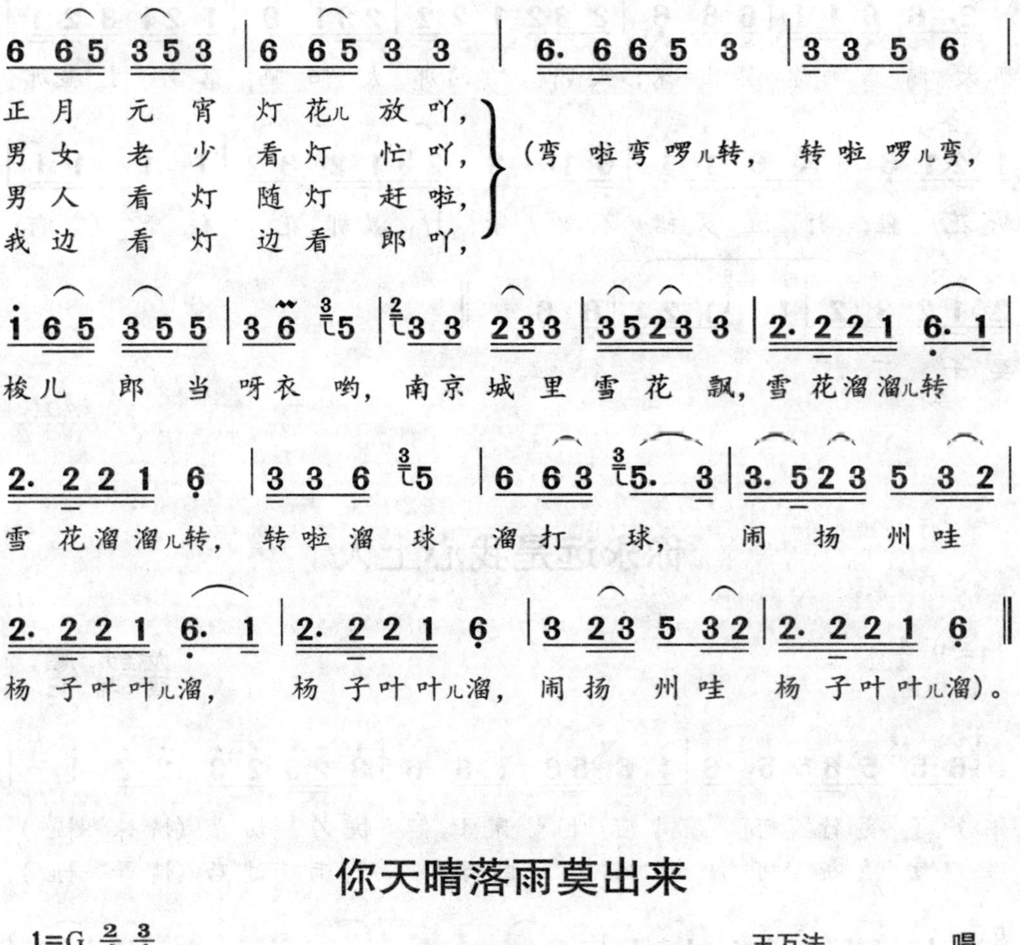

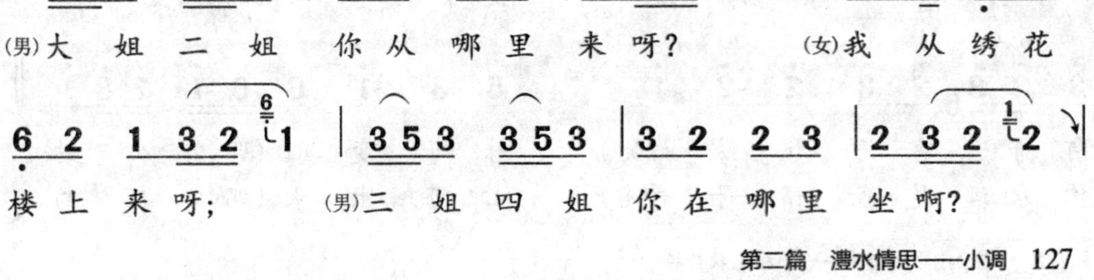

(女)我在绣花楼上坐啊。 (男)做什么? (女)绣花鞋。

(男)天晴落雨你莫出来;天晴怕的那太阳晒,落雨打湿那

绣花鞋;打湿罗裙不要紧,打湿那花鞋啊(啊啊)

要千万啊　　针啦。

你永远是我心上人

1=♭B 4/4
中速

龙桂贞 唱
蔡　晞 记

(男)笋子变竹呵　叶呵叶儿青啦,　快刀切藕(情妹妹儿)
(女)刀切藕断呵　丝呵不　断啦,　大雨过后(情哥哥儿)

藕呵断根(那么衣哟),蚂蚁子搬家呀　天啦要变啦,
满呵天晴(那么衣哟),笋子　变竹呀　心啦不变啦,

阿哥穷来(情妹妹儿)　妹呵变心(那么衣哟)。
你永远是我(情哥哥儿)　心呵上人(那么衣哟)。

128　唱个山歌甩过来——桑植民歌精粹

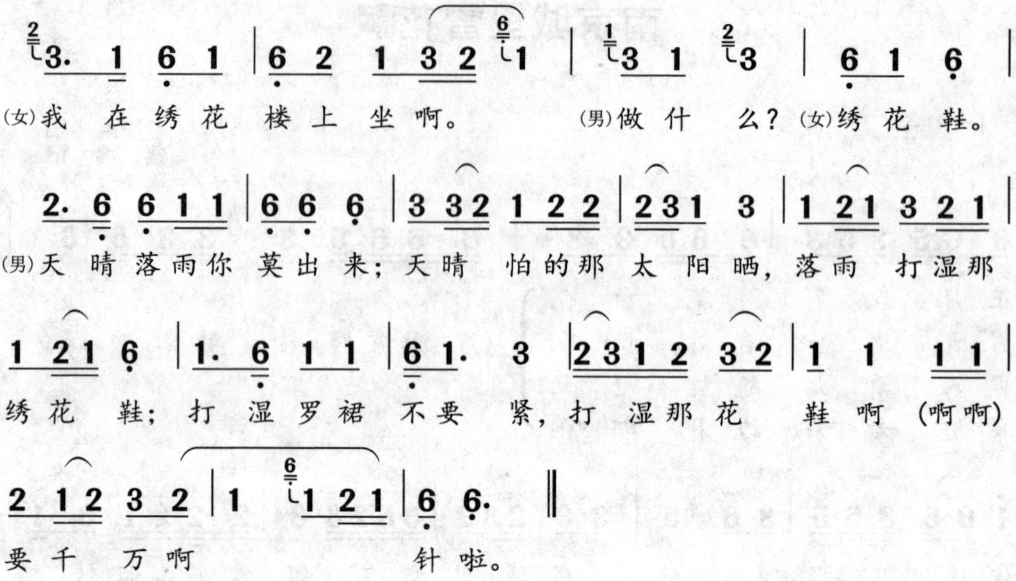

牛栏门前倒瓢糠

1=G 2/4 3/4
中速

金岸武 唱
蔡晞远达 记

| 1 1 3 | 2 3 2 | 2 3 2 1 | 3 1 3 2 | 5 3 2 1 2. 6 |

十七呀 十八呀 正想啊郎,

| 3 3 5 | 3 3 2 3 | 6 6 5 5 | 3 3 2 1 | 1 1 6 3 2 |

煮饭 忘记哟 泌米 汤吖。 猪楼 门前

| 1 6 3 2 | 1 6 1 3 2 | 1 3 2 | 3. 5 3 2 3 | 3. 2 1 2 ‖

上把 草,牛啊栏门前 倒瓢糠,(想起奴的哥 哎),

| 5 3 3 | 5 3 2 3 | 6 6 5 5 | 3 3 2 1 ‖

魂魄是未在啥 奴身 上呵。

扭 捏 歌

1=D 4/4 5/4
中速

罗年青 唱
左泽松 黎连城 记

| 1 2 | 1 1 1 2 | 2 | 2 3 1 2 3 2 1 1 6 |

二十七八嘛(扭 扭) 在娘家哪 (捏 捏),
看见鸡母嘛(扭 扭) 引鸡息唯(捏 捏),

| 1 2 1 2 | 6 1 1 2. 1 5 6 | 1 2. 1 6 | 2 6. 1 6 6 1 2 |

脚蹬的 门坎儿(扭 扭 捏 捏 哎 哟 哎哟 哎哟呀嗬衣)
心里嘛 好像(扭 扭 捏 捏 哎 哟 哎哟 哎哟呀嗬衣)

第二篇 澧水情思——小调

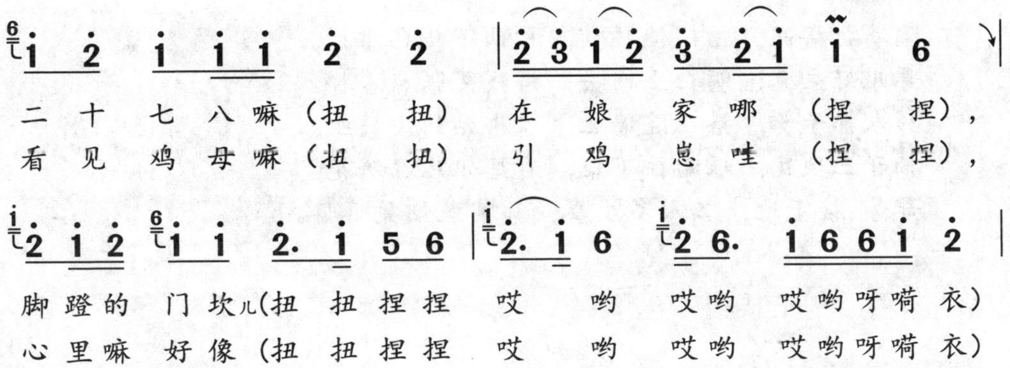

6 i 2̇ i̇ | i̇ i̇ 6 i 6 ‖

手 绣 花 来（哥儿呀衣哟）。
爪 子 抓 来（哥儿呀衣哟）。

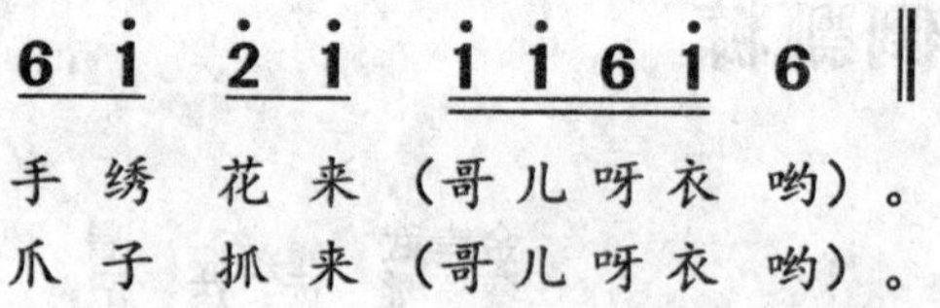

注：扭捏为方言，意为胡搅蛮缠，不大方。

女儿长成人

1=G 2/4
中速

向良任 唱
黎连城 记

女儿长成人（那，伙计儿，）爹妈担焦心哪，高筑（的个）院墙（啥 伙计儿你的话,怎么样啥?）紧关 的 门 啦 紧关 的 门 啦。

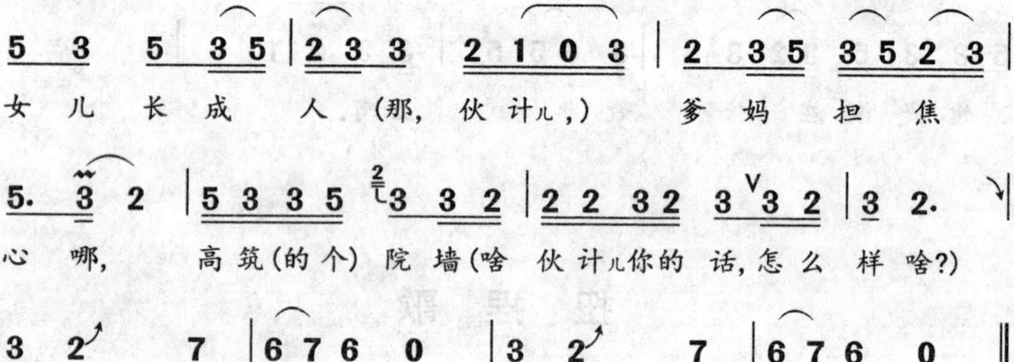

院墙打得高，槽门使插销，神仙下凡也难撬。
哥儿好主意，明白上街去，将钱买张杉木梯。
杉木梯子长，搭在院墙上，双脚站到屋檐上。
抽开三块瓦，眼睛往下眨，看见姐儿在绣花。
哥哥儿接下地，二人多欢喜，筛茶装烟笑嘻嘻。

盘　歌

1=F 2/4

刘兴玉 唱
尚立顺 记

5 3̂2 6 3̂2 | 3 5̂ 2̂3 5↗ | 5 5̂1 6 5 ‖: 3 2̂3 3̂2 1 :‖
什么 叫做 蛾眉呀月，什么 叫做 一呀一抹光，

6 5 6 5 | 3 5̂ 2̂3 5↗ | 5 5̂1 6 5 ‖: 3 2̂3 3̂2 1 :‖
什么 叫做 高挂呀起，什么 叫做 摆呀叮啦当，

5 3̂2 5 3̂2 | 3̂2 3̂2 1 ‖
叮当 叮当 摆呀叮啦 当？

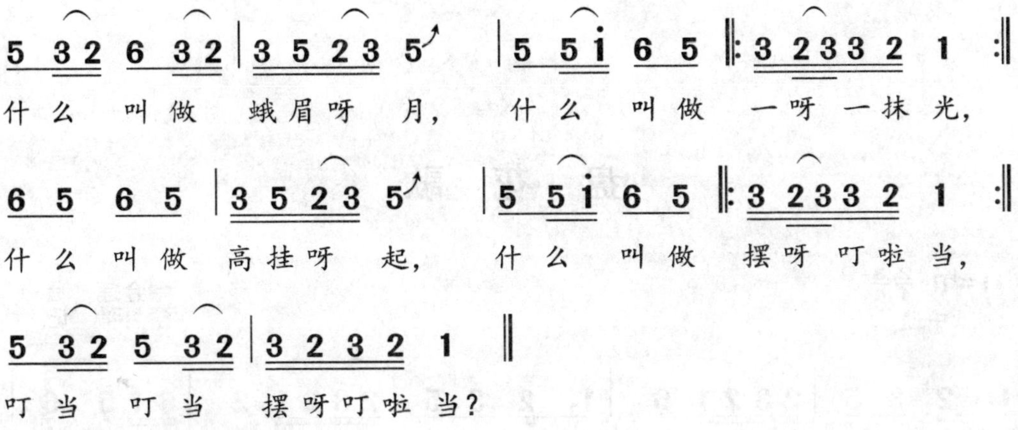

　　姐儿眉毛蛾眉月，姐儿头发一抹光，姐儿胸脯高挂起，
　　姐儿耳环摆呀叮当，叮当叮当摆呀叮当。
　　什么叫做一点白，什么叫做一点红，什么叫做花花儿朵，
　　什么叫做扯扯长，扯长扯长扯扯长？
　　姐儿水粉一点白，姐儿胭脂一点红，姐儿罗裙花花儿朵，
　　姐儿裹脚扯呀扯长，扯长扯长扯起排排长。

偏坡莫挖蔸

1=F 2/4
中速

田玉桃 唱
白诚仁 蒋慧鸣 记

1 6̂ 6 1̂1 | ⁵6̂ 6. | 3.2̂ 3 | 3 3̂2 1̂ 3 | 2.1̂ 2 | 3. 3 | ⁵3̂ 3 |
偏坡嘛莫挖 蔸哪，（悠　悠）老友 你莫丢。　若是 丢了

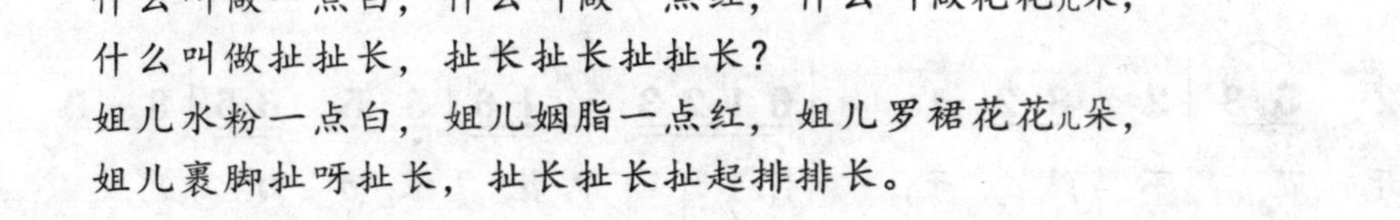

1 3 2 1 | 6̲1̲2 2 6 | 5̲.̇ 6̲5̇ | 3̲.2̲ 3 | 6̲1̲2 2 6 | 5̲.̇ 6̲5̇ ‖
老朋友，费灯又费　油。（悠　悠）费灯又费　　油。

盘 花 歌

1=♭B 2/4 3/4
中速

佘金莲 唱
蔡 晞 记

1̲.2̲ 3 5 | 2̲3̲2̲1̲ 6̣ | 1̲.2̲ 3 5 | 2̲3̲2̲1̲ 2 | 6̲1̲5̣ 6̣ |

什么开花重上重，什么开花细茸茸，什么
芭茅开花重上重，韭菜开花细茸茸，映山红
什么开花朝太阳，什么开花节节高，什么
葵花开花朝太阳，芝麻开花节节高，三月

2 5̲3̲ | 2 3̲2̲1̲ ↘ | 6̲1̲2̲3̲ 1 1̲6̲ | 5̣ 5̣ | 6̲5̣ 3 0 |

开花不结子，什么开花像呵灯笼，
开花不结子，桐子开花像呵灯笼，
开花一树红，什么开花香呵飘飘，
开花红一树，八月桂花香呵飘飘，

2 2̲3̲2̲1̲ ↘ | 6̲1̲2̲3̲ 1 1̲6̲ | 5̣ 5̣ | 6̲5̣ 3 0 |

(呀呀衣儿哟) 什么开花像呵灯笼。
(呀呀衣儿哟) 桐子开花像呵灯笼。
(呀呀衣儿哟) 什么开花香呵飘飘。
(呀呀衣儿哟) 八月桂花香呵飘飘。

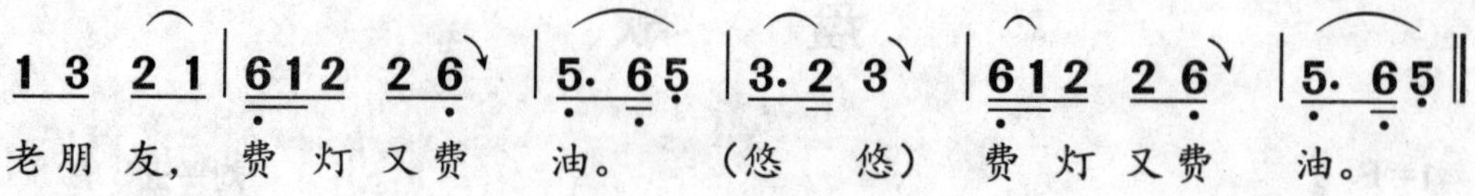

螃 蟹 歌

1=D 2/4 3/4　　　　　　　　　　　　　朱儒生 唱
慢　　　　　　　　　　　　　　　　　陈金钟 记

(女)正月好唱 螃蟹(呀的)歌，我的小情哥，一呀个螃蟹

几呀只脚？几个 夹夹儿往吖前戳？几只 眼睛儿

几个海呀螺？小哇情哥 你也请坐，你把 数儿

对奴说。(男)正月 好唱 螃蟹(呀的)歌，

我的姣哇娥，一个螃蟹八只脚，两个夹夹儿

往吖前戳，两只 眼睛儿一个海 螺，小哇情妹

我的姣哇娥，你看 说得错不 错(来哎)。

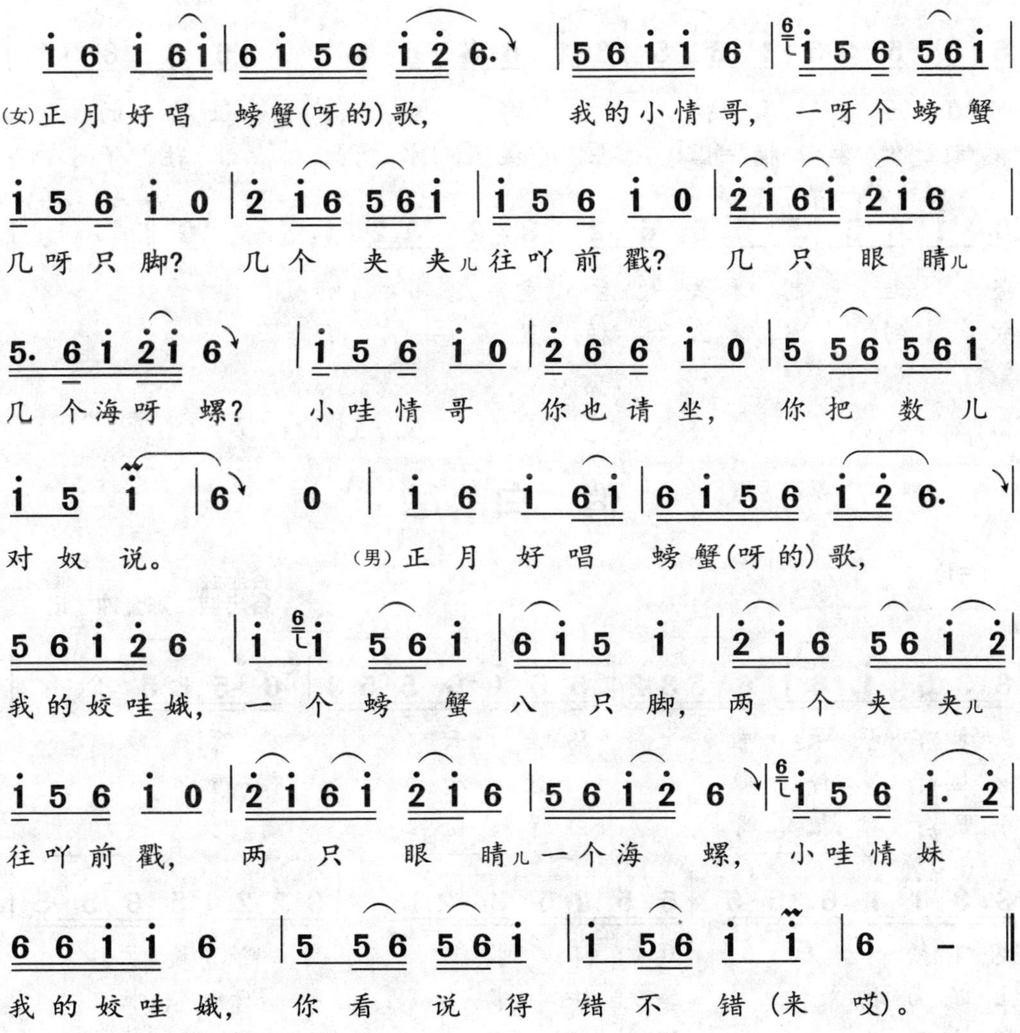

注：二月至腊月每月加一只螃蟹接唱下去。

巧 送 鞋

1=G 2/4　　稍慢
向少登 唱
蔡晞 记

5 3 5 3 5 | i 6 5 | 3 i 6 5 | 5 3. | 5 3 3 5 |
郎在后呀山啊　打　野　鸡哟，　姐在的
假装拿呀桶啊　去　挑　水呀，　新鞋子儿

6. i 6 5 | 5 5 5 5 2 | 3 2 3 2 | 1. | 0 ||
屋　里　想呀么想主　意　　　　哟；
放　到　水呀么水桶　里　　　　哟。

俏 白 尼

1=F 2/4 3/4
谷志会　　　　唱
谷忠诚 陈金钟 记

3 3 5 | i 6 i | 6. 5 3 2 ||: 5 5 i | 6. 5 3 5 3 | 5 6 5 6 5 3 :||
头上吖梳朵哇　　乌哇云　　　发呀，
身上吖穿件啦　　白呀汗　　　衣呀，
手里呀拿把呀　　白呀粉　　　扇呀，

3 3 i | i 6. 5 3 5 | 5 5 2 5 | 3. 2 1 | 3 2 2 | 5 3 5 3 5 |
龙吖须呀　　耳吖环　啦　　两吖边啦
上吖面啦　　套哇件　啦　　黑呀领啦
绣哇花呀　　飘哇带　呀　　扎呀腰哇

2 2 3 2 1 | 6. 1 | 3 2 2 | 5 3 5 3 5 | 2 2 3 2 1 | 6 0 |
挂呀，　　两吖边啦　　挂呀；
褂呀，　　黑呀领啦　　褂呀；
间啦，　　扎呀腰哇　　间啦；

134　唱个山歌甩过来——桑植民歌精粹

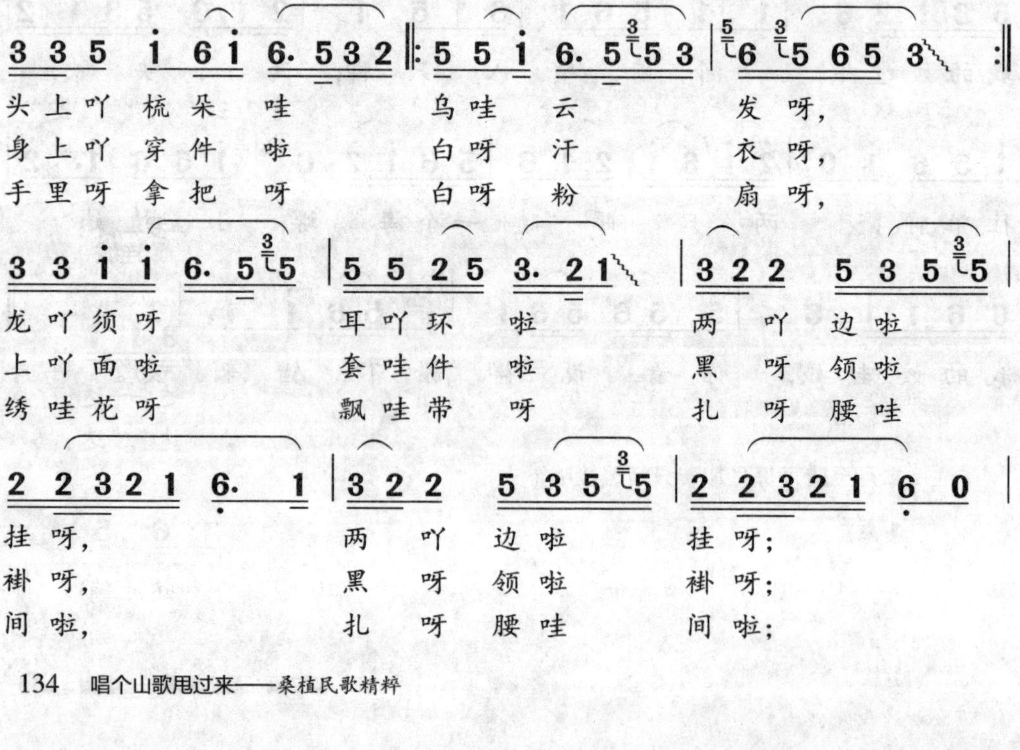

$\frac{6}{8}$ | 1. 1 6 6 1 6 0 1 | 3. 5 6 1 3 2. | 3 3 5 i 6 5 |

（白布纽子儿裏哇，　　白布纽子儿裏哇），绣哇花 手巾儿
（白布纽子儿裏哇，　　白布纽子儿裏哇），腰哇里抹件件儿
（白布纽子儿裏哇，　　白布纽子儿裏哇），脚哇上穿双双儿

| i 3 0 5 | i 3 0 5 | i 6 1 i | 6. 1 6 5 | 2 3 5 2 1 | 6 6 0 1 |

紧啦　　紧啦　　紧啦紧紧扎 呀哈，哪个 不赞 夸呀，
花呀　　花呀　　花呀花围裙 啦哈，惹死 好后 生吁，
绣哇　　绣哇　　绣哇绣花鞋 呀哈，哪个 不喜 爱呀，

| 2. 2 2 3 | 6 6 $\stackrel{5}{\text{U}}$ 6 5 | 6 3 5 2 1 | 6 × × | i 6 i 3 5 6 ||

（呀　呀呀树儿喂呀）哪个 不赞 夸，喷喷 哪个 不赞 夸！
（呀　呀呀树儿喂呀）惹死 好后 生，喷喷 惹死 好后 生！
（呀　呀呀树儿喂呀）哪个 不喜 爱，喷喷 哪个 不喜 爱！

注：俏白尼为俊俏的白族姑娘。白尼，白族女性的自称。

情姐门前一田秧

1=C $\frac{2}{4}$　　　　　　　　　　　　　　　　罗年青　唱
中速、欢快地　　　　　　　　　　　　　　黎连城　记

| 2. 3 1 1 | $\stackrel{1}{\text{U}}$ 2 | 2. 1 2 1 | 6 | 2. 3 3 1 | 2. 3 1 1 |

情姐门前（嗡）一 田秧啊（嗡），露水汪汪（蹦达一达儿
你要爱秧（嗡）早 下种啊（嗡），你要恋姐（蹦达一达儿

| 2. 3 1 1 2 | 2 6 2 1 1 6 | 6 5 6 1 6 5 ||

蹦达一达儿蹦）爱呀坏郎啊（蹦达儿一达儿蹦）。
蹦达一达儿蹦）早哇开腔啊（蹦达儿一达儿蹦）。

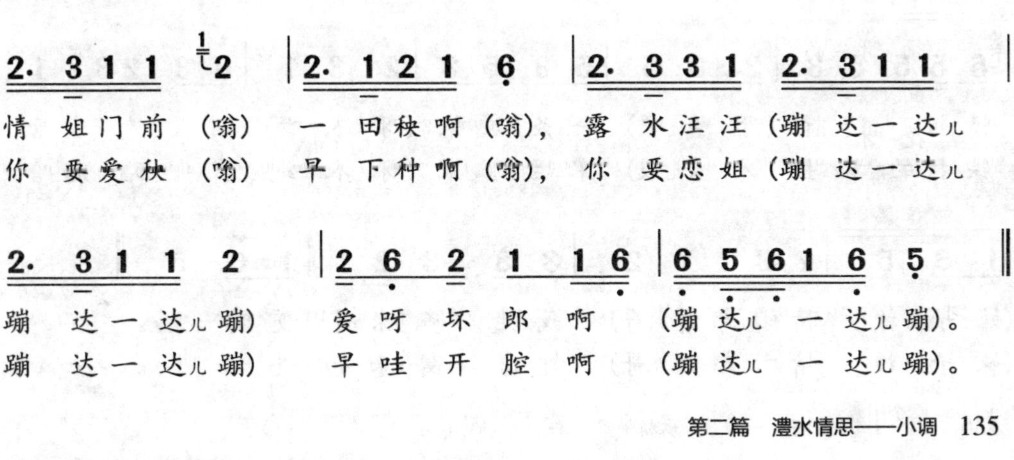

情哥只为小乖乖

1=F 2/4
中速

覃振 唱
蔡晞 记

6 6 5 3 3 5 | 6 6 5 3 3 5 | 5 6 6 5 | 3 2 1 2 3 |
四川 下来 等等儿岩呀， 三天穿烂 两双鞋，

5 6 6 5 | 3 2 1 2 | 3 5 3 2 1 | 6 6 1 6 |
三天穿烂 两双鞋， 只为 小乖 乖呀，

3 3 3 5 5 2 2 | 3 3 5 3 2 1 | 6 6 1 6 ‖
(哥的小情妹呀我) 只为 小乖 乖呀。

注：等等儿为方言，同"墩墩"。

情姐门前一条坡

1=♭B 2/4
中速

彭玉梅 唱
黎连城 记

5 5 5 5 5 3 | 2. 3 5 | 5 3 5 3 | 2. 3 1 | 3 3 2 3 2 1 |
情姐儿 门前 (呀 啥儿喂) 一条 坡来 (呀衣哟) 别人 走少啥
铁打的 草鞋 (呀 啥儿喂) 穿烂 了来 (呀衣哟) 岩头 踏起啥

1 6 5 | 2 3 1 1 2 | 3 3 3 2 1 | 1 6 5 ‖
(妹子儿梭 情啦郎郎儿哥) 我走 多 (来是 哎嗨哟)。
(妹子儿梭 情啦郎郎儿哥) 灯盏 窝 (来是 哎嗨哟)。

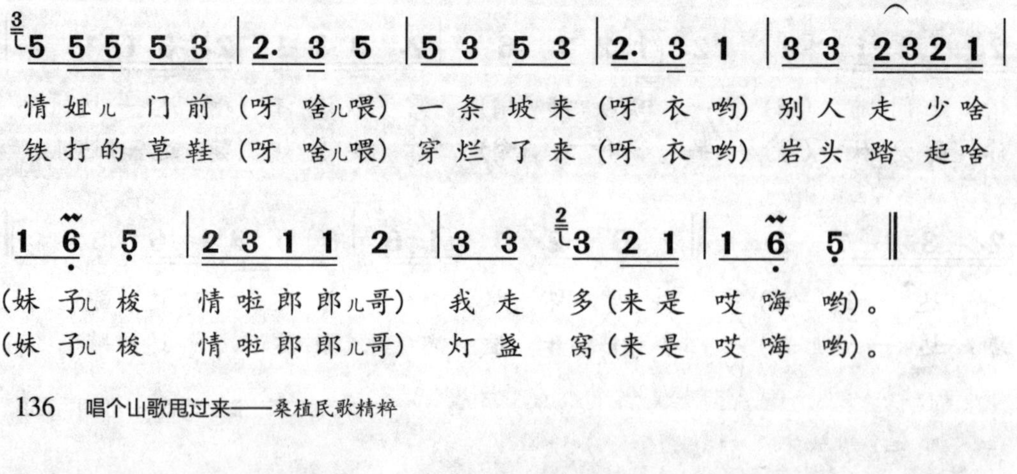

穷 快 活

1=C 2/4

谷志壮 唱
黎连城 陈金钟 记

唱了啊 一个哇 又啊一的 个喂，（嗨 哪 嗬 衣 呀 海，）我
另外 的 唱个 新啦题呀目。（嗨 哪 嗬 衣 呀 嗨也，嗨
哪 嗬 衣 呵 嗨，）大海 哎 涨潮 有哇 起呀 落喂，（嗨
哪 嗬 衣 呀 嗨）听我 啊唱 个 穷 快 活哇,（嗨
那 嗬 衣 呀 嗨呀 嗨 哪 荷 衣 呀 嗨）。

高楼瓦屋我不坐，一心只想住桥脚，
三个四个成一伙，摇摇摆摆长街梭。
若是那家办喜事，我们好像把年过，
剩的残汤并残水，酸甜苦辣滋味多；
不管它的冷和热，搬到就是一口喝，
哪怕王孙并公子，他们哪有俺快活。

去哒去哒又转来

1=G 1/4 2/4
中速

戴福香 唱
白诚仁 记

去 哒 去 哒 又 转 来,有 几 句 话 话儿啥
我 把 钥 匙 交 把 你,巧 锁 的 莫 等 嘞
(情郎 妹妹儿喂 哟),没 交 待(嘞) 哟;
(情郎 妹妹儿喂 哟),别 人 的 开(嘞) 哟。

三个斑鸠飞过湾

1=♭B 2/4
稍快

覃文才 唱
蔡晞 记

三 个 斑 鸠(喂 喂)飞 过 湾 来(哦 哦),两 个 成 双
人 人 都 说(喂 喂)单 的 好 来(哦 哦),日 里 好 过
(啰 幺 姐儿 哦 哦) 一 个 单 来(幺 嫂 嫂儿)。
(啰 幺 姐儿 哦 哦) 夜 里 难 来(幺 嫂 嫂儿)。

人生残疾是前缘

1=A 2/4 3/4

田彩玉 唱
陈金钟 记

人生残疾是前缘，(他)嘴在脑前耳在肩喃，
仰面才能观白日喃，侧身嘛方可见青天。
(他)眠如心字无三点，坐似弯弓少一弦，
更苦百年身死后，棺材只可用犁辕。

三 送 郎

1=G 2/4
稍快

皮金秀 马金姑 唱
蔡晞 远达 记

送郎屋檐的脚哇，细雨往下落哇，
送郎大门的外呀，问哥儿几时来哟，
送郎小河的边啦，河水流不断啦，

妹给(的个)小郎卷裤脚。
奴在(的个)家中好安排。
难分(的个)难舍我心肝。

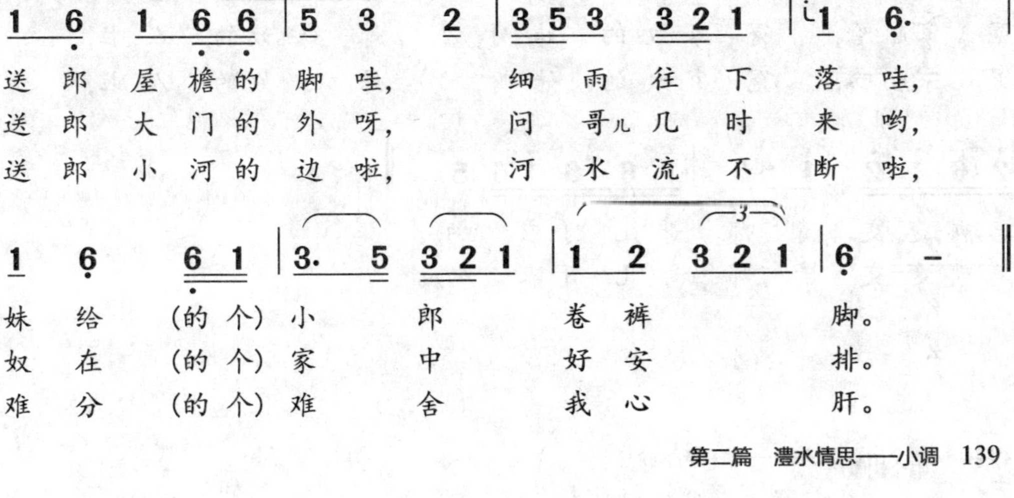

三根丝线三尺长

1=A 2/4　　　　　　　　　　　　　　　　　王承宽 唱
稍快、活跃的　　　　　　　　　　　　　　黎连城 记

三　根　丝　线（三　个　妹　子儿三　哪）　三　哪　尺　长　吖，
千　年　不　忘（三　个　妹　子儿三　哪）　疙　呀　瘩　散　哪，

挽　个　疙　瘩　疙　　丢　呵　过　墙　吖，（格　儿　子儿　来
万　年　不　啊　望　　姐　呀　丢　郎　吖，（格　儿　子儿　来

格　儿　子儿　来　　想　呀　哥　子儿　哥　　嘟　当　小　姐
格　儿　子儿　来　　想　呀　哥　子儿　哥　　嘟　当　小　姐

喂　喂　哆　哆　喂　喂　哆　哆　哟　嗬，哟　嗬！你　何　不　早　些　来　呀
喂　喂　哆　哆　喂　喂　哆　哆　哟　嗬，哟　嗬！你　何　不　早　些　来　呀

冤　家儿啥，　冤　家　奴　的　妹　呀，　妹　妹儿奴　的　人　啦，
冤　家儿啥，　冤　家　奴　的　妹　呀，　妹　妹儿奴　的　人　啦，

怎　哪　怎　交　情　哪　哥　儿　呀　衣　　哟）。
怎　哪　怎　交　情　哪　哥　儿　呀　衣　　哟）。

三月桃花一样红

1=D 2/4

刘桃香 唱
陈金钟 记

| 5. 6 1 1 | 5 5 6 1 | 3 3 2 2 1 | 1 1 2 1 6 |

(男)马 桑 树 树儿(伙哇 计儿喂) 起 青 蓬来 (我有话 说),
你 把 穷 的 (伙哇 计儿喂) 恋 一 个来 (我有话 说),
(女)马 桑 树 树儿(伙哇 计儿喂) 起 青 蓬来 (我有话 说),
你 也 穷 来 (伙哇 计儿喂) 我 也 穷来 (我有话 说),

| 3 1 2 3 2 1 | 1 2 6 1 2 | 3 2 3 1 1 6 | 6 6 1 6 5 |

情 姐 恋 郎是(伙哇 计儿喂) 莫嫌 穷来 (有情姐 姐儿)。
冷 水 泡 茶 (伙哇 计儿喂) 慢慢儿 浓来 (有情姐 姐儿)。
奴 家 恋 郎是(伙哇 计儿喂) 未嫌 穷来 (有情姐 姐儿)。
三 月 桃 花是(伙哇 计儿喂) 一样 红来 (有情姐 姐儿)。

桑木扁担软溜溜

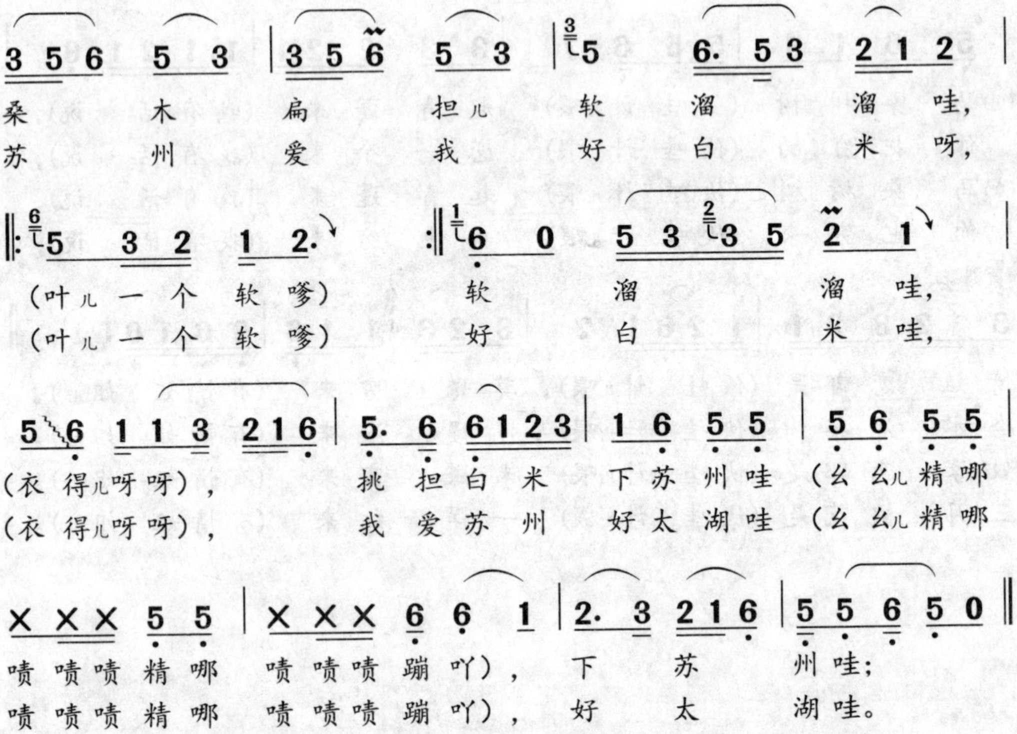

山伯访英台

1=♭B 2/4
稍慢

向顺进 唱
陈金钟 记

1 1 6 1 1 1 3	2 3 1 ⁶1̲ 1 2	× ×	× ×

(女)灯 草嘛 开花 喏 黄 啊， (哥儿， (男)哎！ 姐，(女)哎)！

| 1 1̲ 2̲ 6̲ 1̲ 6̲ 3̲ | 5̲ 5̲ 6̲ 3̲ 5 | 3̲ 2̲ 1 1̲ 6̲5̲6̲ | 1̲ 5̲6̲1 | 6̲5̲3̲ 5 ‖ |

听我 把话呀 讲啊， (男)姐儿的 有啊 话只管 啦 讲。

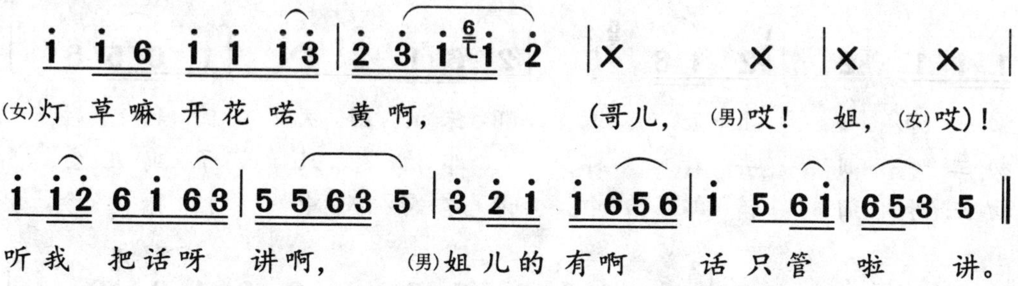

女：茶儿桌上摆，听我唱开怀，唱个山伯访英台。
　　山伯走进庄，黄狗叫汪汪，院内走出小梅香。
　　尊声驾高姓，家住哪乡村？从未来到我家门。
男：山伯回言说："我名梁山伯，杭州来拜祝九哥"。
女：梅香进房门，说与姑娘听，姑娘堂前看假真。
　　英台笑融融，开口叫梁兄，岂知今日又相逢。
男：山伯喜洋洋，我拜祝九郎，为何请出祝姑娘？
女：英台喜颜开，梁兄听开怀，奴家就是祝英台。
男：山伯听得讲，三年苦同窗，谁知你是女姣娘？
女：英台愁满胸，开口叫梁兄，藏头话儿你不懂。
　　当初奴回程，劝你一路行，你死也不肯来家门。
　　当日十八送，我把心事动，比远比近一场空。
男：山伯把话提，读书扮男体，你不说破不怪你。
　　那日转回程，没与我说明，蒙到打鼓太狠心。
女：英台听此情，梁兄错怪人，谁不叫你早回程？
　　奴家是真心，要与你成亲，怎奈由命不由人。
　　奴家爹和妈，把我许马家，早就吃了定亲茶。
男：山伯听此言，吓得魂魄散，一跤跌倒椅子边。
女：急坏祝英台，扶起山伯来，眼泪汪汪落满怀。
男：山伯立起身，眼前黑沉沉，只为冤家放悲声。
　　双手拍胸口，顿时气瞪喉，两眼不住泪双流。
　　手搭英台肩，连叫三声天，不知何日得团圆。

第二篇 澧水情思——小调

上 金 寨

1=D 2/4
稍慢

戴福香 唱
黎连城 记

初四日请老司公，牛角呜呜到家中，三道灵符没治好，花费银钱一场空。
初五日去看郎，我郎死在象牙床，铜盆打水来洗身，打散头发哭一场，
初六日买棺材，买到棺材无人抬，人生在世要朋友，不是死了无人埋。
初七日做亡斋，朱红纸儿写灵牌，红纸高头写黑字，哭声哥哥你转来。
初八日请阴阳，请起阴阳看坟场，葬到龙头出天子，葬到龙尾出霸王。
初九日去打井，八把锄头九个人，打井的哥哥宽些打，我郎睡到好翻身。
初十日去发丧，红漆杠子二面光，两头站起儿和女，当中睡的少年郎。
十一日去看坟，出门碰到放牛人，放牛的哥哥你转身，莫让牛脚踏新坟。
十二日去看坟，出门碰到做媒人，做媒大姐快转身，我三年孝满才出门。

上坡不起慢慢悠

1=C 2/4 3/4
中速

谷兆芹 唱
黎连城 记

6 1 6 | 1 1 6 | 1 1 6 6 1 1 6 6 1 1 6 6 | 2 3 6 1 2 |

上 坡 不 起 (叽哩哩哩 哗啦啦啦 心肝我的 沙呀啰啰 啥)
有 朝 一 日 (叽哩哩哩 哗啦啦啦 心肝我的 沙呀啰啰 啥),

6 1 5 6 2 1 | 6 6 1 1 6 | 6 1 6 6 1 6 | 1 6 1 1 6 |

慢慢呀是悠呃,(呀呀衣儿哟) 恋 姐 不 到 (衣呀衣衣呀)
追到呀是手呃,(呀呀衣儿哟) 蛇 咬 哈 蟆 (衣呀衣衣呀)

2 6 1 2 1 | 6 5 6 1 6 | 5 — ‖

慢 慢 逗 喃 (呀呀 衣儿 呀)。
死 不 丢 喃 (呀呀 衣儿 呀)。

上 四 川

1=F 2/4
中速

戴福香 唱
白诚仁 蒋慧鸣 记

1 1 1 6 1 | 5 6 1 2 | 5 3 3̃5 3 | 2. 3 1 | 1 3 2 |

正月嘛是新年 哪, 郎要上四呀川 (嗯哪),双手嗲
四月嘛天气和 呀, 山上花花儿啊落 (呵哇),搭起嗲
七月嘛是月半 哪, 郎去大半哪年 (嗯哪),门槛嗲
十月嘛望郎完 哪, 望得肝肠吖断 (嗯哪),几时嗲

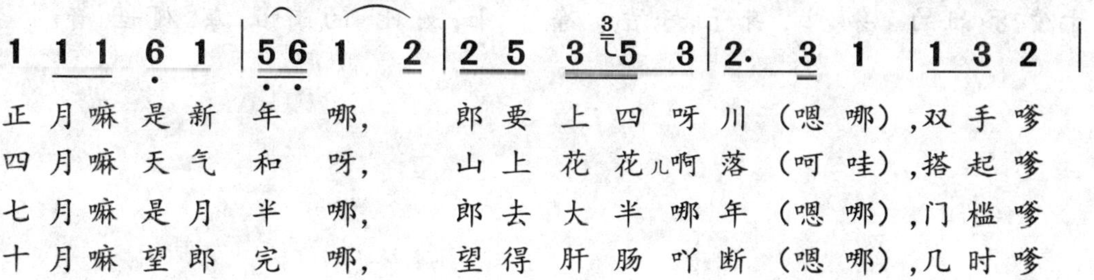

$2\ \underline{1\dot{6}}\ \underline{\overset{\frown}{{}_{\flat}\dot{6}}}\ \|:\ \underline{\overset{\frown}{{}_{\flat}\dot{1}}}\ 3\ \underline{2\dot{1}\dot{6}}\ |\ \underline{56}\ 1\ \overset{\frown}{6}\ |\ \underline{3\ 2\ 1}\ \underline{1\overset{\frown}{1\dot{6}}}\ |\ \dot{5}\ -\ :\|$

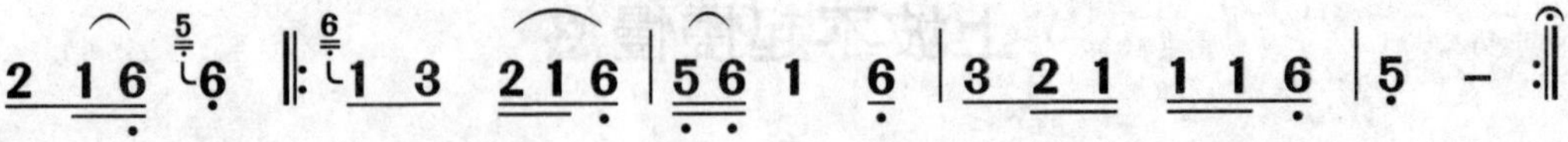

扯呀 到 郎衣哟 衫哪，你 早去就 早回呀 还。
板罗 凳儿 跐起哟 脚哇，我 时时的 望情啰 哥。
擦呀 得 裤脚哟 烂哪，我 两眼是 都望啰 穿。
望吖 得 我郎哟 转哏，我 洗手就 谢苍啰 天。

十 爱

陈协宣 唱
陈金钟 记

1=F 4/4

$\underline{1\ 1}\ \dot{1}\ \underline{1\dot{6}}\ |\ \underline{\overset{\frown}{{}_{\flat}\dot{6}}\underline{165}}\ \underline{6\dot{1}}\ |\ \underline{1\overset{\frown}{56}}\ \underline{1\dot{6}}\ 5\ |\ \underline{1\overset{\frown}{56}}\ \underline{1\dot{6}}\ \underline{6\cdot 5}\ |\ 5\ \underline{\tilde{6}\ 5}\ 5\ -\ \|$

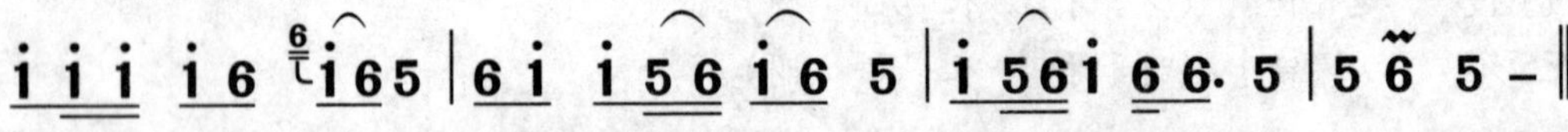

一爱呀 姐的 发呀，红头 绳子儿 扎 呀，银子 的簪啦 簪儿头上 插。
二爱呀 姐的 脸呀，脸是 爪子儿 脸 啦，银子 的耳吖 环 挂两边。
三爱呀 姐的 眉呀，眉毛 般般儿 齐 呀，好比 是羊吖 毛 笔画的。
四爱呀 姐的 牙呀，牙齿 会说 话 呀，画眉儿 的声啦 音 不如她。
五爱呀 姐的 手哇，手手儿 白如 藕 哇，银子 的镯哇 镯儿戴满手。
六爱呀 姐的 衣呀，红的 搭绿 的 呀，四个 的角哇 角儿般般儿齐。
七爱呀 姐的 鞋呀，勾针 二面 排 呀，芝麻 的鞋呀 底 做拢来。
八爱呀 姐的 脚哇，脚脚儿 三寸 多 哇，走路 的好哇 似 踩软索。
九爱呀 姐的 裤哇，红色 绒绸 布 哇，穿起 的拖哇 到 螺拐骨。
十爱呀 姐的 身啦，身子 好洁 净 啦，好比 的南啦 海 观世音。

146　唱个山歌甩过来——桑植民歌精粹

十把扇子

1=B 2/4
中速

刘占林　唱
黎连城　范志光　记

```
1 6  1 6 | 5  6 | 1 2  6 1 1 | 2   2 |
```
一　把　扇　子（连　　连）苑苑齐（那个　溜　溜），
郎　买　扇　子（连　　连）花了钱（那个　溜　溜），

```
1 6  1 6 | 5  6 | 1 2  1 2 1 | 1 6  5 5. ‖
```
这　把　扇　子（哎　哟）郎买的哟（干哥　哥呵）；
做　双　鞋　子（哎　哟）谢谢你哟（干哥　哥呵）。

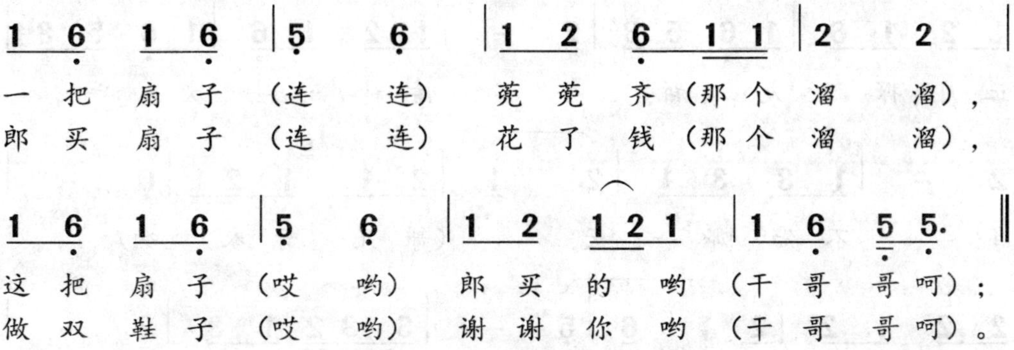

二把扇子二面花，情姐爱我我爱她；
情姐爱我年纪小，我爱情姐会当家。
三把扇子是清明，兄妹二人叙交情；
知心话儿说不尽，实在难舍又难分。
四把扇子四字方，房子中间画鸳鸯；
左边画的张七姐，右边画的是董郎。
五把扇子是端阳，扇子掉在大路上；
别人捡起拿钱取，情哥捡到想娇娘。
六把扇子是伏天，周身上下汗不干；
想起哥哥情意厚，手里扇来心里甜。
七把扇子起灯台，南京买到北京来；
人人都说扇子乖，不是我郎带不来。
八把扇子是中秋，妹在房中梳油头；
后面梳起盘龙髻，前头梳起凤点头。
九把扇子是重阳，姊妹二人去烧香；
大姐烧香求儿女，妹妹烧香求小郎。
十把扇子奴出嫁，迎亲花轿到奴家；
一路之上吹吹打，抬到堂前拜菩萨。

十二月探郎

1=G 2/4

李幺妹 唱
黎连城 记

正月探郎是新年，情哥一去大半年，不知哪一天（哥儿呀衣哟）回在姐面前啰，（衣儿呀衣哟哥儿呀衣哟），回在姐面前啰。

二月探郎百花开，情哥一去永不来，定有别家女，才把奴丢开。
三月探郎是清明，哥哥说话好贴心，山盟并海誓，水都点得灯。
四月探郎是立夏，想想当初说的话，千言并万语，袋袋儿装不下。
五月探郎是端阳，缎子鞋子做两双，两双两个样，随你穿哪双。
六月探郎是三伏热，缎子鞋子穿不得，打起赤脚板，假充好角色。
七月探郎七月七，情哥不来奴孤寂，茶也不想喝，饭也不想吃。
八月探郎是中秋，情哥不来奴孤独，上坡没有伴，过河无人渡。
九月探郎九月九，肩搭肩来手挽手，送到大门口，难舍又难丢。
十月探郎郎不来，前头搭起望郎台，姐在台上望，不知哪方来。
冬月探郎落大雪，印花铺盖万字格，仔细想一想，实在舍不得。
腊月探郎过小年，胭脂水粉称二钱，回到姐身边，过个热闹年。

十画古人

1=♭B 2/4 3/4
中速

谷清香 唱
陈金钟 记

| 1 2 1 2 | 3 3 5 | 3 2 1 | 2 2 3 2. 3 | 1 2 3 2 1 6 |

一把扇子二面 嘞　　新嘞，　　　　扇子儿 嘞
一画盘古开 天嘞　　地嘞，　　　　二 画 嘞
三画禹王治 大嘞　　水嘞，　　　　四 画 嘞
五画始皇统 天嘞　　下嘞，　　　　六 画 嘞
七画大宋岳 元嘞　　帅嘞，　　　　八 画 嘞
九画龙船吊屈勒　　原嘞，　　　　十 画 嘞

| 2 1 6 | 5̲ 6. 1 | 6 6 6 1 2. 1 | 6̲ 1 2 1 6 6 |

上 面 嘞　（呀呀呀得儿喂　呀衣　呀）
黄 帝 嘞　（呀呀呀得儿喂　呀衣　呀）
文 王 呃　（呀呀呀得儿喂　呀衣　呀）
昭 君 嘞　（呀呀呀得儿喂　呀衣　呀）
三 关 嘞　（呀呀呀得儿喂　呀衣　呀）
抗 倭 喂　（呀呀呀得儿喂　呀衣

| 1. 6 5 6 5 | 2 5 3 2 1 | 6 1 6 5 4 | 5 6 5 |

衣　呀衣呀 衣　也）　画古　喂　人　嘞。
衣　呀衣呀 衣　也）　造衣　也　裳　呃。
衣　呀衣呀 衣　也）　访姜　吖　尚　呃。
衣　呀衣呀 衣　也）　和番　啦　邦　呃。
衣　呀衣呀 衣　也）　杨六　哇　郎　呃。
衣　呀衣呀 衣　也）　戚继　呀　尤　呃。

十 剪

1=♭B 2/4
中速

胡金香 唱
陈金钟 记

一剪一只船来，停在柳树边，剪个姐儿船上坐，手提花篮儿脚踩莲，（呀呀子儿哟）手提啥花蓝儿脚踩莲。

二剪二龙翔，剪得特别像，剪个珍珠发豪光，二龙把珠抢。
三剪三层楼，都是鲁班修，一层姐儿把书读，二层妹妹把花绣。
四剪四季花，千枝和百桠，剪个野鹿含鲜花，歇在花树下。
五剪五色云，云头坐仙人，且看姐儿剪花名，越剪越出神。
六剪柳絮长，又剪藕池塘，渔翁塘边来垂钓，柳荫下歇凉。
七剪七颗星，星子亮晶晶，颗颗星子眨眼睛，天星管万民。
八剪桂花黄，桂花伸出墙，又剪黄花似金黄，金秋结鸳鸯。
九剪祝九郎，读书习文章，十剪全完十个样，人人都爱上。

十七十八在娘家

1=C 2/4
中速

夏玉兰 唱
黎连城 记

十七 十八（哟哟）在娘 家（那，呀嗬的喂 喂）对着的
家务 事情（哟哟）我不 管（那，呀嗬的喂 喂）对着的

镜子 呵（干哥哥）梳喂头 发啦 （有情的干妹 妹儿）。
门坎 啦（干哥哥）手喂绣 花啦 （有情的干妹 妹儿）。

十七十八正好玩

1=♭B 3/4 4/4
中速

罗年青 唱
蔡晞 左泽松 记

十七 十八 （黄昏）正 好 玩 （混 账），
堂上 爹妈 （黄昏）都 老 了 （混 账），

家不 宽来（呃你个确） 心不 闲哪 （慢下儿着）；
千斤 担子（呃你个确） 我承 担哪 （慢下儿着）。

十 劝 姐

1=C 2/4
中速

娄菊香 唱
黎连城 李忠文 记

一劝那姐 要把 家, 莫把 的 五谷更婆花命说屋人来妇
二劝那姐 要勤 快, 莫不 等 的 五公棉由莫进有酒媳
三劝那姐 要孝 顺, 莫孝 起 的
四劝那姐 种棉 花, 种般家
五劝那姐 莫灰 心, 百家人
六劝那姐 回娘 家, 娘亡堂
七劝那姐 七月 学, 半堂 到
八劝那姐 要学 好, 酒喝
九劝那姐 莫喝 恶, 三十 岁的
十劝那姐 莫学

抛洒哒(也啰也), 一年(的个)辛苦 只为 它。
就起来(也啰也), 哪个(的个)不讲 姐勤 快。
两个人(也啰也), 后头(的个)儿女 照样 行。
纺细纱(也啰也), 换来(的个)银钱 置骡 马。
不由人(也啰也), 八个(的个)字儿 命生 成。
婆家叫(也啰也), 莫把(的个)亲戚 说恶 哒。
要乱话(也啰也), 前传(的个)后教 怠慢 。
莫跑了(也啰也), 大是(的个)大来 是小 呕。
丢丑饭(也啰也), 丈夫(的个)回来 气 你。
四十岁的婆(也啰也), 堂屋(的个)交椅 让 坐。

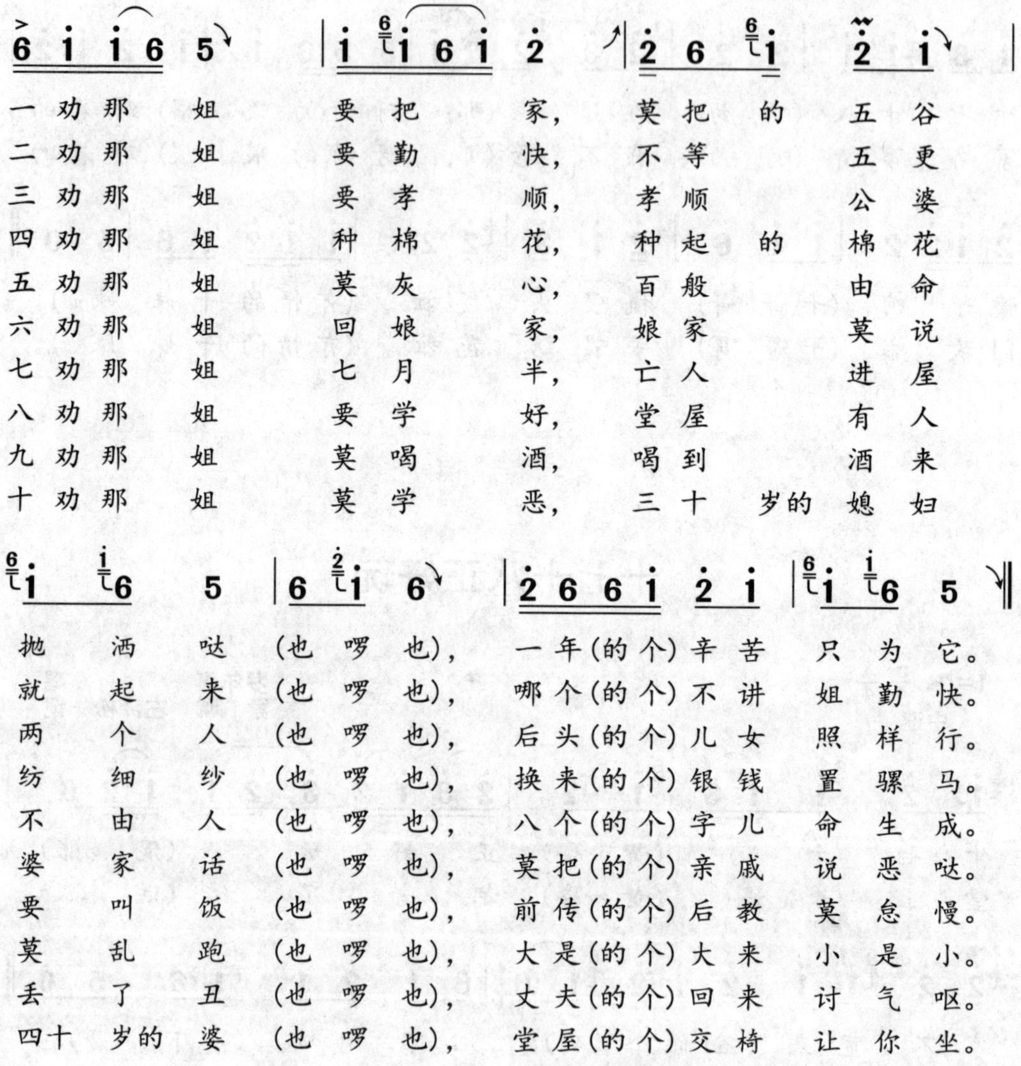

十 绣

向顺进 唱
陈金钟 记

一绣哇锦鸡呀头哇，二绣凤凰尾呀，
四绣哇一只吖船嘞，弯在江河边嘞，
三啦绣鸳鸯儿闪啦 鸳鸯儿闪翅飞呀，(哎哟衣
又哇绣艄公把呀 艄公把舵搬啦，(哎哟衣
哟)， 鸳鸯儿闪翅飞呀。
哟)， 艄公把舵搬啦。

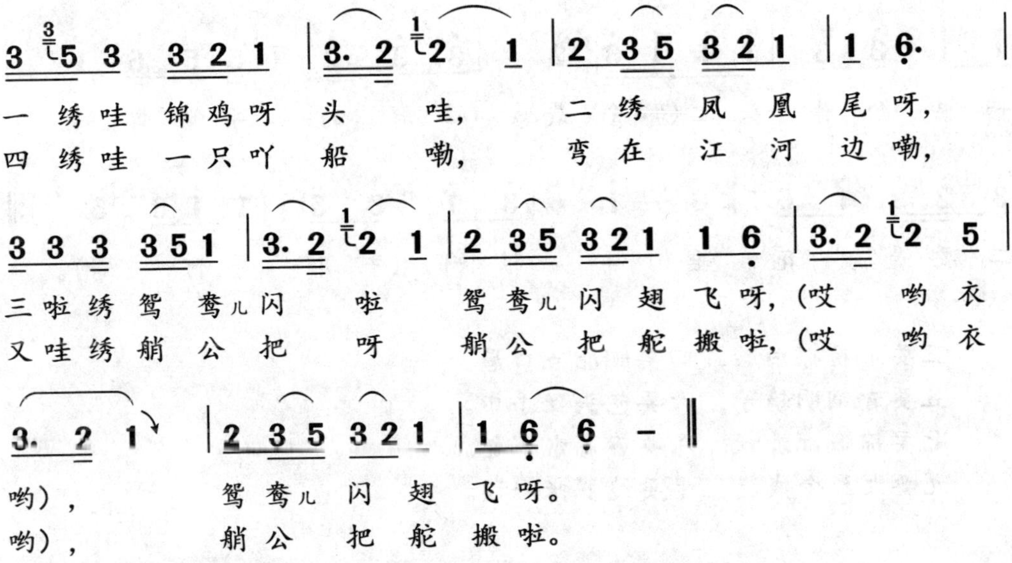

五绣一笼鸡，锦鸡半夜啼，头戴芙蓉身穿五色衣。
六绣杨六郎，把守三关上，又绣焦赞和孟良。
七绣关大刀，千里送嫂嫂，华容道上放曹操。
八绣八卦阵，困退曹家军，神机军师是孔明。
赵云救阿斗，张飞站桥头，大吼一声水倒流。
十绣十样景，绣起十三省，又绣天子管万民。

十 要

1=♭B 2/4

稍慢

王国安 唱
蔡晞远达 记

一要 金簪 头上（那个）戴 （心肝的 牛啊郎哥），
二要是排花 垂耳 根哪（牛郎 哥啊 哥）。

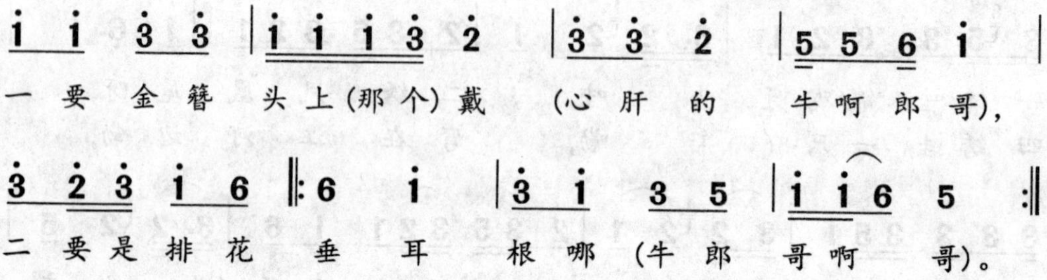

三要水粉擦白脸，四要胭脂点口唇。
五要青铜明镜子，六要包头丝手巾。
七要锦缎红绫袄，八要五彩水罗裙。
九要九丝金戒指，十要绫罗帐一顶。

十月逢春好唱花

1=C 2/4

张九洲 唱
范志光 黎连城 记

i 6 6 6 i | 2 - | 3 i i i 5 | 6̂7 6 - | i 6 i i 6 |
正月里逢吖 春　好唱的花呀，　　新官的上吖

5 - | 6 i 6 4 | 5 - ‖
任　坐旧衙呀。

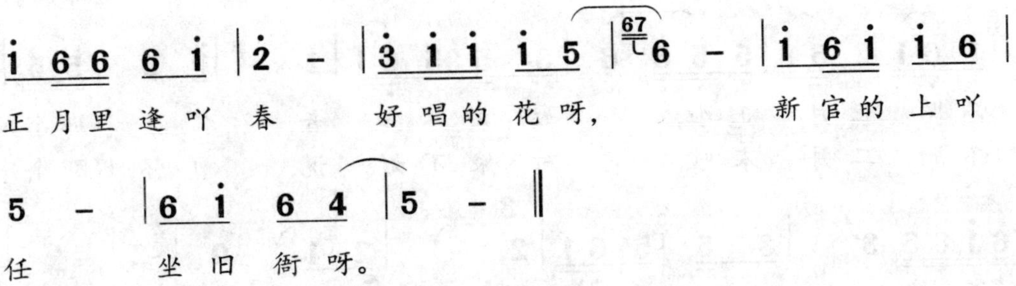

　　文武百官来饮酒，　十盘果子九盘花。
　　二月逢春好唱花，　新打犁辕配旧把，
　　新梨耕得千条路，　旧把耙起水仙花。
　　三月逢春好唱花，　满山阳雀儿叫喳喳，
　　一来催得阳春早，　二来又催山中花。
　　四月逢春好唱花，　满园竹子笋排芽，
　　十岁姑娘来扯笋，　梳起盘龙插鲜花。
　　五月逢春好唱花，　新打龙船往上划，
　　二十四把划船桨，　划得二面水仙花。
　　八月逢春好唱花，　六月太阳下遮花。
　　上街买把乌云伞，　上遮太阳火辣辣。
　　七月逢春好唱花，　七岁姑儿纺棉花，
　　纺来纺去鸡蛋大，　织来织去牡丹花。
　　八月逢春好唱花，　八十岁婆婆捡棉花，
　　上坪抢得下坪炸，　头也晕来眼也花。
　　九月逢春好唱花，　九十岁公公剪头发，
　　二面剪起人字路，　中间剪陀凤仙花。
　　十月逢春好唱花，　十姐许我伞一把，
　　天要塌下一齐顶，　生死也要成一家。

十月怀胎（一）

1=C 2/4
柔和多情

王建光 唱
蔡晞 记

怀胎正月正啦，奴家不知音，水上（那个）
怀胎二月末哇，对娘不好说，初怀（那个）

浮　萍没呀没生根，（三嫂，　哎，
娃　娃儿脸啦脸皮薄，（三嫂，　哎，

嫂嫂奴的嘛哥哇，）没呀么没生　根啦。
嫂嫂奴的嘛哥哇，）脸呀么脸皮　薄哇。

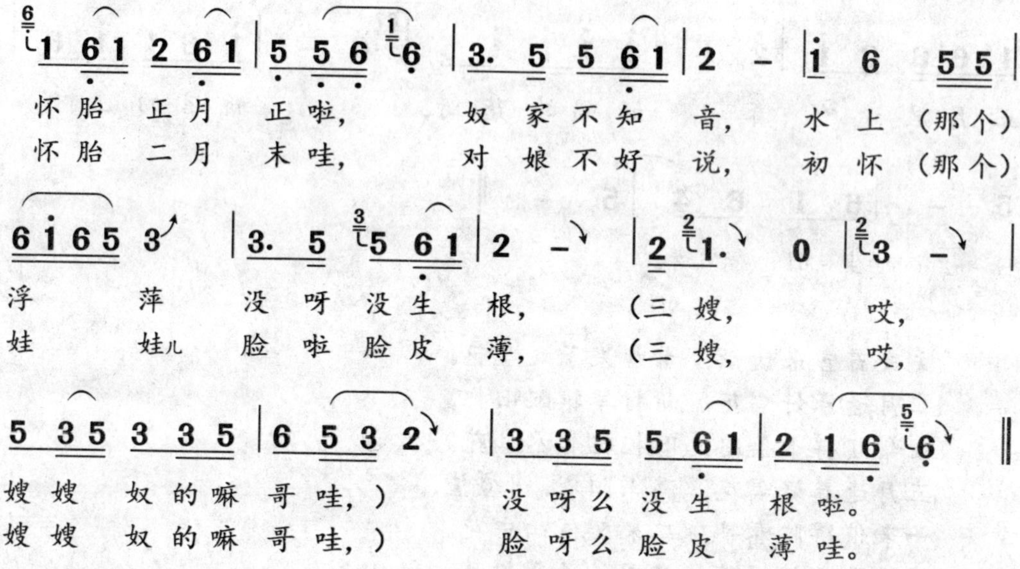

怀胎三月三，茶饭都不沾，只想柑子吃两瓣。
怀胎四月八，拜上爹和妈，多喂鸡来少喂鸭。
怀胎五月五，娃娃儿怀得苦，肚子只像干豆腐。
怀胎三伏热，实实怀不得，生一节来死一节。
怀胎七月半，卡起手指算，算来算去还有两月半。
怀胎八月八，娃娃儿长头发，又作烦来又作哇（呕）。
怀胎九月九，娃娃儿长脚手，娃在肚内打跟头。
怀胎十月进，娃娃儿要降生，这是祖人长眼睛。

十月怀胎（二）

1=F 2/4 3/4
慢

刘德金 唱
黎连城 记

6̄1 1216	6̄1 2112	1̄2 2	323	6̄1 2116	5556
怀 胎 呀	正 月 呀	正 过	(心 肝 的	肉 肉 儿	喜 儿 奴 的
怀 胎 呀	二 月 呀	三 八	(心 肝 的	肉 肉 儿	喜 儿 奴 的
怀 胎 呀	三 月 呀	中 热	(心 肝 的	肉 肉 儿	喜 儿 奴 的
怀 胎 呀	四 月 呀	五 月	(心 肝 的	肉 肉 儿	喜 儿 奴 的
怀 胎 呀	六 月 呀	半	(心 肝 的	肉 肉 儿	喜 儿 奴 的
怀 胎 呀	七 月 呀	八	(心 肝 的	肉 肉 儿	喜 儿 奴 的
怀 胎 呀	八 月 呀	九	(心 肝 的	肉 肉 儿	喜 儿 奴 的
怀 胎 呀	九 月 呀	毕	(心 肝 的	肉 肉 儿	喜 儿 奴 的
怀 胎 呀	十 月 呀		(心 肝 的	肉 肉 儿	喜 儿 奴 的

1602	1212	216 5	323	6̄1 2116	1656	1616
哥 啊)	奴 家 不 知	音 啰，	水 上 的 浮	萍 伢 儿	(梭 儿 令 咚	哥 儿 幺 姐
哥 啊)	奴 家 不 知	觉 啰，	上 怀 的 下	岭 子 儿	(梭 儿 令 咚	哥 儿 幺 姐
哥 啊)	茶 饭 不 都	沾 啰，	坡 的 鸡 挨	来	(梭 儿 令 咚	哥 儿 幺 姐
哥 啊)	拜 上 爹 和	胸 啰，	多 难 声 共	哥	(梭 儿 令 咚	哥 儿 幺 姐
哥 啊)	伢 儿 平 受	得 啰，	磨 骂 情 还	有 伢 儿	(梭 儿 令 咚	哥 儿 幺 姐
哥 啊)	实 在 指	算 啰，	总 初 怀 伢	伢 儿	(梭 儿 令 咚	哥 儿 幺 姐
哥 啊)	搬 房 中 把	插 啰，	肚 内 的 伢	伢 儿	(梭 儿 令 咚	哥 儿 幺 姐
哥 啊)	实 实 怀 香	苦 啰，	手 的 的 伢	伢 儿	(梭 儿 令 咚	哥 儿 幺 姐
哥 啊)	伢 伢 儿 生 下	地 啰，			(梭 儿 令 咚	哥 儿 幺 姐

22161 1̄2	1̄2 2161	2112	21 121 6̄
哎 呀 吖 哟 衣)	没 呀	哪 哇 哪	(哥 儿 呀 衣 哟。)
哎 呀 吖 哟 衣)	脸 啦	根 呀	(哥 儿 呀 衣 哟。)
哎 呀 吖 哟 衣)	脚 软	薄 皮	(哥 儿 呀 衣 哟。)
哎 呀 吖 哟 衣)	少 哇	酸 也	(哥 儿 呀 衣 哟。)
哎 呀 吖 哟 衣)	碓 呀	鸭 喂	(哥 儿 呀 衣 哟。)
哎 呀 吖 哟 衣)	作 哇	春 难	(哥 儿 呀 衣 哟。)
哎 呀 吖 哟 衣)	两 吖	孽 天	(哥 儿 呀 衣 哟。)
哎 呀 吖 哟 衣)	快 呀	半 月	(哥 儿 呀 衣 哟。)
哎 呀 吖 哟 衣)	打 吖	下 生	(哥 儿 呀 衣 哟。)
哎 呀 吖 哟 衣)	送	斗 跟 喜 恭	(哥 儿 呀 衣 哟。)

第二篇 澧水情思——小调

十月霜打花才开

1=F 2/4

赵转芝 唱
蔡晞 记

| 6 5 3 | 6 5 3 | 6 6 5 3 5 | 6 6 3 5 | 6 6 1 | 6 5 3 |

可　恨　媒　婆　巧嘴　　舌啊，（呀呀衣呀），
越　思　越　想　越愁　　闷啊，（呀呀衣呀），
爹　娘　栽　花　不会　　栽啊，（呀呀衣呀），
六　月　太　阳　晒不　　到啊，（呀呀衣呀），

| 3 3 5 | 6. 1 6 5 | 3 2 1 2 | 3 3 | 3 1 6 5 | 3 1 6 5 |

棒打的　鸳鸯　（奴的　小冤　家呀　何日来呀何日来呀）
串串的　泪珠　（奴的　小冤　家呀　何日来呀何日来呀）
一栽的　栽到　（奴的　小冤　家呀　何日来呀何日来呀）
十月的　霜打　（奴的　小冤　家呀　何日来呀何日来呀）

| 3. 5 1 2 | 3 | 3 2 | 2 3 2 1 | 6̣ - ‖

两　　分开　呀　（哎咳哎咳　哟）。
挂　　满腮　呀　（哎咳哎咳　哟）。
背　　阳岩　呀　（哎咳哎咳　哟）。
花　　才开　呀　（哎咳哎咳　哟）。

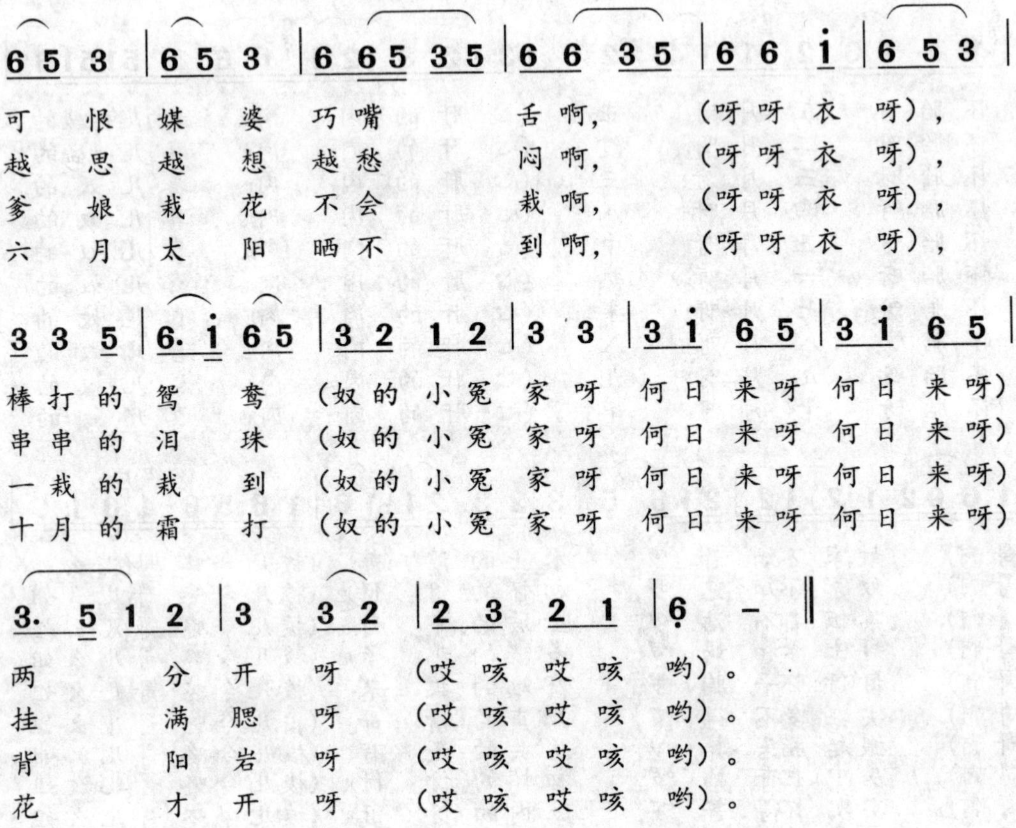

十月望郎

1=G 2/4 3/4
中速

王万法 唱
蔡晞远达 记

3 2 | 3/5 | 3 2 | 2 3 2 1 | 2 ᜠ | 3 2 | 5 | 3 2 | 2 3 2 1 | 1 6 |
正月 望 郎 是新年 哪， 情哥一 去 大半的年哪，
二月 望 郎 百花 开哪， 情哥一 去 久不得来呀，

2 1 2 1 | 3 2 1 | 6 6 1 5 | 6 | 2 1 1 2 | 1 1 6 | 5 — ‖
没得那一 天呀， （小情哥哥儿啥） 在妹眼跟前啰 喂。
想起你的 话呀， （小情哥哥儿啥） 独自泪满腮啰 喂。

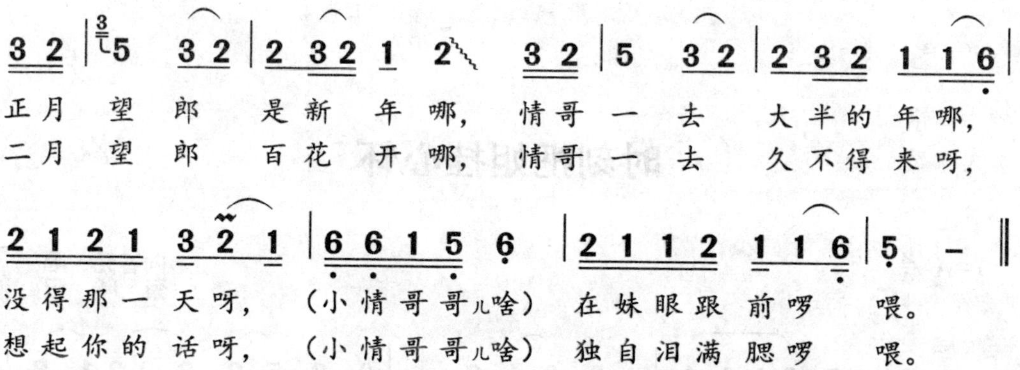

三月望郎是清明，情哥一去没回程，倘若病在床，谁把你照应；
四月望郎四月八，城隍庙里把香插，烧起金钱纸，卜个文王卦；
五月望郎是端阳，粗布鞋子做一双，愁云满胸怀，越想越悲伤。
六月望郎三伏热，怕哥半路来不得，手拿青布伞，半路把郎接。
七月望郎七月七，牛郎织女鹊桥会，情哥没归家，孤灯独伤悲。
八月望郎是中秋，银盘团团天上走，照见小情妹，独自坐绣楼。
九月望郎菊花开，当门搭个望郎台，脚踩彩云间，望郎哪方来。
十月望郎小阳春，情郎哥哥转回程，挽手进家门，烧香谢神明。

时刻挂念在心中

1=G 2/4
中速

王万法 唱
蔡晞 记

3 3 2 | 3 5 | 3 3 2 | 2/3 | 3 5 | 3 5 | 2 2 1 | 5/6 |
青山 一 蓬 松啊， 四季 有凉 风啊，
隔山 又隔 冲啊， 好久 没相 逢啊，

第二篇 澧水情思——小调

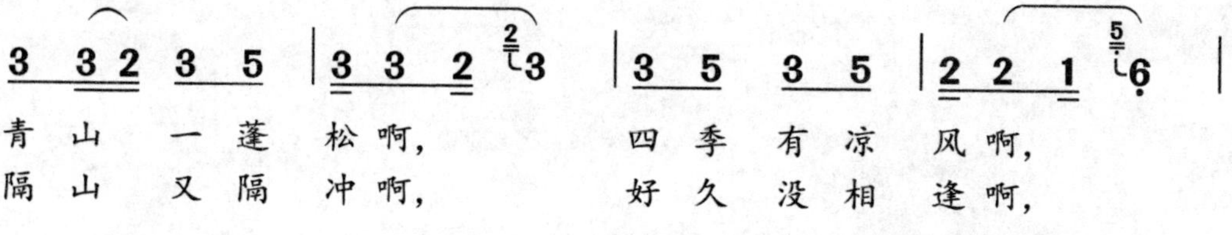

| 3 3 2 5 3 2 | 1 1 2 1 | 3 3 3 2 1 | $\underset{6}{5}$ $\underset{6}{5}$ ‖

凤凰的歌翅（呀呀嗬哟）在当中啊（哟　哟）。
时刻的挂念（呀呀嗬哟）在心中啊（哟　哟）。

时刻把姐挂心怀

1=A 2/4

向春元 唱
蔡 晞 记

2 2 3 | 2 2 1 6 1 | 5 5 6 1 2 | 3 3 5 3 | 2 3 2 1 6 |

想姐哟呆来　想姐哟呆，时刻呀把　姐
梦姐哟多来　想姐哟多，梦见啰情　姐

1 6 1 6 5 6 | 1 $\underset{6}{1}$ 1 6 | 1 6 1 6 5 | 5 5 6 5 | 5. 3 |

挂心啦怀，吃饭啦不知　拿呀筷子，
笑呵哇呵，可恨啦金鸡　叫哇得早，

2 2 1 6 6 1 2. 1 | 6 2 1 6 | 5 ∨ 5 6 | 2. 3 2 1 $\underset{6}{1}$ 6 |

坐呵到呵　　不哇　知不知站
惊呵醒啦　　好哇　梦好梦无

1 6 5 $\underset{5}{4}$ | 6 6 1 6 5 4 3 | 2 — ‖

起啊　来呀。
结哟　果哇。

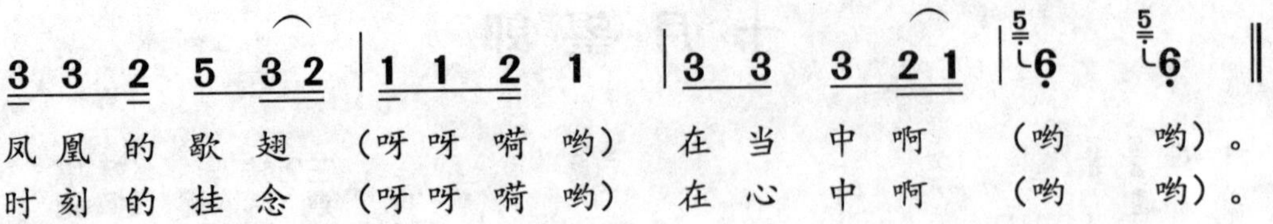

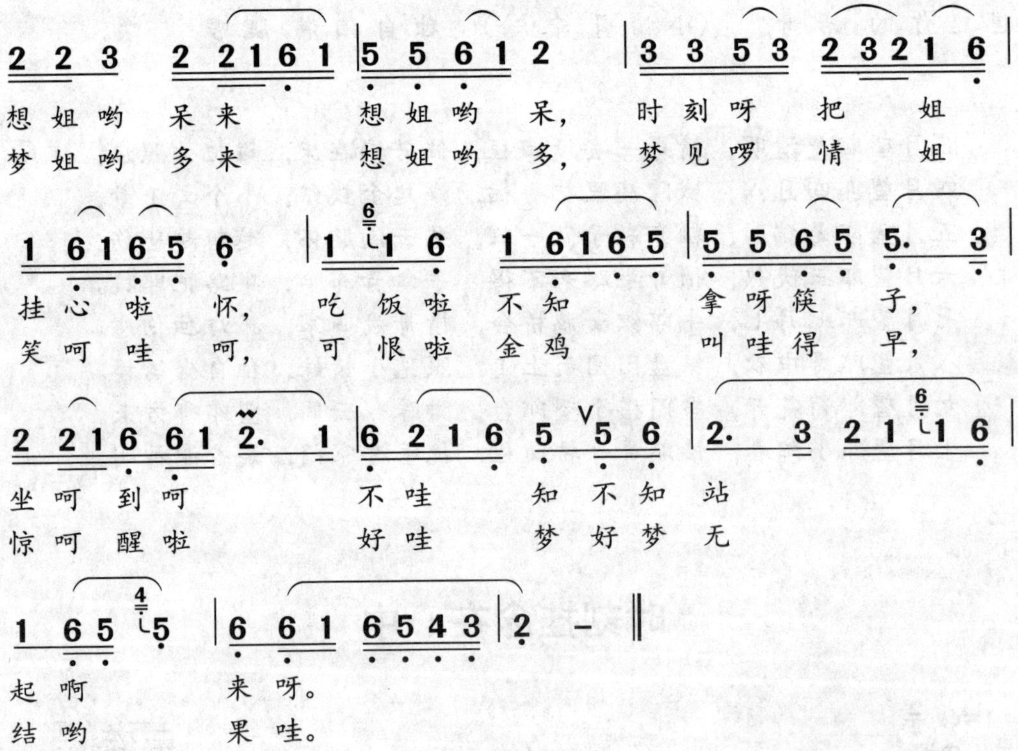

手拿扇子把门敲

1=C 2/4 3/4
稍快

李幺妹 唱
黎连城 记

```
2̇ 2̇ 2̇ 2̇ | 3 1̇ 6 | 2̇  2̇ | 2̇ 2̇ 2̇ 2̇ | 3 1̇ 6 |
```
黑了黑了真黑　　了　啊，手拿　扇子　把门
轻脚细手把门　　开　啊，生怕　弄出　响声

```
2̇  2̇ | 2̇ 6 1̇ 7̣ | 2̇ 1̇ | 6 6 1̇ 5 | 2̇ 1̇ | 6 2̇ 1̇ 6 ‖
```
敲　啊，姐在　房中　知道　呵了（啊呀　衣子　哟）。
来　啊，偷偷　把郎　接进　呵来（啊呀　衣子　哟）。

梳妆台上懒照颜

1=C 2/4
稍快

陈功庆 唱
白诚仁 蒋慧鸣 记

```
1̇ 1̇ 6 1̇ | 1̇ 7̣ 1̇ | 6 1̇ 2̇· | 1̇ 6 1̇ 6 3 | 2̇ 1̇ 7̣ 1̇ 6 |
```
清早（那个）起来（那个　哟　里）不　梳　妆　（来的），
梳妆（哪个）台上（那个　哟　里）懒　照　颜　（来的），

```
1̇ 7̣ 1̇ 6 1̇ | 3̇ 3̇ 2̇ 1̇ | 6 1̇ 5 3 5 6 | 5 5 6 |
```
披头（那个）散（哪）发（是）出啊绣房（哪，冤家呀嘀儿
梳妆（那个）打（哪）扮（是）无啊郎见（哪，冤家呀嘀儿

```
2̇ 2̇ 1̇ 6 | 1̇ 6 | 1̇ 7̣ 1̇ 6 | 6 5 4 2 0 ‖
```
喂呀安），两眼　泪汪　汪呃。
喂呀安），情郎　良心　变呃。

数 数 歌

1=G 2/4

谷志壮 唱
庄汉 记

| 3 5 3 | 3 5 3 | 3 5 3 5 | 6 7 6 5 | 6 1 6 5 5 3 | 2 3 2 1 6̣ |

数个一来 道哇个一（呀　哎呀一朵莲那 花呀哎咳哟
数个二来 道哇个二（呀　哎呀一朵莲那 花呀哎咳哟
数个三来 道哇个三（呀　哎呀一朵莲那 花呀哎咳哟

| 5 3 5 3 3 | 1 2 3 2 7̣ | 7̣ 7̣ 6̣ | 2. 3 6 5 | 2 2 2 2 7̣ ‖

初一十一个 二十 一呀（咳咳 哟哎 　 一呀荷咳）。
初二十二个 二十 二呀（咳咳 哟哎 　 一呀荷咳）。
初三十三个 二十 三呀（咳咳 哟哎 　 一呀荷咳）。

水深自有渡船人

1=♭B 2/4
中速

李凤月 唱
蔡晞 记

| 5 6 5 3 | 2. 3 | 5 6 5 3 2 | 2 5 3 2 1 | 2 3 5 2 |

隔　河看 　见姐穿 青（衣儿哟），
姐　有心 　来郎有 心（衣儿哟），

| 2̇. 3̇ 7 6 | 5 3 5 6 1̇ 1̇ | 5 5 6 1̇ 1̇ | 2̇ 3̇ 2̇ 1̇ 3̇ 2̇ 1̇ 3̇ |

郎想过河 水又深呵，水又深呵，丢个岩头儿试深
哪怕山高 水又深呵，水又深呵，山高自有人行

| 2̇ － | 2̇. 3̇ 5 5 | 6. 2̇ 7 6 | 5 － ‖

浅，　 唱个山歌试姐 心。
路，　 水深自有渡船 人。

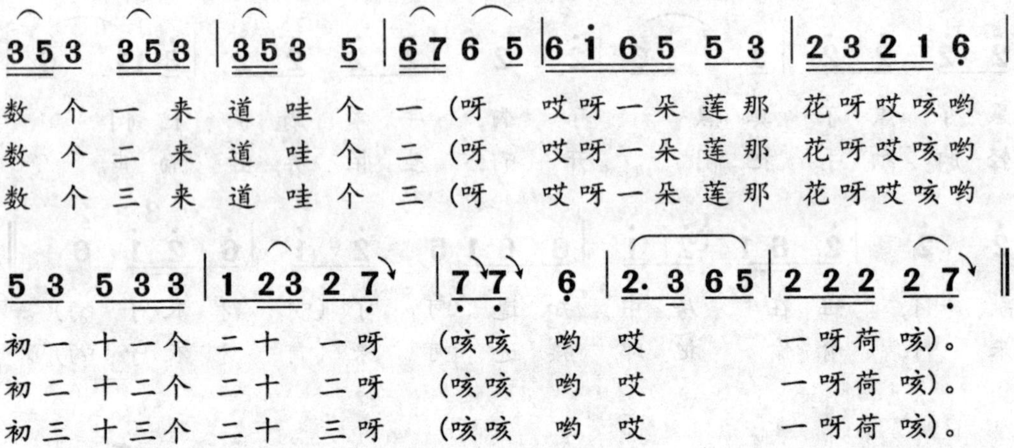

水晶花儿开

1=G 2/4 3/4
中速

陈天位 唱
蔡晞 金钟 记

一绣的水晶花儿开也开得的早来,（哟 哟）
二绣的 百花儿（呀树儿哟 喂 哟 喂哟 欧），百花儿满园啦 香呃,（呀树儿喂喂呀 树儿哟,因啦 呀树儿喂 哟 喂哟 哟），百花儿 满园啦香（啦嘛喂喂 呀 树儿哟）。

三绣桃花家家有，四绣桅子靠粉墙。
五绣石榴红似火，六绣荷花满池塘。
七绣牡丹颜色鲜，八绣桂花十里香。
九绣菊花黄似金，十绣邻女烧夜香。

睡 告 告

1=C 4/4　稍慢　　　　　　　　　　　　　　　尚德春 唱
　　　　　　　　　　　　　　　　　　　　　武生 记

(1 6 6 1̇2 —3̇ | 1̇ 6 6 56 5 — :‖ 3 3 3 1̇ | 2 3 2 1 6 |)

欧　　欧　　欧　　　　欧　　　我的 佬　佬　　欧
　　　　　　　　　　　　　　　佬佬你莫 哭　　　欧

2̇ — —2̇ 6 | 6 2̇ 2̇ 1̇ 6 6 — | 6 2̇ 2̇ 6 1̇ 2̇ 1 6 |

欧　　　你 快 睡 告　　告　　我 的 佬 佬　欧
欧　　　你 妈 妈 没 到 屋　　佬 佬 睡 一 告　欧

6 1̇ 2̇ 1̇ 6 5 — :‖ 2̇ · 1̇ 6 2̇ —3̇ | 2̇ · 2̇ 1 6 — |

快 睡 告　告。　　　欧　　　欧　　　欧
妈 妈 就 来 到。

2̇ · 1̇ 6 2̇ — | 2̇ 1̇ 2̇ 2̇ 1̇ | 6 5 5 — — ‖

欧　　欧　　　睡 告 告　　欧。

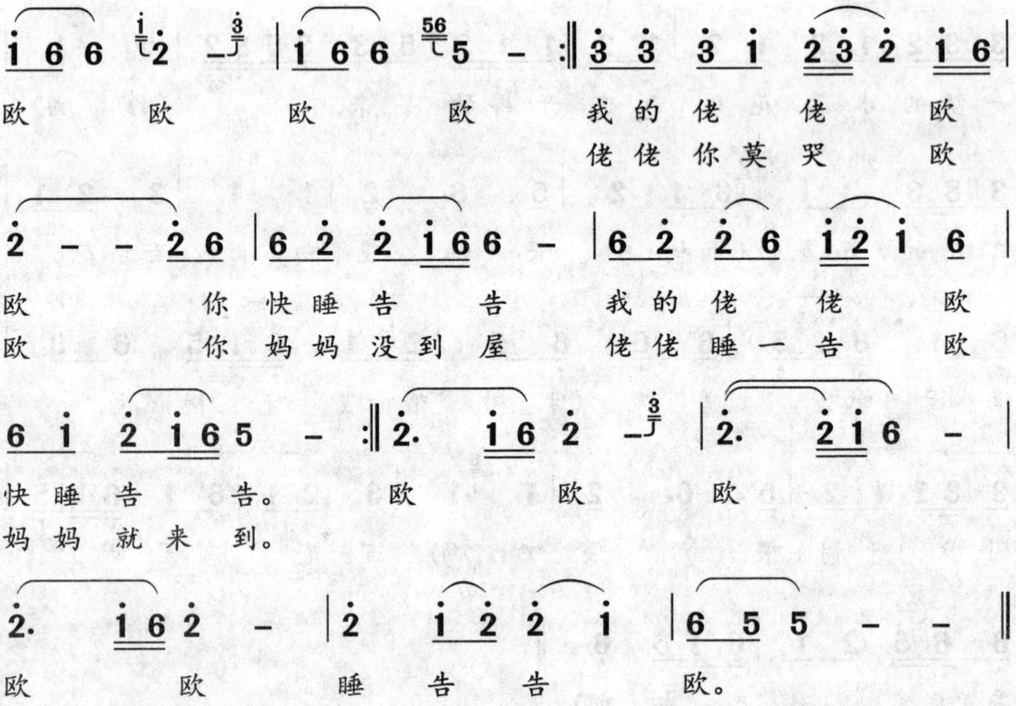

注：告告为方言，意为睡觉。
　　佬佬为方言，弟弟的通称。

四川下来墩墩儿岩

1=♭B 2/4

冯飞林 唱
黎连城 左泽松 记

| 5 3 5 3 | 5 3̂ 5 2 | 5 5 3 1̇ 2̂ 2 1 | 1̂ 6̇ 1 6 5 |

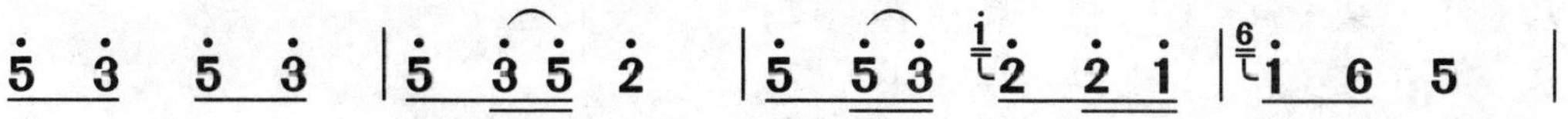

四 川 下 来（衣 儿 哟）墩 墩儿 岩（那 是 呀 啥 呀），
不 是 你 姐（衣 儿 哟）情 意 好（那 是 呀 啥 呀），

| 3̇ 2̂ 1 6 6̂ 1 | 1 6 1 2 5 5 | 5 6 1 6 1 | 1 1̂ 6̇ 1 2 |

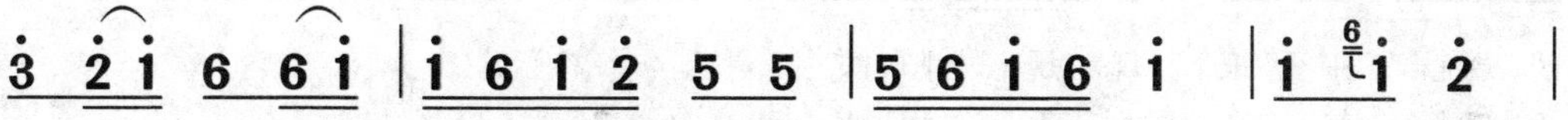

三 天 穿 烂（格 格 哩 哩 啦 啦 情 哥 哩 哩 梭 啷 啷 啥）
轿 抬 马 接（格 格 哩 哩 啦 啦 情 哥 哩 哩 梭 啷 啷 啥）

| 5 3̂ 5 1̇ 2̂ 2 1 | 1̂ 6̇ 1 6 5 ‖

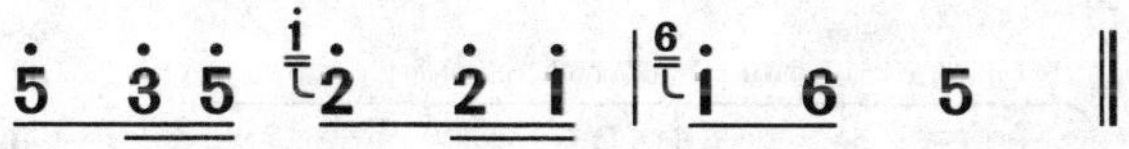

两 双 鞋（那 是 呀 啥儿 呀）。
不 得 来（那 是 呀 啥儿 呀）。

四季鸟儿广又广

1=C 2/4
稍慢

金岸武 唱
蔡晞远达 记

‖: 2 2. | 3 3̂ 2 | 1 2 5 3 1 | 2. 3 1. 6 | 5̂ 6. 5̂ 6 1 |

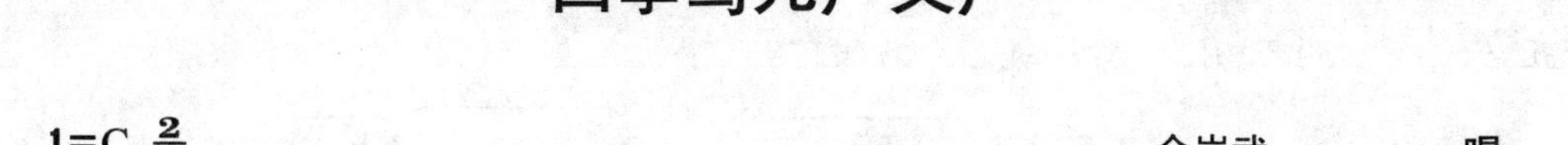

四 季 鸟 儿 广 又 广 哎，
一 翅 飞 到 高 枝 上 哎，
不 好 喊 得 那 样 腔 哎，
日 催 农 夫 上 山 岗 哎，
只 等 清 明 阳 气 旺 哎，

第二篇 澧水情思——小调

只好唱一声 规规儿阳哎，
翅膀两拍 头两昂哎，
只好喊声 规规儿阳哎，
夜催禾苗 往上长哎，
早泡谷种 早下秧哎，
规规儿阳来规规儿阳哎
左思想来右思想哎
规规儿阳来规规儿阳哎
一夜叫到大天亮哎
三月清明早下种哎
山中鸟雀你为王呵。
左枝跳到右枝上呵。
声声报春春回乡呵。
惊动士农与工商呵。
四月立夏好插秧呵。
五六两月紧筑凼啊，
防备天平就破池塘。

四季望郎

1=G 2/4
稍慢

向顺进 唱
陈金钟 记

```
1 12  5632 | 1  2  3 | 5 ³5̄6  532 | ⁶1̄  1  65 |
```
春季的里　　来呀　　望　　我的　郎呵
夏季的里　　来呀　　望　　我的　郎呵
秋季的里　　来呀　　望　　我的　郎呵
冬季的里　　来呀　　望　　我的　郎呵

```
2321  656 | 1  — | 5  6  53 | 2  23  5 |
```
百荷花　　开，　　　情哥哥　一呀　去
荷花南　　香，　　　情哥哥　一呀　人
雁腊梅飞，　　　情哥哥　一天呀　上
梅花　　开，　　　情哥哥我　门呀　前

```
2 23 ³5̄  532 | 1  1⁶̄ | 2321  656 | 1  — |
```
至今嘟　没回　来哟，　想起　你的　话，
流落嘟　在外　乡哟，　倘若　病在　床，
牛郎嘟　配织　女哟，　七七　银河　会，
搭起嘟　望郎　台哟，　人在　台上　望，

```
⁶1̄ 65  5.65 3 | 1 ³2̄. 3 | 5.6  53 | 2 35  1 6 |
```
(情郎　哥　哥喂我)句　有　句谁　记心　怀，
(情郎　哥　哥喂我)想　起　奉茶　汤，你
(情郎　哥　哥喂我)想　起　奴飞　千　里
(情郎　哥　哥喂我)心　　记　心　外，

```
2. 22  231 | 221  656̄ | 5 — ‖
```
独自(的个)泪满　腮哪！
时刻(的个)挂心　房吖！
何日(的个)遇佳　期呀！
不知郎从哪方　来呀！

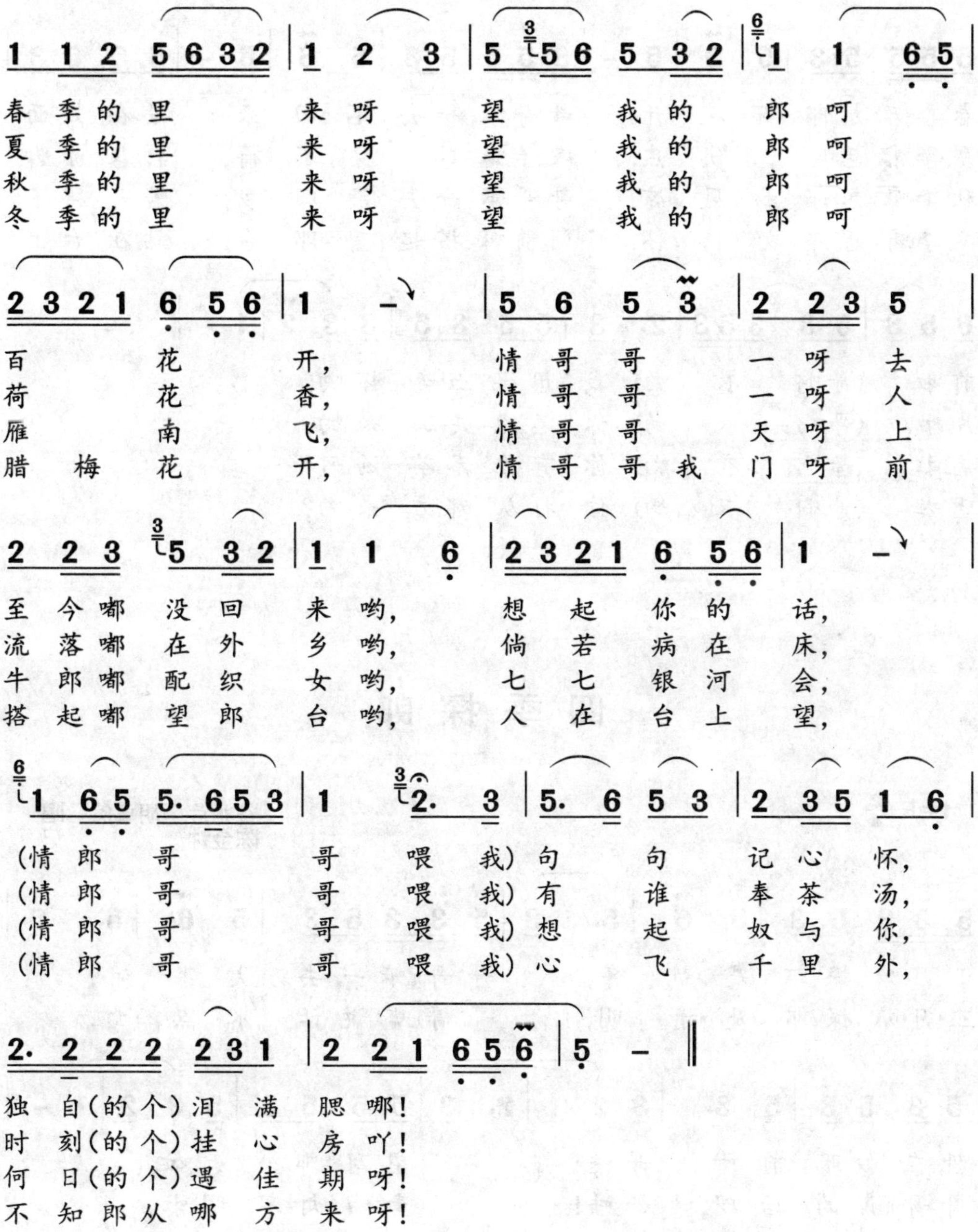

四季想郎

1=A 2/4
中速

胡卓然 唱
陈金钟 记

5 5 5 5 3 | 5 ͠6 5 - | 6 5 5 5 3 | 5 ͠6 5 - | 5 5 5 3 |

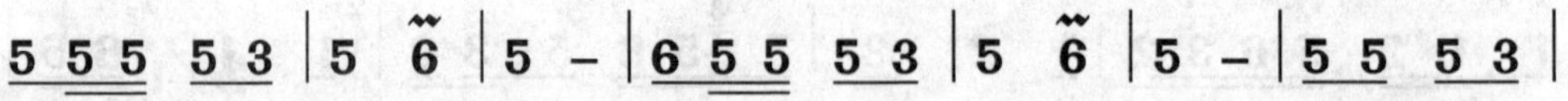

春季嘛想郎百花开，哥哥嘛一去不回来，没在奴面
夏季嘛想郎三伏热，缎子嘛鞋子穿不得，打双赤脚
秋季嘛想郎秋风凉，哥哥嘛一去没回乡，若是得了
冬季嘛想郎好伤怀，门前嘛搭起望郎台，站在台上

6 5 3 | 5 3 3 5 3 | 2. 3 | 5 5 3 5 | 3 3 ͠2 | 1 - ‖

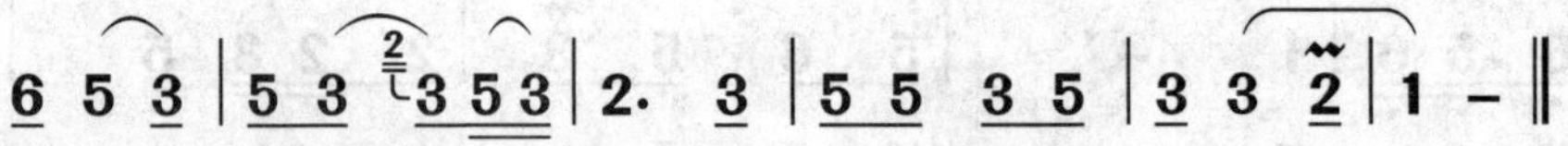

前啦（哥啊 衣 哟）我想得血奔怀哟。
片啦（哥啊 衣 哟）你怎能走回来哟。
病啦（哥啊 衣 哟）你有谁奉茶汤呵？
望啦（哥啊 衣 哟）你打从哪方来哟？

四季探郎

1=F 2/4

谷兆芹 胡卓然 唱
陈金钟 记

5 3 3 5 3 | 5 ͠6 5. 3 | 5 3 3 5 3 | 5 ͠6 5. 0 |

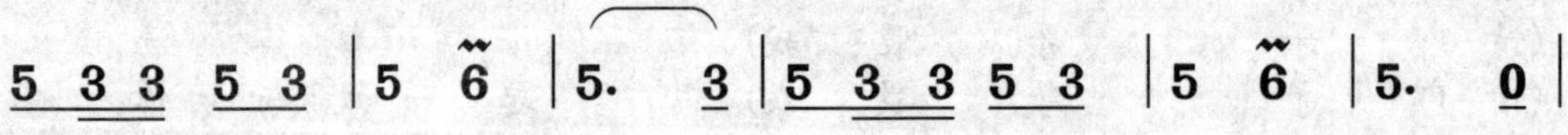

正月嘛探郎是新年，哥哥儿嘛一去大半年，
三月嘛探郎是清明，哥哥儿嘛说话水点灯，

5 3 5 3 | 5 3. | 3 2 1 | 2. 3 | 5 5 5 3 | 5 3 2 | 1 - |

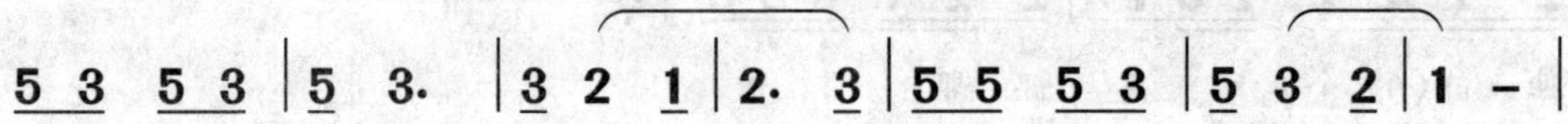

没在奴眼前啦，哥哇！望到哪一天啦。
哥哥儿说的话呀，哥哇！青油灯不明啦。

送郎打泼灯

1=F 2/4 3/4

李景友 唱
陈金钟 记

歌词：
送郎送到（堂堂啷啷 姿不弄弄 测弄弄 开仓 测仓）
打泼灯盏（堂堂啷啷 姿不弄弄 测弄弄 开仓 测仓）
床档头嘞（冬不啦测匡），打泼灯盏么（堂堂啷啷 姿不开弄 测开弄弄 仓测仓）倒了油嘞（冬不啦测匡）。
不吉利嘞（冬不啦测匡），倒油更是么（堂堂啷啷 姿不开弄 测弄弄弄 仓测仓）坏兆头嘞（冬不啦测匡）。

前段歌词：
二月嘛探郎百花开，哥哥儿嘛一去不回来，必定有别人啦，哥哇！才把奴丢开呀。
四月嘛探郎四月八，哥哥儿嘛一去没来哒，我请个好先生啦，哥哇！卜个文王卦呀。

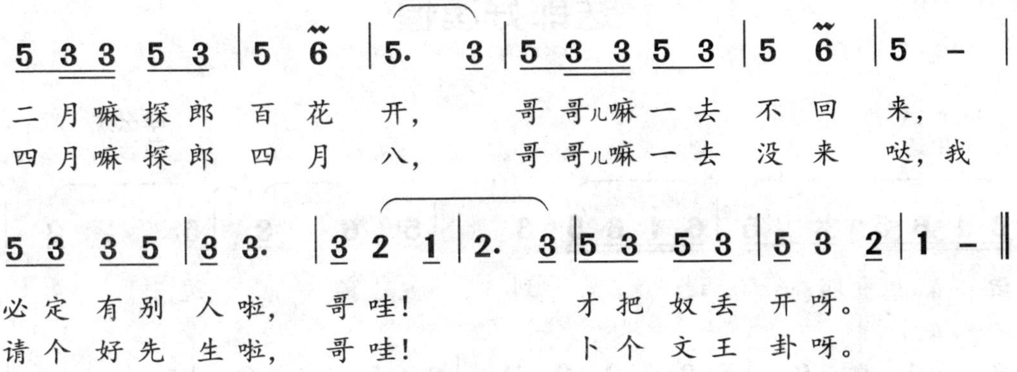

送郎好凄惶

1=E 2/4
中速

李幺妹 唱
范志光 记

6 i 6 5 | 3. 5 | 6 i 6 5 | 3 | 5 6 3 | 5. 3 |
送　郎　　　送　到　　被　窝　　边，

3. 5 6 6 | 5 6 5 3 2 1 | 2 3 2 6 | 1 - ‖
揭开被窝打呵欠，　送郎不新鲜。

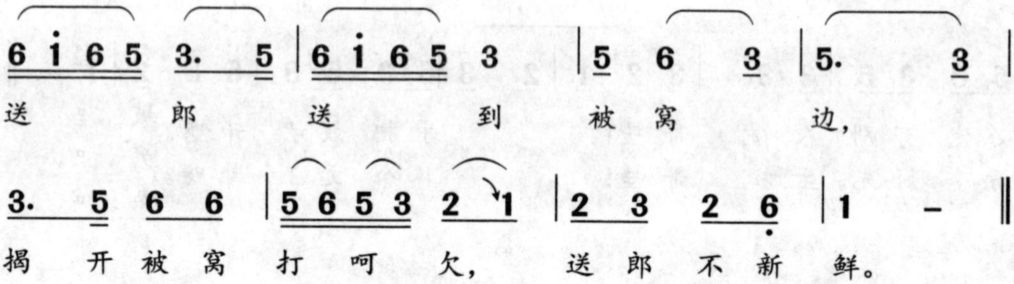

送郎送到踏板头，踩破灯盏倒泼油，送郎是兆头。
送郎送到钱柜边，打开钱柜拿银钱，送郎做盘缠。
送郎送到箱子边，打开箱子取袋烟，送郎解愁烦。
送郎送到船码头，叫声情哥快快走，船儿要调头。
送郎送到岸边上，只见船儿没见郎，越想越凄惶。

送郎送到簝竹湾

1=G 2/4

杨淑贞 唱
蔡晞 记

5 3 5 6 | 6̲ 1 2 1 6 5 | 1. 2 5 3 | 2 3 2 3 | 2 1 6 5 |
送　郎　送　到　簝　竹　湾啦，
上　一　翻　来　下　一　翻啦，

2 2 3 | 6. 1 2 3 | 2 1 6 3 | 5 5 | 3 5 6 1 | 5 - ‖
风吹的簝叶儿往上翻呵（哎　　哟）。
好比是刀刀儿割心肝呵（哎　　哟）。

太阳出来晒山坡

1=G 2/4
中速

娄菊香 唱
蔡晞 记

```
2·  1  2  1 | 1  6  | 2  | 2 3  2  3  2 |
太   阳 出 来 (伙 计儿 喂) 晒 呀  山  坡 哇,
金   花 银 花 (伙 计儿 喂) 哥 呀  不  爱 呀,
池   塘 莲 花 (伙 计儿 喂) 开 呀  两  朵 哇,
清   水 池 边 (伙 计儿 喂) 双 吖  双  影 哇,

1 1 1 1 1 2  0 3 | 6 1 1 2 1 | 1 6 | 2  6 1 2 1 6 |
(完俩个儿的 话,  你 说      嘛!) 金 花 是 银 花 是
(完俩个儿的 话,  你 说      嘛!) 专 爱 是 妹 妹 是
(完俩个儿的 话,  你 说      嘛!) 专 摘 是 莲 花 是
(完俩个儿的 话,  你 说      嘛!) 妹 唱 是 山 歌 是

5·  6  1 2 1 | 3  2  3  1 1 | 6 1 6 5 ‖
(呀  子儿 喂) 滚 呀 下 河 哇 (呀喂 子儿哟);
(呀  子儿 喂) 好 哇 山 歌 哇 (呀喂 子儿哟)。
(呀  子儿 喂) 送 吖 情 哥 哇 (呀喂 子儿哟);
(呀  子儿 喂) 同 吖 你 和 哇 (呀喂 子儿哟)。
```

注：完为方言，同"我"。

第二篇 澧水情思——小调 171

太阳出来柿树青

1=F 2/4 3/4
稍快

赵转芝 唱
蔡晞远 达 记

1 6 5 | 6̃ 5 | 3 5 | 1 6 5 - | 3 5 3 5 | 1 6 5 5 |
太 阳 出来 柿树儿青啦，　　　木 叶儿声声 绕山 林哪，
哥 有 意来 妹有心啦，　　　相 亲相爱 情意 深哪，

3 5 5 3 | 3 3 2 1 - | 1. 2 3 3 | 5 3 5 |
打 动 奴的 心 哪，　　　（哎 呀呀嗬 也嗬也），
鱼 水 不能 分 哪，　　　（哎 呀呀嗬 也嗬也），

3 5 5 2 | 3 3 2 1 - ‖
打 动 奴的 心 哪。
鱼 水 不能 分 哪。

太阳出来照白岩

1=G 2/4 3/4
中速

唐月香 唱
陈金钟 记

2̃ 1 6 | 2̃ 1 6 | 6 2 1 6 | 5 5 | 5 5 3 5 | 2 3 2 1 6 |
太阳儿出来 照 白的岩哟，（哎呀一朵红 的
左开一朵 梁 山伯哟，（哎呀一朵红 的

5 5 3 5 | 2 3 2 1 6 | 1 2 3 1 | 2 2 3 1 | 2 - |
哎呀一朵白 的） 照 白 岩呀，(衣儿 哟)，
哎呀一朵白 的） 梁 山 伯呀，(衣儿 哟)，

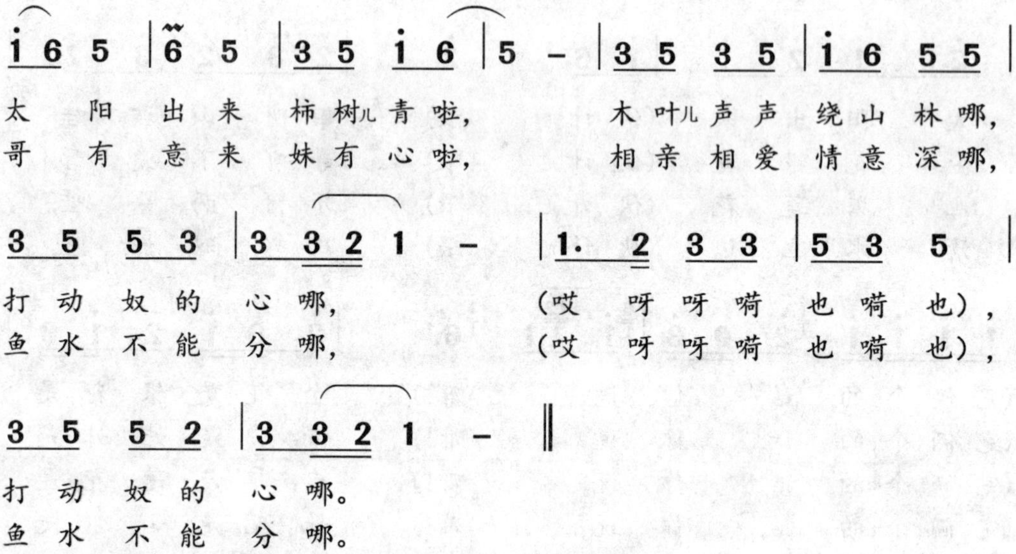

白岩的脚下桂花儿开哟,(样样儿叮啦咚吖当吖
右开的一朵祝英台哟,(样样儿叮啦咚吖当吖

啊),桂呀花儿开哟。
啊),桂呀花儿开哟。

探妹歌

1=A 2/4
中速

谷兆芹 唱
陈金钟 记

正那月探妹是呀元宵,我看见小妹子儿你
小妹子儿一听急忙开言说,叫一声我的

生得这样标,走你门前过来,妹子儿,我
情啦郎哥,不是不知道来,哥哥儿,

就把膀子儿靠哇,你知道不知道?
你的爹妈恶哇,怕的受折磨。

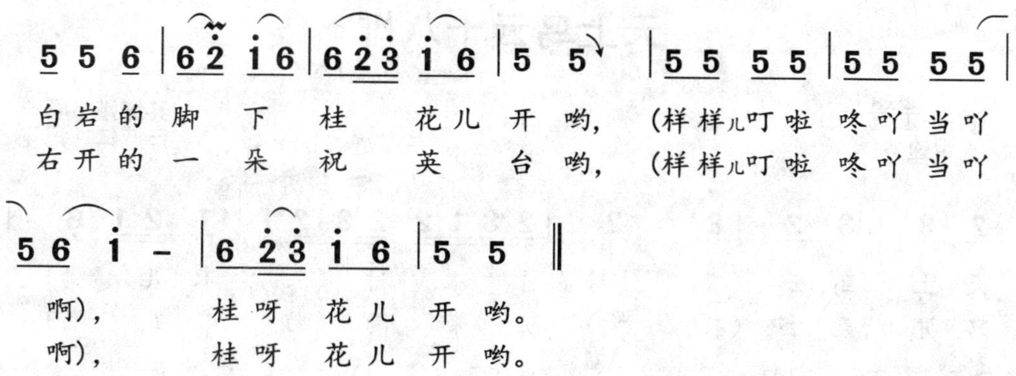

天上乌云十八排

1=A 2/4 3/4
中速

黎绒娥 唱
白诚仁 记

天上 乌云（衣 哟）十八 排（来 衣儿 哟），
只见 天上（衣 哟）云带 雨（哟 衣儿 哟），

排排 乌云（挤挤夹夹 滚滚爬爬 拖拖拉拉 啥 啰啰儿啥），
没见 小郎（挤挤夹夹 滚滚爬爬 拖拖拉拉 啥 啰啰儿啥），

带雨 来（哟 呀儿 哟），
带信 来（哟 呀儿 哟）。

同天共日头

1=G 4/4

张正帮 唱
黎连城 左泽松 记

郎住嘛金洲城哪，姐住嘛柳杨洲 呵，

虽然是隔得远 哪， 同天共日头。

蜜蜂展翅 一 把 扇 啰，
既隔黄河 三 道 水 啰，

174 唱个山歌甩过来——桑植民歌精粹

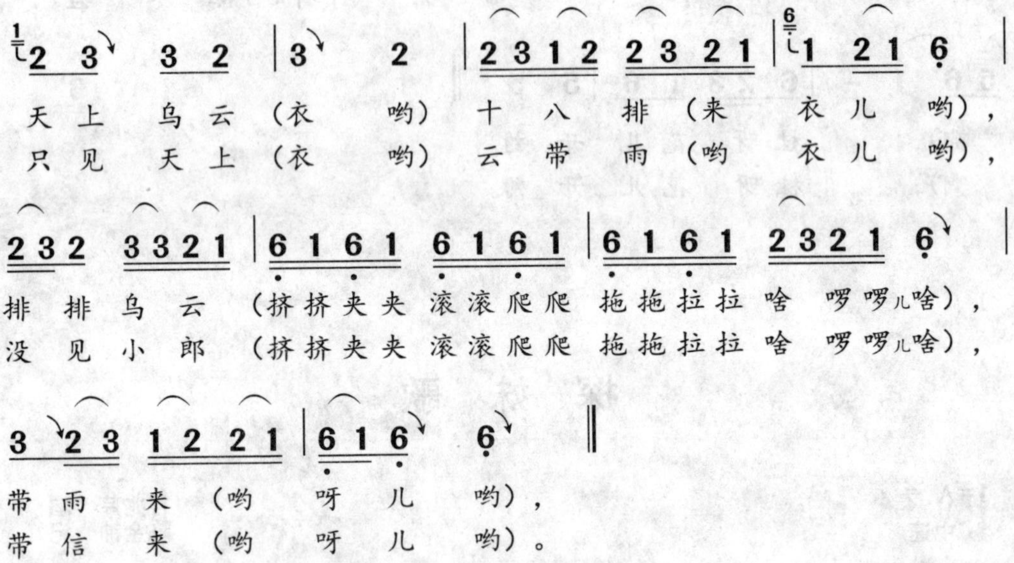

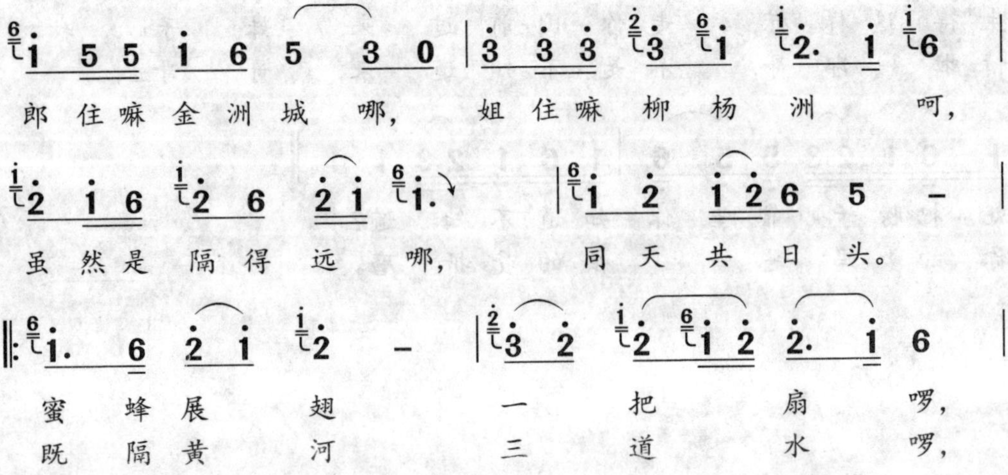

$\dot{1}$ 6 6 $\dot{1}$ 6 5 | 3 0 | $\dot{1}$ 5 6 $\dot{1}$ | $\dot{1}$ 6 5 |

(郎 住 嘛 金 洲 城　　呵)，二 人 哪 相 恋 呵
(郎 住 嘛 金 洲 城　　呵)，又 隔 呀 四 川 啦

$\dot{3}$ 3 $\dot{3}$ $\dot{1}$ $\dot{2}$. $\dot{1}$ 6 | $\dot{2}$ 6 6 $\dot{2}$ 6 $\dot{2}$ $\dot{1}$ | 6 6 |

(姐 住 柳 扬 洲　　呵)，这 呀 嘛 这 多 年 哪 (你 看
(姐 住 柳 扬 洲　　呵)，峨 呀 嘛 峨 眉 山 哪 (你 看

$\dot{1}$ 2 $\dot{1}$ 2 6 5. 0 :||

同 天 共 日 头)。
同 天 共 日 头)。

弯 大 哥

1=F 2/4

肖喜生 唱
陈金钟 记

5 6 2 3 5 | 3 5 2 3 5 ||: 3 5 3 5 2 | 3 5 :|| $\dot{1}$ $\dot{1}$ $\dot{1}$ 6 5 |

弯 大 也 哥 来 也 本 姓 弯 啰，肩 (啦哈) 包 上
弯 大 也 哥 来 也 本 姓 勾 啰，肩 (啦哈) 包 上

6 6 5 | 2 1 | 2 3 | 2 2 1 | 6 6 1 :|| 2 2 1 |

背 呀　 的 哟　 背 的 是 扦啦担 哺， 一 呀 心
背 呀　 的 哟　 背 的 是 薅啦锄 哺， 一 呀 心

0 2 2 | 6. 5 | 3 2 | 1 2 3 | 2 2 1 | 6 6 1 :|| 6 6. ||

(的个) 上　 山 来 上 山 割 草 哇 玩 啦。
(的个) 上　 山 来 上 山 薅 黄 哇
　　　　　　　　　　　　　　　豆 哇。

第二篇　澧水情思——小调

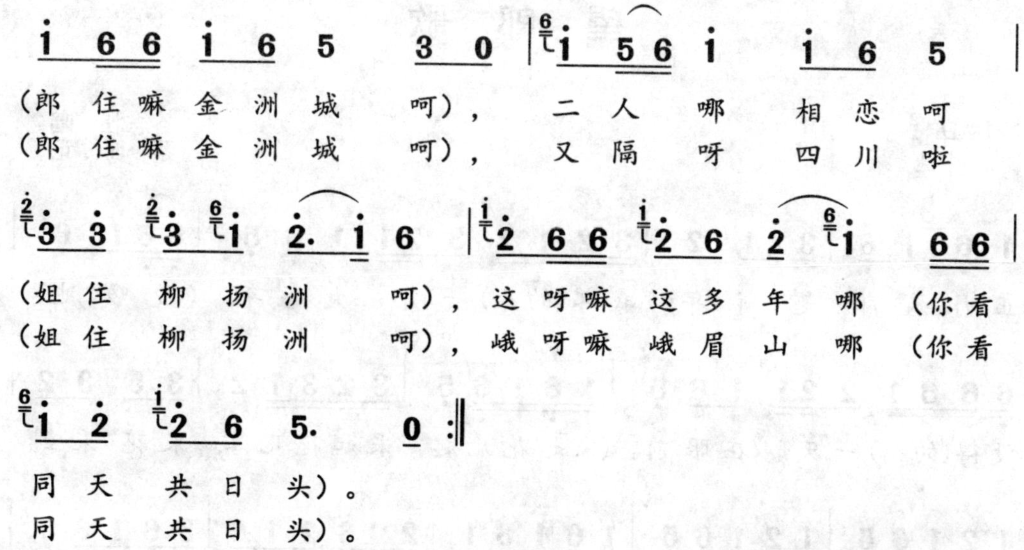

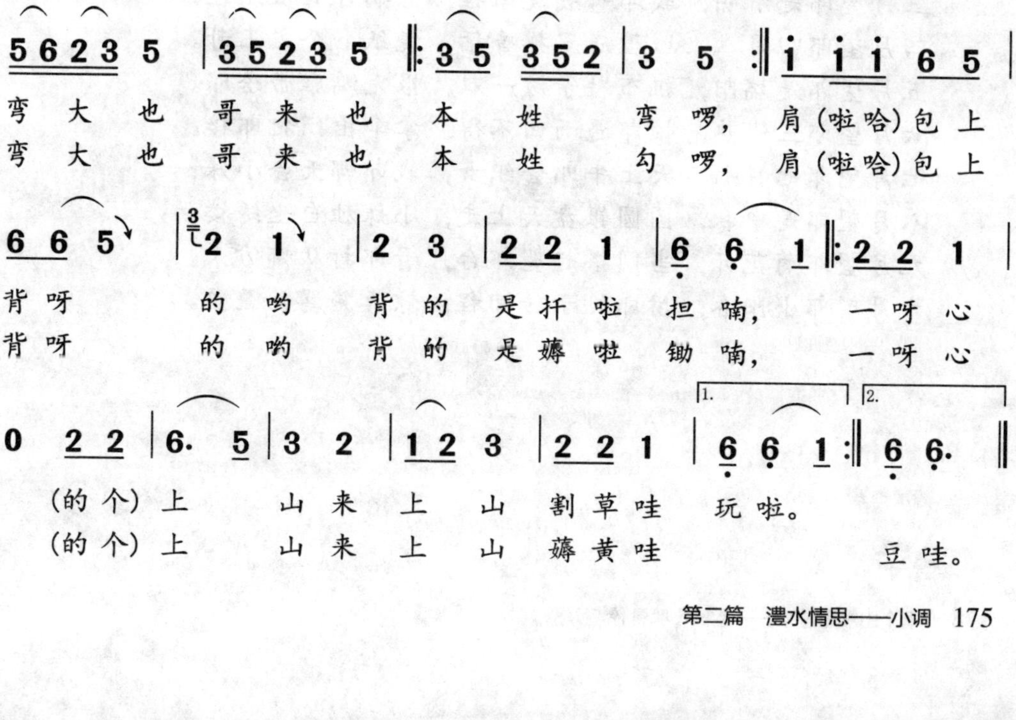

望 郎 歌

1=D 2/4
中速

谷志壮 唱
蔡晞 记

(简谱略)

正月望郎是新年，我郎(的个)一去 大半年，(也啰也)
没得(的个)一天 在眼前。(采起花儿起 采起花儿落，采花采到
采花枝枝上，梭儿弄冬鼓，鼓儿弄冬梭，瞧三 瞧四嘛 瞧见我情哥，
荷包尾子儿耍，耍须尾子儿多，相送嘛情郎 奴的干哥哥。)

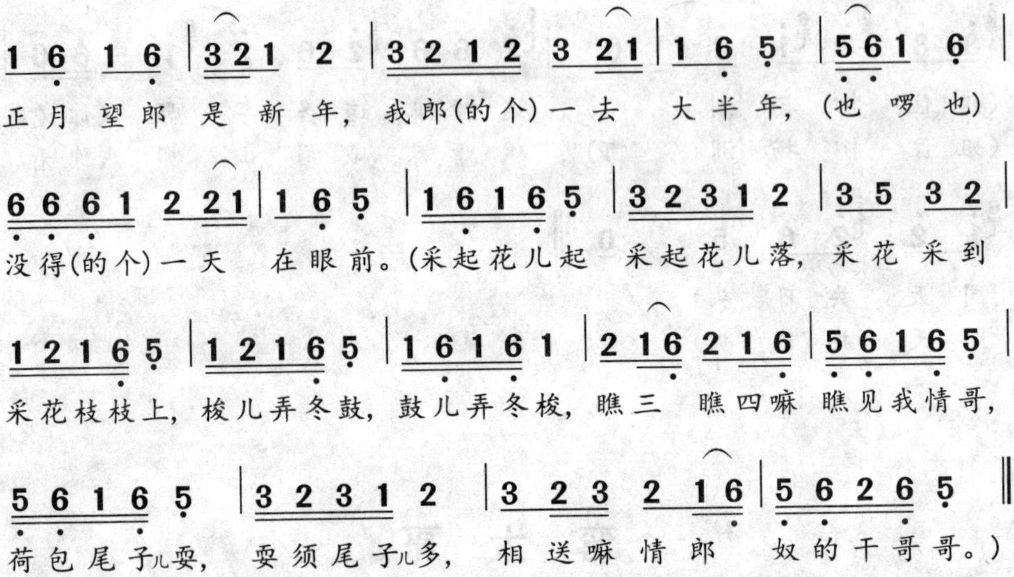

二月望郎百花开，我郎一去久不来，想你话语泪满腮。
三月望郎是清明，我郎一去没回程，若病可有人照应？
四月望郎四月八，城隍庙里把香插，烧纸卜个文王卦。
五月望郎是端阳，粗布鞋子做一双，恨无鸿雁带给郎。
六月望郎三伏热，怕郎遇雨回不得，拿伞出门把郎接。
七月望郎七月七，天上牛郎会织女，我郎哪天会小妹？
八月望郎是中秋，圆圆银盘天上走，小妹独自坐绣楼。
九月望郎菊花开，当门搭起望郎台，看郎打从哪方来。
十月望郎小阳春，情郎终于转回程，惊喜笑骂泪盈盈。

问郎几时来

1=C 2/4
中速

刘经训 唱
蔡晞 记

(女)太阳呗出哇来呗（花花闪 闪喃我）红 又 红啊（红花对牡丹 我）唱啊支山歌哇（一把红扇子我）送 情 郎啊（球球花儿圆，我）拉 住郎腰带呀，我 问郎几时来?（男）我今朝儿不得空呃，我 明朝儿要砍柴呀，我 后哇天才到 小妹的山上来。

我把酒儿对郎斟

1=G 2/4 3/4
中速

田玉桃 唱
白诚仁 蒋慧鸣 记

我把 酒儿对郎斟 哪， 奴家爱的 读书 人来（衣儿呀）；十年寒窗 无人问 哪，

第二篇 澧水情思——小调 177

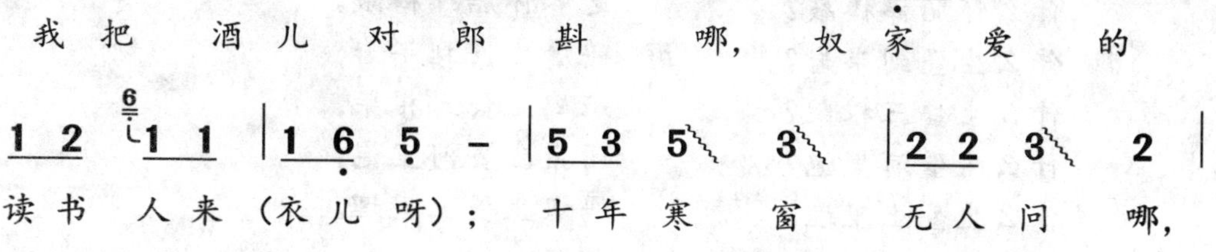

一举 成 名　天 下 闻 来（衣 儿 呀）。

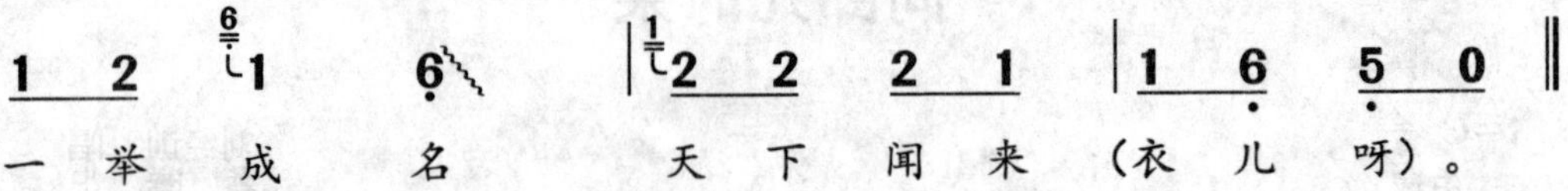

我唱盘歌你解答

1=♭E 2/4
慢

谷兆芹 唱
陈金钟 记

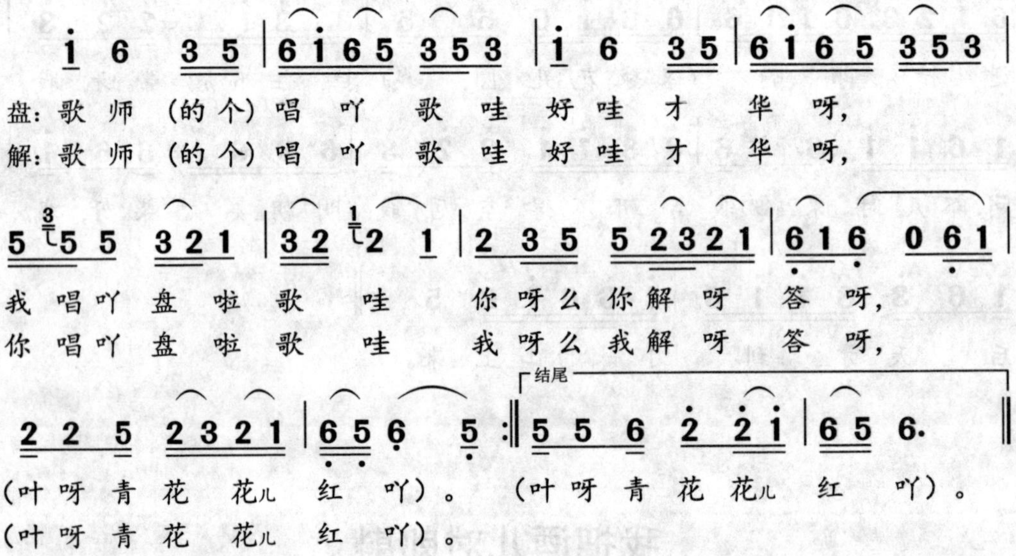

盘：歌师（的个）唱吖 歌哇 好哇 才 华呀，
解：歌师（的个）唱吖 歌哇 好哇 才 华呀，

我唱吖盘啦歌哇 你呀么你解呀 答呀，
你唱吖盘啦歌哇 我呀么我解呀 答呀，

结尾

（叶呀青花花儿红吖）。（叶呀青花花儿红 吖）。
（叶呀青花花儿红吖）。

盘：什么怀胎怀得高？　　解：高粱怀胎怀得高，
　　什么怀胎半中腰？　　　　包谷怀胎半中腰，
　　什么怀胎连枷打？　　　　黄豆怀胎连枷打，
　　什么怀胎棒棒敲？　　　　芝麻怀胎棒棒敲。
盘：什么生蛋到半岩？　　解：鹌鹰生蛋到半岩，
　　什么生蛋三根柴？　　　　斑鸠生蛋三根柴，
　　什么生蛋河里泡？　　　　团鱼生蛋河里泡，
　　什么生蛋土里埋？　　　　蚂蚁生蛋土里埋。

我的对对儿

(划拳歌)

金岸武 唱
蔡晞 记

1=A 2/4 3/4
稍慢

| 2. 2 1 1 | 2. 2 1 1 2 | 1. 2 1 1 6 | 2 1 2 3 2 1 |

一 字抬头（我 的对呀 对儿 我 的对呀 对儿 慢 慢儿 溜 来）
三 元早中（我 的对呀 对儿 我 的对呀 对儿 慢 慢儿 溜 来）
五 子登科（我 的对呀 对儿 我 的对呀 对儿 慢 慢儿 溜 来）
七 姊妹团圆（我 的对呀 对儿 我 的对呀 对儿 慢 慢儿 溜 来）
九 九重阳（我 的对呀 对儿 我 的对呀 对儿 慢 慢儿 溜 来）

| 1. 1 2 2 | 1. 2 1 1 2 | 1. 2 1 1 6 | 2 1 2 3 2 1 |

二 朵金花（我 的对呀 对儿 我 的对呀 对儿 慢 慢儿 溜 来）
四 季发财（我 的对呀 对儿 我 的对呀 对儿 慢 慢儿 溜 来）
六 六大顺（我 的对呀 对儿 我 的对呀 对儿 慢 慢儿 溜 来）
八 大金刚（我 的对呀 对儿 我 的对呀 对儿 慢 慢儿 溜 来）
十 全十美（我 的对呀 对儿 我 的对呀 对儿 慢 慢儿 溜 来）

| 1 2 1 1 2 2 | 1 6 1 2. 1 1 | 6 3 5 | 6. 1 3 5 |

二妹 子儿 喂 快呀 饮 酒 喂,慢 发 财,（我 的对 对儿
二妹 子儿 喂 快呀 饮 酒 喂,慢 发 财,（我 的对 对儿
二妹 子儿 喂 快呀 饮 酒 喂,慢 发 财,（我 的对 对儿
二妹 子儿 喂 快呀 饮 酒 喂,慢 发 财,（我 的对 对儿
二妹 子儿 喂 快呀 饮 酒 喂,慢 发 财,（我 的对 对儿

| 6 6 1 2 1 1 1 | 1 3 5 |

对呀 对儿打 来呀 打 对 对儿）。
对呀 对儿打 来呀 打 对 对儿）。
对呀 对儿打 来呀 打 对 对儿）。
对呀 对儿打 来呀 打 对 对儿）。
对呀 对儿打 来呀 打 对 对儿）。

第二篇 澧水情思——小调

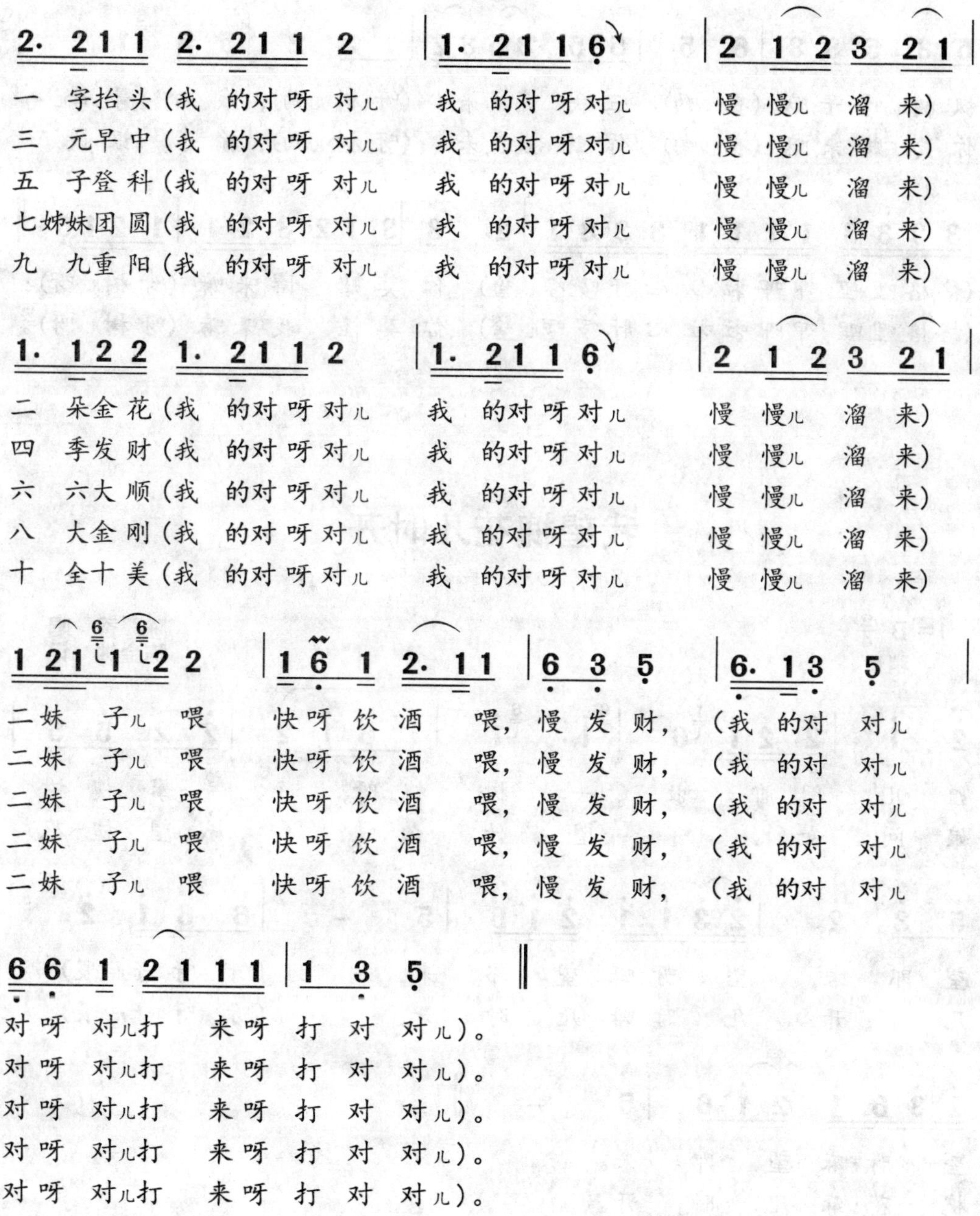

我劝哥哥莫赌博

1=A 2/4 3/4

杨玉兰 唱
蔡晞 记

5 3 5 3 3 | 6 5 | 5 5 3 5 3 2 | 1 3 2 | 5 5 6̇ 1 1 |

枫树 叶子嘛（衣哟） 三尖 角来 （呀树儿哟），我劝 哥哥儿
你要 赌来嘛（衣哟） 你就 赌来 （呀树儿哟），输了 银钱

3 3 3 3 | 1 1 1 1 | 3 3 3 1 | 2. 3 | 3 1 2 3 2 1 | 1 2 1 6̣ ‖

（格格哩哩 呷呷啦啦 心肝啰啰儿啥）你莫赌 博来嘛（呀树儿呀）；
（格格哩哩 呷呷啦啦 心肝啰啰儿啥）你莫怪 我来嘛（呀树儿呀）。

我望槐花几时开

1=♭B 2/4
稍慢

陈翠香 唱
陈金钟 记

2̃ 1̇ | 2̇ 2̇ 1̇ 1̇ 6 | 6̇ 1̇ 6̇ 1̇ | 1̇ 6 1̇ 2̇ | 2̇ 2̇ 5 5 |

姐儿 门前 啦 一 树 槐呀， 手攀 槐树
娘问 女儿吓 望 什么 哇？ 我望 槐花

5 3 2 | 2 3 1 1 2̇ 1 6 | 5 — | 6 6 1̇ 2̇ |

望郎 来， 望 呀嘛 望 郎 来， （呀呀子儿喂）
几时 开， 几时 嘛 几 时 开， （呀呀子儿喂）

2̇ 3̇ 6 1̇ 2̇ 1 6 | 5 — ‖

望 呀嘛 望 郎 来。
槐花 嘛 几 时 开。

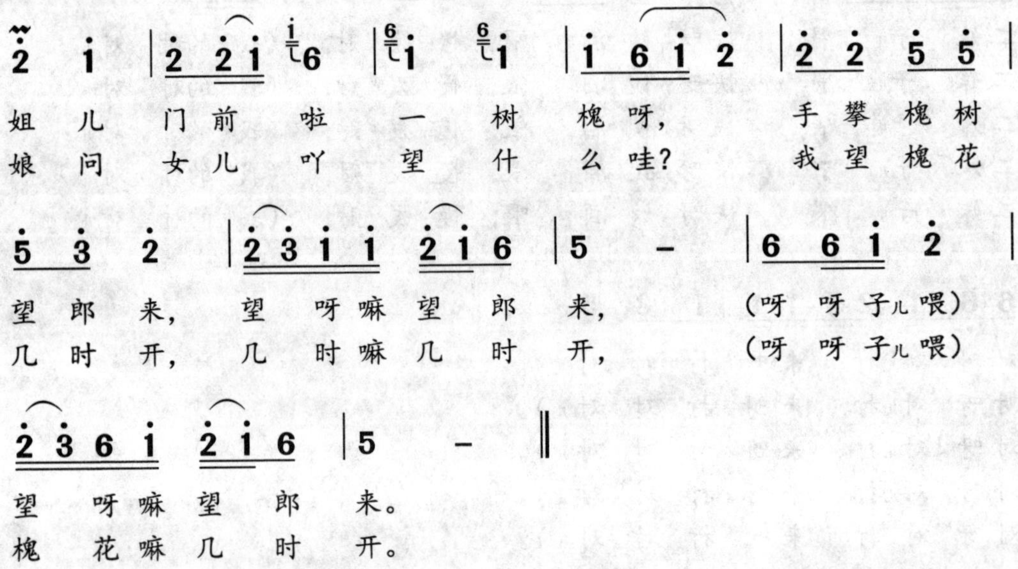

我要和你结姊妹

1=G 2/4
中速

张长福 唱
范志光 黎连城 记

6 1 5 6 1 1 | 6 1 5 6 1 1 | 1 6̂1 3 2̂1 | 6 1 5· 6̋ |
双手(那个)搭在 (心肝小幺 妹呵)姐儿的肩(啦 小幺哇 妹),
我想(那个)与你 (心肝小幺 妹呵)结姊的妹(啦 小幺哇 妹),

1 1 5 6 1· 1̂ | 6 1 5 6 1 1 | 1 2̂3 2 2̂1 | 6 6 1 6· 5 ‖
家中(那个)又无 (冬儿弄冬梭呀)半文 钱(哪 嗬呵也 荷);
借钱(那个)容易 (冬儿弄冬梭呀)还钱 难(哪 嗬呵也 荷)。

不要金来不要银，结婚礼物要十件；
一要天上蛾眉月，二要半天悬的星。
三要瑶池莲出水，四要龙王须一根；
五要臭虫牙齿称四两，六要蛤蟆胡子称半斤。
七要麒麟角一支，八要水中照的影；
九要凤穿牡丹真好看，十要金童玉女像一尊。
叫声妹妹听我言，要的就是这十件；
十件礼物不要紧，一定给你买齐全。
蛾眉月儿买梳子，悬的星来买耳环；
莲出瑶池买枝花，龙须一根买金簪。
臭虫牙齿买包针，蛤蟆胡子买丝线；
麒麟角来买珍珠，水中照影镜一面。
凤穿牡丹鸳鸯枕，金童玉女就是俺；
十件礼物我买齐，风吹花儿自团圆。

五更里五柱香

1=A 2/4
中速

雷立义　彭淑元　唱
王海春　武　生　记

$\dot{1}.\ 6\ \dot{1}\ 6\ |\ 6\ 5\ 6\ |\ 2\ 2\ \dot{1}\dot{1}\ |\ 2\ 6.\ |\ \dot{2}\ 6\ \dot{1}\ |$

（男）一 呀 更 子ㄦ 里 呀，　一 呀 柱 柱ㄦ 香 噢，　情 哥 他
（男）二 呀 更 子ㄦ 里 呀，　二 呀 柱 柱ㄦ 香 噢，　情 哥 他
（男）三 呀 更 子ㄦ 里 呀，　三 呀 柱 柱ㄦ 香 噢，　情 哥 他
（男）四 呀 更 子ㄦ 里 呀，　四 呀 柱 柱ㄦ 香 噢，　情 哥 他

$\dot{2}\ 6\ \dot{1}\ |\ 6\ 2\ \dot{1}\ 6\ |\ 5\ 5.\ |\ ×\ ×\ ×\ ×\ |\ ×\ ×\ 0\ |$

来 到 那 街 沿 上 啊，（白）绊 到 那 个 水 桶，
来 到 那 门 坎 上 啊，（白）绊 到 那 个 门 栓ㄦ，
来 到 那 火 坑哇 上 啊，（白）绊 到 那 个 梭 筒 嘛，
来 到 那 火 坑哇 上 啊，（白）绊 到 那 个 火 钳 嘛，

$\dot{1}\ 6\ \dot{1}\ 6\ |\ 5\ 5\ 6\ |\ \dot{1}\ 6\ \dot{1}\ 6\ |\ 5\ 5\ 6\ |\ \dot{1}\dot{1}\ 5\ 6\ |$

叮 得ㄦ 叮 得ㄦ 响 呀 吖 叮 得ㄦ 叮 得ㄦ 响 呀 吖,（女）爹 妈 问
叮 得ㄦ 叮 得ㄦ 响 呀 吖 叮 得ㄦ 叮 得ㄦ 响 呀 吖,（女）爹 妈 问
叮 得ㄦ 叮 得ㄦ 响 呀 吖 叮 得ㄦ 叮 得ㄦ 响 呀 吖,（女）爹 妈 问
叮 得ㄦ 叮 得ㄦ 响 呀 吖 叮 得ㄦ 叮 得ㄦ 响 呀 吖,（女）爹 妈 问

$5\ 5\ 6\ |\ ×\ ×\ ×\ ×\ |\ ×\ ×\ 0\ |\ ×\ ×\ ×\ ×\ |\ ×\ ×\ |$

我 哇（男）你 什 么 东ㄦ西 响 呀，（女）那 是 的 个 外 头
我 哇（男）你 什 么 东ㄦ西 响 呀，（女）老 鼠 子 它 爬 到
我 哇（男）你 什 么 东ㄦ西 响 呀，（女）砍 脑 壳 的 猫ㄦ 它
我 哇（男）你 什 么 东ㄦ西 响 呀，（女）隔 壁 的 个 王 和 尚

$×\ ×\ ×\ |\ ×.\ |\ ×\ ×\ ×\ ×\ |\ ×.\ |\ \dot{1}\ 6\ \dot{1}\ 6\ |$

落 大 吖 雨 呀，　屋 檐 水 它 滴 得　叮 得ㄦ 叮 得ㄦ
门 框 吖 上 呀，　爬 得 我 的 门 栓ㄦ　叮 得ㄦ 叮 得ㄦ
偷 肉 呀 吃 哟，　绊 得 我 的 梭 筒　叮 得ㄦ 叮 得ㄦ
来 包 吖 火 哟，　绊 到 我 的 火 钳　叮 得ㄦ 叮 得ㄦ

```
5 5 6 | i 6 i 6 | 5 5. :‖ i. 6 i 6 | 6 5 6 |
```
响呀吖　叮得儿叮得儿　响呀。
响呀吖　叮得儿叮得儿　响呀。
响呀吖　叮得儿叮得儿　响呀。
响呀吖　叮得儿叮得儿　响呀。　　　五　呀更子儿里呀

```
2 2 i i | 2 6. | 2 2 6 2 | i i | i⁶ | i 6 i 6 | 5 5 5 |
```
五啊柱柱儿香噢，隔壁的个　王和尚他　怒火高万　丈呀吖
(男)砍你的|脑壳　烂啦腿|腔呀0你把罪名|安到的我头|上,你自己要闹|人呐你|怪我王和|尚0依得我的|气呀要|告诉你的|爹0要|告诉你的|娘0他|拿起一根|麻绳丈二|长将你|捆绑丢|长呀江呀|等到五月|洪水涨呀|东一浪来|西一浪呀|把你浪到|沙洲|上,猪不|吃来狗不|尝呀看你还|扯谎不扯|谎还败不|败你爹和|娘还害不|害我王和|尚,(女)我告诉|我的爹吔|告诉我的|娘,我告你|王和尚向|怪方我|邀人把你|打成竹|麻穰(男)你|莫败人你|摸扯谎|我也就不告|状,你只要|不害我王和|尚呀讲哒|来世不告| i i 6 5 - ‖

(合)状呵唷唷。

五 更 月 儿

1=E 2/4
中速

胡卓然 唱
陈金钟 记

$\underline{3\ 1}\ |\ \underline{3\ 1}\ |\ \underline{2\ 3}\ |\ 2\ -\ |\ \underline{3\ 1}\ |\ \underline{3\ 1}\ |\ \underline{2\ 3}\ |\ 2\ -\ |\ \underline{2\ 2}\ \underline{2\ 3\ 1}\ |$

一更 月儿 正起 来， 难舍 情哥 两分 开， 面朝啦东方
金簪 取下 配鸳 鸯， 难舍 情哥 把京 上， 明儿啦登金

$\overset{3}{\underset{}{2}}\ -\ |\ \underline{1\ 1}\ \underline{1\ 2}\ |\ \underline{6\ 5}\ |\ \underline{1\ 1}\ \underline{2\ 1\ 2}\ |\ \underline{1\ 1}\ \underline{1\ 6}\ |\ 5\ -\ \|$

拜， （哥哪呀衣 呀） 取下个金簪 来（呀哎嗨 哟）；
榜， （哥哪呀衣 呀） 早中个状元 郎（呀哎嗨 哟）。

二更月儿往上爬，难舍情哥两丢下，心中想着他，实实难丢下；
情哥情意比天大，难舍情哥爱奴家，二人把誓发，唯愿到白发。
三更月儿正当中，情哥不该把奴哄，你一去永无踪，从不把信通；
你在外面好游玩，奴在家中受孤单，想起好凄惨，眼泪湿衣衫。
四更月儿向西偏，梦中看见哥哥还，二人叙情言，句句话儿甜。
甜甜蜜蜜讲不完，背时金鸡叫几遍，把我梦惊醒，一场空喜欢。
五更月落天大明，情哥不回好伤心，情虽比海深，你丢九霄云；
奴家天天把你等，只等情哥早回程，牵手同绕香，礼拜谢观音。

五 绣

1=F 2/4 3/4
慢

金绪武 唱
蔡晞 记

5 3 5 1 | 6 6 5 5653 | 6563 5 | 2 2 5 3 3 |
一绣张玉皇啊，　　　　他在天顶上，五呵色祥云

2 2 1 5 3 2 1 2 1 | 2 3 2 1 | 6.1 6 5 6 | 2 1 2 5 3 2 1 |
放呵豪光嘛，　日头共月亮，　（呀儿呀衣哟）

2 3 2 1 | 6.1 6 5 6 ‖
日头共月亮。

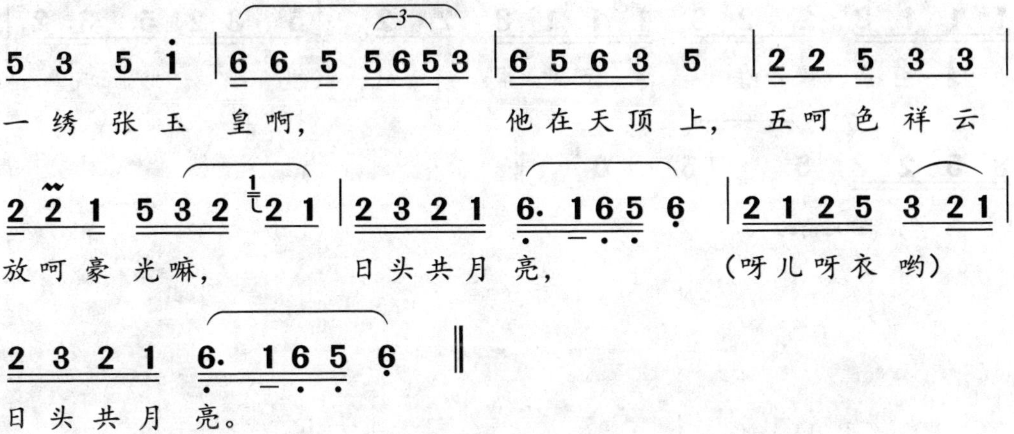

　　二绣观世音，双手捧净瓶，善男善女二面分，赛似佛一尊。
　　三绣孙悟空，行者闹天宫，花果山来水帘洞，封他弼马瘟。
　　四绣陈玉莲，投水到江边，大呼三声王状元，玉女归了天。
　　五绣凡间人，姜女把夫寻，小脚蹬断万里城，惊动众百姓。

洗 蒿 蒿

1=G 4/4
中速

朱霱生 唱
陈金钟 记

5. 5 2 3 5 | 3 2 3 3 | 5. 3 | 3 2 3 5 0 |
姐在河边洗呀蒿蒿，　　　洗呀蒿蒿，

2 2 3 | 5 5 3 | 2 2 2 3 | 2 2 3 | 1. 1 1 3 2 0 |
十呀指尖尖 水呀水上飘哇， 水 呀水上飘，

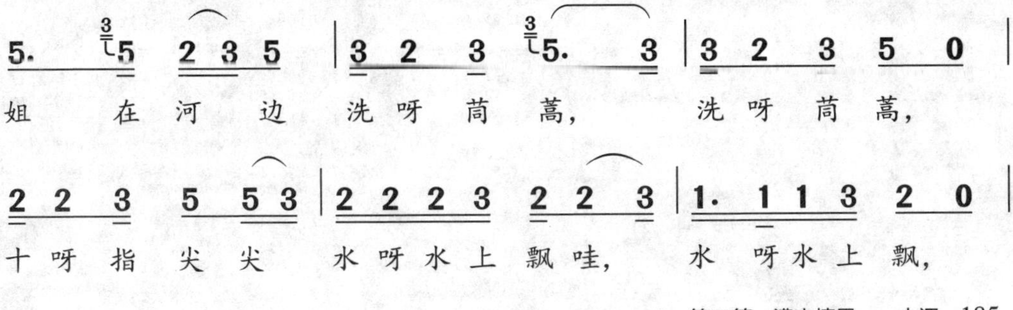

| 6 5 6 5 | $\frac{3}{5}$ 5 2 3 $\frac{3}{5}$ | 1 1 2 5 5 3 2 |
哪个 吃 了 荫 吖 蒿 水， 不 哇 成 相 吖 思 啊

| 1 1 1 3 2 2 3 | 1 1 1 3 2 2 | 5 3 2 5 3 2 |
也 呀 也 成 痨 哇， 也 呀 也 成 痨 哇，（哎 哦 哎 哦

| 3 5 2 3 5 | 5 0 ||
哎 呀 呀 啥儿 喂）。

下河陪到姐洗衣

1=A 4/4 5/4　　　　　　　　　　　谷寿香　唱
中速　　　　　　　　　　　　　　陈金钟　记

| 5 5 3 2 5 3 | 3 2 3 2 1 $\tilde{1}$ $\underline{6}$ |
下 河 陪 到（溜　　子儿） 姐 洗 衣 嘞（溜 溜 子儿），
风 吹 细 浪（溜　　子儿） 影 重 影 嘞（溜 溜 子儿），

| 3 2 2 3 2 3 3 5. 6 1 | 2 3 $\frac{1}{2}$ 2 1 $\frac{6}{1}$ 1 $\tilde{}$ $\underline{6}$ 0 ||
情 姐 嘛 捧 水（溜溜 兰　子儿）送 我 吃（嘞 是 溜溜 子儿）；
二 人 嘛 恩 爱（溜溜 兰　子儿）影 不 离（嘞 是 溜溜 子儿）；

186　唱个山歌甩过来——桑植民歌精粹

下 象 棋

1=♭B 2/4 3/4
中速

罗年青 唱
左泽松 黎连城 记

正月 二十 一呀（伙计嘛喂），与姐下象 棋来呵，

盘盘的输到（哩哩啦哩啦 啦哩 啦）姐手里来

（冤家 啥）。

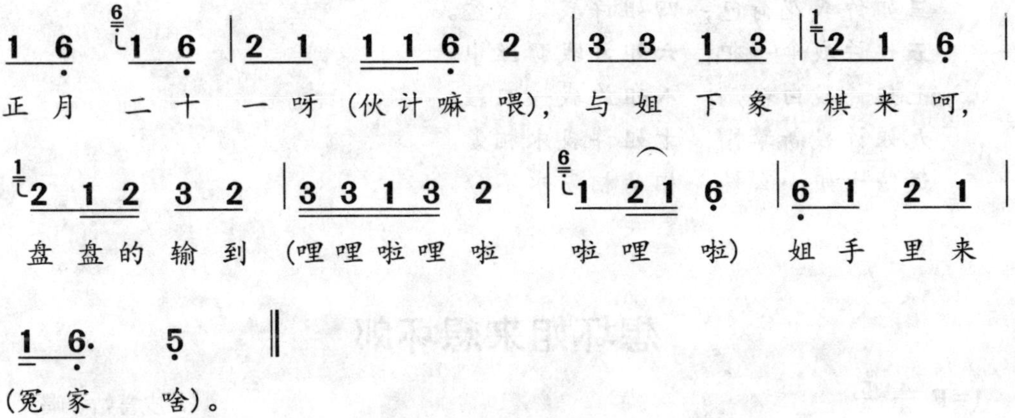

小郎心莫急呀，你下士来再走车，这盘的棋来让你赢。
车直马行斜呀，相飞田字炮打隔，你马儿挂角走不得。
昨日你手段高，今日有些不通窍，莫又是想到王三嫂。
丝袜缎子鞋呀，金骨阳伞水烟袋，哪样不是奴家买来。
八团的马褂呀，夏布小衣纺绸衫，郎哪样不是奴花钱。
姐儿莫猜疑呀，小郎心中只有你，不然不会来下棋。

相亲相爱永不分

1=A 2/4

田玉桃 唱
陈金钟 记

清早起来 闷啦 沉沉啦（衣哟）， 拿起

畲刀（嗡吖 衣哟） 进竹林啦。

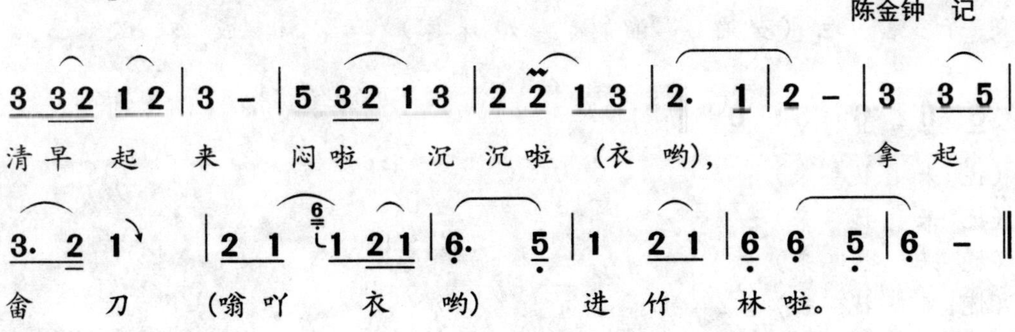

砍根金竹破丝蔑，砍根银竹破三层。
内三层来外三层，织个麻篮爱死人。
一挂挂在东门外，十个大姐十个爱。
大姐许我一两金，二姐许我一两银。
三姐许我花荷包，四姐许我聚宝盆。
五姐许我伞一把，六姐许我青丝巾。
七姐许我白粉扇，八姐许我一双鞋。
九姐许我新草帽，十姐许我永相爱。
送给十姐小幺妹，相亲相爱永不分。

想坏姐来想坏郎

1=F 4/4 5/4
稍慢

皮喜姑 唱
蔡 晞 记

想郎 想得（溜溜） 心里 慌哎（呱哒又呱），
想姐 想得（溜溜） 血奔 怀来（呱哒又呱），
郎住 东庄（溜溜） 姐西 庄哎（呱哒又呱），
只要 二人（溜溜） 情意 好嘞（呱哒又呱），

煮饭 忘记（沙溜 溜 姊妹家） 泌米 汤欧
走路 不知（沙溜 溜 姊妹家） 脚踢 岩哟
想坏 姐来（沙溜 溜 姊妹家） 想坏 郎欧
筷子 落地（沙溜 溜 姊妹家） 就 成双欧

（拢来 拢来）；
（拢来 拢来）；
（拢来 拢来）；
（拢来 拢来）。

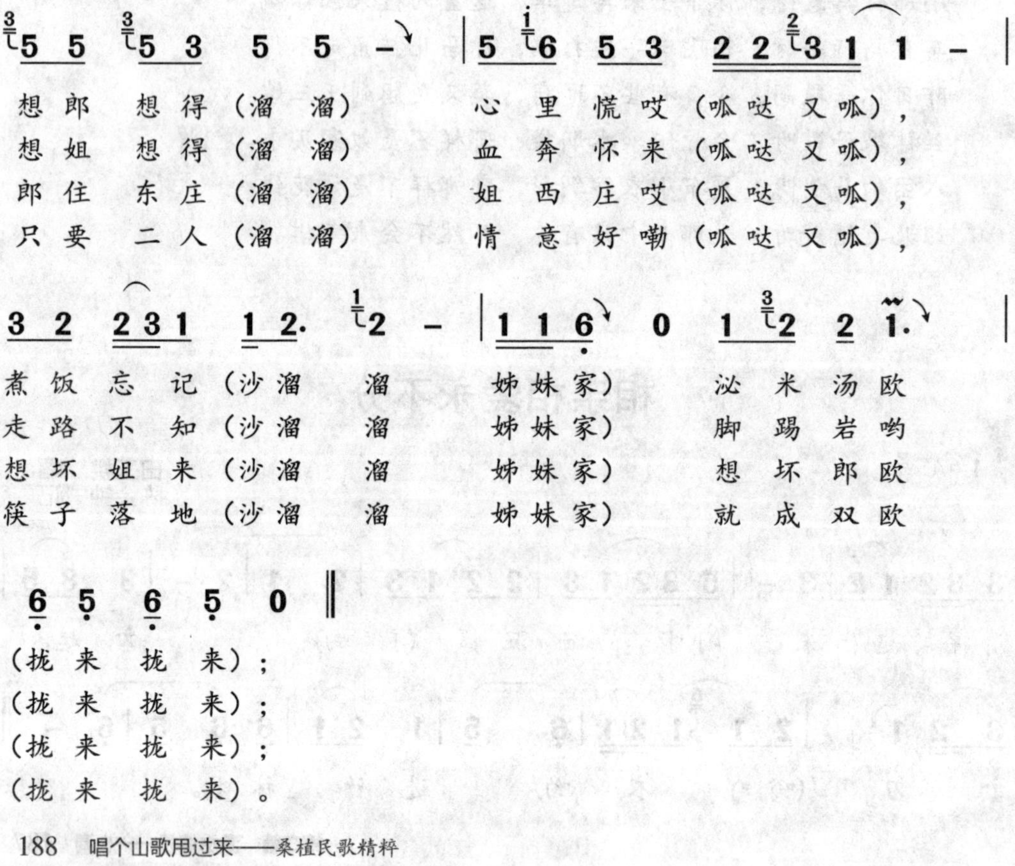

想起单身好伤心

1=E 2/4 3/4
中速

谷寿香 唱
蔡晞 记

1 6 6 1 6 1 | 3 2 | 1 6 3 2 1 | 1 6 0 |
杨柳嘛叶叶儿青(啦)， 听我唱单身(啦)，
单身我回家来(呀)， 顺手捡把柴(呀)，

1 6 6 1 | 2.3 2 1 | 1 1 1 5 6 5 | 3 3 2 1. 0 ‖
想起(那个)单 身我好(呀么)好伤 (呵)心(啰)，
讲起(那个)单 身我苦(呀么)苦愁 (呵)来(啰)。

小 放 羊

1=G 2/4 3/4

贾正高 唱
陈金钟 记

6 5 5 | 3/1 5 3 | 5 5 3. 3 | 5 5. 2 5 | 3 3 2 6 1 | 2. 3 2 3 |
手拿嘛羊儿棍唠， 我打开羊栏门唠， 赶出的
羊儿嘛多又多唠， 我赶上对门坡唠， 一个的

2. 3 5 | 3 5 2 | 3 2 1. 6 | 1 2 1 2 | 1 1 6 - |
羊 儿 一大呀群唠， (它)个个上山 林罗，
一 个 都过哇河唠， (它)个个听招 喝罗，

2 2 3 5 | 2 2 1. 6 | 1 2 1 2 | 1 1 6 - ‖
一呀大 群唠， (它)个个上山 林罗。
(呀呀喂子儿哟唠)， (它)个个听招 喝罗。

注：听招喝为方言，意为听话。

小郎打单身

1=♭B 2/4
中速

覃 振 唱
蔡 晞 记

5 6 1̇ 6 | 5 5 6 | 1̇ 2̇ 3̇1̇ | 3̇ 2̇· | 1̇ 2̇ 2̇ 1̇ |

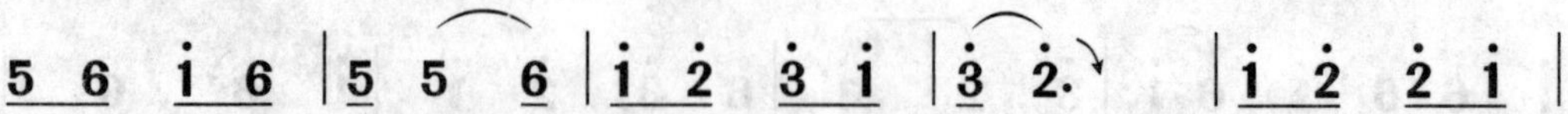

花开叶叶儿青啦，小郎打单身，打起单身

2̇3 1̇ | 2̇ 1̇ 6 | 5 6 1̇ 6 | 5 5· ‖

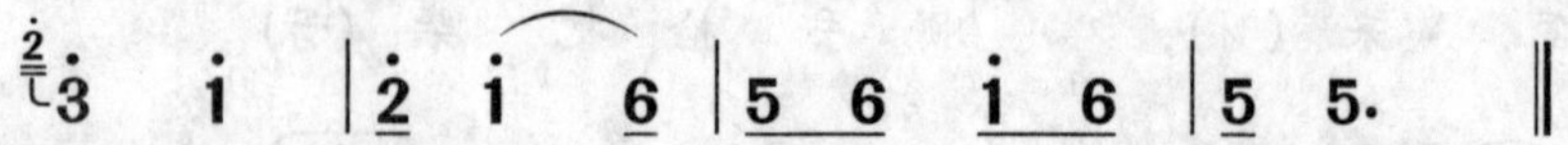

到 如 今啦，孤单 一 个 人 呵。

进门一把火，出门一把锁，郎打单身莫奈何，黑灯又熄火。
身穿青布衫，补巴连成片，青布白布重起连，实在是难看。
织女配牛郎，锦鸡配凤凰，小郎何日时运转，花开结鸳鸯。

小郎恋姐费尽心

1=A 2/4
稍慢

陶金翠 唱
蔡 晞 记

1 1 1 6 | 5· | 5 5 3 3/2 | 2 6 1 | 5 6 1 | 1 1 6 | 5· |

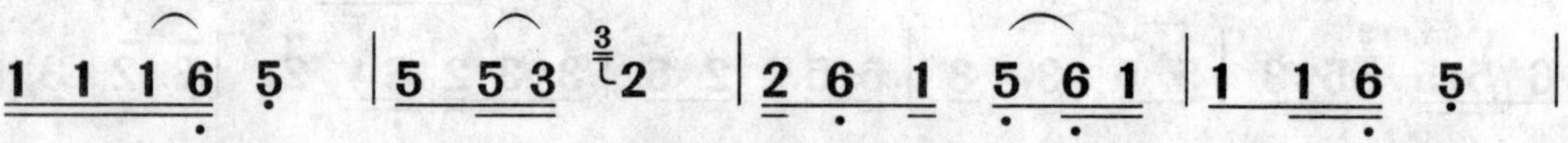

郎在外 面 唱首 歌，姐在的房中蹬一呀脚，
郎在外 面 打一 岩，姐在的房中发了哇呆，
小郎恋姐 费尽 心，好比的铁杵磨绣哇针，

1 6 1 | 5 6 1 | 5 5 3 | 2 3/2 | 1 6 | 5 6 1 | 2 6 1 6 | 5· |

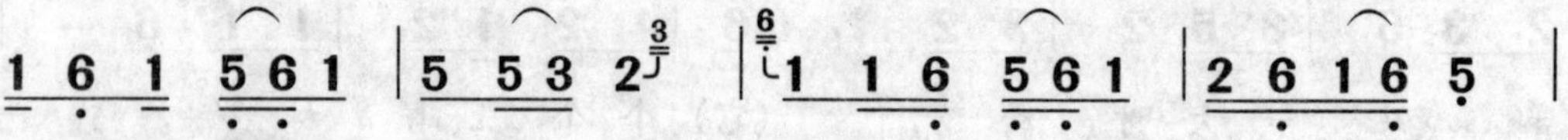

娘问哪女儿做什 么？新做的鞋子儿不合哇脚，
娘问哪女儿什么 响？风吹的枯树掉干哪柴，
你我嘛二人争口 气，莫给的旁人亮眼哪睛，

5 6 1 | 2 6 1 6 | 5 - ‖

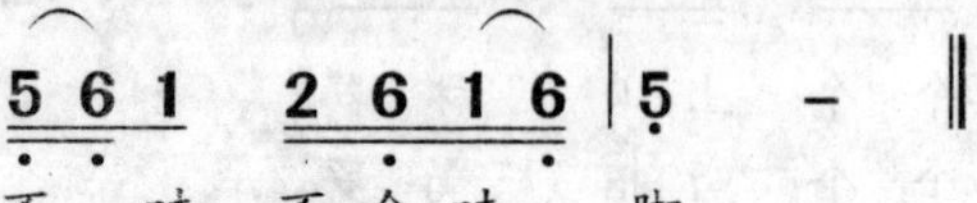

不 哇 不合哇 脚。
掉 哇 掉干哪 柴。
亮 吖 亮眼哪 睛。

小郎相亲

1=G 4/4

谷臣斌 唱
武生记

5 5 | 6535 220 | 5 23 532 110 | 232 1 6156 1 10 |

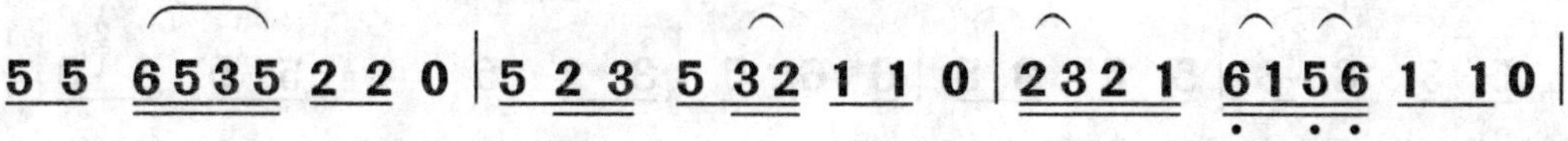

正月里　来呀，正那个月月儿正啦，小郎是没订婚啦，
二月里　来呀，二那个月月儿二啦，出门就看媳妇儿，
三月里　来呀，三那个月月儿三啦，女把那男方看啦，
四月里　来呀，四那个月月儿四啦，女方是做鞋子儿，
五月里　来呀，五那个月月儿五啦，跟媳妇儿去扯布啊，
六月里　来呀，六那个月月儿六啦，二人是同路走啊，
七月里　来呀，七那个月月儿七啦，跟媳妇儿送衣替呀，
八月里　来呀，八那个月月儿八啦，同郎把手续拿呀，
九月里　来呀，九那个月月儿九啦，男方是大贼酒呀，
十月里　来呀，小那个阳阳儿春啦，同把那公婆敬啦，

1 6 1 2 5 5 | 3253 2 | 3 3 3 321 | 2.3 216 | 5 - - - ||

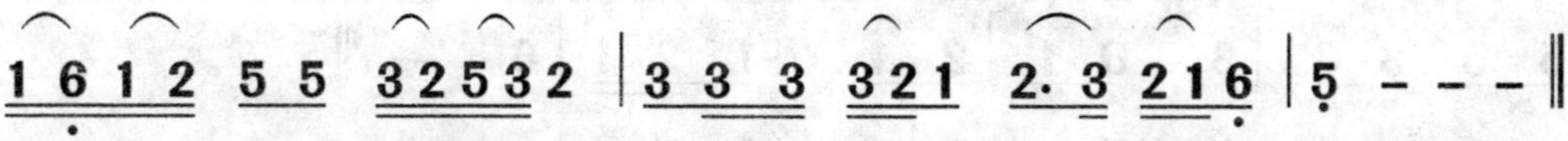

找　父　母哇请　媒人，找一个好爱人（嗳嗨哟）。
看见那个　媳妇儿好　小　伙儿，东西儿是要得些儿（嗳嗨哟）。
一　看　起个真　喜欢，接过了打发钱（嗳嗨哟）。
下　壳　子儿做　鞋子儿，心里嘛有意思（嗳嗨哟）。
上　街　走　下　街游，跟媳妇儿扯好布（嗳嗨哟）。
肩　搭　肩　手　挽手，俺两个不怕丑（嗳嗨哟）。
衣　服　送到　媳妇儿手，你个就莫嫌弃（嗳嗨哟）。
今　朝把手续拿　到　哒，媳妇儿就稳当哒（嗳嗨哟）。
今　朝把媳妇儿接到手，同床是共枕头（嗳嗨哟）。
如　今的媳妇儿好　孝　顺，明年就添子孙（嗳嗨哟）。

注：好小伙儿为方言，意为长得漂亮。

小十二时（一）

1=A 2/4 3/4

谷清香 唱
陈金钟 记

1. 辰时嘛 姐绣哇 花呀（呀树儿衣），想啊起小冤家呀（衣 呀），他这时候嘛不来（呀哈）了（哇），那莫哇非落别家呀（衣哟，呀呀呀树儿衣呀衣呀衣树儿 呀呀）我越呀 想越哑 杂①呀（衣哟）。
2. 巳时姐做鞋，想起情哥来，扯断花绒绒，蹬断藕丝带，不见情哥来。
3. 午时想情人，对镜擦脂粉，香油梳几把，坐下拿绣针，不见奴情人。
4. 未时到姐家，姐儿在绣花，丢下花不绣，洗手忙筛茶，情哥请坐下。
5. 申时陪郎坐，问郎饿不饿，郎说真饿了，奴家忙烧火，没陪我郎坐。
6. 酉时郎吃饭，干鱼盐鸭蛋，郎说多谢姐，姐说吃光饭，这回空待慢。
7. 戌时点明灯，打酒陪情人，扯郎上面坐，奴家把酒斟，杯杯要喝清。
8. 亥时引进房，挠开绫罗帐，二面鸳鸯枕，枕上谈家常，要谈到天亮。
9. 子时好讲话，冤家睡着哒，骂声小冤家，你瞌睡这样大，不如莫来他。
10. 丑时郎要去，哥哥你莫急，山中黄昏鸟，寒鸡半夜啼，天亮奴送你。
11. 寅时郎动身，打扮送情人，你把奴的话，牢牢记在心，转身口要紧。
12. 卯时郎去了，转身就不好，背时小冤家，魂魄带去了，心中如刀绞。

注：①哑杂为方言，即烦燥苦闷。

小十二时（二）

1=B 2/4 3/4　　　　　　　　　　　　　向益仁　唱
稍慢　　　　　　　　　　　　　　　陈金钟　蔡晞　记

1. 子时（的个）属鼠正三（啰嗬）更啰，奴家（的个）想起哟我的（那个）有情人（啦，哎哟哎哟哟，）心里只想梦里会，谁知呵奴家呗梦（呃哎）梦不成嘞，（哎哟哎哟哟，）谁知奴家呗梦呃（衣哟）梦呵是梦不成（啦哎哟哟）。

2. 丑时属牛丑属牛，忽听鼓打四更头，思郎情深实难舍，难丢奴的心肝肉。
3. 寅时属虎大天亮，属虎男儿性情刚，吊儿浪荡外面游，奴在家中守空房。
4. 卯时属兔满山梭，莫非小郎丢了我，郎交别人忘掉我，眼泪打从肚里落。
5. 辰时属龙东方红，只想做个团圆梦，梦见小郎把我抱，翻云覆雨情意浓。
6. 巳时属蛇巳属蛇，郎心好似一块铁，奴把心思交与你，你无半句实话说。
7. 午时属马似云去，奴家为你受冤屈，爹娘姑嫂冷言语，我忍气吞声只为你。
8. 未时属羊羊发癫，小郎把奴撇一边，想起当初发誓愿，海枯石烂心不变。
9. 申时属猴满山游，郎交别人把奴丢，我郎远在千里外，一年半载不回头。
10. 酉时属鸡酉属鸡，眼看日落渐渐西，孤奴壮胆去收衣，一天忙得无力气。
11. 戌时属犬叫汪汪，奴家想起无情郎，你逍遥浪荡在哪方，奴家独自无人帮。
12. 亥时属猪亥属猪，灯下接到一封书，看了书信泪不住，奴家难过十二时。

小小柴棚出孟姜

1=B 2/4 3/4
中速

钟为国 唱
蔡晞 黎连城 记

大坪 大坝（嘿嘿唆嗬嘿嘞）无好（扭扭）秧（啦），（扯冬

扯来 嘿嘿哟嗬嘿嘞嘿哟，）三沟（那个）两岔（啥木叶儿）

无好（扭扭）粮（呵哎嗨哟嘿），大户人家（都扯冬鼓儿扯）

无好（扭扭）女（扯冬 扯来 嘿嘿哟嗬嘿嘞嘿哟）

小小（那个）柴棚（啥木叶儿）出孟（扭扭）姜（呵哎嘿哟嘿）。

心事肚里咽

1=B 2/4
稍慢

钟以顺 唱
黎连城 记

| 6 6̂1̂ 6̂1̂ | 5 5̂6̂1̂ | 3 3̂2̂1̂ 3 | 2 3̂2̂1̂ 2 | 3̂3̂ 2̂3̂2̂1̂ |

一笔 写东 南啦， 家事 无人 管， 吃了饭 哒
有心 把妹 恋啦， 家贫 脸又 浅， 干田 螺蛳

| 6̂1̂2̂3̂ 1̂ | 5 5 | 6̂5̂6̂1̂ | 5 5̂3̂ 5 | 6 6̂1̂ 2. 3̂ |

上 街 玩， 街前 街后 转啦， （哎）
开 口 难， 心事 肚里 咽啦， （哎）

| 2̂3̂2̂1̂ 6̂5̂6̂1̂ | 5 5̂3̂ 5 ‖

街 前 街 后 转 啦。
心 事 肚 里 咽 啦。

新打班船儿两头翘

1=F 2/4
稍快、活跃的

胡卓然 唱
陈金钟 记

新啦打班船儿两啊头翘哇 衣儿呀衣
二啊人恩爱情啦意长啊 衣儿呀衣

哟，郎啊坐头来 姐呀坐艄哇，郎坐
哟，哪呀怕洪水 万啦丈高哇，哪怕

头来姐呀坐艄哇 啊哈衣儿呀衣哟。
洪水万啦丈高哇 啊哈衣儿呀衣哟。

衣儿呀衣哟 呀衣呀嗬嗬， 姐呀坐艄哇
衣儿呀衣哟 呀衣呀嗬嗬，

衣儿呀衣哟 嗬嗬。 哪怕洪水万啦丈

高哇 啊嗬衣儿呀衣哟 嗬嗬。

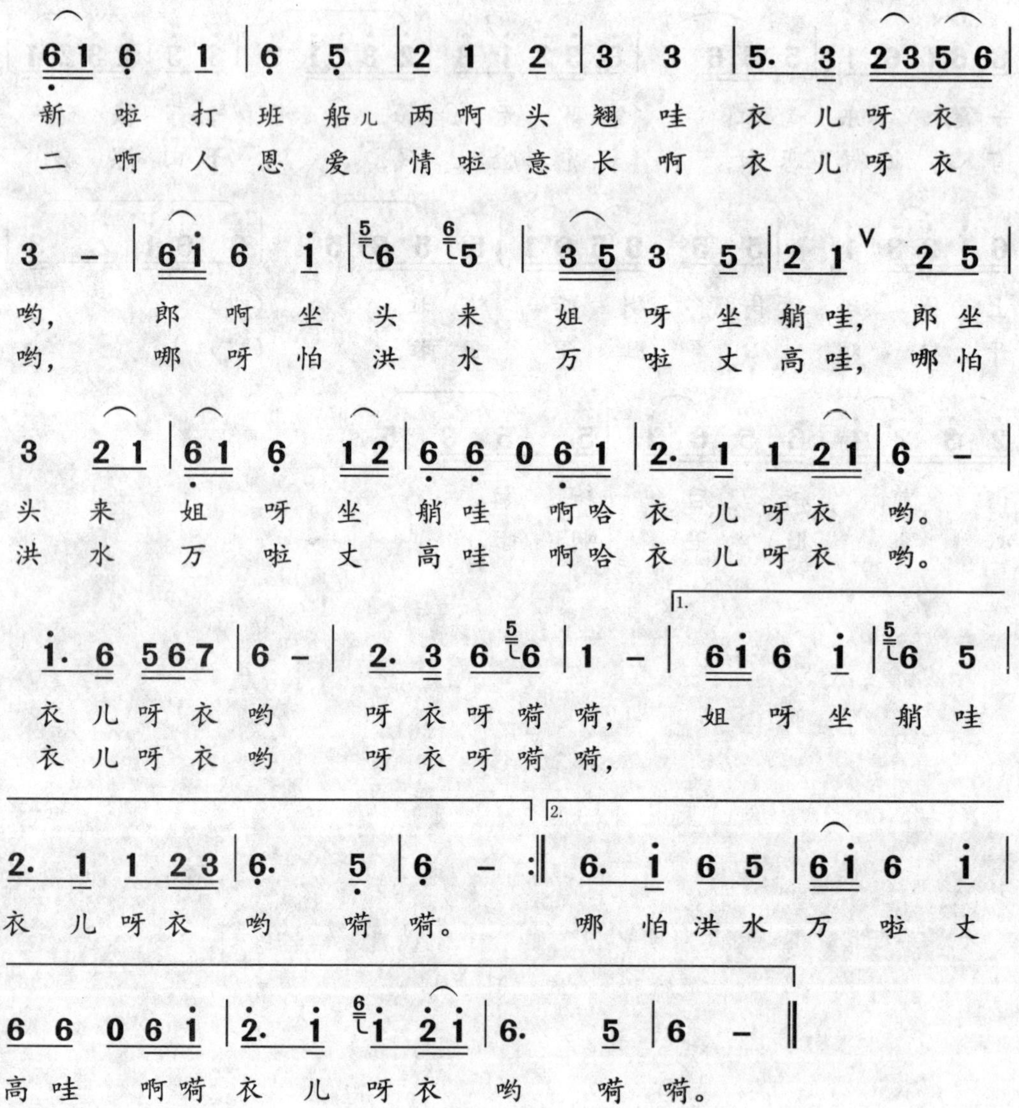

绣 荷 包

戴福香 唱
文化馆 记

1=A 2/4
稍慢

正月呀里呀 绣荷喂包，刚刚的拿起哟 人来哟了，
(姐啰也) 这是我哥哥儿(喏欧) 命不哇好。(冬的得儿)
郎啊郎得儿梭，哎呀呀树儿喂，小情哥，心肝二姐哟，
挑三挑四衣儿呀衣呀，荷包儿溜子儿耍，耍须妹子儿多，
相送的情郎干哥哥)。

二月里绣荷包，缎子荷包花围到，喜鹊闹梅好热闹。
三月里三月三，缎子荷包绣牡丹，绣起牡丹花好看。
四月里是立夏，缎子荷包桅子花，伸手摘枝头上插。
五月里是端阳，缎子荷包绣鸳鸯，绣个张生跳粉墙。
六月里三伏热，缎子荷包绣不得，手拿花线毁了色。
七月里是月半，姑儿拿花嫂嫂看，细针细线要耐烦。
八月里是中秋，缎子荷包绣九洲，绣起狮子滚绣球。
九月里是重阳，缎子荷包绣凤凰，绣个锦鸡配凤凰。
十月里花绣起，翻手丢到麻篮里，等时就喊郎来取。

绣 花 鞋

1=♭B 2/4

王万法 唱
蔡晞远 达 记

6 i | 6. 5 3 i | 6 - | 5 3 5 i | 6 5 3 3 5 | 6 - |
姐妹们　坐成排，　青草　坪上　绣花　鞋，

i 6 i 6 5 | 6 - | 5 3 5 6 5 | 3 - | i 6 i | 3 i 6 | 5 6 7 5 | 6 - ‖
（姐姐呀喂，妹妹儿呀　喂），飞呵针走线　百呀百花开。

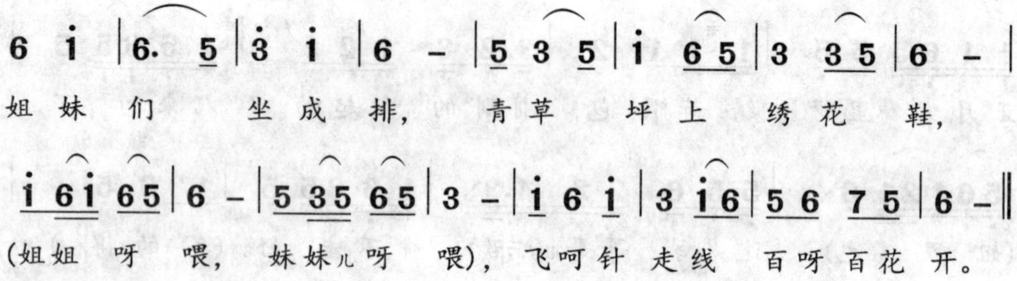

绣花鞋绣花鞋，绣朵山茶惹人爱，朵朵鲜花开不败。
绣花鞋绣花鞋，桃花朵朵两边排，朵朵鲜花开不败。
绣花鞋绣花鞋，映山红花儿遍地开，朵朵鲜花开不败。
绣花鞋绣花鞋，并蒂莲花出水来，朵朵鲜花开不败。
绣花鞋绣花鞋，再绣枝红梅报春来，朵朵鲜花开不败。
绣花鞋绣花鞋，绣朵秋菊引蜂来，朵朵鲜花开不败。

绣 香 袋

1=F 2/4

肖喜生 唱
黎连城 左泽松 记

5 3 | 5 3 ‖: 6 i | 6 5 | ³⁄₁ 5 3. :‖ 6 6 i | 6 5 | 3 5 2 3 |
正月　香袋　绣起呀　头哇，　绣个的狮子儿（哎呀呀火儿
绣球　滚在　花园啦　内呀，　只见的狮子儿（哎呀呀火儿

6 5 3 | 3 5 2 3 | 2 1 2 0 | 3 3 3 3 1 | 2 2 3 | 6 5 3 |
衣呀）滚绣球哇，　　（香呀么溜子儿黄吖，）
衣呀）没见球哇，　　（香呀么溜子儿黄吖，）

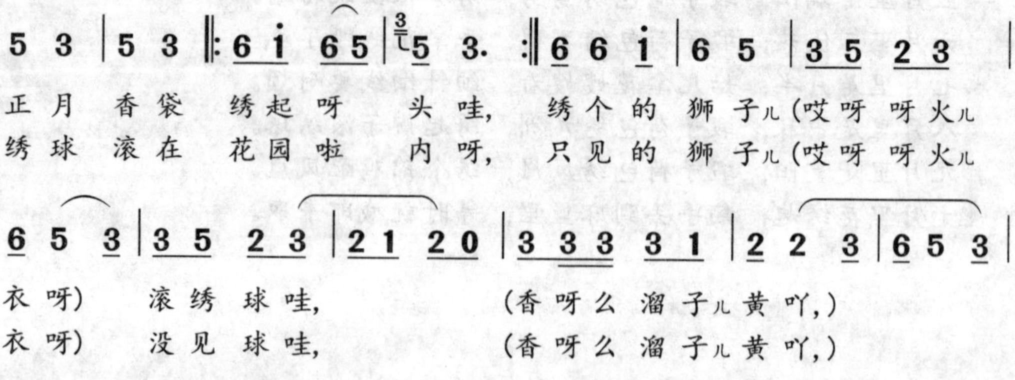

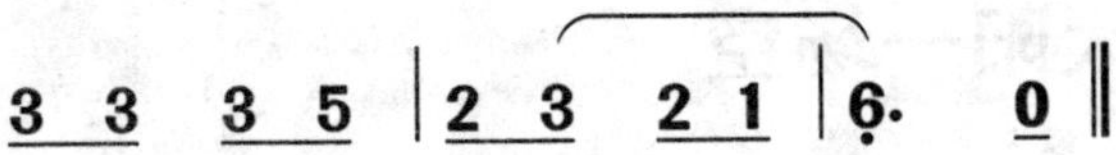

```
3 3 3 5 | 2 3 2 1 | 6̣. 0 ‖
```
滚啦 滚绣 球哇。
没啦 没见 球哇。

二月香袋绣二纱，口喊情哥莫贪花，你要贪花奴要死，黄泉路上接冤家。
三月香袋绣桃红，郎也穷来姐也穷，有朝一日时运转，桃花落地瓣瓣红。
四月香袋绣四方，四只角里安麝香，上身绣起下身香，哪有情姐不爱郎。
五月香袋绣起龙，五龙戏水满江红，劝郎莫到江边走，香袋落水变蛟龙。
六月香袋要须多，把郎揣在夹肢窝，一路走来一路摸，好比情妹摸情哥。
七月香袋绣七层，绣起香袋卖不成，千百银子姐不卖，白纸包起送情人。
八月香袋绣八方，八只角里安刀枪，杀死旁人由事可，杀死情哥断肝肠。
九月香袋绣九轮，九人九马九观音，观音老母当堂坐，十八罗汉二面分。
十月香袋绣得高，绣个香袋隔墙抛，口喊哥哥快接到，如今后生快如刀。

许 郎 歌

1=D 2/4 1/4　　　　　　　　　　　　　金甲姑 唱
中速　　　　　　　　　　　　　　　　陈金钟 记

```
1̇. 6 | 1̇ 6 | ⁶1̇ | 1̇ 6 6 | ⁶1̇ | 1̇ 6 6 1̇ | 5 5 ᵛ6 | 1̇ 1̇ 6 |
```
正月二十 一，（伙计老儿，喂，）许你下象 棋哟，我 郎下

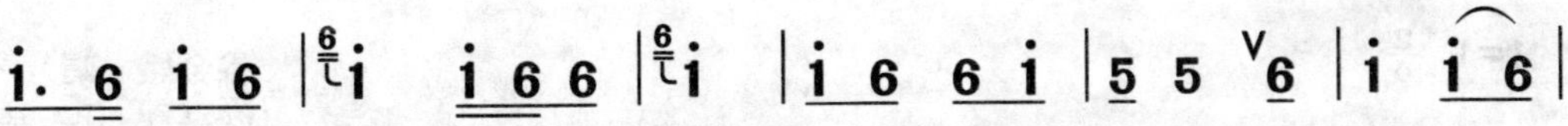

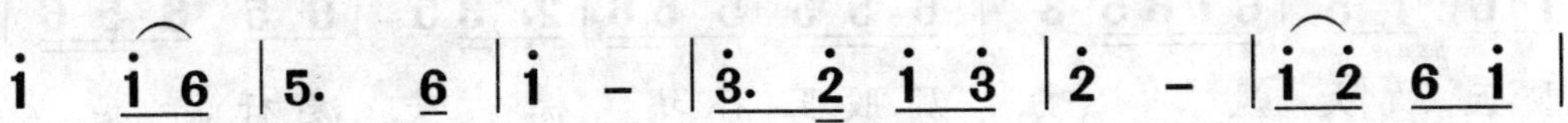

```
1̇ | 1̇ 6 | 5. 6 | 1̇ - | 3̇. 2̇ 1̇ 3 | 2 - | 1̇ 2̇ 6 1̇ |
```
三 盘 （哪 火儿衣 哩 哩啦哩哪） 发 了的

```
2̇ | 1̇ 6 | ⁶1̇ | 6 | 5 - ‖
```
气 （来 冤 家 啥）。

二月二十二，许你打戒箍，戒箍打起二钱二。
三月二十三，许你打金簪，金簪打起三钱三。
四月二十四，许你打手饰，手饰打起四钱四。

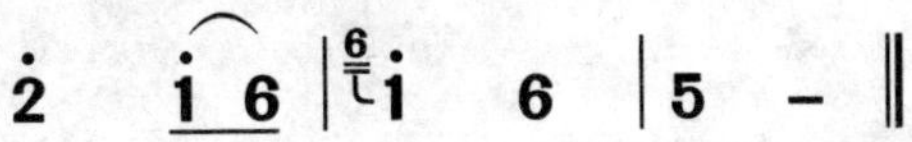

雪见太阳一场空

1=G 2/4 3/4
中速

蒋春玲 唱
陈金钟 记

姐眉嘞 弯弯儿嘞 像吖条龙嘞, 瓜子的 脸儿哟
日日嘞 夜夜嘞 想吖到你嘞, 昏昏的 沉沉哟
青天嘞 白日嘞 入吖梦中嘞, 哭得的 口痛哟
翻身嘞 起来嘞 不哇见姐嘞, 雪见的 太阳哟

（情妹 妹儿） 好哇 貌 容嘞（衣 哟）。
（情妹 妹儿） 懒哪 做 工嘞（衣 哟）。
（情妹 妹儿） 心哪 也 痛嘞（衣 哟）。
（情妹 妹儿） 一呀 场 空嘞（衣 哟）。

雪天吹大风

1=F 2/4

谷金娥 唱
陈金钟 记

雪天吹大风 唉，屁股里补块棕 唉，凌杆儿吊起
雪天我家走 哎，像个那牢骚狗 哇，灶前赶到嘛

（呀 树儿喂） 栋搭栋 唉。
（呀 树儿喂） 灶后头 喂。

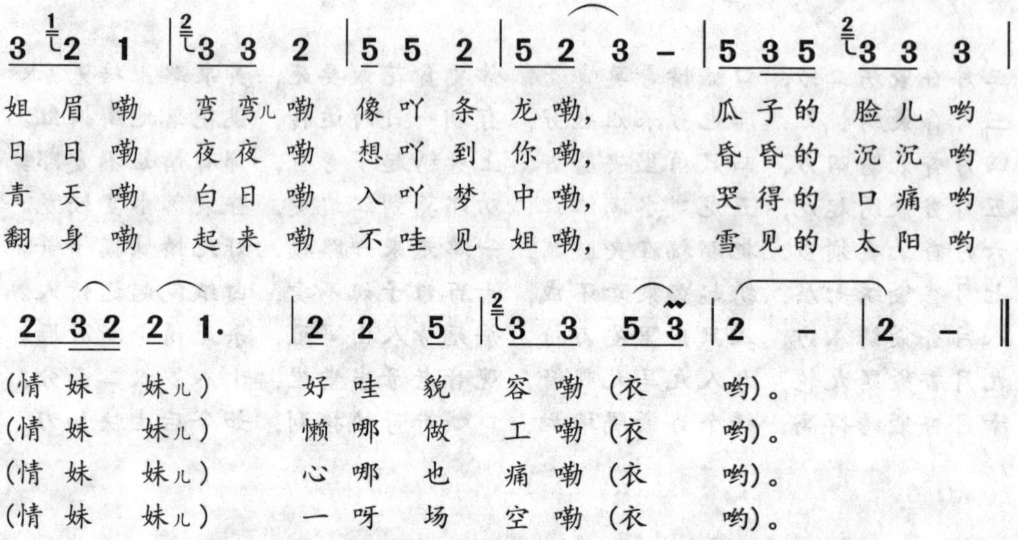

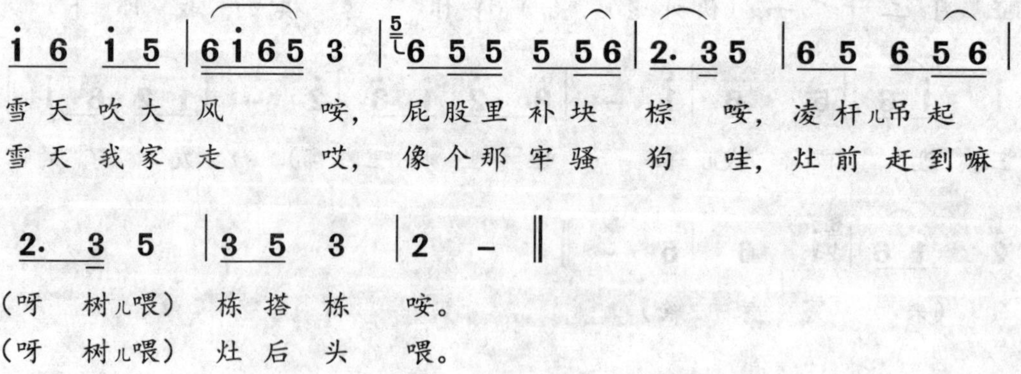

注：凌杆儿为方言，意为冰凌。
　　栋搭栋为方言，意为一串串。

呀嗬歌

1=♭B 2/4

向宏治 唱
陈金钟 记

新打的 船儿吖 两头喂翘, 郎坐的 头来呀 姐坐哇 艄,
(呀嗬的 呀来哟 嗬呀 嗬) 两头哇 都是 划船的 手,
哪怕也 洪水呀 万丈吖 高哇。

摇篮曲

1=D 2/4

向华姑 唱
程祖瑜 记

摇啊摇, 摇啊摇, 手推(那个)摇篮
鸡莫叫, 狗莫咬, 宝宝(那个)他要
闭上嘴, 合上眼, 不做(那个)梦来

(哟 嗨 哟 哇) 摇宝 宝 啊 (哟伙哇 哟)。
(哟 嗨 哟 哇) 睡觉 觉 啊 (哟伙哇 哟)。
(哟 嗨 哟 哇) 睡得 甜 啊 (哟伙哇 哟)。

第二篇 澧水情思——小调

洋芋歌

1=G 2/4

莫祖喜 唱
陈金钟 记

正月嘛是新年唠，郎跟姐拜年唠，我双膝跪到姐面唠（吖哈）前唠（呵荷喂），与姐拜新年唠（嗬喂，哟嗬嗬哟嗬也 哟嗬嗬也），拜新（唠 嗬）年唠（嗬嗬 也）。

姐儿回一礼，我双手来扯起，山高路远来得稀，讲个什么礼？
二月是新春，哥哥儿上老岭，老岭高头雪凌很，哥哥转回程。
三月是清明，哥哥儿挂祖坟，上坡下岭难得行，哥哥要小心。
四月是立夏，洋芋告完哒，陪郎哥哥去玩耍，扎个洋芋粑。
五月是端阳，洋芋长成行，锄头把把儿杵胸膛，新都还没尝。
六月六日阴，洋芋遍山青，再不薅来再不淋，也会成老林。
七月月半早，哥哥来得好，我刮皮来酌油炒，问郎好不好。
洋芋真好吃，二年多栽些，多吃洋芋少吃米，到底贴得些。
八月是中秋，洋芋还没收，再不挖来再不收，招呼野牲口。
九月是重阳，洋芋翻了黄，再不挖来再不装，天气会打霜。
十月小阳春，打个洋芋坑，背背洋芋放下坑，好好来保存。

一个姐儿想十郎

1=G 2/4 3/4
中速

钟以顺 唱
白诚仁 蒋慧鸣 记

一个鸡蛋哪 两个黄呵，一个姐儿（干姊干妹妹儿啥）想吖十郎吖（小情干妹妹儿啥）。

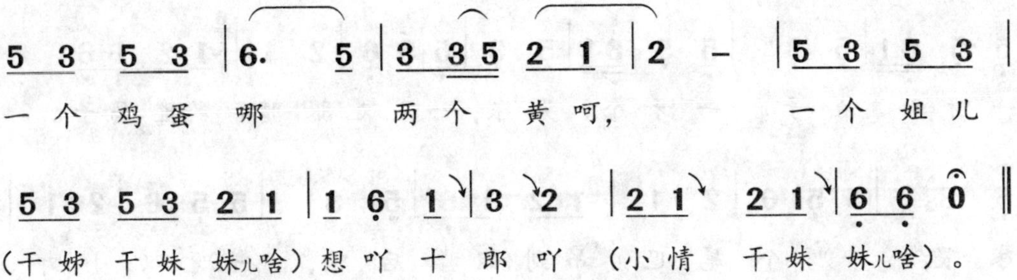

想个大郎当大官，想个二郎开钱庄，
想个三郎卖绸缎，想个四郎开盐行，
想个五郎做木匠，想个六郎做和尚，
想个七郎做郎中，想个八郎开药房，
想个九郎卖生姜，想个十郎卖砂糖。
要打官司有大郎，要用钱来有钱庄，
要扯布来有绸缎，要吃盐来有盐行。
打垮门坎有木匠，要念咒语有和尚，
要看病来有郎中，要吃药来有药房，
肚子痛来有生姜，小儿哭来有砂糖。
左思右想无定准，不知要嫁哪个强，
只怪爹娘错养我，打散头发哭一场。

一个雀儿一个头

戴福香 唱
白诚仁 记

1=A 2/4
稍慢

一呀个 雀子儿 一呀个 头喂，一呀双 眼晴儿 黑里马子儿
球喂， 一呀个尾巴儿吊到姐背后喂， 一呀双 小脚
梭罗儿个往前 走喂。 姐儿你从容呃， 海棠 花花儿红呃， 妹儿
喂， 路逢 仙子 怎样 舍得 姣呵（呵衣 哟）。
你也舍不得 姣哇，你爱我哪些好喂？爱你 十八 姣哇,(依嗬
嗨， 哎呀哎衣哟， 知心 话话儿啰呃）。

一 更 里

1=B 2/4 3/4
中速

朱金莲 唱
蔡晞远达记

6 6 1 3 5 | 1 1 6 1 2 | 1 2 1 2 | 1 1 1 1 2 1 6 5 |
一更 里来 蚊虫来闹更，来呀闹更。蚊虫奴的哥来

1 1 6 5 5 5 6 | 1 1 6 1 5 5 6 | 2 3 1 1 2 |
蚊虫奴的娘哪，你在那方叫哇，我在这边听，

2 6 1 2 1 | 1 6 1 6 | 2 1 2 1 1 6 6 2 1 |
把奴叫得伤心痛心 越听越伤心哪，

1 1 1 6 2 1 2 1 | 1 1 1 6 ⁶3 | 1 6 3 2 1 |
越听越痛心哪。 娘把女儿 叫，什么东西叫？

6. 2 1 1 | 1 2. 1 2. | 1 6 6 2 1 1 6 5 — ‖
左边蚊虫 轰轰 轰轰，叫哇叫一更啦。

一心回去学种田

1=♭B 2/4
中速

陈昌君 唱
陈金钟 记

3 3 3 1 3 | 2 2 1 6 | 3 2 1 2 6 | 5 5 6 |
正月嘛过了年哪， 翻开皇历儿看哪，

1 2 6 1 | 2 1 6 | 6 1 6 5 3 | 5 5 0 ‖
看个的日子 上茶哟 山哪。

第二篇 澧水情思——小调

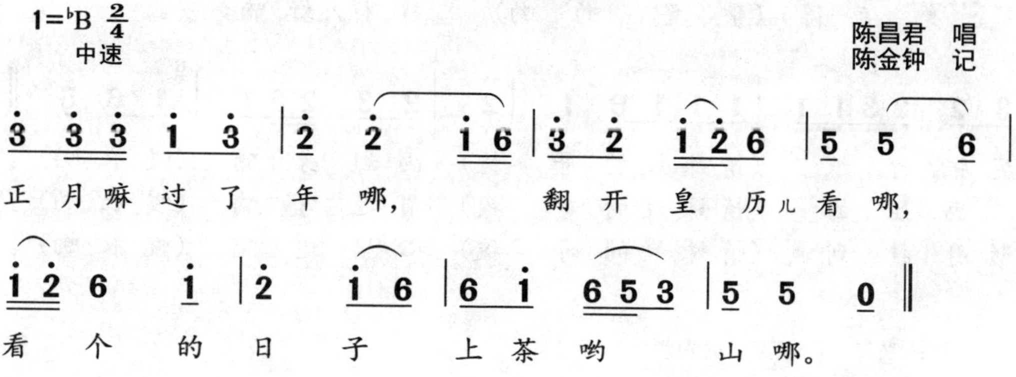

日子看的远，看到三月半，三月十五上茶山。
口说是去做茶，还是两样话，还要商量小冤家。
走到姐门口，姐儿来赶狗："你无事怎来我家走。"
几步走进去，与姐送恭喜："哥哥专门来看你。"
椅子搬一把，放在楼脚下："哥哥请坐奴筛茶。"
接过茶来吃，开口把括提："借点本钱做茶去。"
听郎说做茶："生意眼前花，几个做茶把财发？"
"劝郎学种田，田是刮金板，半年辛苦半年闲。"
要我学种田，无人办茶饭，洗衣浆裳没人管。
多少单身汉，他也栽良田，哥哥种田奴照看。
要我学种田，耕牛无半边，挪人的牛儿要租钱。
只要你种田，牛儿我家牵，三餐茶饭奴来办。
姐姐把我劝，句句是良言，我一心回去学种田。

影身挂到心里边

1=G 2/4 1/4

皮喜姑 唱
陈金钟 记

欠姐 欠得（登登 哟哟）心里 疼吖 安，
一画 姐的（登登 哟哟）桃红 脸啦 安，
全身 画得（登登 哟哟）样样儿好喃 安。

买张 竹纸（情妹奴的 哥 梭）画影 身喃（哎衣哟）。
二画 姐的（情妹奴的 哥 梭）眉毛 弯喃（哎衣哟）。
影身 挂到我（情妹奴的 哥 梭）心里 边喃（哎衣哟）。

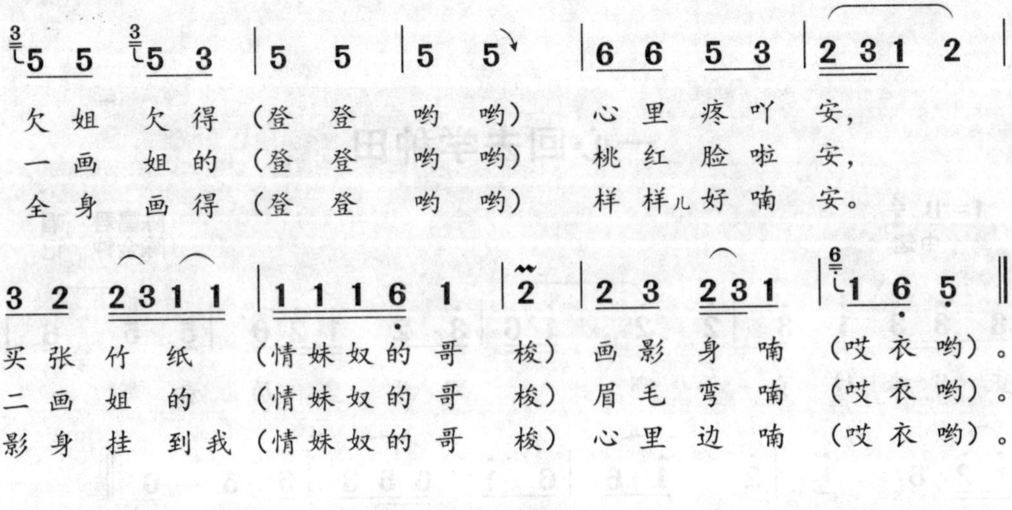

注："欠"，方言，意为想。

与姐送东西

1=E 2/4
中速

乐运松 唱
陈金钟 记

5 3 5 2 | 5 3. | 1 6 5 6 5 | 3 - | 3 3 5 6 6 5 |

正 月 二 十 一 呀, 与 姐 送 东 吖 西, 两 件 东 西
二 月 二 十 二 呀, 与 姐 打 箍 呀 箍儿, 箍 箍儿 打 成
三 月 二 十 三 呀, 与 姐 打 金 啦 簪, 金 簪 打 成

3 6 5 | 6. 5 | 6 3 6 5 | 5 6 3 6 | 5 3 |

送 给 你, (那 是 怎 样 的?) 如 意 不 如 意 啊?
二 钱 二, (那 是 怎 样 的?) 戴 在 中 指 根儿 啊,
三 钱 三, (那 是 怎 样 的?) 插 在 乌 云 边 啊,

5. 3 5 | 5. 3 5. 5 | 3 5 3 | 2 2 2 3 1 6. |

(得儿 的 冬 冬 的 得儿 哎 呀 树儿 呀 得 的 冬 得儿 啊)。
(得儿 的 冬 冬 的 得儿 哎 呀 树儿 呀 得 的 冬 得儿 啊)。
(得儿 的 冬 冬 的 得儿 哎 呀 树儿 呀 得 的 冬 得儿 啊)。

第二篇 澧水情思——小调

愿舍皮肉不舍郎

1=G 2/4
稍慢

陈昌君 唱
陈金钟 记

女：脚踏门坎儿(哎 哪)手搬墙(来 哎)，眼泪汪汪 望情郎(啰)，昨日望郎(吖 哪)一餐打(来)，浑身打得尽是伤(哎) 愿舍皮肉 不舍郎 (呵)。

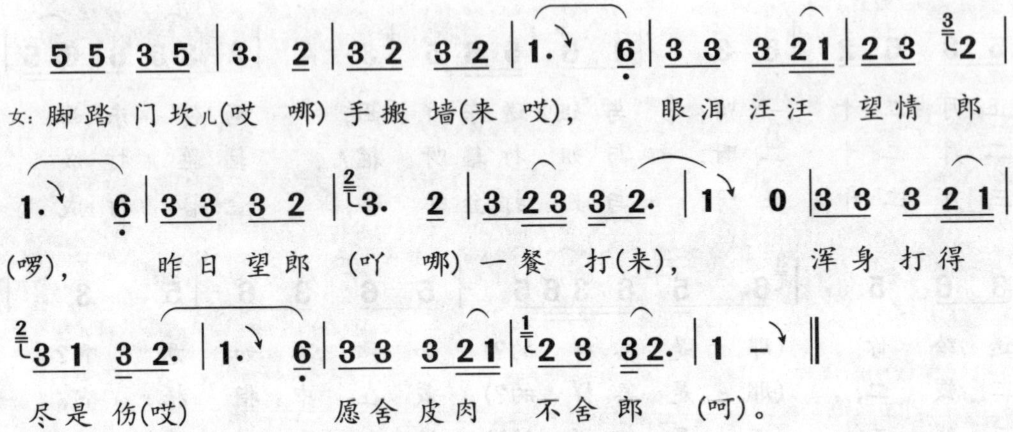

男：你爹打你我知音，我到你家屋后听，打你不好扯得劝，
骂你不好做得声，火烧乌龟肚里疼。

女：我爹打我你莫来，新打磨子慢慢挨，我爹见你更加打，
少的打出多的来，火上浇油加干柴。

男：若再打你我偏来，当面和他来摊牌，他要打我让他打，
他要骂我让他骂，烂船做个烂船扒。

女：乌鸦头上叫声声，口喊哥哥儿要小心，我爹气大弟兄多，
你单兵独马干不赢，不如早点打转身。

男：你爹做事太可恶，只贪银钱嫁别个，我爱情姐姐爱我，
干不赢他也要干，最多不过砍脑壳。

月月思亡妻

1=A 2/4 3/4
稍慢

张正帮 唱
白诚仁 蒋慧鸣 记

正月思妻啰　满堂　红（哪哟也）没见　妻子儿（扯　　扯
家中有米啰　没人　煮（哪哟也）罐中　有茶　（扯　　扯

哟　喂）在　房　中（啰　　哟）。
哟　喂）无　人　冲（啰　　哟）。

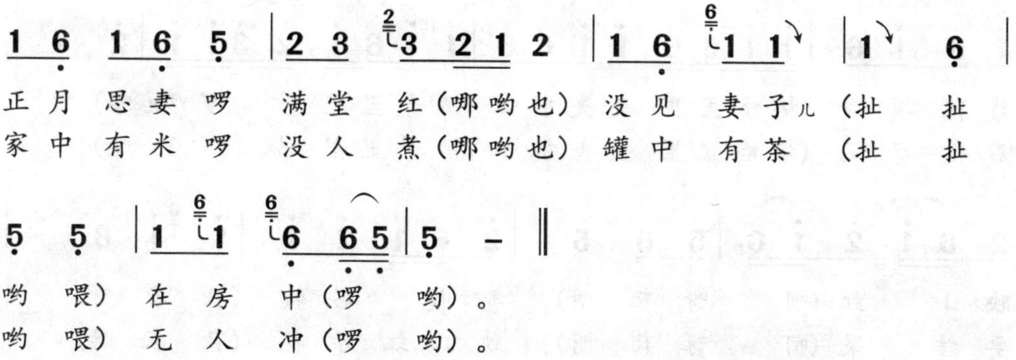

二月思妻惊蛰节，可恨阎王无道德，几多老的他不死，单死脚头少年妻。
三月思妻是清明，手拿钥匙锁房门，前门锁到后门转，锁来锁去一场空。
四月思妻秧上节，手拿镰刀去割麦，去年割麦妻走前，今年割麦冷秋秋。
五月思妻是端阳，打瓶酒儿兑雄黄，多着胡椒少着盐，双手端到妻坟前。
六月思妻是伏天，姐到阴间喊口干，翻手打杯清凉水，双手端到妻面前。
七月思妻作皇斋，十个先生接过来，十个先生捏笔写，主供台上写灵牌。
八月思妻是中秋，端把椅子塔中坐，孤孤单单望明月，中秋思妻人更愁。
九月思妻是重阳，妻子去了不回乡，手捧灵牌喊娇妻，眼泪汪汪哭一场。
十月思妻小阳春，搬把锄头去挖坟，搬把锄头去挖坟，前山转来后山进。

栽花莫栽映山红

1=C 2/4
中速

谷美菊 唱
蔡晞 记

栽花莫栽（格格里里 夹夹啦啦 情哥里里沙 啰啰儿啥）
石榴开花（格格里里 夹夹啦啦 情哥里里沙 啰啰儿啥）
映山红（呵 呀衣呀），要栽 石榴（衣衣呀）
要结果（呵 呀衣呀），映山红开花（衣衣呀）
一口钟（呵 呀衣儿呀）映山红开花（衣衣呀）
一场空（呵 呀衣儿呀）
一场空哎 （呀儿衣儿呀）。

长 工 歌（一）

1=B 2/4
稍慢

娄菊香 唱
黎连城 蔡晞 记

正月啊里呵是新年，红糖的筛茶（呀衣呀哟）
人人啊都说他家好，不要的工钱（呀衣呀哟）
满口的甜（那是可怜啰啊伤心啰）。
试一的年（那是可怜啰啊伤心啰）。

二月里啊二月中，包袱雨伞去上工，堂前拜别老父母，脚头辞别少年妻。
三月里啊三月中，桐子开花泡谷种，粘谷糯谷一齐泡，不等天亮喊长工。
四月里啊四月中，春荞麦子黄澄澄，主人吃的白米饭，荞麦面糊待长工。
五月里啊五月中，蚊子虱子闹哄哄，主人挂的纱罗帐，蚊子虱子咬长工。
六月里啊六月中，太阳出来红通通，主人打的花洋伞，十八圈草帽待长工。
七月里啊七月中，杀猪宰羊祭祖宗，好酒好肉老板吃，骨头脑血待长工。
八月里啊八月中，田里谷子黄澄澄，田坎上打伞是老板，田里晒的是长工。
九月里啊九月中，地里的苞谷压弯腰，当中站的是老板，五背的扎笼①待长工。
十月里啊十月中，天上的雪花纷纷涌，老板烤的白炭火，外面冷的是长工。
冬月里啊冬月中，叫声老板要下工，你要下工切莫急，办桌酒席待长工。
腊月里啊腊月中，一碗和渣②待长工，下席请到上席坐，明年依然来帮工。
我一年受了两年气，哪个帮你狗日的，再要帮你做长工，除非是你的幺女婿。

注：①扎笼：用竹编的背笼的一种，背苞谷穗的专门工具，口大腰强，高四尺多。
②和渣：用黄豆浆和菜叶煮制而成的菜。

第二篇 澧水情思——小调 211

长 工 歌（二）

1=A 2/4

钟以立 唱
陈金钟 记

5 5 6 ｜ 1 1 6 ｜ 5 5 5 5.3 ｜ 5 3 3 5 3 ｜ 2. 3 1 ｜ 3 1 2 3 2 1 ｜

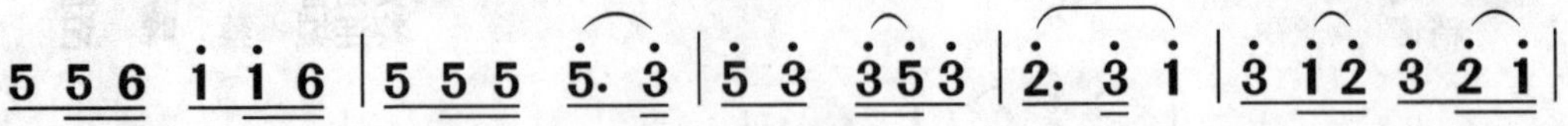

正月嘛里来嘛（呀呀树儿喂） 刮春风吖安， 洗衣 浆衫
上头嘛辞了嘛（呀呀树儿喂） 老父母哇安， 脚头 别了

1 1 1 6 5 5 6 ｜ 1 2 1 1 2 2. ｜ 3 3 3 1 2 1 6 ｜ 5. 6 5 ‖

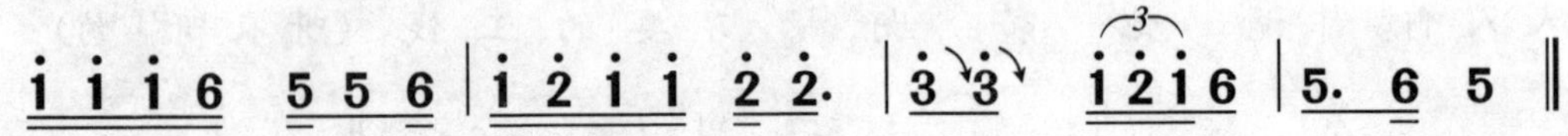

（妹呀妹子儿说哇是 劝啦郎郎儿哥哇）去上 工 吖（呀 哈 呀）；
（妹呀妹子儿说哇是 劝啦郎郎儿哥哇）少年 妻 吖（呀 哈 呀）。

四月里来暖融融，春荞麦子胀破垅；
老板吃的大白米，荞麦杂粮待长工。
七月里来七月中，好酒好肉祭祖宗；
老板吃尽好酒肉，皮和骨头待长工。
冬月里来天地冻，团团雪花卷北风；
老板烤火穿皮袄，枞毛烟子熏长工。

正月子儿飘

1=A 2/4

陈功远 唱
蔡晞 记

5 5 3 2 3. 5 ｜ 2 3 2 1 6 6 ｜ 3 1 2 3 2 1 ｜ 6 5 6 1 5 5 ｜

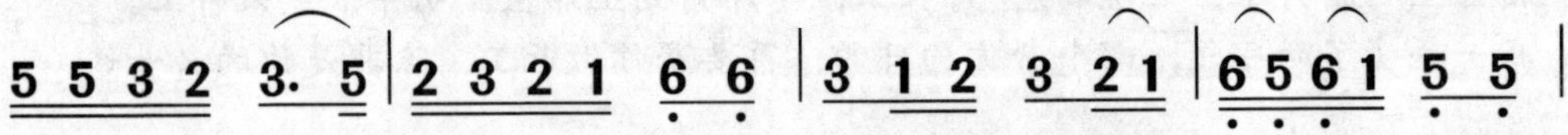

正啦月子儿飘 是吖新啦年啦，我劝的哥哥儿（哎哎 哟哇）

1 3 2 2 1 ｜ 6 5 1 6 5 ｜ 3 2 5 3 2 5 ｜ 3 2 1 6 2 ｜ 5 3 5 3 2 2 3 ｜

莫赌 钱来是（奴的干啦哥），十个 赌 钱 十吖个哇输，（有情我的 郎吖，

1 2 1 6 5 ｜ 2 3 1 2 3 2 1 ｜ 6 5 6 1 5 5 ｜ 1 3 2 2 1 ｜ 6 5 1 6 5 ｜

乖乖我的 妹）哪个 赌钱是（哎哎 哟哇）有好 处来 （奴的干啦哥）。

只动木叶不用媒

1=G 2/4 3/4

黄胜元 唱
蔡晞 记

5 3 5 3 ‖: 5 6 1 6 5 5 3. :‖ 5 2 3 5 | 5 3 2 1 |
高山 片片 木叶儿哟 吹嘞， 只有 吓 小郎 吓
有朝 一日 吹会 哟 了嘞， 只动 吓 木叶儿吓

3 5 2 3 3̲5̲ | 6. 1 2 2 1 | 6 1 2 1 6̣ | 6 3 5 |
(哎呀呀得儿喂 呀 咿咿 呀 咿 呀 哎哟 哟)
(哎呀呀得儿喂 呀 咿咿 呀 咿 呀 哎哟 哟)

3 3 5 3 2 1 | 2 3 5 2 — ‖
不会 哟 吹。
不用 哟 媒。

只为情姐住高山

1=D 4/4
稍慢

谷志壮 唱
朱之屏 记

5 6 6̲ 6 4 | 6 5̲ 6 | 6 2 1 2 1 | 6. 1 5 |
送郎 竹子哪 山啰， 饱饱 哭一 盘 哪，
高山 一丘哪 田啰， 背水 栽三 年 哪，

1 6 1 6 1̲ 5 4 2 4 | 5 | 5̲ 5 6 1 6 5̲4̲ 2 4 2. ‖
人家问我 哭什么 哦？ 我哭竹子 无心啰 肝 哪。
不为栽田 吃大米 哦， 只为情姐 住高哇 山 哪。

第二篇 澧水情思——小调 213

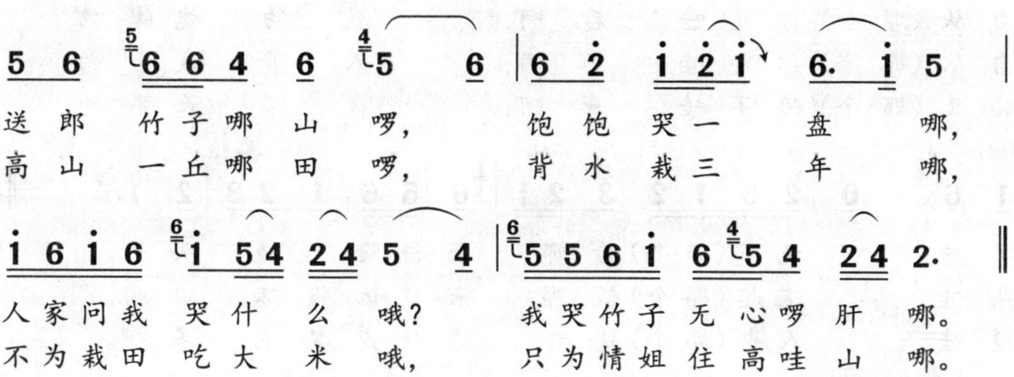

只为一颗米

1=F 4/4
中速、稍慢

金岩武 唱
蔡晞远达 记

6 65 35 6i 65 | 36 53 2 — | 35 35 i 6 53 |
一颗谷种撒田里，一身汗水呀

2 35 2321 6 — | 2 35 2321 2. 3 | 36 53 2 — |
一身泥，不怕太阳晒，哪管风和雨，

5 65 35 i 6 53 | 2 35 2321 6 — ‖
为了一颗米呀，真是不容易。

自从你走后

1=G 2/4

谷秀芝 唱
蔡晞 记

5 5 61 | 1 26 1 | 3 2 3 | 1 2 3 | 23 21 |
自从（那个）你走哇后呵，我的魂魄哟
自从（那个）你走哇了呵，木了我舌哟
睡又（那个）睡不哇着呵，夜深长不约

1 6. 0 | 23 12 | 3 21 | 6 56 | 1 23 | 2 1. ‖
丢哇，洗了（那个）脸哪来洗脸忘梳头呵。
头哇，吃起（那个）饭哪来吃饭没味口呵。
过哇，人也（那个）恍吖惚恍惚梦也多呵。

捉 螃 蟹

1=A 2/4
中速

刘金训 唱
蔡 晞 记

6 1 1 6 | 5 6 6 5 | 1 6 1 6 | 1. 1 | 6 1 6 | 6. 2 1 6 |
一 个 是 螃　蟹 是 八 呀 八 只 脚，是 两 个 是 夹　夹儿是

6 6 1 6 6 | 1 3 1 3 | 6 6 6 6 | 6 6 6 6 | 1 6 6 6 |
一 个 海儿 螺，　　夹 又 夹 得 紧 哪（哪哪），扯 又 难 扯 脱 哪（哪哪），

1 1 6 1 | 2 2 1 1 | 6 6 1 1 | 6 0 | 6 2 | 1 1 6 |
它 往 里 头 钻 哪（哪哪），我 拿 棒 棒 剁，　站 开 些 也

1. 6 1 6 | 1. 6 | 1 6 6 1 | 6 6 0 6 | 6. 6 6 1 | 6 0 3 |
莫 踩 奴 小 脚，我 偏 要 站 拢 来 呀， 啊 看 你 又 如 何？（哈

3 3 1 3 | 3. 1 | 6. 6 6 6 | 6 2 1 6 | 2 1. | 6 ||
衣 呀 呀 衣 呀）　　哪 里 这 些 话 话儿 说 喂。

第二篇 澧水情思——小调　215

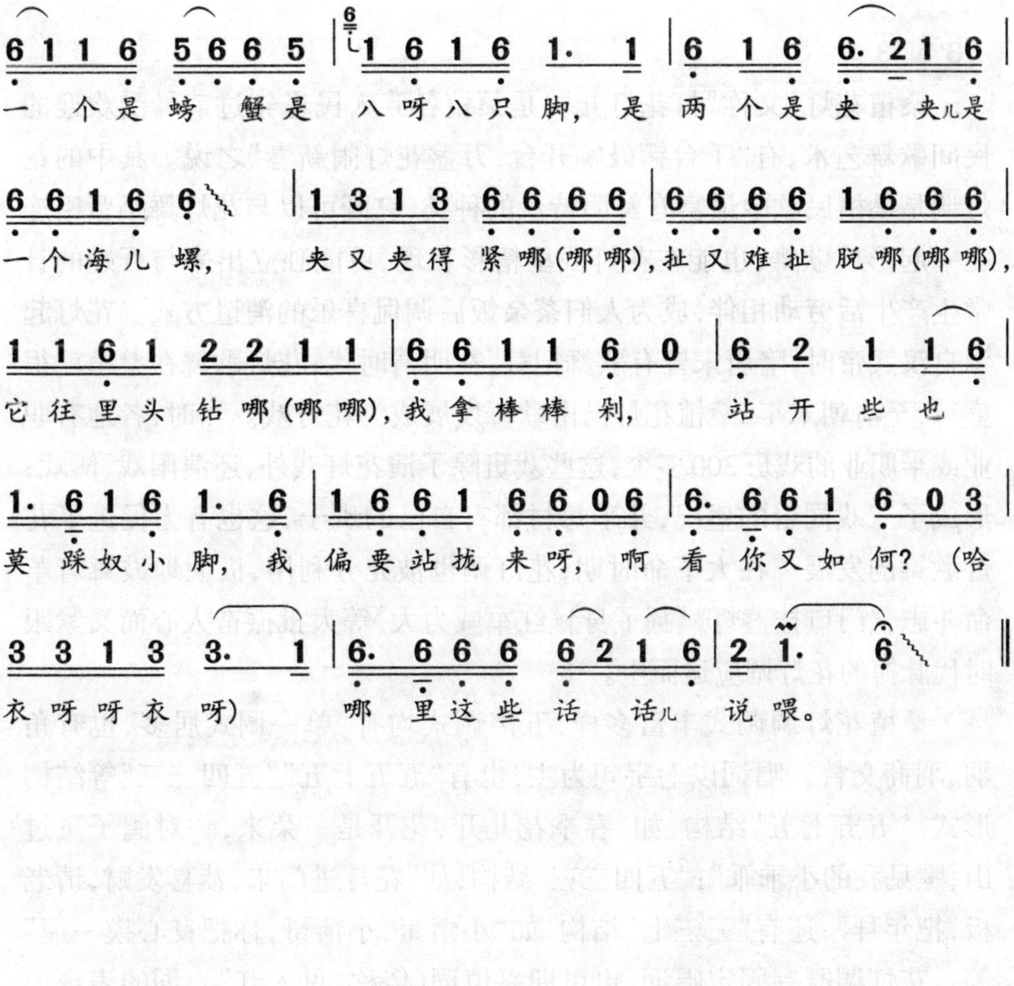

第三篇 花山风韵——灯调

　　桑植花灯（又称"打花灯儿"）是桑植各族人民逢年过节最受欢迎的民间歌舞艺术，有"千台锣鼓响开台，万盏花灯闹新春"之说。其中的花灯调是桑植民歌中最富有鲜明特色的种类，它既可以与花灯舞蹈紧密连在一起形成歌舞，也能在花灯戏里精彩表现，更能独立出来与百姓的日常生产生活劳动相伴，成为人们茶余饭后调侃喜乐的消遣方式。花灯起源自汉武帝时，隋唐宋皆有歌舞记载，在明清时代，花灯歌舞在桑植就很盛行，至清朝末年，桑植花灯已由歌舞发展成为花灯戏。当时，各地有职业或半职业的戏班300多个，这些戏班除了演花灯戏外，还演阳戏、傩戏，形成了三戏同台的盛况，几乎每村都有自己的班子，这也有力促进了花灯歌舞的发展。在大革命时期，花灯调也被充分利用，极大地鼓舞着革命斗志，《门口挂盏灯》《翻了身》《红军威力大》等大批振奋人心而又紧跟时代脉搏的花灯调应运而生。

　　桑植花灯调调式丰富多样，五声调式均有，单一调式居多，也有角羽、羽商交替。唱词以七字句为主，也有"五五七五""五四三三"等结构形式。"五五七五"结构，如"春季花儿开，花开是一朵来，一对鸽子飞过山，瞧见我的小乖乖"；"五四三三"结构，如"花灯进门来，恭喜发财，请老板，把年拜"；还有"三三七"结构，如"小情哥，小情哥，你把良心摸一摸"等。花灯调既有固定唱词，也可即兴填词（俗称"见人红"），词的表现内容有着深厚的生活基础，反映出人们对当时社会的态度和对理想生活的期盼。花灯调节奏以稳健而不失活泼的2/4、3/4节奏型为主，伴奏乐器有头钹、二钹、小锣和大锣。

(一)花灯调

拜 码 头

1=F 2/4
稍快

李建立 唱
范志光 黎连城 记

5 3̲5̲ 5 | 32 55 | 32 55 | 65 35 | 23 5- | 11 12 |
两脚呵 忙忙 呵 走呀,(嗳咳 嗳咳 嗳咳 咳,)来到哇

5 012 | 53 2̲3̲5 | 2.1 65 | 1- | 512 535 |
贵码头, (哈咳咳咳咳咳,)未曾 请 安

2 25 | 32 16 | 3.3 31 | 21 6 | 5- | 20 35 |
来呀问候呵, 得罪众朋友 呵 来问

32 16 | 3.3 31 | 21 6 | 5- ‖
候呵, 得罪众朋友 呵。

蚌 壳 灯 调

1=E 2/4
稍慢

刘采莲 唱
陈金钟 记

353 2 1 6 | 2 3 2 3 | 5.1 65 | 65 3. | 5 65 | 1.2 35 |
月 儿 高, 星 儿 闪, 鸟 儿 归 宿

32 32 | 121 6 | 2 212 | 3235 2 | 5.6 53 | 2 1̲2̲6 |
虫 儿 眠。 今晚 子 时美 景 好,

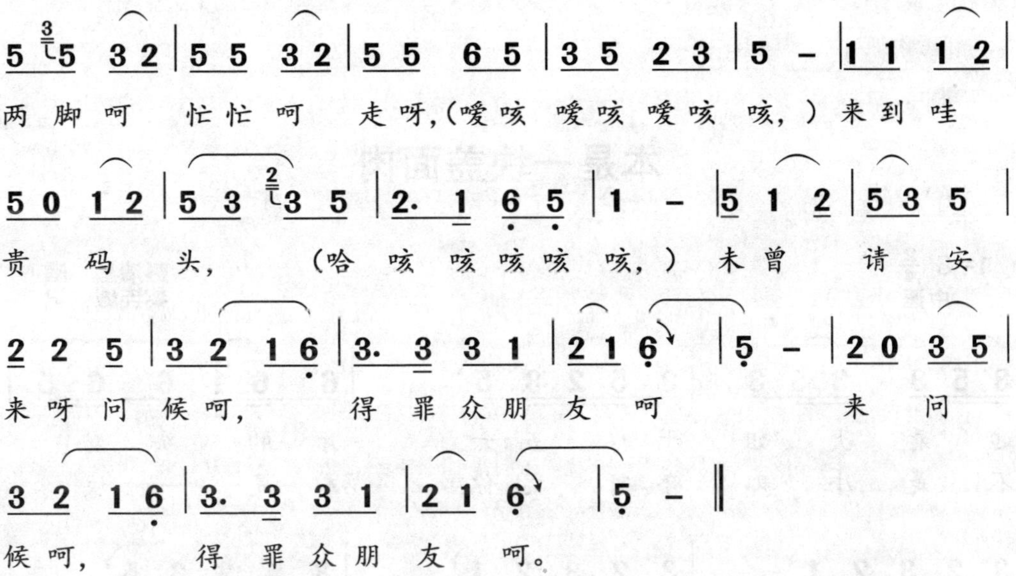

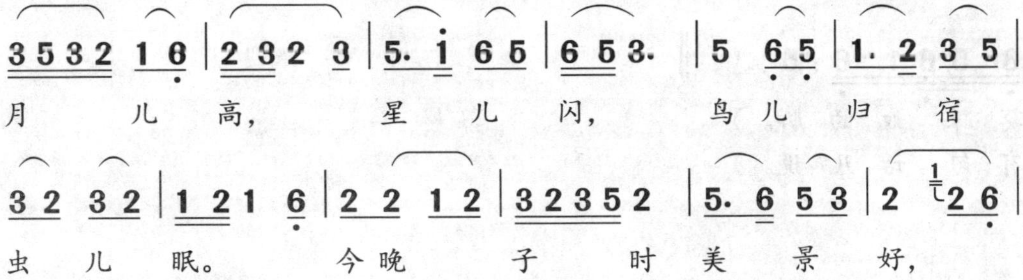

| 5 5 1̇ | 6 5 3 | 5 — | 6 — | 5. 1̇ 6 5 | 3 2 3 |
奴家　出　洞　嘚　拜　月　　　　仙，盼望

| 1̇ 6 — | 6. 5 | 1. 2 3 5 | 2 3 2 1 6 5 | 1 — ||
早　　　　登　　　　　　　　　仙。

本是一块盖面肉

1=G 2/4
中速

彭清昌　唱
黎连城　记

| 3 5 3 | 3 5 3 | 3 5 2 3 5 | 6 6 1 6 6 5 |
远看大姐十吖五六，　青的头发
不是小郎夸呀奖你，　本是一块

| 3 2 3 2 1 | 3 2 3 2 1 | 3 5 2 3 5 |
白呀白的肉，　白呀白的肉，　(心肝奴的哥，
盖呀盖面肉，　盖呀盖面肉，　(心肝奴的哥，

| 5 5 1̇ 6 5̇ 6 5 | 3 2 3 2 1 | 2. 5 3 2 1 |
站开些　　莫踩奴的脚，　哎
站拢来　　有句话儿说，　哎

| 6 5 6 1 6 5 ||
莫踩奴的脚。)
有句话儿说。)

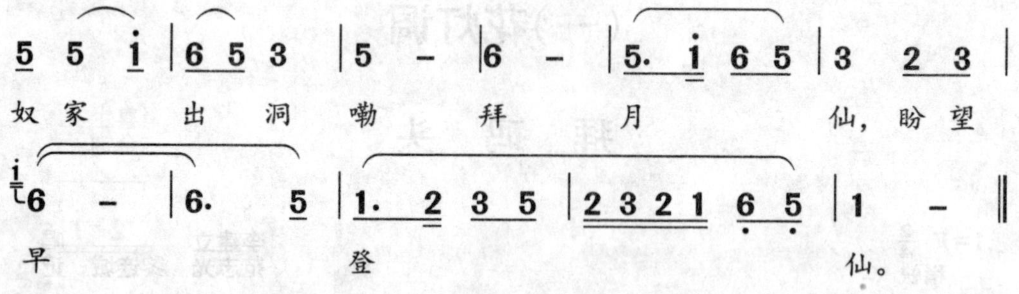

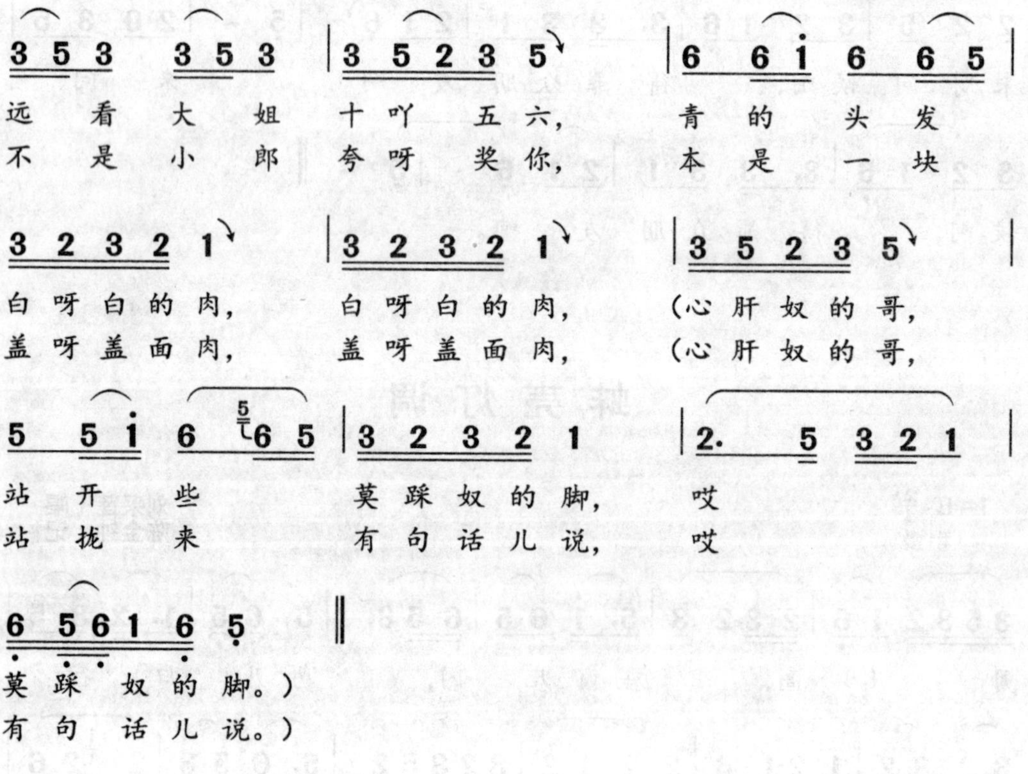

采 茶

1=F 2/4

肖喜生 唱
陈金钟 记

| 5 5 6 5 | 3 2 5 | 5 5 6 5 | 3 2 5 | 2 3 5 | 3 2 1 6 |

座啊　　座啊　　茶呀　　山哪　　接蓝　　哪
手啊　　提呀　　茶呀　　篓哇　　肩挑　　哇
大呀　　片啦　　嫩啦　　茶呀　　似锦　　哪

| 2 2 1 3 | 2. 3 | 6 1 1 6 | 5 6 1 | 1 1 2 1 | 6 5 1 |

天哪（哟依哟），姑哇娘采茶　白呀云间哪，
担哪（哟依哟），采呀了一山　又啊一山哪，
缎哪（哟依哟），手哇采口唱　歌啊不断哪，

| 5 5 6 5 | 3 2 5 | 5 5 6 5 | 3 2 5 | 5 5 1 | 6 5 3 |

(噢　　呀儿哟　噢　　呀儿哟）歌哇声四处
(噢　　呀儿哟　噢　　呀儿哟）尽啦是白毛
(噢　　呀儿哟　噢　　呀儿哟）越呀唱越心

| 2 2 2 3 | 2 ‖

传哪（啊衣哟）。
尖哪（啊衣哟）。
甜哪（啊衣哟）。

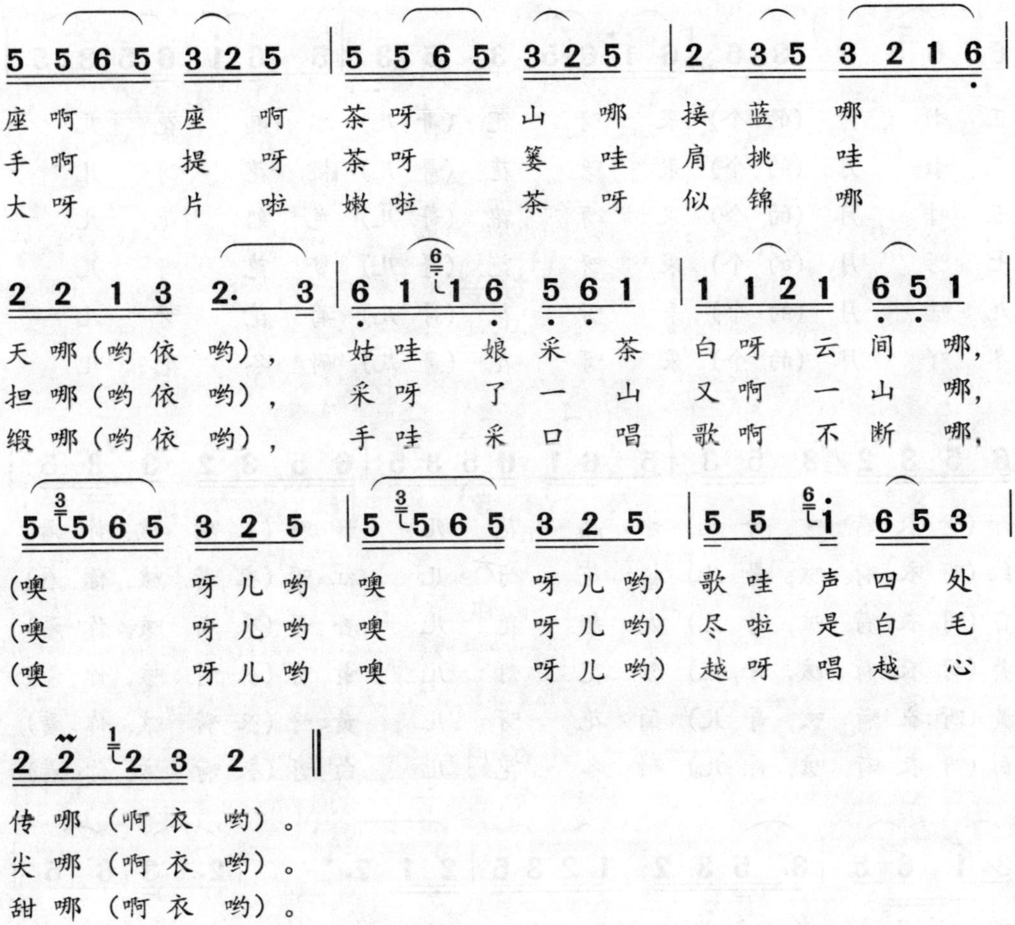

采花歌

1=F 2/4 3/4
中速

娄菊香 唱
蔡晞 记

| 6 65 | 3 35 | 6i 65 | 3 53 | 5 6i | 6535 |

正啦月（的个）采呀花（哥儿）水晶花儿
三啦月（的个）采呀花（哥儿）桃花呀儿
五哇月（的个）采呀花（哥儿）龙船花儿
七呀月（的个）采呀花（哥儿）梦花呀儿
九哇月（的个）采呀花（哥儿）菊花呀儿
冬吖月（的个）采呀花（哥儿）耐冬花儿

| 6532 | 353 | 5 6i | 6535 | 6532 | 3 35 |

开（呀衣嗬咳，哥儿）水晶花儿 开呀（衣嗬咳，你看）
红（呀衣嗬咳，哥儿）桃花呀儿 红呀（衣嗬咳，你看）
香（呀衣嗬咳，哥儿）龙船花儿 香呀（衣嗬咳，你看）
黄（呀衣嗬咳，哥儿）梦花呀儿 黄呀（衣嗬咳，你看）
黄（呀衣嗬咳，哥儿）菊花呀儿 黄呀（衣嗬咳，你看）
白（呀衣嗬咳，哥儿）耐冬花儿 白呀（衣嗬咳，你看）

| 3 i 65 | 3. 5 32 | 1235 | 21 2. | 2. 3 65 |

二月迎春花儿（哟喂哟）遍地
四月牡丹花儿（哟喂哟）遍地
六月荷花儿（哟喂哟）满池
八月桂花儿（哟喂哟）遍地
十月茶花儿（哟喂哟）遍山
腊月梅花儿（哟喂哟）遍地

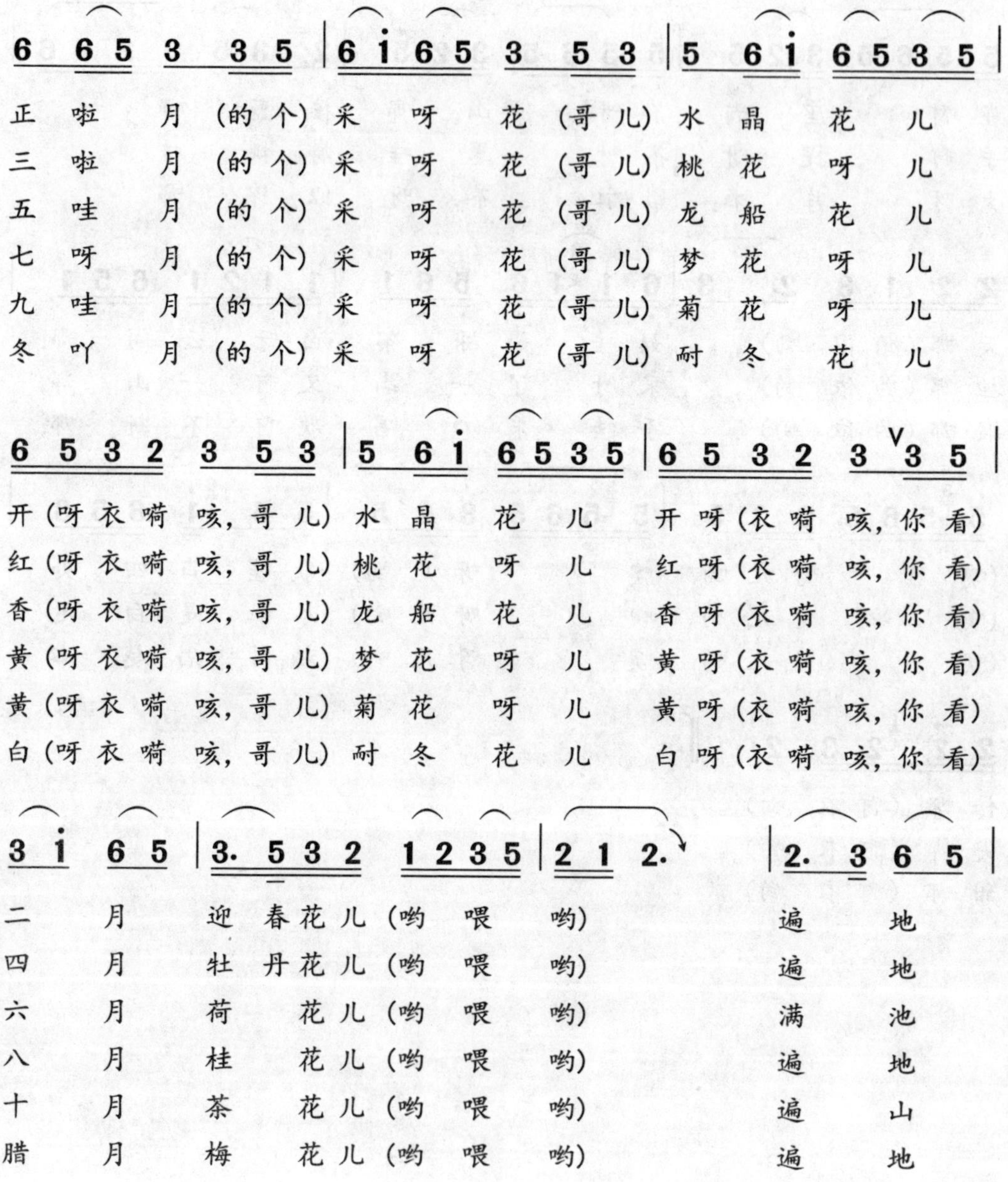

| 5 3 2 | 5 ⁀⁵⁄₃ 5 | 2 ⁀⁵⁄₃ 5 | 2 3 2 1 6. | 5 3 5 3 5 |

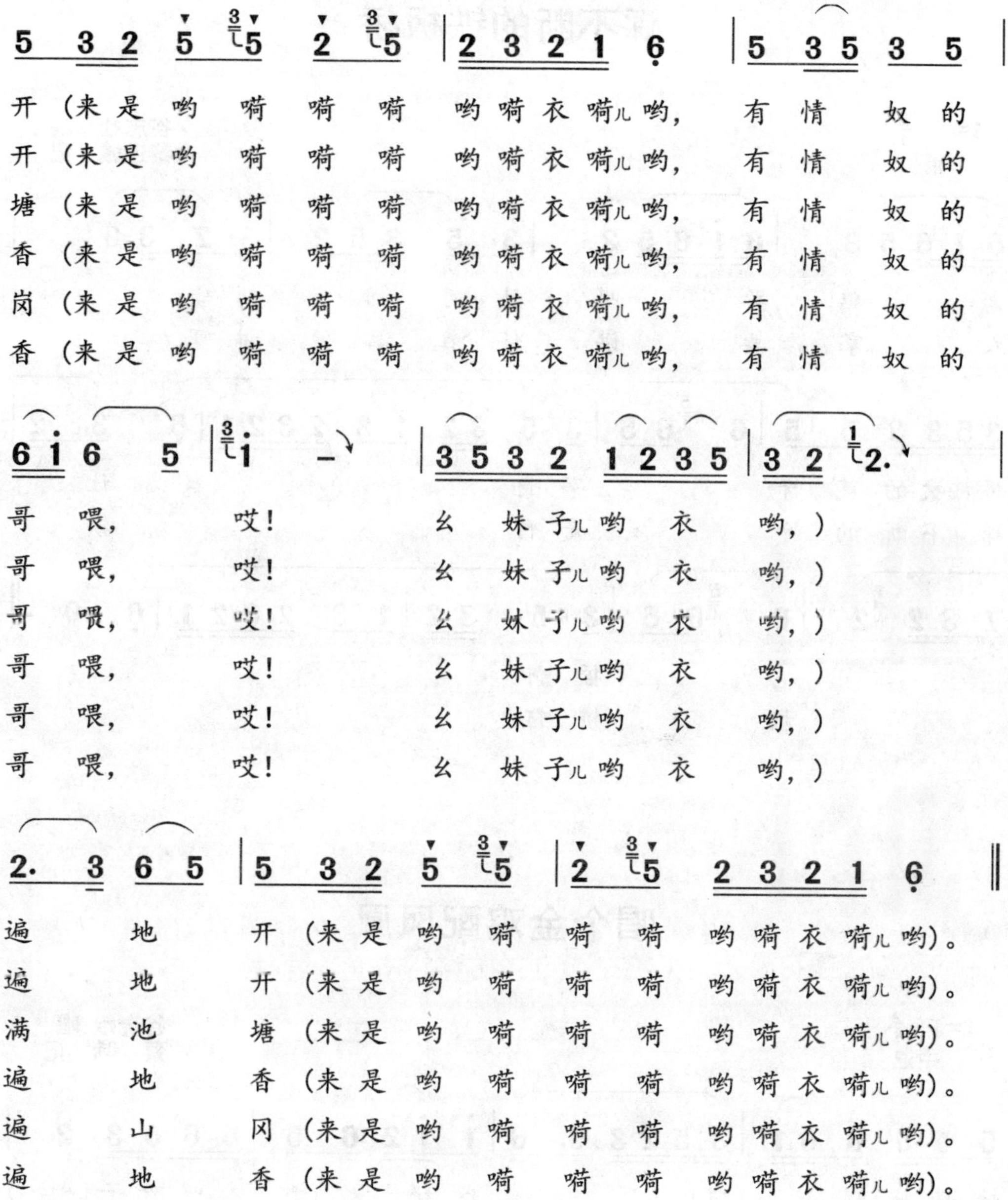

开（来是 哟 嗬 嗬 嗬 哟嗬衣嗬儿哟， 有 情 奴 的
开（来是 哟 嗬 嗬 嗬 哟嗬衣嗬儿哟， 有 情 奴 的
塘（来是 哟 嗬 嗬 嗬 哟嗬衣嗬儿哟， 有 情 奴 的
香（来是 哟 嗬 嗬 嗬 哟嗬衣嗬儿哟， 有 情 奴 的
岗（来是 哟 嗬 嗬 嗬 哟嗬衣嗬儿哟， 有 情 奴 的
香（来是 哟 嗬 嗬 嗬 哟嗬衣嗬儿哟， 有 情 奴 的

| 6 1 6 5 | ⁀³⁄₁ — | 3 5 3 2 1 2 3 5 | 3 2 ⁀²⁄₁ . |

哥 喂， 哎! 幺 妹 子儿哟 衣 哟，)
哥 喂， 哎! 幺 妹 子儿哟 衣 哟，)
哥 喂， 哎! 幺 妹 子儿哟 衣 哟，)
哥 喂， 哎! 幺 妹 子儿哟 衣 哟，)
哥 喂， 哎! 幺 妹 子儿哟 衣 哟，)
哥 喂， 哎! 幺 妹 子儿哟 衣 哟，)

| 2. 3 6 5 | 5 3 2 | 5 ⁀⁵⁄₃ 5 | 2 ⁀⁵⁄₃ 5 | 2 3 2 1 6. ‖

遍 地 开（来是 哟 嗬 嗬 嗬 哟嗬衣嗬儿哟）。
遍 地 开（来是 哟 嗬 嗬 嗬 哟嗬衣嗬儿哟）。
满 池 塘（来是 哟 嗬 嗬 嗬 哟嗬衣嗬儿哟）。
遍 地 香（来是 哟 嗬 嗬 嗬 哟嗬衣嗬儿哟）。
遍 山 冈（来是 哟 嗬 嗬 嗬 哟嗬衣嗬儿哟）。
遍 地 香（来是 哟 嗬 嗬 嗬 哟嗬衣嗬儿哟）。

踩不断的铁板桥

1=E 2/4
稍快

谷志壮 唱
黎连城 记

| 6 i 6 5 3 | 6 i 6 5 3 | 3 5 3 5 2 | 3 2 3 3 |

老　　鸹　要　　　叫　让　呵　它　叫　哇，
人　　家　要　　　讲　任　啦　他　讲　呵，

| 3 5 3 3 | 5 5 | 6 6 5 | 3 5 3 2 | 1 3 2 3 2 1 | 6 | 3. 2 |

风　吹　的　芭　呀　　　茅　呵　　　　　　让
踩　不　断　的　呀　　　是　呵　　　　　　铁

| 7 3 2 2 | 6 6 5 | 3 5 3 2 | 1 3 2 3 2 1 | 6 0 |

它　　　摇　啊。
板　　　桥　啊。

唱个金鸡配凤凰

1=F 2/4
中速

谷金娥 唱
蔡晞 记

| 5 5 5 6 6 i | 3 5 2 3 5. 6 | i i 2 6 5 | 5 6 5 3 2 |

情妹嘛唱来（喂）　　　我帮腔（啊，衣呀呀子儿哟，）
唱个嘛麒麟（喂）　　　配狮子（呀，衣呀呀子儿哟，）

| 3 2 1 6 2. 3 | 5 6 i 5 3 | 5 5 5 3 1 2 3 |

唱　一　个　　金　　鸡　唱个金鸡配（呀么）
唱　一　个　　情　　姐　唱个情姐配（呀么）

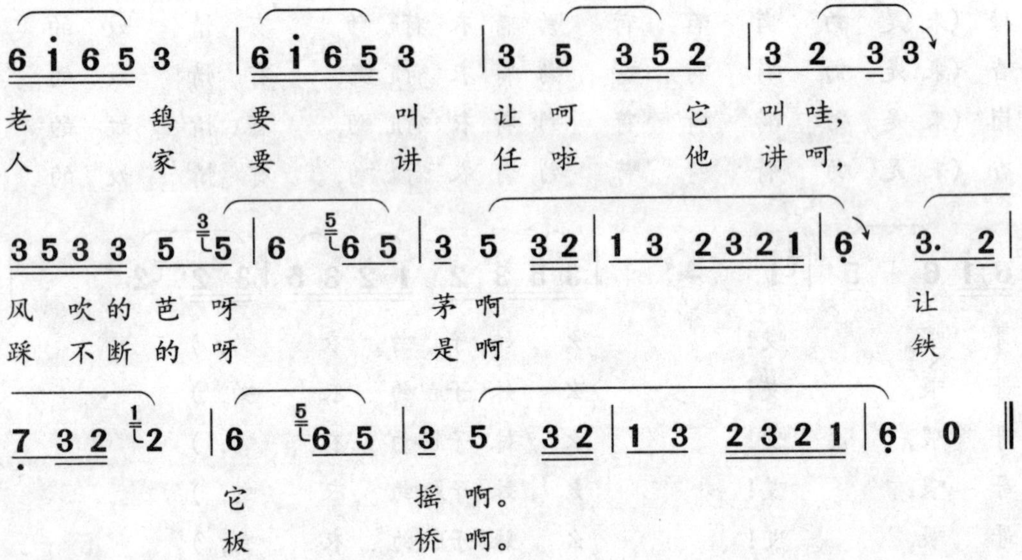

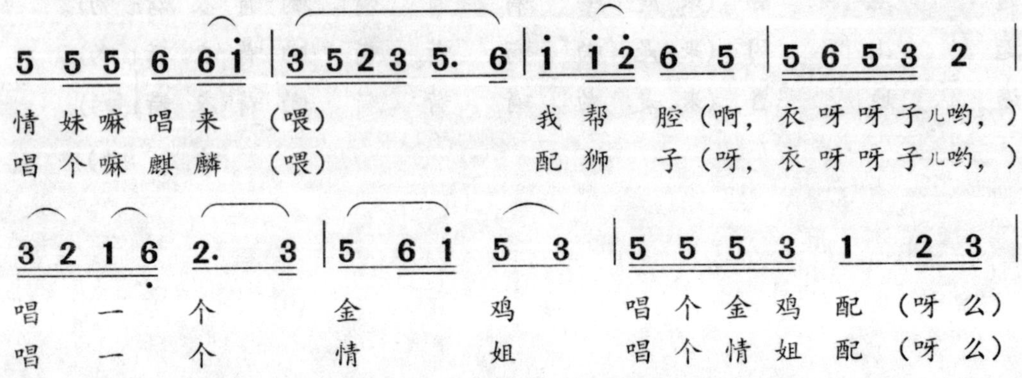

配凤凰，（得儿）唱个金鸡配呀配凤凰。
配情郎，（得儿）唱个情姐配呀配情郎。

朝拜老爷来

1=F 2/4
中速

王承宽 唱
黎连城 记

来呀在老呵爷一呀重门哪，一对的狮子儿把守头门哪。
（嘀呵花儿开呀闹嗨呀嗨，花谢呀住，等花呀开呀，花花世界呀，爱玩的爱耍的朝呵拜老爷来，哎嗨哎嗨哟）。

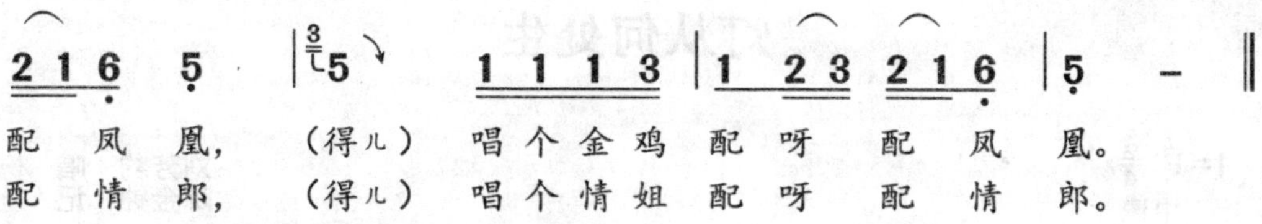

灯从何处生

1=F 2/4
中速

刘芳豹 唱
陈金钟 记

i 6 5 6 | i 6 6 5 | ³5 3 | 5 i 6 i 5 | i 6 5 6 i 6 5 |

灯是（的个）灯来（哟嗬） 灯是啊 灯啦， 灯是

i 6 5 3 2 1 | 2 3 5 3 2 1 | 2 2. | 3 2 1 6 2 2 | 5 3 5 2 3 0 |

打 从 何 处 生啦？王 母 娘娘 瞎呀瞎眼睛，

5 3 i 6 5 3 | 2 3 2 1 6̣ | 1 1 6 1 6 6 1 1 | 1 6 6 1 2 |

许下 红灯 三千六百盏，（梭儿溜之 螃蟹哥之 东西一之飘

2 2 3 6 5 | 5 3 5 2 3 0 | 5 3 i 6 5 3 | 2 3 5 2 1 |

东啊飘 西飘 飘梭螃蟹哥） 留下 呀 两 盏

5 3 5 5 2 3 2 1 | 6̣ - ‖

留下两盏到如哇 今。

等待郎回家

1=A 4/4

朱耀榜 唱
陈金钟 记

i i | 6 i 2 3 i 2 i 6 5 | 3 5 ³5 3 2 ⁶i - | i i 2 3 5 3 2 3 5 3 2 |

鼓打 一更 里 呀，明月 照纱 窗，奴君家带信来，
一摆 一盘 枣 哇，二摆 金钩 虾，三摆那花生米，

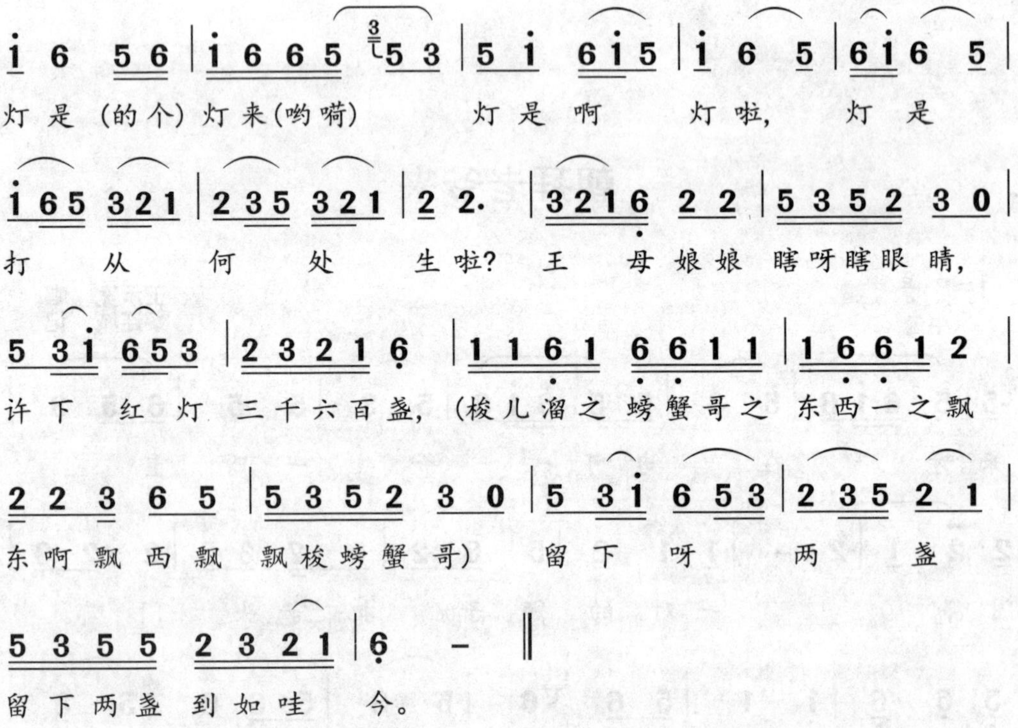

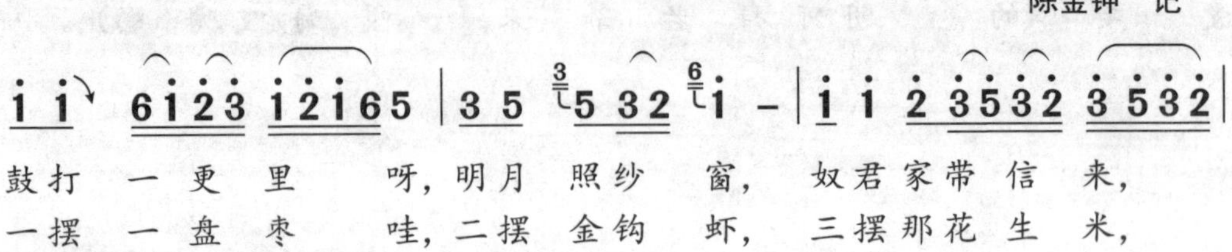

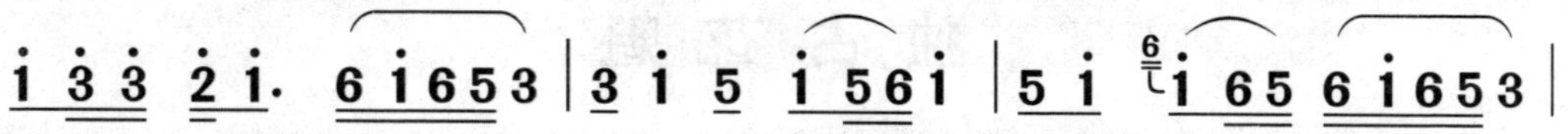

回家在今晚上，奴亲自到厨下早备酒菜茶，
四摆的是水鸭，两双双牙骨筷对面来摆下，

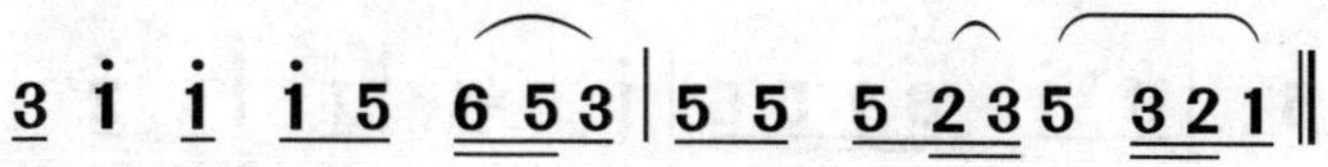

细心的摆盘子，答谢奴君家！
摆一瓶包谷酒，等待郎回家。

对门一枝花

1=A 2/4
中速

谷志壮 唱
曲 辰 记

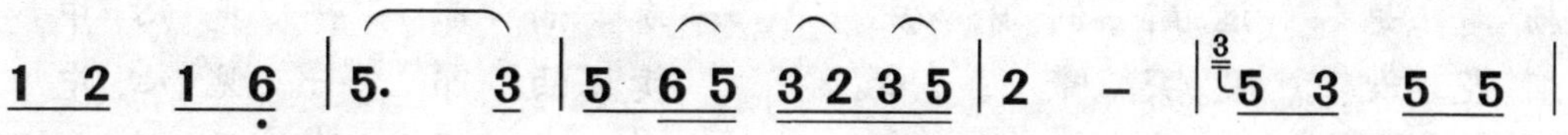

对门一支花，天天选婆家，一个壶装
幺姑儿生来娇，把人绊一跤，十家八家

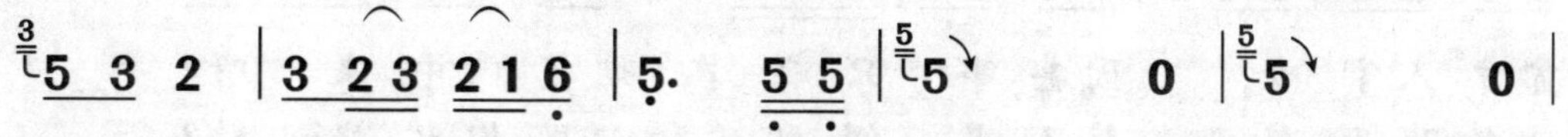

两样酒，想把两船踏，（我说踏呵，踏呵，）
都甩脱，大路走错了，（我说走呵，走呵，）

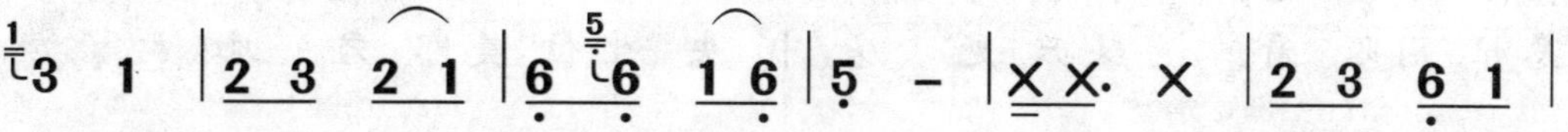

想把两船踏。（我的乖乖，哥儿，喂，妹儿你好
大路走错了。（我的乖乖，哥儿，喂，妹儿你好

乖，呀衣子儿哟情郎干哥哥。）
乖，呀衣子儿哟情郎干哥哥。）

第三篇 花山风韵——灯调 225

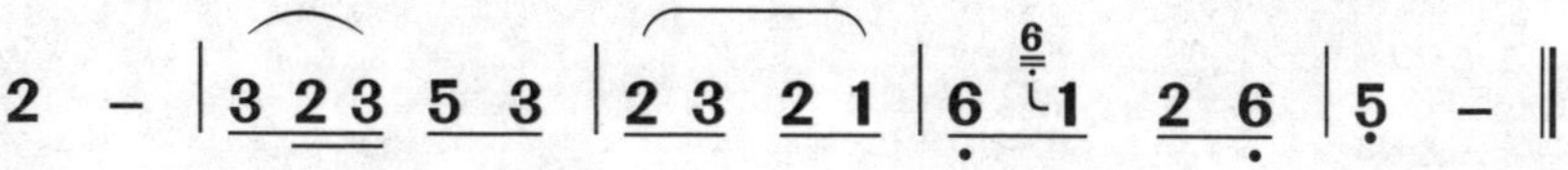

独占花魁

1=D 2/4
中速

刘芳豹 唱
蔡晞 记

6 5 6 2 | 1 1 6 5 | 6 1 6 1 5 6 | 1 - | 1 1 2 |

一呀更更儿里呀　月儿照花台，　卖油郎
二吖更更儿里呀　月儿渐渐高，　卖油郎
三啦更更儿里呀　月儿偏了西，　忽听得
四吖更更儿里呀　月儿偏了西，　忽听得
五哇更更儿里呀　鸡叫天刚明，　忽听得

3 2 3 2 | 1 3 2 1 | 1 6 5 | 6 1 6 5 3 | 1. 1 1 1 |

坐青楼　细观女裙钗。　我看你　年纪轻轻
坐青楼　心里好烦恼。　我看你　翻来覆去
杨贵妃　酒醉倒牙床。　卖油郎　一见心中
烟花女　哭哭啼啼。　卖油郎　一见心中
烟花女　连喊两三声：　哎呀呀　举目抬头

6 1 5 3 | 6 5 3 | 5 5 6 1 | 6 1 6 5 3 | 5 2 3 5 | 3.5 3 2 | 1 - ‖

贫户人家女，因甚事　只落在　烟花门中来　呀？
什么事儿焦，莫不是　酒醉　心里似火烧　哇？
急忙用目望，又只见　烟花女　两眼泪汪汪　吖。
实在不过意，忙把那　衣袖　捂住她的嘴　呀。
急忙用眼看，又只见　房中央　坐位美郎君　啦。

放 风 筝

1=F 4/4
稍慢

谷志壮 唱
蔡 晞 记

1 6 6 6 5 1 6 5 3 | 5 1 1 6 5 3 3 5 5 3 |

奴 在（的个）房 中 呵　　　闷 沉 沉 啦（呀呀衣子儿呀），
娘 骂（的个）女呀 儿　　　小 妖 精 啦（呀呀衣子儿呀），
隔 壁（的个）有哇 个　　　王 老 庚 啦（呀呀衣子儿呀），
手 拿（的个）风 吖 筝　　　出 门 庭 啦（呀呀衣子儿呀），

5 5 1 6 6 5 3 3 5 3 2 2 1 | 5 3 3 5 2 3 2 1 6 6 5 6 |

一呀心只想 放 呵 风 筝 啦，散 啦 散奴的呀 心 哪（呵，
鞋呀花不做 放 呵 风 筝 啦，为 呀 娘 不 放 吖 心 哪（呵，
他呀与奴家 一呀 命 生 啦，他 呀 也 放 风 吖 筝 哪（呵，
洛哇阳桥上 放 吖 风 筝 啦，散 啦 散奴的呀 心 哪（呵，

2 1 2 3 6 5 6 5 5 3 5 5 3 2 2 1 | 5 3 3 5 2 3 2 1 6 5 6 |

呀儿呀子喂 我的 小郎吖 君 啦）散 啦 散奴的呀 心 哪。
呀儿呀子喂 你这 小贱啦 人 啦）为 呀 娘 不 放 呵 心 哪。
呀儿呀子喂 我的 老娘吖 亲 啦）你 不 放 心 哪 一 门 哪。
呀儿呀子喂 我的 小郎吖 君 啦）散 啦 散奴的呀 心 哪。

高山顶上一树桐

1=B 2/4
中速

彭辉礼 唱
黎连城 记

1 6 5 3 | 2 - | 3 5 6 1 | 2. 3 2 1 6 | 5 - |

高 山 顶 上　一 呀（哪当）一　　树 桐，
只 要 正 根　生 呀（哪当）生　　得 稳，

第三篇　花山风韵——灯调　227

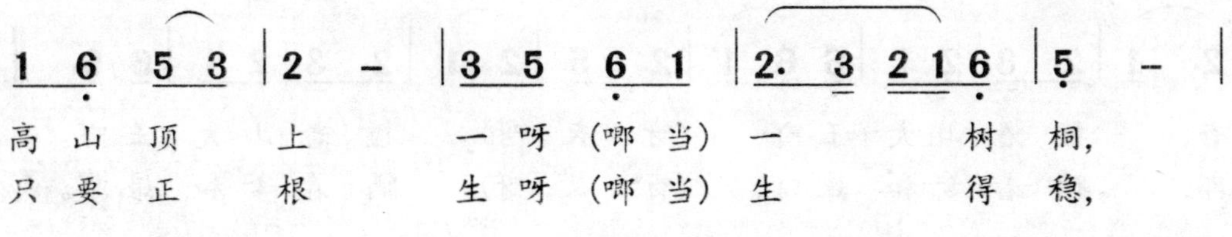

| 1 6 6 1 5 | 6̇ - | 6̇ 1 6̇ 1 | 2. 3 2 1 6̇ | 5̇ - |

一 呀 么 一 树 桐， 开 花 结 果 叶　　叶 儿 浓，
生 呀 么 生 得 稳， 哪 怕 东 南 西　　北 风，

| 5. 6 5 3 | 2 2 3 5 | 3 * 5 3 2 | 1. 2 5 6 1 |

叶　　叶 儿 浓 呵， (衣 得 儿　　哟
西　　北 风 呵， (衣 得 儿　　哟

| *5 6 5 3 | % | 5 6 5 3 2 | 1. 2 5 6 1 ‖

得 儿　　　　得 儿　　哟。)
得 儿　　　　得 儿　　哟。)

注：*"得儿"为唱弹舌音。

姑嫂去烧香

1=F 2/4

桂尧清 唱
远达 蔡晞 记

快

| 5 3 | 5 3 | 5 1 | 6 6 5 | 3. 3 5 5 | 3 3 0 |

高 山 高 岭 一 庙 堂 啊， 鼓 儿 咚 咚 响 呵，
嫂 子 烧 香 求 儿 女 呀， 理 所 应 哪 当 呵，

| 6. 5 | 3. 3 5 5 | 3 3 0 | 5 5 | 1 6 6 5 | 3 5 |

呵　 鼓 儿 咚 咚 响 呵； 姑 哇 嫂 二 人 去 烧
呵　 理 所 应 哪 当 呵： 姑 哇 儿 烧 香 望 早 招

| 2. 1 | 2. 3 2 1 6̇ 6̇ | 1 2. 5 2 1 | 2. 3 2 1 6̇ 6̇. ‖

香， 撞 着 山 大 王 吖， (呀 衣 呀) 撞 着 山 大 王 吖。
郎， 瞒 着 爹 和 娘 吖， (呀 衣 呀) 瞒 着 爹 和 娘 吖。

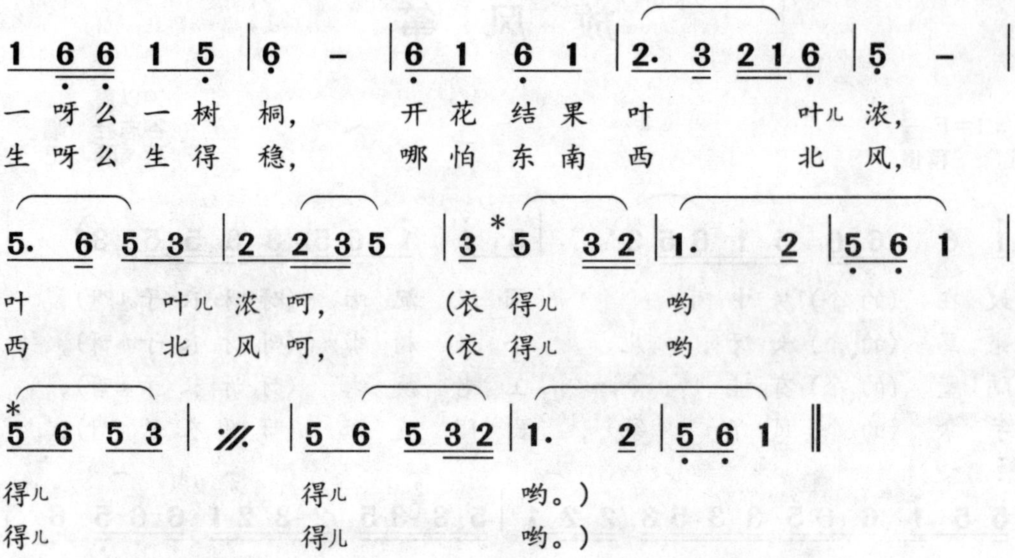

观 灯 调

1=D 2/4 3/4
稍快

钟以善 唱
黎连城 记

3 5 6 1 | 5 5 3 | 3. 5 2 3 | 5 — | 1 1 2 |
一 更 里 呀 去 呀 观 灯， 姊 妹

3 2 5 | 2 3 3 1 | 2 — | 5 5 3 6 | 5 |
双 双 出 了 绣 房 门， 金 簪 头 上 戴 呀，

1 1 6 5 6 | 1 — | 1 1 1 2 | 3 2 5 3 | 2 2 3 2 1 |
耳 环 二 面 分， 红 绿 缎 子儿 背 搭儿 套 着 奴 的

2 — | 1 6 3 — | 3 6 1 — | 5 6 1 5. 6 | 1 6 1 2 | 1 — ‖
身，（呀 伙儿衣 衣 伙儿呀） 爱 坏 人 哪 倒 把 人 爱 坏。

海棠花花儿红

1=C 2/4
中速

蒋春玲 唱
陈金钟 记

1 1 1 1 1 1 6 | 5 6 1 5 5 6 | 1 1 1 3 2. 3 |
墙 上 开 花 满 天 哪 红 啊，（呀 呀 子儿 喂 呀 蜜 蜂儿 啊
骑 匹 白 马 过 山 哪 东 啊；（呀 呀 子儿 喂 呀 蜜 蜂儿 啊
叔 宝 怀 抱 金 装 吖 铜 啦，（呀 呀 子儿 喂 呀 蜜 蜂儿 啊
五 湖 四 海 访 宾 哪 朋 啊。（呀 呀 子儿 喂 呀 蜜 蜂儿 啊

1 1 2 1 6 | 5 — ‖
海 棠 花 花儿 红）。
海 棠 花 花儿 红）。
海 棠 花 花儿 红）。
海 棠 花 花儿 红）。

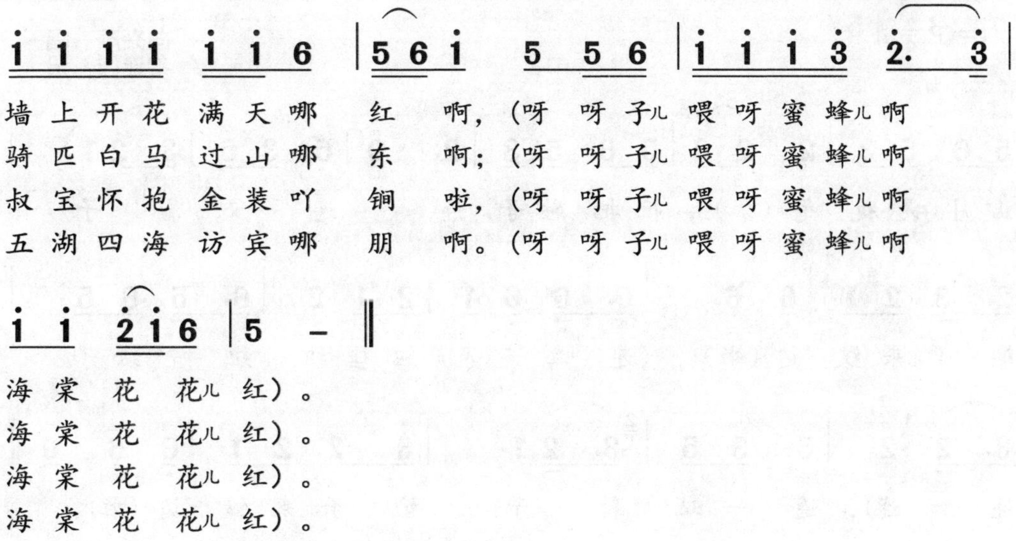

害奴一世怎下场

1=G 2/4 3/4
中速

谷金娥 唱
蔡晞 记

```
i 6 6 5 | i 6 5 3 | i 6 5 ⁳3̲ 3 | 6 5 3 2 |
```
车子（的个）难哪纺　怪呀车呀锭哪，
只怪（的个）媒呀人　开呀坏呀口哇，
双双（的个）燕啦子　绕哇华呀堂吖，
只怪（的个）爹呀娘　贪啦小呀利呀，

```
3 3 5 6. 5 | 5 3 2 ⁱ2̲ 1 | 2 2 3 5 | 2 ²3̲ 3 2 1 6 ||
```
丈夫哇　不好　　怪呀媒呀人（啊）；
奴家呀　枉为　　一呀世吖人（啊）。
丈夫哇　不好　　怪呀爹呀娘（啊）；
害奴哇　一世　　怎啦下呀场（啊）。

红 绣 鞋

1=G 2/4

向兴顺 唱
黎连城 记

```
5 6 5 3 | 2 2 3 | 5 6 5 3 | 2. 0 | 5 3 5 | 3. 2 1 |
```
正月是新年（啦），忙把鞋子连，　连一双鞋子

```
2. 3 2 1 | 6̣ 6̣. | 6̣. 6̣ 6̣ 1 | 2 1 2 | 6. 5 6 5 |
```
缎子儿来镶边（啦），（连　啦连子儿纽哇纽，纽哇纽子儿

```
3. 2 ¹2̲ | 5 3 5 | ²3̲ 3. 2 1 | 3. 2 2 1 | 6̣ 6̣ 0 ||
```
连　连），连一双鞋子　缎子儿来镶边（啦）。

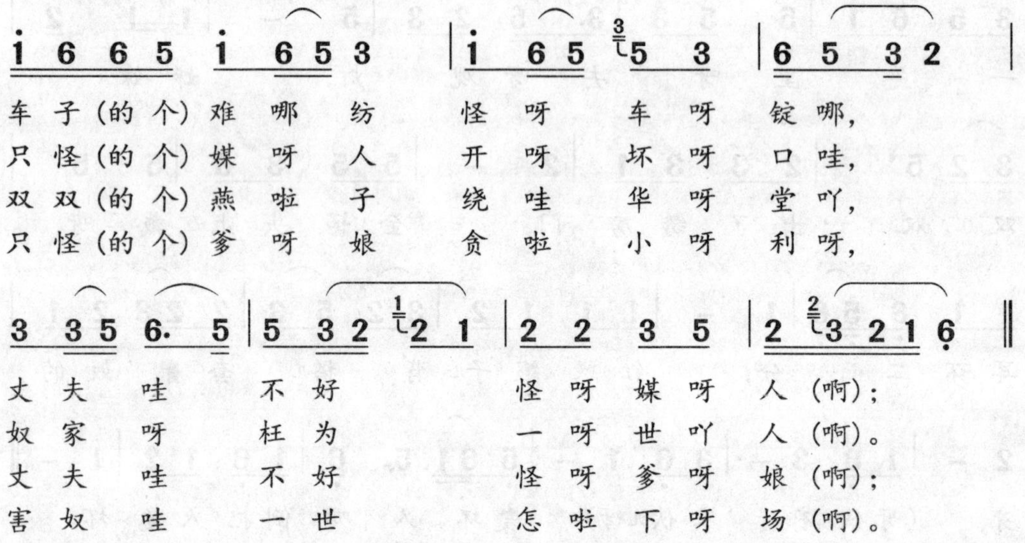

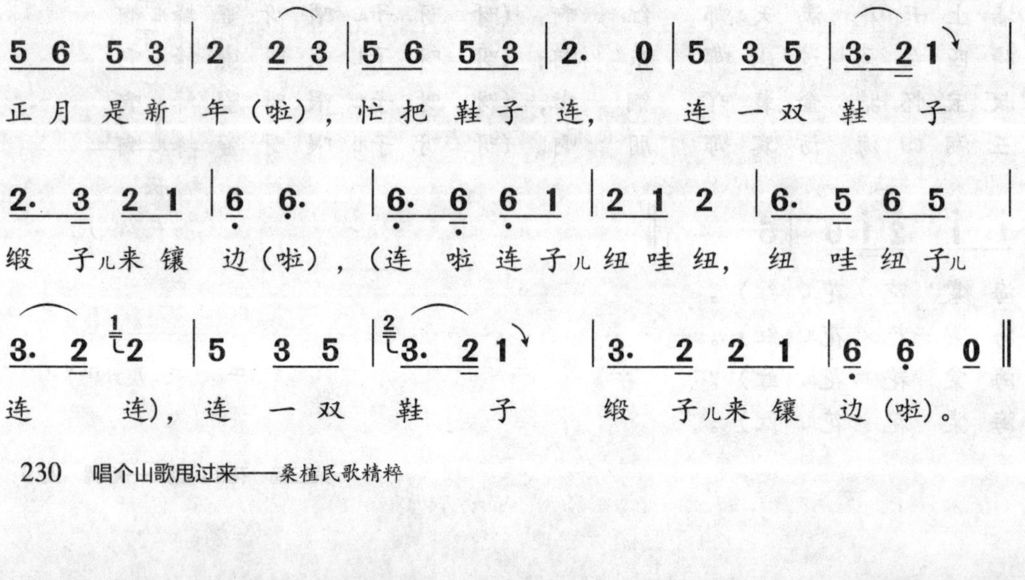

和合二仙下天台

1=D 2/4
稍慢

向宏治 唱
陈金钟 记

$\dot{1}$ 6 6 5 | 5 $\dot{1}$ 6 5 3 | 5 $\dot{1}$ 6. 5 | 3 3 2 3 |

和合（的个）二仙哪　　下天哪　台呀，
寿比（的个）南山哪　　福如哪　海呀，

5 $\dot{1}$ 6. 5 | 3 3 2 3 | 5 5 $\dot{1}$ 6 5 | 3 3 3 5 | 3 3 2 1 |

下天哪　台呀，　特呀与主东（哥哥儿奴的　哥哥儿呀
福如哪　嗨呀，　财呀似长江（哥哥儿奴的　哥哥儿呀

2 3 2 1 | 6̇ | 2 2 5 | 3 2 1 | 6̇ 2 1 | 6̇ ‖

妹妹儿我的妹）把呀年拜呀　（呀衣得儿呀）。
妹妹儿我的妹）滚啦滚来呀　（呀衣得儿呀）。

花不逢春蜂不来

1=G 2/4 3/4
中速

谷兆芹 唱
黎连城 记

3 3 5 3 2 1 | 2 $\overset{3}{\overline{5\ 3}}$ | 2 3 2 1 $\overset{6}{\overline{1\ 6}}$ | 3 2 1 6 |

小小儿蜜　蜂奔　姐怀呀，　　手拿
劝姐莫把　蜜蜂　打呀，　　　花不

5. 6 1 | 6. 1 2 | 1 2 3 5 2 | 6 5 6 1 2 1 6 |

扇子（呀儿哟　呀儿衣哟　呀儿衣儿
逢春（呀儿哟　呀儿衣哟　呀儿衣儿

5. 6 5̣ | 2 2 3 1 | 5. $\overset{6}{\overline{1}}$ 6 5 3 | 5 6 1 5̣ ‖

哟衣哟哎哎哟）打不　开（衣儿哟）；
哟衣哟哎哎哟）蜂不　来（衣儿哟）。

花灯儿花朵开

1=F 2/4
中速

钟以答 唱
黎连成 记

5 6 1 5. 3 | 5 6 5 3 5 | 5 6 1 5. 3 | 5 6 5 3 5 |
正 月 里 （花灯花朵开） 闹新春 （花灯花朵开）

5. 3 5 3 2 | 1. 2 3 5 2 1 | 1. 3 2 1 6 | 5 — ‖
花 灯 花 灯儿 进 门 来， 四 季 广 招 财。

花灯玩进屋

1=F 2/4
热情地

金文才 尚世龙 唱
黎连城 武 生 记

5 5 5 5 3 6 5 5 6 5 3 2 | 5 5 3 5 | 5 3 2 3 1 |
（领）花 灯嘛 玩进 屋哪（哎咳哟）， 东君 打招 呼（来哎
　　 前 有嘛 八吖 步哇（哎咳哟）， 朝哇 阳嘛 水（来哎

2 — | 5 2 3 5 5. | 2 5 2 | 3 3 2 1 |
哟）， 挤挤 的 搭搭 一 满 屋呵，
哟）， 后有 的 八步 水 朝 阳呵，

3. 3 2 3 1 | 2 2 1 6 5 6 | 5 — | 2 2 5 |
几 个 对 不 住哪（哎 哟） （合）一 呀 满
主 东 好 屋 场哪（哎 哟） （合）水 呀 朝

3 3 2 1 | 3 3 2 3 1 | 2 2 1 6 5 6 | 5 — ‖
屋啰， 几个 对 不 住来（哎 哟）。
阳呵， 主东 好 屋 场来（哎 哟）。

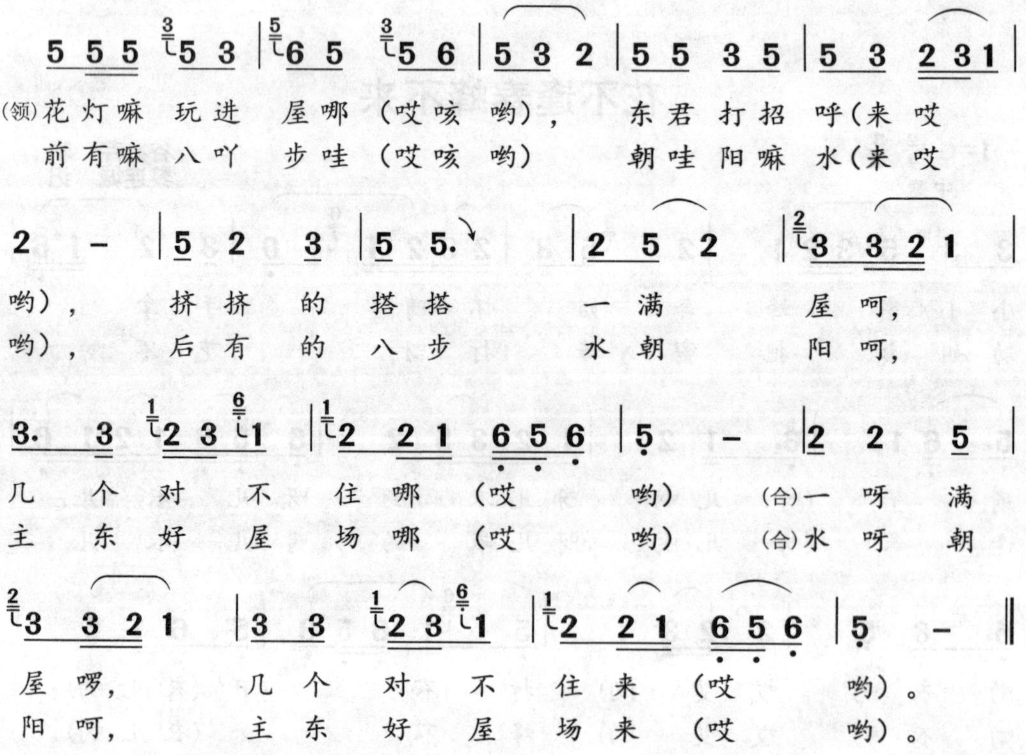

花灯越玩越有劲

1=F 2/4　　　　　　　　　　　　　　　　　　谷兆芹 唱
中速　　　　　　　　　　　　　　　　　　　黎连城 记

6 6 i | 6i 65 5 3 | 5 i | 6535 356 | 5 6 6 i |
正月 里 来 好 进 啊 财 呀, 天官

6i 65 353 | 3532 12 | 353 125 | 321 0 |
赐 福 进 呀么 进 门 来 呀。(奴的 哥 哥儿, 哎,

6 6i 6 | 5 i | 6535 356 | 5 6 6 6i |
妹 妹儿 哈,) 深 深 啦 拜 呀, 拜 上 (的个)

6 6i 53 | 53 535 | 22 1 | 23 521 |
主 呵 东 禄位 高 升 啦, 财发 万事

6. 0 | 22 535 | 22 1 | 23 521 | 6 - ‖
兴, 贺喜新 春 啦 福寿 康 宁。

花树缠我我缠他

1=F 2/4　　　　　　　　　　　　　　　　　　向宏治 唱
中速　　　　　　　　　　　　　　　　　　　陈金钟 记

353 | 3532 | 3523 | 50 | 3. 335 | 6i 65 |
小 小 蜜蜂 为呀 采 花, (情哥奴子儿妹
转 身 尽怕 蜂呀 王 打, (情哥奴子儿妹

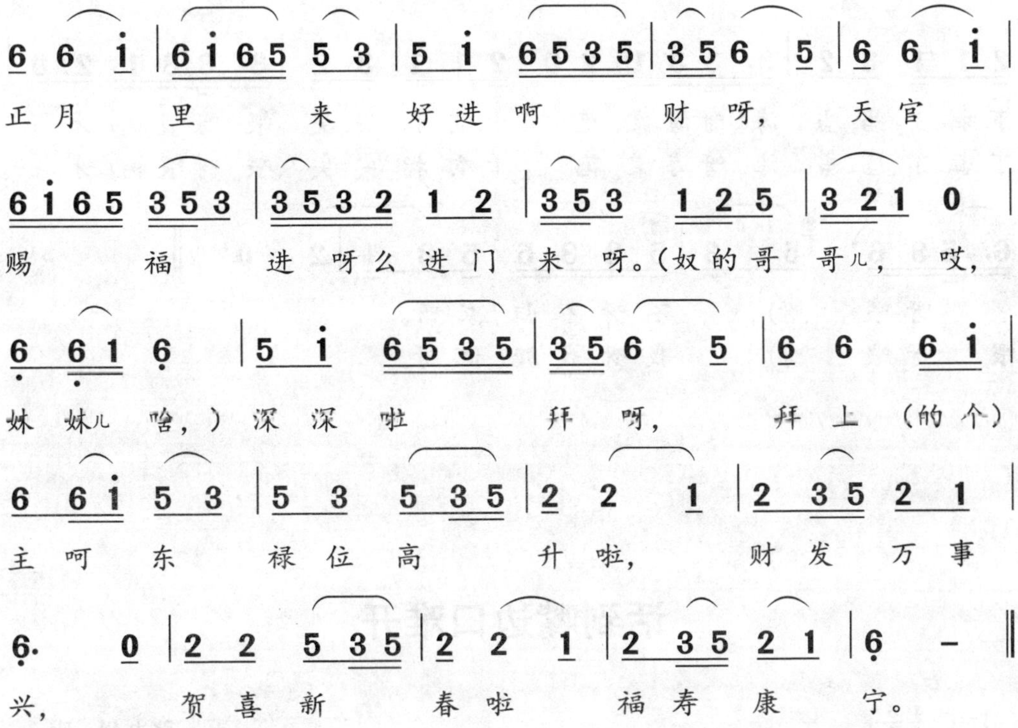

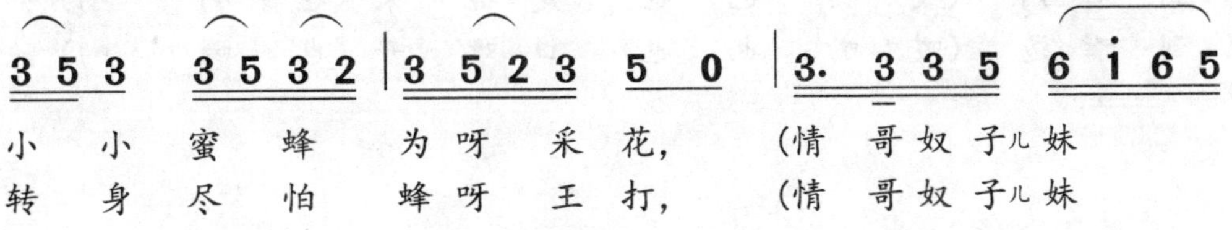

小哇哥郎安)一去的几年(哎 呀呀子儿喂
小哇哥郎安)花树的缠我(哎 呀呀子儿喂

丁啦丁当当海呀海棠花 十啊指尖尖喂呀喂树儿呀
丁啦丁当当海呀海棠花 十啊指尖尖喂呀喂树儿呀

喂 呀喂 呀) 不呀不归家呀。
喂 呀喂 呀) 我呀我缠他呀。

话到嘴边口难开

1=C 4/4 5/4
中速

张九州 唱
黎连城 记

姐在 对门(哟 哟)打猪 草(那么哟 哟),
有心 与姐(哟 哟)交相 好(那么哟 哟),

郎到对门(哎哟也也)走拢 来(也哟 哟);
话到嘴边(哎哟也也)口难 开(也哟 哟)。

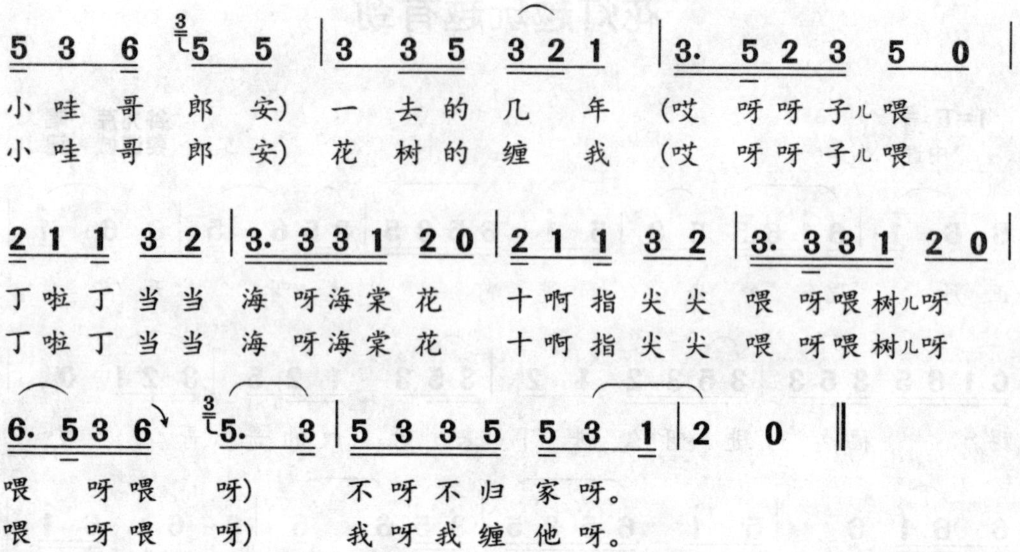

叫得奴家好痛心

1=B 2/4　　　　　　　　　钟为振　唱
中速　　　　　　　　　　白诚仁　记

| 1 2 | 1 6. | 2 6 1 | 1 6. | 1 2 | 1 1̲ | 2 - | 3 2 3 |

一更啦　里来呀　月儿啊　升，　山中的
二更啦　里来呀　月儿啊　明，　山中的
三更啦　里来呀　月儿啊　明，　山中的
四更啦　里来呀　月儿啊　明，　山中的
五更啦　里来呀　月儿啊　沉，　笼中的

| 2̲ 1 | 1̲ 6. | 1̲ 6 1̲ 6 | 5 0 | 1. 1 1 2 | 1 1̲ 6 |

蚊　虫　闹在一啦更。　蚊虫（的个）哥哥儿
蛤　蟆　闹在二啦更。　哈蟆（的个）哥哥儿
锦　鸡　闹在三啦更。　锦鸡（的个）哥哥儿
阳　雀儿　闹在四啦更。　阳雀儿（的个）哥哥儿
鸡　公　闹在五啦更。　鸡公（的个）哥哥儿

| 3. 2 | 3̲ 1 | 1̲ 2 - | 3̲ 2 | 3̲ 1 | 1̲ 2 0 | 3 | 3̲ 2 |

你在那厢叫，　奴在这厢听，　听得的
你在那厢叫，　奴在这厢听，　听得的
你在那厢叫，　奴在这厢听，　听得的
你在那厢叫，　奴在这厢听，　听得的
你在那厢叫，　奴在这厢听，　听得的

| 2 3 1 | 2 3 1 | 1 2 | 2 3 5̲ 6 | 1 0 | 2 3 1 |

奴家伤心嘛，妹妹儿痛心，伤心
奴家伤心嘛，妹妹儿痛心，伤心
奴家伤心嘛，妹妹儿痛心，伤心
奴家伤心嘛，妹妹儿痛心，伤心
奴家伤心嘛，妹妹儿痛心，伤心

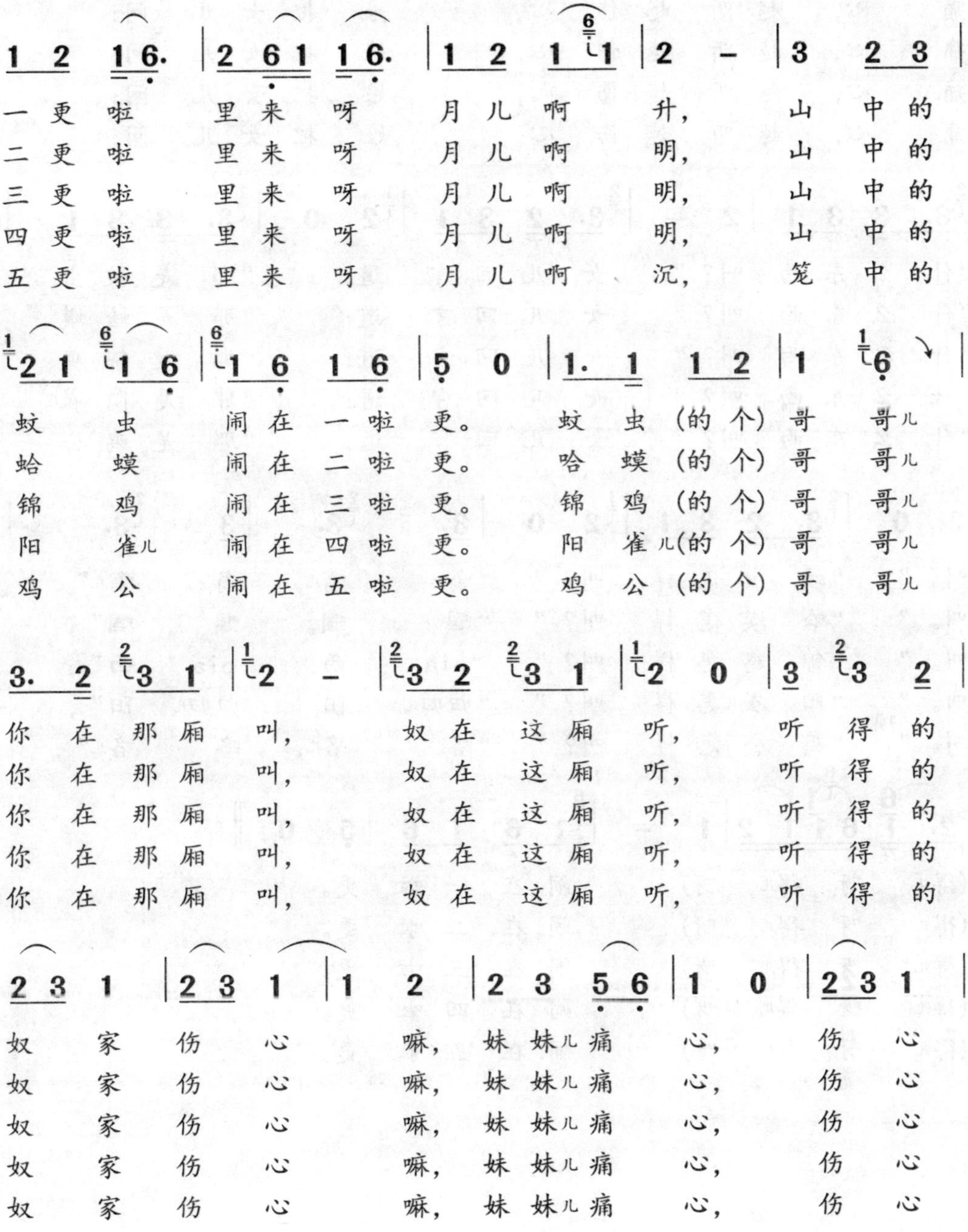

$\underset{\frown}{5}$ 6. 1 | $\underline{\dot{1}}$ 6 $\underline{1}$ 6 6 | 5 0 | $\overset{6}{\underline{\dot{1}}}$. $\underline{1}$ 1 $\underline{6}$ | 5 0 |

痛　　心，越听越伤心，　　娘　把　女　儿　问：
痛　　心，越听越伤心，　　娘　把　女　儿　问：
痛　　心，越听越伤心，　　娘　把　女　儿　问：
痛　　心，越听越伤心，　　娘　把　女　儿　问：
痛　　心，越听越伤心，　　娘　把　女　儿　问：

$\overset{2}{\underline{\underline{3}}}$. $\underline{3}$ $\underline{3}$ 1 | 2 — | $\overset{2}{\underline{\underline{3}}}$. $\underline{2}$ $\underline{3}$ 1 | $\overset{1}{\underline{\underline{2}}}$ 0 | $\overset{2}{\underline{\underline{3}}}$. $\underline{3}$ $\underline{3}$ 1 |

"什　么　东　西　叫？"女　儿　回　言　道："那　是　蚊　虫
"什　么　东　西　叫？"女　儿　回　言　道："那　是　蛤　蟆
"什　么　东　西　叫？"女　儿　回　言　道："那　是　锦　鸡
"什　么　东　西　叫？"女　儿　回　言　道："那　是　阳　雀儿
"什　么　东　西　叫？"女　儿　回　言　道："那　是　鸡　公

2 0 | $\overset{2}{\underline{\underline{3}}}$. $\underline{2}$ $\underline{3}$ 1 | $\overset{1}{\underline{\underline{2}}}$ 0 | 3 $\overset{2}{\underline{\underline{3}}}$. | 3 $\overset{2}{\underline{\underline{3}}}$. |

叫。""蚊　虫　怎样　叫？""嗡　　嗡儿，嗡　　嗡儿"，
叫。""哈　蟆　怎样　叫？""咕　　咕，　咕　　咕"，
叫。""锦　鸡　怎样　叫？""pia　　西，　pia　　西"，
叫。""阳　雀儿怎样　叫？""归归儿阳，归归儿阳"，
叫。""鸡　公　怎样　叫？""咯　　咯儿，咯　　咯儿"，

$\overset{\frown}{2}$. $\underline{1}$ $\underline{6}$ $\underline{1}$ $\underline{1}$ 2 | 1 — | $\overset{6}{\underline{\dot{1}}}$ 6 $\underline{1}$ 6 | 5 0 ||

(得儿　呀　得儿　呀)　闹　在　一　啦　更。
(得儿　呀　得儿　呀)　闹　在　二　啦　更。
(得儿　呀　得儿　呀)　闹　在　三　啦　更。
(得儿　呀　得儿　呀)　闹　在　四　啦　更。
(得儿　呀　得儿　呀)　闹　在　五　啦　更。

叫声哥哥你莫愁

1=F 2/4
中速

金竹林 唱
李忠文 记

5 6 5 3 | 5 6 5 3 | 6 5 3 | 2 — | 2 5 5 2 |
哥 哥 你 莫 愁 哇（衣 衣 呀），不 会 把 你

5 3 2 1 — | 2 3 5 | 2 3 2 | 3 5 2 3 | 5 3 2 1 |
丢 呃。 要 想 奴 家 把 你 丢，

6. 1 6 1 | 2 1 1̲6̲ 6 | 5 — ‖
除 非 水 倒 流 哇。

金童玉女下凡来

1=G 2/4 3/4

刘芳豹 唱
陈金钟 记

5 3 5 | 3 5 3 2 1̲6̲ | 5 3 5 2̲3̲ | 5 3 5 3 2 1̲6̲ | 3 3 1 3 2 |
东 边 哪 一 朵 哇 祥 云 起 呀， 西 边 哪

3 2 3 2 1 6. 1 | 3 2. | 3 3 2 1̲6̲ | 1 1 1 2 5 5 3 |
二 吖 朵 哇 紫 云 罗 开， 祥 云 哪 起 来 呀

5 3 3 2 1̲6̲ | 5 3 2 3 2 1 | 2 | 3 2 1 | 6. 0 ‖
紫 啊 云 哪 开， 金 童 玉 女 呀 下 凡 来。

第三篇 花山风韵——灯调

金童玉女出天庭

1=G 2/4
优美、自由地

钟学之 唱
蔡晞 记

金童啊 玉呀女呀 出 天 庭啦，腾身啦 驾起呀 五 色 云。
同赴哇 元啦宵哇 花 灯 会呀，仙风呵 飘飘哇 到 凡 尘。

开 台 词

1=F 2/4
中速

吴伯约 唱
李忠文 陈金钟 记

锣鼓闹沉沉啦，请出小花灯啦，抬扇四 方 围团 啦 拜 呀，恭 喜 乡 亲 同 庆 新 春。
收扇花一蓬呵，开扇起春风啊，姊妹巧 妆 扮花 呀 灯 啦，祝 贺 今 年 人 寿 又 年 丰。

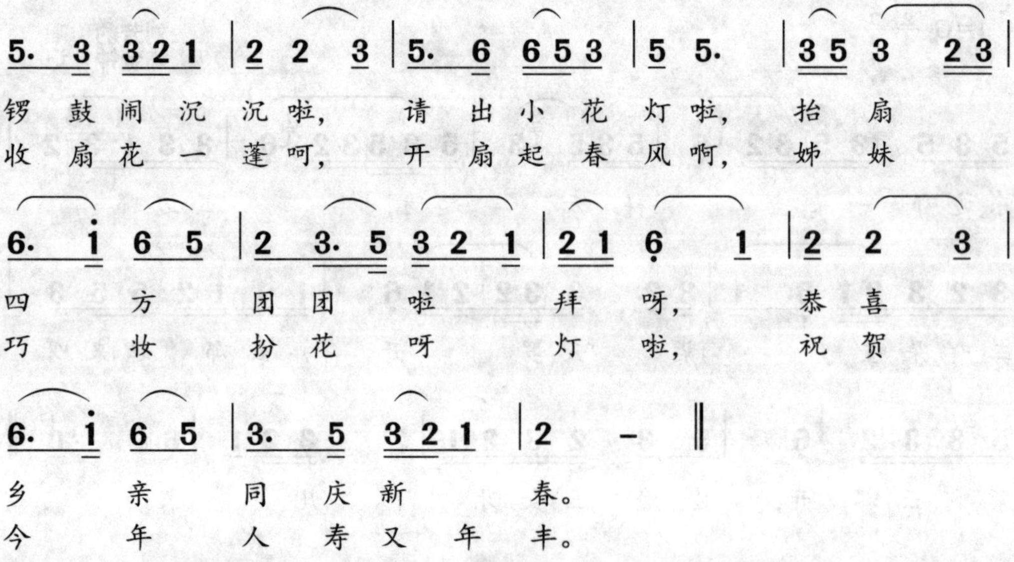

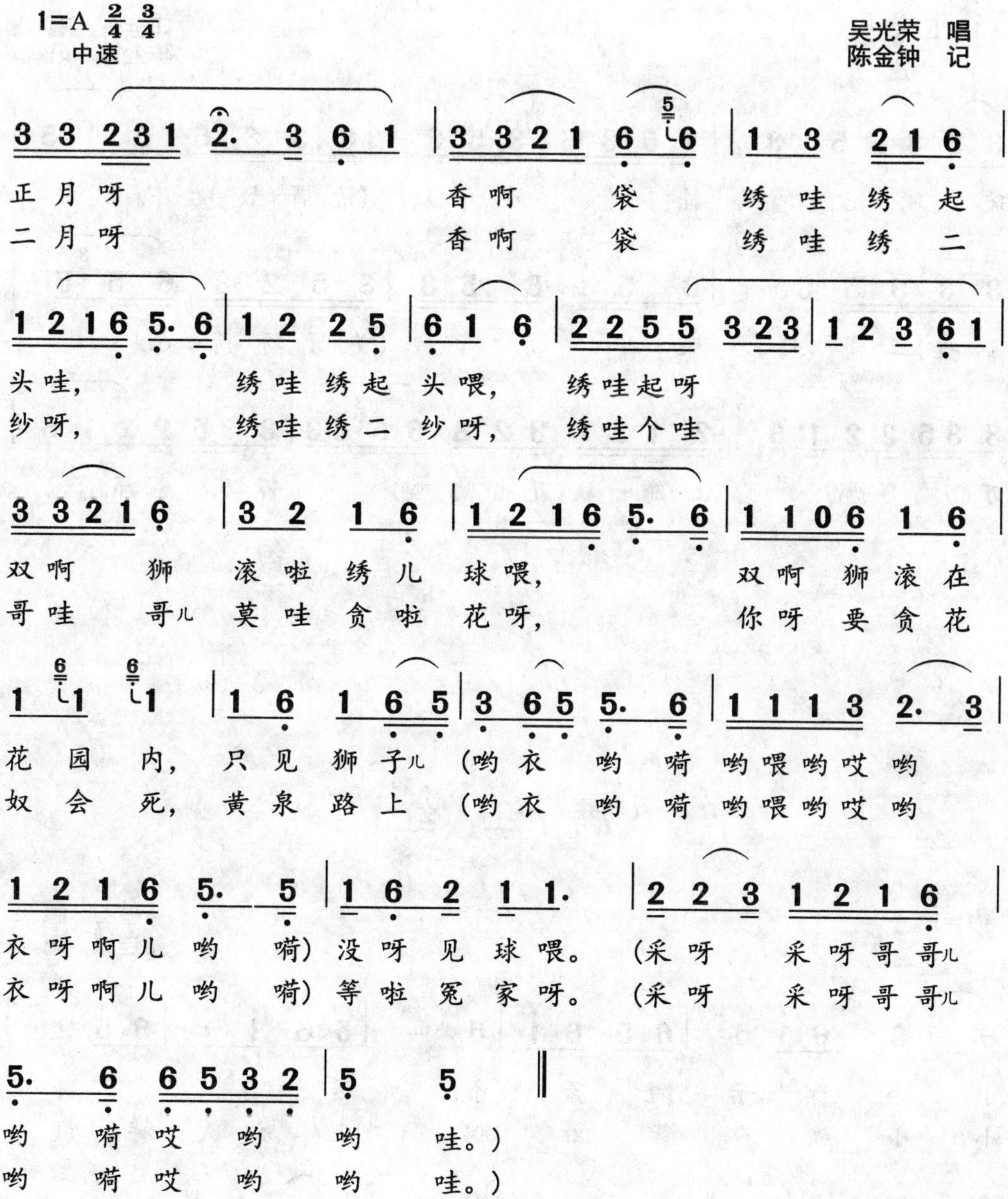

琉璃灯盏堂前挂

1=♭E 2/4 3/4
中速

印世来 唱
陈金钟 记

3 5 3　5 3 ｜3 5 3 6　3 5 3 ｜3 3 3 5　6. 5 ｜
琉 璃 灯 盏 挂 堂 前 嘛，(情哥奴的妹

3 3 3 5 3 ｜6 5 1　6 5 3 ｜3 5 2 3　6 5 3̄ 5 ｜
小哇二哥郎) 荣 华 富 贵 (哎呀呀荷儿也)

3 3 5 2 2 1 6 ｜1̱ 2. 1 2 1　3 2 3 ｜6 5 3̄ 5 3 ｜3 3 5 2 2 1 6 ‖
万 万 年 哪， (上绣一枝花也嗨噢) 万 万 年 哪。

满 江 红

1=E 2/4
中速

姚学金 唱
黎连城 记

6. 1 5 ｜6 1 5 ｜6 5 6 1 ｜5 — ｜5 6 1 1 ｜6 5 2 ｜
小 小 竹 子 细 条 条， 送 与 我 郎
小 小 鲤 鱼 紫 红 腮， 上 江 是 游 到

3 5 3 2 ｜1 — ‖: 3 3 2　3 6 ｜5 — :‖ 5 6 1 ｜6 5 3 2 ｜
做 上 一 根 箫。 我郎你 会 吹 箫， 先 吹 只 满 江 红 呵，
下 是 下 江 来。 头摇是 尾 巴 摆， 不 为 小 冤 家 呵，

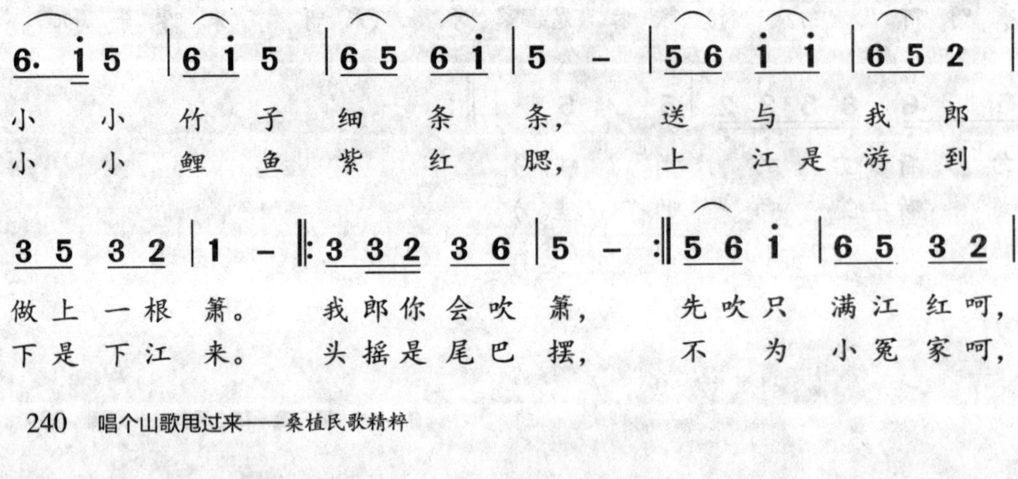

| 3. 2 3 2 | 1 - | 5 6 6 5 3 | 2 3 2 1 2 | 5 6 5 3 |

后 吹 相 思 调。（鲜 花 郎 儿 衣　　衣，有 情 郎 儿
不 到 浑 水 来。（鲜 花 郎 儿 衣　　衣，有 情 郎 儿

| 2 3 2 1 2 | 5 6 1 | 6 5　3 2 | 3 2 3 2 | 1 - ‖

衣　　衣，）先 吹 满 江 红 呵，后 吹 相 思 调。
衣　　衣，）不 为 小 冤 家 呵，不 到 浑 水 来。

梅花朵朵红

1=F 2/4
中速

谷翠兰　唱
陈金钟　记

| 6 1 6 5　3 5 ‖: 1 6　6 5 | 6 1 6 5 3 :‖ 5 6 1 6 5 |

后 园 梅 花 朵 哇 朵 红 吖，　喜 鹊 哇
口 喊 喜 鹊 含 啦 花 去 呀，　把 妹 的

| 5 3 2 1 6 | 5 3　5 | 2 3 2 1 6 1 2 1 | 6 - |

喳 喳 呀　戏 呀 花 中 啊（呀 衣 得 儿 哟，
情 意 呀　给 呀 哥 送 啊（呀 衣 得 儿 哟，

| 6 6　1 | 3　5 | 6 1 6 5　3 5 | 2 3 2 1 6 5 |

一 呀 朵 莲 花 开 啦 嘛 呀 衣 哟），
一 呀 朵 莲 花 开 啦 嘛 呀 衣 哟），

| 5 3 3　5 | 2 3 2 1 6 1 2 1 | 6 - ‖

戏 呀 花 中 啊（呀 衣 得 儿 哟）；
给 呀 哥 送 啊（呀 衣 得 儿 哟）。

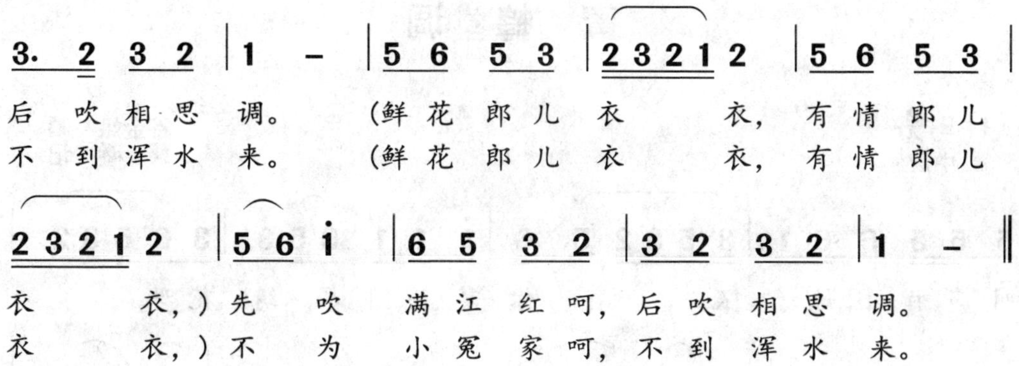

蜜 蜂 调

1=E 2/4　中速

谷金娥 唱
蔡晞 记

5 5 5 6 6 1 | 3 5 3 2 5. 6 | 1 1 1 6 5 3 | 3 6 5 3 2 |
叫声啦小妹子儿喂，　　　你莫关门尽绣花呀，

3 2 1 2. 3 | 5 6 1 5. 3 | 1 1 1 6 1 2 3 | 2 1 6 5 |
我开门啥你进来，　　哎呀我的小冤　家呀，

5 | 1 1 1 6 1 2 3 2 1 6 | 5 - ‖
得儿 哎呀我的小冤 啦　家。

莫学干溪水断流

1=F 2/4　中速

陈功远 唱
陈金钟 记

5 5 3 5 | 1 6 6 5 | 5 3 6 | 3 5 3 6 | 5 5 3 5 | 6. 5 |
板栗（的个）开呀　花　　结呀成球哇，
要学（的个）大呀　河　　长吖流水呀，

5 5 3 5 | 6 1 6 5 | 3 - | 5 3 6 | 5 5 5 6 |
好朋（的个）好哇　友　　莫哇结仇啊，
莫学（的个）干啦　溪　　水呀断流啊，

2 2 2 3 | 6 6 6 5 | 5 3 5 | 3 5 3 1 | 2 - ‖
（哎呀 呀树儿喂呀）朋友莫结仇哇。
（哎呀 呀树儿喂呀）干溪水断流哇。

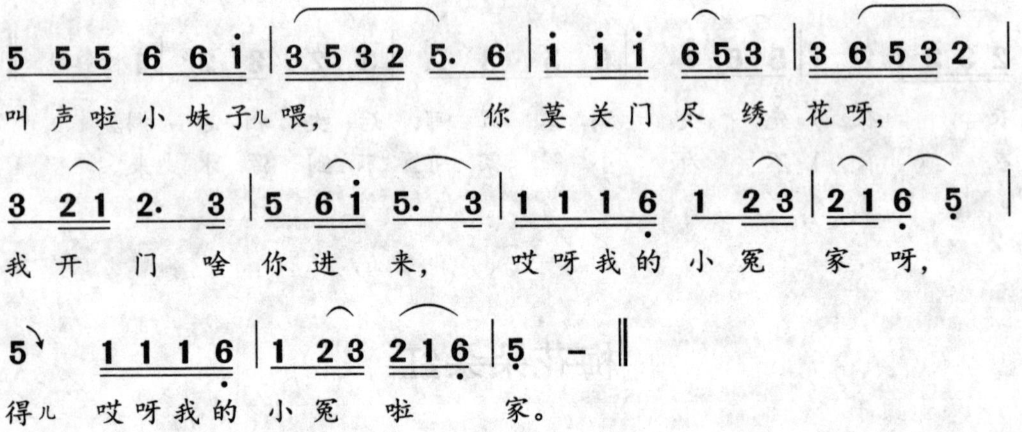

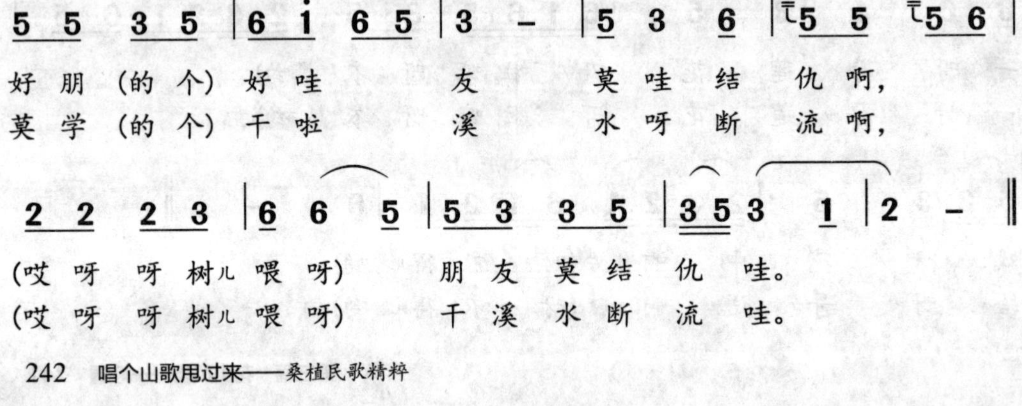

莫学花椒黑了心

1=F 2/4

谷志壮 唱
蔡晞 记

1 6 5 | 6 1 6 5 3 | 5 6 1 6 5 3 5 | 1 6 5 | 6 1 6 5 5 3 |
苋菜　红　叶　不　红　呵　　　根嘞，（哎呀一朵莲哪
要学　苋　菜　红　到　啊　　　老嘞，（哎呀一朵莲哪

2 3 2 1 6 | 5. 3 5. 3 | 2 1 3 2 1 | 7 7 6 | 2. 3 6 5 |
花呀　哟）花椒 红皮 叶呵 叶儿青，（哎咳哟　哎
花呀　哟）莫学 花椒 黑呵 了心，（哎咳哟　哎

2 3 5 2 1 | 5 3 5 5 | 2 3 2 1 | 1 6 5 6 ‖
呀衣儿　哟） 花椒 红皮 叶　叶儿 青哪　　呵。
呀衣儿　哟） 莫学 花椒 黑　了　心哪　　呵。

哪里顺风哪里去

1=G 2/4

陈功元 唱
陈金钟 记

3 5 3 | 5 3 3 5 | 6 6 5 3 | 1 6 5 5 5 5 3 | 2 3 2 1 2 |
情姐嘛 十六哇 七呀，　 　 心思　没归呀 一呀，

5 3 5 | 6 1 6 5 | 3 5 3 3 2 1 | 6. 1 | 2 3 2 1 | 2 2 5 3 5 |
好哇似 天上　 毛哇毛雨呀，哪里 顺啦　 风她就哪里

2 2 3 6 | ⁵6 5 | 5 3 3 5 | 2 3 2 1 | 1 6 5 6 ‖
去呀　喂，　　哪里 顺风 哪里 去呀。

闹 花 灯

1=D 2/4 稍快

金志武 唱
蔡晞 记

5 3　5 3 | 5 6 i　6 5 | 5 3　2 3 | 5 6 i　6 5 |
正月里来是新啦春啦，　　是新啦
五谷丰登六畜哇旺吖，　　六畜哇

5 3 2 3 | 3 3 2 3　5 3 | 6.5　5 3 5 | 2 3 2 1　6. 1 |
春啦，　元宵(那个)佳节哟　闹哇花灯啦，
旺吖，　家家(那个)户户哟　喜呀盈盈啦，

2 3 2 1 | 2 ∨ 2 3 | 6.5　5 3 5 | 2 3 2 1　6 ‖
(正月腊梅花呀嗬衣)　闹哇花灯啦。
(正月腊梅花呀嗬衣)　喜呀盈盈啦。

闹 五 更（一）

1=G 2/4 稍快

陈功元 唱
黎连城 记

6 6 5 | 3 2 5 | 6　6 5 | 3 2 5 | 2.　2 3 5 | 3 2　1 6 |
一更里呀来相思情来，　情郎哥哥儿来呀得
二更里呀来相思情来，　情郎哥哥儿来呀得
三更里呀来相思情来，　情郎哥哥儿来呀得
四更里呀来相思情来，　情郎哥哥儿来呀得
五更里呀来相思情来，　情郎哥哥儿来呀得

| 2 2 35 | 2 - | 5̣5 5 | 3̄5 5 6 | 6̇1 1 6̣ | 5̣ - |

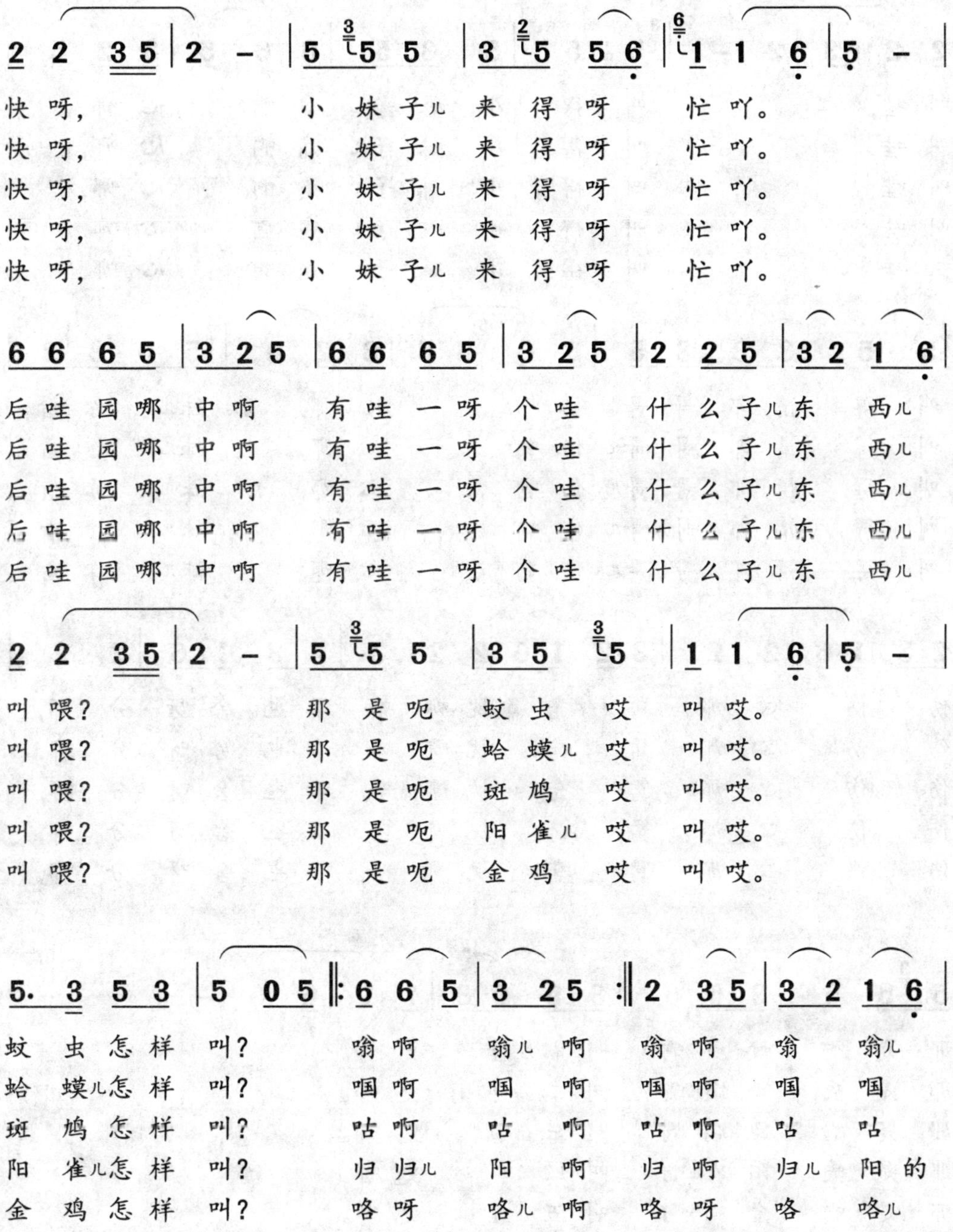

快呀，　　　　小　妹子儿来　得呀　　忙吖。
快呀，　　　　小　妹子儿来　得呀　　忙吖。
快呀，　　　　小　妹子儿来　得呀　　忙吖。
快呀，　　　　小　妹子儿来　得呀　　忙吖。
快呀，　　　　小　妹子儿来　得呀　　忙吖。

| 6 6 6 5 | 3 2 5 | 6 6 6 5 | 3 2 5 | 2 2 5 | 3 2 1 6̇ |

后哇　园哪中啊　有哇一呀个哇　什么子儿东　　西儿
后哇　园哪中啊　有哇一呀个哇　什么子儿东　　西儿
后哇　园哪中啊　有哇一呀个哇　什么子儿东　　西儿
后哇　园哪中啊　有哇一呀个哇　什么子儿东　　西儿
后哇　园哪中啊　有哇一呀个哇　什么子儿东　　西儿

| 2 2 35 | 2 - | 5̄5 5 | 3 5 3̄5 | 1 1 6̣ | 5̣ - |

叫喂？　　　　那　是呃　蚊虫　哎　叫哎。
叫喂？　　　　那　是呃　蛤蟆儿哎　叫哎。
叫喂？　　　　那　是呃　斑鸠　哎　叫哎。
叫喂？　　　　那　是呃　阳雀儿哎　叫哎。
叫喂？　　　　那　是呃　金鸡　哎　叫哎。

| 5. 3 5 3 | 5 0 5 ‖: 6 6 5 | 3 2 5 :‖ 2 35 | 3 2 1 6̇ |

蚊虫怎样叫？　嗡啊　嗡儿啊　嗡啊　嗡嗡儿
蛤蟆儿怎样叫？咽啊　咽　啊　咽啊　咽　咽
斑鸠怎样叫？　咕啊　咕　啊　咕啊　咕　咕
阳雀儿怎样叫？归归儿　阳啊　归啊　归儿阳的
金鸡怎样叫？　咯呀　咯儿啊　咯呀　咯　咯儿

| 2 2 3 2 | - | $\overset{3}{5}$ 5 | 5 | 3 5 | 6 6 5 | 3 2 5 |

叫哇，　　　叫得 小 妹子儿痛啊　心 哪，
叫哇，　　　叫得 小 妹子儿痛啊　心 哪，
叫哇，　　　叫得 小 妹子儿痛啊　心 哪，
叫哇，　　　叫得 小 妹子儿痛啊　心 哪，
叫哇，　　　叫得 小 妹子儿痛啊　心 哪，

| $\overset{3}{5}$ 5 | 3 3 3 5 | 6 6 $\overset{5}{6}$ 5 | 3 2 5 | $\overset{3}{5}$ 0 3 2 |

叫得 情郎哥哥儿伤啊　　心 哪，妹儿 你看
叫得 情郎哥哥儿伤啊　　心 哪，妹儿 你看
叫得 情郎哥哥儿伤啊　　心 哪，妹儿 你看
叫得 情郎哥哥儿伤啊　　心 哪，妹儿 你看
叫得 情郎哥哥儿伤啊　　心 哪，妹儿 你看

| 2 3 1 6 | 2 2 | 3 2 1 6 | 2 2 | 3 | 2 3 1 6 | 2 2 |

伤 伤 心 哪 鸳 鸯 枕 哪 哈 难 也 舍 呀 分 哪，
伤 伤 心 哪 鸳 鸯 枕 哪 哈 难 也 舍 呀 分 哪，
伤 伤 心 哪 鸳 鸯 枕 哪 哈 难 也 舍 呀 分 哪，
伤 伤 心 哪 鸳 鸯 枕 哪 哈 难 也 舍 呀 分 哪，
伤 伤 心 哪 鸳 鸯 枕 哪 哈 难 也 舍 呀 分 哪，

| $\overset{3}{5}$ 5 | 3 5 5 | 3 5 5 6 | 1 1 6 5 | - ‖

那 是 啊 蚊 虫 啊 叫 初 哇 更 哪。
那 是 啊 蛤蟆儿啊 叫 二 吖 更 哪。
那 是 啊 斑 鸠 啊 叫 三 啦 更 哪。
那 是 啊 阳雀儿啊 叫 四 吖 更 哪。
那 是 啊 金 鸡 啊 叫 五 哇 更 哪。

闹五更（二）

1=B 2/4 3/4
中速

刘占林 唱
陈金钟 记

一呀更啦里　去呀调哇情，忽听得蚊虫闹呀闹一更

蚊虫奴的哥哇　蚊虫奴的人，你到那头叫哇　我到这头听，

听得伤心　痛心　越思越伤心，越思越泪淋。娘问女娇儿，

娇儿你是听，　什么东西叫？　女儿回娘道，

忽听得蚊虫嗡嗡儿　嗡嗡儿　（衣儿呀衣哟它）

闹哇闹一更（罗衣哟）。

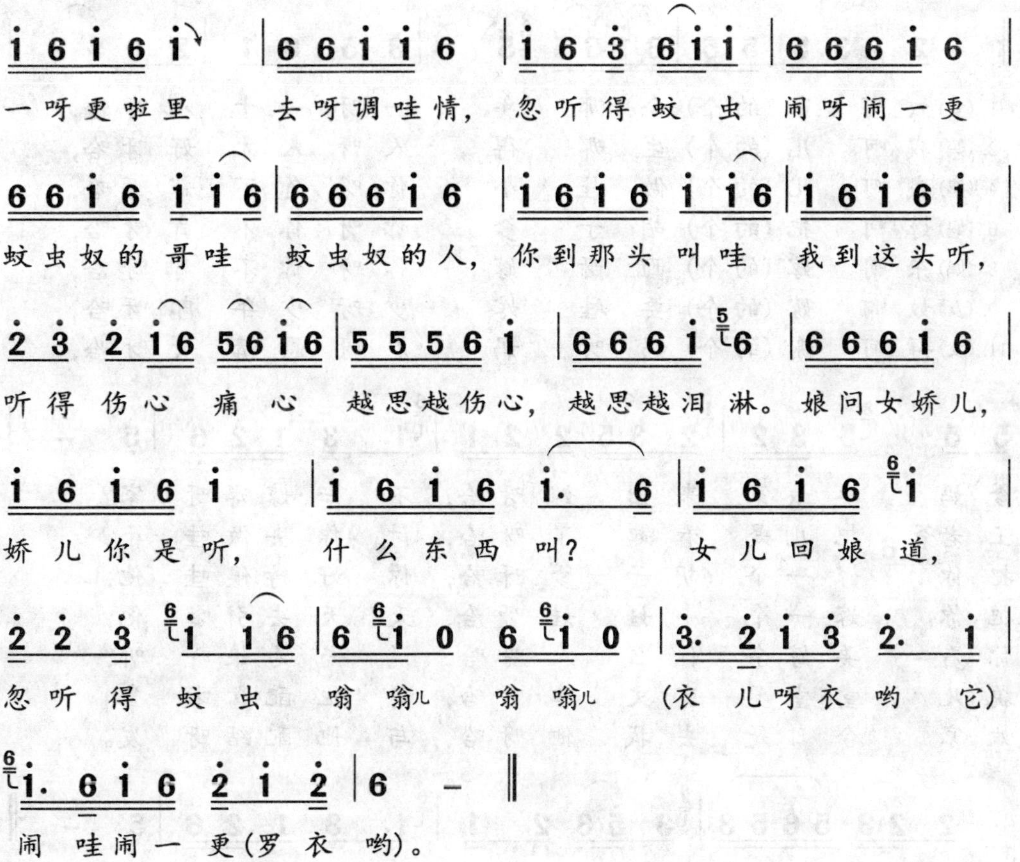

娘 试 女

1=F 2/4 3/4　　　　　　　　　　　　　　谷志壮 唱
中速　　　　　　　　　　　　　　　　　　曲 辰 记

‖: 2 23 5 55 | 6̂ 6̇5 ³⁄₁5̇ | 3 5 3 1 | 2 3 5 2 |

1.（女）奴 呵　家（的个）今　哪　年　一呀一十　八呀哈，
2.（妈）我 呵　儿（的个）生　哪　得　人呀人才　好呀哈，
4.（妈）我 呵　儿（的个）做　哇　小　你呀你不　嫁呀哈，
6.（妈）嫁 呵　把（的个）胡　子　爹　你呀你不　肯呀哈，
8.（妈）东 呵　嫁（的个）西　呀　嫁　你呀你不　肯呀哈，
9.（女）奴 啊　嫁（的个）要　哇　嫁　少呀少年　郎呀哈，
11.（女）拜 呵　谢（的个）妈　呀　妈　恩呀恩情　大呀哈，

5 5 | ³⁄₁5̇ 3 2 | ¹⁄₁2̇ 3 5 2 2 1 | ⁶⁄₁1̇· 3 1 2 6̣· | 5̣ — |

爹 妈　要 奴 家　来 出　嫁 呀哈，　不　知 嫁 哪 呀　家？
王 老爷　把 儿 是　看 起　了 呀哈，　你　不 讨 你 好 待　候 哇　他，
把 你　嫁 一 个　胡 子　爹 呀哈，　你　好 天 天 与　为 娘 引 啦 吁　他，
把 你　嫁 一 个　小 娃　娃 呀哈，　天　说 与 他 配　鸳 鸯 啦　听，
你 看　要 嫁 个　什 么　人 呀哈，　与　他 为 他 配　结 呀　发。
貌 儿　堂 堂 要　有 文　章 呀哈，　与　他 配　
奴 家　今 日 是　去 找　他 呀哈，　与　他 配　

2 23 5 6 5 3 | ²⁄₁3̇ 5 3 2· 1 | ⁶⁄₁1̇· 3 1 2 6̣· | 5̣ — :‖

（来哎 哎　　衣 得儿 呀）我　问 个 实 情 啦　话。
（来哎 哎　　衣 得儿 呀）我　儿 看 好 不 哇　好？
（来哎 哎　　衣 得儿 呀）他 心 痛 女 不 娃 呀　哇。
（来哎 哎　　衣 得儿 呀）你 与 他 去 玩 啦　耍。
（来哎 哎　　衣 得儿 呀）看 合 心 不 合 呀　心？
（来哎 哎　　衣 得儿 呀）我 地 久 天 共 啦　长。
（妈）（来哎 哎　　衣 得儿 呀）我 明 年 抱 娃 呀　娃！

| 3 5 3 2 5 6 3 | 2 2 3 5 6 3 | 2 2 3 5 6 3 | 2. 3 2 3 |

3.(女)(哎 哟 哟)　　奴呵的妈你做呵得差，　　做 小 他就
5.(女)(哎 哟 哟)　　奴呵的妈你做呵得差，　　胡子老头儿
7.(女)(哎 哟 哟)　　奴呵的妈你做呵得差，　　娃娃三更
10.(妈)(哎 哟 哟)　　娘呵的宝你想呵得好，　　这个才郎

| 6 3 5 | 5 3 5 3 5 3 2 | 5 3 5 3 2 1 | 5 5 1 6 6 5 | 5 3 2 |

肯打架，大娘骂奴家，奴家 不嫁他呀！　(妈)为娘 的是个 犟脾气，
多嘴巴，天天把奴骂，奴家 不嫁他呀！　(妈)为娘 的是个 犟脾气，
屙粑粑，喊奴他喊妈，喊得 丑死哒呀！　(妈)为娘 的是个 犟脾气，
那里找？心事想花了，怕儿 不凑巧呀！　(女)奴的 妈你看 奴有他，

| 5 5 1 1 2 0 | 5 5 1 1 2 0 | 0. 0 0 | 0. 0 0 |

偏偏还要放，　偏偏还要嫁！　(女)嫁 不得！　(妈)硬 要嫁！
偏偏还要放，　偏偏还要嫁！　(女)嫁 不得！　(妈)硬 要嫁！
偏偏还要放，　偏偏还要嫁！　(女)嫁 不得！　(妈)硬 要嫁！
偏偏还要放，　偏偏还要嫁！　(妈)是 哪个？　(女)柳 三娃！

| 5 3 2 5 3 2 | 1 2 3 5 2 1 | 6 1 3 1 2 6 | 5 - ‖

(女)哎哟 哎哟 哎　　哟！　奴呵要嫁别呀家。
(女)哎哟 哎哟 哎　　哟！　奴呵要嫁别呀家。
(女)哎哟 哎哟 哎　　哟！　奴呵要嫁别呀家。
(妈)哎哟 哎哟 哎　　哟！　我儿你选到哇 哒。

第三篇　花山风韵——灯调

掐菜苔

1=G 2/4

谷志壮 唱
蔡晞 记

5 5 5 5 | 3 5 3 2 | 1 2 3 5 | 2 | 5 5 5 | 3 5 3 2 |

隔个（那个）院　墙　掐　菜　苔，　郎吖在　外　面
你要（那个）菜　苔　拿　把　去，　你呀要　玩　耍

1 2 3 5 2 | 3 5 2 3 5 | 3 5 2 3 5 | 3 2 5 | 3 2 5 |

打　土　块，（莲花灯儿　梅花灯儿　莲花儿梅花儿
夜　晚　来，（莲花灯儿　梅花灯儿　莲花儿梅花儿

3 3 3 1 | 2 2 3 | 2 — | 3 3 3 6 3 | 6 1 1 6 5 |

四季花儿开呀，）　　　　轻　轻儿的甩　过　来呀，
四季花儿开呀，）　　　　玩　耍呀夜　晚　来呀，

6 1 5 6 | 1 6 1 | 6 1 5 6 | 1 6 1 | 3 2 1 3 2 |

(得儿　一个　亲个亲　得儿　一个　蹦个蹦　衣得呀衣哟，)
(得儿　一个　亲个亲　得儿　一个　蹦个蹦　衣得呀衣哟，)

3 3 3 6 3 | 6 1 1 6 5 ‖

轻　轻儿的甩　过　来　呀。
玩　耍呀夜　晚　来　呀。

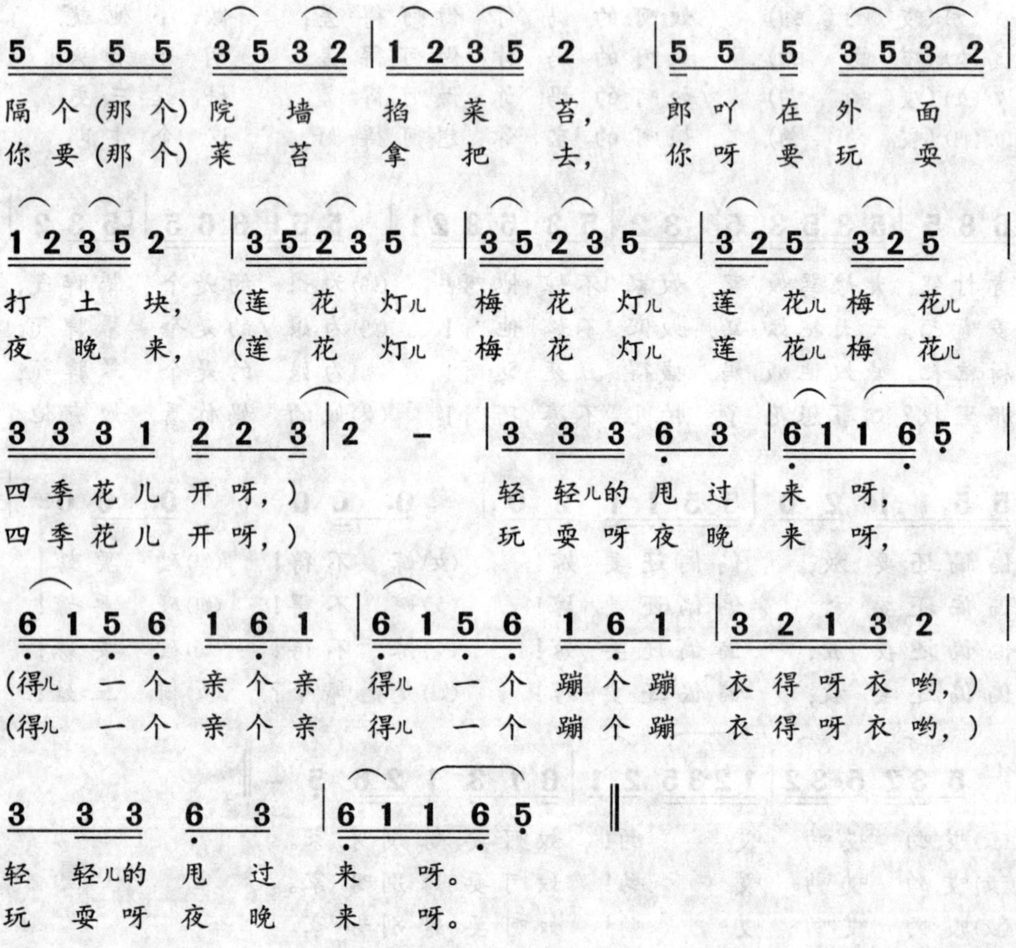

贫家冷水泡浓茶

1=A 2/4 3/4　　　　　　　　　　　　　钟为勤 唱
稍慢　　　　　　　　　　　　　　　　蔡晞 记

正月月儿逢春好插（也）花呀，贫家是
人说嘛贫家吃穿（啦）苦哇，贫家是

养啊女（呀呀呀树儿喂）呀 喂 呀 树儿呀 树儿
冷啊水（呀呀呀树儿喂）呀 喂 呀 树儿呀 树儿

喂呀树儿呀喂呀 呀 喂 呀）放贫啦 家呀；
喂呀树儿呀喂呀 呀 喂 呀）泡浓啊 茶呀。

千朵万朵红花开

1=G 2/4　　　　　　　　　　　　　谷志壮 唱
轻快、活泼　　　　　　　　　　　　陈金钟 记

千朵万朵红花呀开哪，（呀嗬衣，衣儿呀儿
迎春花灯拜新啦年哪，（呀嗬衣，衣儿呀儿

哟 衣儿哟，）千村万寨喜事啊来（呀哈
哟 衣儿哟，）男女老少笑开呀怀（呀哈

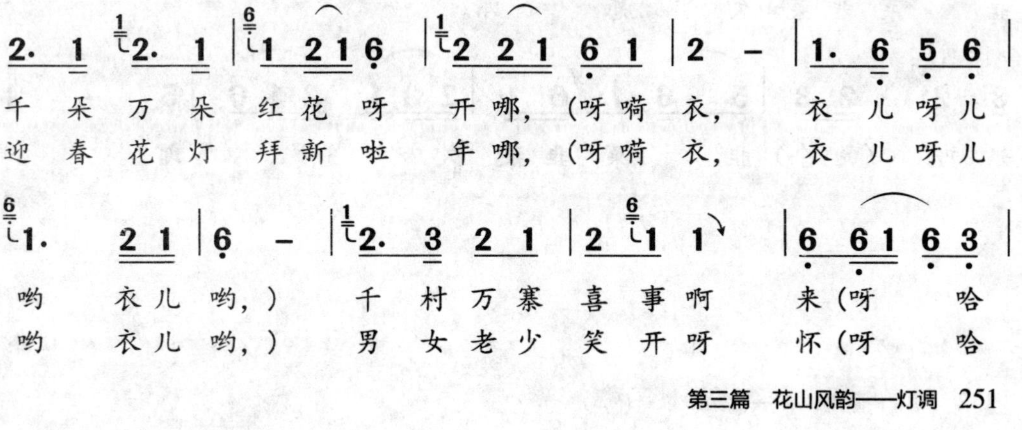

| 5 - | 1̇. 6̇ 5̇ 6̇ | 1̲ 2̇ - ♪ 6̇ | 2̇ 2̇1̇ 6̇1̇2̇1̇ | 6̇ - |

哈， 哥 儿 呀 嘀 衣， 妹 儿 呀 衣 哟，)
哈， 哥 儿 呀 嘀 衣， 妹 儿 呀 衣 哟，)

| 2̇ 1̇ 1̇ ↗ | 6̇ 6̇1̇ 6̇ 3̇ | 5̇ - ‖

喜 事 啊 来（呀 哈 哈）；
笑 开 呀 怀（呀 哈 哈）。

芹菜韭菜栽几行

1=G 2/4 3/4
热情、欢快地

肖喜生 唱
蔡 晞 记

| 1̲ 5̲ 6̲ 1̲ | 2̲1̲6̲ 5̣ | 2̃ 5̲3̲ | 2̲3̲2̲1̲ 1̣6̣ | 3̲2̲ 2̲3̲ |

高 山 哪 高 岭 哪 逗 风 凉 呵， 芹 菜（的 个）
郎 吃 呀 芹 菜 呀 勤 想 姐 呀， 姐 吃（的 个）

| 5̣. 6̣ 1̲6̣1̣ | 2̲3̲1̲ 2̲1̲6̲ | 5̣ - :‖ 3̲2̲ 3̲2̲1̲6̲ |

韭 菜 韭 菜 栽 几 行， （衣 哟 衣 儿 哟）
韭 菜 韭 菜 久 想 郎。

| 3̲2̲ 2̲3̲ | 5̣. 6̣ 1̲6̣1̣ | 2̲3̲1̲ 2̲1̲6̲ | 5̣ - ‖

姐 吃（的 个）韭 菜 韭 菜 久 想 郎。

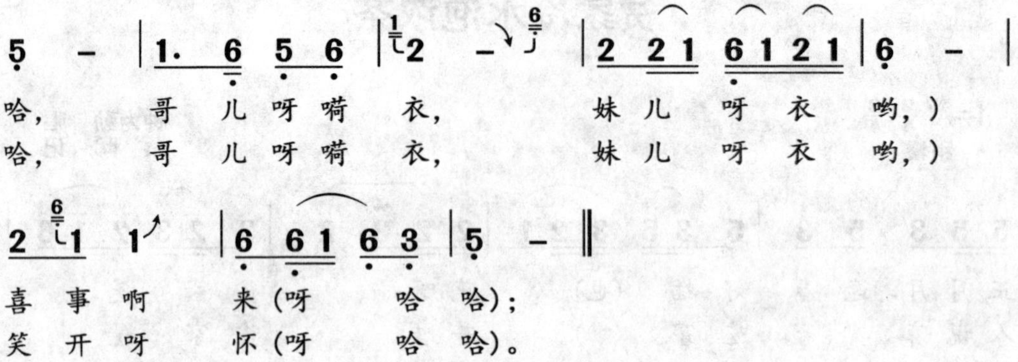

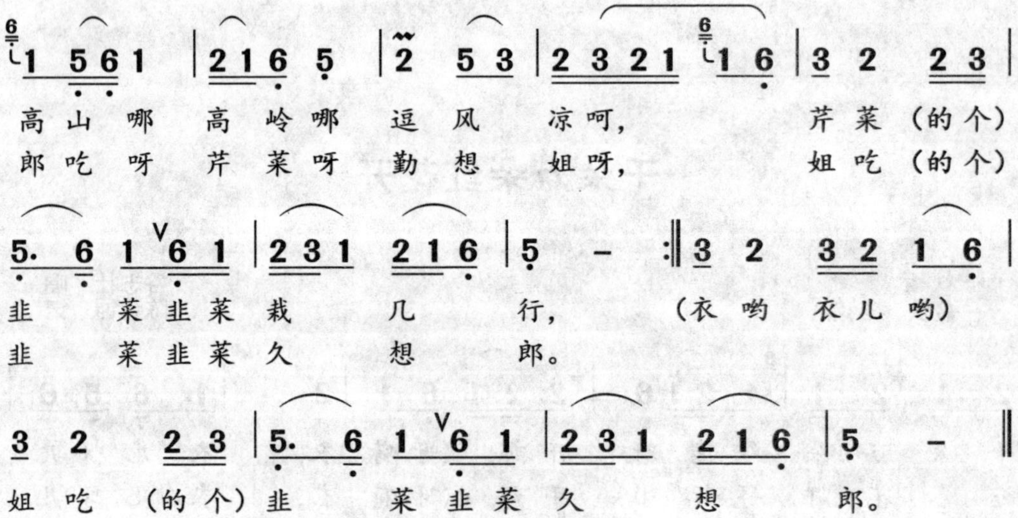

清早起来不梳妆

1=E 2/4
稍快

钟以成 唱
黎连城 记

```
3 3 3 5 | 6 i 6 5 | ⁱ⌒3 — | 5 3 6 | 5 5 ³⌒5 6 — |
```

清早（那个）起呀　来　不哇梳妆啊，
娘问（那个）女呀　儿　哭哇什么啊？
哥哥（那个）十吖　八　娶呀嫂嫂啊，
娘喊（那个）女呀　儿　不哇要忙啊，
一也不要爹呀　的　金哪嫁妆啊，
娘骂（那个）女呀　儿　不哇胎嗨①呀，
只要爹爹不哇　同　妈呀妈歇②呀，

```
3 3 3 5 | 6 i 6 5 | 3 — | 5 3 6 | ³⌒5 5 5 6 |
```

披头（那个）散哪　发　出哇绣房（吖，一得儿
有话（那个）只吖　管　对呀娘说（哇，一得儿
奴家（那个）十吖　七　守哇闺房（吖，一得儿
爹爹（那个）回呀　来　有哇商量（吖，一得儿
二也不要妈呀　的　银啦嫁妆（呀，一得儿
说出（那个）这呀　种　屎吖话来（呀，一得儿
只要哥哥不哇　和　嫂哇同房（吖，一得儿

```
2 2 2 3 | 6. | 5 | 5 3 3 5 | 5 3 1 | ²³⌒2 — ||
```

呀呀呀子喂　呀）两眼泪汪汪啊。
呀呀呀子喂　呀）为娘来担着哇。
呀呀呀子喂　呀）你看忙不忙啊。
呀呀呀子喂　呀）与你打嫁妆啊。
呀呀呀子喂　呀）只要早成双啊。
呀呀呀子喂　呀）把娘会气坏呀。
呀呀呀子喂　呀）要抗大家抗啊。

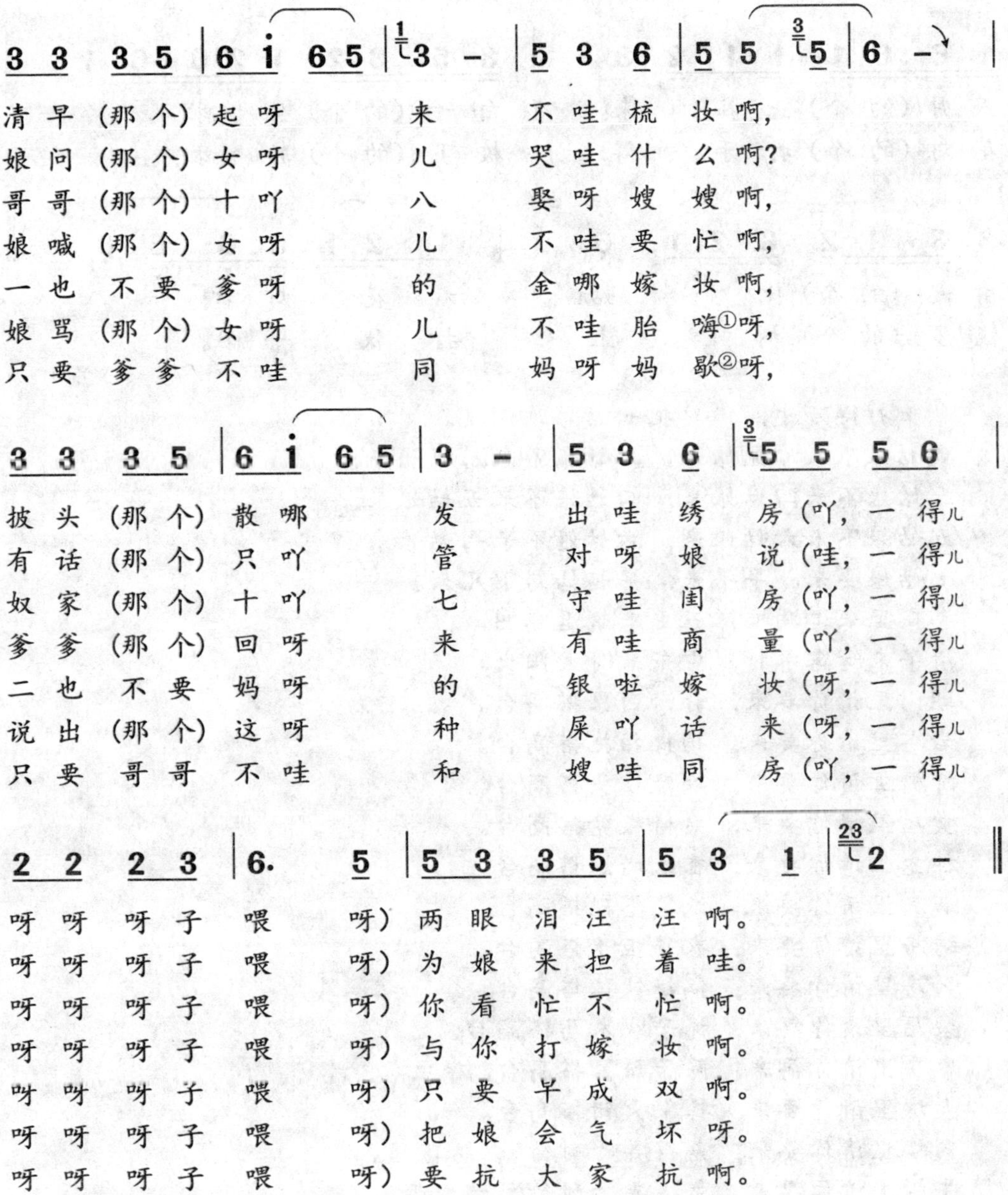

注：①不胎嗨：方言，即愚蠢，不争气。
　　②歇：方言，即"睡"。

请七姑娘

1=♭B 3/4
稍慢

谷玉环　彭云香　唱
谷忠诚　陈金钟　记

1 6 6 1	1 1 2 3	3 5 3 2	1 2 6 6 1

正月（的个）正啦　来　　白子①（的个）生　啦，
花灯（的个）打呀　得　　梭罗儿（的个）转　啦，

3 3 1 2	3 2 1	6	1 2 1	6 6 5 6

请起（的个）七呀　姑儿　看花　灯啦；
梭罗儿（的个）树吖　上　　打秋　千啦。

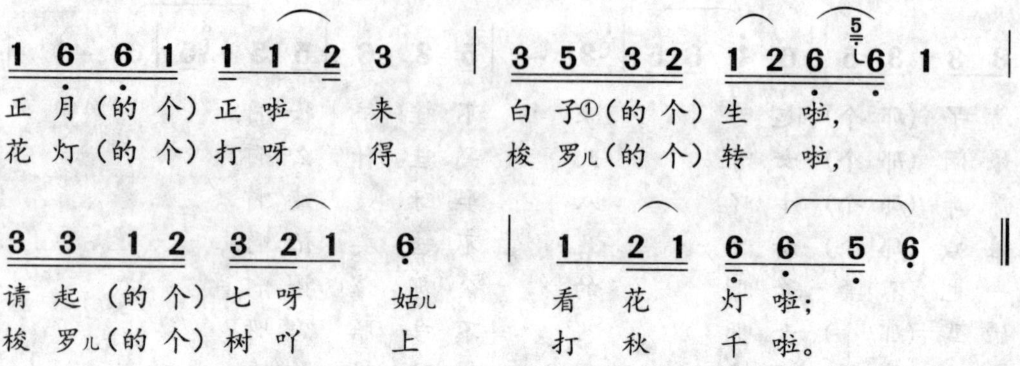

秋千打得万丈高，莫把七姑娘跌倒了。
大姑娘不来二姑娘来，二姑娘不来三姑娘来，
三姑娘不来四姑娘来，四姑娘不来五姑娘来，
五姑娘不来六姑娘来，六姑娘不来七姑娘来。
七姑娘要来就早早来，早起仙驾下凡来。
半夜里来逗狗咬，五更来呀逗鸡叫。
清早来呀露水打，中午来呀太阳大。
朝门里请你要来，青狮白象搭高台。
岩塔里请你要来，杨杈扫把搭高台。
阶檐上请你要来，磉磴柱头搭高台。
堂屋里请你要来，桌椅板凳搭高台。
神龛上请你要来，香纸蜡烛搭高台。
书房里请你要来，纸笔墨砚搭高台。
绣房里请你要来，衣箱柜子搭高台。
厨房里请你要来，锅铲铁瓢搭高台。
柴屋里请你要来，抓子②木马搭高台。
磨房里请你要来，筛子簸箕搭高台。
火坑里请你要来，撑架火钳搭高台。
猪楼里请你要来，免得弄"耐待"③绣花鞋。
牛栏里请你要来，免得弄"耐待"丝飘带。
一根柴两根柴，给把七姑娘搭桥来。
一碗油两碗油，给把七姑娘好梳头。

一碗水两碗水,给把七姑娘梳燕尾。
一碗茶两碗茶,给把七姑娘漱嘴巴。
一根针两根针,给把七姑娘插簪心。
一根线两根线,给把七姑娘纳鞋面。
一匹砖两匹砖,给把七姑娘锻一锻。
一匹瓦两匹瓦,给把七姑娘耍一耍。
玩东家玩西家,玩到南山骑白马。
杀白猪宰白羊,年年好请七姑娘。

注：①白子：白族男性之自称。
　　②抓子：方言，即斧头。
　　③耐待：方言，即肮脏，不干净。
　　④请七姑娘：桑植民间习俗。七姑娘：是桑植民间敬仰的女神，
　　　保吉祥平安和喜乐。

人到世上要谦和

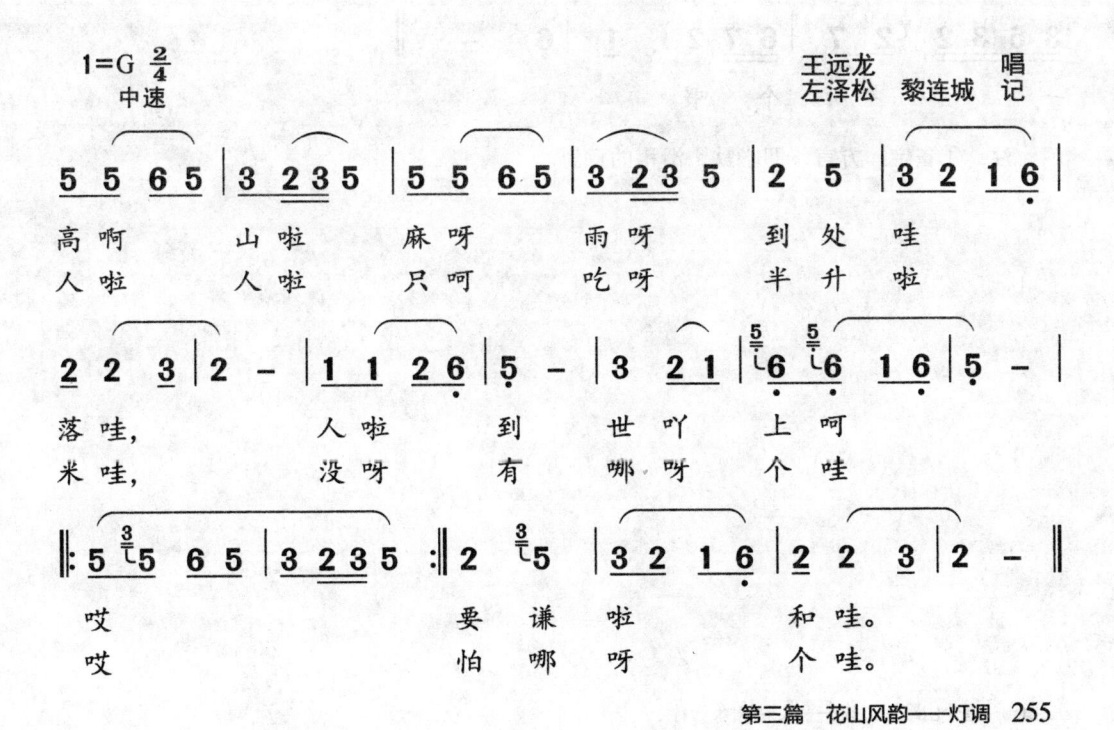

1=G 2/4
中速

王远龙　唱
左泽松　黎连城　记

高啊　山啦　麻呀　雨呀　到处　哇
人啦　人啦　只呵　吃呀　半升　啦

落哇，　人啦　到世　呀上呵
米哇，　没呀　有哪　呀个哇

哎　　　要谦　啦　　和哇。
哎　　　怕哪　呀　　个哇。

如今的后生多"雀宝"①

1=A 2/4 3/4
中速

谷兆芹 唱
鲁颂记

燕子儿哥来 燕子儿哥哇,搬什么泥巴 做什么窝哇,
如今的后生儿 多雀宝, 长杆杆儿戳,
短杆杆儿剁, 戳破你的蛋, 剁破你的窝,剁得
东啊一也个哇 西也
一 个 喂。

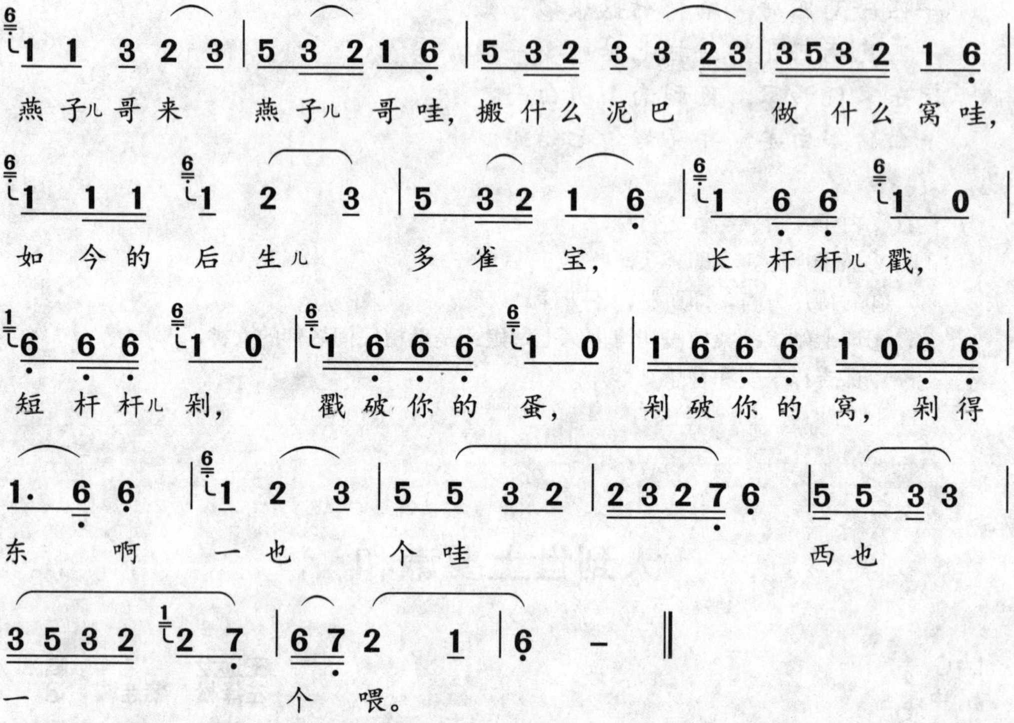

注：①雀宝：方言，即幽默、滑稽的意思。

上走云南下走川

1=F 2/4

金岸武 唱
远达 记

6 6 6 1 | 5 6 5 3 | 6 6 3 5 | i 6 5 3 2 3 |
上走 的个云哪南 下呀 走 川哪，
上走 的个云哪南 五哇 百 里呀，

6 6 3 5 | i 6 5 3 0 ‖: 3 3 5 3 2 1 | 3 2 2 | 1 |
下呀走川哪， 又走的湖 广 呵
五哇百里呀， 下走的湖 广 呵

2 1 0 2 2 | 5 3 2 | 1. 3 2 1 5 | 1 6. :‖
水呀 连的山哪， （呀嗬儿衣呀嗬儿呵）。
川呀 连的川哪， （呀嗬儿衣呀嗬儿呵）。

山坡路又荒

1=F 4/4
稍慢

黎仕琴 唱
蔡晞 记

5 3 3 | 3 5 5 6. 5 3 | 5 i 6 6 5 | 2 3 2 1 2 |
山坡 路又嘛荒， 坡坡 实难呵上，
坐下 好一嘛气， 汗珠 往下呵滴，

5 i 6. 5 | 3 5 3 2 2 1 6 | 2 3 5 2 3 2 1 | 6 - ‖
大树 脚下 脚下 好歌呵 晾。
想我 长工 长工 好孤呵 寂。

第三篇 花山风韵——灯调

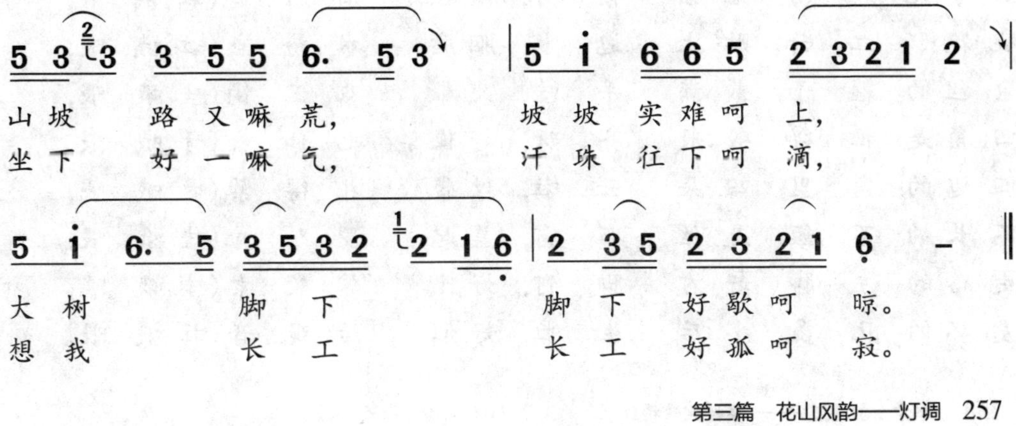

十 爱

1=G 2/4
稍快

戴福香 唱
蔡晞 记

| 5. 6 5 3 | 5 5. | 6 5 3 | 2 - | 5 3 5 2 | 5 3 2 | 1 - |

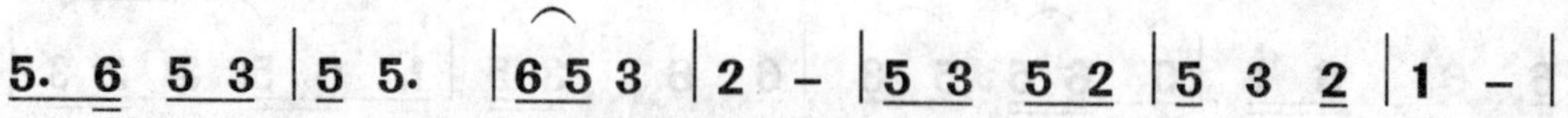

一 爱姐的 头啊 （衣 衣 呀），象牙 梳梳儿梳(啊哦 喂)，
二 爱姐的 眉呀 （衣 衣 呀），眉毛 主富贵(呀哦 喂)，
三 爱姐的 环啦 （衣 衣 呀），金打 银子儿缠(啦哦 喂)，
四 爱姐的 脸啦 （衣 衣 呀），瓜子儿分 两瓣(啦哦 喂)，
五 爱姐的 手哇 （衣 衣 呀），节节儿白如 藕(哇哦 喂)，
六 爱姐的 衣呀 （衣 衣 呀），绿花 衬白底(呀哦 喂)，
七 爱姐的 裙啦 （衣 衣 呀），裙子 好周正(啦哦 喂)，
八 爱姐的 裤啊 （衣 衣 呀），缝成 六尺五(啊哦 喂)，
九 爱姐的 脚啊 （衣 衣 呀），只有 三寸多(啊哦 喂)，
十 爱姐的 身啦 （衣 衣 呀），苗条 又周正(啦哦 喂)，

| 2 3 5 | 3 2 1 | 2 3 5 | 3 2 1 | 6 6 6 | 1 1 | 2 1 | 6 5 - |

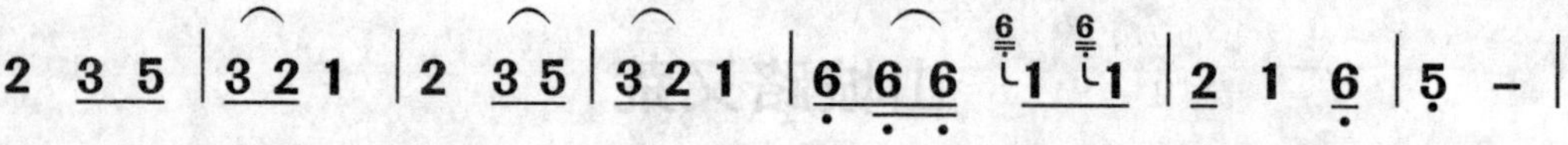

红头的 绳 子儿 二 面 丢 啊，梳得个 光溜溜(啊哦 喂，
好像是 羊 毛 笔 画 呀，生得个 般般齐(呀哦 喂，
身子儿一 动 摇 摇 摆 呀，搭在 肩膀边(啦哦 喂，
桃花 红 云 子 贴 满 边 啦，胭脂 水粉点(啦哦 喂，
金丝的 箍 子 戴 得 般般 齐 哇，又带 双玉镯(哇哦 喂，
四角是 扯 得 般 般 朵 云 呀，好像 七仙女(呀哦 喂，
四边的 角 里 四 朵 云 布 啦，盖起 扎得紧(啦哦 喂，
不长的 不 短 是 丝 赶 右 脚 啊，好比 罗趾骨(哇哦 喂，
走路的 不 左 脚 赶 右 脚 啊，好比 踩软索(哇哦 喂，
爱坏的 几 多 小 后 生 啦，好似 活观音(啦哦 喂，

258 唱个山歌甩过来——桑植民歌精粹

| 6̇ 1 6̇ 5̇ | 6̇· 1 | 2· 1 | 1 1 1 1 1 2 | 1 1 6̇ 5̇ - ‖

团 脸儿一支 花） 蚊子都绊 跟 头啊（哦 喂）。
团 脸儿一支 花） 柳叶嘛贴 成 的呀（哦 喂）。
团 脸儿一支 花） 叮当嘛响连 连啦（哦 喂）。
团 脸儿一支 花） 嫩得嘛像鸡 蛋啦（哦 喂）。
团 脸儿一支 花） 牵起嘛舍不 得 丢哇（哦 喂）。
团 脸儿一支 花） 穿起嘛好合 体呀（哦 喂）。
团 脸儿一支 花） 实实嘛爱煞 人啦（哦 喂）。
团 脸儿一支 花） 无风嘛它自 舞哇（哦 喂）。
团 脸儿一支 花） 只想嘛伸手 摸哇（哦 喂）。
团 脸儿一支 花） 越看嘛越称 心啦（哦 喂）。

十八哥哥不载财

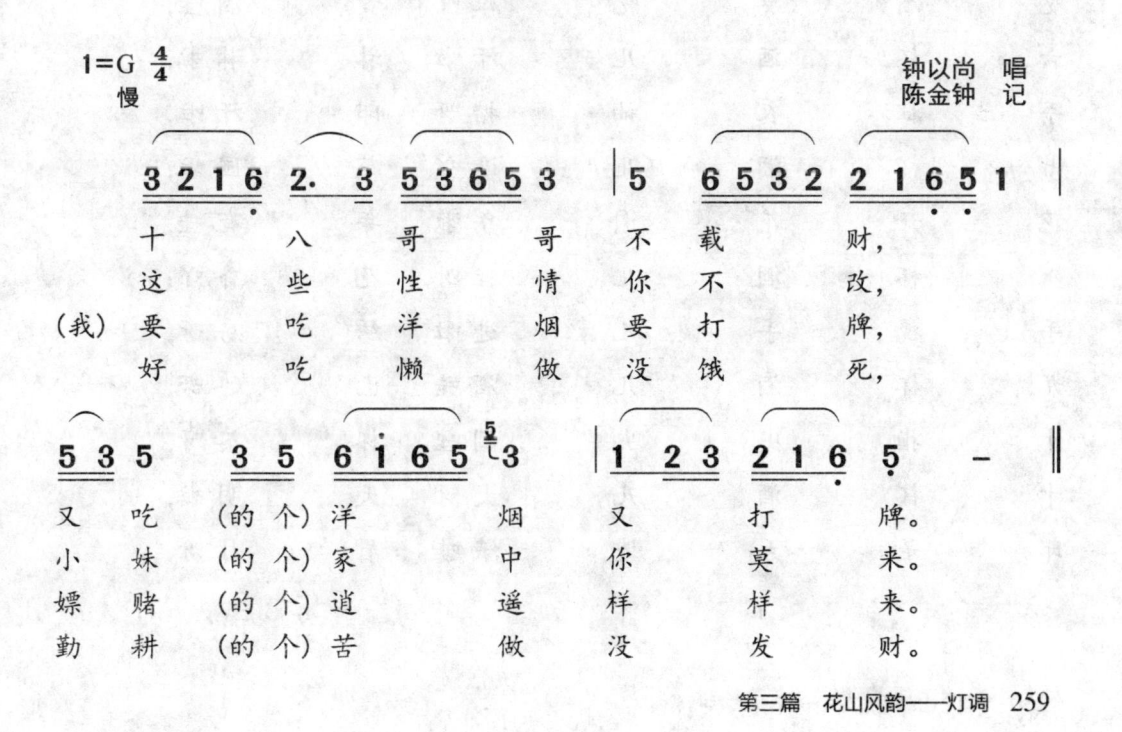

1=G 4/4　　　　　　　　　　　钟以尚 唱
慢　　　　　　　　　　　　　　陈金钟 记

| 3 2 1 6̇ | 2· 3 | 5 3 6̇ 5̇ 3 | 5 | 6 5 3 2 | 2 1 6̇ 5̇ 1 |

十 八 哥 哥 不 载 财，
（我）这 要 些 吃 性 哥 情 你 烟 不 要 改， 打 牌，
好 吃 洋 懒 做 没 饿 死，

| 5 3 5 | 3 5 | 6̇ 1 6̇ 5̇ 3̇ | 1 2 3 | 2 1 6̇ 5̇ - ‖

又 吃 （的个）洋 烟 又 打 牌。
小 妹 （的个）家 中 你 莫 来。
嫖 赌 （的个）逍 遥 样 样 来。
勤 耕 （的个）苦 做 没 发 财。

十 杯 酒

1=F 2/4　　　　　　　　　　　熊渭清 唱
慢　　　　　　　　　　　　　白诚仁 蒋慧鸣 记

| 5. i 6 5 | 3 2 3 5 | 5. i 6 5 | 3 2 3 5 | 2 2 5 | 3 2 1 6 | 2 2 3 ½2 |

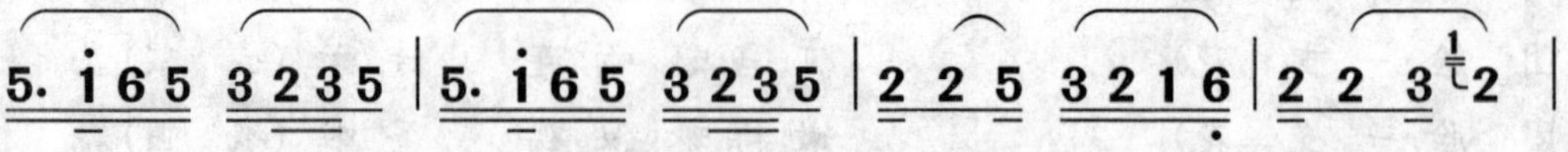

一 杯 酒 儿 引啦 郎 来呀
郎 坐 东 来 姐呀 坐 西呀
二 杯 酒 儿 满啦 满 斟啦
郎 是 十 月 十吁 五 生啦
三 杯 酒 儿 吃 酒哇 又 酸啦
酒 不 好 儿 对呀 奴 看啦
四 杯 酒 儿 酒哇 成 双吁
左 瞒 哥 哥 右哇 瞒 嫂哇
五 杯 酒 儿 酒哇 欲 醉呀
吃 酒 要 吃 雄吁 黄 酒哇
六 杯 酒 儿 汗啦 淋 淋啦
手 扯 衣 袖 揩呀 郎 汗啦
七 杯 酒 儿 逛吁 花 园啦
花 开 酒 谢 年啦 年 有哇
八 杯 酒 儿 桂呀 花 香吁
手 挽 手 儿 进啦 绣 房呀
九 杯 酒 儿 酒哇 已 醉呀
杯 指 尖 尖 倒哇 杯 茶呀
十 杯 酒 儿 大呀 天 明啦
郎 是 天 边 蛾哇 眉 月呀

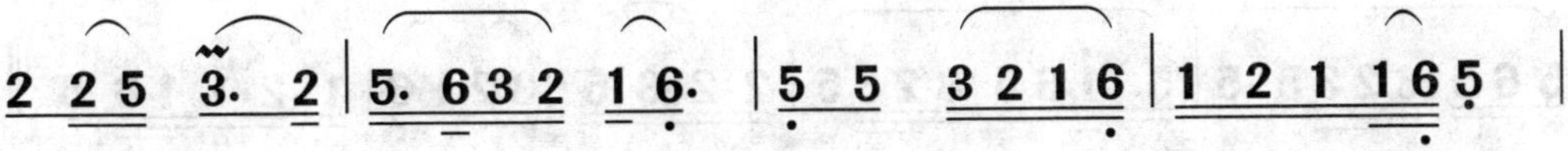

2 25	3̃. 2	5. 6 3 2	1 6.	5 5	3 2 1 6	1 2 1 1 6 5
把 郎	啊	引	到	八 仙	啦	台(呀衣得儿哟,
人 人	啊	说	是	两 夫	哇	妻(呀衣得儿哟,
口 问	啊	哥	哥	贵 庚	啦	生(啦衣得儿哟,
妹 妹	啊	元	宵	闹 花	呀	灯(啦衣得儿哟,
酸 酸	啊	甜	甜	奴 多	哇	端(啦衣得儿哟,
二 人	啊	相	交	要 睛	哇	年(啦衣得儿哟,
上 瞒	啊	爹	来	这 瞒	啦	娘(吖衣得儿哟,
哥 哥	啊	嫂	嫂	下 一	啦	到(吖衣得儿哟,
情 哥	啊	只	吃	都 五	呀	杯(吖衣得儿哟,
雄 黄	啊	酒	儿	这 情	哇	毒(哇衣得儿哟,
手 拿	啊	白	扇	隔 手	啦	人(啦衣得儿哟,
情 妹	啊	忘	记	扇 泪	呀	巾(啦衣得儿哟,
怀 抱	啊	花	树	拿 涟	哇	涟(啦衣得儿哟,
哪 有	啊	人	老	泪 少	啦	年(啦衣得儿哟,
手 挽	啊	手	儿	转 绣	呀	房(吖衣得儿哟,
寸 寸	啊	节	节	进 花	哇	香(吖衣得儿哟,
情 哥	啊	醉	倒	桂 如	呀	泥(呀衣得儿哟,
今 朝	啊	得	罪	软 爹	哇	妈(呀衣得儿哟,
手 挽	啊	手	来	我 情	啦	人(啦衣得儿哟,
初 一	啊	去	哒	送 五	哇	来(呀衣得儿哟,

第三篇 花山风韵——灯调

| 5 6 5 3 2 3 5 $\overset{3}{5}$ | 5. 1 6 5 3 2 3 5 | 2 2 3 5 3 2 1 6 | 1 2 1 1 6 5 ‖ |

哎	哎)	贤那妹妹儿把 酒 筛(呀衣得儿哟)。
哎	哎)	俺那 是 相 好 的(呀衣得儿哟)。
哎	哎)	说与 奴 家 听(呀衣得儿哟)。
哎	哎)	二人 真 老 庚(呀衣得儿哟)。
哎	哎)	莫说 美 酒 酸(呀衣得儿哟)。
哎	哎)	人好 水 也 甜(呀衣得儿哟)。
哎	哎)	来陪 小 情 郎(呀衣得儿哟)。
哎	哎)	二人 好 相 交(呀衣得儿哟)。
哎	哎)	要把 酒 来 退(呀衣得儿哟)。
哎	哎)	免得 奴 担 忧(呀衣得儿哟)。
哎	哎)	我郎 把 凉 乘(呀衣得儿哟)。
哎	哎)	贤妹 好 良 心(呀衣得儿哟)。
哎	哎)	花开 叶 儿 鲜(呀衣得儿哟)。
哎	哎)	何不 早 团 圆(呀衣得儿哟)。
哎	哎)	一对 好 鸳 鸯(呀衣得儿哟)。
哎	哎)	鸳鸯 结 成 双(呀衣得儿哟)。
哎	哎)	倒在 姐 怀 里(呀衣得儿哟)。
哎	哎)	郎君 吃 醉 哒(呀衣得儿哟)。
哎	哎)	情人 送 出 门(呀衣得儿哟)。
哎	哎)	贤 妹妹儿把 门 开(呀衣得儿哟)。

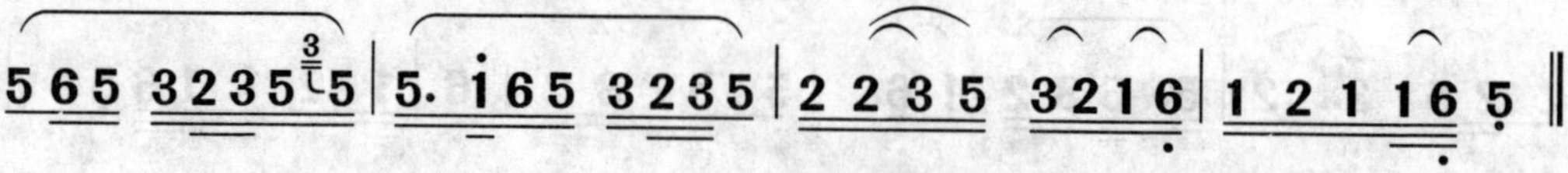

十 打

1=C 2/4　　　　　　　　　　　　　　娄菊香 唱
中速　　　　　　　　　　　　　　　黎连城 左泽松 记

| 2. 1 2 1 | 2 3 1 3 2 | 1 1 2 1 6 | 1 1 6 1 2 | 2 3 2 2 1 |

一 打 天 上 蛾呵眉 月也,(心肝幺儿姐 小小儿子哟) 二 打 童 子
三 打 桃 园 三呵结 义也,(心肝幺儿姐 小小儿子哟) 四 打 四 季
五 打 五 子 登啦科 早哇,(心肝幺儿姐 小小儿子哟) 六 打 禄 位
七 打 天 上 七呀姊 妹也,(心肝幺儿姐 小小儿子哟) 八 打 八 仙
九 打 娘 娘 生啦太 子吖,(心肝幺儿姐 小小儿子哟) 十 打 君 王

| 6 5 6 1 6 | 1 1 6 6 6 6 1 6 | 1 1 6 6 1 6 1 6 | 1 1 6 1 2 3 2 1 |

拜 呀 观 音 啦。(梭儿 令冬 船儿般大 哥儿要钱 冬巴冬巴 冬冬一字儿飘 哇
发 呀 财 人 啦。(梭儿 令冬 船儿般大 哥儿要钱 冬巴冬巴 冬冬一字儿飘 哇
位 呀 高 升 啦。(梭儿 令冬 船儿般大 哥儿要钱 冬巴冬巴 冬冬一字儿飘 哇
过 哇 海 神 啦。(梭儿 令冬 船儿般大 哥儿要钱 冬巴冬巴 冬冬一字儿飘 哇
坐 哇 龙 庭 啦。(梭儿 令冬 船儿般大 哥儿要钱 冬巴冬巴 冬冬一字儿飘 哇

| 1 3 2 2 1 | 6 6 1 1 2 6. | 2 1 2 1 2 6. | 2 2 1 2 6 2 1 6 |

绣 龙 头 哇 哥哥儿你来了 呵 妹妹儿我来了 呵 妹妹儿你发 财 呀
绣 龙 头 哇 哥哥儿你来了 呵 妹妹儿我来了 呵 妹妹儿你发 财 呀
绣 龙 头 哇 哥哥儿你来了 呵 妹妹儿我来了 呵 妹妹儿你发 财 呀
绣 龙 头 哇 哥哥儿你来了 呵 妹妹儿我来了 呵 妹妹儿你发 财 呀
绣 龙 头 哇 哥哥儿你来了 呵 妹妹儿我来了 呵 妹妹儿你发 财 呀

| 5 5 5 6 | 2 2 1 | 1 6 6 2 | 1 1 1 2 6 |

奴 哇 家 发 财 情哥儿请起 来呀吖衣哟。)
奴 哇 家 发 财 情哥儿请起 来呀吖衣哟。)
奴 哇 家 发 财 情哥儿请起 来呀吖衣哟。)
奴 哇 家 发 财 情哥儿请起 来呀吖衣哟。)
奴 哇 家 发 财 情哥儿请起 来呀吖衣哟。)

第三篇 花山风韵——灯调

十二月相思

1=F 2/4 3/4
中速、抒情地

钟以顺 唱
白诚仁 记

| 5535 | 1665 | 353 | 165 | 353 | 2223 | 665 |

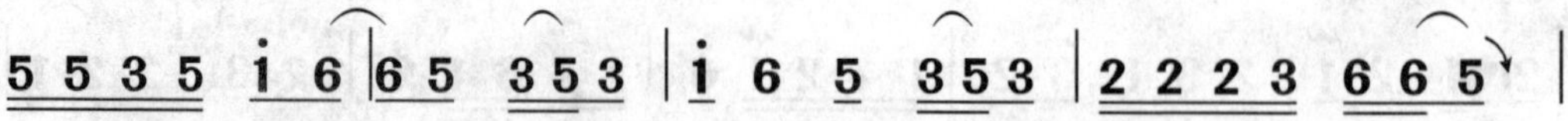

正月相思正月　月儿正　啦，正啦月　正　啦，情姐(的个)得呀
二月相思姐呀　做鞋　呀，姐呀做　鞋　呀，手搬(的个)鞋呀
三月相思三月　月儿三　啦，三啦月　三　啦，桃树(的个)开呀
四月相思四月　月儿八　呀，四吖月　八　呀，洗手(的个)堂吖
五月相思五月　月儿五　哇，五哇月　五　哇，水上(的个)传啦
六月相思三哇　伏天　啦，三啦伏　天　啦，哥哥(的个)不哇
七月相思七月　月儿七　呀，七呀月　七　呀，想是(的个)哥哇
八月相思秋哇　风凉　吖，秋哇风　凉　吖，情哥(的个)写呀
九月相思九月　月儿九　哇，九哇月　九　哇，一封(的个)情啦
十月相思下呀　浓霜　吖，下呀浓　霜　吖，赶紧(的个)收哇
冬月相思下呀　大雪　呀，下呀大　雪　呀，哥哥(的个)隔呀
腊月相思过呵　小年　啦，过哇小　年　啦，情郎(的个)就哇

| 352 | 32 | 21 | 616 | 2223 | 665 | 352 | 32 | 211 | 616 |

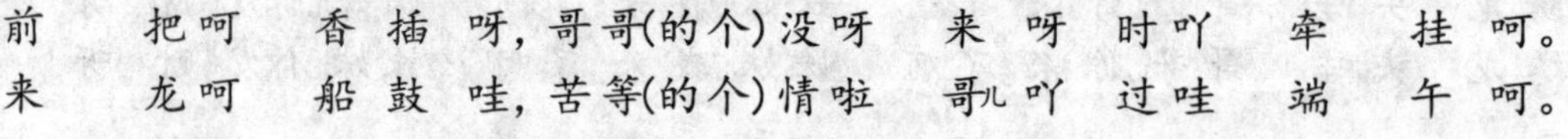

了　相呵　思病啦，瞒到(的个)爹呀　妈呀　做哇　不得　声呵。
子　怕呵　人来呀，想起(的个)我哇　郎吖　泪呀　满呀　腿呵。
开　红呵　满山啦，做双(的个)鞋呀　子儿吖　送吖　郎呀　穿呵。
前　把呵　香插呀，哥哥(的个)没呀　来呀　时吖　牵挂　挂呵。
来　龙呵　船鼓哇，苦等(的个)情啦　哥儿吖　过哇　端午　穿呵。
来　有呵　半年啦，望得(的个)奴哇　家呀　两吖　眼你　呵。
哥儿　发呵　了气呀，哪桩(的个)事呀　情啦　得呀　罪原　呵。
来　信呵　一张吖，未来(的个)小呵　妹呀　请啦　谅不　呵。
书　拿呵　在手哇，海枯(的个)石呵　烂啦　情啦　成郎　丢呵。
拾　笼呵　和箱吖，早与(的个)情啦　哥吖　结呀　不双　呵。
到　来呵　不得呀，妹妹(的个)牵啦　马呀　把呀　郎接　呵。
在　姐呵　跟前啦，从此(的个)花呀　好哇　月呀　常圆　呵。

十 劝 郎

1=♭B 2/4
中速

谷兆芹 唱
陈金钟 蔡晞 记

| 3 5 | 3̲ 3̲ | 5 5 | 3. 5̲ | 5 5 | 3. 5̲ | 6 6 5 | 1̇ 6 5 | 3 5 3 | 5 3 | 3̲ 3̲ |

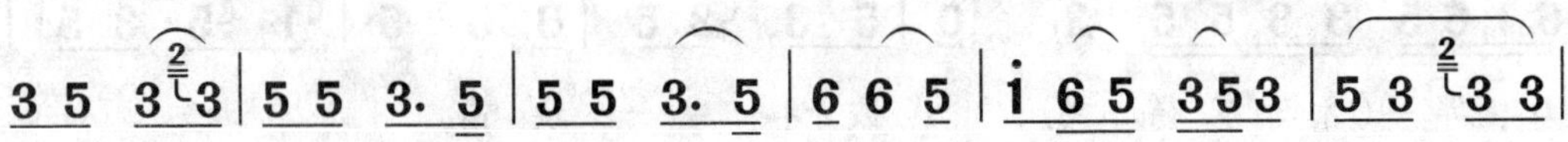

一呀劝　哥哇哥儿你莫吃洋　烟哪，你好不　下啊贱，
二吖劝　哥哇哥儿你莫把洋烟尝吖，屙你的通啊肠，你
三啦劝　哥哇哥儿你莫哇　嫖哇，哪怕美呀貌，
四吖劝　哥哇哥儿你莫到人家走哇，寻你死啊路，
五哇劝　哥哇哥儿你莫打啦　牌呀，时运不啊好，
六哇劝　哥哇哥儿你莫赌哇　博哇，讲你不啊听，
七呀劝　哥哇哥儿你莫当抢　犯哪，哪怕艰啦难，
八呀劝　哥哇哥儿你莫把队　拖哇，剁你脑哇壳，
九哇劝　哥哇哥儿你心要哇　忠吖，莫作虚呀荣，
十吖劝　哥哇哥儿你聚妻呀　房吖，挑选贤啊良，

| 5 2 5 5 | 3 5 3̲ 2̲ 1̲ | 5 5 5 | 3̲ 2̲ 1̲ | 2 2 0 3 | 6 6 5 | 1̇ 6 5 | 3 3 5 |

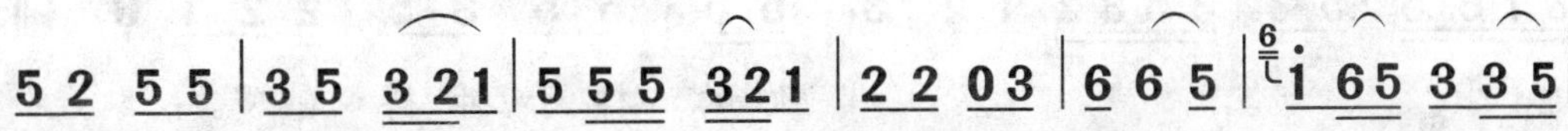

有几多啊吃洋烟，　身上的衣服鹅哇嘎烂哪，虱堆西眉
饭一吃呀碗一放，　脚灯照到脑哇壳上吖你手拿哭丧
人家妻子莫依靠，　依靠草鞋把呀脚捣哇，世事荒误
贱东西啊猪骨头，　走路好比三啦只手哇，坏了哇，莫出老娘
便宜钱啊想不到，　莫把心思想吖畜牲哪，后来把米
会你死啊发你瘟，　人家把你当吖千万哪，没有哪回
向人家啊要银钱，　开口就喊几呀千万哪，家屋要一
拖大队啊人一伙，　下乡就把肥呀猪捉哪，进门恶又
婊子养，　驴子通，　王八蛋的狗哇杂种吖，象个饿马
娶妻要娶贞洁女，　欢欢喜喜度哇时光吖，无妻无主

$6\overset{\frown}{165}$ $\overset{3}{3}355$ | 3. 0 | 53 $\overset{\frown}{\underset{3}{2}}35$ | 6 6 5 | $\overset{6}{\underset{1}{1}}\overset{\frown}{\underset{5}{3}}35$ |

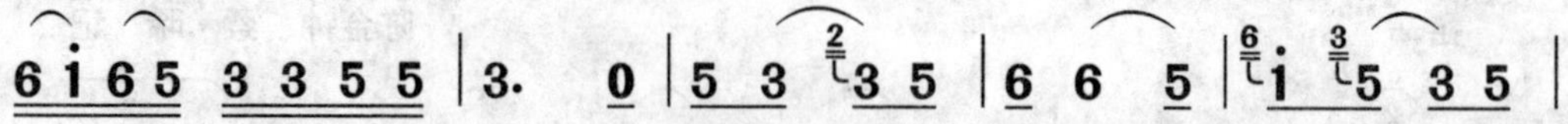

山 哪（呀呀衣得儿哟）， 披呀 一 块 喃， 掉哇 一 下
棒吖（呀呀衣得儿哟）， 催你 的 禄 喃， 想吖 人 家
了哇（呀呀衣得儿哟）， 落哇 大 雪 喃， 朝呀 桑
丑哇（呀呀衣得儿哟）， 鸦呀 片 鬼 喃， 马哇 赢
讨哇（呀呀衣得儿哟）， 输哇 钱 只 喃， 望吖 归
赢哪（呀呀衣得儿哟）， 是呀 干 子 喃， 是吖 抢
半哪（呀呀衣得儿哟）， 昧呀 良 心 喃， 当吖 你
恶哇（呀呀衣得儿哟）， 到哇 后 来 喃， 把呀 背
蜂吖（呀呀衣得儿哟）， 到哇 老 来 喃， 背呀 织
张吖（呀呀衣得儿哟）， 男啦 耕 田 喃， 女呀

$6\overset{\frown}{165}$ $\overset{3}{5}3$ | 3 5 3 2 1 2 | 3. 5 5 | $\overset{3}{5}5$ 3 5 | $\overset{\sim}{2}\overset{\sim}{2}1\overset{\frown}{6}$ ||

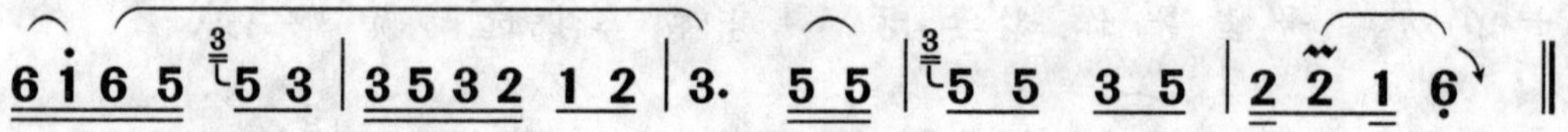

边 啦， 你的 样子 难得 看啰。
场 吖， 你 死到 大路 上啰。
跑 哇， 你 好比 肉过 刀啰。
范 哇， 你 死不 晓得 羞啰。
起 呀， 你 反而 害自 己啰。
声 啦， 你 打开 认不 清啰。
犯 啦， 你 没有 好心 肝啰。
捉 哇， 你 枪打 乱刀 剁啰。
笼 吖， 你 人怕 老来 穷啰。
布 哇， 你 地久 共天 长啰。

十 想

1=A 2/4
中速

金文才 唱
黎连城 记

| 5 5 5 | $\overline{5\ 3}$ 3 | $\overline{6\ 5}$ 5 | $\overline{5\ 6}$ 3 | ⌒5 3 2 | 5 5 5 3 | 5 3 2 3 1 | 2 - |

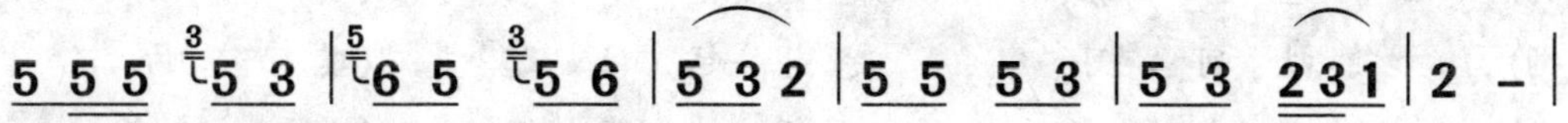

一想嘛 奴的 娘吖（哎咳哟），不该把奴养（来哎　　哟），
二想嘛 奴的 爹呀（哎咳哟），不该养奴家（来哎　　哟），
三想嘛 嫂和 哥哇（哎咳哟），夫妻恩爱多（来哎　　哟），
四想嘛 奴的 妹呀（哎咳哟），比奴小三岁（来哎　　哟），
五想嘛 我的 人哪（哎咳哟），糊涂到如今（来哎　　哟），
六想嘛 奴的 房吖（哎咳哟），好似一庙堂（来哎　　哟），
七想嘛 奴的 床吖（哎咳哟），撩开红罗帐（来哎　　哟），
八想嘛 奴的 哥哇（哎咳哟），他在奴家坐（来哎　　哟），
九想嘛 做媒 的呀（哎咳哟），不来奴家里（来哎　　哟），
十想嘛 奴的 命啦（哎咳哟），由命不由人（来哎　　哟），

| 5 2 3 | 5 5. | 2 5 2 | 3 3 2 1 | 3 3 2 3 1 | 2 2 1 6 5 6 |

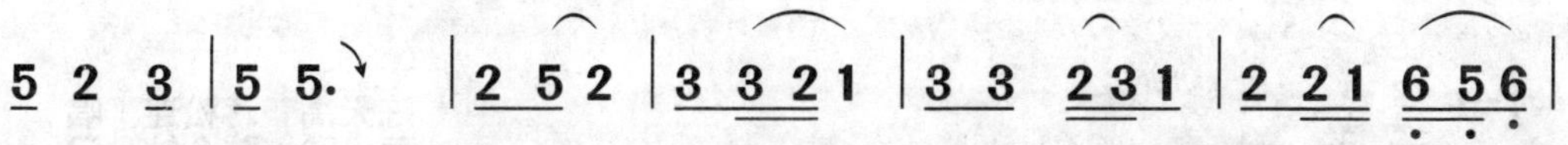

十七的 十八　守空　房呵，越想越凄惶吖（哎
十七的 十八　守孤　寡呀，越想越丫杂呀（哎
怀抱的 娃娃儿 笑呵　呵呵，越想越难过哇（哎
男成的 双来　女成　对呀，越想越悲泪呀（哎
每日的 朝朝　攻书　文啦，从不进家门哪（哎
初一的 十五　没装　香呵，好比尼姑样吖（哎
多个的 枕头　少个　郎呵，越想越心伤吖（哎
每日的 朝朝　把奴　训啦，满胸冒怒火哇（哎
奴有的 哪些　得罪　你呀，不把婚姻提呀（哎
横梁的 高挂　一根　绳啦，早死早投生啦（哎

| 5 - | 2 2 5 | 3. 2 1 | 3 3 2 3 1 | 2 2 1 6 5 6 | 5 - ||

哟),　守哇空　房,　越想越凄惶吖（哎　　哟）。
哟),　守哇孤　寨,　越想越丫杂呀（哎　　哟）。
哟),　笑哇呵　呵,　越想越难过哇（哎　　哟）。
哟),　女呀成　对,　越想越悲泪呀（哎　　哟）。
哟),　攻吖书　文,　从不进家门哪（哎　　哟）。
哟),　没装呀　香,　好比尼姑样吖（哎　　哟）。
哟),　少哇个　郎,　越想越心伤吖（哎　　哟）。
哟),　把呀奴　训,　满胸冒怒火哇（哎　　哟）。
哟),　得呀罪　你,　不把婚姻提呀（哎　　哟）。
哟),　一呀根　绳,　早死早投生啦（哎　　哟）。

十　绣

1=F　2/4　3/4　　　　　　　　　　　陈天高　蒋松连　唱
中速、轻快的　　　　　　　　　　　蔡晞　陈金钟　记

| 3 5 1 2 | 5 3 2 1 | 1 0 | 3 5 1 2 | 5 3 2 | 1 1 |

一绣天上星（哪呵呵　呵），星子儿放光明（哪呵　呵　呵），
二绣月如梭（哪呵呵　呵），明月照江河（哪呵　呵　呵），
三绣一只船（哪呵呵　呵），湾在江河边（哪呵　呵　呵），
四绣洛阳桥（哪呵呵　呵），九十九丈高（哪呵　呵　呵），
五绣一笼鸡（哪呵呵　呵），金鸡五更啼（哪呵　呵　呵），
六绣六朵云（哪呵呵　呵），狮子赶麒麟（哪呵　呵　呵），
七绣七姊妹（哪呵呵　呵），七妹下凡去（哪呵　呵　呵），
八绣八卦楼（哪呵呵　呵），牌坊二面修（哪呵　呵　呵），
九绣崔文瑞（哪呵呵　呵），二人桑园会（哪呵　呵　呵），
十绣绣完成（哪呵呵　呵），国正天心顺（哪呵　呵　呵），

| 3 3 5 | 3.2 21 | 62 15 | 66 5 65 6 | 3.2 12 |

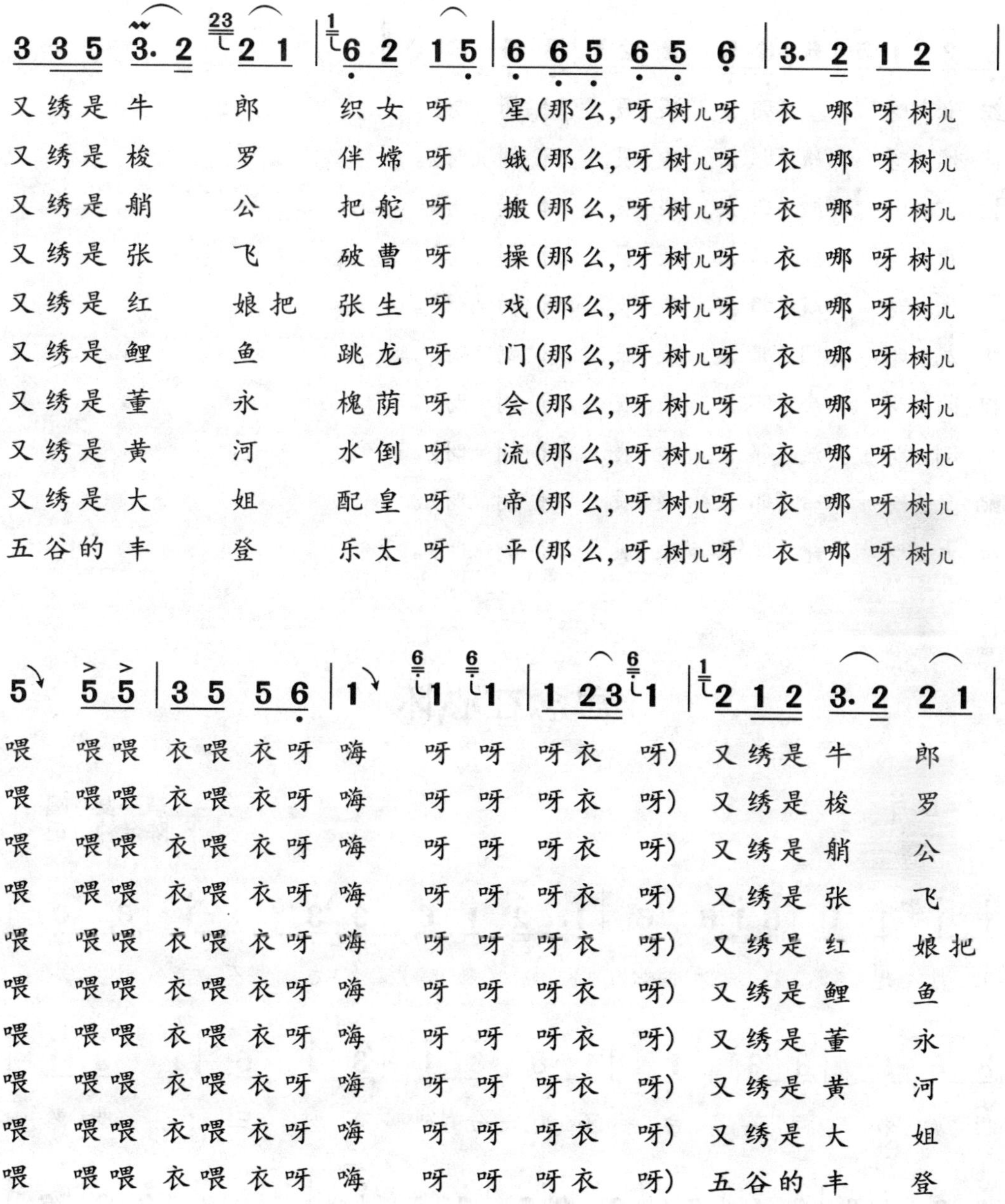

又绣是牛　郎　　织女呀　星(那么,呀树儿呀　衣　哪呀树儿
又绣是梭　罗　　伴嫦呀　娥(那么,呀树儿呀　衣　哪呀树儿
又绣是艄　公　　把舵呀　搬(那么,呀树儿呀　衣　哪呀树儿
又绣是张　飞　　破曹呀　操(那么,呀树儿呀　衣　哪呀树儿
又绣是红　娘把　张生呀　戏(那么,呀树儿呀　衣　哪呀树儿
又绣是鲤　鱼　　跳龙呀　门(那么,呀树儿呀　衣　哪呀树儿
又绣是董　永　　槐荫呀　会(那么,呀树儿呀　衣　哪呀树儿
又绣是黄　河　　水倒呀　流(那么,呀树儿呀　衣　哪呀树儿
又绣是大　姐　　配皇呀　帝(那么,呀树儿呀　衣　哪呀树儿
五谷的丰　登　　乐太呀　平(那么,呀树儿呀　衣　哪呀树儿

| 5 | 5 5 | 35 56 | 1 6̣1 6̣1 | 1 2 3 6̣1 | 1̇2 12 3.2 21 |

喂　喂喂衣喂衣呀嗨　呀呀呀衣　呀)又绣是牛　郎
喂　喂喂衣喂衣呀嗨　呀呀呀衣　呀)又绣是梭　罗
喂　喂喂衣喂衣呀嗨　呀呀呀衣　呀)又绣是艄　公
喂　喂喂衣喂衣呀嗨　呀呀呀衣　呀)又绣是张　飞
喂　喂喂衣喂衣呀嗨　呀呀呀衣　呀)又绣是红　娘把
喂　喂喂衣喂衣呀嗨　呀呀呀衣　呀)又绣是鲤　鱼
喂　喂喂衣喂衣呀嗨　呀呀呀衣　呀)又绣是董　永
喂　喂喂衣喂衣呀嗨　呀呀呀衣　呀)又绣是黄　河
喂　喂喂衣喂衣呀嗨　呀呀呀衣　呀)又绣是大　姐
喂　喂喂衣喂衣呀嗨　呀呀呀衣　呀)五谷的丰　登

第三篇　花山风韵——灯调

| 6 2̃ 1 5̣ | 6̇ 6 5 | 1͞5̣ 2 2 1 | 6̣ 5̣ 6̣ 0 ‖

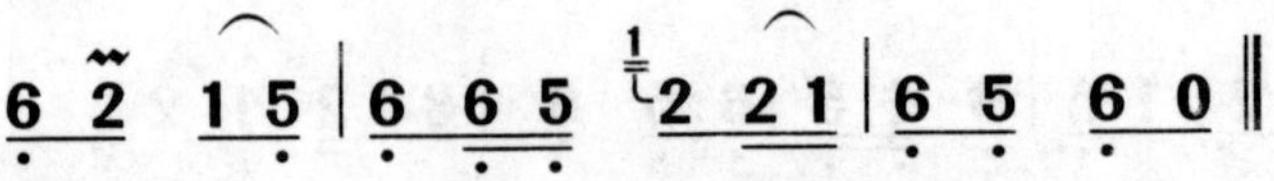

织女呀 星（那么 喂喂 呀树儿呀）。
伴嫦呀 娥（那么 喂喂 呀树儿呀）。
把舵呀 搬（那么 喂喂 呀树儿呀）。
破曹呀 操（那么 喂喂 呀树儿呀）。
张生呀 戏（那么 喂喂 呀树儿呀）。
跳龙呀 门（那么 喂喂 呀树儿呀）。
槐荫呀 会（那么 喂喂 呀树儿呀）。
水倒呀 流（那么 喂喂 呀树儿呀）。
配皇呀 帝（那么 喂喂 呀树儿呀）。
乐太呀 平（那么 喂喂 呀树儿呀）。

思念在心怀

1=D 2/4

李景友 唱
陈金钟 记

| 1̇ 1̇ 1̇ 1̇ | 6 1̇ 6 6 | 1̇. 2̇ 1̇ 6 | 3̇ 3̇ 1̇ 1̇ | 6 0 |

正月思念在呀心怀（来嗨），放之 不哇开。

| 3 6 1̇ | 3̇ 3̇ 1̇ | 1̇ 6 3̇ 1̇ | 3̇ 1̇ 6 | 1̇ 3̇ 1̇ |

想贤弟祝英台，不觉分别有哇三载（呀哈），

| 1̇ 6 1̇ 6 | 6 1̇ 2̇ 1̇ | 6 0 6 | 3̇ 6 1̇ 2̇ | 1̇. 6 3̇ 6 6 |

常挂心怀来（哎 哟），你书哇不传，你信啦不

| 1̇. 6 5̃6 | 3̇ 1̇ 3̇ | 6 5̃6 | 3̇ 1̇ | 6̃1̇ 1̇ 6 | 6 5. 0 |

带 呀，（哎哎哟哎哎哎）必定容颜 改哎。

四 打

1=F 2/4 3/4
活泼、欢快

向宏治 唱
陈金钟 记

| 5̲3̲ 3 | 5̲3̲ 3 | 5̲ 6̲5̲ 3̲5̲ | 1̇ 6̲ 5̲ 6̲.3̲ | 5 5̲6̲5̲ | 3 — |

一打　天上　蛾呵　眉月呀，(衣子呀呀衣儿哟，)
二打　桃园　三啦　结义呀，(衣子呀呀衣儿哟，)

| 5̲3̲ 3 | 5̲3̲ 3 | 2̲1̲ 3 | 2̲ 1̲2̲ 2̲6̲ | 1̲1̲ 2̲1̲ | 6̣. 0̲5̲ 3̲3̲ |

二打　鲤鱼　跳呵龙　门啦。(衣子　呀呀衣子儿哟，)　金啦鸡
四打　东南　西呀北　城啦。(衣子　呀呀衣子儿哟，)　金啦鸡

‖: 5̲ 0 | 5̲3̲ 6̲5̲ | 3̲ 0 | 5̲ 3̲3̲ | 5̲ 0 | 5̲3̲ 6̲5̲ | 3̲ 0 :‖

对，　对呀芙蓉，　芙呵蓉对，　对呀牡丹，
对，　对呀芙蓉，　芙呵蓉对，　对呀牡丹，

| 3. 1̲ 6̲5̲ | 3̲5̲ ‖: 3̲3̲ 2̲1̲ | 2̲ 6̲ 1̲1̲ 2̲1̲ | 6̣. 0̲5̲ 5̲3̲ 3̲ |

上山一朵梅花，一条龙呵衣子呀呀衣　哟，(女)干哪哥哥儿
下山一朵莲花，一条龙呵衣子呀呀衣　哟，(女)干哪哥哥儿

| 5̲ — ↘ | 5̲ — ↘ | 1̲1̲ 3̲3̲ | 5̲ — ↘ | 5̲ — ↘ | 5̲ — ↘ | 5̲ — ↘ |

也，(男)也，　干哪妹妹儿也，(女)也，(男)也，(女)也，
也，　　也，　干哪妹妹儿也，　　也，　　也，　　也，

| 3̲5̲ 3̲5̲ | 1̇ 6̲ 5̲ | 5̲.3̲ 5̲5̲ | 2̲2̲ 2̲3̲ 2̲1̲ | 6̣ — ‖

(合)也也龙戏　水呀，　姊妹耍起　来呀)。
　　也也龙戏　水呀，　姊妹耍起　来呀)。

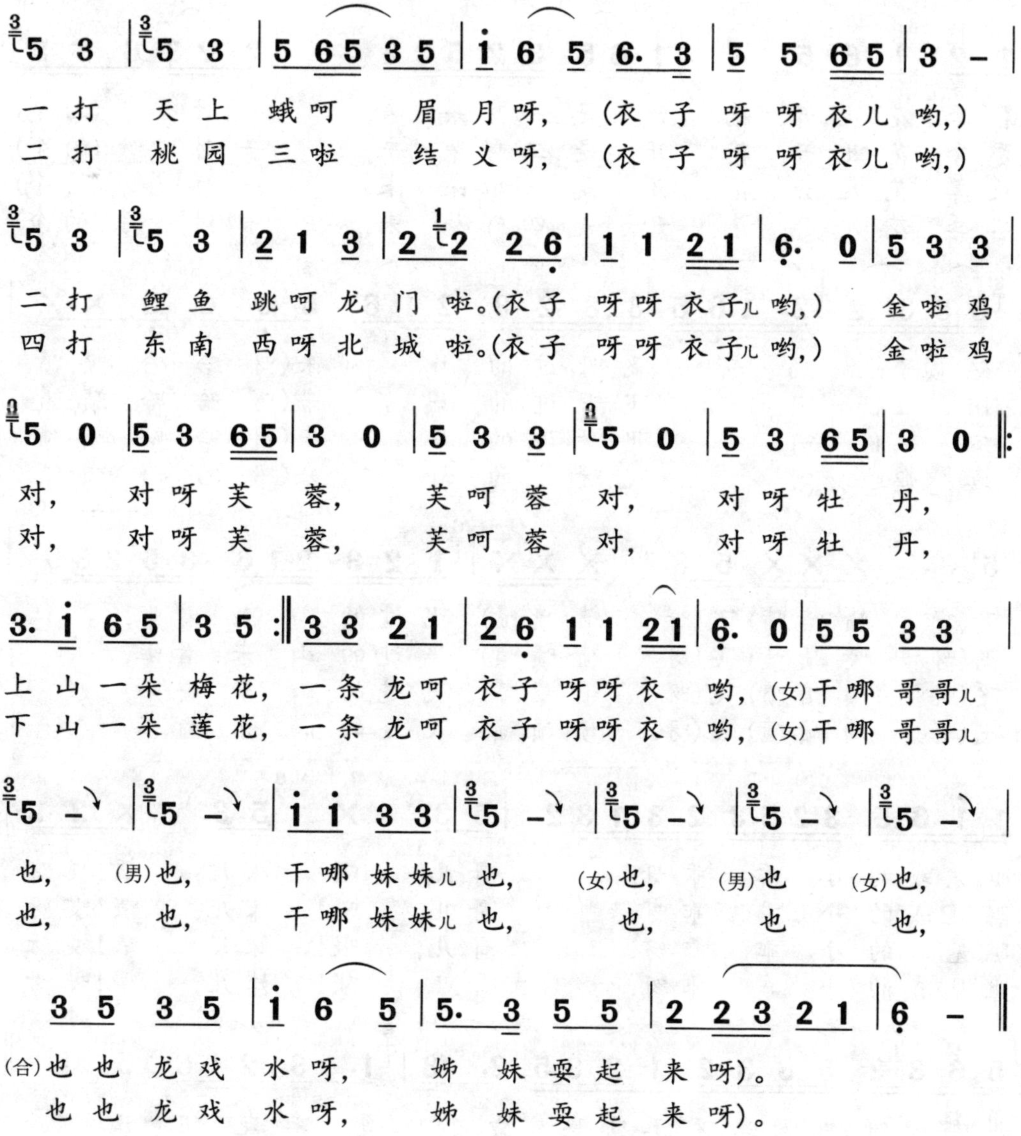

四季花儿开

1=F 4/4
稍慢

谷志壮 唱
曲 辰 记

1 2 1 6· 5 — | 1 6 5 3 2 5 3 2 — | 2 2 3 6 6 5
春季花儿开，花 开 是一呀朵来， 一 对 呀（的个）
夏季花儿开，花 开 是二吖朵来， 一 对 呀（的个）
秋季花儿开，花 开 是三啦朵来， 一 对 呀（的个）
冬季花儿开，花 开 是四吖朵来， 一 对 呀（的个）

5 5 3 2 | 2· 1 6 5 | 3 3 2 3 | 2 1 6 | 5 5· 6 5 X X |
鸽 子儿 哟   飞呀过的山 来（呀哈哈喷喷
阳 雀儿 呵   飞呀过的山 来（呀哈哈喷喷
斑 鸠儿 呵   飞呀过的山 来（呀哈哈喷喷
喜 鹊儿 呵   飞呀过的山 来（呀哈哈喷喷

5 3· X X X | 5 3· X X X | 1 2 3 2 1 6 | 3 5 2 3 5
飞（呀 喷喷喷）飞（呀 喷喷喷）飞过的山来 看啦，
飞（呀 喷喷喷）飞（呀 喷喷喷）飞过的山来 看啦，
飞（呀 喷喷喷）飞（呀 喷喷喷）飞过的山来 看啦，
飞（呀 喷喷喷）飞（呀 喷喷喷）飞过的山来 看啦，

1 1 6 5 | 3 2 5 3 | 2 3 1 3 2 | 5 3· X | 5 3· X 2 1
瞧见我的小 乖乖呀， 哥儿， 喂！ 妹儿， 喂！哎呀
瞧见我的小 乖乖呀， 哥儿， 喂！ 妹儿， 喂！哎呀
瞧见我的小 乖乖呀， 哥儿， 喂！ 妹儿， 喂！哎呀
瞧见我的小 乖乖呀， 哥儿， 喂！ 妹儿， 喂！哎呀

5 6 3 2 | 5 6 3 2 | 1 2 3 5 | 2· 3 | 1· 3 2 1 6 | 5 — ‖
恩哪爱呀 恩呀爱呀 真哪恩 爱， 夏季花儿开。
恩哪爱呀 恩呀爱呀 真哪恩 爱， 秋季花儿开。
恩哪爱呀 恩呀爱呀 真哪恩 爱， 冬季花儿开。
恩哪爱呀 恩呀爱呀 真哪恩 爱， 四季花儿开。

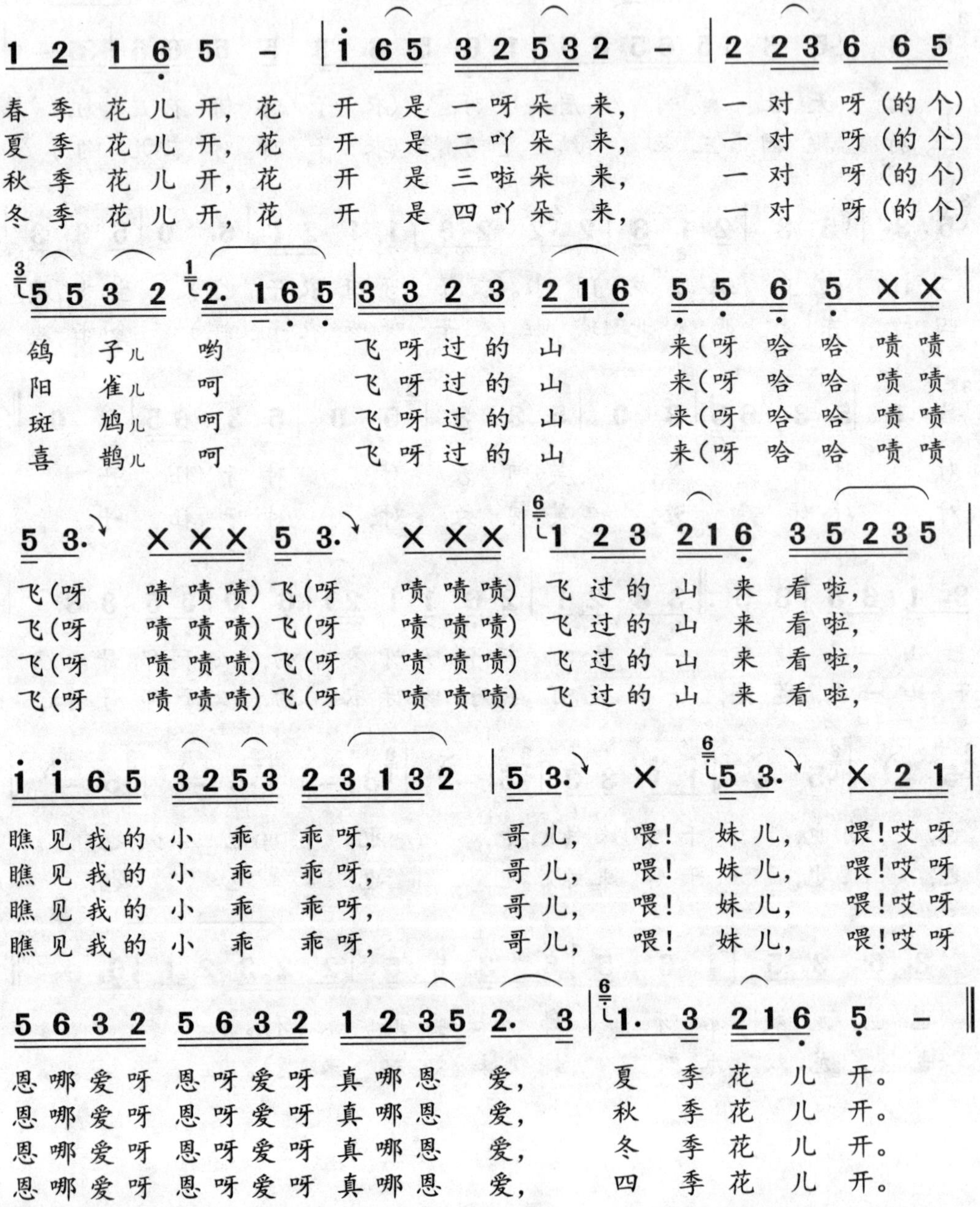

四季相思

1=G 4/4
慢

乾友成 唱
蔡晞 记

| 3 2 1 6 | 2. 3 | 5 3 6 5 | 3 | 5 1 | 2 5 | 3 2 1 | 6 5 1 |

春季里 相 思 艳阳花儿 天，
夏季里 相 思 荷花出水 香，
秋季里 相 思 丹桂花儿 飘，
冬季里 相 思 腊梅花儿 开，
四季里 相 思 害了奴一 年，

| 5 5 | 3. 2 | 1 2 1 | 6 | 5. 6 | 1 3 | 2 1 6 | 5 6 |

百草儿 排 芽 松 黄花遍地 鲜哪，
乌云发 蓬 松 奴懒去梳 妆吖，
忽听得 孤 雁 声 声声叫得 高哇，
鹅毛哇 大 雪 片 片片降瑶 阶呀，
忽听得 大 门 外 喜雀闹喧 天啦，

| 5 5 6 | 1 2 3 5 | 2 1 6 | 5 6 | 3 2 1 6 | 2. 3 | 5 6 5 | 3 |

柳呵 如 烟哪。 我的 郎 一 去
愁呵 难 当吖。 二八 呵 奴的 冤
心呵 内 憔哇。 思想 奴的 冤 出
冷呵 难 挨呀。 我的 郎 这 里 几
好似 我郎 言哪。 奴 步

| 2 3 1 | 2 5 | 3 2 1 | 6 5 1 | 5. 6 | 1 5 3 | 2 1 6 | 5 6 |

朝朝 在 外 面， 妆台 无 心 上，
好不 凄 凉， 泪 似 长 江，
越思 越 烦 躁 带， 细 水 洒 窗 前 冷，
未把 寒 衣 门 边， 风 雨 吹 我郎 儿 看，
来到 门 开 开 门

第三篇 花山风韵——灯调

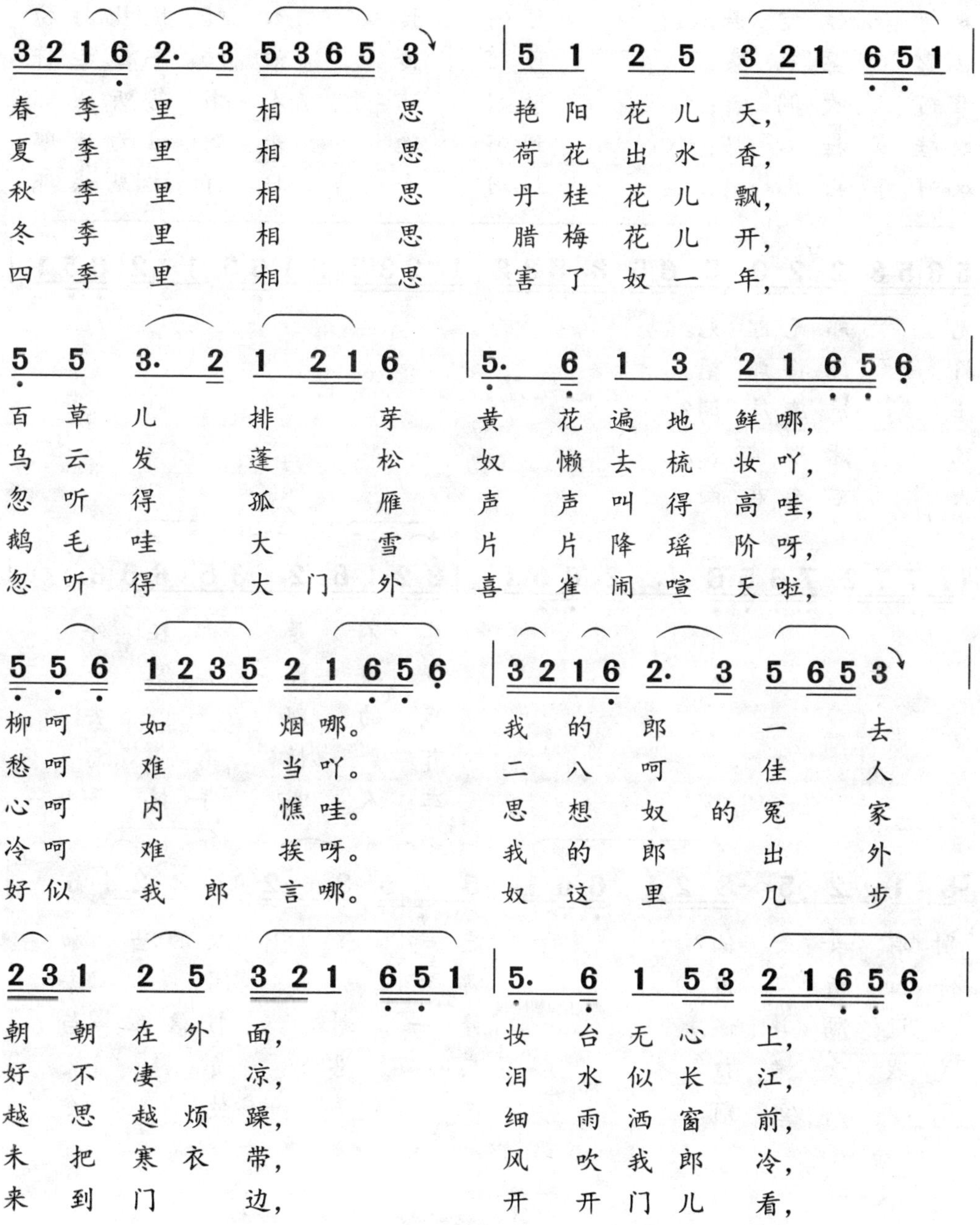

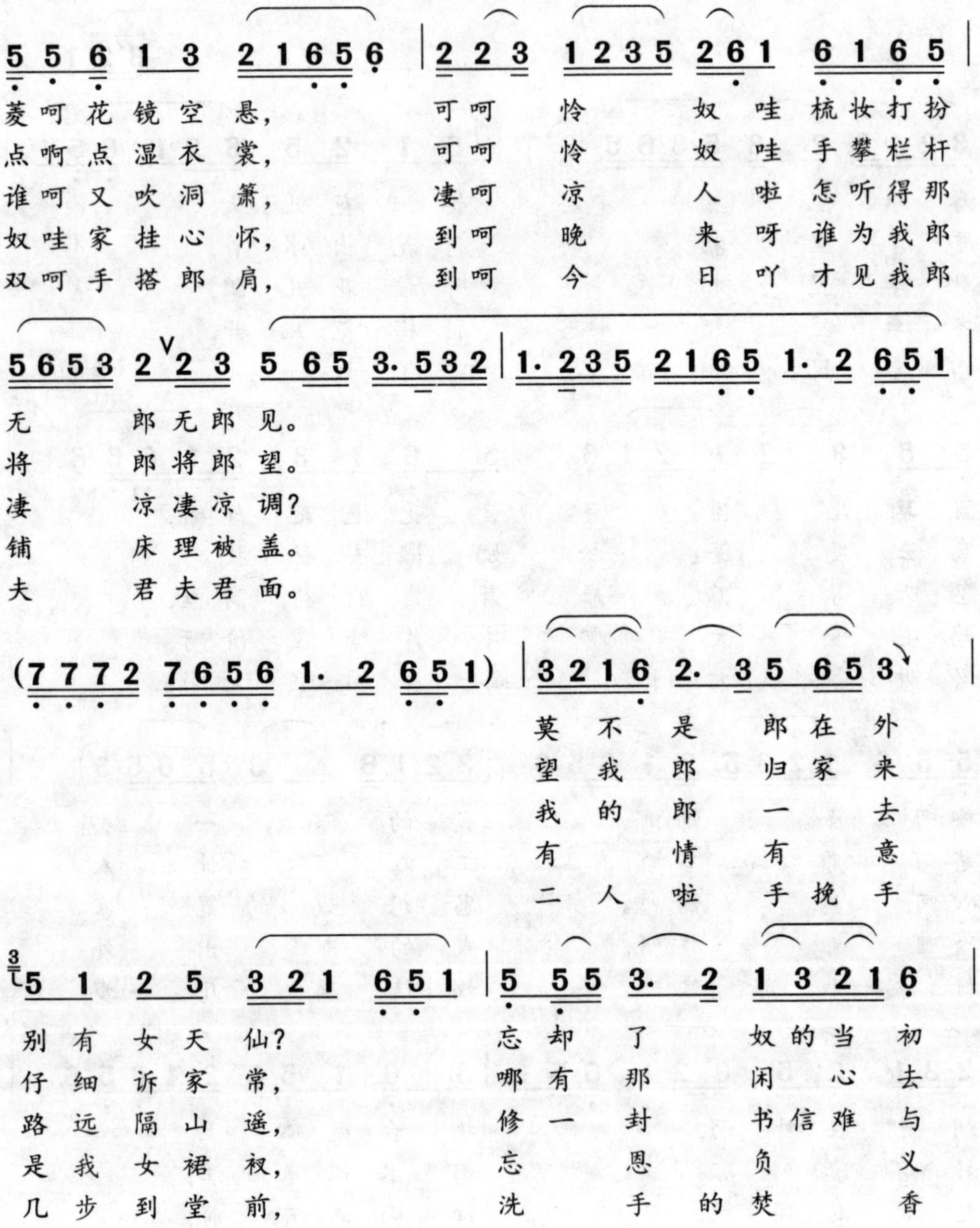

唱个山歌甩过来——桑植民歌精粹

菱呵花镜空悬，可呵怜奴哇梳妆打扮
点啊点湿衣裳，可呵怜奴哇手攀栏杆
谁呵又吹洞箫，凄呵凉人啦怎听得那
奴哇家挂心怀，到呵晚来呀谁为我郎
双呵手搭郎肩，到呵今日吖才见我郎
无郎无郎见。
将郎将郎望。
凄凉凄凉调？
铺床理被盖。
夫君夫君面。
莫不是郎在外
望我郎归家来
我的郎一去
有情有意
二人啦手挽手
别有女天仙？忘却了奴的当初
仔细诉家常，哪有那闲心去
路远隔山遥，修一封书信难与
是我女裙衩，忘恩负义
几步到堂前，洗手的焚香

| 5. 6 1 3 | 2 1 6 5̦ | 5 5 5 6 | 1. 6 | 2. 5 3 2 1 |

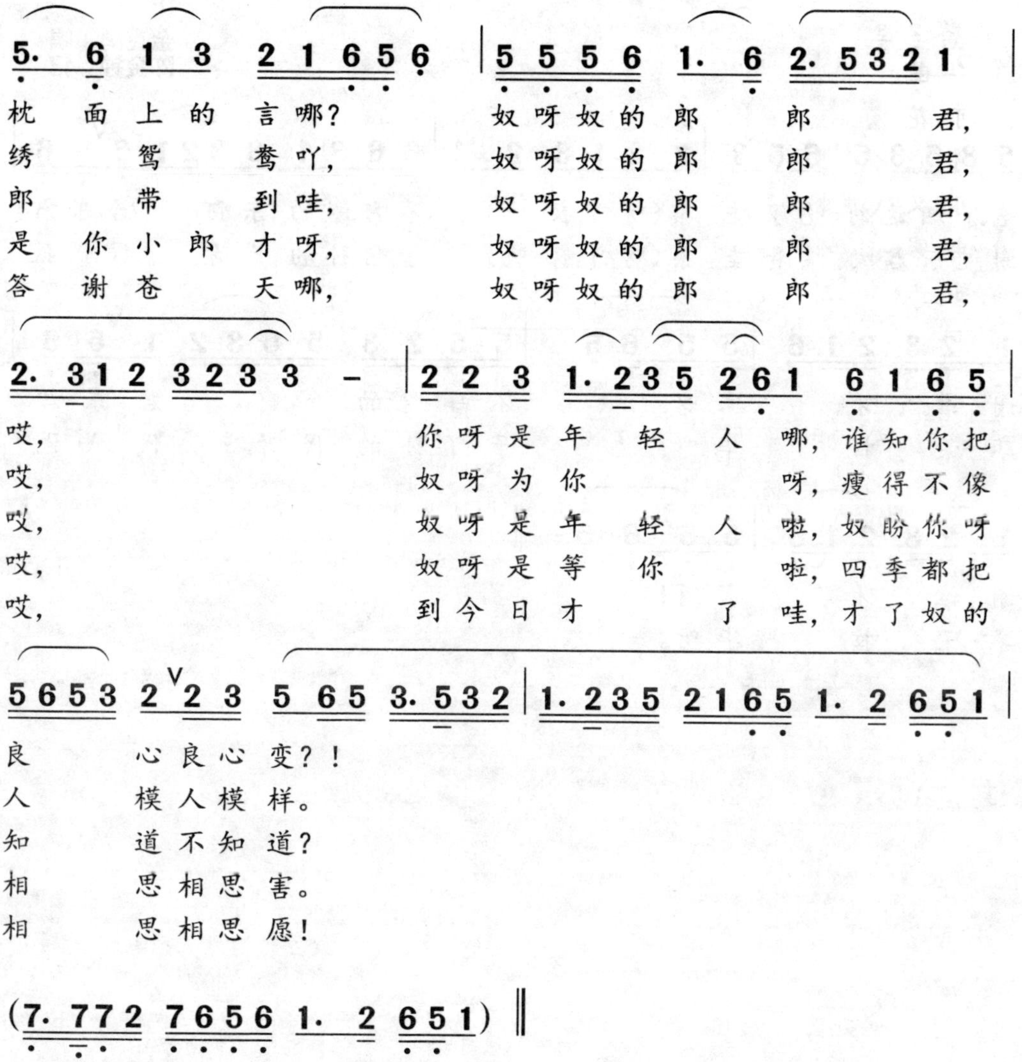

枕 面 上 的 言 哪? 奴呀奴的郎 郎 君,
绣 鸳 鸯 吖, 奴呀奴的郎 郎 君,
郎 带 到 哇, 奴呀奴的郎 郎 君,
是 你 小 郎 才 呀, 奴呀奴的郎 郎 君,
答 谢 苍 天 哪, 奴呀奴的郎 郎 君,

| 2. 3 1 2 3 2 3 3 — | 2 2 3 | 1. 2 3 5 | 2 6 1 | 6 1 6 5 |

哎, 你呀是年轻 人 哪, 谁知你把
哎, 奴呀为你 呀, 瘦得不像
哎, 奴呀是年轻 人 啦, 奴盼你呀
哎, 奴呀是等你 啦, 四季都把
哎, 到今日才 了哇, 才了奴的

| 5 6 5 3 | 2 ᵛ 2 3 | 5 6 5 | 3. 5 3 2 | 1. 2 3 5 | 2 1 6 5 | 1. 2 6 5 1 |

良 心 良 心 变?!
人 模 人 模 样。
知 道 不 知 道?
相 思 相 思 害。
相 思 相 思 愿!

| (7. 7 7 2 7 6 5 6 1. 2 6 5 1) ‖

不谢东君谢谁家

1=G 2/4 3/4
稍慢

金克勇 唱
陈金钟 记

5 3 5 3 5　6 5 3 | 2 2 1 3　2. 1 | 6 6 6 1　3 3 2 1 | 6 5 6 |
吃了烟哒哟 吃了哇 茶(呀吖衣哟)，不啊谢的东啊　君东君
谢过东君哟 烟和哇 茶(呀吖衣哟)，子啊孙的代呀　代代代

1 2 3　2 1 6 | 5 5 6 5 | 5 5 2 3　5 5 3 2 | 1 5 6 |
谢谁呀　家呀，　　　不哇谢的东啊　君东君
享荣啦　华呀，　　　子吖孙的代呀　代代代

1 2 3　2 1 6 | 5 5 6 5 ‖
谢谁呀　家呀！
享荣啦　华呀。

276　唱个山歌甩过来——桑植民歌精粹

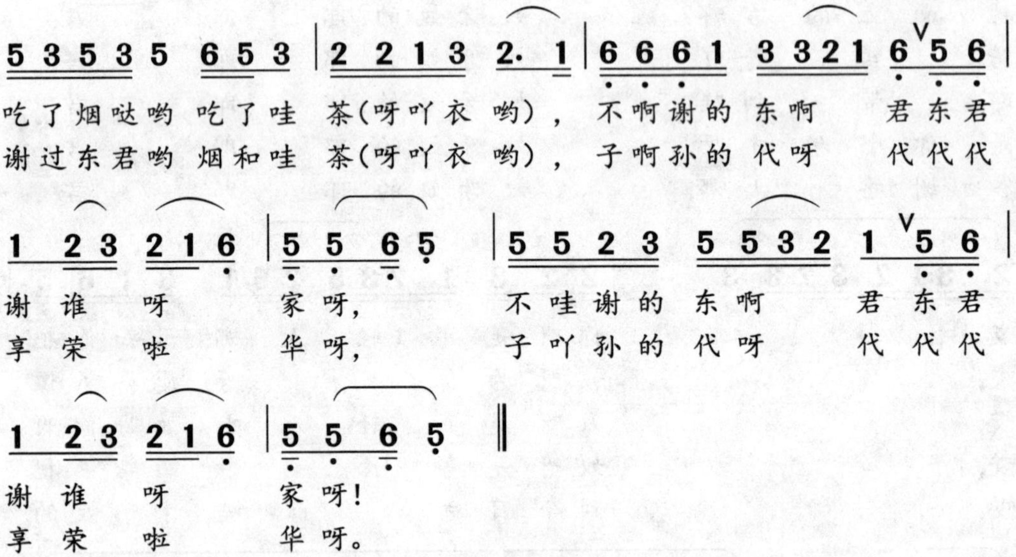

送 夫 君

1=G 2/4 3/4
中速

刘芳豹 唱
陈金钟 记

| 5 5 5 3 5 5 | 6 5 3 2 2 3 | 5 5 2 5 3 3 1 2 |

送夫下山寨呀（衣儿 哟呀），百花遍山开呀，
送夫荷塘弯啦（衣儿 哟呀），鸳鸯戏水边啦，
送夫凉水井啦（衣儿 哟呀），口渴把水饮啦，
送夫大河边啦（衣儿 哟呀），临别赠良言啦，

| 2 2 2 3 5 5 5 | 5 5 5 3 2 2 3 | 3. 3 1 3 2 1 6 5 |

野花（呀哈）刺多哇 不好哇 戴呀，劝君莫要采呀，
满塘（呀哈）开的呀 并蒂呀 莲啦，越看越留恋啦，
二人（啦哈）倒影啦 井里呀 印啦，难舍又难分啦，
望断（啦哈）秋水呀 和云啦 山啦，盼君早回还啦，

| 5 5 3 5 2 2 2 | 3. 3 1 3 2 1 6 5 ‖

不好哇 戴呀哈 劝君莫要采呀。
并蒂呀 莲啦哈 越看越留恋啦。
井里呀 印啦哈 难舍又难分啦。
和云啦 山啦哈 盼君早回还啦。

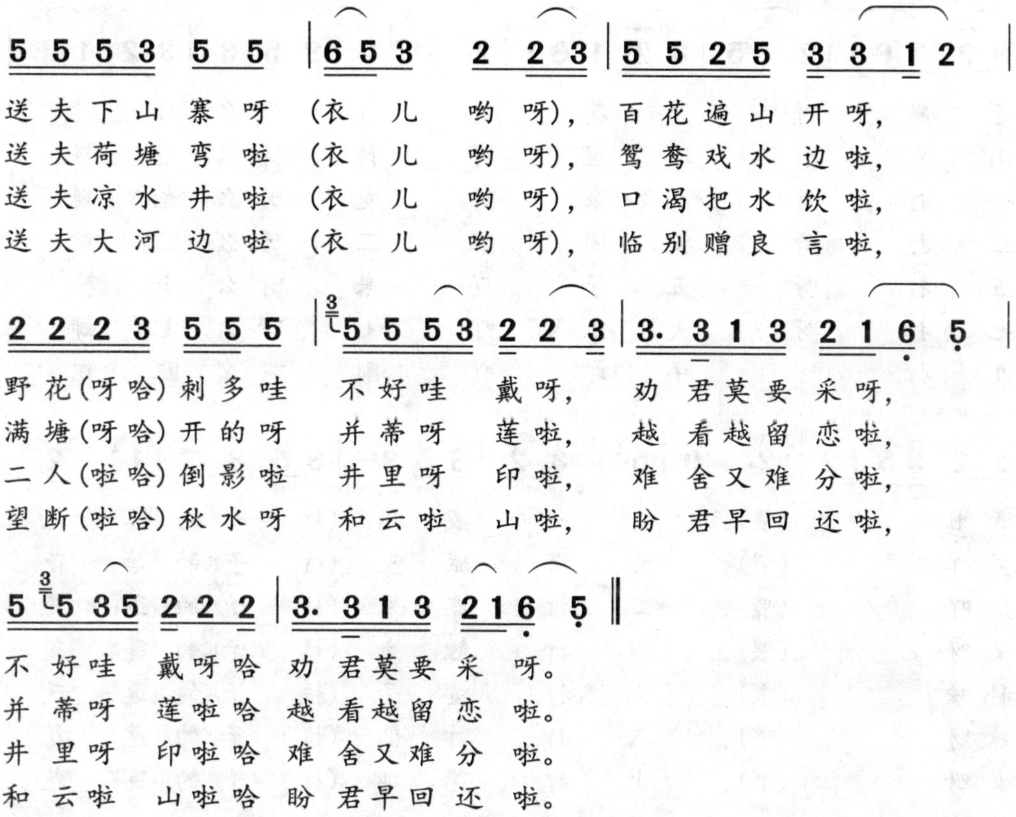

送 情 人

1=A 2/4　　　　　　　　　　　　　陈天兰 唱
中速，亲切地　　　　　　　　　　蔡晞 记

$3\tilde{2}$ 161 | 2. 5 | $3\tilde{2}$ 161 | 2 — | 2. 3 5 6 | 3 2 1 6 |

芝　麻　呀儿　开　花　呀　叶　呀么　叶　叶儿
南　京　啦　城　里　呀　请　呀么　请　银
一　打　呀　龙　来　呀　龙　呀么　龙　现
三　打　呀　桃　园　啦　三　呀么　三　结
五　打　呀　五　子　吁　来　呀么　来　登
七　打　呀　天　上　吁　七　呀么　七　姊
九　打　呀　牛　郎　吁　配　呀么　配　织

2 2 | 3 5 3 2 | 2. 0 5 | 3 2 | 3 5 3 | 3 5 3 2 | 1 | 2 |

青　啦　（喂），打　一个　戒　指（枝　子儿的　莲　花
匠　吁　（喂），北　京　城　里（枝　子儿的　莲　花
爪　吁　（喂），二　打　虎　来（枝　子儿的　莲　花
义　呀　（喂），四　打　鲤　鱼（枝　子儿的　莲　花
科　哇　（喂），六　打　童　子（枝　子儿的　莲　花
妹　呀　（喂），八　打　神　仙（枝　子儿的　莲　花
女　呀　（喂），十　打　花　烛（枝　子儿的　莲　花

5. 6 3 2 | 1. 6 2 | 3. 2 3 1 | $2\tilde{2}$ 1 | 2 — | $\tilde{16}$ $\underset{.}{6}$ 7 |

梭　儿个　梅　花　四　季　花儿　开　呀）　送　吁　是
梭　儿个　梅　花　四　季　花儿　开　呀）　请　吁　是
梭　儿个　梅　花　四　季　花儿　开　呀）　虎　吁　是
梭　儿个　梅　花　四　季　花儿　开　呀）　跳　吁　是
梭　儿个　梅　花　四　季　花儿　开　呀）　拜　吁　是
梭　儿个　梅　花　四　季　花儿　开　呀）　吕　吁　是
梭　儿个　梅　花　四　季　花儿　开　呀）　结　吁　是

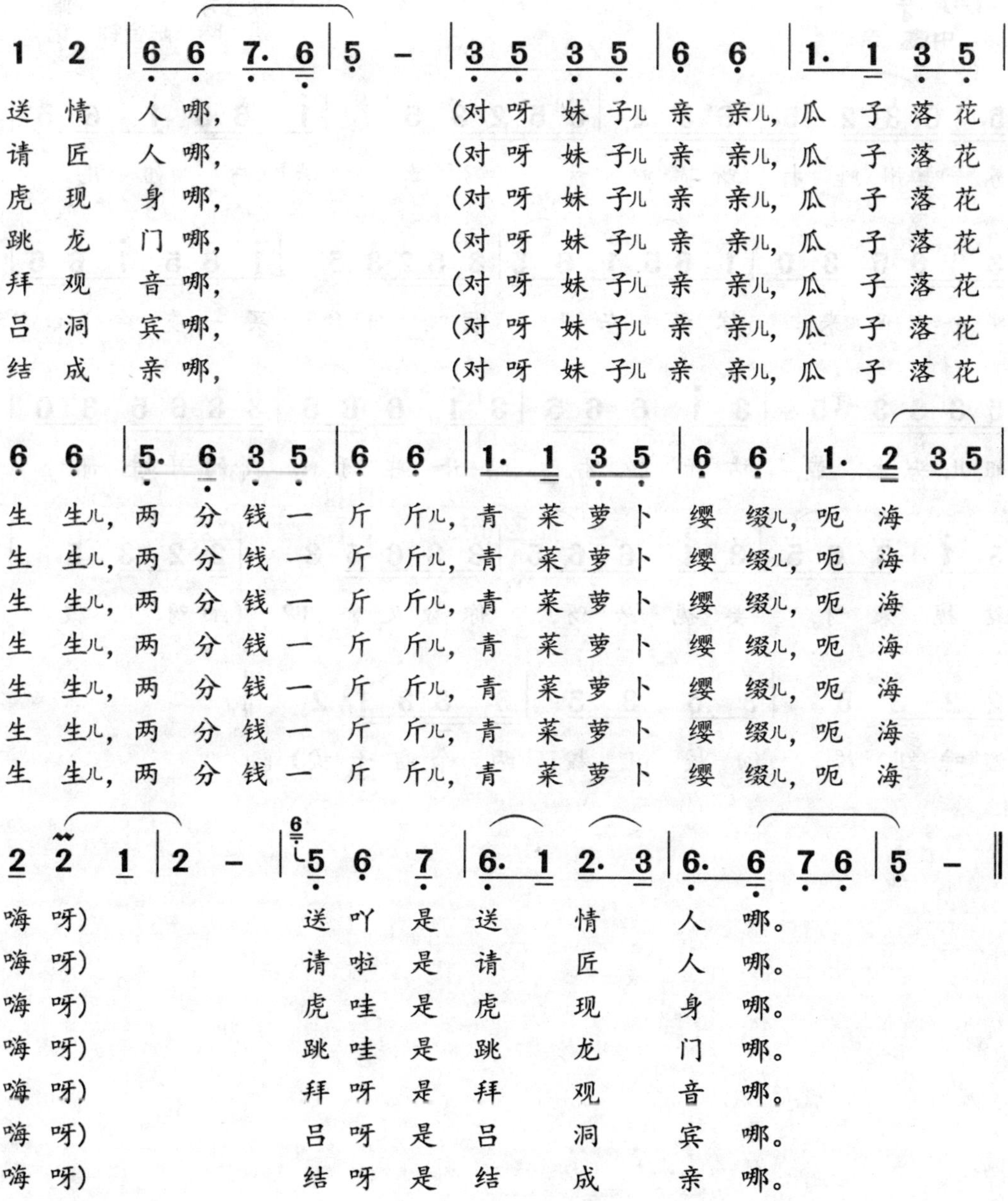

1 2	$\dot{6}\dot{6}$ $\underline{\dot{7}.\dot{6}}$ $\dot{5}$ -	$\underline{\dot{3}\dot{5}}$ $\underline{\dot{3}\dot{5}}$	$\dot{6}\dot{6}$	$\underline{\dot{1}.\dot{1}}$ $\underline{\dot{3}\dot{5}}$
送 情	人 哪，	（对 呀	妹 子儿	亲 亲儿， 瓜 子 落 花
请 匠	人 哪，	（对 呀	妹 子儿	亲 亲儿， 瓜 子 落 花
虎 现	身 哪，	（对 呀	妹 子儿	亲 亲儿， 瓜 子 落 花
跳 龙	门 哪，	（对 呀	妹 子儿	亲 亲儿， 瓜 子 落 花
拜 观	音 哪，	（对 呀	妹 子儿	亲 亲儿， 瓜 子 落 花
吕 洞	宾 哪，	（对 呀	妹 子儿	亲 亲儿， 瓜 子 落 花
结 成	亲 哪，	（对 呀	妹 子儿	亲 亲儿， 瓜 子 落 花

$\dot{6}\dot{6}$	$\dot{5}.$ $\underline{\dot{6}}$ $\underline{\dot{3}\dot{5}}$	$\dot{6}\dot{6}$	$\underline{\dot{1}.\dot{1}}$ $\underline{\dot{3}\dot{5}}$	$\dot{6}\dot{6}$	$\underline{\dot{1}.\dot{2}}$ $\underline{\dot{3}\dot{5}}$
生 生儿，	两 分 钱 一	斤 斤儿，	青 菜 萝 卜	缨 缀儿，	呃 海
生 生儿，	两 分 钱 一	斤 斤儿，	青 菜 萝 卜	缨 缀儿，	呃 海
生 生儿，	两 分 钱 一	斤 斤儿，	青 菜 萝 卜	缨 缀儿，	呃 海
生 生儿，	两 分 钱 一	斤 斤儿，	青 菜 萝 卜	缨 缀儿，	呃 海
生 生儿，	两 分 钱 一	斤 斤儿，	青 菜 萝 卜	缨 缀儿，	呃 海
生 生儿，	两 分 钱 一	斤 斤儿，	青 菜 萝 卜	缨 缀儿，	呃 海

2 2 1 2 -	$\underline{\overset{6}{\dot{5}}\dot{6}}$ $\dot{7}$	$\underline{\dot{6}.\dot{1}}$ $\underline{\dot{2}.\dot{3}}$	$\dot{6}.\dot{6}$ $\underline{\dot{7}\dot{6}}$ $\dot{5}$ - ‖
嗨 呀）	送 吖 是 送	情 人	哪。
嗨 呀）	请 啦 是 请	匠 人	哪。
嗨 呀）	虎 哇 是 虎	现 身	哪。
嗨 呀）	跳 哇 是 跳	龙 门	哪。
嗨 呀）	拜 呀 是 拜	观 音	哪。
嗨 呀）	吕 呀 是 吕	洞 宾	哪。
嗨 呀）	结 呀 是 结	成 亲	哪。

苏州打货

1=F 2/4
中速

徐念芳 唱
蔡晞 陈金钟 记

5. 6 3 2 | 5. 6 3 2 | 3 5 2 3 5 | 1 6 5 1 6 5 |
苏 哇州哇 打 呀货哇 杭 州卖， 我与 姐儿

3 3 6 5 | 3 0 | 1 6 5 1 6 5 | 3 5 2 3 5 | 1 6 5 1 6 5 |
买个东西儿来， 你买 东西儿 做哇 什么？ 买一支金簪

5 3 3 3 5 | 3 1 6 6 5 | 3 1 6 6 5 | 3 3 6 5 | 3 0 |
姐儿头上 戴， 站开些呀， 站开些呀， 我的哥哇哥，

3 1 6 6 5 | 3 1 6 6 5 | 3 3 6 5 3 | 2 2 3 5 |
站拢来呀， 要拢来呀， 你看又如何？（细呀儿梭，

2 2 3 5 | 3 5 3 5 | 3. 3 3 1 2 ‖
溜哇儿梭， 细梭溜梭， 两个溜子梭）。

太阳出来照梭罗

1=F 2/4
稍慢

钟学之 唱
黎连城 记

| 5 6 5 3 | 5 6 5 3 | 5 3 1 6 6 5 | 3. 2 3 5 6 0 |

太 阳 出 来 照哇 梭 罗 哇，（转 啦 转 转儿 弯，
双 手 打 开 青啦 丝 发 呀，（转 啦 转 转儿 弯，
前 梳 乌 龙 来呀 吃 水 呀，（转 啦 转 转儿 弯，
左 梳 左 挽 盘啦 龙 髻 呀，（转 啦 转 转儿 弯，
盘 龙 髻 里 插呀 排 花 呀，（转 啦 转 转儿 弯，

| 6. 5 6 5 3 0 | 5 6 3 5 1 6 5 | 3 3 6 5 3 |

弯 啦 弯 弯儿 转   梭儿 郎 当 衣 哟   呀儿衣儿 哟），
弯 啦 弯 弯儿 转   梭儿 郎 当 衣 哟   呀儿衣儿 哟），
弯 啦 弯 弯儿 转   梭儿 郎 当 衣 哟   呀儿衣儿 哟），
弯 啦 弯 弯儿 转   梭儿 郎 当 衣 哟   呀儿衣儿 哟），
弯 啦 弯 弯儿 转   梭儿 郎 当 衣 哟   呀儿衣儿 哟），

| 5 5 1 6 6 5 | 3 3 5 2 1 | 3. 3 3 3 5 3 2 1 |

照哇 见 奴 家   梳哇 油 头 喂，（溜 子 弯 弯儿 弯 弯儿 转 啦
象吖 牙 梳 子   手哇 中 拿 呀，（溜 子 弯 弯儿 弯 弯儿 转 啦
后哇 梳 黄 龙   三啦 转 身 啦，（溜 子 弯 弯儿 弯 弯儿 转 啦
右哇 梳 右 挽   插呀 花 行 吖，（溜 子 弯 弯儿 弯 弯儿 转 啦
插哇 花 行 里   安啦 麝 香 吖，（溜 子 弯 弯儿 弯 弯儿 转 啦

| 2 1 3 2 1 2 3 3 | 6. 1 2. 3 | 6. 1 6 5 | 5 3 5 | 2 3 2 1 6 |

梳哇 油 头 外（呀衣儿 哟   安）   梳哇 油 头 外。
手哇 中 拿 呀（呀衣儿 哟   安）   手哇 中 拿 呀。
三啦 转 身 啦（呀衣儿 哟   安）   三啦 转 身 啦。
插呀 花 行 吖（呀衣儿 哟   安）   插呀 花 行 吖。
安啦 麝 香 吖（呀衣儿 哟   安）   安啦 麝 香 吖。

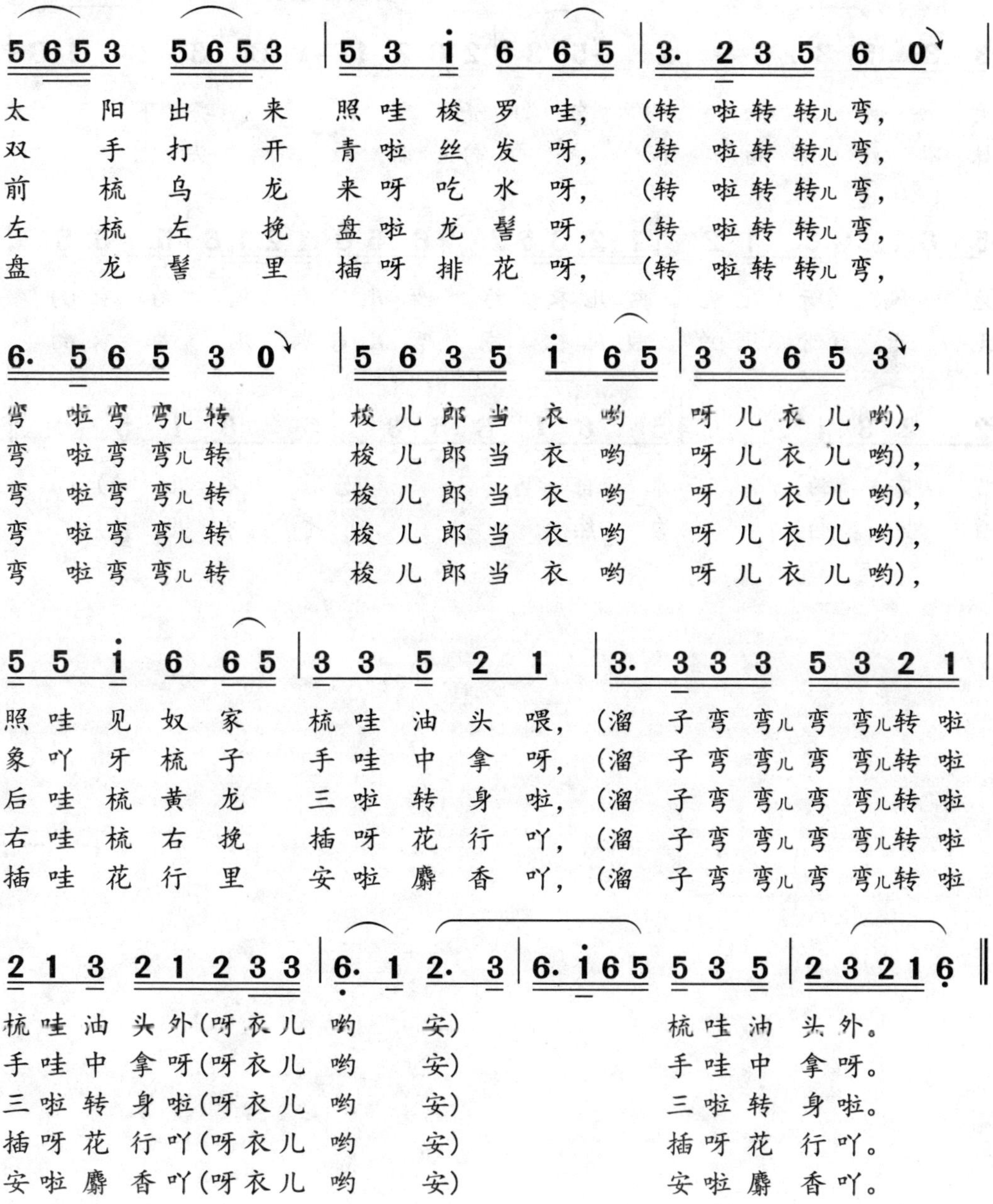

天上无油月自亮

1=G 2/4 3/4
中速

钟以善 唱
黎连城 记

3 3 5 3 2 1 | 2 ³⌒5 3 | 2 3 2 1 | ⁶⌒1 6 | 3 2 1 6 |

天 上 无 油 月 自 亮 吖, 井 下
妹 不 涂 脂 不 抹 粉 啦, 头 上

5. 6 1 | 6. 1 2 | 1 2 3 5 2 | 6 5 6 1 2 1 6 | 5. 6 5 |

无 风（呀 儿 哟 哎 儿 衣 哟 呀 儿 衣 儿 哟 衣 哟
无 花（呀 儿 哟 哎 儿 衣 哟 呀 儿 衣 儿 哟 衣 哟

2 2 3 1 | 5 6 1 6 5 3 | 5 6 1 5 ‖

哎 哎 哟） 水 自 凉（衣 儿 哟）；
哎 哎 哟） 自 然 香（衣 儿 哟）。

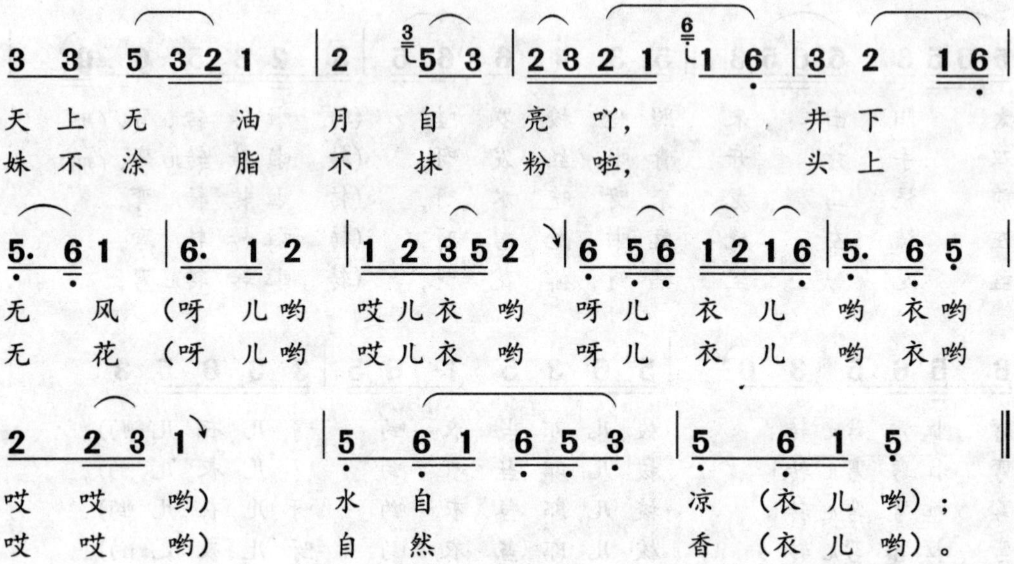

跳出天罗

谷志壮 唱
陈金钟 记

1=B 2/4
中速

小情哥来（哟 哟）听我哇 言哪，妹做（那个）
东家天天（哟 哟）打又哇 骂呀，少爷（那个）

丫呀环泪涟哪 涟，我泪流三年（哟嚓嚓）
贼呀眼鬼火哇 闪，我天天都在（哟嚓嚓）

六哇 个嘛月呀，苦漫（的个）心哪头 哭不 哇
刀哇 尖上走哇，夜夜（的个）焦哇愁 灯熬 哇

完，（哎呀我的溜哇溜三 妹也，妹妹子儿溜哇溜三 梭，
干，（哎呀我的溜哇溜三 妹也，妹妹子儿溜哇溜三 梭，

玲珑子儿哥儿 哟衣 哟）铁人 心也 酸。苦工 哪时
玲珑子儿哥儿 哟衣 哟）心如 滚油 煎。

尽？春天 何日 见？哥快搭高梯，来 救妹出深

渊，远走又高 飞，俺永脱苦海 边，

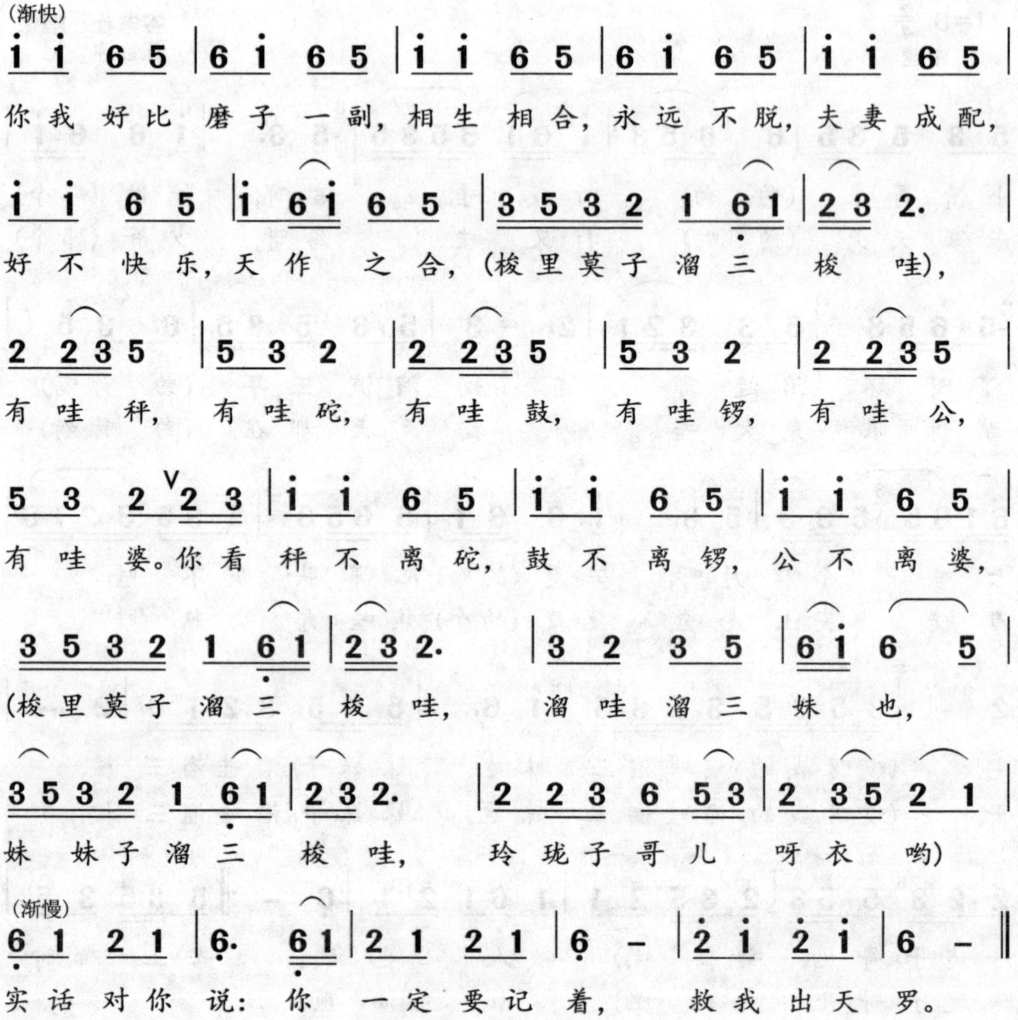

(渐快)

| i i 6 5 | 6 i 6 5 | i i 6 5 | 6 i 6 5 | i i 6 5 |

你我好比 磨子一副，相生 相合，永远 不脱，夫妻 成配，

| i i 6 5 | i 6 i 6 5 | 3 5 3 2 1 6 1 | 2 3 2. |

好不快乐，天作 之合，(梭里莫子溜三 梭 哇)，

| 2 2 3 5 | 5 3 2 | 2 2 3 5 | 5 3 2 | 2 2 3 5 |

有哇秤， 有哇砣， 有哇鼓， 有哇锣， 有哇公，

| 5 3 2 2 3 | i i 6 5 | i i 6 5 | i i 6 5 |

有哇婆。你看秤不离砣，鼓不离锣，公不离婆，

| 3 5 3 2 1 6 1 | 2 3 2. | 3 2 3 5 | 6 i 6 5 |

(梭里莫子溜三 梭 哇， 溜哇溜三 妹也，

| 3 5 3 2 1 6 1 | 2 3 2. | 2 2 3 6 5 3 | 2 3 5 2 1 |

妹妹子溜三 梭 哇， 玲珑子哥儿 呀衣 哟)

(渐慢)

| 6 1 2 1 | 6. 6 1 | 2 1 2 1 | 6 - | 2 1 2 1 6 - ‖

实话对你说： 你一定要记着， 救我出天罗。

跳 粉 墙

1=F 2/4
稍快

谷志壮 陈功远 唱
蔡晞 记

| 5 6 | 5 3 | 2 2 3 | 5 6 | 5 3 | 2 2 | 3 2 | 1 1 | 6· 5 |

一呀更啦里呀　跳哇粉啦墙啊，　手攀啦
二呀更啦里呀　敲哇姐呀门啦，　姐儿吖
三呀更啦里呀　进啦绣哇房啊，　朱红郎吖
四呀更啦里呀　月呀偏啦西呀，　我笼中吖
五呀更啦里呀　天啦发呀白呀，　你莫哇
你呀莫哇急呀　你呀莫哇慌啊，　你莫哇
哪呀个哇急呀　哪呀个哇慌啊，　哪个郎
手哇挽咋手哇　送吖情啦郎啊，　把郎

| 5 3 5 | 5 6 | 5 3 | 2 2 | 3 2 | 1 1 | 6· | 5 3 5 | 5 6 | 5 3 |

杨柳　脚哇踩呀墙啊。　情姐儿　住哇在　绣哇楼哇
开门　笑哇盈啦盈啊。　情姐儿　开呀门　盈啦盈啦
踏板　象吖牙呀床啊。　双手推呀开　红吖罗哇
翻身　要哇起呀去啊。　情哥哥　金啦鸡　不叫要呀
金鸡　把哇翅呀拍啊。　叫声的　金衣呀裳　花呀得花呀
穿错　妹哇衣呀裳啊。　可恨的　情哥哥　花绣哇
穿错　妹哇衣呀裳啊。　妹妹你　金衣呀裳　花绣哇
送到　大呀门啦旁啊。　把郎的　衣呀送吖到　大呀门啦

第三篇 花山风韵——灯调 285

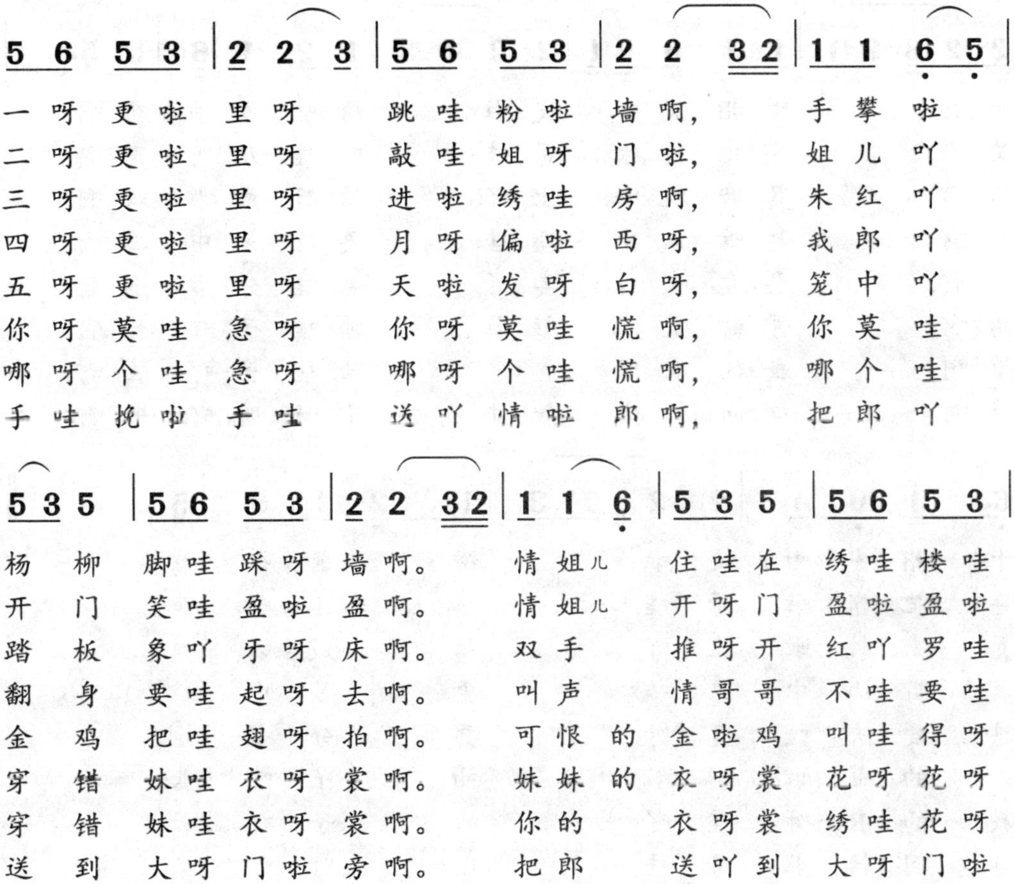

2 2 3 2 1	1 1 6· 6 1	2 2 0 3	1 2 1 6	5 5·
上啊，	十 指 尖 啦 尖 啦	绣 哇 鸳 啦	鸳 声
笑 啊，	连 把 情 啦 哥 哇	叫 几 呀 呀	声 哇
帐 啊，	鸳 听 枕 啦 上 哇	结 成 听 啦	双 啊，
紧 啊，	莫 爱 山 中 鸟 呀	要 笼 中 呀	鸡 啊，
早 啊，	恩 的 夫 哇 妻 啦	要 分 啦	别 啊，
绣 啊，	哥 的 蓝 啦 衫 吖	袖 子 吖	长 啊，
草 啊，	我 问 衣 呀 裳 哇	几 时 吖	长 啊，
外 啊，	口 情 哥	袖	来 啊，

6· 1 6· 1	2 2 0 3	1· 2 1 6	5 − ‖
十 指 尖 啦 尖 啦	绣 叫 鸳 啦	鸳 声。
连 把 情 啦 哥 哇	结 几 呀 啦	声 双。
鸳 听 枕 啦 上 啦	要 成 听 中	双 鸡。
莫 爱 山 中 鸟 呀	要 笼 啦	鸡 别。
恩 的 夫 哇 妻 啦	袖 分 吖	别 长。
哥 的 蓝 啦 衫 吖	子 吖	长 长。
我 问 衣 呀 裳 哇	几 时	长 来。
口 情 哥		来。

铜 钱 歌

1=G 2/4
稍快

黄胜元 唱
蔡晞 记

5 5 3 2 | 5 5 3 2 | 3. 5 2 3 | 5 — | 5 5 3 2 |
(女)正月呀 好唱吖 铜 钱的 歌，(男)一个 哇

1 2 3 5 ‖: 2 2 3 2 | 1 — :‖ 5 3 5 | 2 2 |
铜 钱 字有 几 个？ (女)一呀 个 铜钱

5 3 5 | 2 2 | 2 2 3 2 | 1. 6 | 2 2 3 2 | 1 — |
四呵个 字啊，字有 四呵 个 (男)字有 四呵 个。

5 3 5 3 | 5 6 1 | 5 — | 2 2 3 2 | 1. 6 | 2 2 3 2 | 1 — |
(女)哎呀哥哥儿站开 脚。 姐儿 飘 梭， 姐儿 飘 梭，

5 3 5 3 | 5 6 1 | 5 — | 2 2 3 2 | 1. 6 | 2 2 3 2 | 1 — |
(男)哎呀妹妹儿站拢 来， 有句 话儿 说， 有句 话儿 说，

‖: 2 3 1. :‖ 2. 1 | 6 2 | 1 — ‖
 (衣 哟   衣 儿 呀衣 哟。)

第三篇 花山风韵——灯调

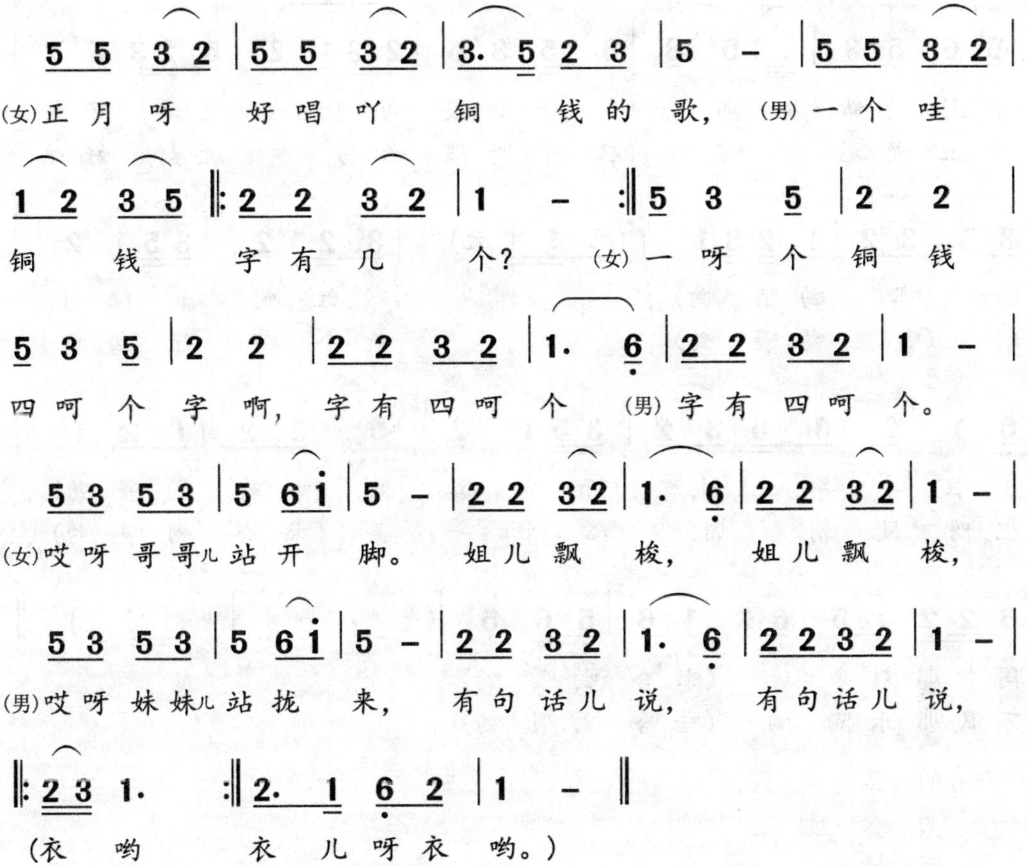

玩灯好热闹

1=G 2/4
稍快

金绪武 唱
李忠文 记

正月是新年哪,(衣子儿呀喂哟,)夫妻巧打
十五是元宵啊,(衣子儿呀喂哟,)玩灯好热

扮(哪 哟喂哟),(光才才光)穿红啊戴绿啊
闹(啊 哟喂哟),玩个啊百鸟啊

庆啦丰年哪,好啊喜欢(啦哈哟喂哟),
把呀凤朝啊,心啦一条(啦哈哟喂哟),

同把那灯来玩(啦哈哟喂哟)。(光才 光才 光才才光)
万民那乐陶陶(哇哈哟喂哟)。

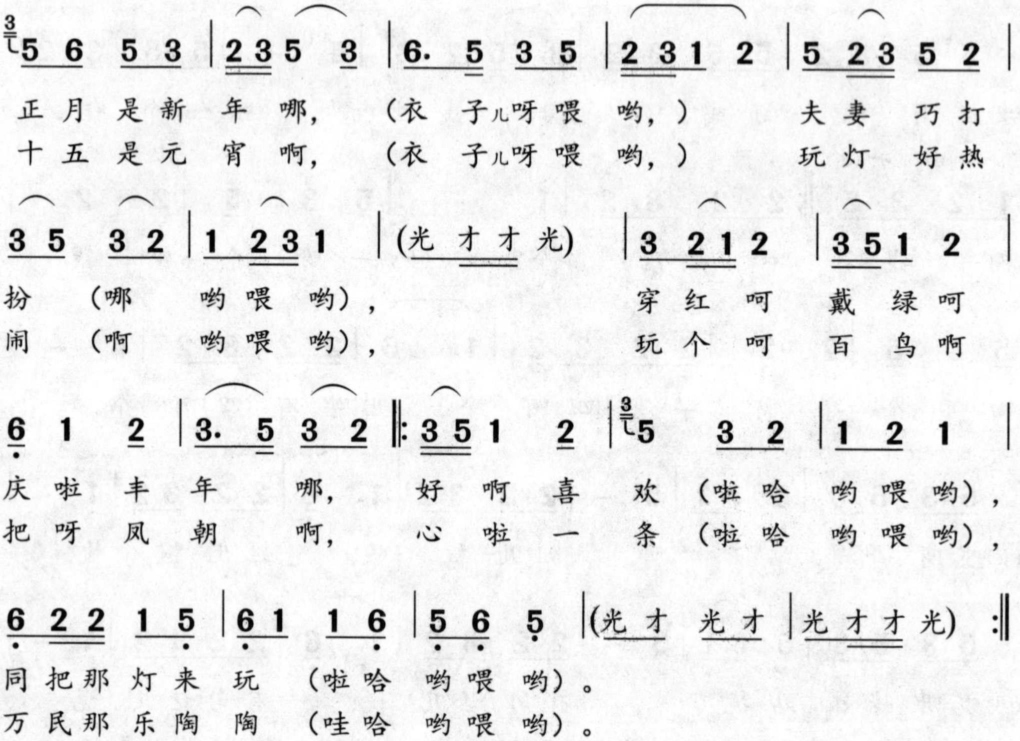

玩 花 灯

1=E 2/4
中速

谷兆芹 唱
陈金钟 记

1 1 6 5 3 | 5 1 6 3 5 | 6 1 5 6 | 1 - |

男：正啦月 里 是新春，我的 大 姐 姐儿 女：喂！

6 1 6 5 3　3 5 | 6 1 5 6 | 1 - 6 1 6 5 3 |

（哟 哟儿 绷） 男：我的 二 姐 姐儿 女：喂！ 哟 哟儿 松，

5 5 3 2 5 0 3 | 5 5 3 2 5 | 5 1 6 1 5 6 | 1 5 6 |

合：飘儿郎当梭　梭儿郎当飘 男：飘梭郎 当啦幺妹子儿，

1 - | 6 1 6 1 5 | 1. 5 6 | 6 - ‖

女：喂！　合：玩花灯来（哥 哥儿啥）。
　　　　　　　　　　　（姐 姐儿啥）。

未必男女讲不得话

1=G 2/4
稍慢

陈功远 唱
黎连城 记

5 653 2. 3 | 5 653 2 | 1 65 5. 3 3 5 |
闲来呀 无哇 事 到哇 姐 呀

2 2165 1 | 1 1 2 3532 | 1235 2 2165 |
家呀， 姐儿是一啊见啦笑哇哈呀哈呀，

5355 1 1 3 | 2 2116 5 | 5. 653 2 2 0 3 |
丫环姐儿你 快呀倒茶呀，(衣得儿哟 哎 呀衣得儿哟来

1 653 2 165 | 5355 1 1 0 3 | 2 1 16 5 |
呀呀喂得儿哟)， 丫环姐儿你 快呀 倒茶啦(衣得儿哟)，

× × × × × . ‖: 5 653 2. 3 | 5 653 2. 3 |
白：今朝我不喝茶！ 不哇喝哇 茶呀来 呀

1 65 5. 3 3 5 | 2 2165 1 | 1 1 2 3532 |
请啦坐 下呀 怒气 冲呵冲啊

1. 2 5 3 | 2 2165 | 3 361 2 31 | 2 21 6 5 |
所为哪 般啰？ 快对奴家说实 话呀（哎哎哟，

5. 653 2 2 0 3 | 1 653 2 165 | 5 561 2. 3 1 |
哎 呀衣得儿哟来 呀呀喂得儿哟)， 快对奴家说 实

2 2166 5 :‖
话啦（哎哎哟）。

男（插白）：那头戴红帽子，身穿红袍子，那是你什么人？
唱：你要问他不说假，他是奴的表兄家，来看奴爹妈。
男：看爹妈就看爹妈，为何嘻嘻哈哈？
唱：他有撒金扇一把，丫环抢着要看一下，因此笑哈哈。
男：古言道"男女授受不亲"，今天你们一起嘻嘻哈哈，
　　我告诉你爹妈去。
唱：告诉爹妈奴不怕，未必男女讲不得话？他不会把奴杀。
男：告诉爹妈你不怕，告诉你哥哥去。
唱：告诉哥哥奴不怕，奴的哥哥不在家，远隔在长沙。
男：那好，我告诉你嫂嫂去。
唱：告诉嫂嫂我不怕，嫂嫂知理又知法，不会怪奴家。
男：你这个死丫头！左讲左对，右讲右对，从此以后，
　　不到你家来了，（重声）我走啦！
女（有气地）：你要走就早些走。
接唱：姻缘本是前世修，谈不扰来莫强求，莫把奴家误。

蚊虫闹嗡嗡

1=C 2/4
中速、稍快

杜尧清 唱
蔡晞远 达记

‖: 6 6 i 6 | 5. 3 6 6 i 6 | 5. 3 3. 3 | 1 3 6 1 i 6 |

一呀更哪里　　去呀调情，一呀更的蚊　虫嘛
二吖更哪里　　去呀调情，二吖更的蛤　蟆嘛
三啦更哪里　　去呀调情，三啦更的阳　雀嘛
四呀更哪里　　去呀调情，四呀更的斑　鸠嘛
五哇更哪里　　去呀调情，五哇更的锦　鸡嘛

i 6 6 | i 0 | 6. 6 6 6 | 3 i 6 | 6. 6 6 i | 5 — |

闹哇一更，　蚊虫奴的哥哇，蚊虫奴的人，
闹哇二更，　蛤蟆奴的哥哇，蛤蟆奴的人，
闹哇三更，　阳雀儿奴的哥哇，阳雀儿奴的人，
闹哇四更，　斑鸠奴的哥哇，斑鸠奴的人，
闹哇五更，　锦鸡奴的哥哇，锦鸡奴的人，

6. 6 6 6 | i 3 i | 6. 6 6 6 | i 0 | i 6 i 3 i |

你在那边叫啥，我在这边听。听得好伤心
你在那边叫啥，我在这边听。听得好伤心
你在那边叫啥，我在这边听。听得好伤心
你在那边叫啥，我在这边听。听得好伤心
你在那边叫啥，我在这边听。听得好伤心

5 6 i | i. i i i | 3 i 6 | ⁵6. 6 6 i | 5 0 | 6. 6 6 6 ‖

痛心，越听越伤心，越听越泪淋。女儿问娘
痛心，越听越伤心，越听越泪淋。女儿问娘
痛心，越听越伤心，越听越泪淋。女儿问娘
痛心，越听越伤心，越听越泪淋。女儿问娘
痛心，越听越伤心，越听越泪淋。女儿问娘

| 1. 6 | 1. 6 6 6 | 1 6 0 | 1. 1 3 1 3 | 1 0 | 3. 3 1 3 |

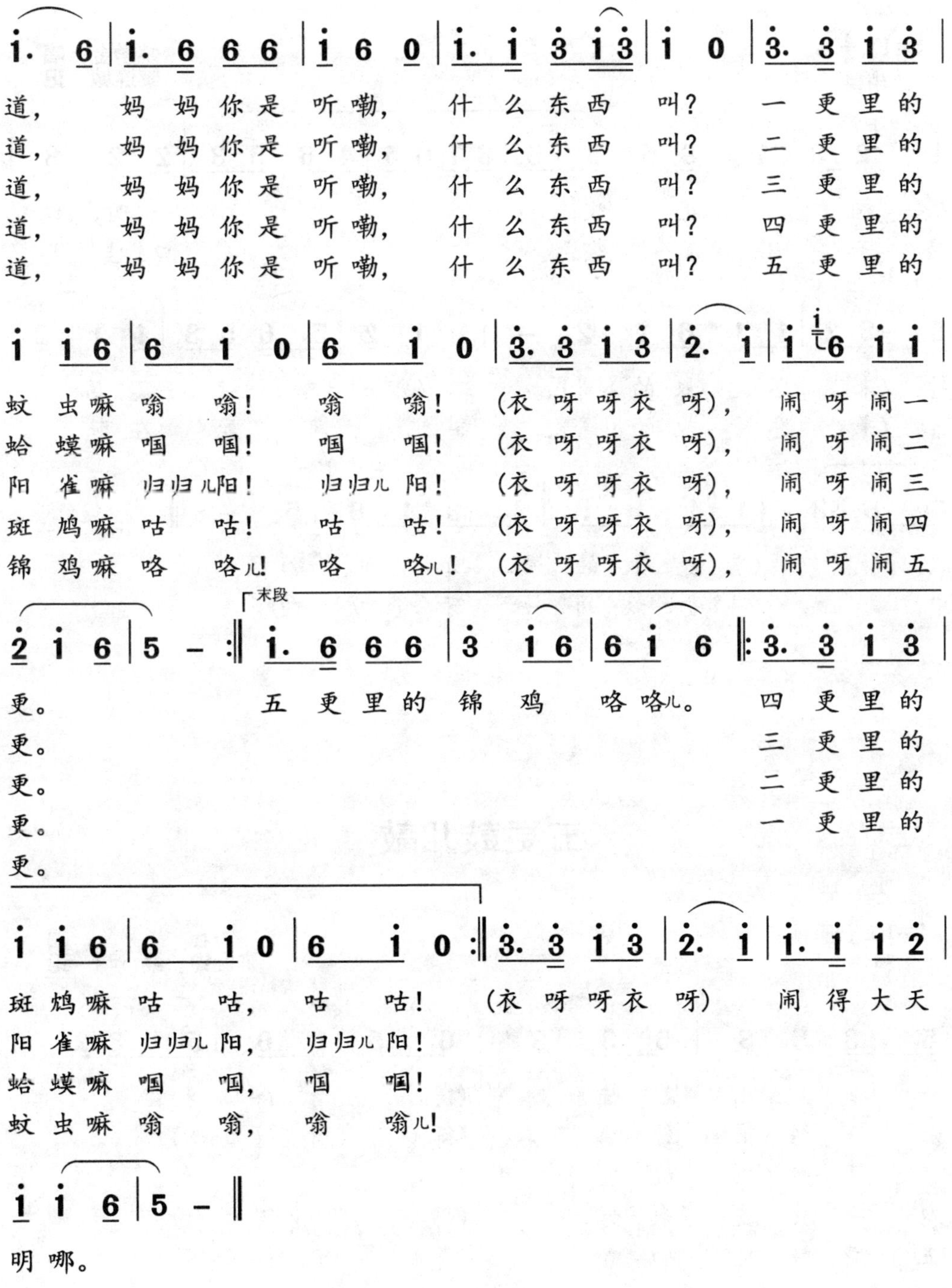

道，　妈　妈　你　是　听　嘞，　什　么　东　西　叫？　一　更　里　的
道，　妈　妈　你　是　听　嘞，　什　么　东　西　叫？　二　更　里　的
道，　妈　妈　你　是　听　嘞，　什　么　东　西　叫？　三　更　里　的
道，　妈　妈　你　是　听　嘞，　什　么　东　西　叫？　四　更　里　的
道，　妈　妈　你　是　听　嘞，　什　么　东　西　叫？　五　更　里　的

| 1 1 6 6 | 1 0 6 | 1 0 | 3. 3 1 3 | 2. 1 | 1 1 6 1 1 |

蚊　虫　嘛　嗡　嗡！　嗡　嗡！　（衣呀呀衣呀），闹呀闹一
蛤　蟆　嘛　咕　咕！　咕　咕！　（衣呀呀衣呀），闹呀闹二
阳　雀　嘛　归归儿阳！归归儿阳！（衣呀呀衣呀），闹呀闹三
斑　鸠　嘛　咕　咕！　咕　咕！　（衣呀呀衣呀），闹呀闹四
锦　鸡　嘛　咯　咯儿！咯　咯儿！（衣呀呀衣呀），闹呀闹五

末段
| 2 1 6 | 5 — :‖ 1. 6 6 6 | 3 1 6 6 1 6 ‖: 3. 3 1 3 |

更。　　　　　　　五　更　里　的　锦　鸡　咯　咯儿。　四　更　里　的
更。　　　　　　　　　　　　　　　　　　　　　　　　　　三　更　里　的
更。　　　　　　　　　　　　　　　　　　　　　　　　　　二　更　里　的
更。　　　　　　　　　　　　　　　　　　　　　　　　　　一　更　里　的
更。

| 1 1 6 6 | 1 0 6 | 1 0 :‖ 3. 3 1 3 | 2. 1 | 1. 1 1 2 |

斑　鸠　嘛　咕　咕，咕　咕！　（衣呀呀衣呀）闹得大天
阳　雀　嘛　归归儿阳，归归儿阳！
蛤　蟆　嘛　咕　咕，咕　咕！
蚊　虫　嘛　嗡　嗡，嗡　嗡儿！

| 1 1 6 | 5 — ‖

明　哪。

第三篇　花山风韵——灯调　293

梧桐开花一口钟

1=F 2/4
稍快

姚学金 唱
黎连城 记

1 2 3 | 1 6 5 | 5 ⌒3⌒5 5 | 6 1 6 5 | 4 6 5 3 | 2 2 3 |
梧 桐 开 花 哎，　　　　　　　　　　　　一 呀 口
燕 子ㄦ 衔 泥 哎，　　　　　　　　　　　　口 哇 要

5 3 2 | 1 1 6 1 | 2 — | 1 1 2 | 5. 6 5 3 | 1 1 2 |
钟，(来 恩爱奴的哥)，二 人 相 交 莫 漏
紧，(来 恩爱奴的哥)，蚕 ㄦ 网 丝 在 肚

5. 6 ⌒5⌒3 | 1 1 6 1 | 2. 3 1 6 | 5 — ‖
风，　(恩 爱 奴 的 妹 呀 哎 咳 哟)。
中，　(恩 爱 奴 的 妹 呀 哎 咳 哟)。

五更鼓儿敲

1=F 2/4
稍快

谷志壮 唱
陈金钟 蔡晞 记

⌒3⌒5. 3 | 5 3 | ⌒3⌒5 3 ⌒2⌒3 | 6. 5 | ⌒5 6 | 5. ⌒3⌒2 |
一 更 鼓ㄦ 敲 哇　(得ㄦ 呀 得ㄦ 呀)，
放 下 绣 花 针 啦　(得ㄦ 呀 得ㄦ 呀)，
三 更 鼓ㄦ 梭 哇　(得ㄦ 呀 得ㄦ 呀)，
双 手 接 过 来 呀　(得ㄦ 呀 得ㄦ 呀)，
五 更 鼓ㄦ 响 吖　(得ㄦ 呀 得ㄦ 呀)，

294　唱个山歌甩过来——桑植民歌精粹

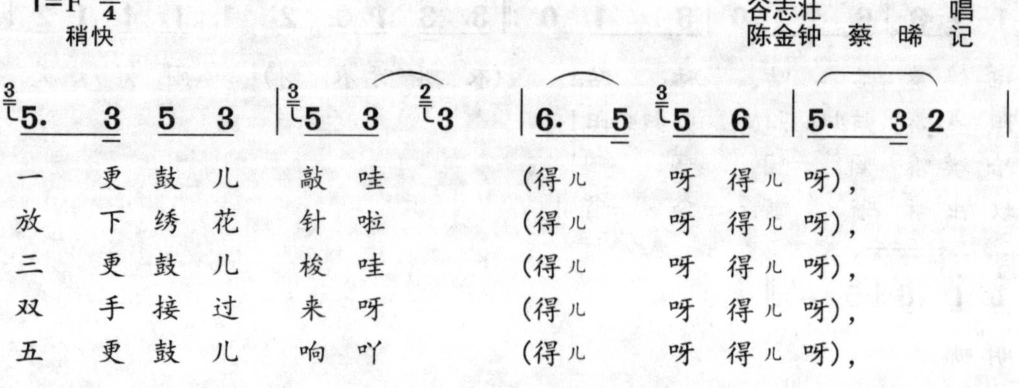

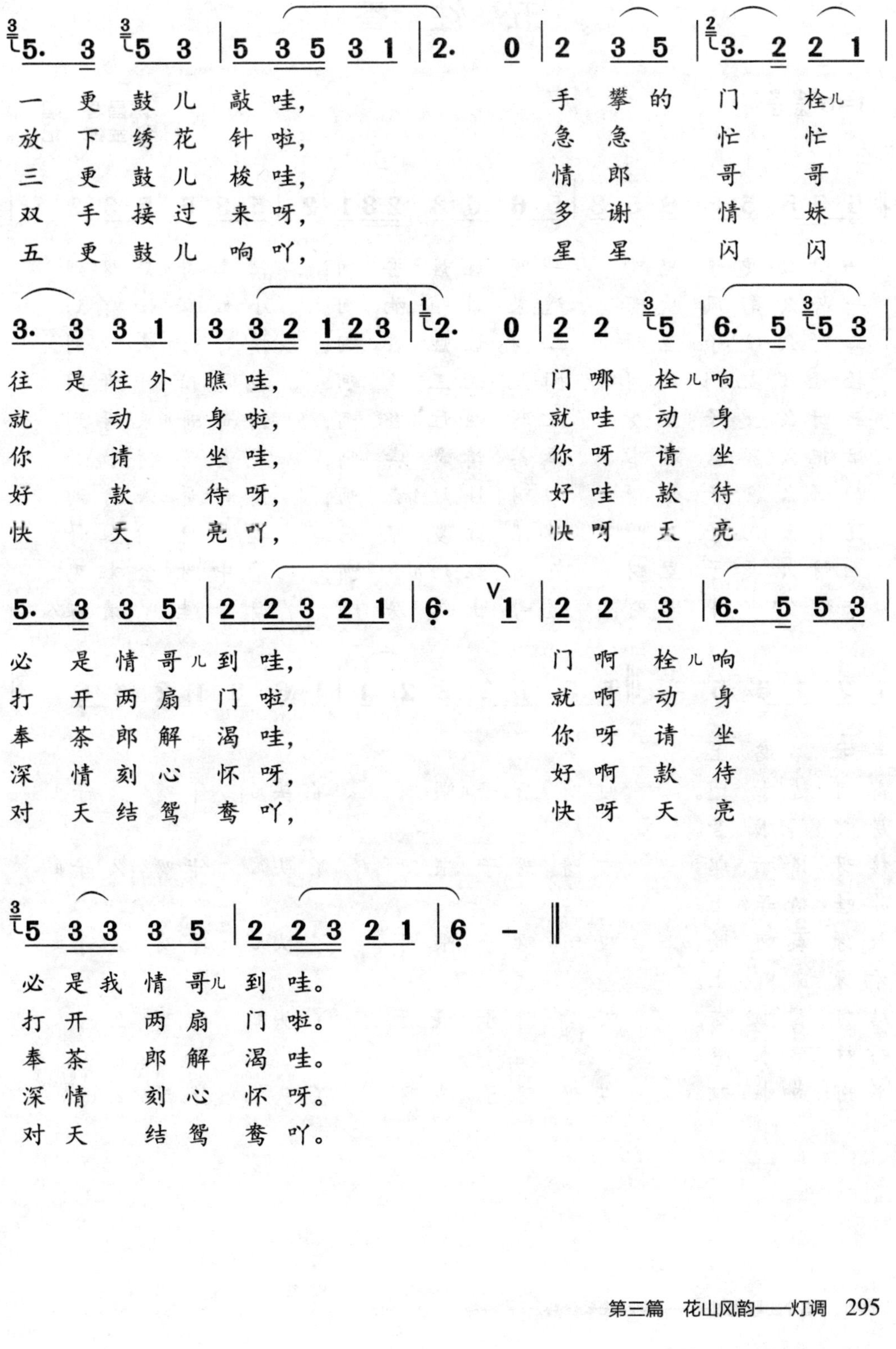

第三篇 花山风韵——灯调

一更鼓儿敲哇，手攀的门栓儿
放下绣花针啦，急急忙忙
三更鼓儿梭哇，情郎哥哥
双手接过来呀，多谢情妹
五更鼓儿响吖，星星闪闪
往是往外瞧哇，门哪栓儿响
就动身啦，就哇动身
你请坐哇，你呀请坐
好款待呀，好哇款待
快天亮吖，快呀天亮
必是情哥儿到哇，门啊栓儿响
打开两扇门啦，就啊动身
奉茶郎解渴哇，你呀请坐
深情刻心怀呀，好啊款待
对天结鸳鸯吖，快呀天亮
必是我情哥儿到哇。
打开两扇门啦。
奉茶郎解渴哇。
深情刻心怀呀。
对天结鸳鸯吖。

五炷香

1=G 4/4 2/4

陈昌君 唱
陈金钟 记

‖: 5 5 5 5 3 6 5 3 | 5 6 5 3 2 3 1 2 | 5 3 5 5 3 2 |

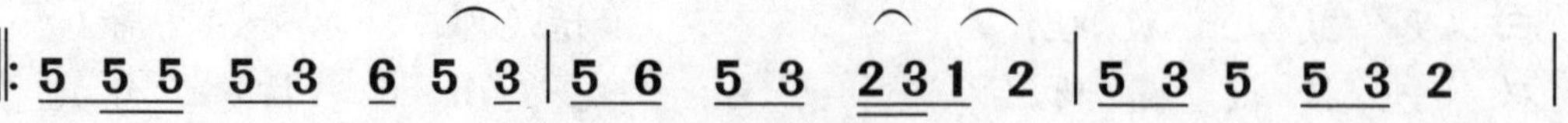

一呀么更子儿里呀 一呀炷炷儿香呵，情哥哥儿来呀到
一阵么轻风吹呀 送来口哨响呵，小奴家忙吁到
二呀么更子儿里呀 二呀炷炷儿香呵，情哥哥儿来呀到
轻轻么把门敲呀 门儿响三响呵，我急忙开呀门
三呀么更子儿里呀 三呀炷炷儿香呵，情哥哥儿来呀到
忙把么茶盘端啦 奉茶情哥尝呵，我与呀情啦哥
四呀么更子儿里呀 四呀炷炷儿香呵，情哥哥儿来呀到
脱下么缎子鞋呀 放下红罗帐呵，我与呀情啦哥
五呀么更子儿里呀 五呀炷炷儿香呵，笼中呀儿金啦鸡
惊醒么梦中郎吁 送哥出绣房呵，情哥哇早请媒人

1 2 1 6 5 — :‖ 5 5 1 2 3 2 1 | 1 6 0 1 2 1 6 |

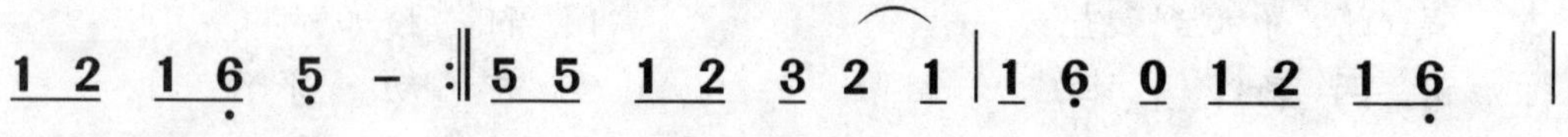

半啦路路儿上。
窗呵边啦望。   哎呀呀子儿喂呀   丫头儿 什呀么子儿
房吁门啦旁。
接呀情啦郎。   哎呀呀子儿喂呀   丫头儿 什呀么子儿
苏哇椅子儿上。
叙呀衷呵肠。   哎呀呀子儿喂呀   丫头儿 什呀么子儿
牙呀床吁上。
结呵鸳啦鸯。   哎呀呀子儿喂呀   丫头儿 什呀么子儿
叫哇嚷啦嚷。
早呵成啦双。   哎呀呀子儿喂呀   丫头儿 什呀么子儿

5· 5̣·	5 5 5 3	6 5 3	5 6 5 3	2 3 1	2

响呵？ 哎呀我的妈也， 哎呀我的娘哎
响呵？ 哎呀我的妈也， 哎呀我的娘哎
响呵？ 哎呀我的妈也， 哎呀我的娘哎
响呵？ 哎呀我的妈也， 哎呀我的娘哎

5 3	5 5	3 5 3	2	1 2	1 6̣	5̣ -

风吹的呀树哇叶 响呵叮啦当。
风吹的呀门啦栓 响呵叮啦当。
背时的呀蚊啦虫 嗡呵嗡吖嚷。
猫儿的呀跳哇到 踏呵板啦上。
那是的呀女呀儿 烧呵早哇香。

五更思郎

1=E 2/4
稍慢

谷志壮 唱
庄汉 记

5 3 5 3	5 5	6 5 3	2 -	5 3 5 2	5 3 1	2 -

一更将睡起呀，（衣儿呀，） 两眼都不闭呀，
二更睡不着哇，（衣儿呀，） 起来把酒喝哇，
睡到三更中吖，（衣儿呀，） 做个团圆梦吖，
四更打一摸哇，（衣儿呀，） 没见小情哥哇，
五更莫谈他呀，（衣儿呀，） 把奴闪跌哒呀，

5 5 5	2 3 5 ‖: 3 5 3	3 2·	3 3 2 1	2 1 6̣	5̣ - :‖

翻来的覆去长叹那气呀， 时时想到你呀。
团团的圆圆坐一那桌哇， 没见小情哥哇。
梦见的情哥哥在怀呀中吖， 醒来一场空吖。
你在的梦中调戏我哇， 冷汗似瓢泼哇。
人人的都有十七呀八呀， 哪个不贪花呀。

第三篇 花山风韵——灯调

先梳头来后插花

1=E 2/4
中速

金克勇 唱
陈金钟 记

3 5 3 | 5 3 | 5 6 1 6 1 6 5 | 5 5 3 3 5 | 3 3 5 3 |
头 上 打散 乌云 发 呀，（梭儿栏杆梭， 啰哇梭啰），
菱 花 镜子 桌上 摆 呀，（梭儿栏杆梭， 啰哇梭啰），

5 5 1 | 6 6 5 | 5 3 3 5 | 3. 3 3 1 | 3 2. | 3 3 3 1 | 2 2. |
象 啊牙 梳子儿 手哇中 拿；（雪 花儿溜子 溜哇 呀伙溜子 溜哇，
先 哪梳 头来 后哇插 花。（雪 花儿溜子 溜哇 呀伙溜子 溜哇，

3 3 5 | 6. 1 6 5 | 5 3 5 | 6 1 6 5 | 3 5 5 2 | 3 2 1 | 6 0 ‖
溜哇打秋 哇哈闹哇阳州 哇哈奴家衣儿梭哇。）
溜哇打秋 哇哈闹哇阳州 哇哈奴家衣儿梭哇。）

鲜 花 调

1=G 2/4
中速

姚学金 唱
黎连城 记

1 2 3 | 1 6 5 | 5 5 6 1 6 5 | 4 6 5 3 | 2 2 3 |
初 一（嘟）十 五 （哎） 庙 门
嫂 嫂 烧 香 （哎） 求 贵

5 3 2 | 1 1 6 1 | 2 — | 1 1 2 | 5. 6 5 3 |
开 来，（恩爱梁兄 哥，） 十八（的）罗 汉
子 来，（恩爱梁兄 歌，） 奴求（的）情 郎

298　唱个山歌甩过来——桑植民歌精粹

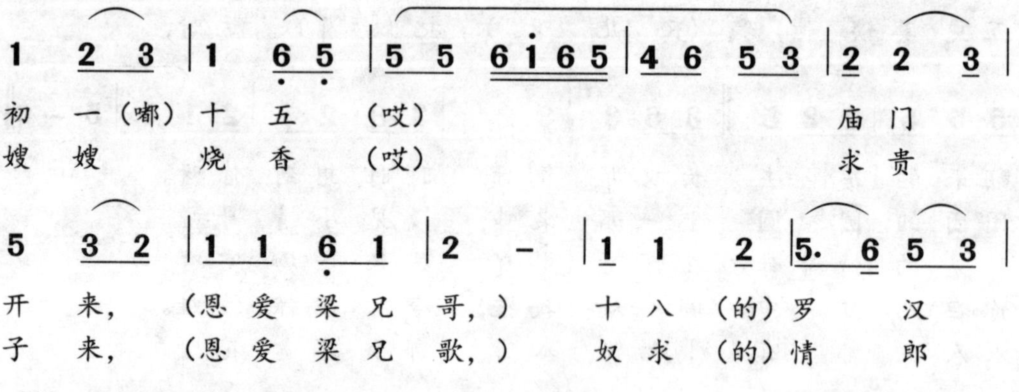

两面（的）排　罗，（恩爱梁兄哥　恩爱哟）。
早回（的）来　呀，（恩爱梁兄哥　恩爱哟）。

苋菜红来韭菜青

1=F 2/4

黎兴维　唱
陈金钟　记

苋菜红来韭菜青，（梭儿弄冬衣哟
有钱的人家打个屁，（梭儿弄冬衣哟

飘儿弄冬梭，）穷人子说话无哇人听啦，
飘儿弄冬梭，）狗子在旁边打呀和声啦，

（飘儿弄冬梭，哎）无呀无人听。
（飘儿弄冬梭，哎）打呀打和声。

第三篇　花山风韵——灯调　299

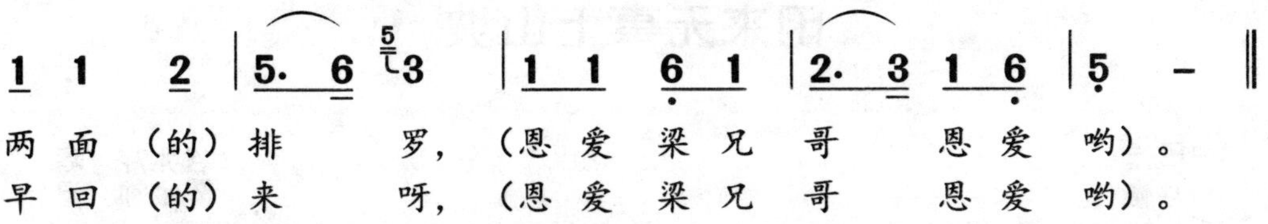

闲来无事上山坡

1=F 2/4
稍慢

谷兆芹 唱
陈金钟 记

6 5 6 5 | 3 5 2 3 5 | 1 1 2 3 2 3 | 3 2 1 3 2 |
(男)闲 来 无 事 上吖 山 坡, 叫声啦妹 妹儿你到我家坐。

6.5 3 6 5 | 6.5 3 6 5 | 3.2 3 1 2 | 3.2 1 3 2 |
(女)我 到你家坐, 又 怕受搓磨。(男)搓 磨不搓磨, 杀个种鸡婆。

× × × × × | 3 3 2 1 3 2 | × × × × × |
(女)杀鸡做什么? (男)与我 弄酒喝。(女)奴家不喝酒。

3.2 3 1 2 2 1 | 5 5 1 6 5 3 | 3.2 3 1 2 |
(男)拉 到手来拖。(女)哎哟 胆大的 奴 才你 敢 手动哇脚!

× × × × ⁵⁄₃ | 6 5 5 3 ⁵⁄₃ | 6 5 2 3 ⁵⁄₃ 0 6 |
(男)妹妹发了 气, 忙把揖来 作, 忙把头来 磕, 啊

5 0 6 5 0 | 6.5 3 5 5 | 3.2 1 3 2 0 | 5.1 6 5 3 |
磕, 啊磕! (女)奴家不见怪, 哥 哥你起来。 (合)(哎 嗨哎 嗨

1.1 2 3 1 1 6 5 - ‖
四 季广招 财呀。

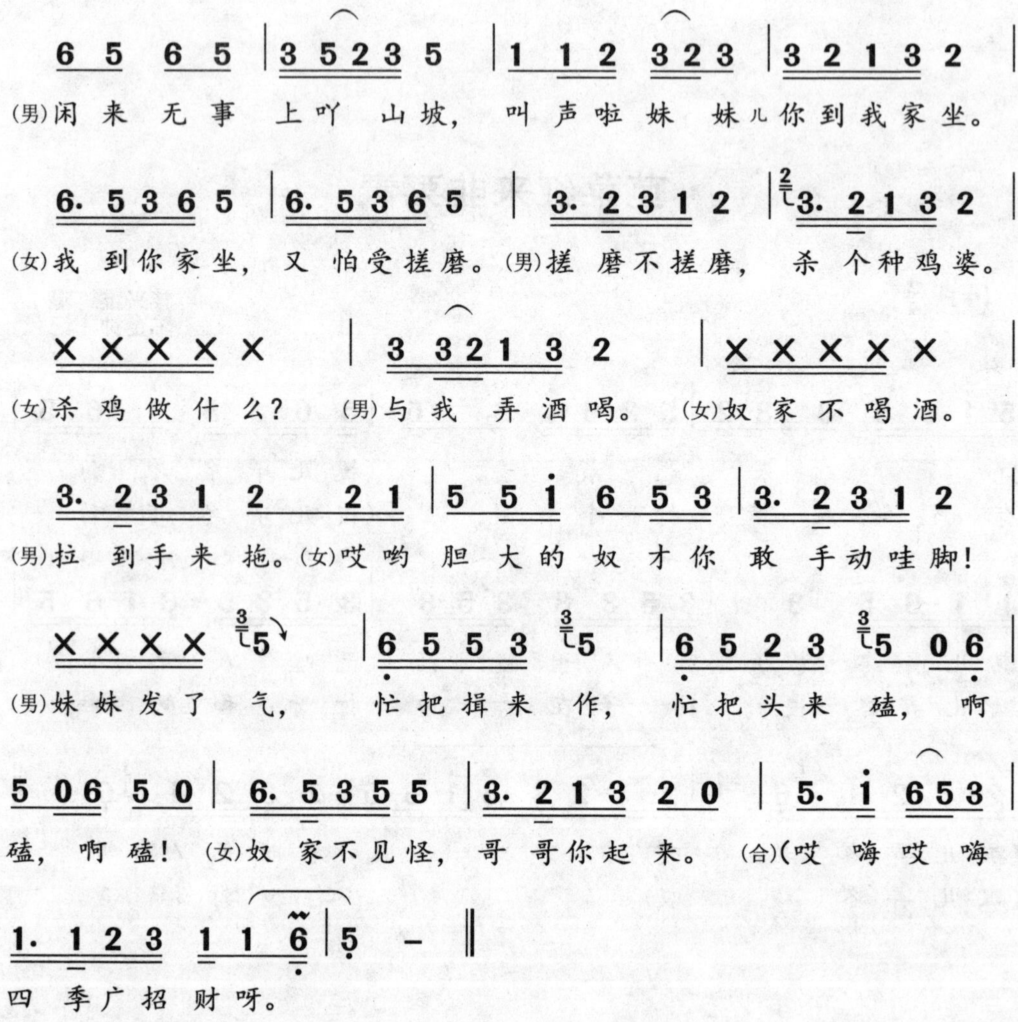

小尼姑思春

1=B 2/4
慢

谷志壮 唱
蔡晞 记

| 1 2 3 | 1 6 5 | 5 6 5 0 | 6 1 6 5 | 5 5 3 | 2 3 1 3 2 0 |

一 更 里 呀 小 尼 姑儿 闷 坐 在 禅 哪 房 啊,
二 更 里 呀 小 尼 姑儿 眼 泪 汪 吖 汪 啊,
三 更 里 呀 小 尼 姑儿 瞌 睡 沉 哪 沉 啊,
四 更 里 呀 小 尼 姑儿 眼 泪 滴 呀 滴 啊,
五 更 里 呀 小 尼 姑儿 心 盼 天 哪 明 啊,

| 3 5 2 3 | 6. 5 | 5 5 5 3 | 2. 1 | 1. 3 | 2 1 6 | 5. 6 5 |

恨 我的 爹 和我的 娘 你 不 该 把 奴哇 养。
烧 香 客 成 双 呵 对 来 到 禅啦 堂,
梦 见 了 山 门啦 外 来 了 一 书哇 生,
抬 头 看 又 只哟 见 月 儿 偏 了哇 西,
笼 呵 中 金 啦 鸡 叫 着 声 啦 声。

| 6 1 5 6 | 1 1 6 1 | 2 2 3 5 3 | 2 3 2 1 | 6 1 5 | 6. 7 6 |

说 奴 家呀你看 满 不 得 三 六 九,
看 他 们啦你看 恩 爱 爱 说 不 尽,
双 呵 手哇你看 扯 呀 住 袍 不 和 带,
连 啦 叫哇你看 几 呀 声 南 无 阿 弥,
金 啦 鸡呀你看 不哇 住 声 声 叫,

| 5 5 3 5 | 6 1 6 5 | 5 5 5 3 2 1 6 | 1 1 2 | 3 5 3 | 2. 3 | 1 2 1 6 | 5 - |

因 啦此 上哎(的个) 把 奴哇 家 送 入个 庙 啊 堂。
看 啦起 来呀(的个) 都 要哇 比 尼 呀 姑 啊 强。
禅 啦堂 呵哎(的个) 之 内 呀 我 二 人啦 叙 交 情。
你 呀大 发哎(的个) 慈 悲 呀 你 让 奴哇 把 郎 配。
收哇拾 那哎(的个) 包 袱哇 我 下 呀 下 山 林。

第三篇 花山风韵——灯调 301

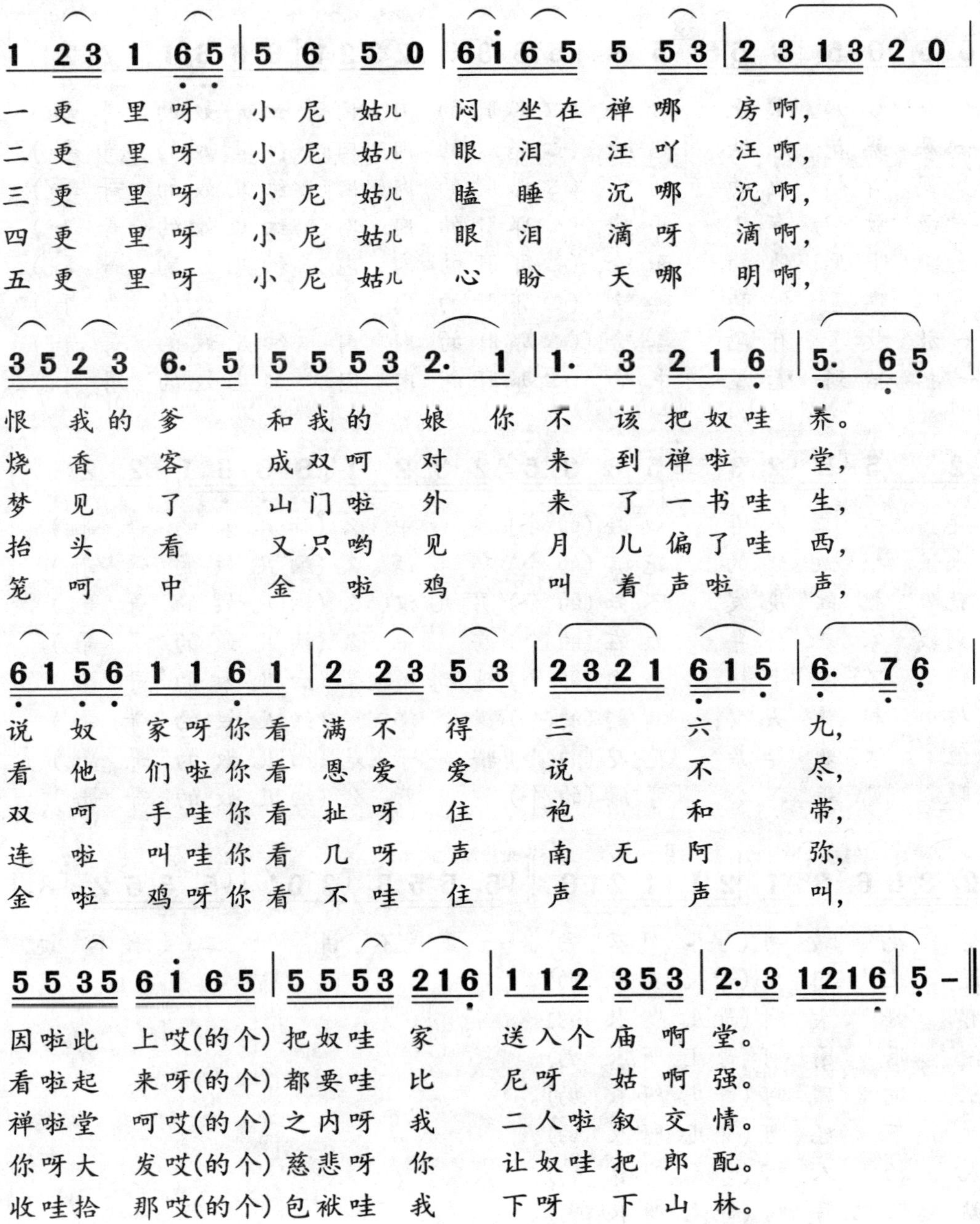

小女婿

1=D 2/4
稍慢、轻快地

谷志壮 唱
蔡晞 记

| 6 5 | 6 5 | 6 5 6 | ³⁵ 5 3 | 5 3 3 5 | 2 3 2 1 | 6 6 6 1 | ¹⁵ 2 2 |

奴是爹妈掌上　　珍啥,（心那肝的肉　肉儿　细儿奴的　哥哥儿）
一朵鲜花未绣　　起啥,（心那肝的肉　肉儿　细儿奴的　哥哥儿）
爹妈听起他的　　话啥,（心那肝的肉　肉儿　细儿奴的　哥哥儿）
一放放了有几　　年啥,（心那肝的肉　肉儿　细儿奴的　哥哥儿）
一瞧瞧见他的　　面啥,（心那肝的肉　肉儿　细儿奴的　哥哥儿）
一瞧瞧见他的　　样啥,（心那肝的肉　肉儿　细儿奴的　哥哥儿）
一放放了有几　　春啥,（心那肝的肉　肉儿　细儿奴的　哥哥儿）
一抬抬到堂屋　　中啥,（心那肝的肉　肉儿　细儿奴的　哥哥儿）

| ¹⁵ 2. | 5 ³⁵ 5 ¹⁵ 2 3 | 5 3 3 5 | 2 3 2 1 | 6 6 6 1 | 2 2 |

年　方二八春,奴在（的个）房　中么（细儿奴的　哥哥儿）
来了个做媒的,花言（的个）巧　语么（细儿奴的　哥哥儿）
就　把红庚发,不知（的个）男儿汉么（细儿奴的　哥哥儿）
到我家来拜年,奴在（的个）房　中么（细儿奴的　哥哥儿）
怪　不像个样,好像（那个）地蛇蚤儿（细儿奴的　哥哥儿）
披　起黄头发,滴起（的个）绿鼻涕儿（细儿奴的　哥哥儿）
他　家来娶亲,花花（的个）轿　子儿是（细儿奴的　哥哥儿）
瞧　见新郎公,弯腰（的个）驼　背么（细儿奴的　哥哥儿）

| 2. 3 5 6 | 3 2 1 | 2 1 ⁶⁵ 1 2 1 6 : ‖ ³⁵ 5. 5 5 3 | ⁵⁵ 3 0 | ³⁵ 5. 5 5 2 | ²⁵ 3 |

绣花绫呵（哥儿呀衣哟）。一更我不讲,　二更我不说,
说几句呵（哥儿呀衣哟）。
有好大呵（哥儿呀衣哟）。
偷眼看呵（哥儿呀衣哟）。
土坑里藏呵（哥儿呀衣哟）。
盘下巴呵（哥儿呀衣哟）。
人抬人呵（哥儿呀衣哟）。
站起像把弓呵（哥儿呀衣哟）。

302　唱个山歌甩过来——桑植民歌精粹

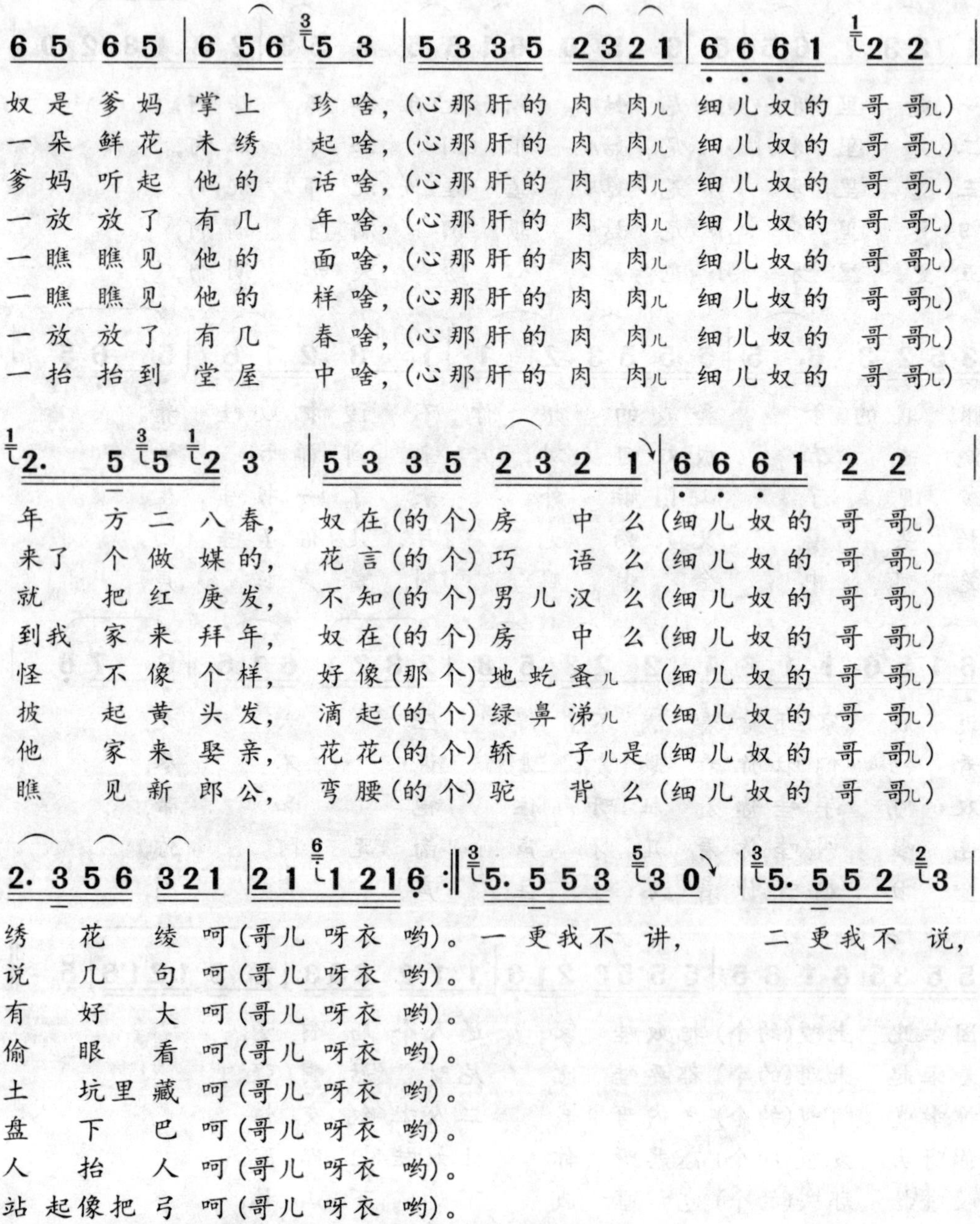

三那更的时候（细儿奴的哥哥儿）他挺通撒泡尿，打湿(的个)奴家（细儿奴的哥哥儿）花被窝来（哥儿呀衣哟）。

想当初

1=A 2/4
稍慢、低沉地

刘采玉 唱
蔡晞 陈金钟 记

想当初初相交，
你我二人多情又多义；
到如今你待奴大大不相同，动不动就发奴脾气呀。（哎呀奴的郎呵）动不动就发奴脾气呀。

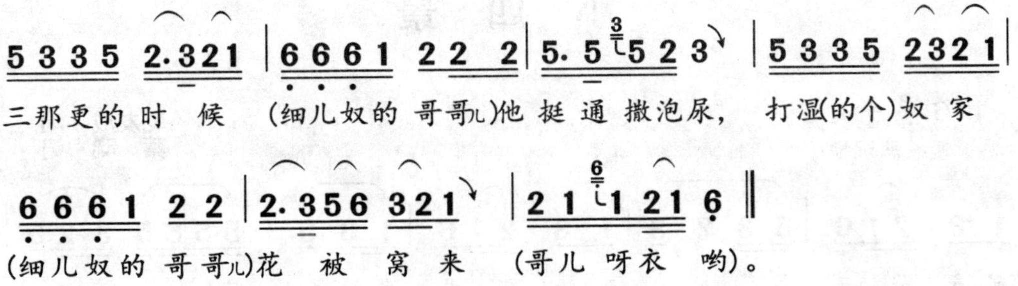

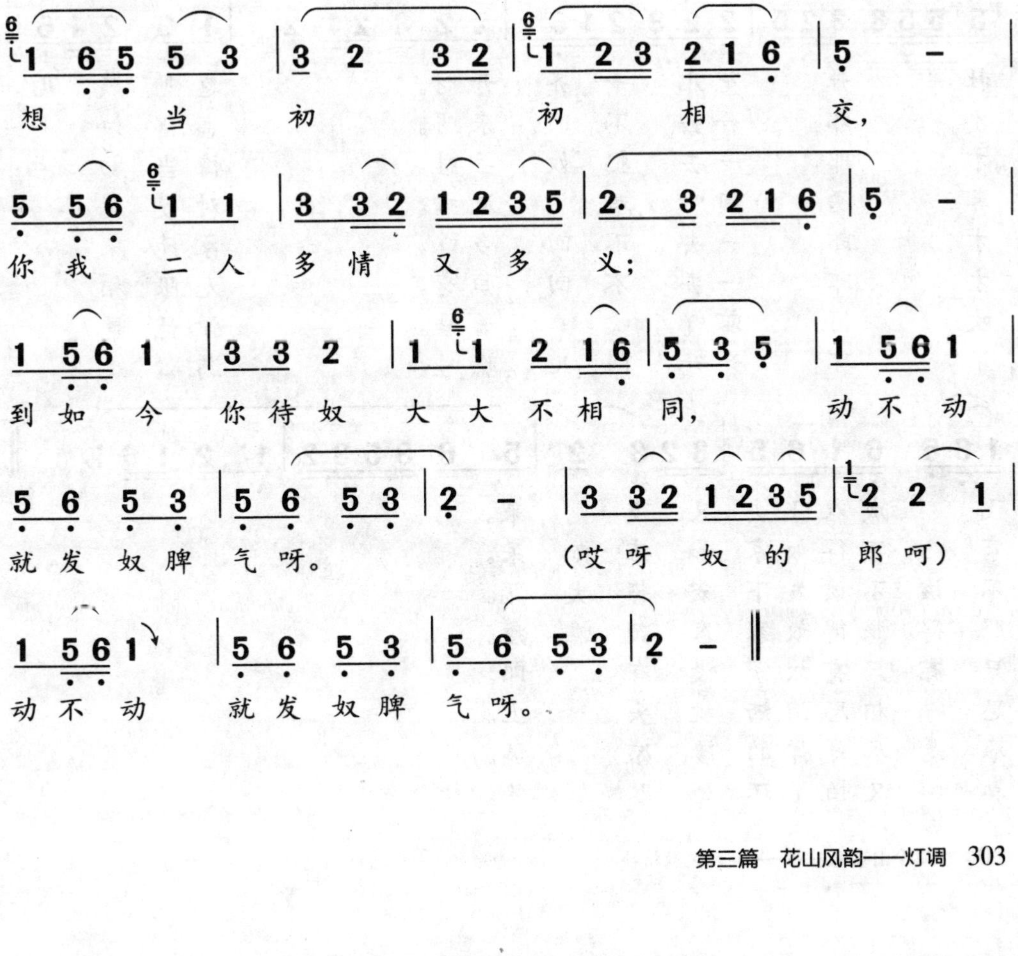

小四景

1=G 2/4 3/4

慢、悲沉地

乾友成 唱
蔡晞 记

| 1 3 | 2 1 6 | 5 3 2 3 | 1 3 | 2 1 6 | 1 6 5 | 5 5 6 5 | 3 2 5 |

到春燕儿来，到春燕儿来，芙蓉
夏儿绕楼台，夏儿绕楼台，狠心
懒季恨悠悠，懒季恨悠悠，狠心
秋上梳妆楼，秋上梳妆楼，手捏
冬季好悲伤，冬季好悲伤，狠心
把下红帐，把下红帐，湘子
门雪绫飘，门雪绫飘，口喊
敲花来，敲花来，

| 5 5 5 3 | 3 2 5 | 2 2 3 | 2 1 6 1 | 2 2 3 2 1 | 2. | 1 3 | 2 1 6 |

牡才丹花儿一齐开呀。忽见燕儿
才郎去不回呀。害得奴初
鼻郎一把回哇。悔当花床
才涕去双奴。对镜相
郎呀不回哇。镜牙琵
吹笛一不丫郎环门开开瞧哇。无弹琵
满心欢

| 1 6 5 | 6 1 6 5 | 3 2 3 | 2 | 5. 6 3 5 3 2 | 1. 2 1 6 1. |

飞成双飞去又飞来。
家害得奴发奴如痴如呆。
不该得奴下家宏誓大咒
照不照有奴家容颜憔瘦
只有相泪洒没有郎。
思是尽弹的枕头上。
尽又怕丫环凉取调。
喜是她笑。

304 唱个山歌甩过来——桑植民歌精粹

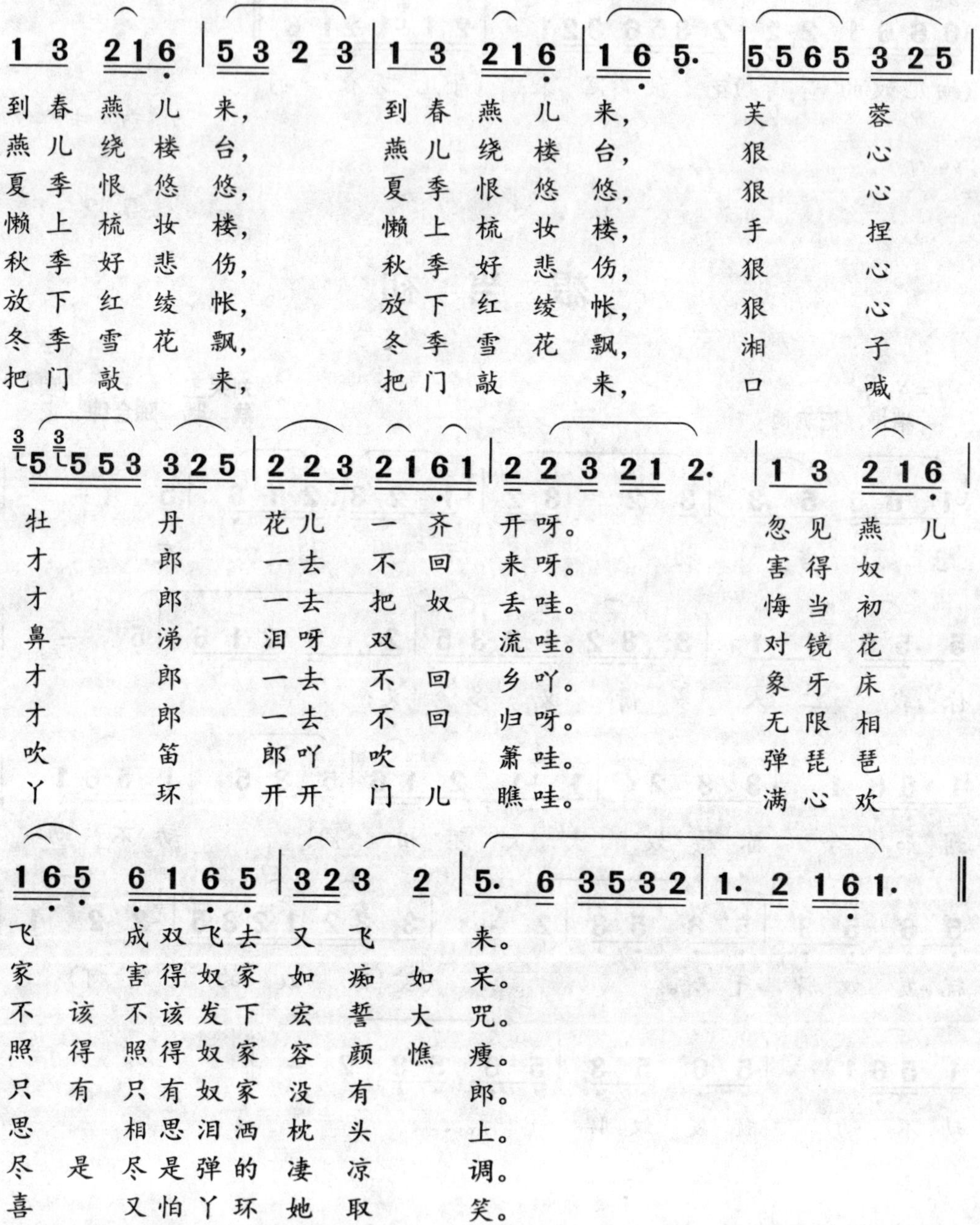

谢 台 词

1=E 2/4　中速　　　　　　　　　　　　　　　　　　　　　吴伯约 唱　李忠文 记

5. 3 5 3 2 | 5 3 | 3 5 6 1 6 5 | 5 3 5 2 1 | 2 1 6. |
花 灯儿打得 丑 (哇 哟 喂 呀), 得罪 众朋 友 哇,

3 5 6 1 | 6 5 3 | 5 3 5 | 2 2 3 2 1 | 2 3 5 2 1 |
父老的 兄弟 多哇 包 涵 啦, 来年 再聚

1 6. | 2. 2 2 3 | 6 5 | 3 | 2 3 5 2 1 | 1 6. ‖
首呀, (呀 呀呀子儿喂呀) 来年 再聚首哇。

新打船儿跟江划

1=A 2/4　中速　　　　　　　　　　　　　　　　　　　　　谷兆芹 唱　鲁 颂 记

5 3 2 1 2 | 1 3 | 2 | 1 6. | 6 1 2 3 | 5 | 5 3 2 |
新打 船儿 跟江 划, 路　　 边嘞 姐　 儿
哥哥 不吃 路边 茶, 蜜　　 蜂嘞 不　 采

2 3 2 1 6 | 2 3. | 5 3 2 1 6 | 6 1 2. ‖
嘞　　 喊嘞 吃　　 茶嘞。
嘞　　 路喂 边　　 花嘞。

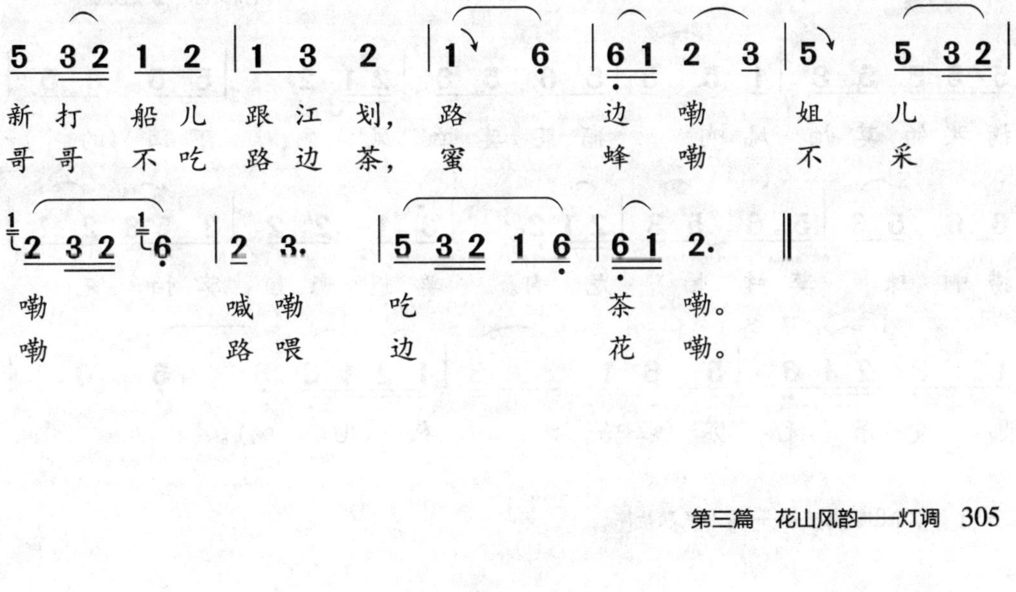

杏元和番去

1=G 2/4
轻快

金竹林 唱
李忠文 记

5. 5 5 3 | 5 — | 5. 3 3 5 | 5 3 1 | 2 — | 2. 2 3 |
一 字 写 一 笔， 杏 元 和 番 去 呀， 舍 不 得

5 5 | 6 6 5 3 6 | 5 3 5 5 3 | 3 2 3 1 3 | 2 2 1 1 6 | 5 — |
公子 枚呀 良玉呀， 金簪 留与 你呀，

5 5 3 5 | 2 3 2 1 6 5 | 5 3 5 1 3 | 2 1 | 1 6 | 5 — ‖
枚呀 良玉 金簪的留与 你呀。

要想恋姐莫怕死

1=E 2/4
中速

向兴顺 唱
范志池 黎连城 记

5 5 5 5 3 | 1 5 3 | 5 6 5 3 | 2 1 2. | 5 5 3 5 |
摘果的莫怕风啊， 摘果莫怕风 啊， 下海（的个）

6 6 5 3 | 5 6 5 3 | 2 1 2. | 3 1 2 2 | 3 5 3 2 1 |
捞啊珠 莫哇怕 龙啊。 要想恋姐莫怕死，

1. 3 2 1 6 | 5 6 1 2. 3 | 1 2 1 6 5 | 5 0 ‖
恩 爱乐无穷（啦哈也 衣儿 哟）。

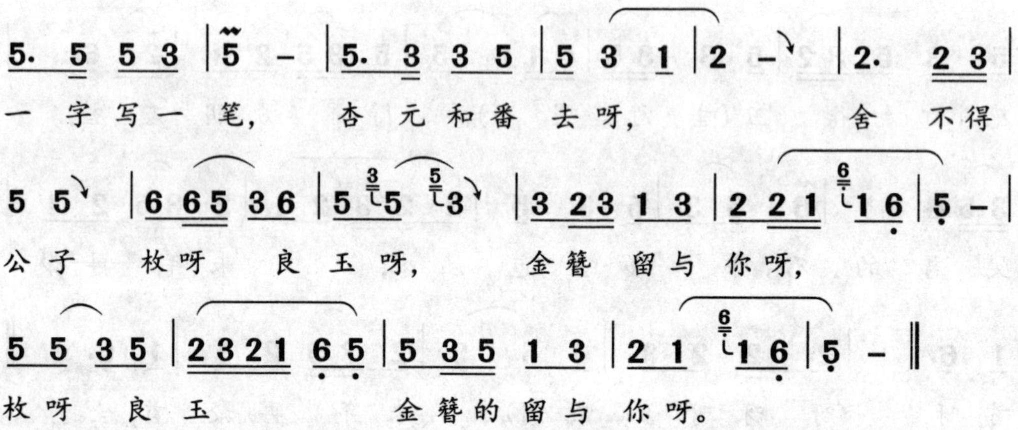

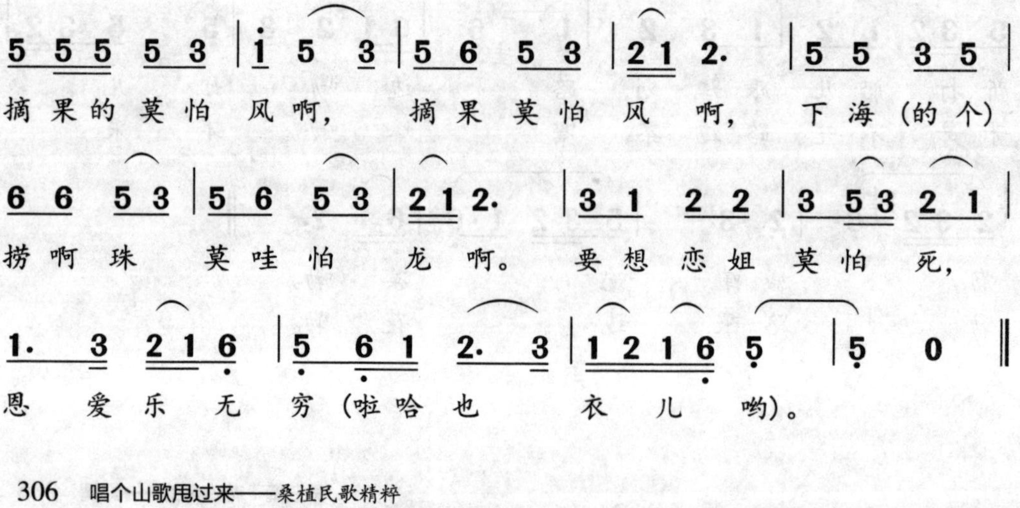

雪 花 飘

1=E 2/4 3/4

谷兆芹 唱
陈金钟 记

5 5 3 6 5 | 6 3̄5̄ 3 5 | 6 6 1̇ 6 5 3 | 5 3 2 1 6 |
雪 花 飘 飘， 雪 花 飘 飘 喂，
太 阳 高 照， 太 阳 高 照 喂，

5 3 5 3 5 | 6 1̇ 6 5 0 3 | 2 3 5 3 2 1 | 2 2 |
飘 来 飘 去 是 三 丈 嘛 三 尺 高 喂，
太 阳 一 出 是 不 呀 嘛 不 见 了 喂，

3 5 6 1 2 0 3 | 5 6 1̇ 5 6 5 3 | 2 3 2 1 6 1 1 6 0 1 |
飘 一 个 那 雪 美 人 更 比 奴 家（儿 吖）
不 见 了 那 雪 美 人 不 得 比 奴 家（呀）

2. 3 2 1 6 | 5. 1 | 3 2 6 1 2 0 3 | 5 6 1̇ 5 6 5 3 |
妙 哇， 飘 一 个 雪 美 人
妙 哇， 不 见 了 雪 美 人

2 3 2 1 6 1 1 6 0 1 | 2. 3 2 1 6 | 5 - ‖
更 比 奴 家（儿 吖） 妙 哇。
不 得 比 奴 家（呀） 妙 哇。

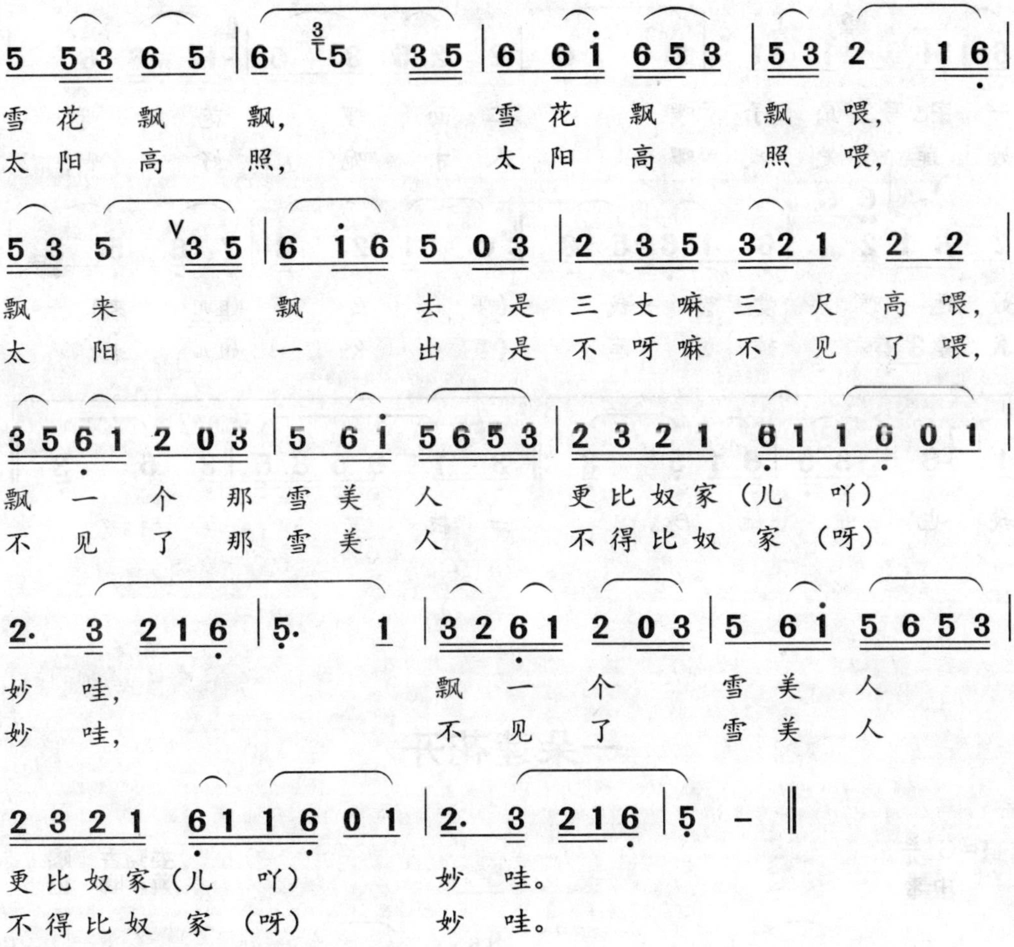

一把扇子二面花

1=♭B 2/4
中速

娄菊香 唱
蔡晞 记

一把 扇子啰 二 面啰 花 呀,
姣莲爱我啰 人才呃 好 啊,

姣莲啰 爱呀我 (啰 幺 姐儿来)
我爱罗 姣莲 (啰 幺 姐儿来)

1. 我也爱她呀。
2. 一枝 花呀。

一朵莲花开

1=G 2/4
中速

娄菊香 唱
蔡晞 记

正月里来 是啊新 年啦, 是啊新
远看红灯 高哇挂 起呀, 高哇挂

年啦, 夫妻呀 双 双 到哇街
起呀, 不由哇 二 人 心啦欢

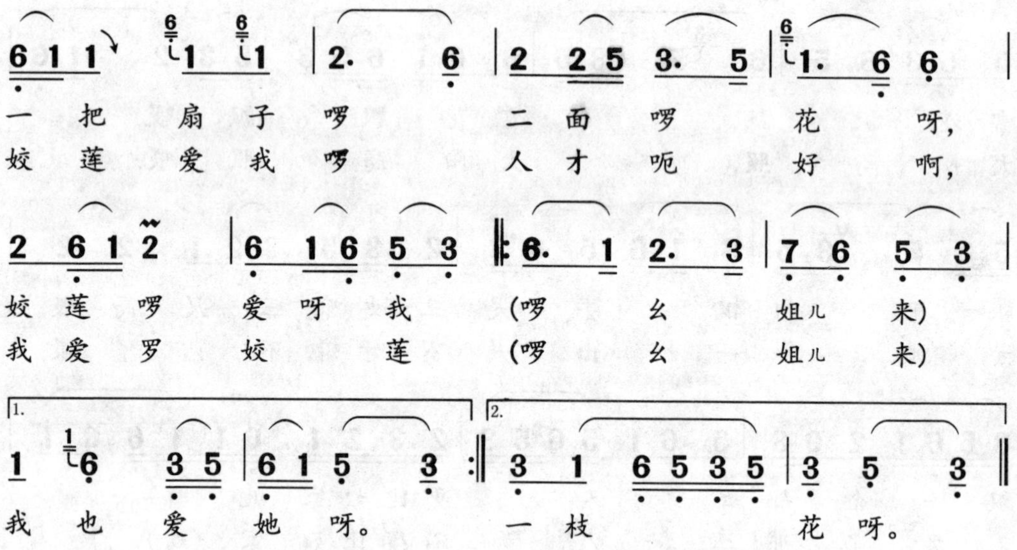

前，（一 朵儿莲花儿 开）
喜，（一 朵莲花儿 开）

到 哇 街 前。
心 啦 欢 喜。

一团喜气从天降

1=F 2/4
中速

陈功远 唱
李德杰 记

一 团喜气 从天（啦） 降（那么呀嗬嗨 嘿那 嗬衣嗬嗨），

东 山升起 红太（呀） 阳（吖 衣嗬嗨），照 得人 心

热（呀） 火火， 照得人心 亮堂（吖）堂（吖 衣嗬嗨，

衣嗬呀嗬衣 嘿呀嗬衣嗬嗨） 照 得人心 亮堂（吖）

堂（吖 衣嗬嗨）。

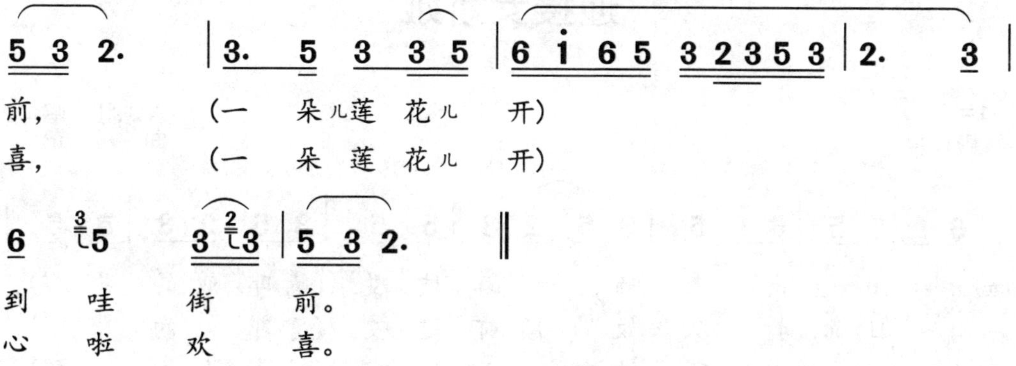

迎接女娇娥

1=F 2/4
中速

谷志壮 唱
曲 辰 记

6 1 5 5 | 6 1 5 | 3 5 2 3 | 5 5 | 3 5 2 3 | 5 5 |

(女)太 阳 出 来 晒吖 山 坡哎,(情郎奴的哥哎),
　　昨 日 你 打 从 奴的 门 前 过哎,(情郎奴的哥哎),
(男)太 阳 当 顶 过啊 山 坡哎,(叫声女娇娥哎),
　　爹 妈 一 定 顺啊 从 我哎,(叫声女娇娥哎),

6 1 6 5 | 6 1 6 5 | 3 2 3 2 | 1 1 0 | 5 3 5 | 5 3 5 |

出 门 撞 着 情郎 哥呀 哥哎,（情郎哥）(男)嗯哎哟,
有 心 与 你 结呀 结成 双哎,（情郎哥）　　嗯哎哟,
回 家 我 对 我对 爹妈 说哎,（女娇娥）(女)嗯哎哟,
抬 起 花 轿 打呀 打起 锣哎,（女娇娥）　　嗯哎哟,

5 3 5. 5 | 5 3 5 | 6 5 6 5 | 3 6 5 3 3 | 2 1 2 3 2 |

(女)情郎 哥(男)你 做什么?(女)哎哟 哎哟 哎哎 哟我的 情郎哥
　　情郎 哥　　你 做什么?　　哎哟 哎哟 哎哎 哟我的 情郎哥
(男)女娇 娥(女)你 做什么?(男)哎哟 哎哟 哎哎 哟我的 妹妹娇
　　女娇 娥　　你 做什么?　　哎哟 哎哟 哎哎 哟我的 妹妹娇

1 1 | 2 0 3 5 | 2 3 2 1 | 6 5 6 2 6 | 5 - ‖

哥 哎, 哟 哎 哟哎 哟哎) 奴 有 话 儿 说。
哥 哎, 哟 哎 哟哎 哟哎) 你 说 又 如 何?
娥 哎, 哟 哎 哟哎 哟哎) 急 忙 请 媒 婆。
娥 哎, 哟 哎 哟哎 哟哎) 迎 接 你女 娇 娥。

有心恋郎不嫌贫

1=G 2/4
中速

刘桃香 唱
蔡晞 记

i 65 656 | ⁵3 i | 6i65 ⁵3 | i6 i | 2.3 5 |

新打 草鞋 花后 根 啊，有心 的 恋 郎
郎有 心来 姐有 心 呵，哪怕 那 山 高

2 2 1 6̣ | 1 16 12 | 35 3 5 | 6 i | 66 53 |

不嫌 贫；有情 哪 怕 呵 叫 化 子 呀，
水又 深；山高 必 有 呵 撩 山 路 哇，

2 2 35 | 5 6̣ 1 | 2.3 | 61 21 | 6̣ — ‖

无情 哪怕 武 哇 童 生 （呀 衣 得儿 哟）。
水深 必有 撑 啦 船 人 （呀 衣 得儿 哟）。

第三篇 花山风韵——灯调 311

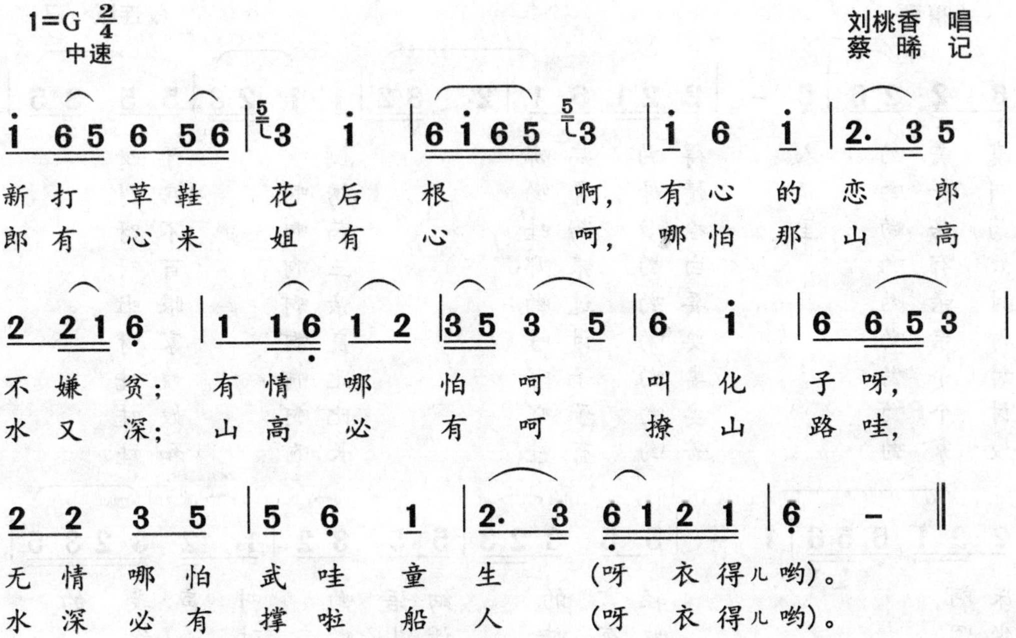

虞 美 人

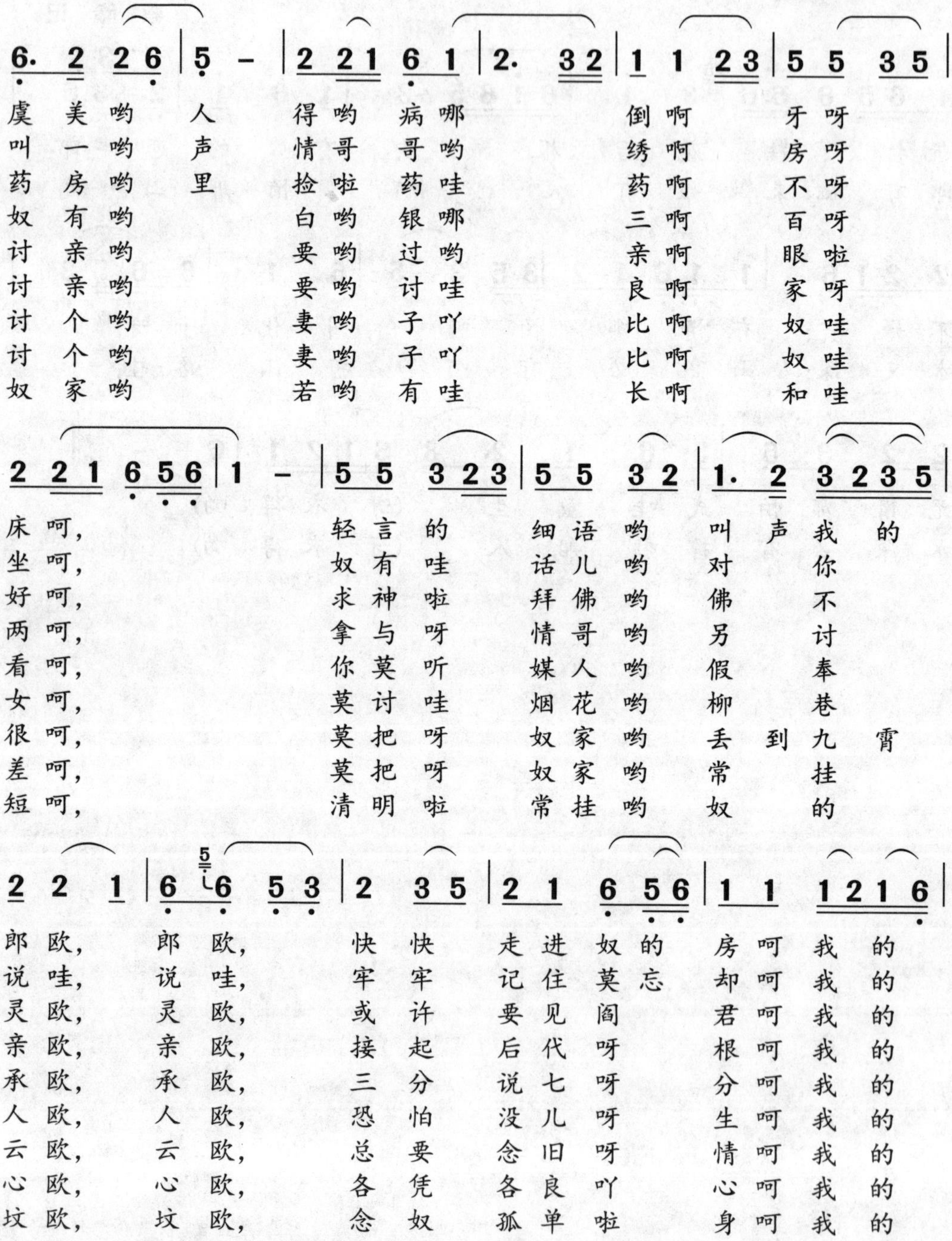

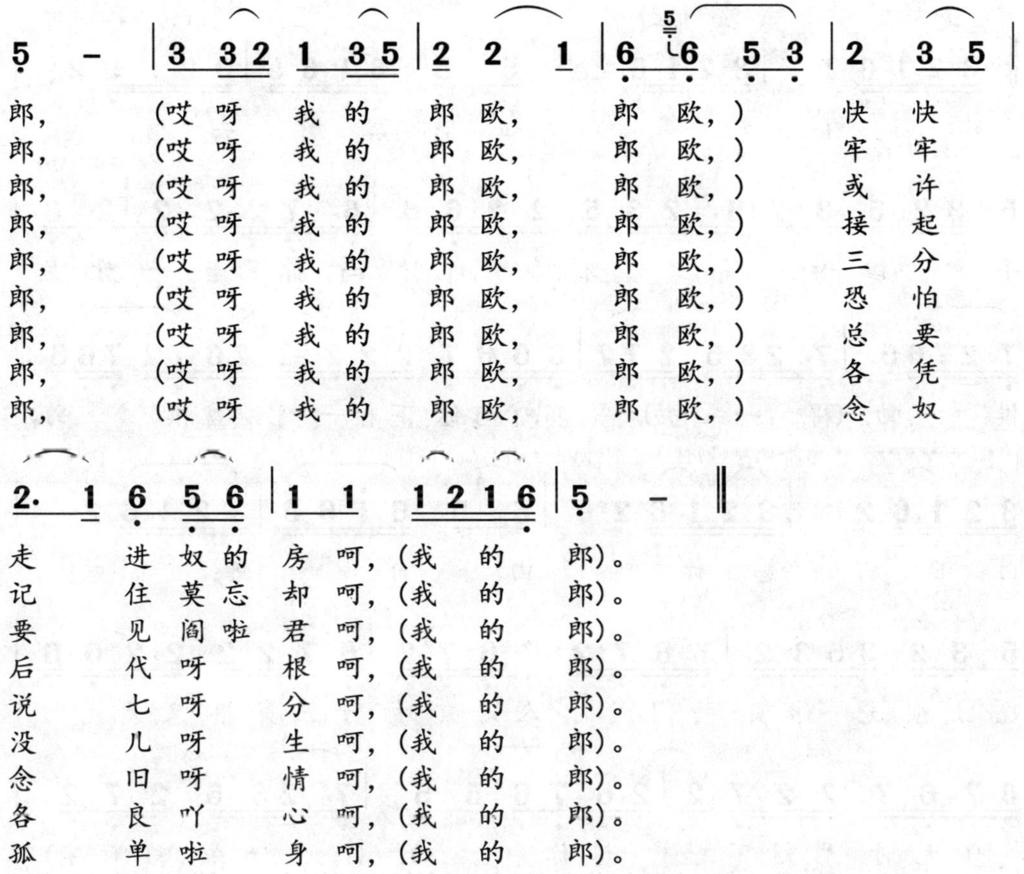

| 5 - | 3 3 2 1 3 5 | 2 2 1 | 6 ⁵6 5 3 | 2 3 5 |

郎，（哎呀 我的 郎欧， 郎 欧，）快 快
郎，（哎呀 我的 郎欧， 郎 欧，）牢 牢
郎，（哎呀 我的 郎欧， 郎 欧，）或 许
郎，（哎呀 我的 郎欧， 郎 欧，）接 起
郎，（哎呀 我的 郎欧， 郎 欧，）三 分
郎，（哎呀 我的 郎欧， 郎 欧，）恐 怕
郎，（哎呀 我的 郎欧， 郎 欧，）总 要
郎，（哎呀 我的 郎欧， 郎 欧，）各 凭
　　　　　　　　　　　　　　　　念 奴

| 2. 1 6 5 6 | 1 1 1 2 1 6 | 5 - ‖

走 进 奴 的 房 呵，（我 的 郎）。
记 住 莫 忘 却 呵，（我 的 郎）。
要 见 啦 君 呵，（我 的 郎）。
后 代 呀 根 呵，（我 的 郎）。
说 七 呀 分 呵，（我 的 郎）。
没 儿 呀 生 呵，（我 的 郎）。
念 旧 呀 情 呵，（我 的 郎）。
各 良 吖 心 呵，（我 的 郎）。
孤 单 啦 身 呵，（我 的 郎）。

第三篇　花山风韵——灯调

与姐下盘棋

1=E 2/4 3/4
中速

向益仁 唱
蔡晞 陈金钟 记

昨日吖无事吖姐呀家呀去呀，
手拿棋子儿笑着嘻呀嘻呀，郎呀与你下着一呀盘
棋哟，（得儿一朵哟）郎吖与你下着一呀盘棋哟。

尾段

白日吖想你呀由自可哇，
晚上呗想你呗关门戍时人定亥时子丑寅卯又天光呵
吖无时无刻不哇想你哟，（得儿一朵哟嗬嗬）
郎吖是无时无刻不哇想你哟。

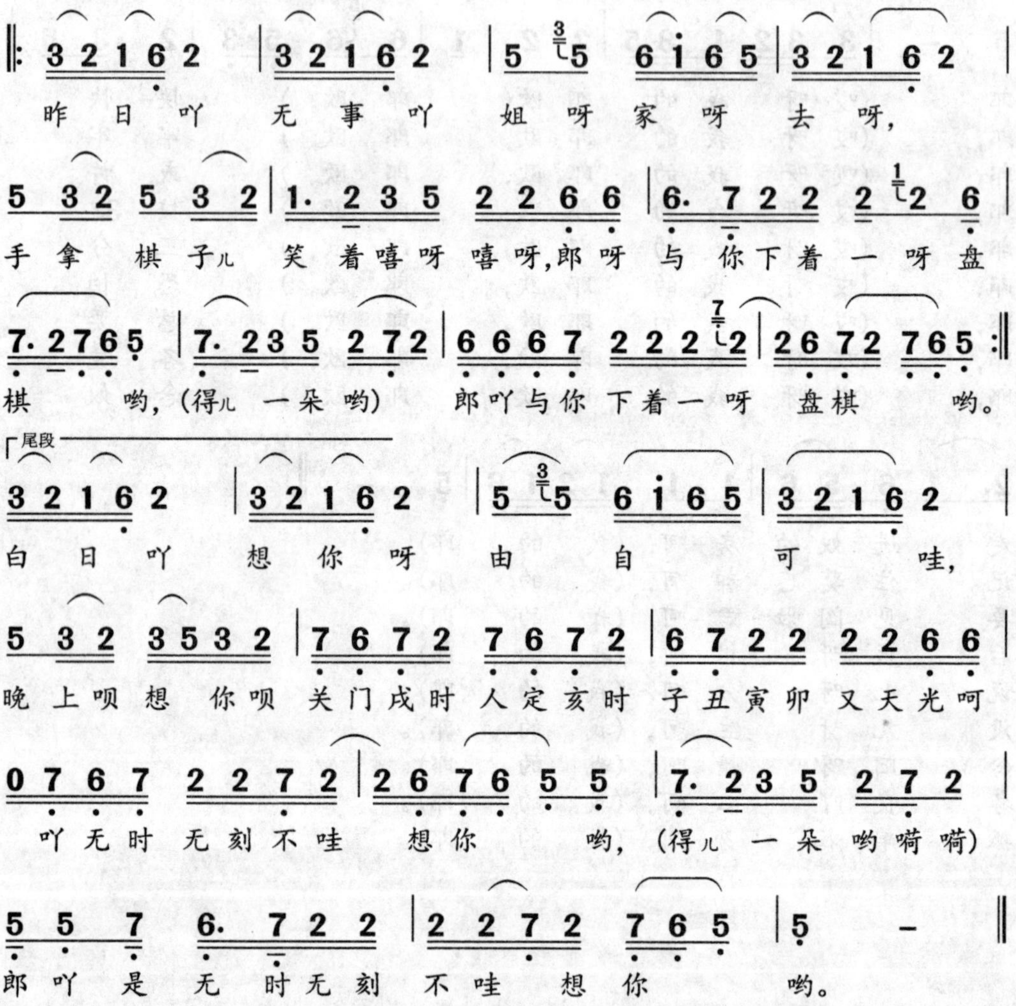

棋子儿摆在桌子上，郎下士来姐走车，郎吖这盘棋子儿归你取。
车行直路马行斜，相飞田字炮打隔，郎吖挂角将军走不得。
昨日下棋手段高，今日下棋有些不通窍，郎吖你莫把心事想坏了。
隔壁有个王三嫂，三分的人才七分俏，郎吖你莫把主意打错了。
丝光袜子缎子儿鞋，金骨洋伞水烟袋，郎吖哪样不是奴与你买。
团花马褂缝两件，夏布小衣纺绸衫，郎吖哪样不是奴的钱。
花费银钱不用提，我爱你的人才是真的，郎吖切莫辜负奴心意。

鸳鸯闪翅飞

1=G 2/4
中速

谷志壮 唱
蔡晞 记

| 5 5 3 2 | 5 5 3 2 | 5 5 6 5 | 3 5 2 3 | 5. 3 |

正哪月呀里呀来呀绣呵龙吖头哇，

‖: 1 1 2 5 | 1 2 5 3 | 5 | 2 1 6 5 :‖ 3 3 5 |

二月里绣龙腰呵，　　　　　鸳鸯
三月里绣龙尾呵，

| 2 1 6 1 | 2 2 1 1 2 1 | 6 - | 3. 2 1 2 | 5 3 5 |

闪 翅儿飞呀（呀衣哟，　衣哪呀子儿喂呀衣

| 2. 1 6 5 | 3 3 5 | 2 1 6 1 | 2 2 1 1 2 1 | 6 - ‖

哟）　鸳鸯　闪　翅儿飞（呀　呀衣 哟）。

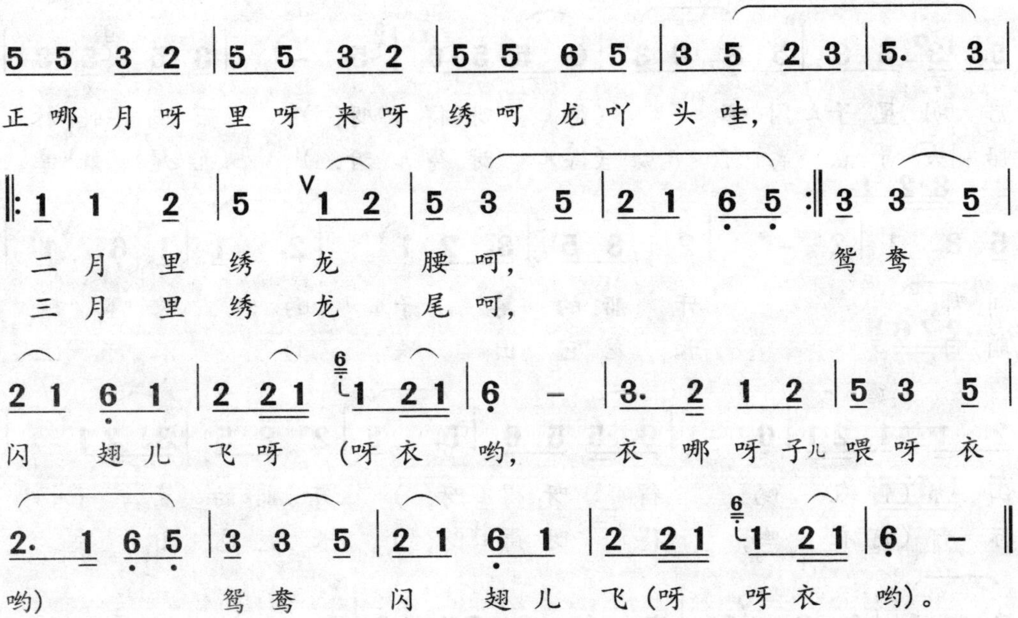

长龙出峡浪上标

1=G 2/4

金竹林 唱
李忠文 陈金钟 记

5. 3 53 | 53 03 | 6. 5 56 | 5̃ - | 35 5̃3 |

启 明 星子儿闪哪，（得儿 呀得儿呀，）百鸟 睡林
船 头 哥点篙啊，（得儿 呀得儿呀，）船尾 妹掌

5 3 1 2̃ - | 2 35 3.21 | 2. 1 1 6̣ 1 |

间哪， 开 船 的 篙 子儿哟 惊哪 醒
艄啊， 长 龙 它 出 峡 哟 浪啊 上

2. 1 1 21 6̣ - | 6. 5 56 | 5. 3 | 2 35 3.21 |

山哪（啊衣 哟， 得儿 呀得儿呀，）开船 的 篙 子儿
标啊（啊衣 哟， 得儿 呀得儿呀，）长龙 它 出 峡

2. 1 1 6̣ 1 | 2. 1 1 21 6̣ - |

哟 惊哪醒 山哪（啊衣 哟）。
哟 浪啊上 标啊（啊衣 哟）。

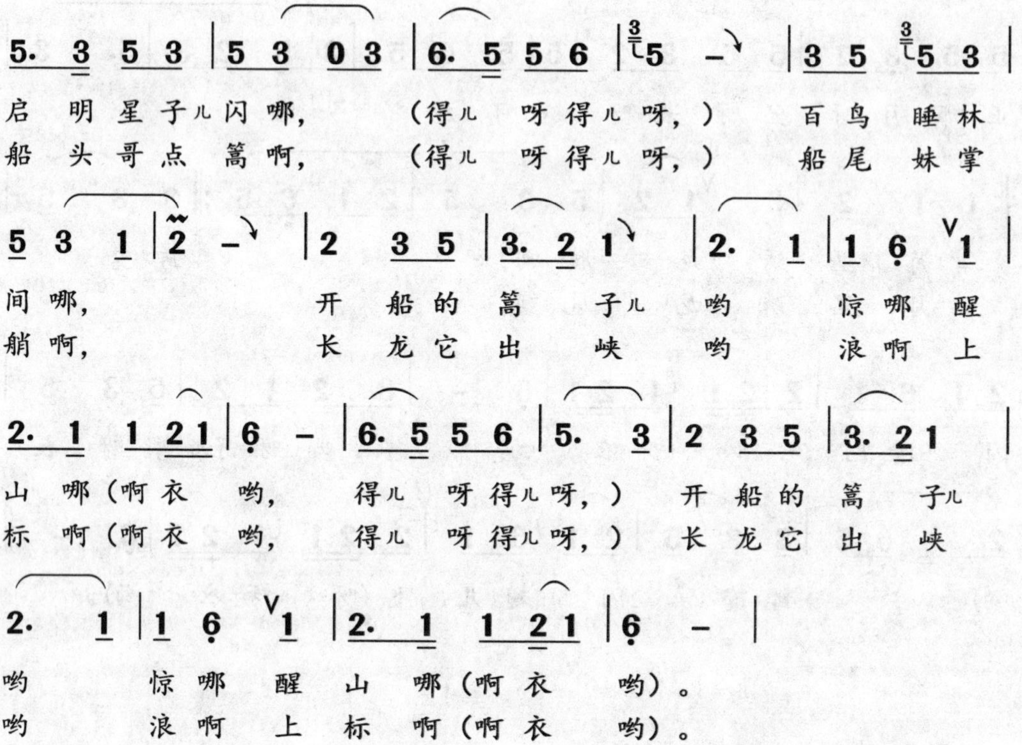

正月好唱一抹光

1=D 2/4
中速

谷志壮 唱
蔡晞 陈金钟 记

3 5 3 2 | 3 5 3 2 | 3 5 2 3 5 | 1 6 1 6 5 5 3 5 3 2 |

(女)正啦月　好哇唱　一呀抹光，二月呀　好唱
(男)什吖么　叫哇做　一呀抹光？什么子　叫做
(女)梳吖起　头哇发　一呀抹光，不梳哇　头发

3 2 3 2 1 | 3 2 3 2 1 | 5 5 3 2 5 5 3 2 | 3 5 2 3 5 |

满啦颈啦荡，(男)满啦颈啦荡；(女)三啦月呀　好哇唱吖　白呀绒子儿霜，
满啦颈啦荡，　　满啦颈啦荡？　什吖么子　叫哇做哇　白呀绒子儿霜，
满啦颈啦荡，(男)满啦颈啦荡；(女)水吖粉啦　打呀脸啦　白呀绒子儿霜，

1 6 1 6 5 5 3 5 3 2 | 3 2 3 2 1 | 3 2 3 2 1 |

四月呀哈　好唱吖哈　摆着叮啦当，(男)摆着叮啦当
什么子　又叫做　摆着叮啦当，　　摆着叮啦当
八宝哇的耳环啦哈　摆着叮啦当，(男)摆着叮啦当

2 1 0 2 1 0 ‖: × × × × × 0 | × × × × × :‖

叮当　叮当。　叮当叮当吖　(笑)哈哈哈哈哈。
叮当　叮当？
叮当　叮当。

第三篇 花山风韵——灯调　317

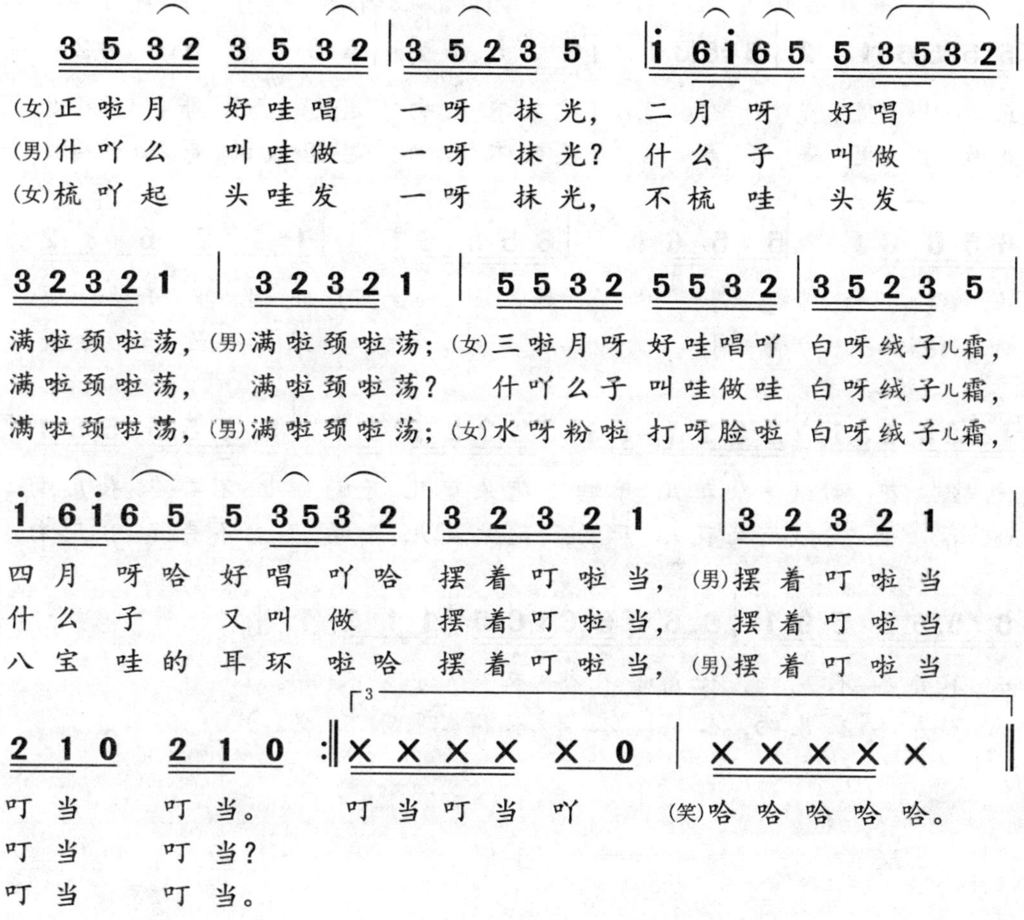

正月开的迎春花

1=G 2/4
稍快

熊渭清 唱
白诚仁 记

5 5 5 6 1. 2 | 5 5 6 1 | 5 3 5 6 1 | 5 5 3 2 5 5 3 2 |
正哪月 里 是 什么 哩？（花鼓衣儿哟 思想奴的 哥得儿依得儿
正哪月 里 是 迎春 哩，（花鼓衣儿哟 思想奴的 哥得儿依得儿

6 5 5 6 1 | 5 5 6 1 | 6 5 5 6 1 | 1 1 2 5 3 2 |
妹 得儿哟，哥哥儿哟， 妹 妹儿哟，）正月里开的是
妹 得儿哟，哥哥儿哟， 妹 妹儿哟，）正月里开的是

1 2 3 5 2 3 1 | 2 3 2 1 1 1. | 2 3 2 1 1 1. | 5. 5 5 5 5 6 1 |
什么 花 哟？（花朵花儿开哟，花朵花儿开哟，七不弄冬 衣儿哟
迎春 花 哟。（花朵花儿开哟，花朵花儿开哟，七不弄冬 衣儿哟

6. 5 5 5 5 6 1 | 6 6 5 6 6 1 6 5 | 1 1 2 1 ‖
八 不弄冬 衣儿哟，衣得儿 衣得儿衣得儿呀呀衣 哟。）
八 不弄冬 衣儿哟，衣得儿 衣得儿衣得儿呀呀衣 哟。）

正月是新年

（对子花灯）

向益仁 唱
蔡晞 记

1=F 2/4

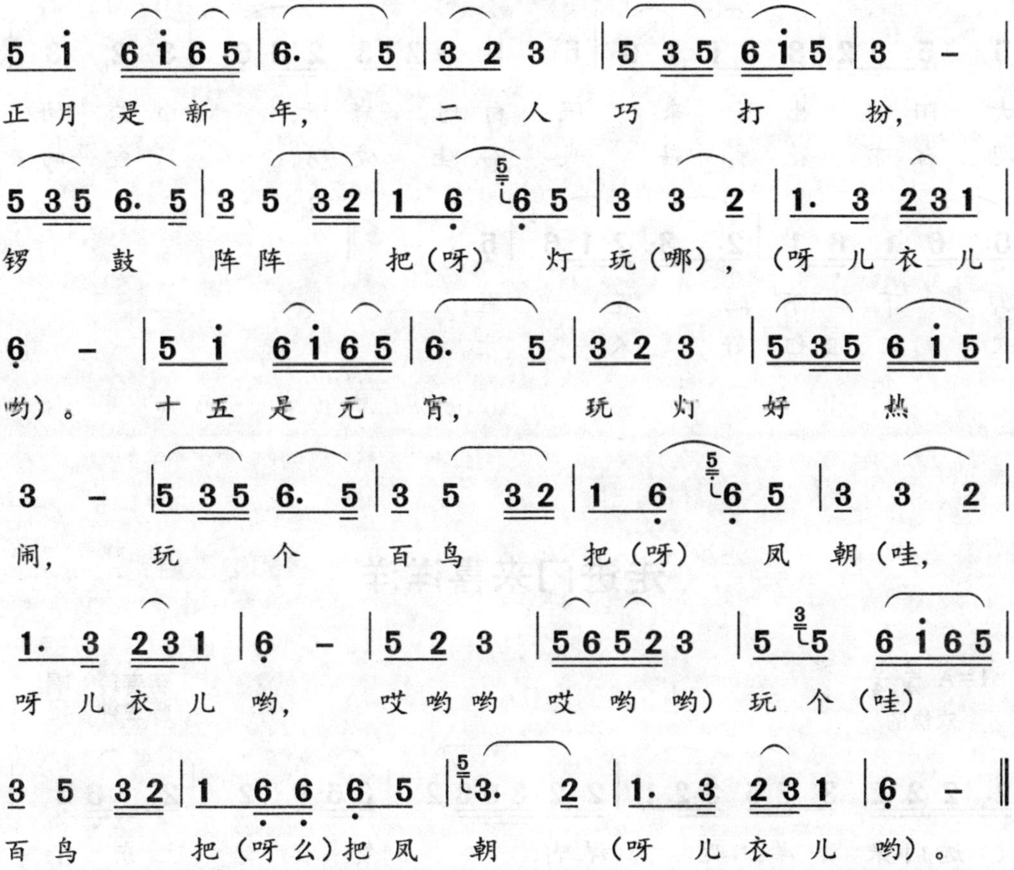

只爱姐儿好人才

1=G 2/4
中速

谷秀之 唱
蔡 晞 记

5 | 5 3 2 | 3 2 1 1 6 | 5 | 5 3 2 | 3 2 1 6 | 3 2 3 |
太 阳 啊 出 呵 来 照 白 呀 岩 呀， 白 岩 的
花 鞋 啊 花 呀 鞋 我 不 哇 爱 呀， 只 爱 的

5. 6 | 1 6 1 | 2. 3 | 2 1 6 | 5 — ‖
脚 下 脚 下 晒 花 鞋；
姐 姐 姐 姐 好 人 才。

走进门来喜洋洋

1=A 2/4 3/4
欢快的

蒋春玲 唱
陈金钟 记

2. 2 2 2 | 3 3 5 | 3 2 1 | 2 2 3 5 3 2 | 3 5 1 | 2 | 2 1 6 5 |
走 进 门 来 喜 洋 呃 洋 啊， 贺 喜 呀 主 东 吖
前 有 八 步 朝 阳 呃 水 呀， 后 有 哇 八 步 吖
朝 阳 水 来 生 贵 呃 子 啊， 水 朝 哇 阳 来 吖

2. 5 | 1 2 1 | 2. 5 | 1 6 | 1 6 1 | 6 5 4 | 5 5 6 5 ‖
(哎 呀 哎 呀 哎 呀) 好 坐 哇 场 吖。
(哎 呀 哎 呀 哎 呀) 水 朝 哇 阳 吖。
(哎 呀 哎 呀 哎 呀) 状 元 啦 郎 吖。

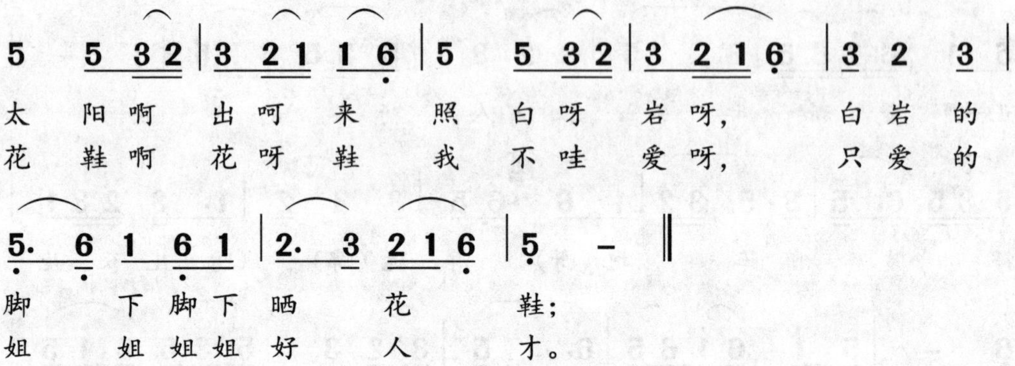

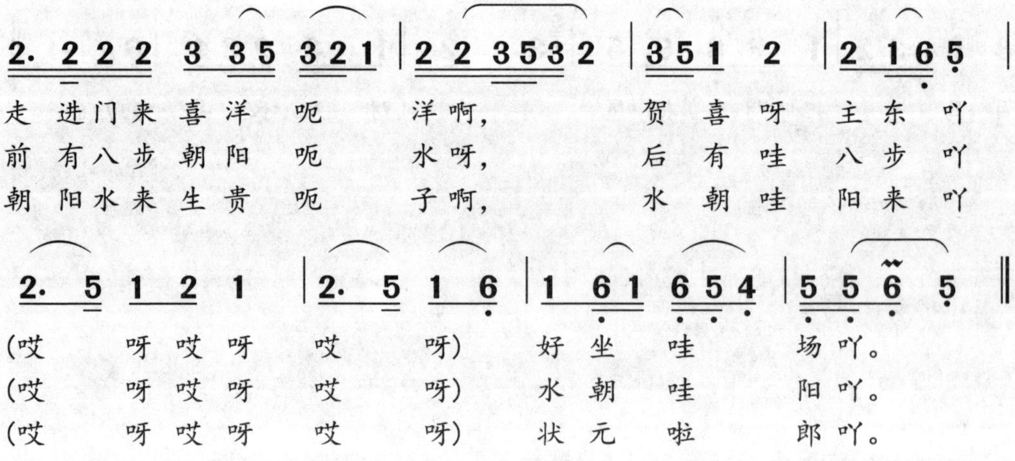

走到天外也回来

1=G 2/4

中速、热情的

覃 振 唱
蔡 晞 记

3 2 1 6 | 2. 3 | 2 5 3 1 2 | 3̲5̲ | 6 5 3 2 | 3 5 3 1 2 |

墙　上　呵　　跑　马　呀　路　又　　　窄，
墙　上　呵　　跑　马　呀　路　不　　　窄，
凤　凰　呵　　难　舍　呀　凤　凰　　　台，
凤　凰　呵　　难　舍　呀　凤　凰　　　台，

5 1 2 5 3 2 | 1 2 3 5 2 2 2 | 5 6 7 7 | 2 2 5 | 7 2 7 6 5 |

起心 靠姐 靠不 得,郎呀,明星怎么 照得　　月，
起心 靠姐 也靠 得,姐呀,小星能够 照万　　国，
鹭鸶 难舍 有鱼 岩,郎呀,姐儿难舍 郎分　　开，
鹭鸶 难舍 有鱼 岩,姐呀,走到天外 也回　　来，

1 2 3 5 | 2 2 2 | 5 6 7 7 | 2 2 5 | 7 2 7 6 5 ‖

(呀儿衣儿 哟)郎吖,明星怎么 照得　　月。
(呀儿衣儿 哟)姐呀,小星能够 照万　　国。
(呀儿衣儿 哟)郎吖,姐儿难舍 郎分　　开。
(呀儿衣儿 哟)姐呀,走到天外 也回　　来。

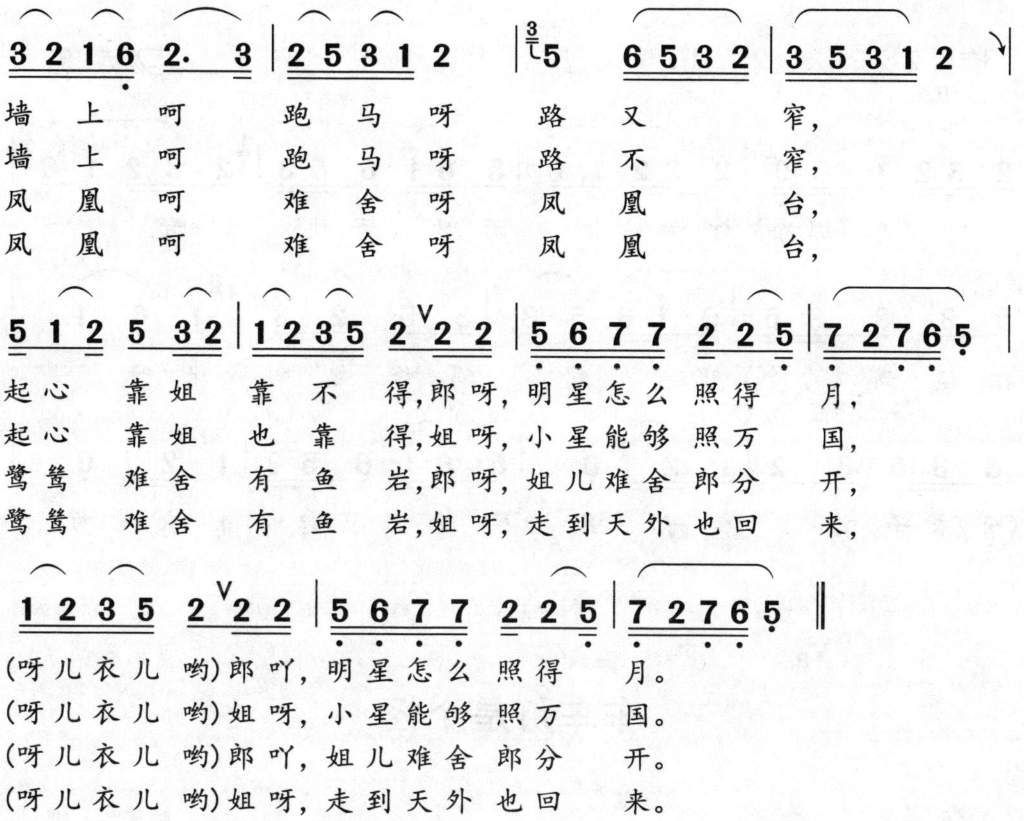

(二)车车灯

车车灯两块牌

1=F 2/4
中速

王万法 唱
蔡 晞 记

车呀车（那个）灯啦来 两呀两块 牌呀，
打起哪（的个）锣 鼓 唱哟起哟 来呀
（呀衣子儿哟 衣子儿 哟）唱呀唱起 来衣儿哟。

车车灯是个怪

1=E 2/4
稍快

陈天兰 唱
蔡 晞 记

车呀车 灯啦来 是一个 怪呀，
调哇换 声啦来 调换啦 声啦，
白天（的个）不 来 夜 晚来呀。
调换（一个）短 声 换 长声呀。

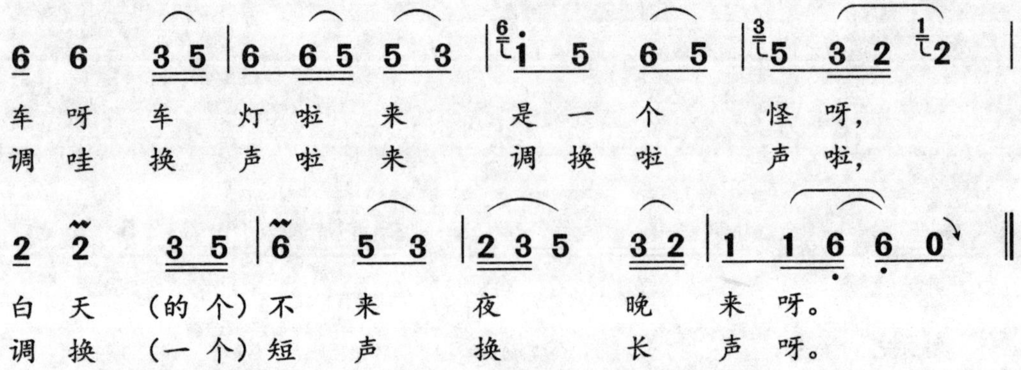

出 灯 调

1=G 2/4　　　　　　　　　　　　　向宏治 唱
中速　　　　　　　　　　　　　　尚立顺 记

一张桌子四四方来（嗬衣呀嗬）金杯玉盏
七元贡果来摆起来（嗬衣呀嗬）出灯老少

（牡丹花）摆中央呵（朵朵红）。
（牡丹花）得安康呵（朵朵红）。

坡脚一书生

1=G 2/4　　　　　　　　　　　　　陈天兰 唱
稍慢　　　　　　　　　　　　　　蔡晞 记

坡脚一书生哪，跟姐呵一路哇行哪，

步步（的个）踩呀到你脚后跟啦，

步步啊踩到哇你脚后跟。

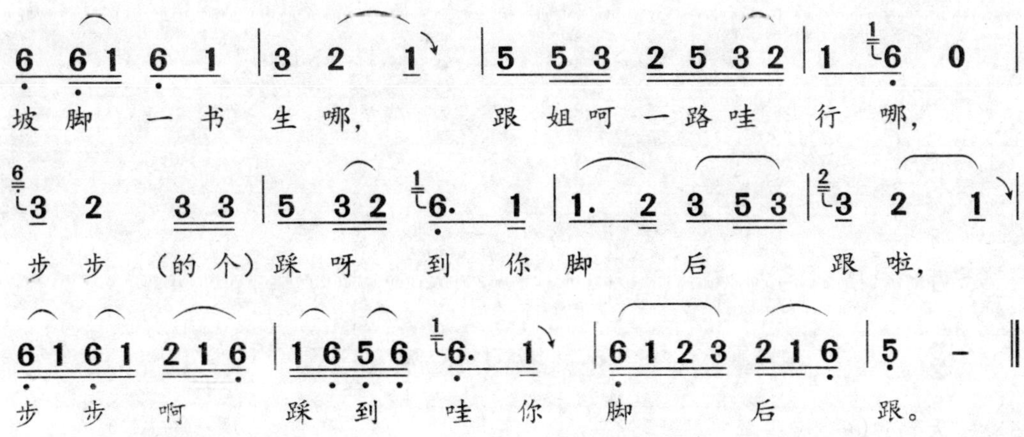

荷花开满塘

1=C 2/4
稍慢、活泼、抒情地

陈天兰 唱
蔡晞 记

五更金鸡呀　叫悠悠哇，
前梳乌云啦　把日盖呀，
左梳左挽啦　盘龙髻呀，

口喊哪　奴哇家
后梳哪　荷哇花
右梳哪　右哇挽

口喊那　奴家
后梳那　荷花
右梳哪　右挽

梳油哇　头哇。
插满啦　头哇。
插花呀　行吖。

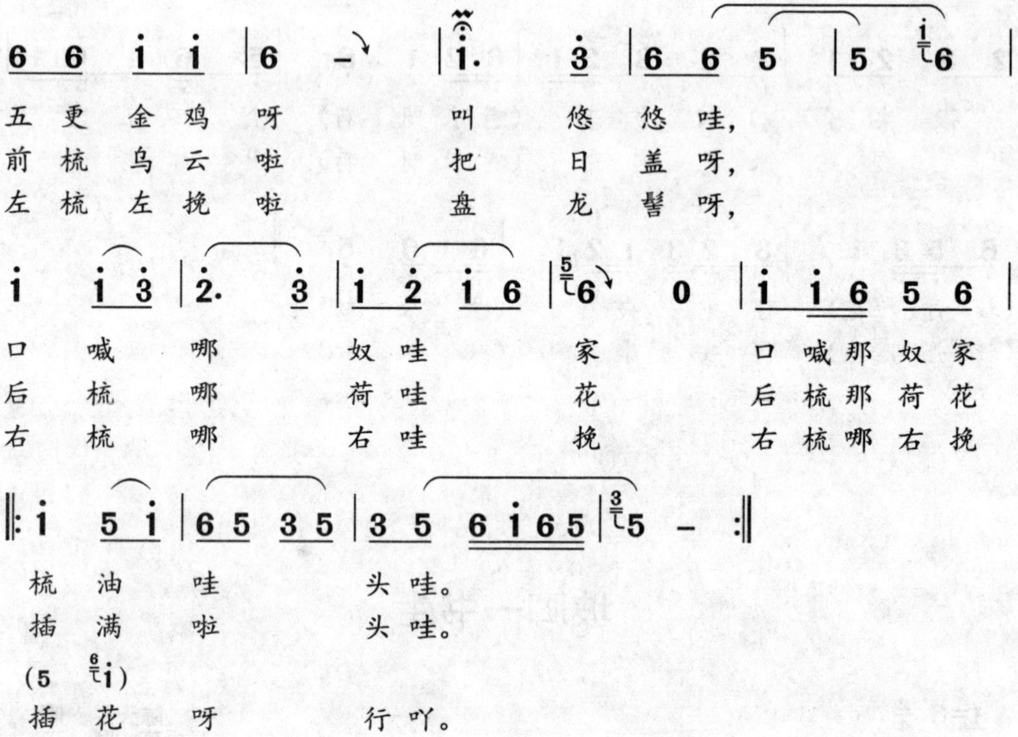

第四篇 生命之歌——劳动号子

桑植民歌起源于原始农耕时期,人们在长期的劳动中,用歌声倾诉自己的情感,调节自己的情绪,伴随着劳动而歌唱的搬运、农事、渔船、作坊等号子应运而生。但随着生产生活方式的改变,几乎所有的号子已经或者濒临消亡。本书以薅草锣鼓为重点,整理近40首号子曲目以祭奠祖先曾经的劳作方式。

薅草锣鼓可溯源至汉代以前,始于土家族先祖巴人有击鼓祭祀田祖的习俗。关于这一点,唐、宋、明史籍均有记载,从清乾隆以后史籍,对击鼓祭祀田祖打"薅草锣鼓",则记为既有"击鼓为祭"的"遗意",又有以鼓"催工"的"娱兴"之新意。土家族史有记载:"土人以刀耕火种,掘地耘草,鸣锣击鼓,伴之以歌以娱乐者。"薅草锣鼓祈神驱灾,催人奋进,活跃劳动气氛,达到消除疲劳,提高劳动效率之目的。解放后,桑植薅草锣鼓歌祭祀功能淡化。薅草锣鼓通常在集体薅草或挖土时,由两个或几个歌郎,在劳动队伍前方鸣锣击鼓打钹,轮流歌唱。两人者,各唱一段;四人者,各唱一句或一段,或一人唱,众人和。伴奏少则一锣一鼓,多则加马锣、头钹、二钹。

桑植传统薅草锣鼓有固定的程序,出早工时唱"开工歌",又叫歌头、开声,接着唱请神歌,主要是请五方神,即:金、木、水、火、土,也包括山神土地,还有传歌的前辈师傅。"扬歌"是吃过早饭上工时唱的歌,是薅草锣鼓的主要部分,也叫正版锣鼓,既有固定的唱词,如《打鼓儿郎得官回》《恋姐歌人》《单身歌》等,也有视人视场所的即兴之作。可唱历史故事,也可唱生产生活内容,鼓舞情绪,鞭策后进,如一后生站着不动了,歌师就唱:"你看那伢劲好大,他把锄头挂弯哒。"尽情发挥歌师的演唱才能,充满浓郁的乡土气息和强烈民族风情。作为收工前的程式歌"送神",早

上请什么神,请自哪里送至哪里,歌词与请神一样,只需将"请"字改成"送"字。"收尾"的歌词内容主要是感谢与祝福的唱词,宣告一天劳动与歌唱的顺利结束。薅草锣鼓的唱词为五字句、七字句、十字句,一般是单句虚词拖腔,复句押韵,且一韵到底。桑植各地薅草锣鼓腔不同,衬字也不同,如内半县五道水当地唱腔多用徵调,而外半县五里溪等地则多用羽调式。

　　桑植是澧水的发源地,澧水船工号子源于内河航运发达时期,因为在桑植境内,澧水滩多弯急水险,需要船工们统一协调动作,而澧水号子就是一种指挥船工协调动作和避险解难的号令。澧水号子的唱腔分为平板、数板、快板、慢板四类,平板又称"幺妹子嗬咳",是平缓流段摇橹时所唱;数板又称"低腔",节奏紧凑,速度较快,是深水行进时所唱;快板亦称"高腔",是深水摇橹、与急流搏击时唱的号子;慢板通称"三吆台",是深水摇橹缓行中使用的号子,节奏稳重,音调深沉。现仅有官地坪镇长潭坪村84岁的朱柏林师傅能全面掌握此歌种。

(一)劳动号子

扯 炉 歌

1=D 3/4 2/4
中速

覃大界 唱
陈金钟 记

3 3 2 1 | 1 1 6. | 1 6 1. | 3 3 2. | 2 3 2 1 | 1 1 6. |
新打(的个)炉台呀， 四四啊 方啊， 红塘(的个)黑炭 嘞

1 1 6 1 1 | 2 2 6. | 3 3 2 1 | 1 1 6. | 1 6 1. |
装中啊 央噢； 后头(的个)又加呀 风箱 呃

3 3 2. | 3 3 2 1 | 2 2 6. | 1 6 6 1 1 | 1 1 6. |
扯呀， 生水(的个)淼淼 喂 下池啊 塘噢。

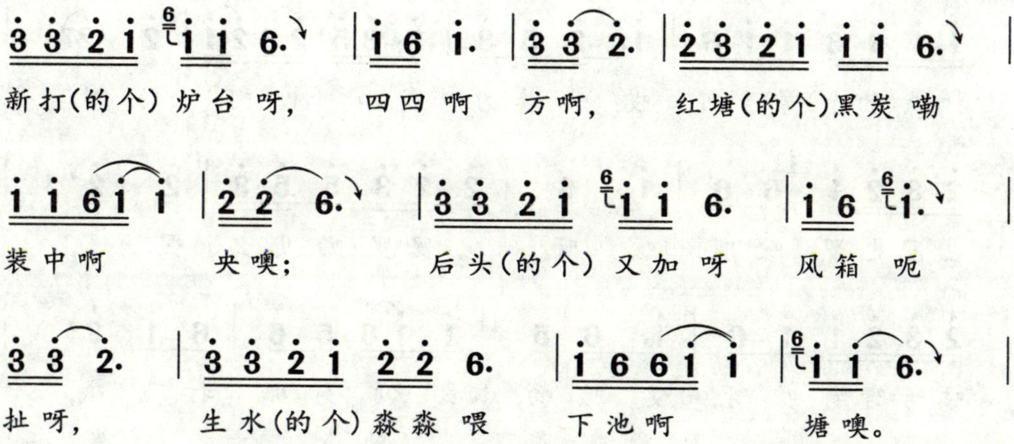

打飞硪

1=B 2/4

赵转芝 唱
蔡晞 记

(领)太阳(的个)一出呵(合)哎 咳着力(领)红通呵 通那呵(合)哎 咳着力,

(领)打硪(的个)号子呵(合)哎 咳着力(领)震山 冲呵(合)哟 哟

(领)也罗也罗 咳呀,(合)咳 呀(领)咳罗罗哟那么(合)嘿 嘿,

(领)咳呀呀嗬咳呀,(合)哎 咳哟,(领)幺幺儿荷那 打飞硪,

(合)打 飞 硪呵, 幺 幺儿 荷。

打 铁 歌

1=♭B 2/4 3/4
稍慢

谷兆芹 唱
黎连城 记

1 6 1 1 5 6 6 | 1 6 1 1 5 6 5 | 1. 1 6 5 | 2. 3 1 1 | 2. 3 |
(叮子叮啦 当子儿当 叮子叮叮 当叮当)月 亮 出 来（梭 里 木 子儿哟）
(叮子叮啦 当子儿当 叮子叮叮 当叮当)鼓 起 东 风（梭 里 木 子儿哟）
(叮子叮啦 当子儿当 叮子叮叮 当叮当)起 早 贪 黑（梭 里 木 子儿哟）

5 3 5 3 2 1 | 1 6 1 6 5 | 5 5 2 3 2 1 | 1 6 1 5 6 5 |
明 晃　晃 来（叮子儿叮子儿当），祖孙 二 人嘛（叮子儿叮 当叮当
猛 虎　吼 来（叮子儿叮子儿当），甩井 铁 锤嘛（叮子儿叮 当叮当
不 知　累 来（叮子儿叮子儿当），哪管 汗 水嘛（叮子儿叮 当叮当

1 6 1 1 5 6 5 | 1 1 6 6 1. 2 6 1 | 2. 3 2 1 6 | 5 3 5 3 2 1 |
(叮子儿叮叮 当叮当 叮叮当当 梭里木子儿哟 喂哟）打铁 忙 来
(叮子儿叮叮 当叮当 叮叮当当 梭里木子儿哟 喂哟）霹雳 降 来
(叮子儿叮叮 当叮当 叮叮当当 梭里木子儿哟 喂哟）湿衣 裳 来

6 1 - | 5. 6 1 6 5 0 :|| 1 6 1 6 5 0 ||
哎 　　（呀 呀喂子儿哟）。 （叮子儿 叮子儿当）。
哎 　　（呀 呀喂子儿哟）。

第四篇 生命之歌——劳动号子

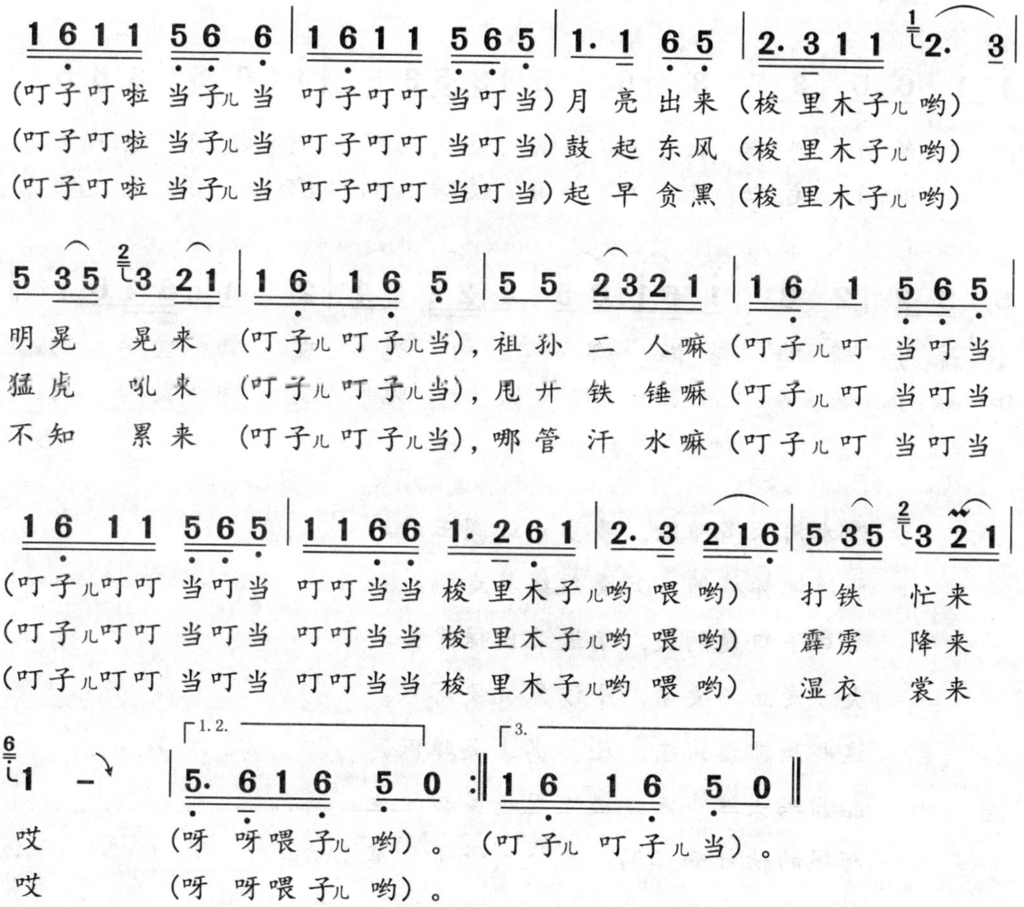

澧水船工号子

1=D 2/4

朱柏林 唱
侯碧云 钟桂萍 记

1. 高　腔

澧水的个河啊长哎　嗨哎嗨哟　啊哦呵哦　呵
步步的个走啊进哎　嗨哎嗨哟　啊哦呵哦　呵

小妹子儿嗬嗨　多滩哪　险呐呃　哎　嗨哎嗨哟。
小妹子儿嗬嗨　阎王哪　殿呐呃　哎　嗨哎嗨哟。

澧水河长多滩险，步步走进阎王殿。

阴溪滩棒棒滩，只要航线莫走偏。

上口下口是两关，南进北出保平安。

大沙走正不要紧，小沙靠堤要落弯。

这些险滩过得去，还算水上英雄汉。

船靠码头津市河，酒馆里进茶馆里坐。

有钱的伙计喝二两，无钱的哥哥你莫上坡。

船工一身都是胆，闯过一滩又一滩。

新滩咬乱不算凶，还有花岩与木笼；

花岩木笼还不算，还有牛鼻三一乱。

涛声不断歌不断，回旋荡漾峡不间。

两岸风光无心看，轻船已过慈利县。

2.数　板(三幺台)

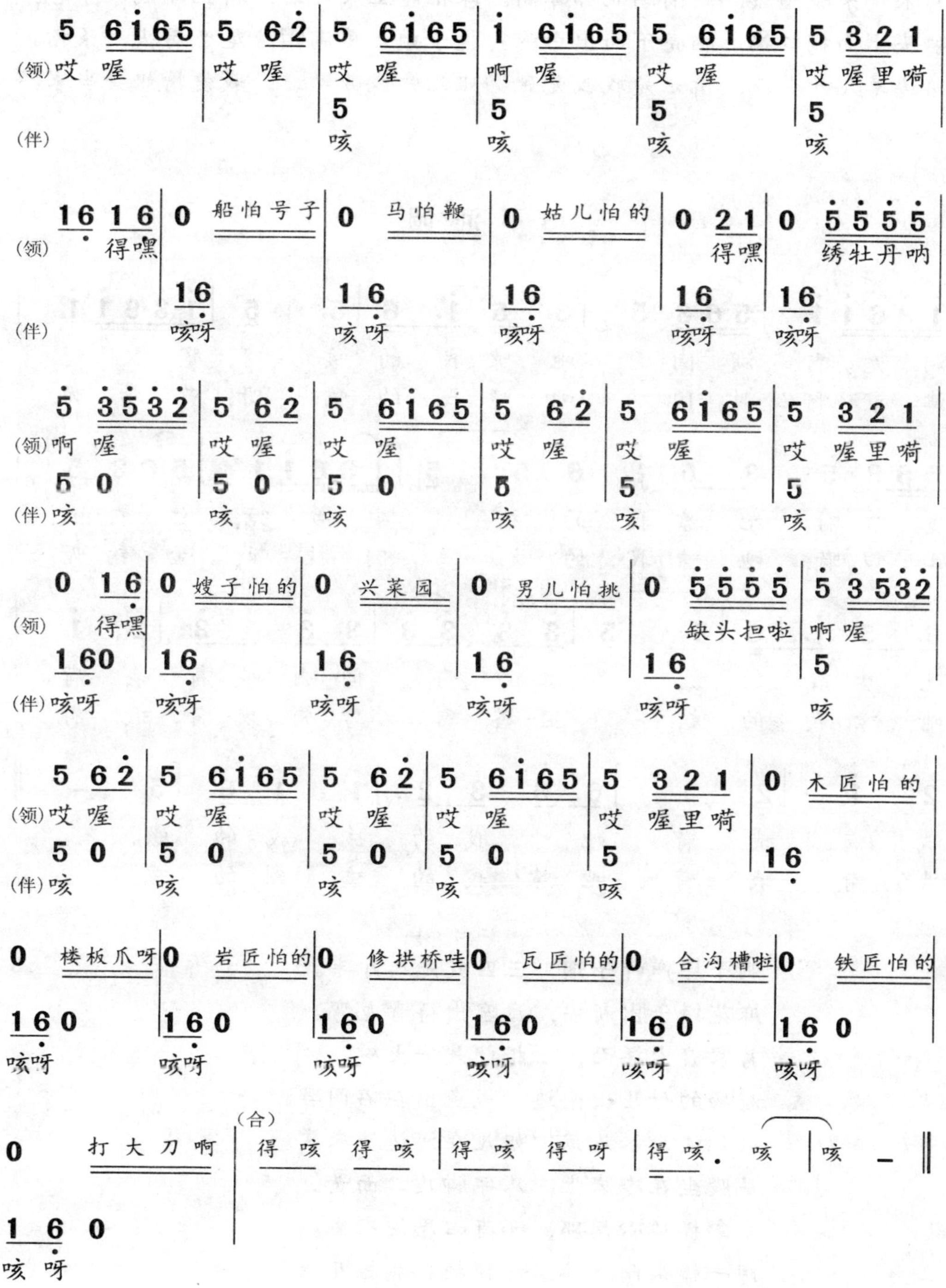
(领)
(伴)
哎 喔 哎 喔 哎 喔 啊 喔 哎 喔 哎 喔里嗬
咳 咳 咳 咳
得嘿 船怕号子 马怕鞭 姑儿怕的 得嘿 绣牡丹呐
咳呀 咳呀 咳呀 咳呀 咳呀
啊 喔 哎 喔 哎 喔 哎 喔 哎 喔 哎 喔里嗬
咳 咳 咳 咳 咳 咳
得嘿 嫂子怕的 兴菜园 男儿怕挑 缺头担啦 啊喔
咳呀 咳呀 咳呀 咳呀 咳呀 咳
哎 喔 哎 喔 哎 喔 哎 喔 哎 喔里嗬 木匠怕的
咳 咳 咳 咳 咳
楼板爪呀 岩匠怕的 修拱桥哇 瓦匠怕的 合沟槽啦 铁匠怕的
咳呀 咳呀 咳呀 咳呀 咳呀 咳呀
(合)
打大刀啊 得咳 得咳 得咳 得呀 得咳. 咳 咳
咳 呀

篾匠怕的竹子漂，裁缝怕的褙皮袄。弹匠怕的弹沾毛，织匠怕的纱不牢。
杉木橹来铁箍腰，湖南湖北都耸高。踩柜舱上架外跳，橹把耸成人字告。
船头上面搁口锚，脑壳下面出白泡。桅子巅上戴满帽，尾巴后头一条槽。
路边草儿开黄花，情姐爱我我爱她。姐儿爱我劳动好，我爱情姐会当家。

3. 下 河 调

洞庭啊湖南啊，呃嗦我的咳呀，宽又呃宽啰嗬，呃嗦我的咳，安乡呃，住在哟，呃嗦我的咳，水中啊间呐哦嗬哦嗬哦嗬哦嗬呃嗦我的咳我的咳。

津市啊对门呐，呃嗦我的咳呀，黄牯呃山啰嗬，呃嗦我的咳，倒挂呃，金钩呃，呃嗦我的咳，宝塔啊弯呐哦嗬哦嗬哦嗬哦嗬呃嗦我的咳我的咳。

洞子坪产叶子烟，三匹就是二斤半。
麻花饼子出新安，瓦窑出得青龙弯。
易家渡出洋面，三根就是一大碗。
赶场的姑儿出南边，咸鱼出在石门县。
风儿吹来水儿荡，姐儿在河边洗衣裳。
屁股坐在冷岩上，八字脚儿二面黄。
手拿棒槌心想郎，哪有心思洗衣裳。
阴一棒来阳一棒，棒棒捶在指根儿上。

溇水桨号子

1=♭B 2/4
中速、自由地

罗德美 唱
蔡 晞 记

(领)哎 (齐)呵 (领)哎 (齐)呵 (领)哎 (齐)呵 (领)哎罗嗬 咳(齐)呀

(领)得 (齐)咳 呀 (领)伙计们哪 (齐)咳 呀 (领)听我言哪 (齐)咳 呀
　　　　　　　　　 伙计们哪 　咳 呀 　加把劲哪 　咳 呀

(领)大家齐心 (齐)咳 呀 (领)力一点哪 (齐)呵 (领)呵 嗬 (齐)咳
　冲过急流 　咳 呀 　好标滩哪 　呵 　呵 嗬 咳

(领)呵 罗嗬 (齐)咳 　　(领)哎 (齐)呵 (领)哎 (齐)呵
　呵 罗嗬 咳

(领)呵 　呵(齐)呵 (领)呵罗嗬 (齐)咳 呀 (领)得。

第四篇 生命之歌——劳动号子

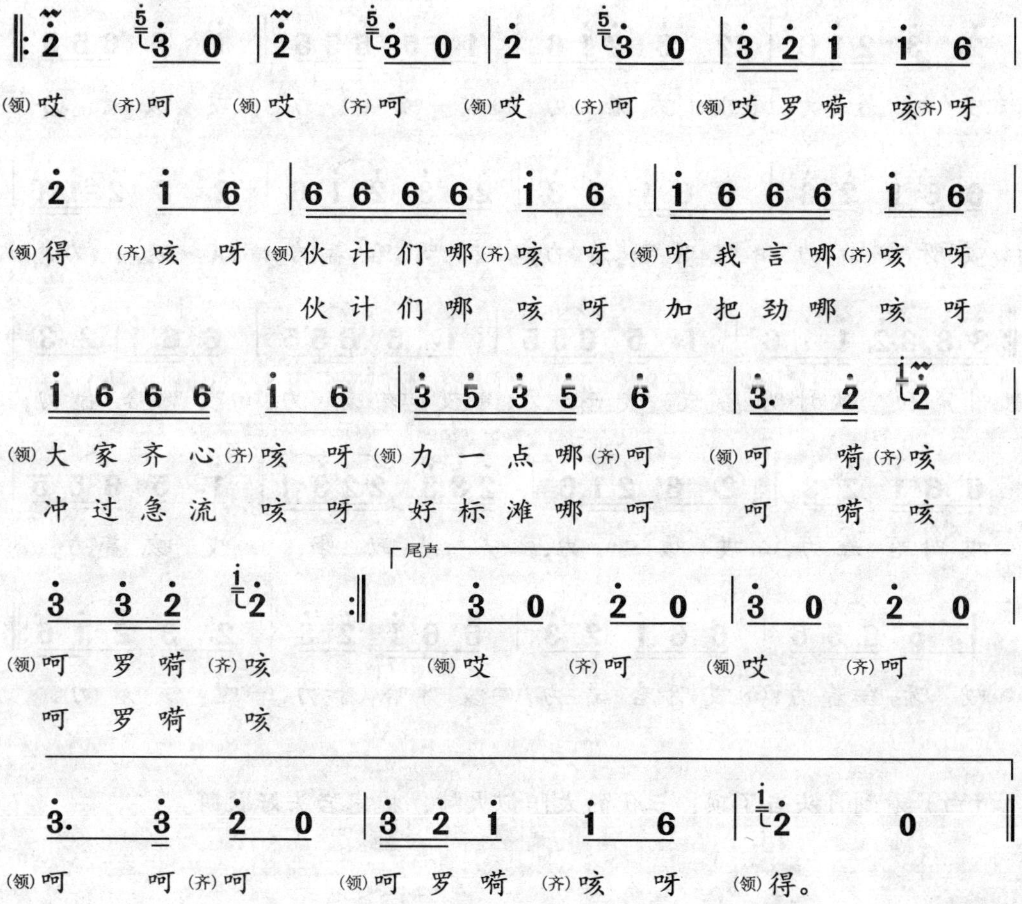

撬岩号子

1=G 2/4
稍慢

宋才果 唱
陈金钟 记

(领)哎 咳 着 力 (合)哎 咳 着 力 (领)哎 咳 着 力 (合)哎 咳 着 力

(领)哎 呀 哈 着 力，(合)哎 呀 哈 着 力，(领)哎 呀 哈 着 力，(合)哎 咳 着 力。

(领)叫 声 勒 伙 计 呀 (合)哎 咳 着 力，(领)哎 咳 着 力，(合)哎 呀 哈 着 力，

(领)哎 呀 哈 着 力，(合)哎 咳 着 力，(领)齐 攒 劲 啦，(合)哎 咳 着 力，

(领)哎 呀 哈 着 力，(合)哎 呀 哈 着 力，(领)哎 呀 哈 着 力，(合)哎 咳 着 力。

（白）看到日头当了顶，三伏的太阳似火烤，撬完岩头好歇荫。

挑 担 号 子

1=D 2/4 3/4
中速

杨朝定 唱
白诚仁 记

| 1 5 | 1 1 1 | 1 5 5 | 6̃. | 5 3 | 5 — | 6̃. | 5 3 | 5 — |

挑 盐 哥（那么）挑 盐 啊 哥 （嗬 嗬 也　　哟　嗬 嗬 也
上 磨 肩 膀 么 下 磨 呵 脚 （嗬 嗬 也　　哟　嗬 嗬 也
家 中 又 有 么 儿 和 呵 女 （嗬 嗬 也　　哟　嗬 嗬 也
架 上 锅 子 么 要 米 呵 酌 （嗬 嗬 也　　哟　嗬 嗬 也

| 1 2 | 1 2 1 6 | 1 3 | 5. 1 | 6 1 6 | 5 — |

哟 依 哟 嗬 嗬 也 欧 　嗬 嗬 幺 依 嗬）。
哟 依 哟 嗬 嗬 也 欧 　嗬 嗬 幺 依 嗬）。
哟 依 哟 嗬 嗬 也 欧 　嗬 嗬 幺 依 嗬）。
哟 依 哟 嗬 嗬 也 欧 　嗬 嗬 幺 依 嗬）。

岩工号子

1=G 2/4
稍快

熊廷石 唱
蔡晞 记

1. 2 1 6 | 5 5 6 | 1 1 2 1 6 | 5 5 6 |
手 舞 锤 锤儿响 啊， 响呀么叮叮 当 啊，

1 6 1 6 1 | 2. 3 | 3 3 2 | 3 1 6 |
响 啊 响 叮 当， 炸岩呀 砌 一 道

5 — | 1 6 5 6 | 5 — | 2 1 6 1 6 |
坎， （衣 儿 呀 衣 哟， 妹 儿 呀 衣

2 1. | 1 6 1 6 | 5 — ‖
哟）， 修 口 好 山 塘。

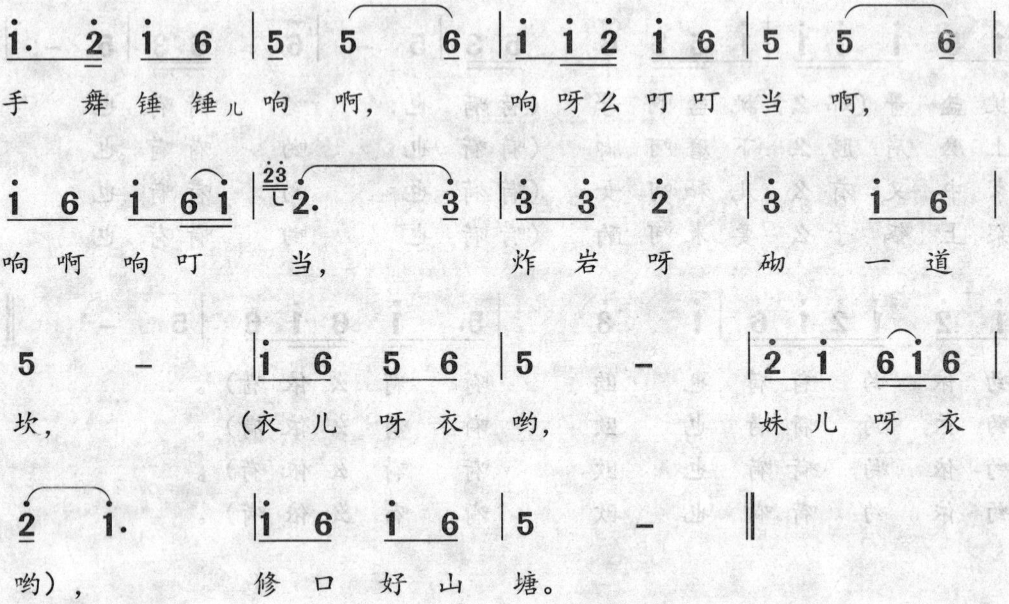

摇橹号子

1=F 2/4
中速

向延桃 唱
左泽松 记

| i 6 | 5 5 | 6 i 6 5 | 3 | i 6 | 5 | 3 5 3 | 5 |

远 看 （的 个） 大 呀 姐 （哎　　嗨 哎 嗨 哎，
好 比 （的 个） 月 呀 亮 （哎　　嗨 哎 嗨 哎，
月 亮 （的 个） 团 呀 圆 （哎　　嗨 哎 嗨 哎，
妹 妹 （的 个） 团 呀 圆 （哎　　嗨 哎 嗨 哎，

| i 6 | 5 | 3 5 3 | 5 | 5 | 3 2 | 2 | 3 |

哎　　嗨 哎 嗨 哎 小 妹 子儿 嗬　嗨）
哎　　嗨 哎 嗨 哎 小 妹 子儿 嗬　嗨）
哎　　嗨 哎 嗨 哎 小 妹 子儿 嗬　嗨）
哎　　嗨 哎 嗨 哎 小 妹 子儿 嗬　嗨）

| 5 3 5 | 6 5 | 3 2 | 1 6 | 3 2 | 1 | 6 i 6 | 1 |

穿 身 啦 蓝 啦 （哎　　嗨 哎 嗨 哎，
未 团 啦 圆 啦 （哎　　嗨 哎 嗨 哎，
十 五 啦 六 啦 （哎　　嗨 哎 嗨 哎，
那 一 啦 天 啦 （哎　　嗨 哎 嗨 哎，

| 3 2 | 1 | 6 i 6 | 1 ‖

哎　　嗨 哎 嗨 哎）；
哎　　嗨 哎 嗨 哎）；
哎　　嗨 哎 嗨 哎）；
哎　　嗨 哎 嗨 哎）。

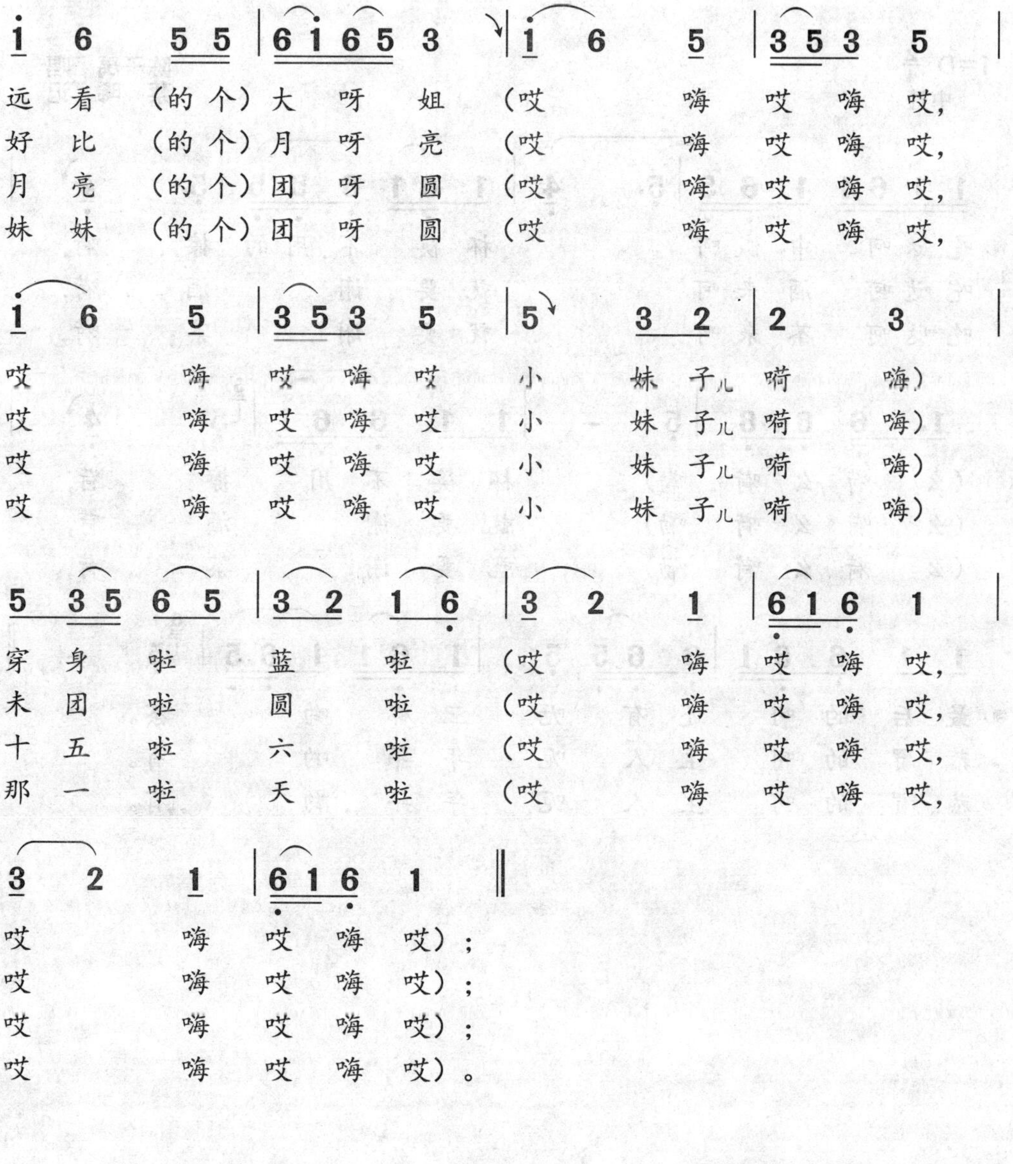

(二)薅草锣鼓

半 声

1=D 2/4
中速

陈子禹 唱
蔡晞 记

(领)吃哒呵 中饭呵 　 杯筷不用的擦 嗬,
　　吃哒呵 酒来呵 　 就要谢 酒 嗬,
　　吃哒呵 茶来呵 　 就要谢 茶 嗬,

(合)(幺嗬幺嗬嘞) 杯筷不用擦 嗬,
　　(幺嗬幺嗬嘞) 就要谢 酒 嗬,
　　(幺嗬幺嗬嘞) 就要谢 茶 嗬,

(领)最后的呵 还有呃 三杯哟 茶。
　　恭贺的呵 主人呃 年年哟 有。
　　恭贺的呵 主人呃 年年哟 有。

338　唱个山歌甩过来——桑植民歌精粹

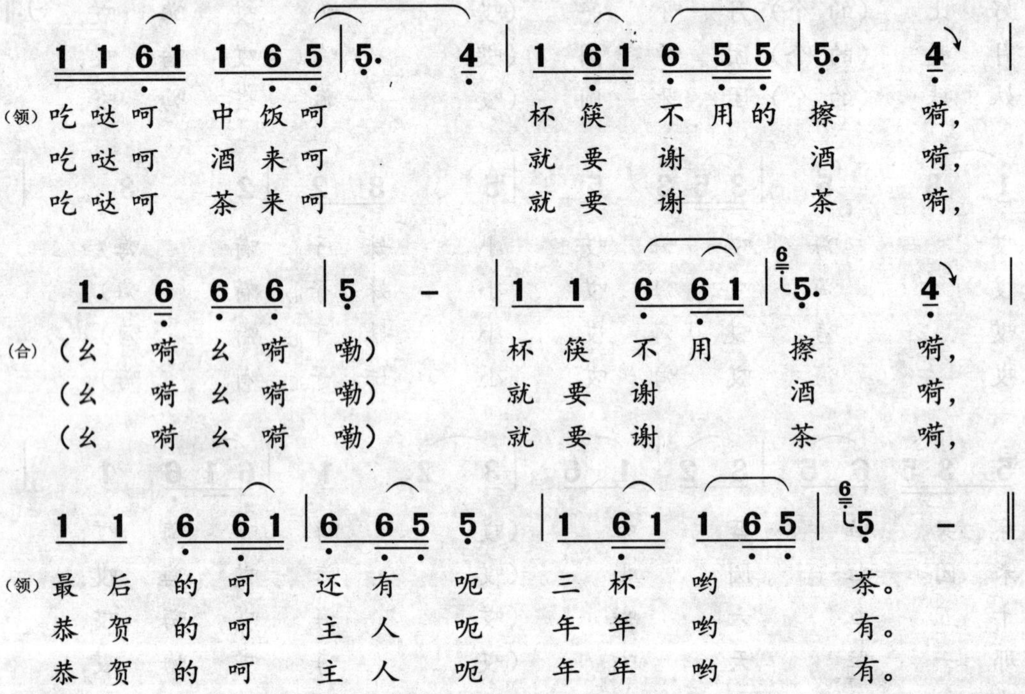

参 神 请 神

1=D 2/4 1/4

汪传理 唱
汪吉山 记

开 头 歌

（渐快）　　　（原速）
(冬卜冬 ‖：光冬 光冬：｜光冬冬 冬冬｜光冬冬 冬冬｜光 0)｜

6 6 6 6｜1. 6｜5 0｜1 6｜1 1｜1 6｜6 5.｜6 #5｜6 6｜#5.｜(冬卜冬):‖

东边 一朵（呕）　祥云起,西边 二朵（外）　紫云 开（也）。
祥云 起来（呕）　紫云开,雾气沉沉（外）　下凡 来（也）。
一下 凡来（呕）　参一声,参天参地（外）　参龙 神（也）。
参得 天来（呕）　天下雨,参得地来（外）　地太 平（也）。
上参 玉泉（呕）　张大帝,下参地府（外）　十阎 君（也）。
县里 参来（呕）　参府里,县里府里（外）　参衙 门（也）。
各府 各县（呕）　参不尽,转身参拜（外）　乡亲 们（也）。

中 板

3 3 2｜3 3｜3 3｜3 2 0｜3 3｜3 3｜3 2｜#1｜3 2｜1 2｜6. 5｜5｜

一请　东方（啊）神，　东方（又）木德（呀）星(嘞　　呀),
二请　南方（啊）神，　南方（又）火丙（呀）丁(嘞　　呀),
三请　西方（啊）神，　西方（又）庚辛（呀）金(嘞　　呀),
四请　北方（啊）神，　北方（又）水德（呀）星(嘞　　呀),
五请　中央（啊）神，　中央（又）土德（呀）星(嘞　　呀),

(光冬 光光｜光冬 光冬｜光冬 冬冬｜光冬 光光｜光光 光冬｜光冬 冬光｜冬卜冬卜 光)｜

3 3｜3 2｜#1｜3 2｜2｜1 6. 5｜5｜(锣鼓)‖

木到　（哇）山　中　长成（哪）　林。
火到　（哇）炉　中　起祥（哪）　云。
金银　（哇）财　宝　谢东（哪）　君。
水归　（哇）东　海　龙藏（哪）　身。
土生　（哇）万　物　养凡（哪）　人。

短 声

1=G 2/4 3/4
中速

杨朝定 唱
白诚仁 记

5 35 | 1 25 | 3 2 1 2 3 — | 3 2 3 2 1 2 3 |
丢下呃长声打短声， 尽唱长声

2 3 1 2 3 — | 5 5 5 1 1 | 5 6 1 5 6 5 |
不好听； 长声嘛头头儿难得 喊，

5 5 5 3 5 | 6 1 3 5 5. | 5 — ‖
打个呃短声歇下 音呃。

反哒串

1=C 2/4 3/4
中速

陈子禹 唱
蔡晞 记

1 6 6 5 5 | 1 6 1 6 5 | 5 — | 1 6 1 6 5 |
(领)撒呀金 扇儿又反哒串来哟， (合)反哒 串来

5 — | 1 6 6 1 2 | 1 6 1 1 | 6 5 5 5 6 |
呵， (领)送给的（那个）幺姑儿玩来哟， 反哒

1 6 5 — | 1 6 6 1 2 | 1 6 1 1 | 6 5 5 5 6 |
串来呵， (合)送给的（那个）幺姑儿玩来哟， 反哒

1 6 5 — ‖
串来呵。

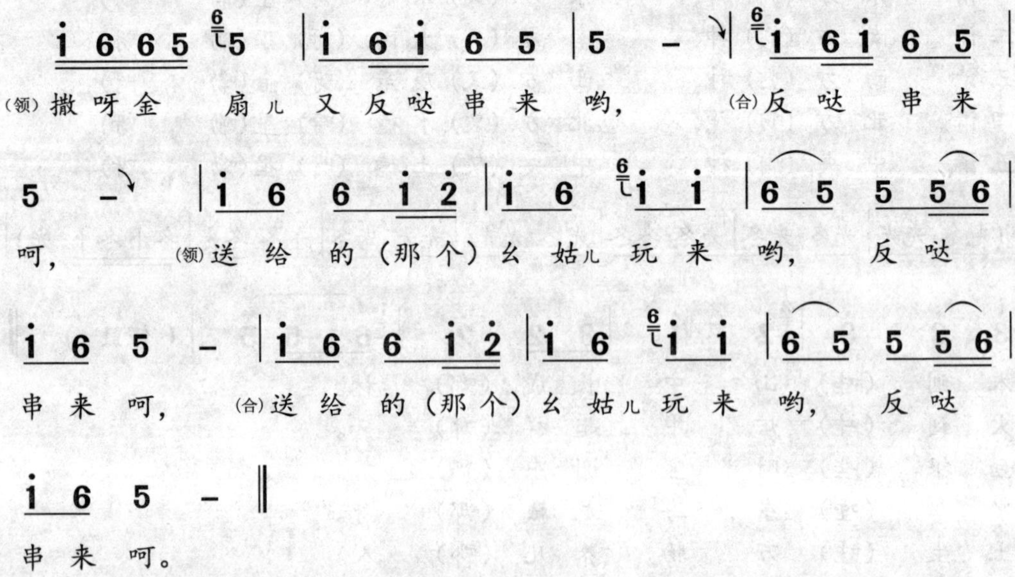

裹小脚

1=♭B 2/4 3/4　　　　　　　　　　　陈子禹 唱
中速　　　　　　　　　　　　　　　蔡晞 记

(领)又来了，幺姑娘裹小　脚　　啊，(合)幺姑娘裹小哇

脚　　啊，撕布把脚裹　　啊，(领)小哒姑儿的

花呀鞋，红丝带儿锁，(合)小哒姑儿的花呀鞋，

红丝带儿　锁。

黄罗花儿

1=G 2/4 3/4
中速

陈子禹 唱
蔡晞 记

(领)(吖啦又来了，黄罗花儿幺嗬叶，
(合)黄罗花儿幺嗬叶，山中一树的花呀儿，(领)呵嗬叶
(合)鲜花儿呵 嗬叶衣幺呵叶， (领)呵嗬叶鲜花呀
嗬叶衣幺呵叶，(领)幺 嗬嗬嗬叶， 哟 嗬嗬
叶， (合)幺 嗬嗬叶 哟 嗬嗬 叶。)

(领)马带一个的铜铃儿啰（哟呀嗬嗬叶，）
脚站一个的铜镫儿啰（哟呀嗬嗬叶，）
手拿一根的缰绳儿啰（哟呀嗬嗬叶，）
好看一个的后生儿啰（哟呀嗬嗬叶，）

(合)马带一个的铜铃儿啰（哟 嗬嗬 叶，）
脚站一个的铜镫儿啰（哟 嗬嗬 叶，）
手拿一根的缰绳儿啰（哟 嗬嗬 叶，）
好看一个的后生儿啰（哟 嗬嗬 叶，）

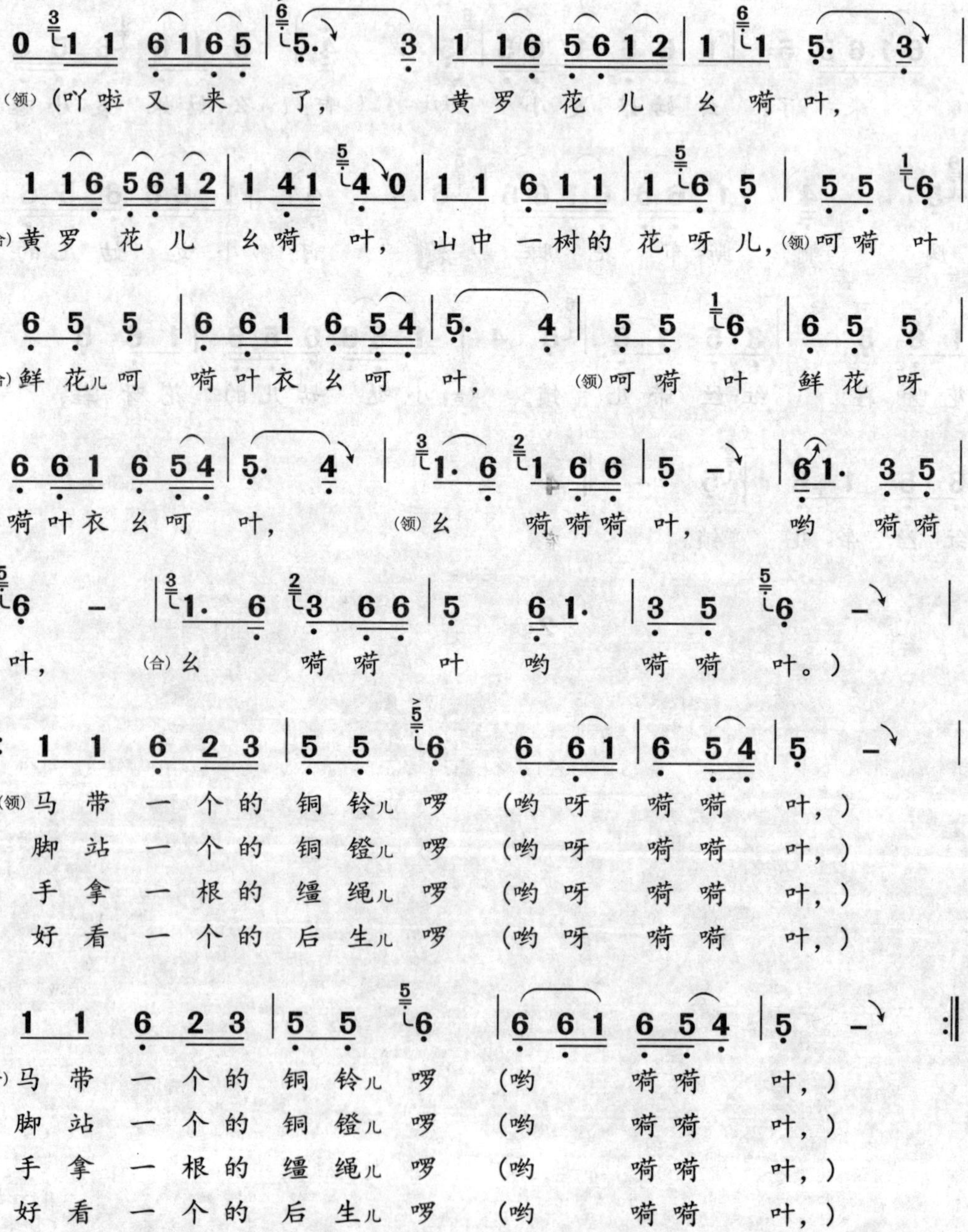

黄罗伞儿

1=F 2/4 3/4

陈子禹 唱
蔡晞 记

5 5 6. 1 | 6 5 4 2 | 6 6 6 5 4 | 2 — |
(领)黄罗 呵 伞 儿 幺 呵 幺 嗬 也

5 5 6. 1 | 6 5 4 2 | 6 6 6 5 4 | 2 — |
(合)黄罗 呵 伞 儿 幺 呵 幺 嗬 也

1 1 6 | 6 6 5. 4 | 6 6 6 5 4 | 2 — |
(领)好生 呵 打来 呵 嗬 (合)幺 呵 幺 嗬 也

1 6 5 6 | 5 5 6 4 | 6 6 6 5 4 | 2 — |
(领)好生 呵 打 来 呵 嗬 幺 呵 幺 嗬 也

2. 4 2 4 | 6. 5 4 | 5 5 6. 1 | 6 5 4 2 |
(合)哟 嗬嗬 幺 嗬 也 黄罗 呵 伞 儿

6 6 6 5 4 | 2 — | 5 5 6. 1 | 6 5 4 2 |
 幺 呵 幺 嗬 也 (领)黄罗 呵 伞 儿

6 6 6 5 4 | 2 — | 5 5 6. 1 | 6 5 4 2 |
 幺 呵 幺 嗬 也 (合)黄罗 呵 伞 儿

6 6 6 5 4 | 2 — ‖
 幺 呵 幺 嗬 也。

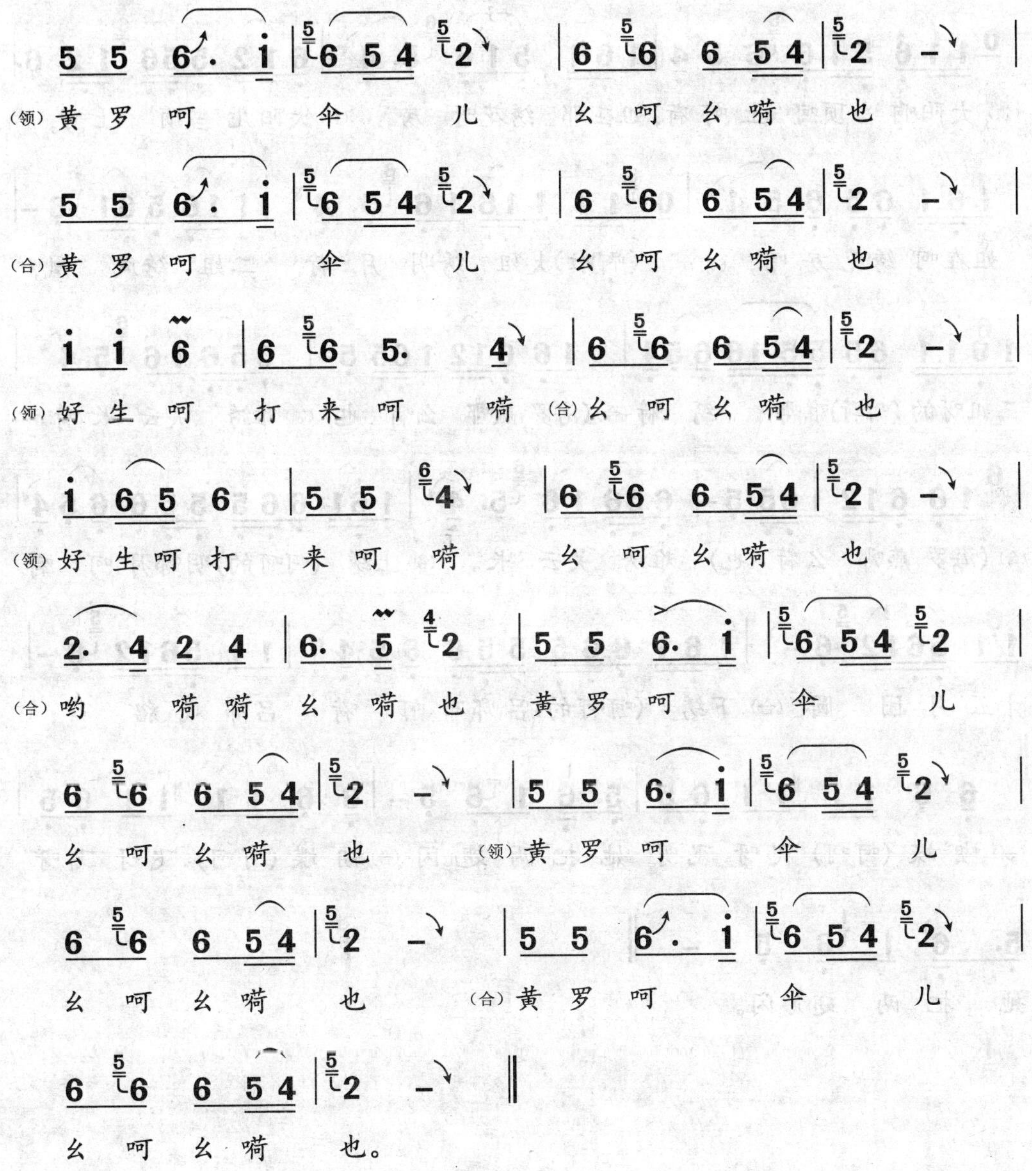

姐绣花

1=D 4/4 5/4

陈子禹 唱
蔡晞 记

1 1 6 5 1 6 6 5 4 | 1 6 1 5 1 6 5. 4 | 6 1 2 5 5 6 1 2 6.|
(领)太阳啊当顶呵 上呵嗬,姐在那 绣花呀 房,(合)太阳儿当顶 上呵,

1 6 1 6 5 6 5 4 | 0 1 1 1 1 6 1 6 5. 4 | 1 1 6 5 6 1 6 - |
姐在呵 绣花 房呵,(领) (呵啦)大姐 绣明 月嗬,二姐 绣凤 凰,

1 6 1 1 6 5 5 5 1 6 6 5 4 | 1 6 6 1 2 1 6 5 5 - | 6 5 6 1 6 5. 4 |
三姐呀的 (呵嗬)难哪 绣嗬(合)(海罗 燕哪 么嗬 也)(领)难绣 关云 长嗬。

1 6 6 1 2 1 6 5 5 - | 6 5 6 1 6 5. 4 | 1 6 1 6 6 5 5 5 6 6 5 4 |
(合)(海罗 燕哪 么嗬 也) 难绣 关云 长。(领)上绣 (呵呵的)明哪月呵 嗬

1 1 5 6 1 2 6 - | 1 6 1 6 6 5 5 5 6 6 5 4 | 1 1 5 6 1 2 6 - |
十五月团 圆,(合)下绣 (呵呵的)吕哪布呵 嗬 吕布戏貂 婵;

6 6 1 1 #1 1 6 5 | 5. 6 1 6 5 - | 6 6 1 1 #1 1 6 5 |
(领)蝴 蝶(呵呵)飞呀 飞呀 她把两 翅儿闪(合)蝴 蝶(呵呵)飞呀 飞呀

5. 6 1 6 5 - ‖
她 把两 翅儿闪。

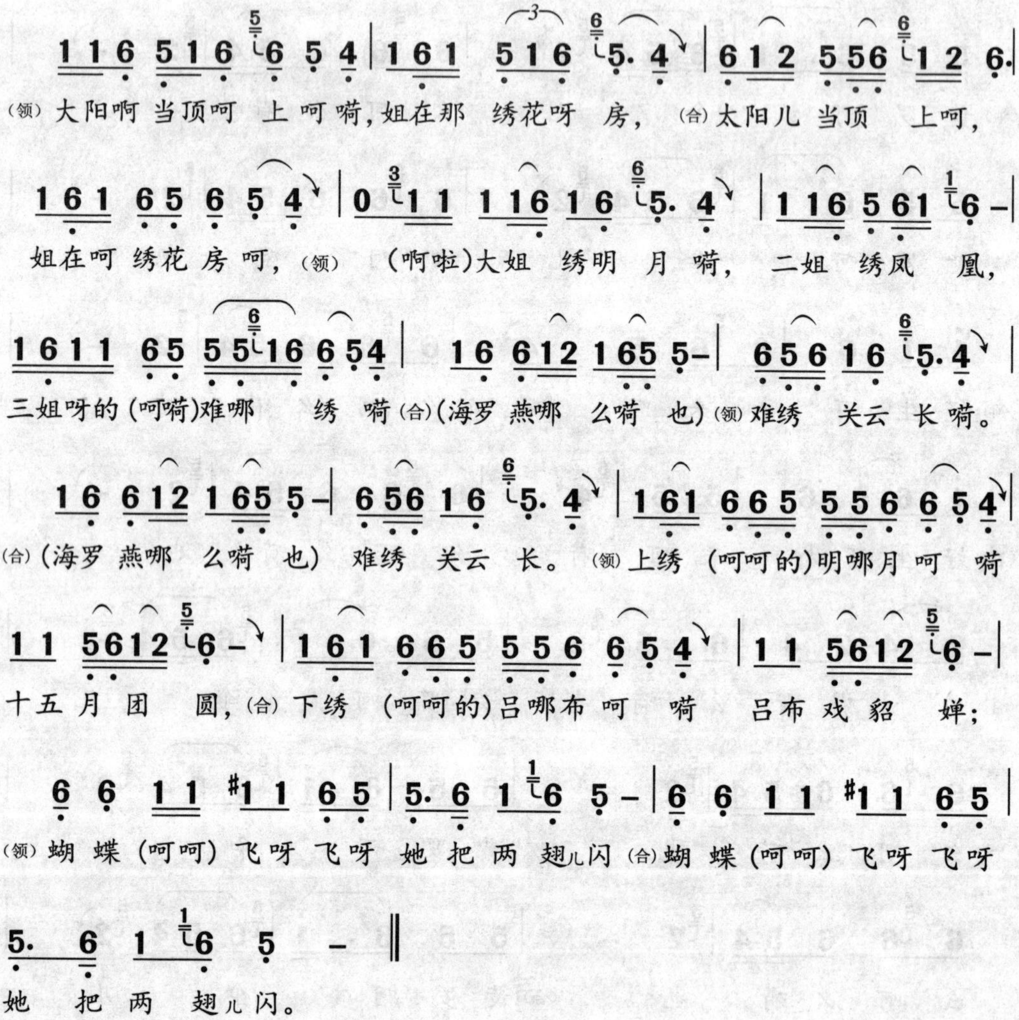

路边黄花开

1=G 2/4
稍快

陈子禹 唱
蔡晞 记

[起板锣鼓]（呆 呆 | 光 — | 呆 呆 | 光 — | 呆 呆 呆 |

‖: 光 七卜 光 七卜 :‖ 光 车 七 车 | 光 车 光 | 七 车 七 车 | 光 七 光 |

七 车 光 | 呆 呆 车 | 光 —） | 5 5 6 5 6 | 1 2 0 3 |
（领）路边那 黄花 开哟，（齐）那

5 2 1 6 2 6 | 2 1. |（呆呆 光光 | 呆车光 呆车光 | 七光七车 光）|
路边 那黄花 开哟。

1. 6 6 1 3 3 2 1 | 6 1 6 5 | 1. 6 6 1 3 3 2 1 |
（领）哎， 情妹妹搭信要打锁，（齐）哎 情妹妹打锁

6 1. 6 0 6 6 | 1 6 6 5 6 6 | 1 6 6 1 | 6 0 6 1 6 1 |
做什 么？（领）要锁东门哪 南门哪 西门哪 北 门， 要锁奴家

3 1 6 | 6 1 6 1 | 5 1 | 1 2 3 1 0 | 3. 6 5 6 |
闺 门哪 不许（那个）乱 人 行哪。 （齐）（依 啦呀 嗬

1 6 1 3 5 3 | 1 1 6 1 | 5 6 | 6 1 2 3 1 ‖
依 嗬 依嗬依）不许（那个）乱 人 行 哪。

注：澧水薅草锣鼓又叫土家族合音锣鼓，无鼓，以小锣为指挥。

第四篇 生命之歌——劳动号子

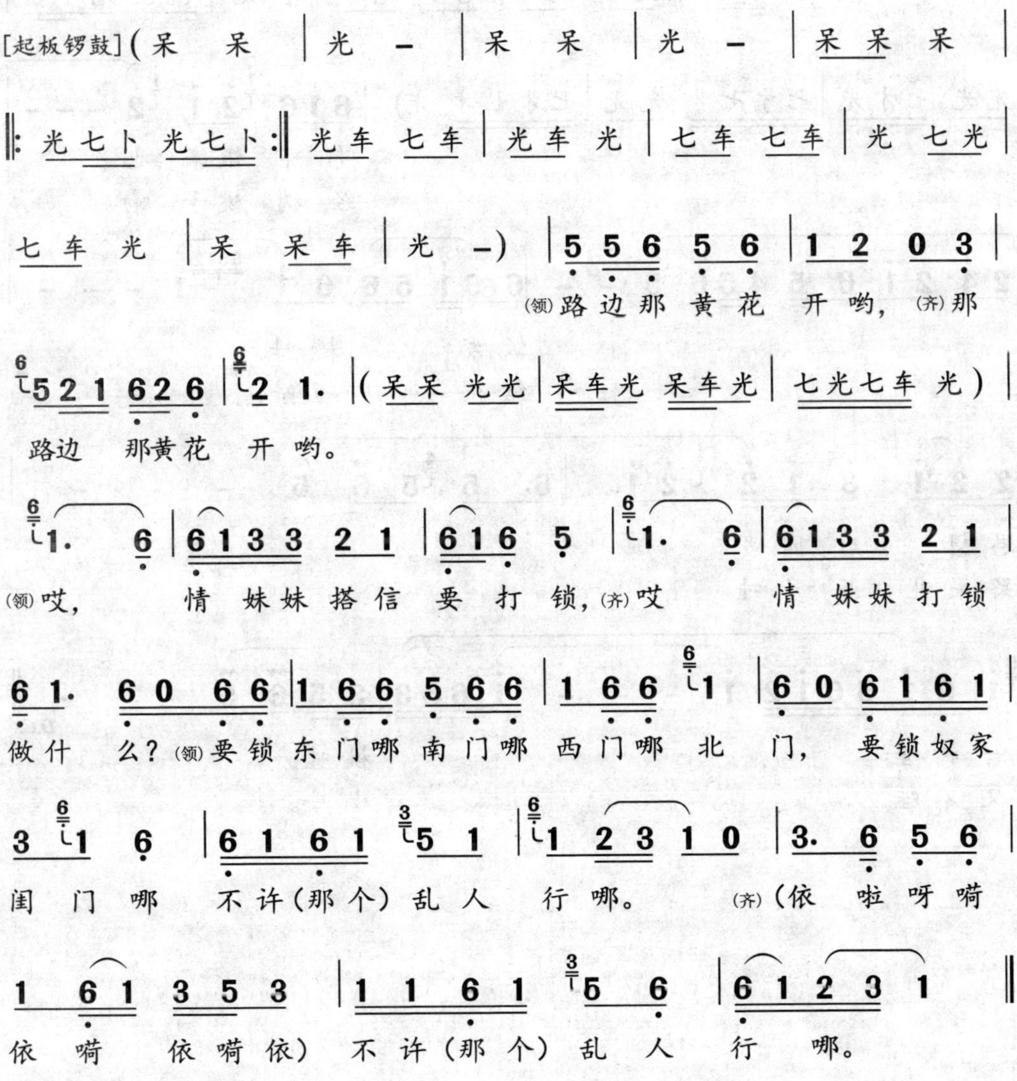

起 板

1=♭B
自由地

金绪武 唱
陈金钟 记

(闹仪鼓)(冬冬 冬冬‖:光才 光才|光才 光才:‖卜光|冬冬 光才|光光 七才光|七才七才 光光|七才七才 光)| 6 i 6 i̲ 2̲ i̲ | i̲ 2̲ - - - |

(领)吃了饭来也
经树桃子嘞

| 2̇ 4 2̲ i̲ 6. 5 4̲ 5̲ 6̃ 5 - - | 6 6̲ i̲ 5 6̲ i̲ | i̲ 5̲6̲1̲2̲ - - - |

饭发　　糙哇，
结得　　巧哇，

| 2̲ 2̲ i̲ 3 i̲ 2̲ i̲ 2̲ i. | 6. 5 5̲ 6̃ 5 - - |

思想　后园罗
果果儿 不多哇

| 6̲ i̲ 6 i̲ 5 6̲ i̲ 2̲ i - - - | i̲ 6̲ 5 3 3 5̲ 6̃ 5 - - ‖

一树哇　　　　(合)桃哇；
又不哇　　　　　少哇。

D.C.

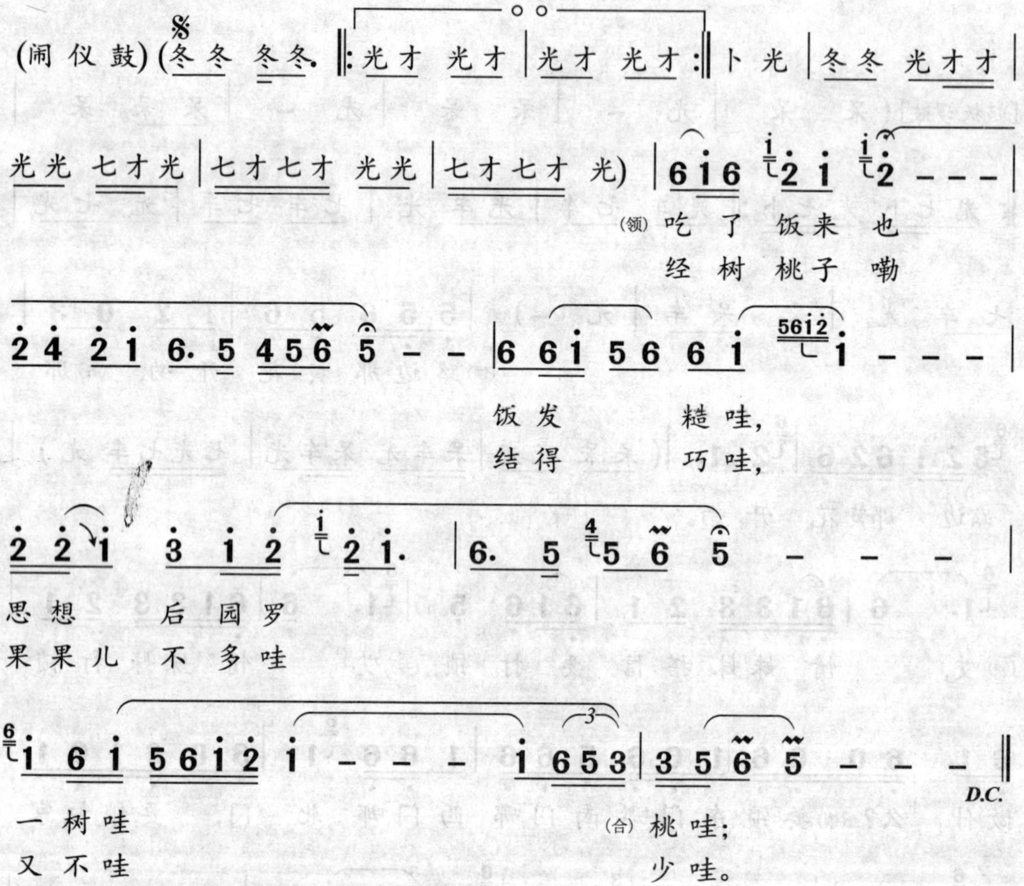

千万不能扯拗拔

1=G 2/4
中速

陈子禹 唱
蔡晞 记

（领）锣儿吖 靠上吖 鼓哇 嚼，（齐）鼓儿呵靠上吖 锣哇 嚼，

（领）锣儿呵 靠上呵 鼓 哇 嚼，（齐）鼓儿 靠上 锣哇。

（呆 呆车 光 —） （领）锣鼓 呵呵的 点啦 子 要一（呵呵的）

合 呵，（齐）嚼 千万啦（呵的） 不哇 能 扯拗（哇呵的）

钹哇。 [接中板锣鼓]（呆呆呆 光卜七卜 光 呆呆呆 光卜七卜 光

七光 七车 光七卜 光 七光 七车 光七卜 光 七光 七车 光 —）

第四篇 生命之歌——劳动号子 347

巧木匠

1=G 2/4 3/4　　　　　　　　　　　　　　　　陈子禹 唱
中速　　　　　　　　　　　　　　　　　　　蔡晞 记

3 5 3　3 5 3｜5 3 2 1｜3 2 3 3｜2 6 1｜
(领)南 京 来一个 巧 木 匠， 请到的我家 打牙床，

3 5 3　3 5 3｜5 3 2 1｜3 2 3 3｜2 6 1｜
(合)南 京 来一个 巧 木 匠， 请到的我家 打牙床，

3 5 3　3 5 3｜5 3 2 1｜3 2 3 3｜2 6 1｜
(领)前 面 打起 车儿 滚，(合)后 面 打起 滚儿 车，

3 1 2｜2 6 1｜3 5 3 1 2｜3 5 3 3 5 3｜
(领)车儿 滚，(合)滚儿 车， 转弯 抹角（号儿呵 号儿呵）

2 1 3 2｜1 3 1 -‖
转弯 抹角 好气 魄。

桑木叶子

1=E 2/4 3/4　　　　　　　　　　　　　　　　陈子禹 唱
　　　　　　　　　　　　　　　　　　　　　蔡晞 记

1 1 6　1 2 1 6｜1 5 5｜1 1 6　5 6 1 2｜1 6 5 5 -｜
好生儿的 打 来 好生儿接 桑木 叶子儿幺 嗬叶

1 1 6　5 5 6｜1 -｜1 1 6　5 6｜1 6 5 5 -｜
桑木 叶子儿 哟 柳木 叶子儿 梭

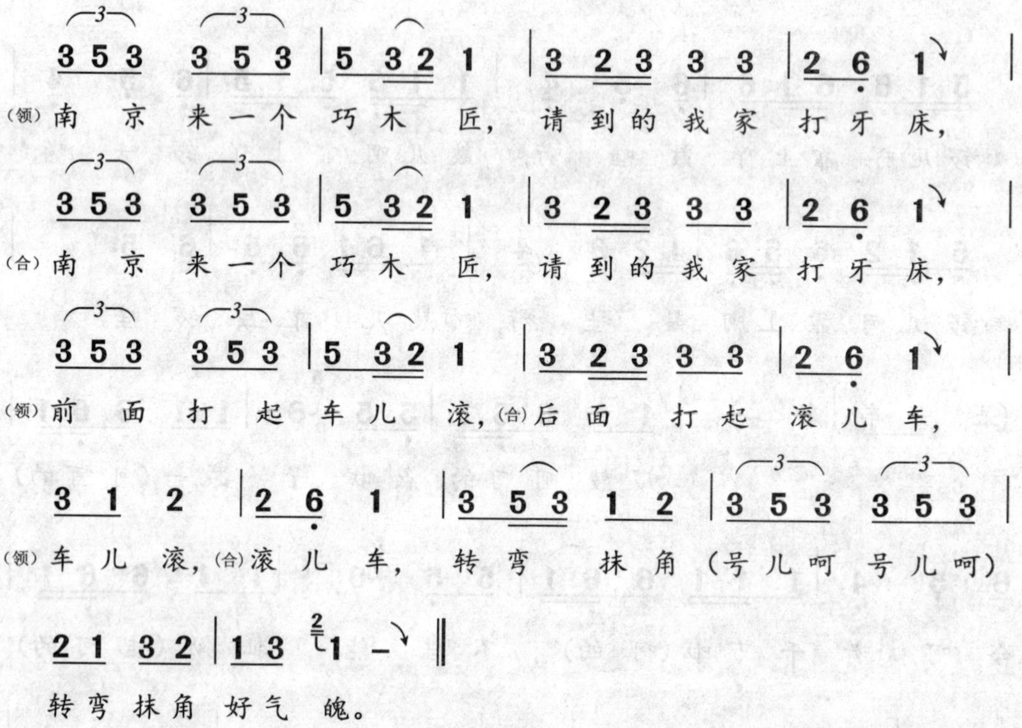

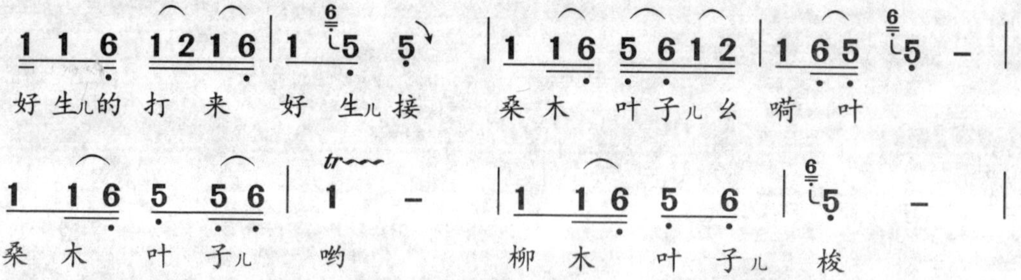

数 板

1=♭B 2/4 3/4

金志武 唱
陈金钟 记

（领）共结 三双呃　　六个 桃,短竹 篙来 戳不到,
长竹篙来戳不掉,脱掉绣鞋抱树摇,摇一摇摇二摇摇三摇
摇掉三双六个桃,手扯罗裙揹毛桃,口喊哥哥儿吃毛桃,
姐呀,毛桃吃了哪些好嘛?哎呀 我的情哥哥哇,
（齐）-除的相啊 思啊 （卜 光光 光才才 光光 七才光
七才七才 光光 七才七才 光)
（合）二啊 二除 瘆哇。

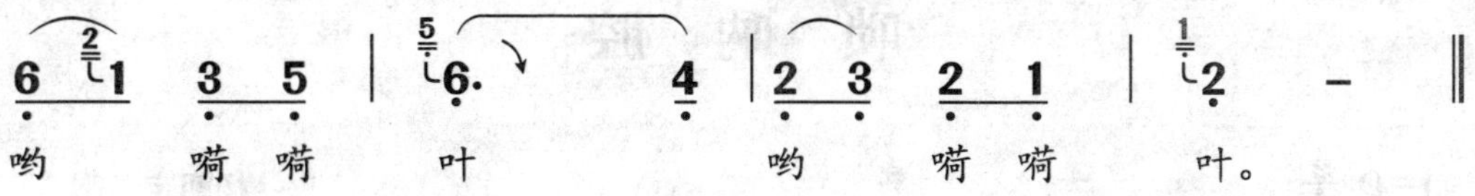

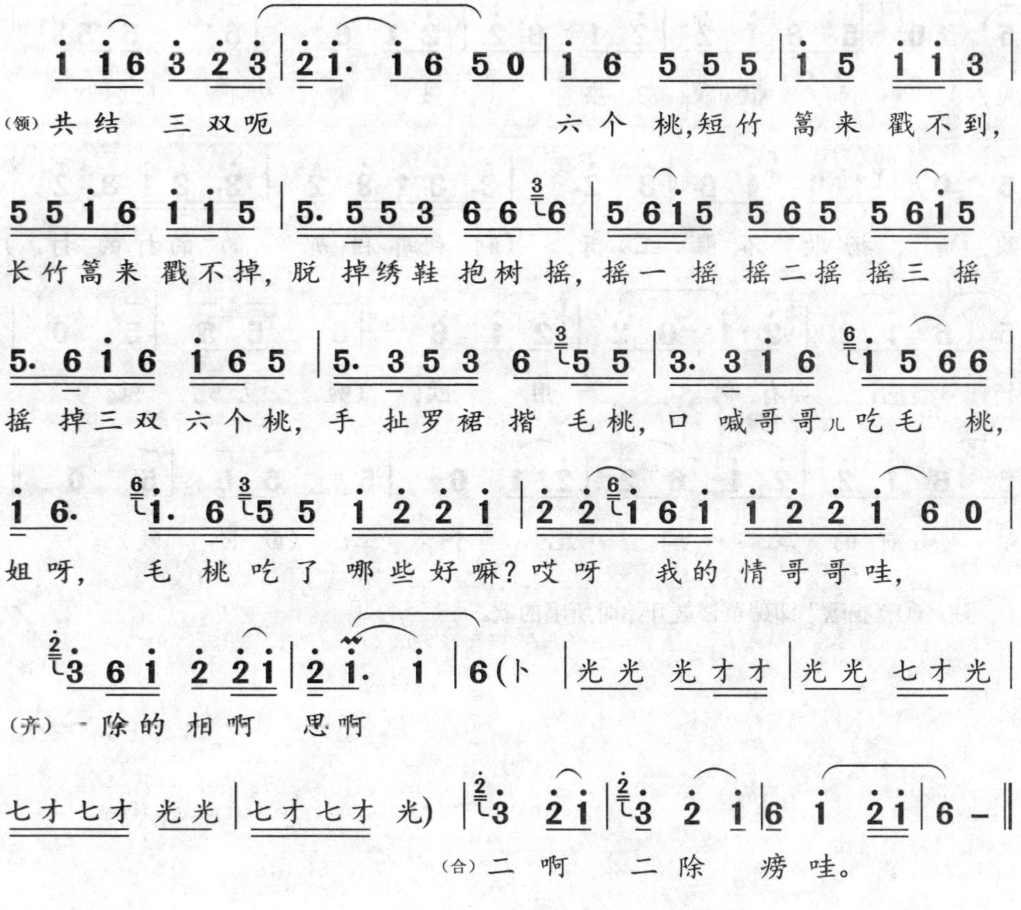

唢呐腔

1=D 2/4
高亢

杨朝定 唱
白诚仁 记

| 1 6 1 3 | 2 2. | 3. 3 1 3 2 | 3. 3 1 3 2 |

吃了二杯茶呀，（利利那利那，嘀嘀打嘀打，）

| 5. 6 1 2 | 2 1 6 2 | 2 1 6 | 5 5 5 |

扬 歌①歌儿不扬 他哟，（呃 呃 呃

| 5 0 | 5. 6 1 2 | 2 1 6 2 | 2 1 6 | 5 5 5 |

呃，）扬 歌歌儿压在 鼓 脚 下（欧欧

| 5 0 | 1 6 1 6 | 3 2. | 3. 3 1 3 2 | 3. 3 1 3 2 |

欧，）扬歌不催工呀，（利利那利那，的的打的打，）

| 5. 6 1 2 | 2 1 6 2 | 2 1 6 | 5 5 5 | 5 0 |

扬 它 有何 用 欧，（呃 呃 呃 呃，）

| 5. 6 1 2 | 2 1 6 2 | 2 1 6 | 5 5 5 | 5 0 ‖

眼 前的耽 搁 几个 工。（欧欧欧）。

注：①"扬歌"即薅草锣鼓开始时所唱的歌。

太阳出来照四方

1=♭B 2/4

白 石 唱
汪吉山 记

白：太阳出来照四方，薅草儿郎上山高，老板请起四歌郎，又管工来管质量。

（锣鼓）光卜卜 光光｜几卜光 几卜几卜｜光几卜 光光｜几卜光 几卜几卜｜光才 七才｜

光光 几卜几卜｜光才 七才｜光几卜 光光｜几卜光 几卜几卜｜光光 几卜几卜｜光 0 ‖

3 3 2｜2 2 6｜3 2.｜3 3 2｜2 1 6｜3 2.｜6 -｜（锣鼓）
薅草嘛 来打哒 鼓喂， 土家哒 的风啊俗 呃。

1 1 2｜1 3｜3/2 -｜1 1 3 2｜1 3 2｜3/2 -｜6 -｜（锣鼓）
四人嘛 四弟 兄， 锣鼓打得 响呃 咚 呃。

1 6 6｜1 1 6｜3/2 -｜1 1 5 5｜1 2 5｜3/2 -｜6 -｜（锣鼓）
大家嘛 叫我啊 讲， 早薅完达 早收啊 场 呃。

1 1 6｜1 1 6｜1 6.｜1 6 1 1｜5 5 6｜3 2.｜6 -｜（锣鼓）
主东嘛 听了嘛 渺， 眼看今年 年成啦 好喂。

3 3 2 3｜1 1 6｜3 2.｜6 -｜
恭喜的个 主东嘛 乐逍 遥。

收 工 板

1=♭B 2/4 稍慢

5 5 6｜1 5｜6 1 5 5 6｜1 1 6 5｜6 5.｜5. 6 2 2｜1 1｜
太阳嘛 一落 西呀 鼓儿 隆咚 飘啊 飘儿 隆咚

2 -｜2 0 1 2｜2 1｜6 -｜7/1 -｜7/1 -｜1 3｜1 1 6｜3 1.｜6 -｜
梭， 我的伙计呀， 欧 欧 俺个儿要回呀 去 欧。

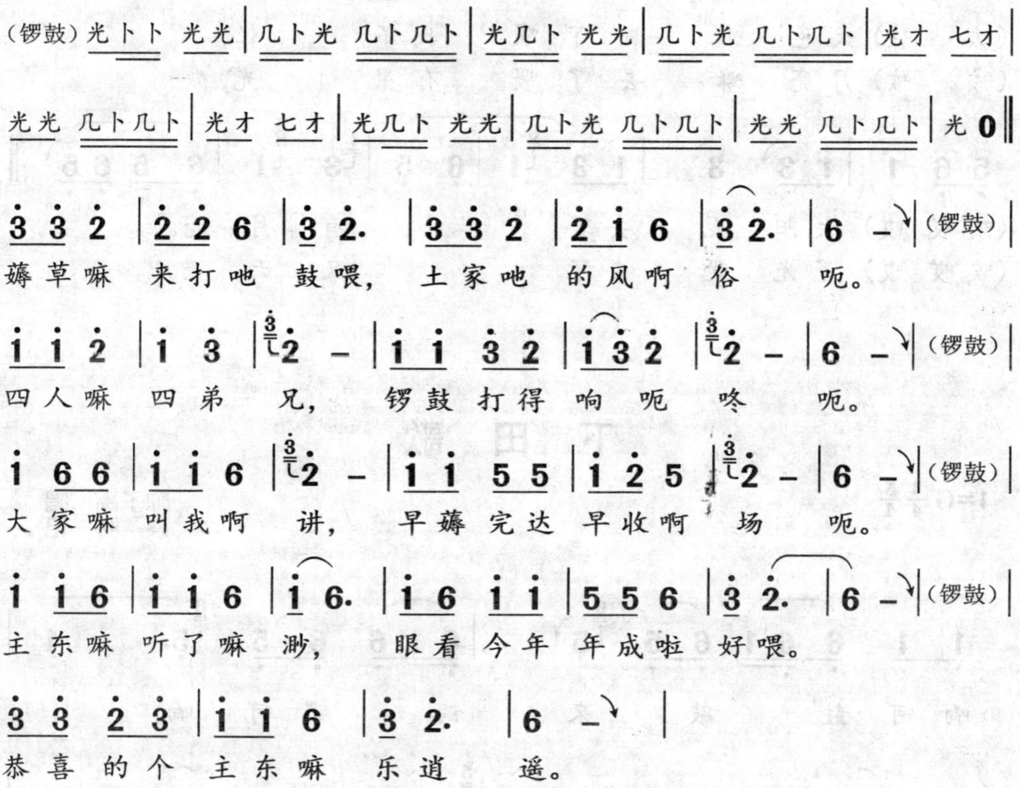

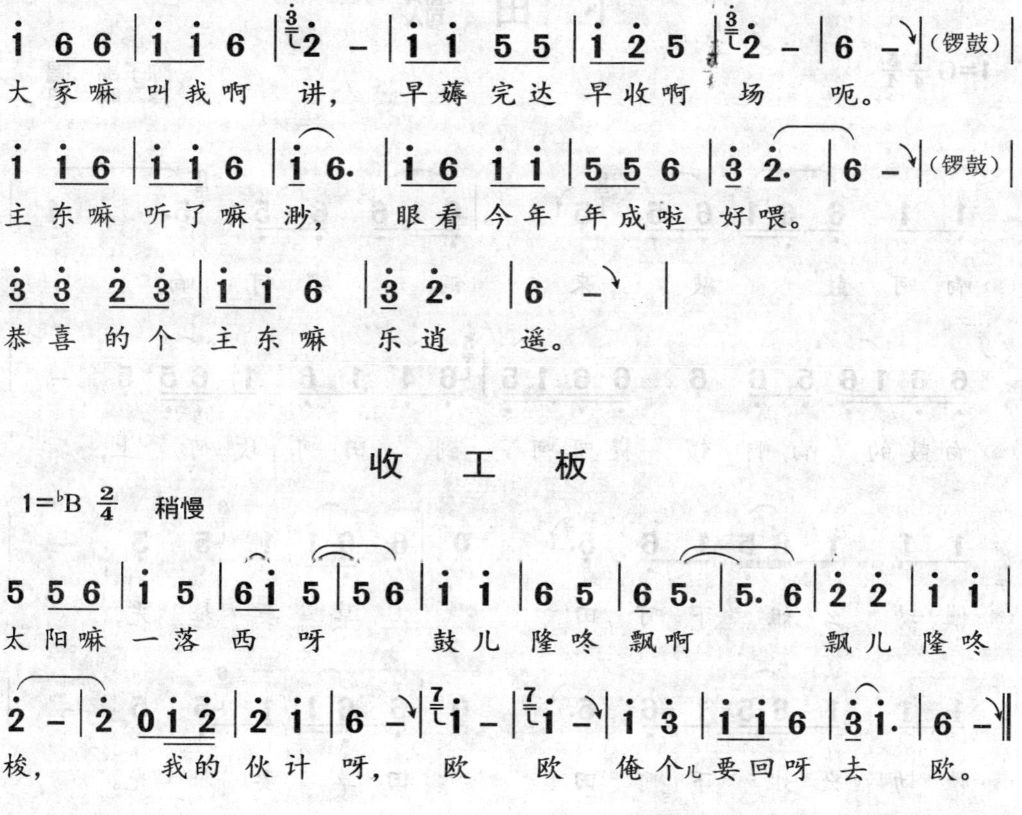

天色黑了我不忙

1=A 2/4

杨朝定 唱
白诚仁 记

5. 6 | 5 5 5 | 3 5 3 | 2 1 2 2 | 2. 1 6 | 5 — |
(咳 咳)天色嘛 黑了喂 我不 忙,
(咳 咳)月亮嘛 去了喂 有星 光,

5 6 1 | 3 3 | 1 3 1 6 5 | 3 1 | 6. 5 6 5 ||
(唉哎哎)太阳呃 去了 有月 亮。
(唉哎哎)星光呃 去了 又天 亮。

下 田 歌

1=G 4/4 5/4

陈子禹 唱
蔡晞 记

1 1 6 6 1 6 5 5 | 6 1 6 6 5 5. 4 |
(领)响呵鼓 敲 来 铜 锣呵响,

6 6 1 6 5 6 6 | 6 6 1 5 6 4 1 6 1 6 5 5 — |
(合)响鼓的 响啊锣 提呀呵 到 田呵坎呵 上,

1 1 1 6 5 1 6 5. | 0 6 6 1 1 5 5 — |
(领)催动幺姐下呵田 田草要扯光,

1 1 1 6 5 1 6 5. | 0 6 6 1 1 5 5 — |
(合)催动幺姐下呵田 田草要扯光。

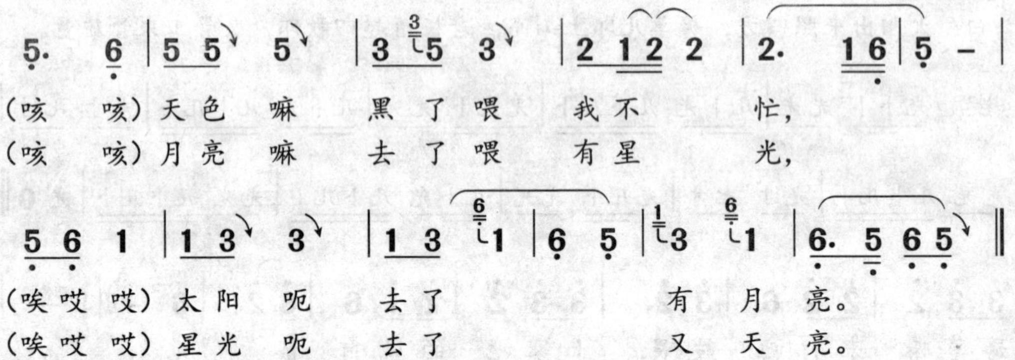

小午时中

1=A 2/4 3/4

陈子禹 唱
蔡晞 记

(领)午时呵中呵,　么姑儿晒脸红嗬,

(合)午时呵中呵,　么姑儿晒脸红。

(领)晒得呵呵脸儿红花落落子儿红嗬,

(合)么嗬嗬又嗬,　么嗬嗬又嗬

(领)晒红的脸儿好哇比映山花儿红。

(合)晒红的脸儿好哇比映山花儿红。

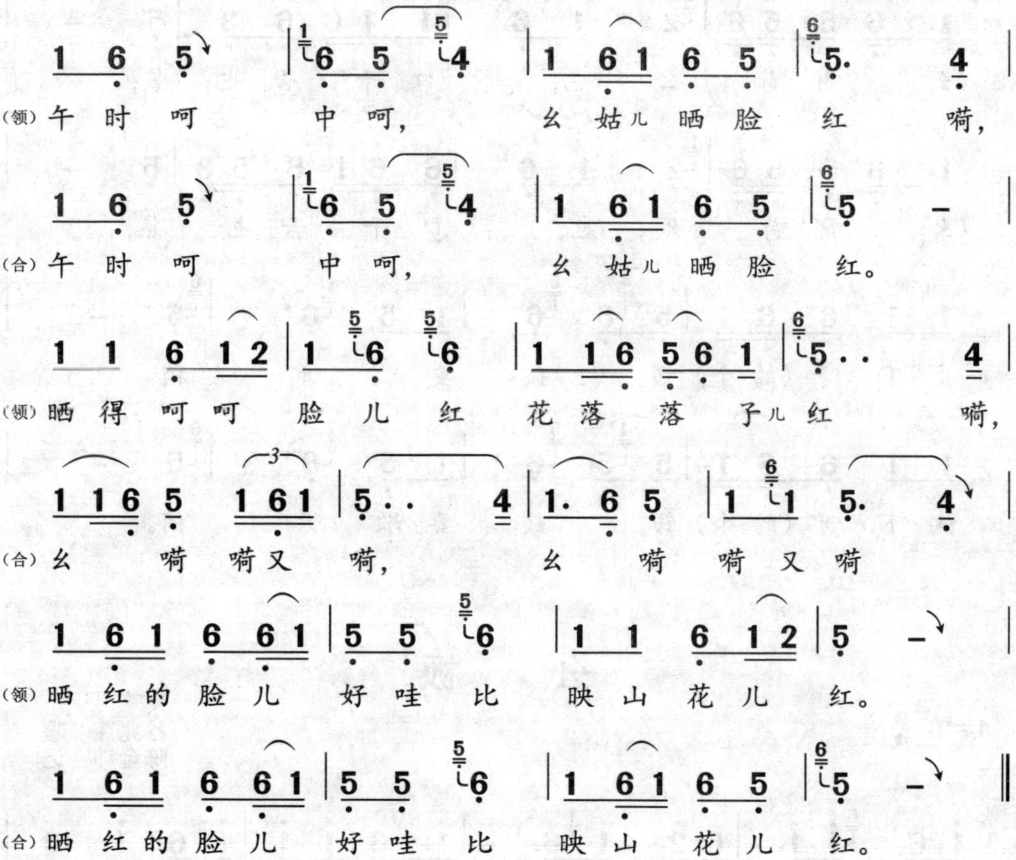

歇 稍 歌

1=D 2/4

陈子禹 唱
蔡晞 记

（领）（幺 啊嗬 幺 也，）口干 舌也 焦，

（合）（幺 啊嗬 幺 也，）口干 舌也 焦，

（领）放下 呀（的个）锣 鼓 要歇呀 稍。

（合）放下 呀（的个）锣 鼓 要歇呀 稍。

幺 板

1=♭B 2/4 3/4

谷兆芹 唱
陈金钟 记

（领）忽然 半空 一声 雷也， 打得 乌鸦 遍地 飞，

两边 启动 花锣 鼓哇，（合）主东 领兵 把家 归呀。

冬冬 冬冬．‖:光 才 光 才 |光 才 光 才 :‖卜 光 |

冬冬 光才才 |光光 七车光 |七车七车 光光 |七才七才 光‖

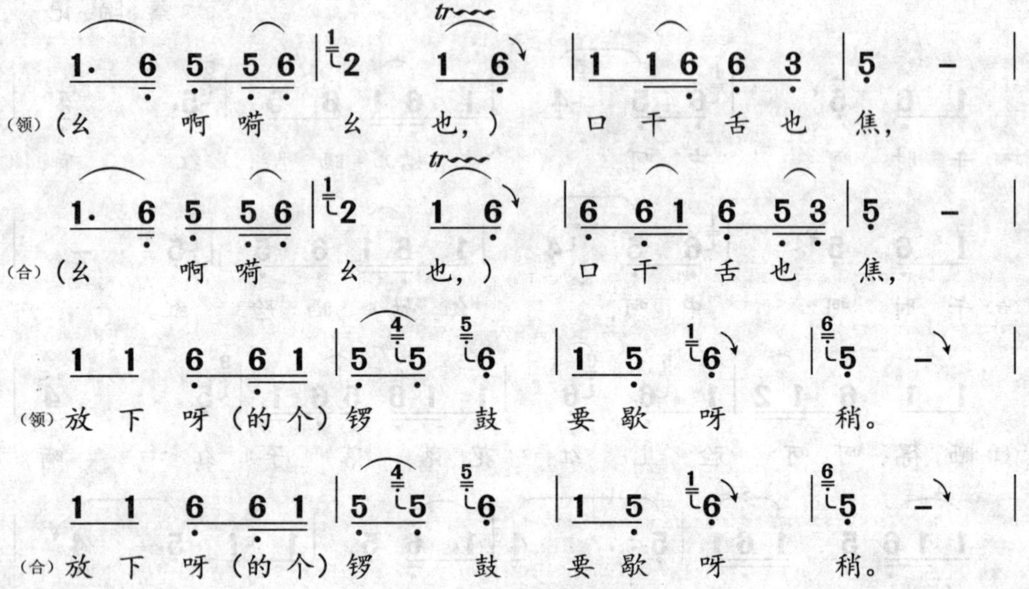

阳雀子归归阳

1=G 2/4 3/4
中速

陈子禹 唱
蔡晞 记

(领)（吖哪）又一声。阳呵雀子儿归归儿阳，

(合)阳啊雀子儿归归儿阳，归归归儿阳，

(领)幺唷唷幺荷叶，(合)幺唷幺唷叶，

(领)采下一朵荷哇花儿戴在姐头上，

(合)采下一朵荷哇花儿戴在姐头上。

要吃烟和茶

1=G 4/4 5/4
中速

陈子禹 唱
蔡晞 记

(领)烟斗儿一大呵把唷根数无人呵查唷，

(合)烟斗儿一大把，根数无人查，

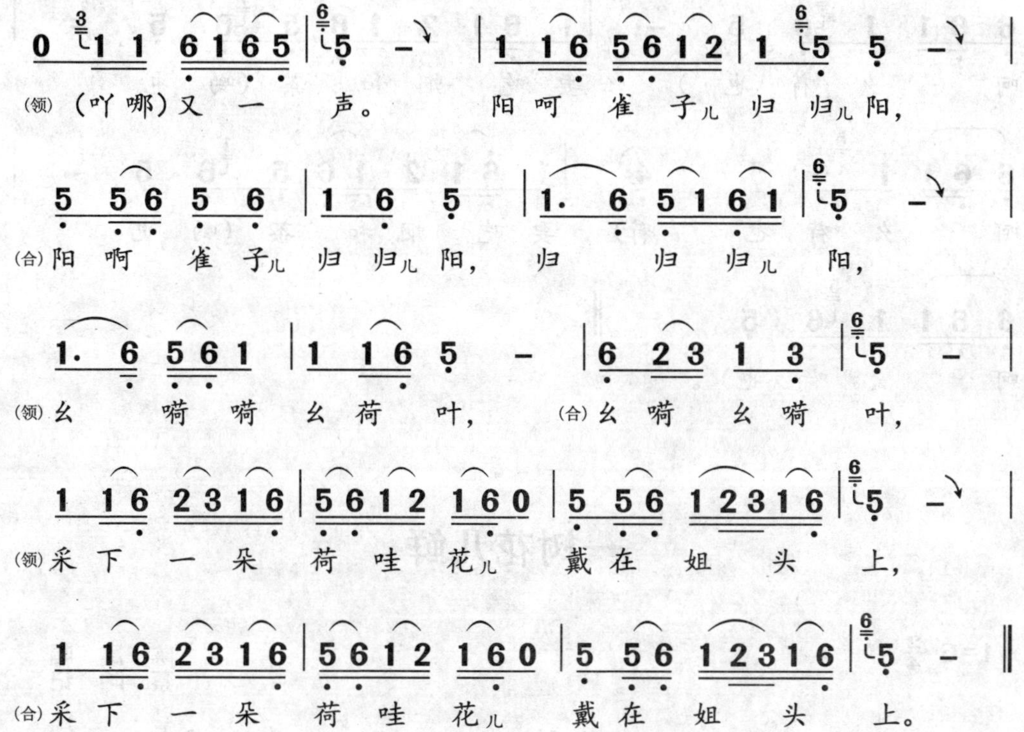

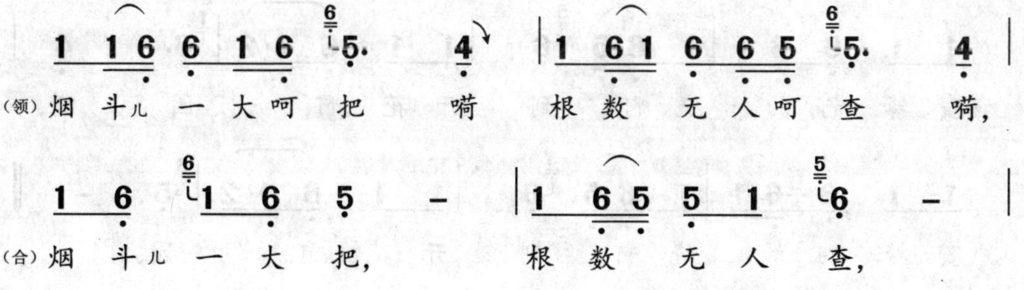

| 1 1 6 5̇ 5 6 1̇ 6 5̇ - | 1 6 1 2 1 6 5̇ 6 5̇ - |
(领)拜上 主人 家来呀， 要吃 烟和 茶（哟也

| 6 6 1 1 5̇ 6 5̇ - | 1 6 1 2 1 6 5̇ 1 6 5̇ - |
呵 幺嗬也,） (合)要吃 烟和 茶（哟也

| 6 6 1 1 5̇ 6 5̇. 4 | 1 6 1 2 1 6 5̇ 1 6 5̇ - |
呵 幺嗬也 嗬) 要吃 烟和 茶（哟也

| 6 6 1 1 5̇ 6 5̇ - ‖
呵 幺嗬也）。

一树花儿鲜

1=G 2/4

陈子禹 唱
蔡晞 记

| 1 1 6 1 6. | 1 6 5 5̇ 4 | 1 6 1 1 6 5 | 6̇ 5̇ - |
(领)好生啊打来 好生 接， 一树 花儿 鲜，

| 1 6 1 1 6 | 5̇ - | 1 6 1 1 5 | 5̇ 6̇ - |
(齐)一树 花儿 鲜， 花开 果团 圆。

| 1 1 6 6 1 | 1 6 5 5̇ 6̇ | 1 1 6 1 2 | 1 6. 4 |
(领)蜜蜂啊的 绕啊 到 开花啊 园嗬，

| 1 1 6 6 1 | 1 6 5 5̇ 6̇ | 1 1 6 1 2 | 6̇ 5̇ - ‖
(齐)蜜蜂啊的 绕啊 到 开花啊 园。

有钱莫讨后来娘

1=G 2/4
中速

陈子禹 唱
蔡晞 记

（领）归归儿阳来（衣儿哟）归归儿嘞阳，（齐）归归阳来
前娘杀鸡（衣儿哟）留呀鸡腿，前娘杀鸡
鸡肠挂到（衣儿哟）松吖树上，鸡肠挂到

（衣儿哟）归归儿嘞阳，（呆呆车光）
（衣儿哟）留呀鸡腿，
（衣儿哟）松吖树上，

（领）有钱嘞莫讨后来娘，（齐）有钱嘞
后娘嘞杀鸡留鸡肠，后娘嘞
想起嘞前娘哭一场，想起嘞

莫讨后来娘。
杀鸡留鸡肠。
前娘哭一场。

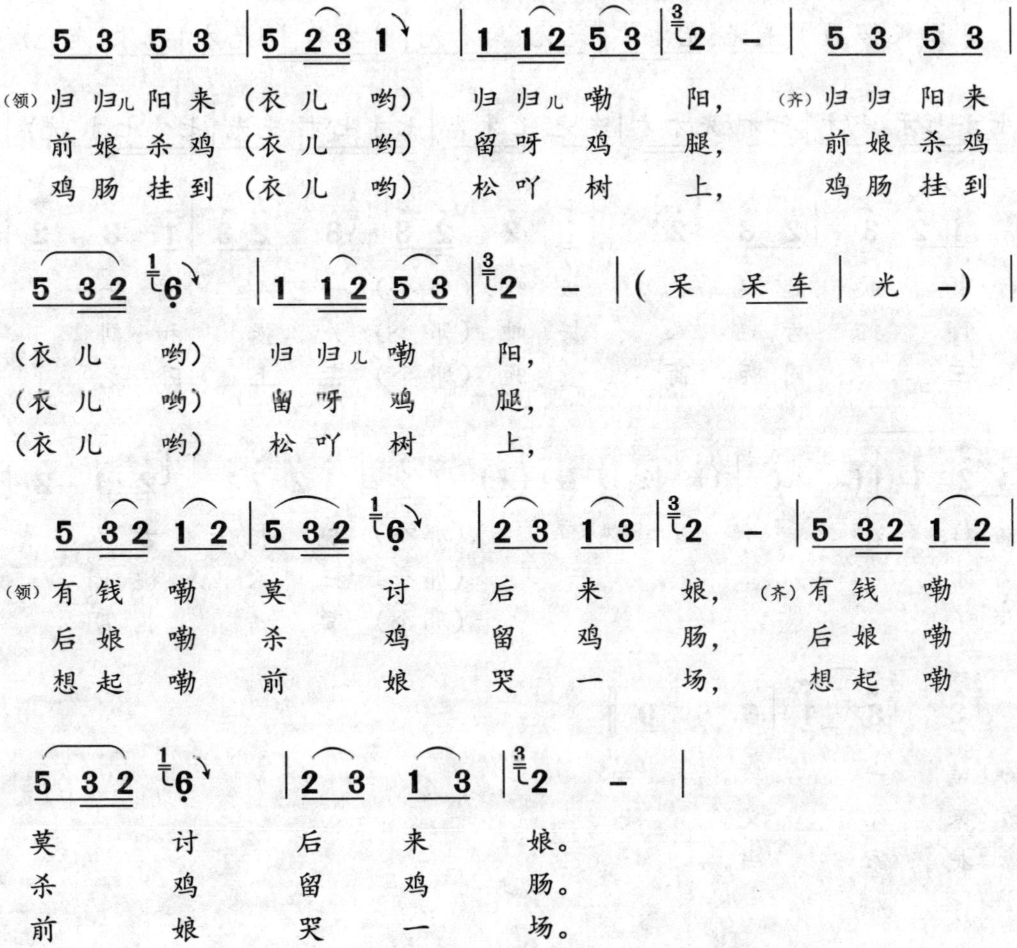

正 板

1=♭B 2/4
中速

金岩武 唱
陈金钟 记

(长板锣鼓)(光光 光才才 | 光光 其才光 | 其才其才 光才 | 光才 光光)

七才七才 光才 | 七才 光才才 | 光光 七才光 | 七才七才 光光 | 七才七才 光)|

(领)扬 歌 起哒也 板哪,(那个)一 人 唱一
即 把 古也人 提吔,(那个)关 张 和刘
三 人 同呃商 量呃,(那个)齐 上 卧龙

番啦,
备呀,　　　　　　　(那个)俺 把 古人
岗吖,　　　　　　　(那个)三 人 桃园
　　　　　　　　　　(那个)要 请 孔明

(长板锣鼓)(光)

(合)唱 一 段。
　 来 结 义。
　 把 家 当。

D.C.

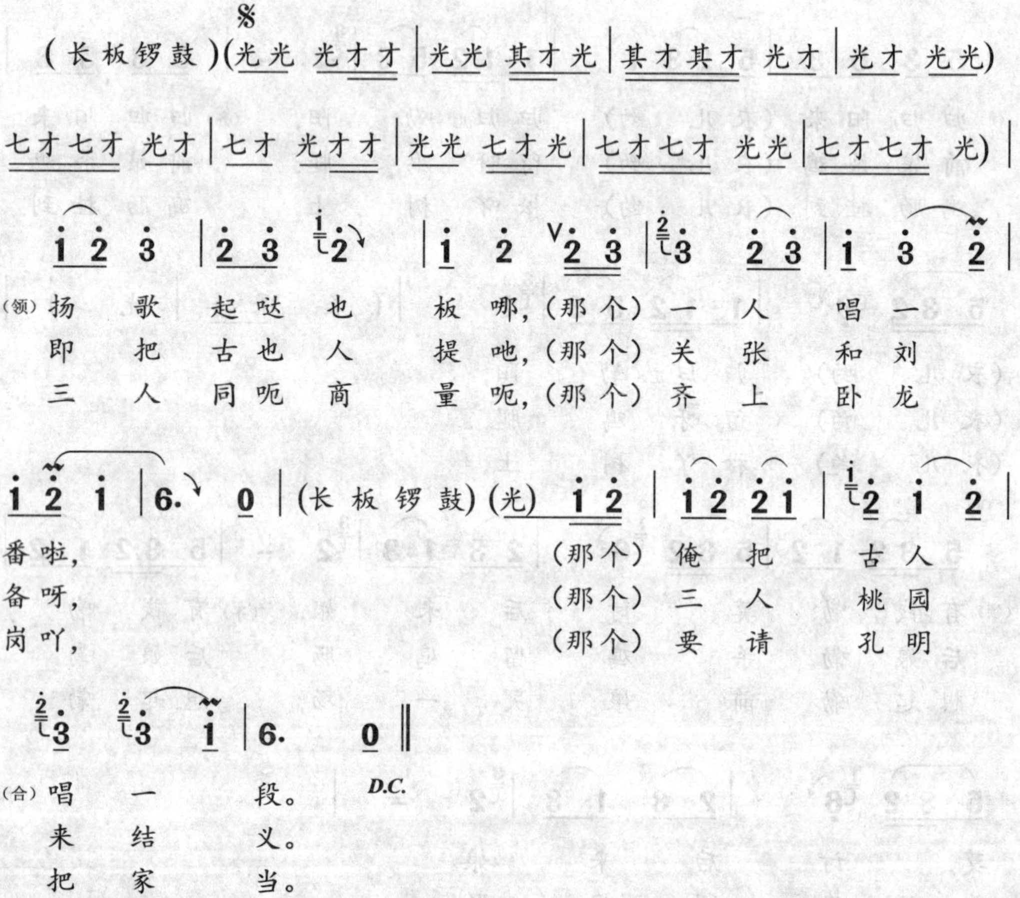

中间薅起蛾眉月

1=D 2/4

向顺进 唱
汪吉山 记

3 3 3 2 | 3 5 3 3 | 3 2 1 6 | 1 1 2 | 1 3 1 | 2 1 2 1 | 6 5 0 |
手里的个 锄（外）头， 锄草就 锄到 苑（外）。

(光冬 光冬 | 光．卜 龙冬 | 光 0) 2．3 3 | 2 1 1 | 2 2 1 |
锄 头（外）脚下（啊）有自（啊）

1 6 5 0 (光冬 光冬 | 光．卜 龙冬 | 光．卜 龙冬 | 光冬 光光 | 七光 光冬 |
由。

光．卜 龙冬 | 光冬 光冬 | 光 0) | 1 1 1 2 5 5 3 | 2 3 1． |
大家（呀）听我 说（外），

3 3 3 | 2 3 1 | 2 1 2 1 | 6 5 0 (光冬 光冬 | 光．卜 龙冬 |
听我就说 明 白（啊），

光 0) | 2 3 3 3 | 2 3 2 1 | 1 2 1 | 6 5 0 ‖
中间 就是 薅起 一个 蛾眉（哟）月。

走姐房中过

1=D 4/4

陈子禹 唱
蔡晞 记

1 1 6 1 6 5	4 1 1 6	5 1 6 5.	4 6 6 1 6
(领)太阳(嗬嗬)出来嗬	走姐 房中的	过 嗬,(合)太	呀

5 6 1 5 6	1 1 6 1 6	5. 4 1 1
阳儿 出呀 来	走姐 房中 过	嗬,(领)瞧见

6 6 1 1 5 6	1 1 6 6 1 5.	4 1 1
(呵 呵的)幺姑儿呵	织绫(呵 呵)罗	嗬,(领)瞧见

6 6 1 1 5 6	1 1 6 6 1 5.	4 0 ‖
(呵 呵的)幺姑儿呵	织绫(呵 呵)罗	嗬。

第五篇 多姿多彩——风俗礼仪歌

桑植民歌反映的内容几乎涵盖了日常生产生活的各个层面,它历史的再现了当地自然景观、生活习俗等,表达了他们的精神追求,可以说是一部反映桑植社会历史发展变迁的百科全书,也是全面反映桑植社会的政治、经济、文化、教育、道德伦理、民族宗教、哲学等的一面镜子。民俗则是体现桑植民歌的最好平台,红白喜事、节庆庙会、房屋建造等民俗活动里无不传唱着质朴感人的桑植民歌。

如桑植婚姻习俗中的"哭嫁",是新娘出嫁时,由新娘的亲朋好友及近邻女性好友伴随出嫁姑娘进行的一种山嫁而悲、山悲而哭的群体性歌哭仪式,在桑植土家族区域,土家姑娘十一二岁时便开始学唱哭嫁歌,并且把哭嫁当作权衡姑娘是否有才的标准之一。哭嫁的哭词既有固定语句,也有临场发挥,内容包括新娘成长历程中的各个方面。最后一个晚上为哭嫁的高潮,并一直延续到次日凌晨新娘上轿之前。"哭嫁歌"有成套的哭词,其主要内容有《哭爹娘》《哭祖父祖母》《哭哥嫂》《哭伯父伯母婶母》《哭姑父姑母》《哭姨父姨母》《哭弟弟》《哭姐妹》《哭十二月花》《哭骂媒人》《哭梳头》《哭戴花》《哭离娘席》《哭出闺房》《哭辞祖宗》《哭上轿》等。歌中既有新娘对父母养育之恩和亲族长辈关心照顾的感谢和对兄弟姊妹恋恋不舍的亲情,也有新娘发泄怨气、咒骂媒人以及自己对婚姻的不满和无可奈何的情感控诉,还有对未知生活的隐忧惶惑,更有亲朋好友对新娘的忠告教诲及良好祝愿。

桑植婚俗中有"女大三抱金砖"之说,故同其他地区民歌不同的是,桑植情歌中对女性的称呼大多是"姐"却少有"妹",如"二把扇子二面花,情姐爱我我爱她,情姐爱我年纪小,我爱情姐会当家";"好酒打开满屋香,好歌唱来甜如糖,好花引来蜜蜂采,好姐惹动少年郎"等。

再如桑植白族《拜祖词》,"家住云南喜喃洲,苍山脚下有家园,大宋义士人皆晓,天山逸民历代传。"歌曲再现了桑植白族迁徙发展的历史,也因此确认了桑植白族的族别。

（一）哭嫁歌

伴 嫁 歌

1=G 4/4 5/4
稍慢

文子进 唱
文化馆 记

柑子开花月月翠，团团坐的十姊妹，
十姊十妹都请坐，十姊十妹都请坐，听我唱个姊妹歌。

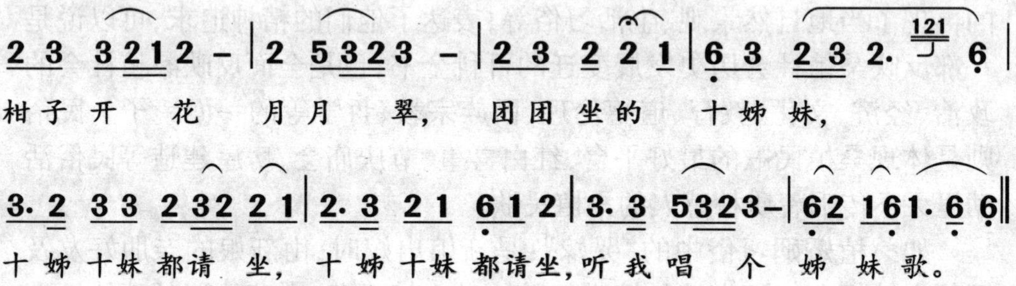

姊妹爱来姊妹爱，
扯把恩桃沿线栽，
恩桃成树姐成人，
恩桃结果姐回门。

爹娘恩怎报答

1=G 2/4 3/4
稍慢

吴泽忠 唱
陈金钟 记

男大当婚，女大当嫁，迎亲的锣鼓到我家。(我)傍娘长得这样大，谨守闺门学做鞋，谨守闺门学桃花；山上很少去，(衣呀。)水田我少下。我的爹呀爹，我的妈呀妈，把儿养得十七八，又与娇儿置陪嫁，花费的银钱大，这样那样给儿把，热热闹闹嫁婆家，怎么来报答？恩爹哟，恩娘哟，我的爹娘吖叫儿的怎么来呀报答？！(呀衣衣呀衣衣呀衣呀。)

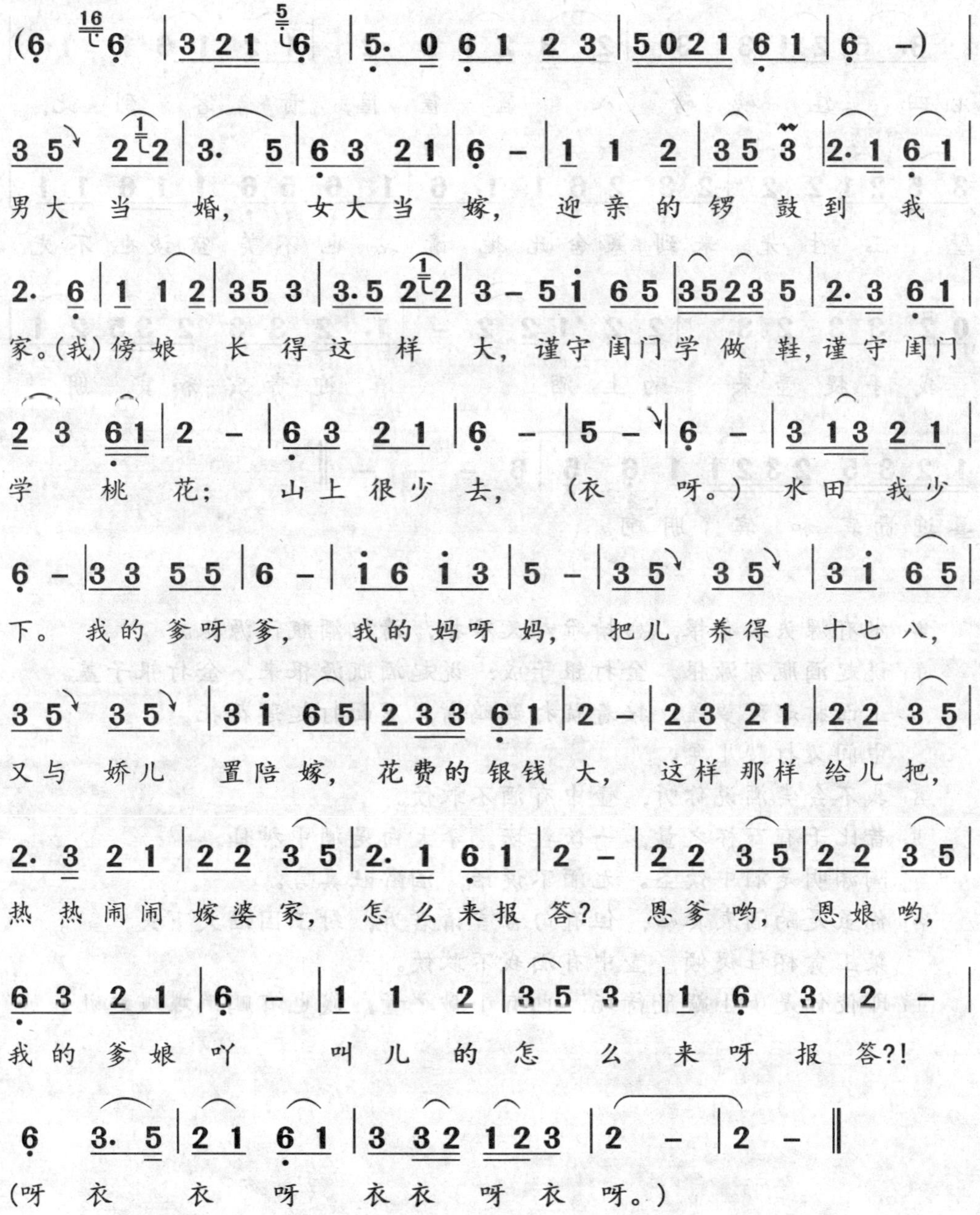

红白喜事问答歌

1=♭B 4/4
稍慢

文子进 周来斋 唱
文化馆 记

（曲谱略）

主：四庄磅磅八篮筐筐，贵客到此，
壁玉生光，来到寒舍此地请站也不美空谈也不光
我手提壶来酌上酒 喜迎贵宾和宾朋
喜迎贵宾和宾朋呵。

客：水有源头木有根，盛情难却又难推，请把酒瓶说源根。
主：说起酒瓶有源根，金打银子成；说起酒瓶源根来，金打银子盖。
　　上面打起菠萝盖，接着就打鹦鹉嘴，下面打起莲花托，
　　中间又打鼓儿凳。
客：我不会尝酒说你听，壶中有酒不敢饮。
主：昔比千有百杯之量，一饮数坛，李太白是酒中神仙，
　　陶渊明是酒中饮圣。无酒不说话，酒醉吐真言。
客：你虽是酌酒表真心，但有句古言请君听，纣王因酒天下失，
　　桀王贪杯社稷倾，壶中有酒我不敢饮。
主：即使你是小小鼹鼠待蚝，也有小渺之量，我也有鹏鹏蝶蝶之礼。

哭 爹 娘（一）

1=G 3/4 4/4

彭云香 唱
陈金钟 记

5 5 3 - | 5 2 2 1. | 5 - 3 0 5 5 3 - | 5 3 5 2 1. |
我的（也） 苦娘（呃），（吖 罕） 我的（也） 老爹（哟），

5 - 3 0 5 5 3 3. | 5 2 2 1. | 2 - 1 1 1 0 5 5 3. 5 |
（吖 罕）！ 你为（的 哟）姣儿（喃， 安 罕罕罕！）操心（的 哟）

2 2 3 2 1. | 5 - 3 0 5 5 3 - | 5 3 5 2 1. | 5 - 3 0 |
劳力（哟。 吖 罕！）憨女儿（奈）长大（奈， 吖 罕）！

5 5 3 3. | 3 5 2 1. | 5 - 3 0 3 5 5 3 3. | 3 5 2 1. |
给人（奈） 做媳（奈。 吖 罕） 你操的（奈 呃） 空心（奈），

2 - 1 1 1 0 3 | 3 5 3 3. 5 | 3 5 2 1. | 5 - 3 0 ‖
（安 罕罕罕！ 你）费的（哟） 空意（哟。 吖 罕）！

第五篇 多姿多彩——风俗礼仪歌

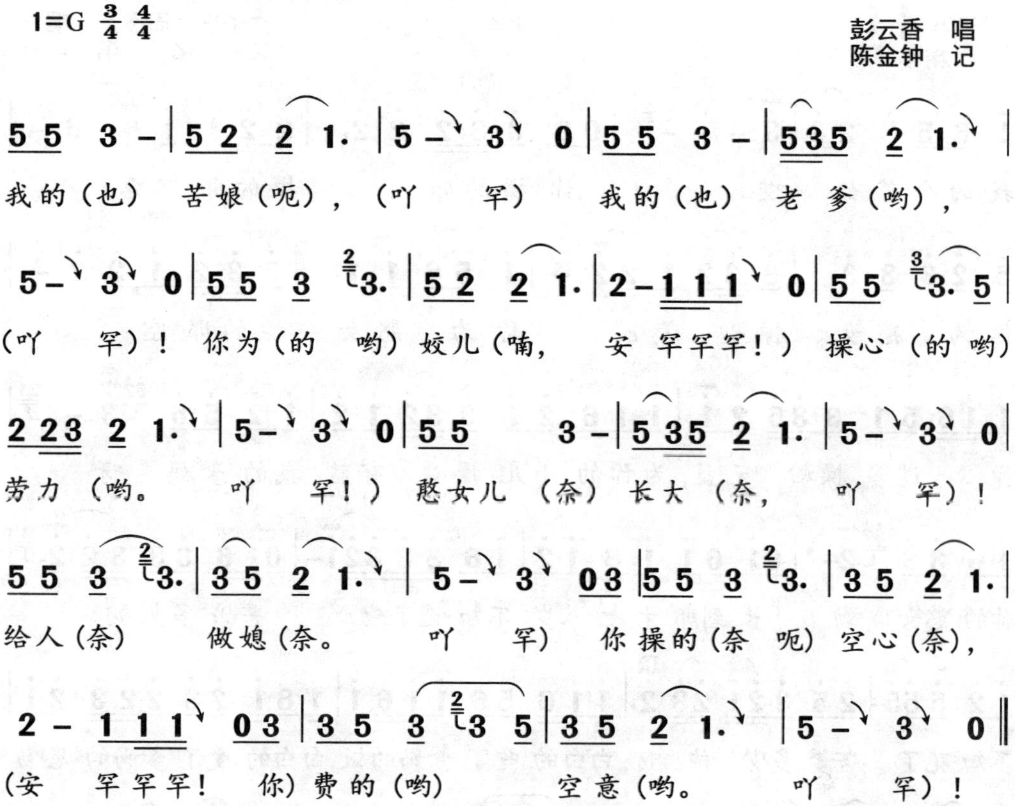

哭爹娘(二)

1=♭A 4/4 5/4
稍慢
文子进 周杰斋 唱
文化馆 记

我的个苦娘哎 你操的那空心 操的那空意，

你为憨女操心劳累 你为憨女操的那空心

操心过多操心无益，为你的小儿操心有益我的爹妈呀

你的憨女嘞 长到那十七八岁 不知吮了嘞 苦娘多少奶

不知花了 苦爹多少 神啊，白白的吃了爹妈的饭，白白的受了爹妈的恩嘞

为儿啊还没有将恩情报答， 我明天就要出嫁，

我的爹妈啊，我的娘啊， 你怎么不把憨女多留几年啊，

你怎不把憨女多留几夜，你的憨女 嫁到人家他乡，

我的娘吖 我的妈呀， 我只吃得人家的闲饭我只穿得人家的闲衣，

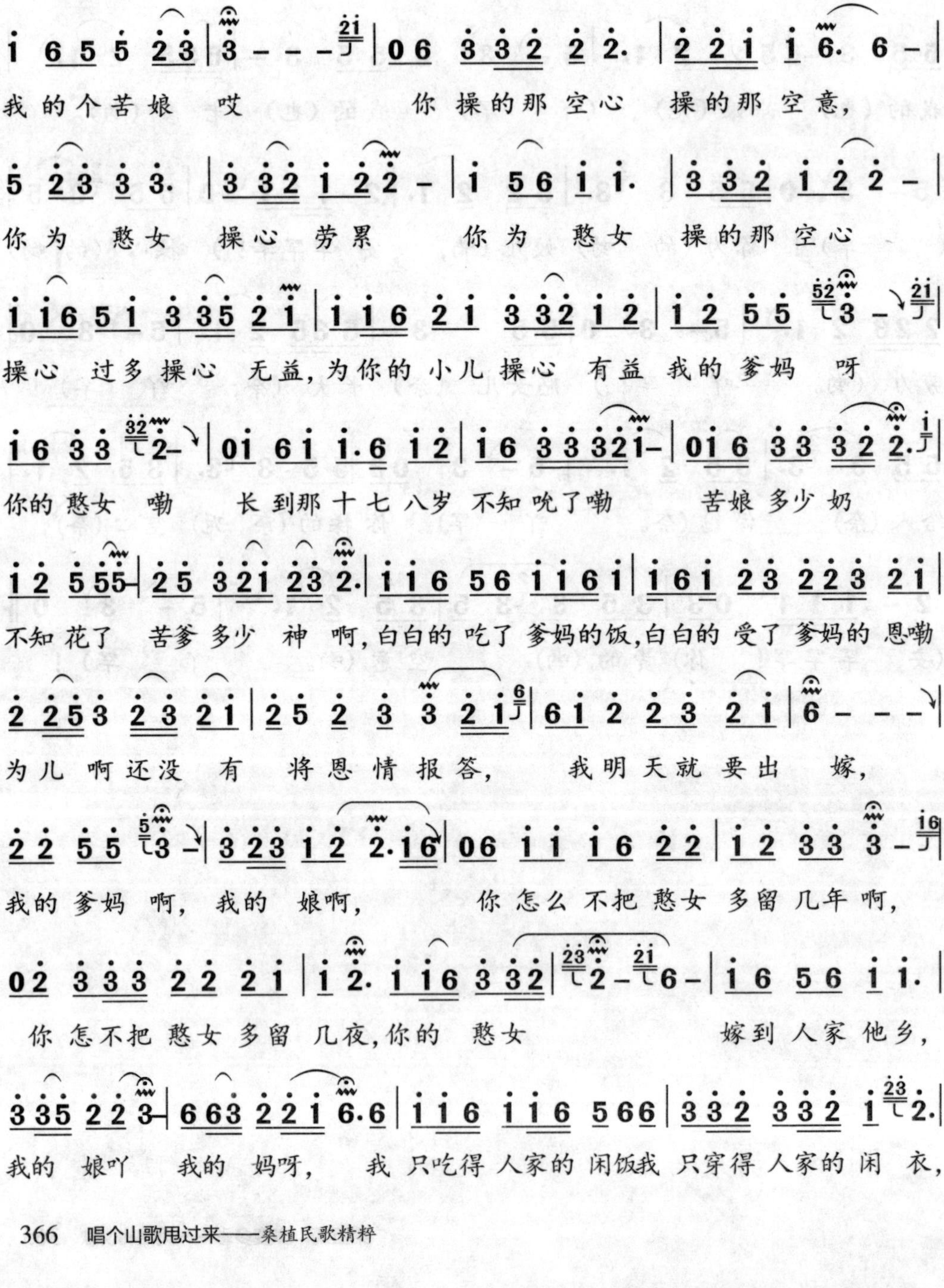

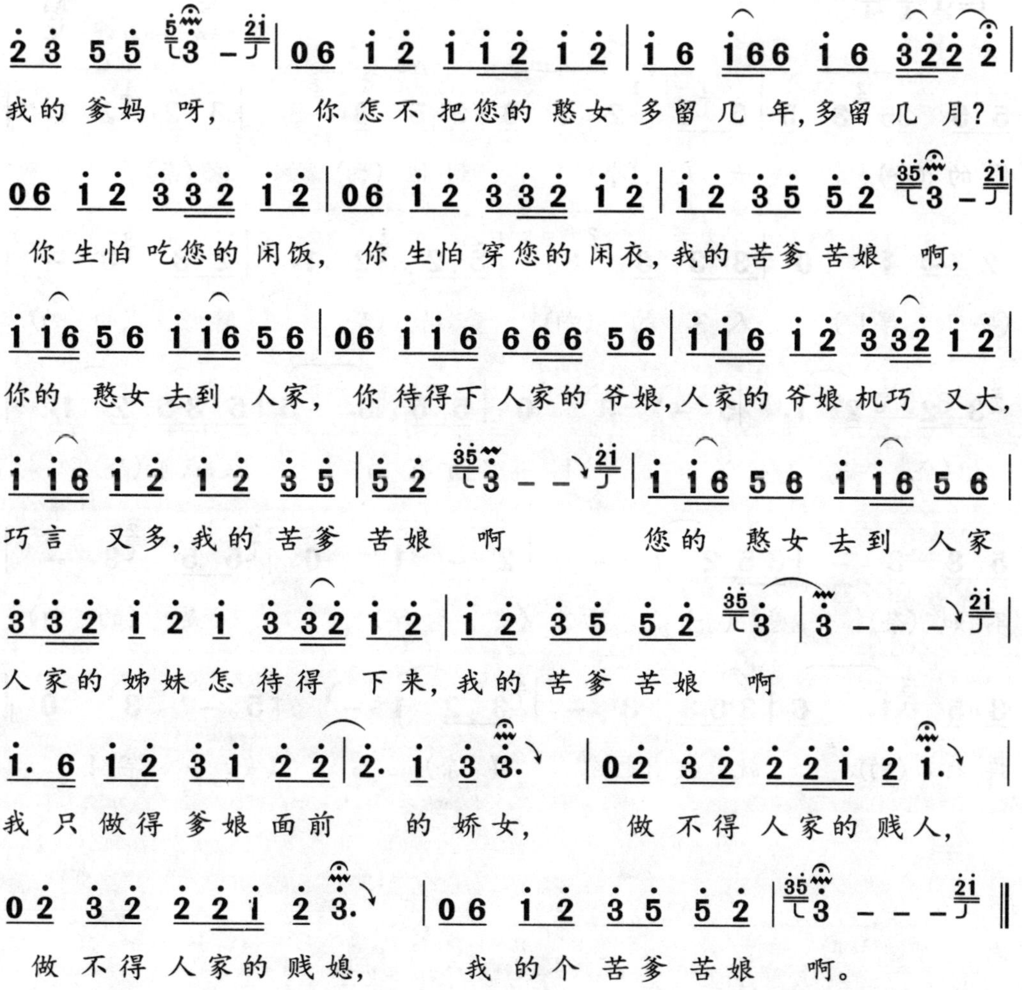

我的爹妈呀，你怎不把您的憨女多留几年,多留几月？

你生怕吃您的闲饭，你生怕穿您的闲衣,我的苦爹苦娘啊，

你的憨女去到人家，你待得下人家的爷娘，人家的爷娘机巧又大，

巧言又多,我的苦爹苦娘啊　　您的憨女去到人家

人家的姊妹怎待得下来,我的苦爹苦娘啊

我只做得爹娘面前的娇女，做不得人家的贱人，

做不得人家的贱媳，我的个苦爹苦娘啊。

第五篇　多姿多彩——风俗礼仪歌

哭 娘

1=G 3/4 4/4

彭云香 唱
黎连城 陈金钟 记

你的(奈) 女儿(奈) 到他(哟) 家(奈),
(安 罕!) 人家的(哟) 爹妈(奈) 脾气(的哟)
大(奈 安, 吖 罕)! 倘有的 点点儿(奈)
不如(奈) 意(奈) (安 罕)! 不是(的哟)
挨打(哟) 就挨(也) 骂(奈) (安 罕)!

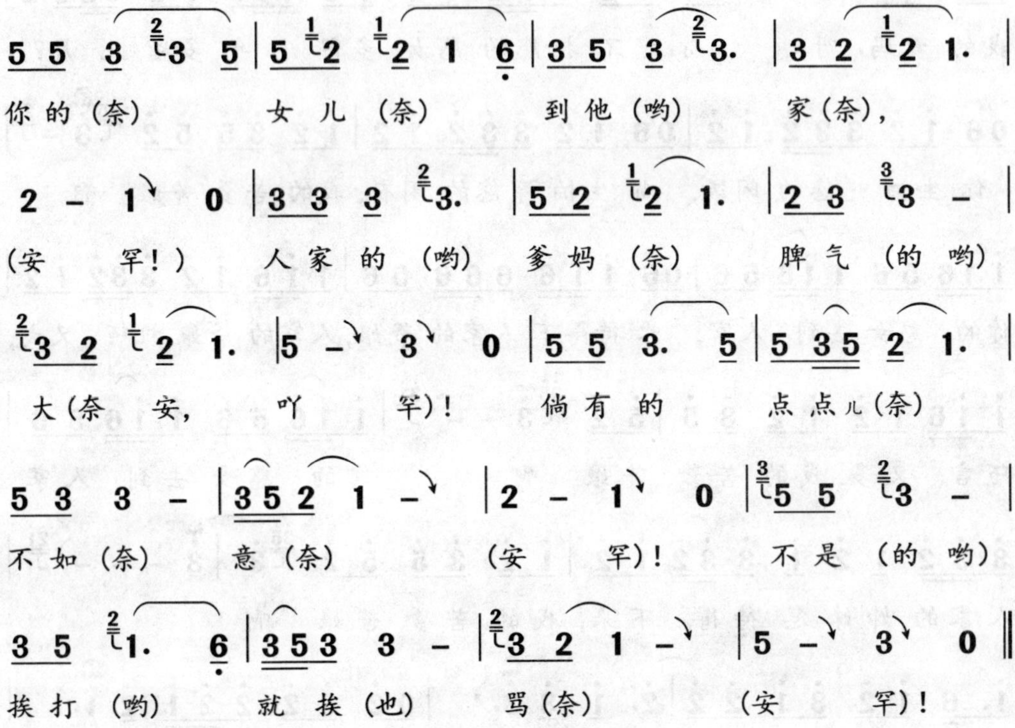

哭上头人①

1=G 2/4 1/4　　　　　　　　　　　文子进　　　唱
稍慢　　　　　　　　　　　　　周杰斋　尚生武　记

（你）平时不到（奈）我家走（奈），
（你）不会梳头（奈）莫费心（奈），
（你）拿起红绳（奈）传巧语（奈），
（我）脸上扯得（奈）焦焦疼（奈），
（我）做女做到（奈）今日止（奈），

无事(嘛)不到我家行（啰，安咳哪，）
不会(嘛)开脸别劳神（啰，安咳哪，）
你拿起梳子梳乌云（啰，安咳哪，）
胭脂(嘛)涂的有半斤（啰，安咳哪，）
再想(嘛)做女万不能（啰，安咳哪，）

今日必奉我婆家请，你是我婆家的大恩人。
鱼归海里年年有，你怎肯做那上头人？！
眉毛扯起弯弓月，左右汗毛无一根。
涂了一层又一层，好比稀泥巴糊灶门。
娘家做女千般苦，总比婆家强万分。

注：①上头人：梳头的人。

哭 姊 妹

1=♭A 4/4 5/4　　　　　　　　　　　文子进　周杰斋　唱
稍慢　　　　　　　　　　　　　　　　文　化　馆　记

我的个妹妹吔　你有心陪姐怎不早到　我的爹妈吔　初才为事初才为人，少有见识少有礼行，前有十天　没有骡马相接，前有五天　没下贴了相请。到达今日你　自己动身啊，天多的路程，地多的路程，翻坡过岭提花过界，天也不晴　路也不平，天又不晴打湿我姐身穿的花裙，路又不平，踢破我姐的绣花鞋跟，我的妹妹　啊

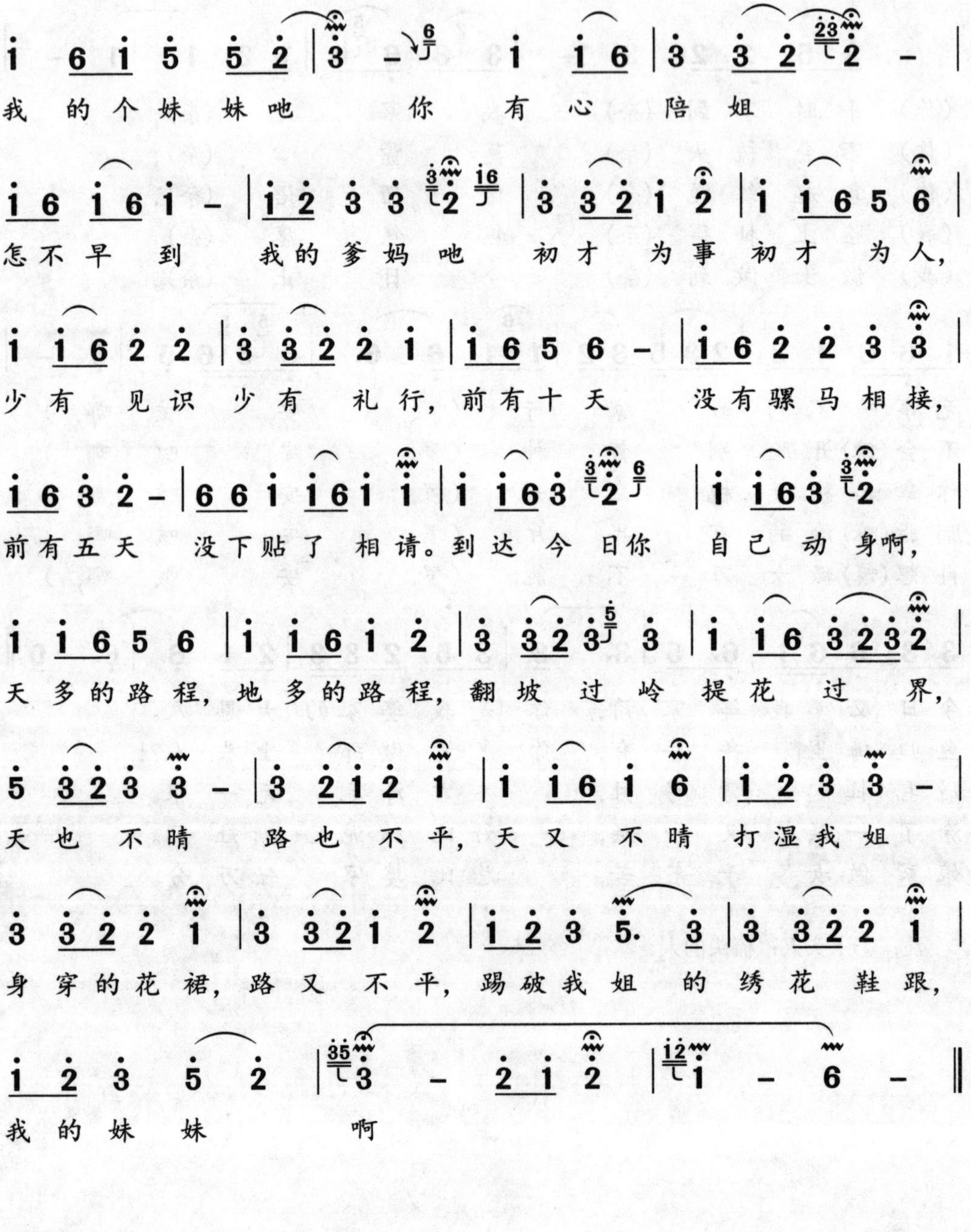

右手打伞，左手抹汗，桑树扁担，也挑破头。
钢麻索子，也挑背股，丝篾萝筐，也挑平口。
我的爹妈打的空箱，也是我姐填平。
我的爹妈身为土家后裔，租他汉书，揭他汉文，
前头没修三间客房，后头没修三间客屋，
把我姐姐又无好安顿，也无好待成。
站也不平，坐处不稳，行无好地，坐无好凳。
一无好酒，你多喝双杯，二无菜，你多捡二筷。
打开后门，扒把青菜假充青带。

离 娘 词

1=G 4/4
慢

彭云香 唱
陈金钟 记

安罕安， 安罕安， 吖哈哈安罕
吖 罕！

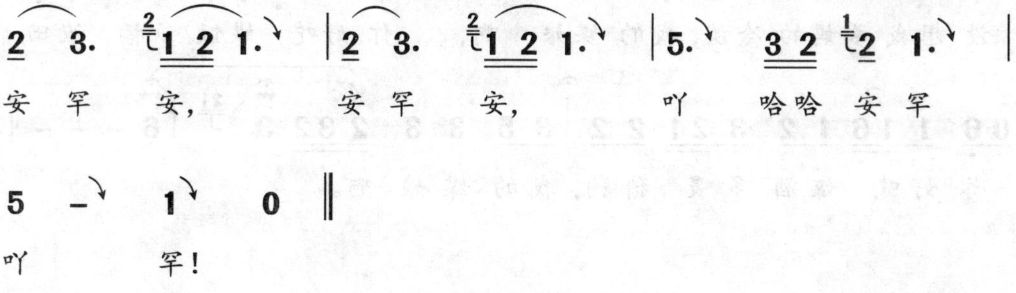

骂 媒 婆

1=G 4/4 2/4 5/4 3/4
自由地

文子进 周杰斋 唱
文 化 馆 记

我的媒娘啊 我的媒娘啊,你身贵不 走脚贵不行

你自从没 自从没 行,到如今为 我老子

周整寒儿为我苦娘周整寒女你今日才行走在 我家

只为 人家二家搬 恩啊 你只求 人家的喜欢

没想我爹妈的冷淡,我的媒娘 啊,你好吃 媒饭多插 浓田,

你好吃 媒酒多喂 猪狗,我的 媒娘 啊。

媒 婆

1=C 2/4
中速

周杰斋 文子进 唱
文化馆 记

6 1 6 5 | 6. 5 | 6 1 6 5 3 | 5 3 1 6. 5 | 6 6 5 3 | 5 3 5 6. 5 |
天 上 无 云 不 下 雨 呀， 地 上

3 3 5 3 2 1 | 2 2 5 2 3 2 1 | 6 - | 1 6 1 3 2 3 | 5 1 2 3 |
无啊 媒 不啊 成 双啊， 我 管 三 年 不 作 媒，

5. 3 2 3 | 2 3 2 2 | 3. 2 3 3 | 3. 2 3 | 5. 3 5 3 5 |
田 坎 脚 里 蹲 野 人， 门 坎 脚 里 生 寡 蛋， 芭 茅 脚

6 6 5 | 2 3 5 2 3 2 1 | 1 6 - ‖
里 呀 孤 寡 人 啦。

妹 哭 姐

1=G 2/4 3/4
中速

蒋春玲 唱
尚生武 记

0 3 3 1 | 2 - | 2 1 6 6 - | 1 1 2 5 5 | 3 5 3 2 |
哭声（奈）， 我的， 亲啰爱的姐呀姐，
你的（奈）， 爹妈， 有啰志的有哇能，
嫁妆（奈）， 齐全， 抬啰到的山啦边，
抬到（奈）， 水边， 水啰呈的绿哇色，

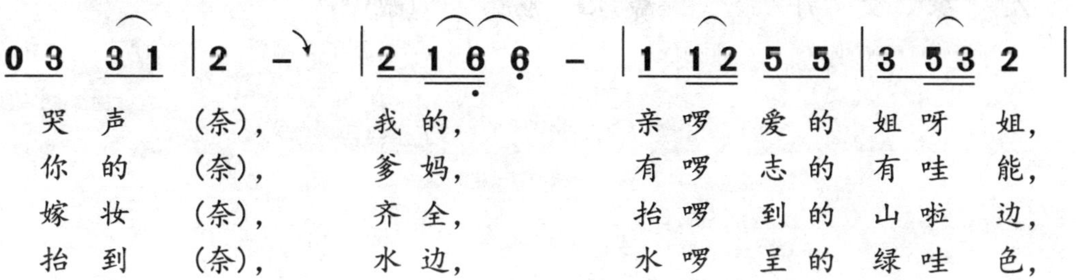

| 3 2 1 6̣ | 6̣ 5̣ 6̣ 1 1 | 5̣ 2 3 3 | 2 2 1 6̣ | 5̣ — ‖

今　宵　聚呀首啰，明　日　分别　啰。
姐　姐　出哇嫁啰，有　品　有格　啰。
抬　到　山啦边啰，山　映　红光　啰。
沿　路　巴呀节啰，谁　不　夸说　啰。

娘 哭 女

1=F 2/4 3/4　　　　　　　　　谭金姑 唱
稍慢　　　　　　　　　　　　尚生武 记

| 3 3 1 2. | 2 2 1 6̣. | 1 1 6̣ 5̣ | 6̣ 6̣ 1 2 | 3 1 2 |

我的娇儿，我的女(奈)，你(啊)是娘啊的心头(奈
一个鸡蛋，两个黄(奈)，我(啊)的娇啊儿两个(奈

| 2 2 3 2 1 6̣ 6̣. | 5̣ 5̣ | 1 2 3 2 | 2 1 6̣ 6̣ | 0 3 3 1 6̣. |

欧)肉(奈)，明日就要(奈)婆家去，(欧欧儿　啊)
欧)娘(奈)，自己爹娘(奈)容易待，(欧欧儿　啊)

| 0 2 3 1 2 5 | 3. | 2 3 3 2 1 6̣ | 5̣ — ‖

要孝父母　敬丈夫　(哦)。
人家父母　费心肠　(哦)。

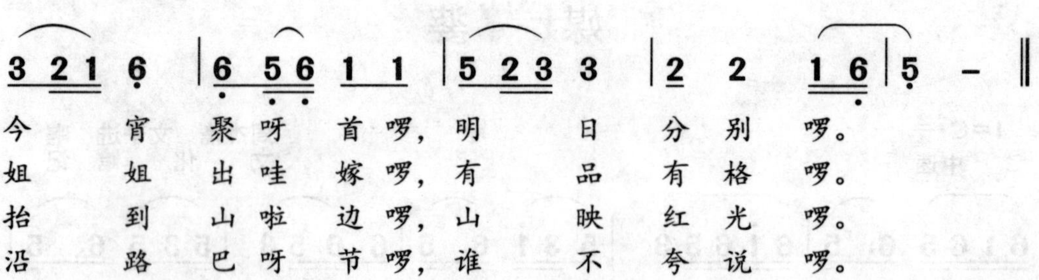

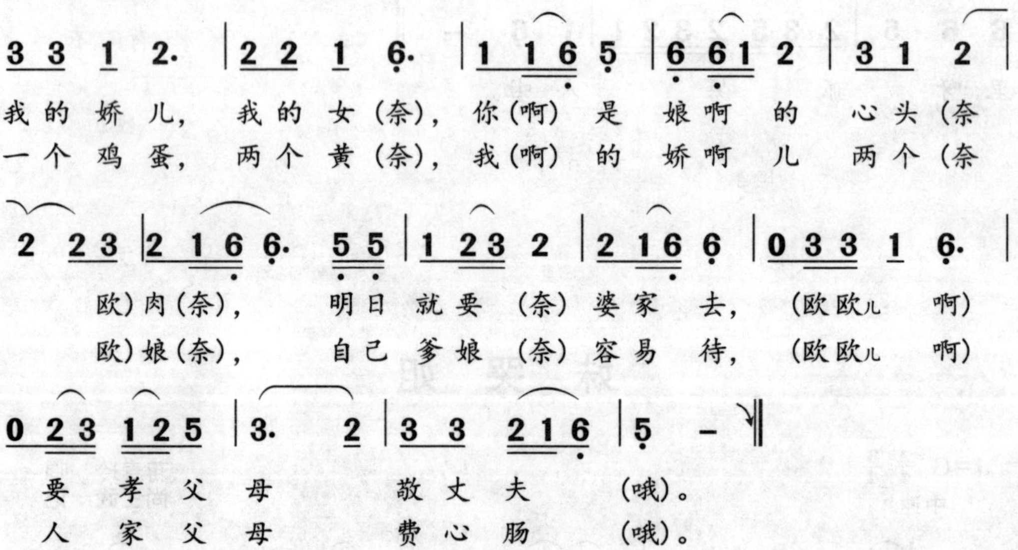

陪十姊妹

1=♭B 2/4 3/4
慢

胡卓然 唱
陈金钟 记

| 6 1 6 5 | 2̇ 1̇ 2̇ 1̇/2̇ | 3 - 2̇ 3̇ 6 | 3̇ 5̇ 3̇ 3̇ 3̇ |

柑 子（的 个）开 呀　　花 儿　　　都 呀 叶儿 的
十 姊（的 个）十 吖　　妹　　　　都 啊 请 的
姊 妹（的 个）爱 呀　　来　　　　姊 啊 妹 的
樱 桃（的 个）成 哪　　树　　　　姐 呀 成 的

| 3̇ 5̇ 3̇ | 3̇ 2̇ 1̇ | 6 - | 1̇ 2̇ | 2̇ 3̇ 5̇ 3̇ | 2̇ 3̇ 5̇ |

翠 呀（衣 呀），　　　团 转 坐 的（呀 嗬儿 衣
坐 哇（衣 呀），　　　听 我 唱 个（呀 嗬儿 衣
爱 呀（衣 呀），　　　扯 把 樱 桃（呀 嗬儿 衣
人 哪（衣 呀），　　　樱 桃 结 果（呀 嗬儿 衣

| 3̇ 5̇ 6 | 6 5/6̇5 | 1̇ 3̇ 2̇ 1̇ | 6̇/1̇ 6̇ 5̇ 1̇ | 6 - 5/6̇ 0 ‖

呀 衣 哟）　　十 姊 呀 妹 呀（衣 哟）。
呀 衣 哟）　　伴 嫁 呀 歌 呀（衣 哟）。
呀 衣 哟）　　沿 路 哇 栽 呀（衣 哟）。
呀 衣 哟）　　姐 回 呀 门 哪（衣 哟）。

第五篇　多姿多彩——风俗礼仪歌

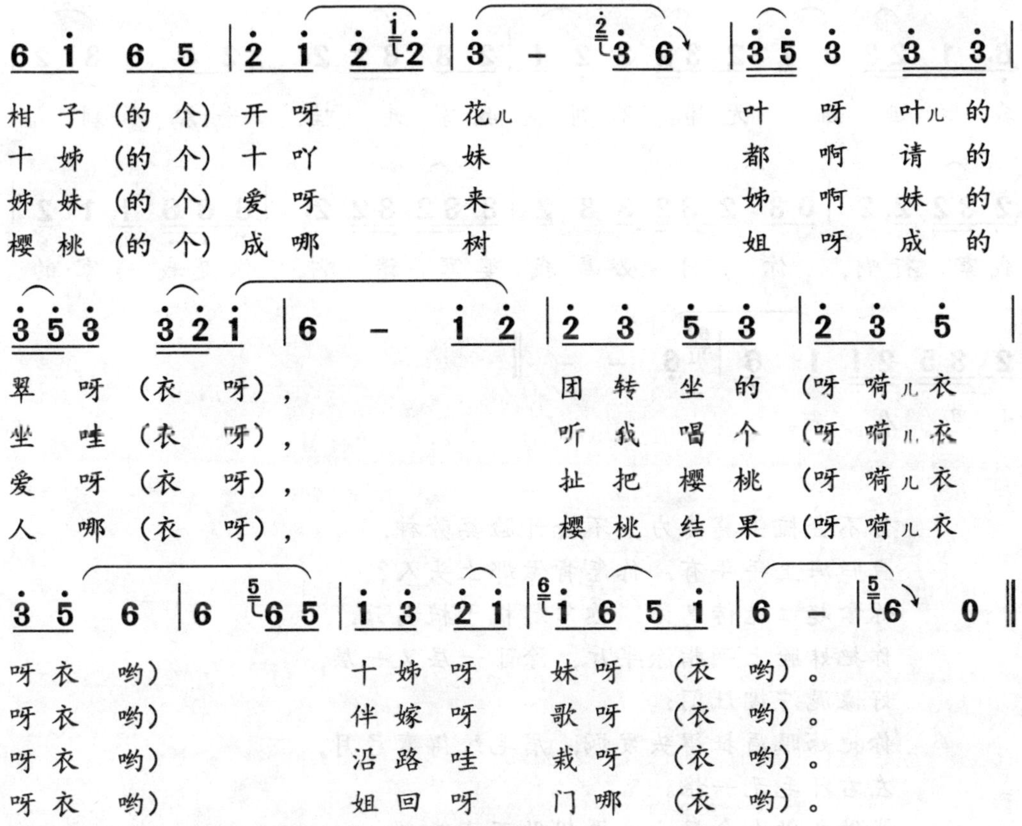

上 头 歌

文子进 周杰斋 唱
文 化 馆 记

稍慢

我的姐姐无事不到我家走哇，平素不到
我家行啊，你今日必奉我婆家请啊，你是我婆家的
大恩人啊。

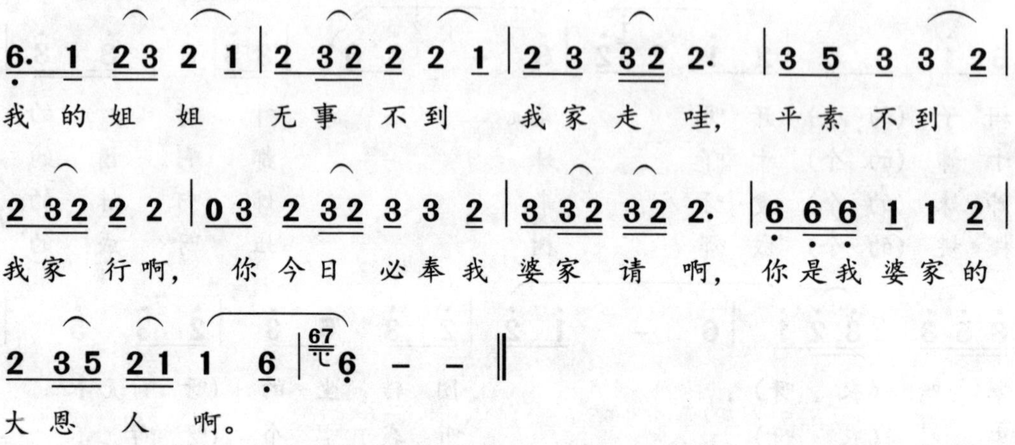

你不会梳头莫费力，不会开脸莫劳神，
鱼归海里年年有，你怎肯做那上头人？
你拿起红绳传鸟语，你拿起梳子梳乌云，
你把妹脸上胭脂涂半斤，涂了一层又一层，
好像泥泞糊灶门；
你把妹眼眉扯得头发焖，眉毛绞得弯弓月，
左右汗毛无一根。
我做儿做女今日止，再想做万不能。
做儿做女万般苦，总比婆家强十分。
你呀做什么大能人，绞什么眉来上什么头，
你分明也是个大愚人。

上头姐回新嫁娘词

1=G 2/4
稍慢

吴泽中 文子进 唱
蔡晞 记

3 5 2 2 | 3 - | 6. 5 | 6 6 i 3 5 | 5. | 3 5 | 6 5̲6 |

我的 妹妹 奈, 哎, 听啰 姐 言 喃, 我 是 两 道
三股 辫子 奈, 哎, 往啰 上 梳 喃, 两 道
左边 三梳 奈, 哎, 福禄 寿 喜 喃, 右 边 不
前仓 满来 奈, 哎, 后啰 仓 剩 喃, 吃 不

i i 6 5 | 3 5 3 2 | 1 2 | 3. 2 | 3 - | 3. 5 | 6 i | 2 3 5 | 2 1 |

哑子 奈 吃 黄 莲。 手 拿 梳子 手 也 软,
眉毛 奈 向 下 弯。 前 面 梳起 凤 凰 头,
三梳 奈 富贵 双 全, 妹 妹 你 到 他 家 去,
了来 奈 用 不 完。 别 怪 为 姐 手 儿 狠,

3. 5 | 6 i | 2 3 5 | 2 1 | 2 3 5 | 2 1 | 1 6̣ | 5̇. 6̣ | 6̣ - ‖

口 含 丝线 心 也 寒, 心 也 寒 奈 哎。
后 面 梳起 盘 龙 髻, 盘 龙 髻 奈 哎。
丈 夫 俊俏 翁 姑 贤, 翁 姑 贤 奈 哎。
周 公 制礼 工 代 传, 代 代 传 奈 哎。

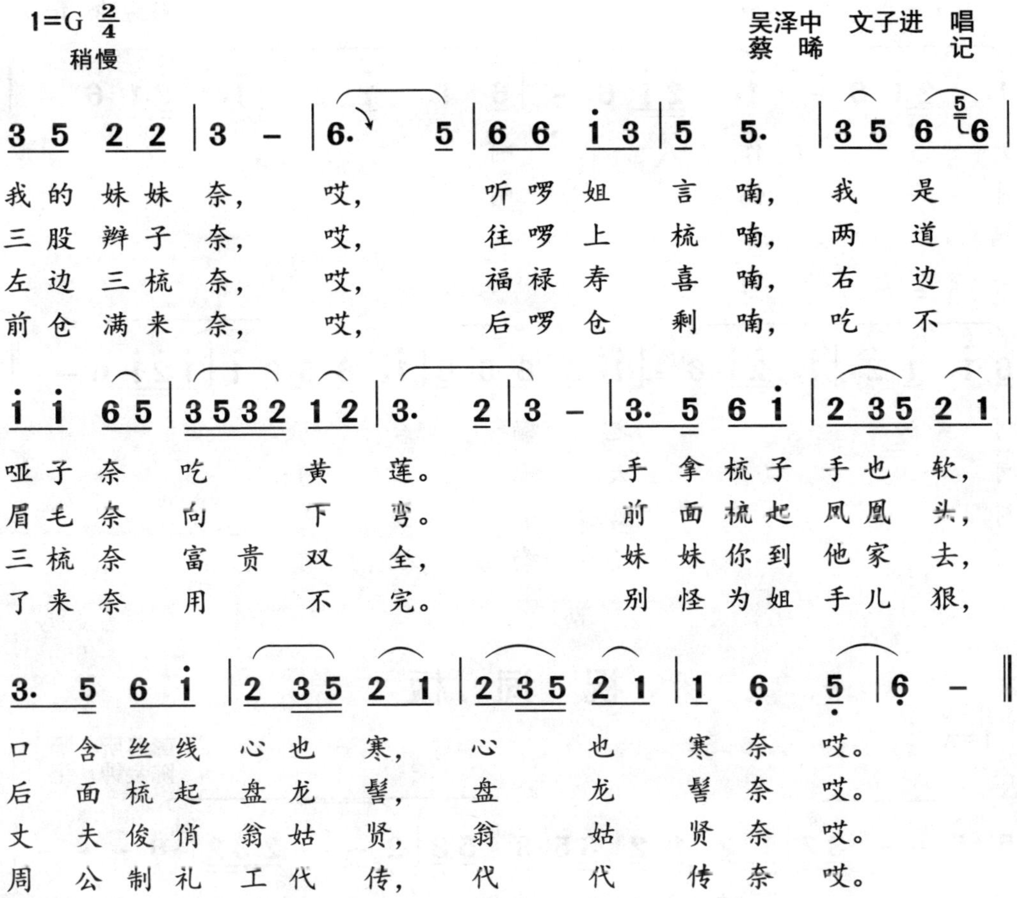

赞 词 板

1=E 4/4

彭名所 唱
陈金钟 记

天　　　　作　　　呵
佳　　　　偶　　　呵
福　　　　禄　　　呵
美　　　　满　　　呵

呵
呵　　　　之嘞　合呵，
呵　　　　天嘞　成呵；
呵　　　　鸳嘞　鸯呵，
呵　　　　婚嘞　姻呵。

祝 词 板

1=A 4/4

彭名所 唱
陈金钟 记

鸾凤　　和鸣昌百世嘞，
琴瑟　　永偕千年乐嘞，

麒麟啦　　　　瑞叶
芝兰啦　　　　同介

庆千龄啦。
百岁春啦。

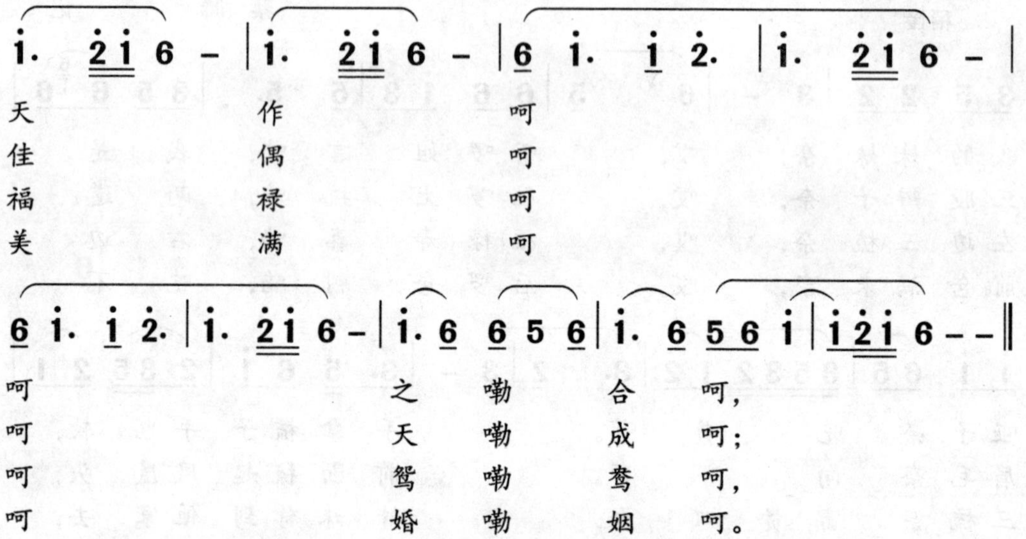

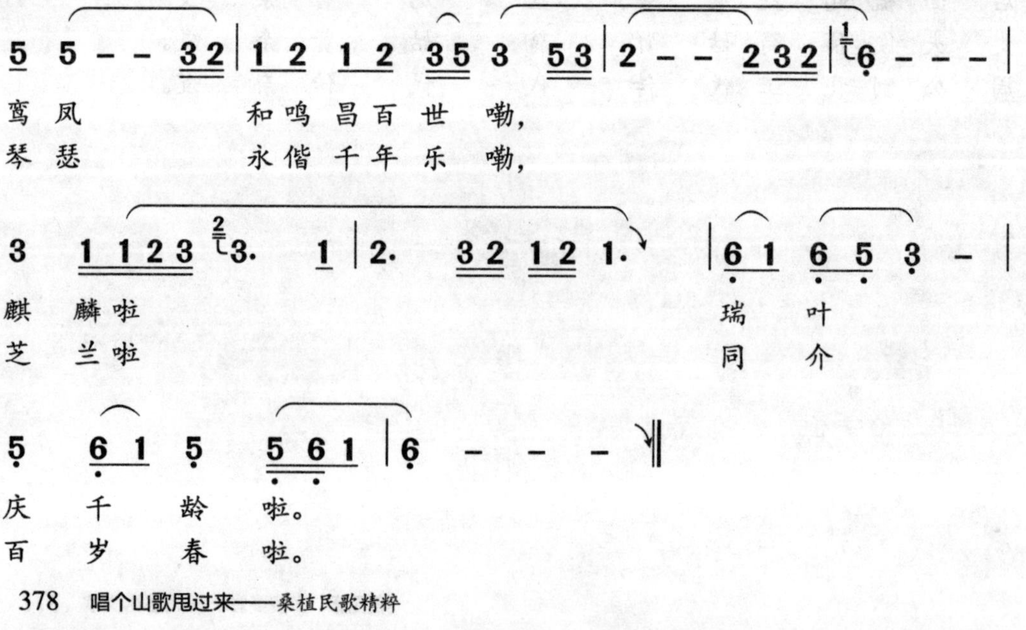

(二)祭祀歌

十 送

1=A 2/4 3/4

谷兆芹 唱
陈金钟 记

一送吖郎的呀帽来，耍须二面嘞吊啰，
二送吖郎的呀衣来，件件是新嘞的啰，

我郎吖戴起嘛实在标哇，白仔嘛真英啰豪哇，
我郎吖穿起嘛走江西也，访祖嘛要仔吖细也，

(衣　呀衣　呀)　白子嘛真英啰　豪。
(衣　呀衣　呀)　访祖嘛要仔吖　细。

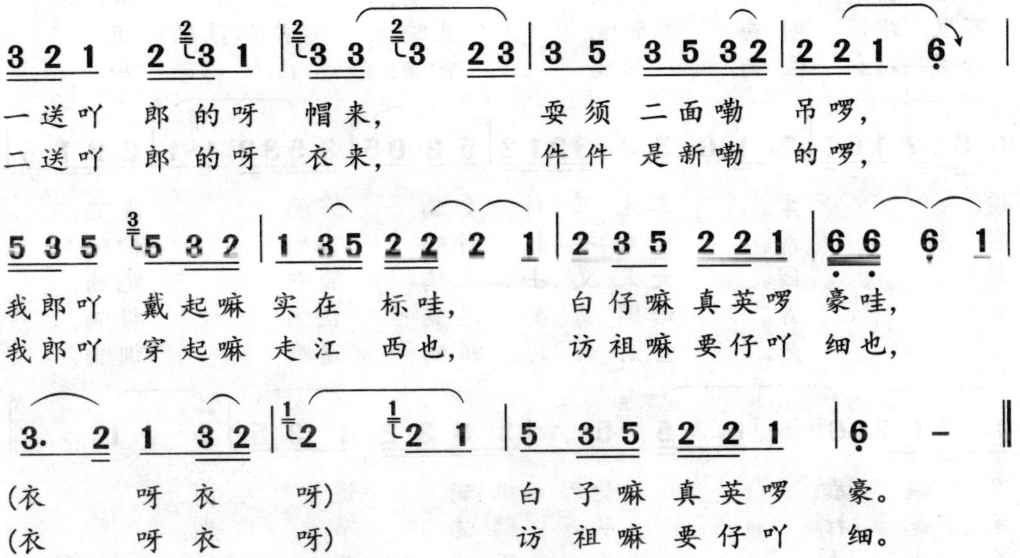

三送郎的裤，缝成六尺布，我郎穿起走江湖，气派又威武。
四送郎的袜，缝成二尺八，我郎穿起走天下，根基莫忘达。
五送郎的鞋，鸳鸯二面排，我郎穿起走四海，莫忘大理街。
六送一把伞，撑开天花般，我郎打起回云南，先要拜苍山。
七送一把刀，配的豹皮鞘，我郎时时带在腰，防身是个宝。
八送一杆枪，枪杆丈二长，千里访祖莫逞强，怕的把人伤。
九送一匹马，金打银鞍踏，我郎骑起走天涯，云南耍一耍。
十送一颗心，永远伴郎行，终生相随不忘根，我们是白族人。

第五篇　多姿多彩——风俗礼仪歌　379

拜祖词

1=F 2/4

谷兆芹 唱
陈金钟 记

1. 内外 肃静 鼓 喃 乐 喃 停 喃，白子 儿孙 跪
3. 山有 昆仑 水 喃 有 喃 源 喃，花有 清香 月
4. 家住 云南 喜 喃 洲 喃 睑 喃，苍山 脚下 有
5. 万里 跋涉 创 喃 新 喃 业 喃，讲不 尽的 祖
6. 治家 以勤 俭 喃 为 喃 首 喃，待人 以廉 和

埃有 尘。本主 三 神 金 喃 容 啊 降 喃，
家来 景。树木 有 根 竹 喃 有 啊 鞭 喃，
来为 园。大宋 义 士 人 喃 皆 啊 晓 喃，
为 源。治国 需 要 忠 喃 良 啊 将 喃，
 堂前 谨 记 祖 喃 遗 啊 训 喃，

虔 诚 恭 受 祖 喃 遗 训。
莲 蓬 打 逸 从 祖藕 喃 节 生。
天 山 立 人 民 历 喃 代 代 传。
兴 家 发 兴 业 孝 喃 顺 男。
家 人 兴 万 喃 代 传。

2. 一拜呀 祖先 来呀 路 喃 远 喃 二拜祖先 劳

百 端，三拜祖先 创 啊 业呀 苦 喃，

四拜祖先 荣 耀 显。

D.C.

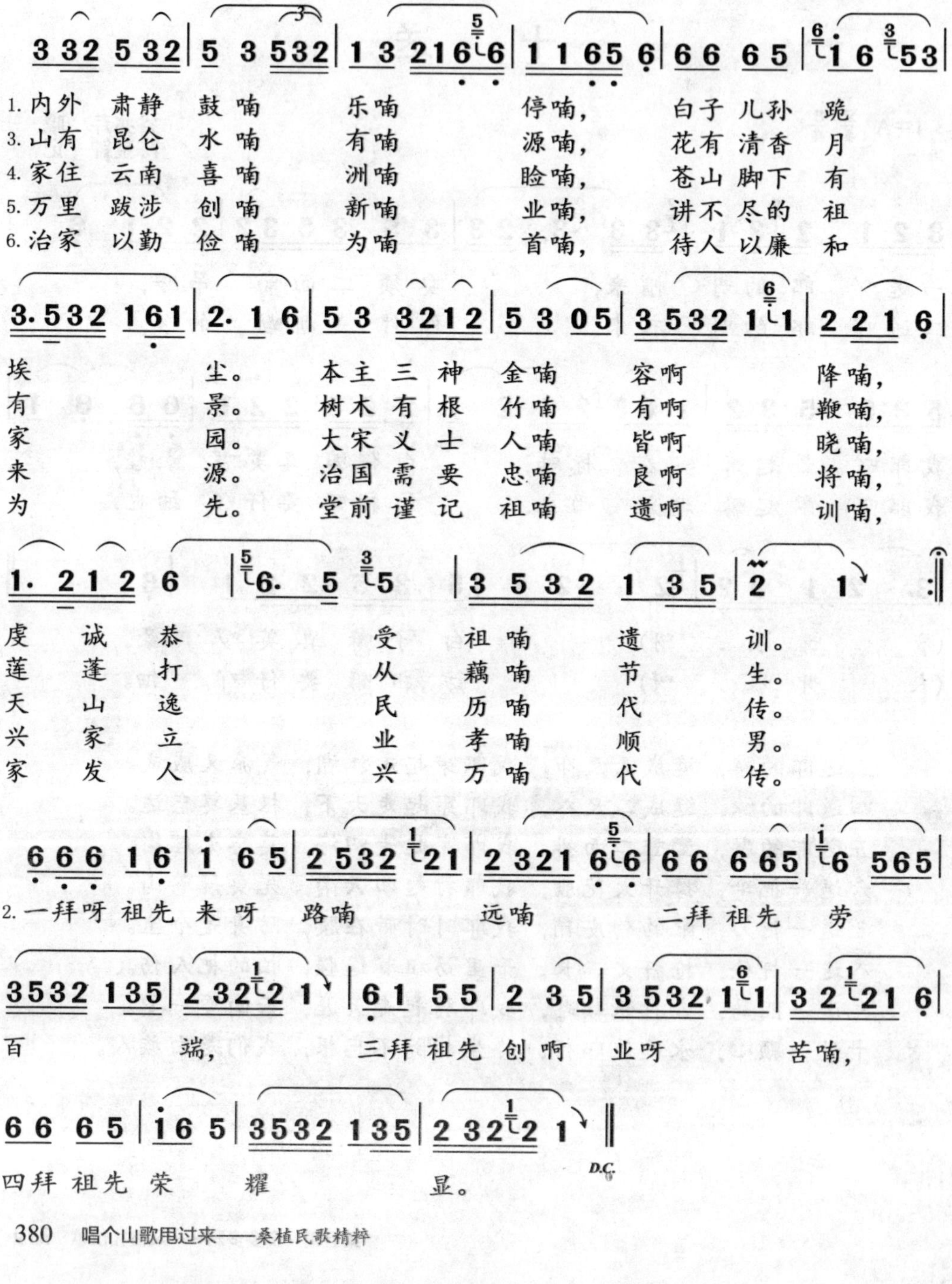

祖　　训

1=A 2/4 3/4

谷兆芹 唱
陈金钟 记

贵自喃　勤中啊　得喃，　富从　俭里呀　来喃，
正直喃　真君啊　子喃，　习唆　是祸呀　胎喃，
相传喃　子孙啊　话喃，　灾退　福自哇　来喃，
居住喃　必择啊　邻喃，　交朋　必择呀　人喃，
丢弃喃　不义啊　财喃，　戒饮　过度哇　酒喃，

温　柔　　终　有　益喃，强暴　必招　灾呀，
安　分　　身　无　辱喃，闲非　口莫　开呀，
为　人　　须　遵　法喃，作事　存忠　厚哇，
妓　馆　　切　莫　进喃，赌场　切莫　走哇，
谨　记　　先　祖　训喃，代代　得福　禄哇，

(衣　儿呀衣　哟)　强暴　必招　灾呀。
(衣　儿呀衣　哟)　闲非　口莫　开呀。
(衣　儿呀衣　哟)　作事　存忠　厚哇。
(衣　儿呀衣　哟)　赌场　切莫　走哇。
(衣　儿呀衣　哟)　代代　得福　禄哇。

(三)丧歌

哭亡人

1=D 2/4 3/4
稍慢

陈万古 唱
尚立喜 记

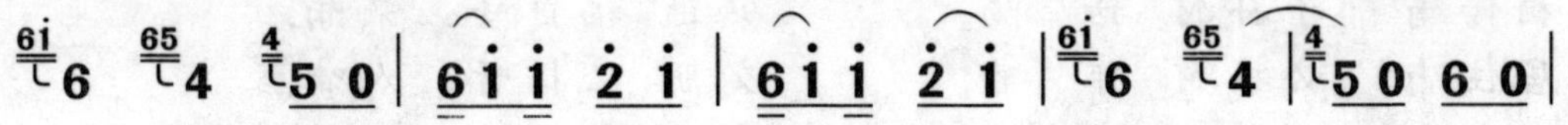

(哎 哎 哎) 闻听舅舅命归西, (哎 哎 哎)
(哎 哎 哎) 舅舅家里正治丧, (哎 哎 哎)
(哎 哎 哎) 锣鼓声声奏哀乐, (哎 哎 哎)

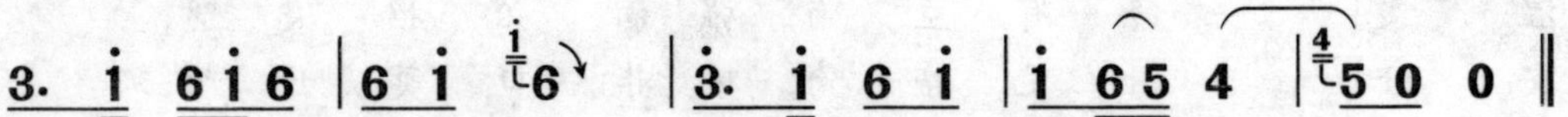

香纸未拿就跑起, 哭都没得眼睛水。
全家哭得好凄惶, 亲戚朋友泪汪汪。
三五道士绕灵柩, 超度亡人赴天堂。

奠 酒 板

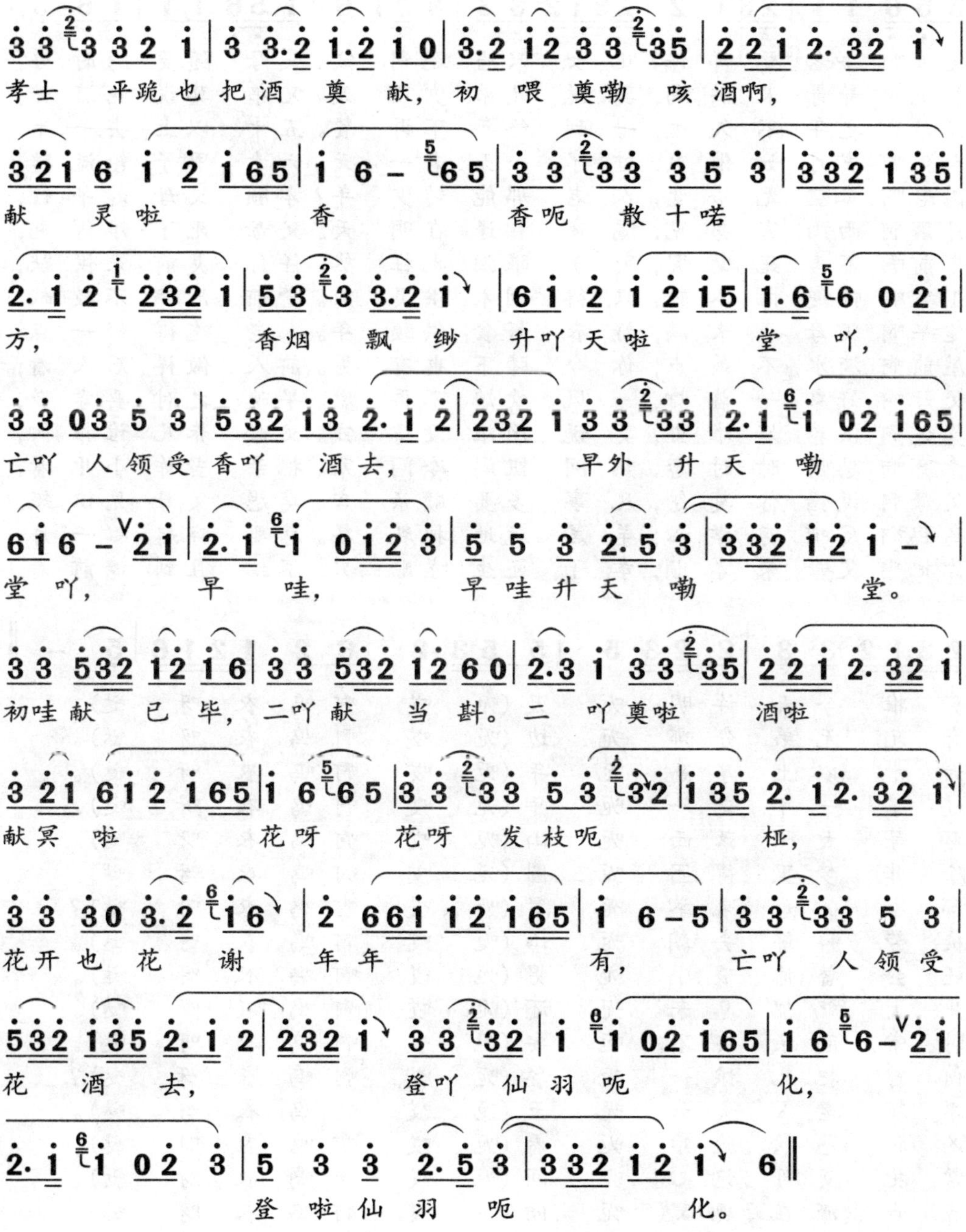

劝 孝 歌

1=F 2/4
中板

谷兆芹 唱
文化馆 记

| 5̇ 5̇ 6̇ | 1 1 | 2 3 1 | 2 | 2 3 1 2 | 3 3 | 3 2̇ 1̇ 6̇ | 1 5̇ 6̇ | 1 1 | 1 6̇ | 5̣ |

父莫说父人树月生丁趁屋父莫说养育父乌鸦你把啊
啊年老哥年月空西不怀父滴好供恩说反哺父母
要来不如无容催法满久煎变易见哭转满点灯办热凡羊孝
哪供件？儿莫说到了老夜干得衣今风说问事羔子
女说终一过人隔天哭只好一莫热凡羊孝
当弟兄天能那相逢刻木食下吹难渴多跪还
还利少不老转在也供供也不没冷顺把孝
钱。父几天餐。父母兄弟十顺甲父母死灵活得做样之养当父母存起到
随要说莫以上子父死灵前佛得做样之养
随时轮流早得供敬一人孝推儿识一前
办转半转行，见献献点，看，敬御看，后要谁小见心担，

| 2 3 1 2 | 3 3 | 2 2 3 5 | 5 5 3 2 | 6̇ 2 | 1 2 1 6̇ | 5̣ — ‖

莫推今天许明呃天哎啊哎呀哒
有兄无以分哪边呃呃衣呀哒
六过以一享高年呃呜衣呀哒
莫十了太阳西落举朝小不一如大难心窝
除等非梦父母拜替就问把亲人煞记恶父滴
哪家劳会大常曾顺神把点

384 唱个山歌甩过来——桑植民歌精粹

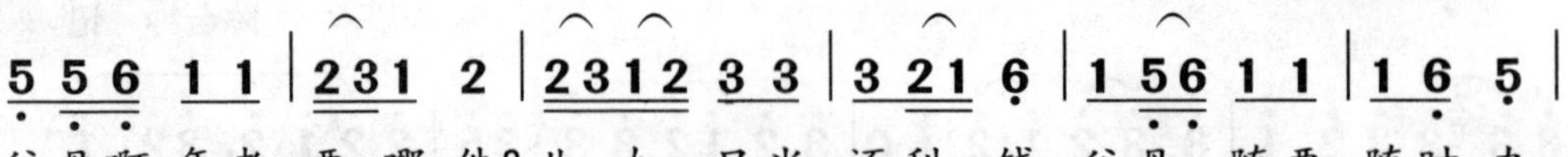

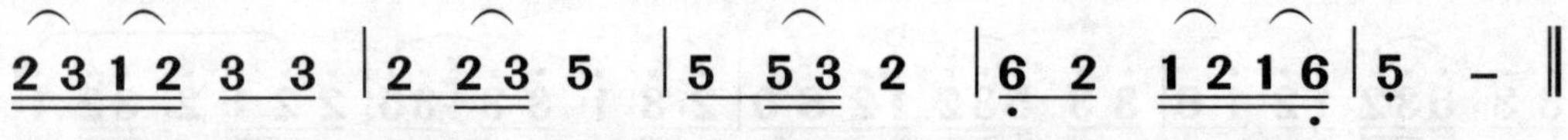

四季雀儿叫

1=D 2/4
悲伤地、稍慢

汪传理 唱
汪吉山 记

哎 嗨 哎，　　　　春季 里来 阳雀 叫 欧
哎 嗨 哎，　　　　春季 一过 是立 夏 欧
哎 嗨 哎，　　　　夏季 一过 是立 秋 欧
哎 嗨 哎，　　　　秋季 一过 立了 冬 欧

欧，　阳雀 喊 叫 规规儿阳，规规儿阳 欧
欧，　竹鸡 喊 叫 溪水 发，溪水 发 欧，
欧，　斑鸠 喊 叫 嘟嘟 嘟，嘟嘟 嘟 欧，
欧，　北风 呼 呼 雪蒙 蒙，雪蒙 蒙 欧，

欧。天子 崩那 又诸 侯的 丧，百岁 难免 见无 常欧
欧。为人 生那 在三 光的 下，好比 山前 一树 花欧
欧。人在 世上 那走 一呀 趟，好比 路边 草一 蔸欧
欧。兄则 友那 弟则 呀恭，夫妻 恩爱 事顺 通欧

欧。树叶的 落枝 难回 柯啊，亡者的 一去就 不回的 乡欧
欧。花开那 花谢 年年 有啊，亡者的 一去就 不回的 家欧
欧。草死那 草生 年年 有啊，亡者的 一去就 不回的 头欧
欧。世上那 只有 和为 贵啊，人争的 闲气那 一场的 空欧

(可冬冬 冬 可冬冬 冬)

欧。
欧。
欧。
欧。

第五篇　多姿多彩——风俗礼仪歌　385

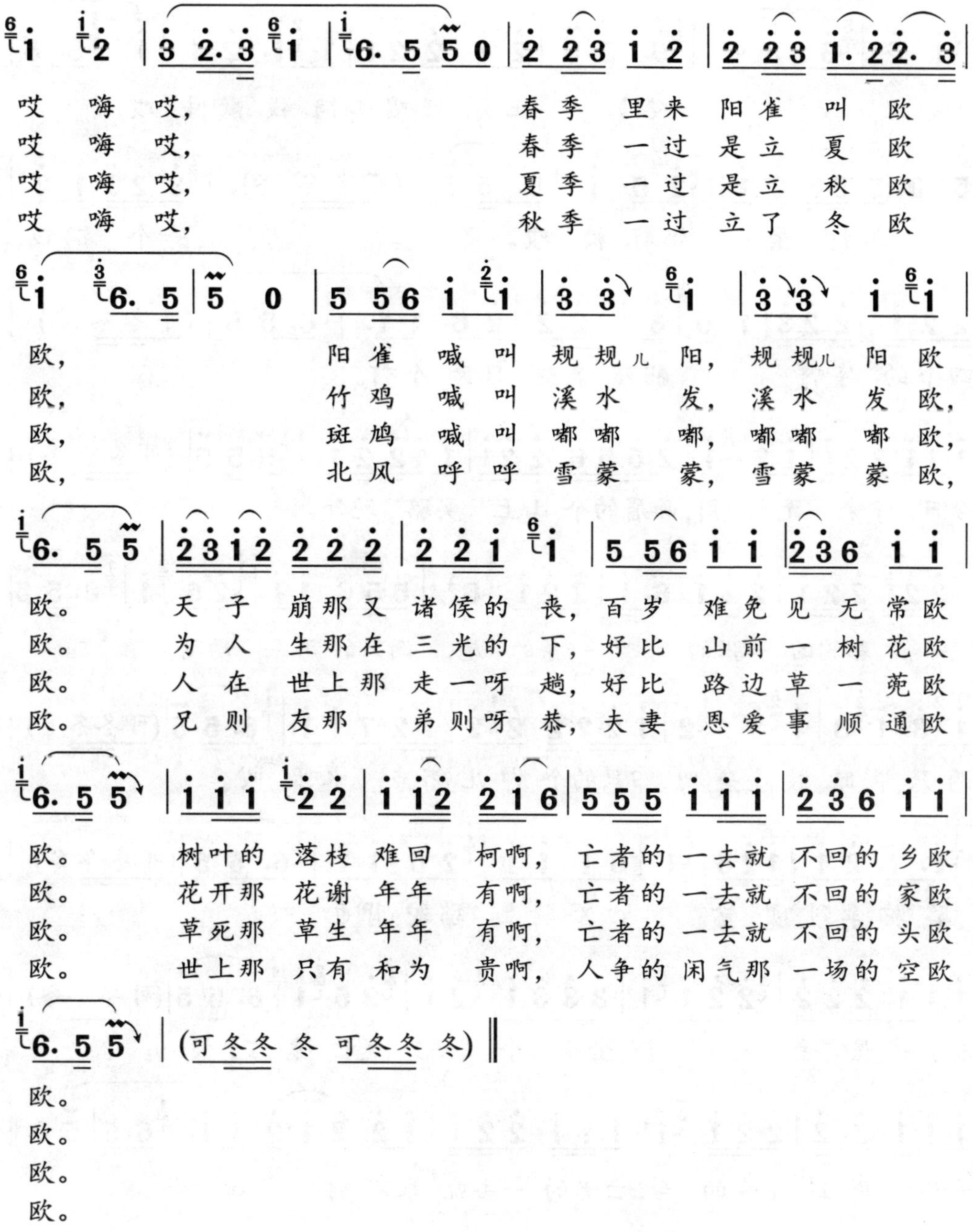

送 骆 驼

汪传理 唱
汪吉山 记

1=B 2/4 3/4
稍慢

(哎　哎　　哎!)　正月好唱　铜钱歌哇哎，
郎打　金钱　姐标梭哎。　　　一个　铜钱
四个的 字啊　翻转 来呀 只两个啊。
今日 拿来 无别 用,西眉的个 山上 买骆 驼外。
一条 骆驼的 一张的 嘴呀 一条的 尾，两只的耳朵 动飞 飞哎。
两只眼睛 鼓垒垒呀,四只的个 脚儿 齐点 水呀哎。
骆驼牵到 灵堂 内,亡者骑上 骆驼背也 哎。
骆驼的 驼啊金 又驼的 银,金银的个 骆驼 送亡 魂哎，
亡魂的 送到 望乡的 台,亡者的 一去就 永不啊　回哟。

（四）上梁歌

开盒仪式歌

郑本文 唱
黄瑛 记

```
1 3 3 5  6 5 6. 5 4. 6 5.  3 4 6 5 3 2  -  |
东 边 那 一  朵 呵   祥   云   起 呀

2 3 5 3  2 5 3 2 1 - 2 - 3. 5  2 3 3 2 1 6 - |
西 边 那 一 朵      紫   云   开 呀

1  1 2 5 3.  5̲3  2 3 3  -  |
祥  云 起 呀   紫  云 开

5 3  2 5 3 2 1 - 2 5  3 3 2 1 6 -  ‖
主 东 请 我     开 盒 来 呀
```

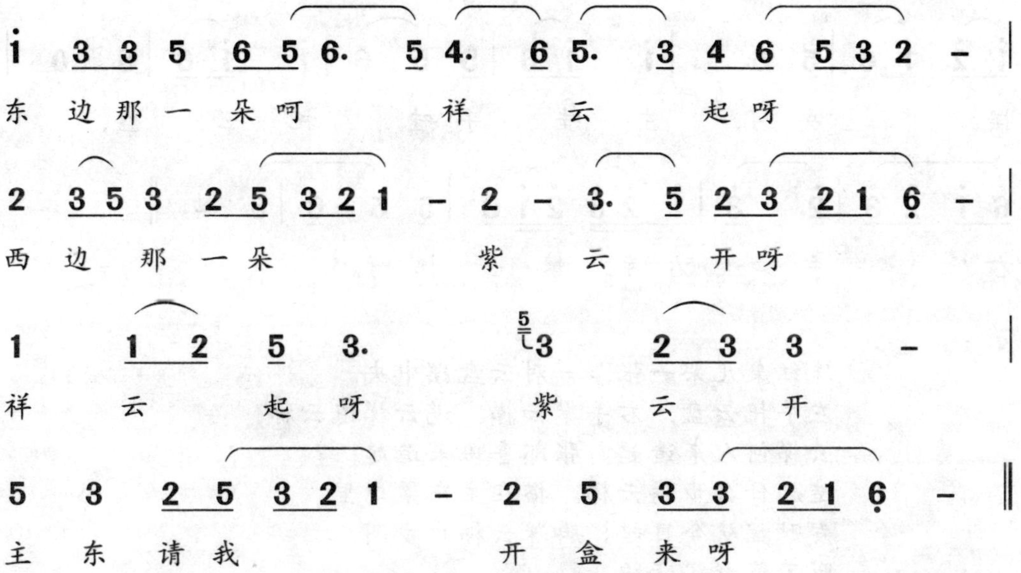

一开荣华富贵，
二开金银满堂，
三开天长地久，
四开地久开长，
开盒已毕大吉大利。

搭 梁

1=D 2/4
中速

黄发芹 黄瑛 唱
文化馆 记

珠红桌儿摆一张呵,一对的个云盘摆中央呵,左哇手哇托云盘,右手右手攀云梯呀。

　　珠红桌儿架一张,一对云盘摆中央。
　　左手托云盘,右手攀云梯。说云梯道云梯,
　　云梯何人来造起。张郎鲁班来造起,
　　造起什么步腾云梯。搭在主东梁口里,
　　发财就从今日起。脚踩云梯步步高,
　　脱了蓝衫穿紫袍。
　　手攀二串二朵金花,手攀三串三元早中。
　　手攀四串四海扬名,手攀五吕五子登科。
　　手攀六串六合同春,手攀七串七步能文。
　　手攀八串文武大官,手攀九串九中魁首。
　　手攀十串上登头,代代儿孙做诸侯。
　　自从今日上梁后,满门公卿食宽禄。
　　上了梯子又上枋,主东金银用仓装。
　　脚踏枋手攀梁,一莫急来二莫忙,
　　一步一步登主梁。来到梁头打一望,
　　观见主东好坐场。
　　后面来小千里远,前面配山正高强。
　　荣华富贵享不尽,天长地久地久天长。

开梁口

1=D 2/4
中速

黄发芹 黄瑛 唱
文 化 馆 记

两脚走忙忙啦忙忙走，手拿金锉手拿金锉银斧头，主东请我开梁口哇，开个哪个金银满百斗。开个哪个金银满百斗。

　　　　两脚忙忙走，手拿金锉银斧头。
　　　　主东请我开梁口，开个金银满百斗。
　　　　梁口开得深，代代儿孙穿布珍。
　　　　梁口开得浅，代代儿孙打黄伞。
　　　　掉转梁头背青天，代代儿孙做高官。
　　　　古怪古怪真古怪，天上飘下买袋米。
　　　　右缠三转生贵子，左缠三转点状元。
　　　　还有三转我不缠，留下主东玉马治田庄。
　　　　东边梁木升得高，好挂乌纱帽。
　　　　西边梁木升得高，好挂滚衣袍。
　　　　主梁登位万代富贵。

梁 布

黄发芹 黄瑛 唱
文化馆 记

1=D 2/4
中速

主东造起华堂府啊，华堂全靠梁为主。又要画梁又雕柱啊，又要那个五色包衣布啊。

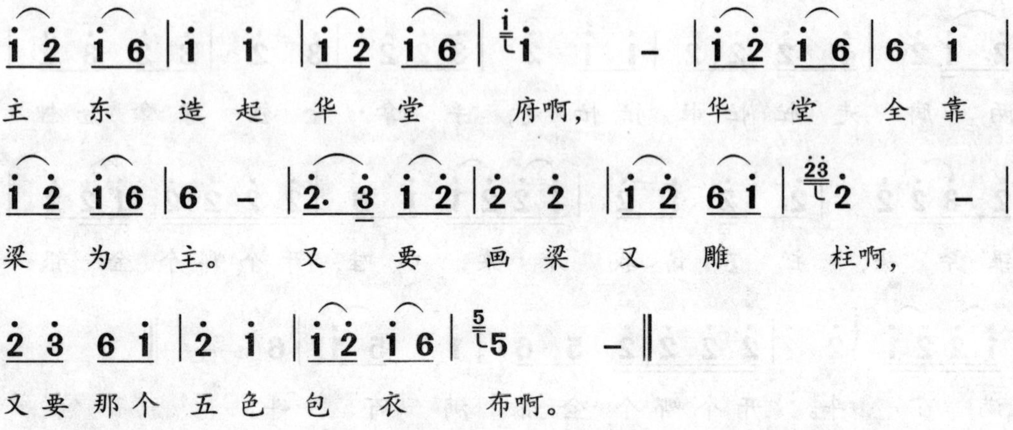

　　不讲盘中的果子，不讲五保耕牛，
　　主动今日造起华堂府，华堂全靠梁为主。
　　又要画梁又雕柱，又要五色包衣布。
　　说此布道此布，说起此布有缘故。
　　皇帝制衣服，天生棉花制成布。
　　又薅草又上枯，结的棉花桃子没得谱。
　　只到八月十四五，花花儿一捡屋大屋。
　　弹匠弹花堆大堆，棉花纺纱有用处。
　　组织根根成布，浆布拿来送染铺。
　　染匠师傅忙不住，造成五色红绿布。
　　世人拿起缝衣穿，主东拿起做梁布。
　　搭梁布搭梁布，一发贵来二发富。
　　自从今日搭梁后，代代儿孙好衣禄。

抛 梁 粑

丢下闲言莫讲哒，下面望着抛梁粑。
来的儿郎一大拉，眼睛鼓起钵钵大。
爪子扎起像钉耙，师傅我把粑粑抛下哒。
抛梁粑抛东方，东立排坊西立仓。
抛梁粑抛南方，南治田土北治庄。
抛梁粑抛西方，金银财宝压满仓。
抛梁粑抛北方，百事顺通大吉昌。
前抛八步朝阳水，后抛八步水朝阳。
左抛青龙高万丈，右抛百虎把头扬。
抛个金童玉马三岁土，抛个状元榜眼探花郎。
抛梁粑粑已抛完，荣华富贵万长年。
抛梁已毕永保清吉。

竖屋起扇

1=C 2/4
中速

黄发芹 黄瑛 唱
文　化　馆 记

建起杨桥搭起台，嗨嗨嗬　嗨嗨嗬，
主东呵请我起扇来，嗬嗨嗨嗬嗨嗬嗨嗨嗬嗨，
中柱就站一对呀，檐柱就站一双，嗨嗨嗨嗬嗨嗨
嗨嗨嗨嗬嗨　嗨嗨嗨嗬嗨嗬　嗨嗨嗨嗬嗨嗬，(领)亲戚朋友(合)嗨　嗬嗨
(领)站两　旁，(合)嗨嗨嗬嗨　嗨嗨嗬嗨　嗨嗨嗬嗨　嗨嗨嗬嗨

　　建起杨桥搭起台，主东请我起扇来。中柱站一对檐柱站一双，亲戚朋友站两旁。
　　此鸡不是非凡鸡，王母娘娘抱小鸡。头又高尾也低，身穿五色绒毛衣。
　　白日西面山上打食吃，夜晚梭上梳毛衣。凡人拿起无用处，弟子拿起止煞气。
　　东边修起文王阁，西边修起转阁楼。前头八步朝阳水，后头八步水朝阳。朝阳水水朝阳，斧子锉子叮响，椽戈檩条排成行。
　　东边一朵祥云起，西边一朵紫云开。祥云起紫云开，张郎鲁班下凡来。
　　鲁班下凡无别事，正是弟子起扇时。一张封天忌，二打地无忌，三打三地，阴阳百无禁忌，天煞地煞年煞月煞，日煞时煞，五五二十五煞，八九七十二煞，奔头木马弟子无见煞。
　　信发斯人长发斯人，供果满圆各归原位。
　　斧子一响黄金万两，斧子二响福贵满堂。斧子三响，各位弟子排整齐。斧子四响，各位弟子齐努力，立——

元 宝

黄发芹 黄瑛 唱
文化馆 记

1=D 2/4
中速

(乐谱)

去了一行又一行,去了那个那行讲那行,嗬啦嗬嗬儿吔 去了那个那行讲那行。
主东今日修华堂,朝也那个忙来夜也忙,嗬啦嗬嗬儿吔 朝也那个忙来夜也忙。

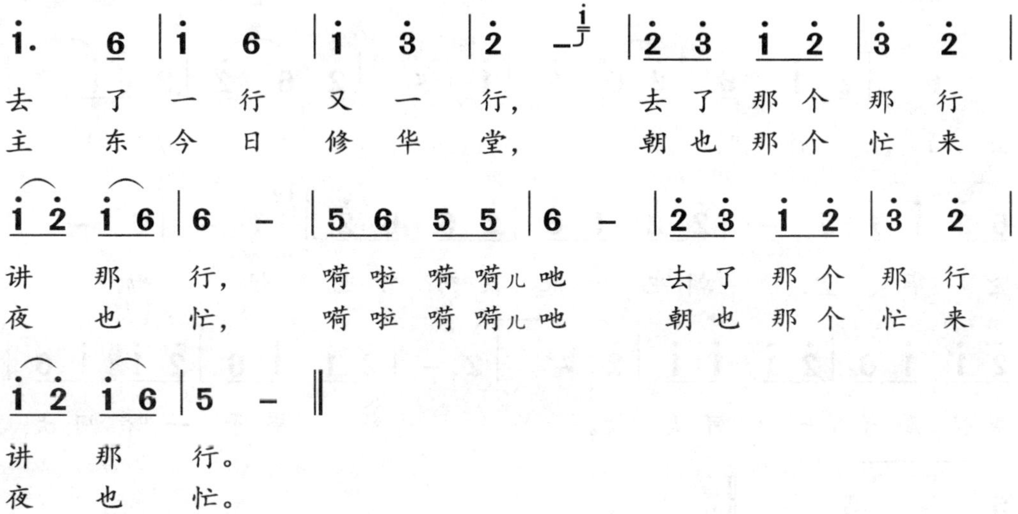

去了一行又一行,去了那行讲那行,
主东今日修华堂,朝也忙来夜也忙。
做起元宝敬华堂,说起元宝根生长,
正月耕田二月跑,三月清明泡谷种,
四月立夏插稻秧。五月六月扯田草,
七月八月满坪黄。看着谷子要上仓,
家家户户开禾场。主东请来努力的儿郎,
杉木千担铁木桩,割谷刀儿手中扬。
上头田里割几株,下头田里割几行。
捆的捆挑的挑,把谷挑进打禾场。
扎角水牛赶一对,圆轮石滚用一对。
顺风打来顺风扬,谷儿扬起十粒并五双。
籼谷挑进籼谷堆,糯米挑进糯米仓。
还有几担无处装,糯米挑进舂米行。
马桑舂码叮叮磅,磅的米儿白如霜。
架起北方人贵水,架起南方丙丁火,
糯米蒸得喷喷香。一把端上元宝案,
打的元宝白如霜。大宝做了千千万,
小宝做了万万双,又在堂前待宾客,
又在梁头祭栋梁。

赞 厨 子

1=D 2/4
中速

黄发芹 黄瑛 唱
文化馆 记

去了一行吗又一行，主动今日竖华堂，朝也忙来夜呵呵也忙嘞，帮忙厨子一呀呵大仗。帮忙厨子一呀呵大仗。

  去了一行又一行，主动今日竖华堂。朝也忙夜也忙，帮忙厨子一大仗。

  拿的拿尖刀，拿的拿挺杖。杀的杀猪宰的宰羊。皮毛刮白亮亮，搁在案板上。

  厨师果然好内行，豆腐煎得二面黄，肥肉堂前待宾客，精的梁头祭栋梁。

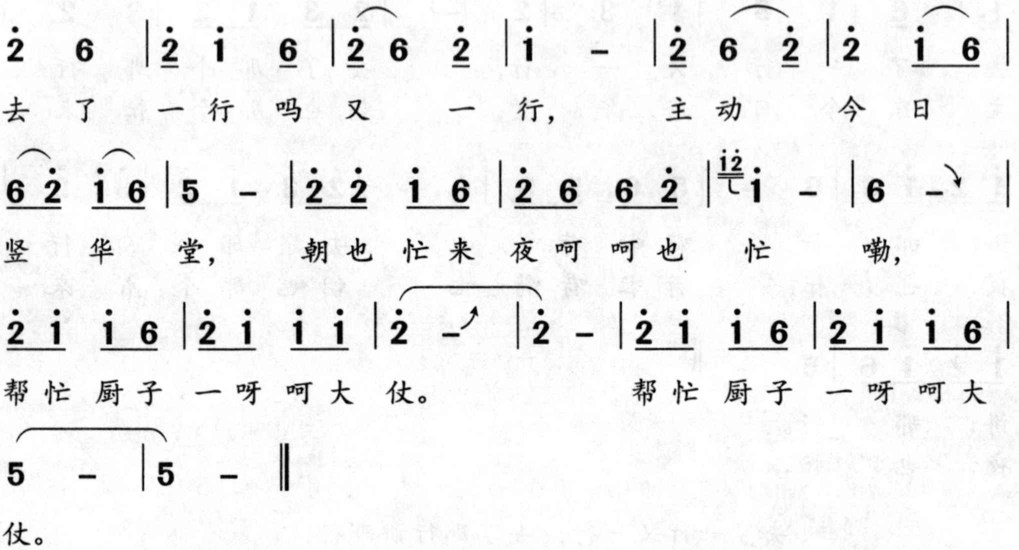

赞 酒

1=D 2/4
中速

黄发芹 黄瑛 唱
文化馆 记

（乐谱）

说哇壶瓶　道哇壶瓶，说起那个壶瓶嘛有根性，北京城里呀请啦匠人，两个匠人两个匠人齐进门嘞。

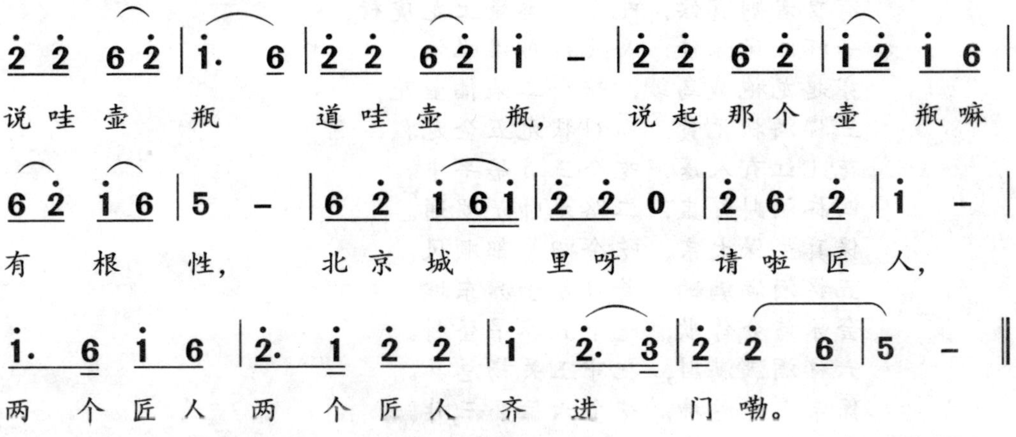

说哇壶瓶道壶瓶，说起壶瓶有根性。
北京城里请匠人，两个匠人齐进门。
这把壶瓶造得成。
鹦哥嘴出美酒，凤凰身出金银。
上面又打菠萝盖，下面兰花托凤瓶。
打起壶瓶装上酒，酒到梁头祭梁神。
说起此酒根性长，听我从头说端详。
神农制下五谷粮，杜康造酒头一行。
又蒸又煮又喷香，斗谷要放二两曲子酿。
四周安个大巴掌，当中摆个大闹堂。
和了三天并七日，一堂美酒满屋香。
又好堂前待宾客，又好梁头祭栋梁。
师傅提壶把酒斟，三杯美酒敬上神。
一杯美酒敬上苍，敬天敬地敬三光。
自从今日登得后，家门清静大吉昌。
二杯美酒祭栋梁，紫薇高照照华堂。
百事顺通大吉祥。
三杯酒儿蔡龙神，五方龙神笑盈盈。
自从今日登龙后，五龙归位家门兴。
三杯酒敬过身，师傅你我二人吃个十杯清。

第五篇　多姿多彩——风俗礼仪歌

一杯酒有四两，昔日有个杨文广，
有功者则有偿，吃个一举登上龙虎榜。
一杯酒风味佳，岳飞拜神谁叱他，
穿起龙袍戴乌纱，吃个二朵插金花，
三杯酒状元黄，新科状元五金龙。
花儿红有人篷，吃个三员早早中。
四杯酒斟杯盅，二路元帅是罗通。
保真主保太宗，吃个四季都顺风。
五杯酒满满酌，昔日才子苏东坡。
会咏诗会作歌，吃个五谷早登科。
六杯酒满满斟，把守玉关杨总兵。
保宗王定乾坤，吃个六位高三升。
七杯酒甜清清，七姊妹斗游星下凡。
为何行孝董永男，吃个七姊妹团团圆。
八杯酒酒吃后，八仙有个曹国舅。
蟠桃会饮玉泉酒，吃个八福拜八寿。
九杯酒没吃醉，头上发富催又瑞。
又催富又催贵，吃个九字吃不退。
十杯酒正当时，东呈有个太时同，
又安帮又国治，吃过十年身到凤凰池。
十杯酒教过身，师傅你二人谢谢主东君。
一要谢他的金，二要谢他的银。
前面谢他摇钱树，又后谢他的聚宝盘。
摇钱树上有钱使，聚宝盘里有金银。
一天早上捡四两，两个早晨拣半斤。
三个早晨未曾拣，碗大的珍珠塞后门。

主　梁

1=C 2/4　　　　　　　　　　　　　　黄发芹 黄瑛 唱
中速　　　　　　　　　　　　　　　　文　化　馆　记

一百根柱头落地，九十九块串方，
沉香木做中柱，梭罗树做主梁，做主梁。

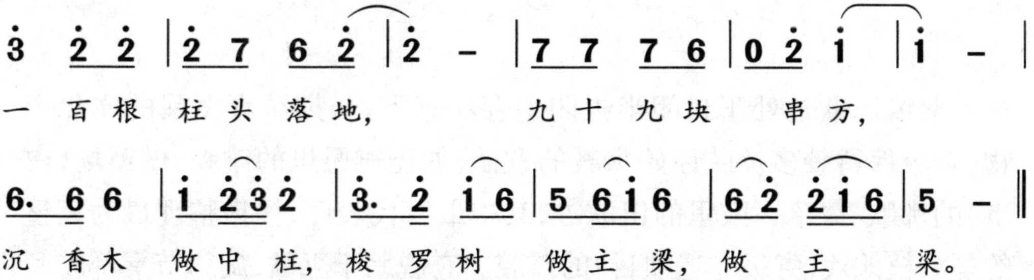

　　　　一百根柱子落地，九十九块串方民。
　　　　沉香木做中柱，梭罗树做主梁。
　　　　主梁生在何处，长在何方？
　　　　坐在青龙背上，长在凤凰头上。
　　　　何人得知何得见？何人提斧来砍倒？
　　　　何来把尺来量？张郎提斧来砍倒，
　　　　鲁班来把尽来量。大尺量来有好多，
　　　　小尺量来有好长。小尺量来丈大丈，
　　　　大尺量来丈把长。大锯锯了鹦歌嘴，
　　　　小锯锯了凤凰身。
　　　　一下三筒，根根般粗，筒筒般长。
　　　　头一筒好做什么？第二筒好做什么？
　　　　第三筒好做什么？头号一筒修起金銮殿，
　　　　第二筒修起文武百官阁门，只有第三筒不长不短，
　　　　不短不长送与主东，做起万代主梁。
　　　　主东请起努力的儿郎，轻吹细打耀耀闪闪，抬进木厂。
　　　　木马一对两耳张张，斧对一对路路成行。
　　　　墨对一对好似鸳鸯，曲尺二杆好似凤凰。
　　　　介锯一把介破两箱，长刨二把刨得坦坦平洋。
　　　　尖刨二把刨得明月放光，拿起银钻墨线，
　　　　一线弹在中间。
　　　　两头做起龙眼凤笋，当中做起明月照华堂。

第六篇 神秘之声——傩腔

　　桑植民歌是处于封闭半封闭生存状态下，长期孕育发展的文化产物，至今保留较多反映原始宗教的歌谣，如还傩愿里的傩腔、做道场（白事）的佛歌、薅草锣鼓里的田歌等，其中最有代表性，搜集整理最为完整的是桑植傩戏（省级非遗项目）的傩腔。它脱胎于巫歌，旋律节奏都较简单，结构保持巫歌原始风貌。傩腔分为傩戏正朝戏和花朝戏音乐两大部分。其中正朝戏音乐特征是非常鲜明，这种巫歌与古老牛角、司刀配合让祭祀活动显得肃穆神秘。法师的吟唱是口语式又如梦呓式，试图通过这种方式塑造出一批神的形象。而在花朝音乐部分，原来是"九板十三腔"，改土归流后，桑植傩坛艺人广泛吸收民歌小调，发展成每个行当角色行当都有腔板，计有《开坛板》《发文板》《造桥板》等正朝版及《马夫调》《观音调》《勾愿调》等花朝调120多种。特别是花朝戏调子形式灵活多变，风格生动多趣，广泛采用移调、变调、换板、加花等方式。因此可以说桑植傩戏已集桑植民歌之大成，说桑植傩愿戏歌中有戏、戏中有歌，既是戏也是歌，一点也不假。傩戏与桑植民歌结合，其生命力更加顽强，桑植民歌又因傩文化元素的加入而更加丰富。

拜 天 地

《下池》汜杞梁[生]许孟姜[旦]唱

1=F 2/4 3/4

谷兆芹　向佐光　唱
陈金钟　　　　　记

【双反三】3 5 5 | i 6 i | 6 i 6 5 | 3 5 ⌢5 | i 6 | 5 3 | 5 5 2 2 | 0 3 |
　　　　　郎 行 三 步　来呀　求　　姐　呀，　姐呀行啦

i 6 i | 6 5 ⌢5 3 | 3 5 3 2 | ⌢2 | 3 5 2 3 | 5 ⌢5 | 3 2 1 | 6 0 |【双反三】
三 啰　　　步 呵　来呀求哇　郎 吖；

3 5 5 | i 6 6 i | i 6 5 | 3 1 | 5 6 | 5 3 | 3 5 2 2 | 0 3 | 3 5 6 i | 6 5 3 |
郎 求 姐 来也　姐　求　郎 呵，　同吖入吖　池吖

5 5 3 2 | ⌢2 | ⌢2 1 | 3 5 2 3 | 5 ⌢5 | 3 2 1 6 |【双反三】3 3 3 5 | 6 1 3 5 |
塘吖　　　结 成 啰　双 呵。　　　　　夫妻二人八 拜

i 6 | i 6 i 6 5 | 3 0 | 3 5 | 6 | 5 3 | 3 5 2 | 0 3 | 6 6 i 6 5 | ⌢5 |
天 来　八 拜 地呀，　八　拜　虚 呀

5 5 3 2 | ⌢2 | 3 5 2 3 | 5 ⌢5 | 3 2 1 6 |【双反三】⌢5 5 | i 5 5 |
空 吖　　　过 哇 往吖　神 啰。　　　　　一 拜 千 里 的

i i 6 6 6 i | 6 i 6 5 3 | 3 5 6 | 5 3 | 3 5 2 | 0 3 | 6 6. | 5 3 |
夫 哇 妻 呀　来 呀　路 远 嘞。　二　拜　夫 哇

5 5 3 2 | ⌢2 1 | 5 2 2 3 | 5 5 | 3 2 1 6 |【双反三】3 3 | 1 1 6 | i |
妻 呀　　这是 一世 姻 啦 缘。　　　　三 拜 夫 哇 妻

6 i 6 5 3 | i 6 | 5 3 | 3 5 2 | 0 3 | 6 6 5 ⌢5 | 5 5 3 2 | ⌢2 1 |
同 吖 到 老 哇，　四吖 拜　夫 哇　妻 噢

3 5 2 3 | 5 ⌢5 | 3 2 1 | 6 |【双反三】‖
共 吖 百 呀　年 啦。

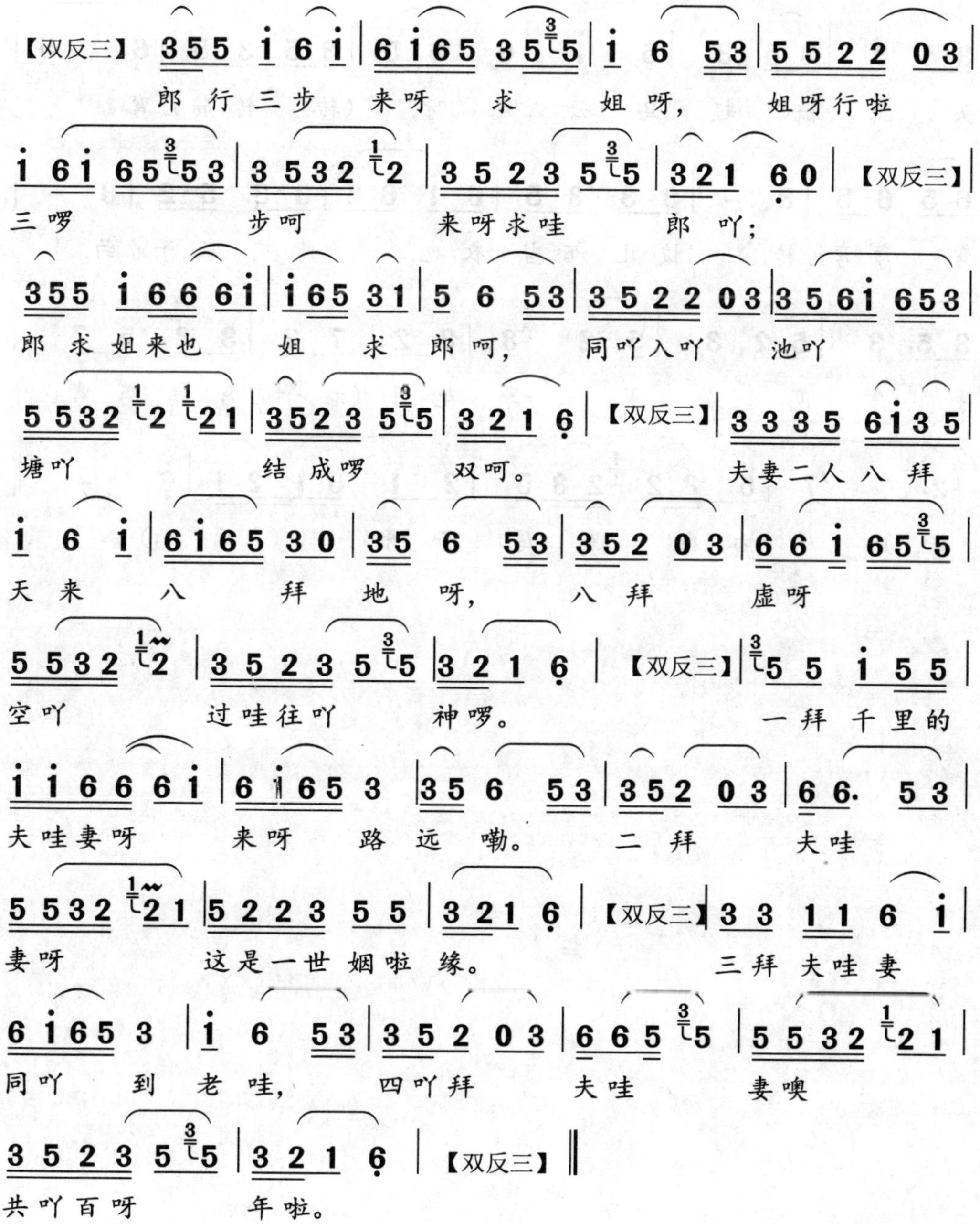

打梳妆

《王三卖货》张梅香[旦]唱

谷兆芹 唱
鲁 颂 记

1=F 2/4

头上梳起乌云发呀,（转 转 转儿弯 弯 弯 弯儿转，梭儿郎当衣也 哟呵衣子儿哟,）手拿两朵通草花呀（溜子儿弯啦弯弯儿转,）插在燕尾下呀 （衣 哟）。

风 扫 叶

《求嗣》姜氏[旦]唱

谷兆芹 唱
陈金钟 记

(曲谱)

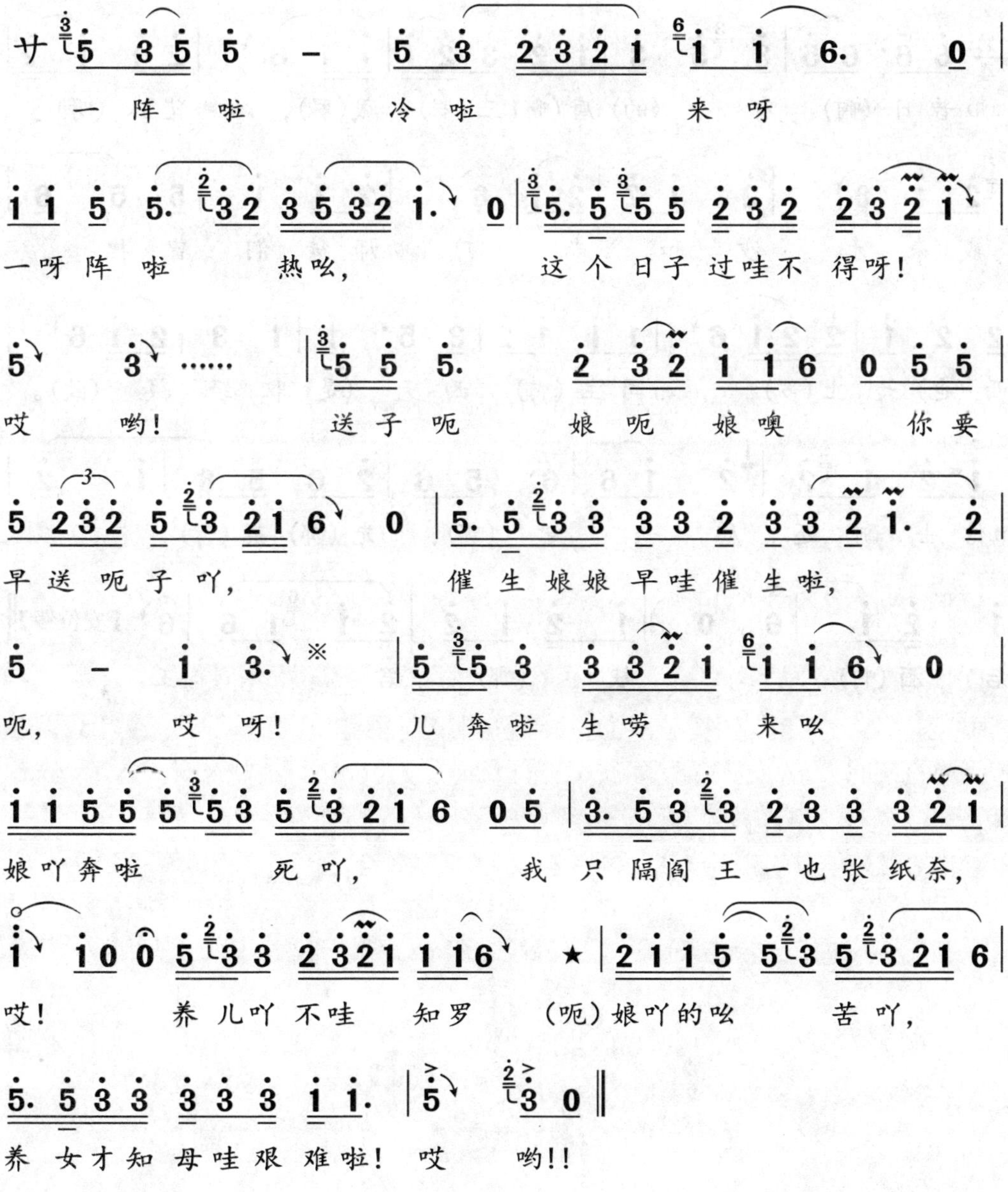

注："※""0"假嗓音，"★"吸气哭呃声。

告 茶 调

《告茶》茶娘、茶郎唱

彭文辉 向国建 唱
汪吉山 记

1=B 2/4
中速

(娘唱)昔日(啊) 有个 (的)唐(啊)三(罗) 藏(罗), (郎唱)猪八(呀)戒(来呀) 沙和 尚 (啊)。(娘唱)师徒们 曾把 西(也)天 上(罗), (郎唱)同往(啊) 西天 (是)取经 藏(欧)。(合)信士酬还愿 一 堂(哪), 先(哪)茶(呀)后 酒(啊) 献(哪)君 王。【安位锣】

观 山 板

《求嗣》许元武[生]唱

谷兆芹 唱
陈金钟 记

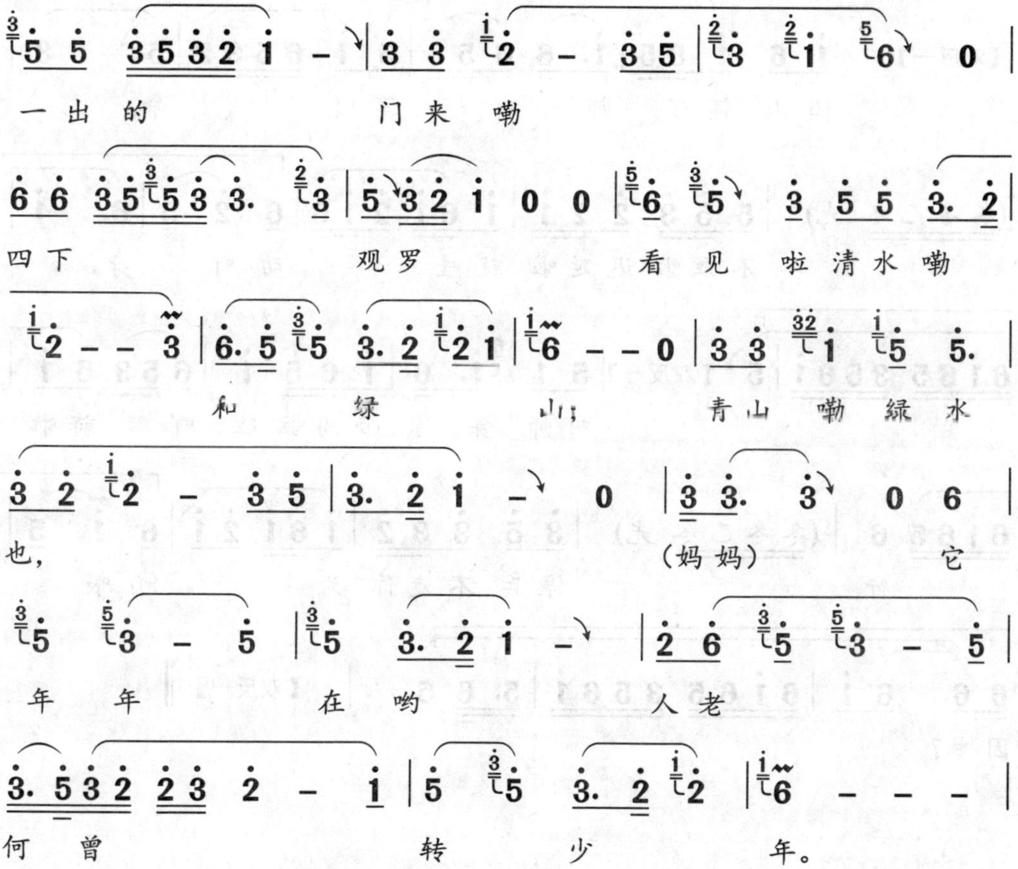

红绫袄

《鲍家庄》关索[生]唱

谷兆芹 唱
陈金钟 记

$1={}^{\flat}B$ $\frac{2}{4}$

【双反一】 １ ６ １ ６５ ｜ １．６ ６５３ ｜ ５ １ ６５３２ ｜ ５． ３ ｜
仙山领了师吖傅哇　　　　命，

(冬冬乙冬光) ｜ ５５３ ２２１ ｜ １６１ ２１６ ｜ ６ ２ ５ ６． １ ｜
不敢啦迟延啦就哇　　动吖　身。

６１６５ ３５６１ ｜ ５ 【双反一】 ｜ ５ １ １．６ ｜ １ ６ ５ １ ｜ ６５３ ５１ ｜
叫师弟你带马啦往吖　前啦

６１６５ ６ ｜ (冬冬乙冬光) ｜ ３５ ３３２ ｜ １６１ ２１ ｜ ６ １ ５ ｜
行，　　　　　　停兵不走你为　何喂

６ ６． ６１ ｜ ６１６５ ３５６１ ｜ ５． ６５． ｜ 【双反一】 ‖
因啦?

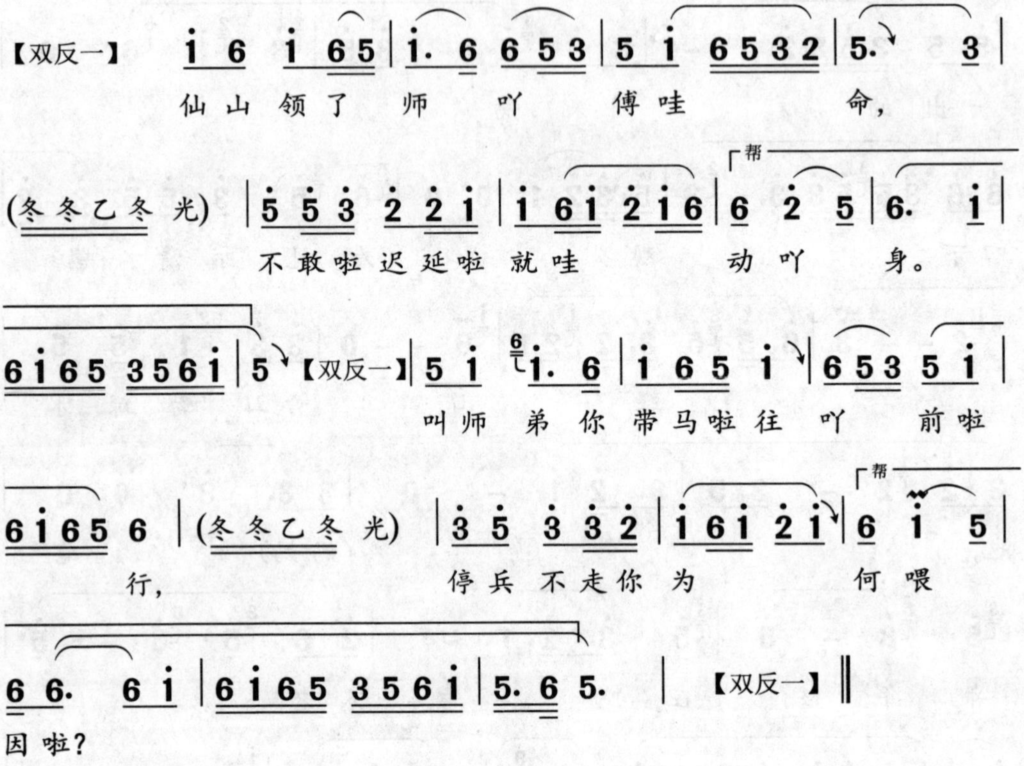

怀 胎 调

《孟姜女·救嗣》姜氏[旦]唱

向国建 唱
陈金钟 记

1=A 2/4
中速

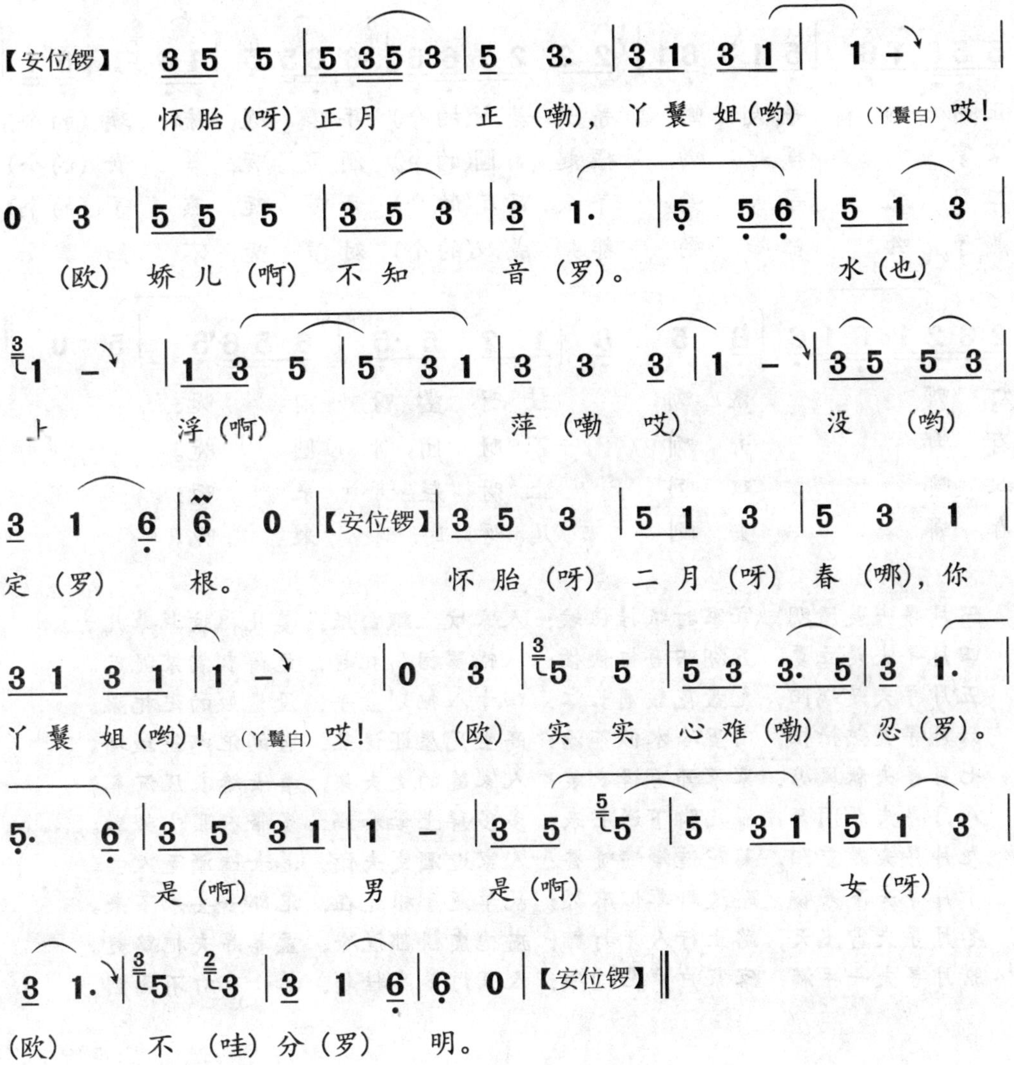

姜女春去几时来

《寻夫上路》许孟姜[旦]唱

1=G 2/4
稍慢，沉痛地

陈春香 唱
白诚仁 记

正月哟　寻夫哟　寻夫是新(的个)年啰　咙，琉璃(的个)
家家哟　摆起哟　摆起团圆(的个)酒啰　咙，姜女(的个)
二月哟　寻夫哟　寻夫百花(的个)开啰　咙，燕子儿(的个)
燕子儿哟　都知哟　都知成双(的个)对啰　咙，不知美女

灯哪　　盏儿咧　挂呀堂呀前　咙；
有哪　　夫咧　　不呀团呀圆　咙。
双哪　　双咧　　上呀屋呀来　咙；
春哪　　去咧　　几呀时呀来　咙。

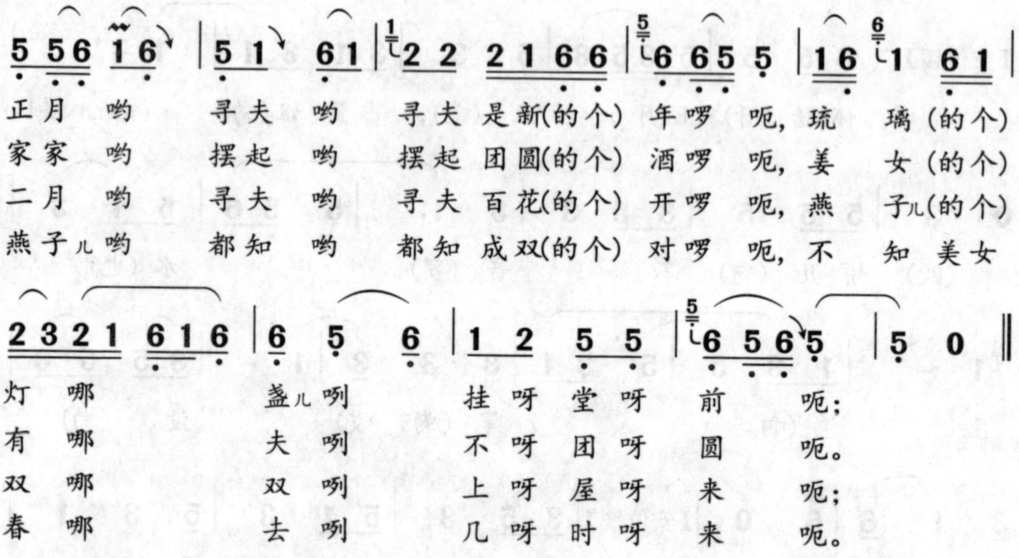

三月寻夫是清明，家家打纸挂祖坟；人家坟上飘白纸，姜儿祖坟草草儿青。
四月寻夫是立夏，五湖四海把秧插；八幅罗裙高扎起，免得衣裳浆泥巴。
五月寻夫是端阳，龙盘花鼓闹长江；四十八把划盘手，没见奴的汜杞梁。
六月寻夫热忙忙，田里冷水似茶汤；高坐瓦屋还说热，苦的汜郎筑城墙。
七月寻夫秋风凉，家家开剪缝衣裳；人家缝的丈夫穿，姜女缝衣压沉箱。
八月寻夫雁门开，雁儿脚下送书来；多多拜上爹和妈，多带衣服少带鞋。
九月寻夫是重阳，菊花造酒喷喷香；人家造酒丈夫饮，姜女造酒无人尝。
十月寻夫下寒霜，路边野草似麻瓢；乱草死了根还在，汜郎一去永不来。
冬月寻夫雪飞天，路上行人牙打颤；皮袍皮褂都说冷，孟姜寻夫把路赶。
腊月寻夫一年满，家家户户忙过年；人家灯盏高挂起，姜女有灯不团圆。

姜女道家

《勾愿》许孟姜[旦]唱

谷兆芹 唱
陈金钟 记

说奴嘞家来嘞家呀不远嘞，
说奴无呵名嘞却有呵
名啰。家住在澧州喂
澧噢阳县喃，甲山背哟后呵
是丫家哟门啰。爹姓喃许来嘞
许噢元武喃，母哇亲姜安
氏喃，老夫呵人。

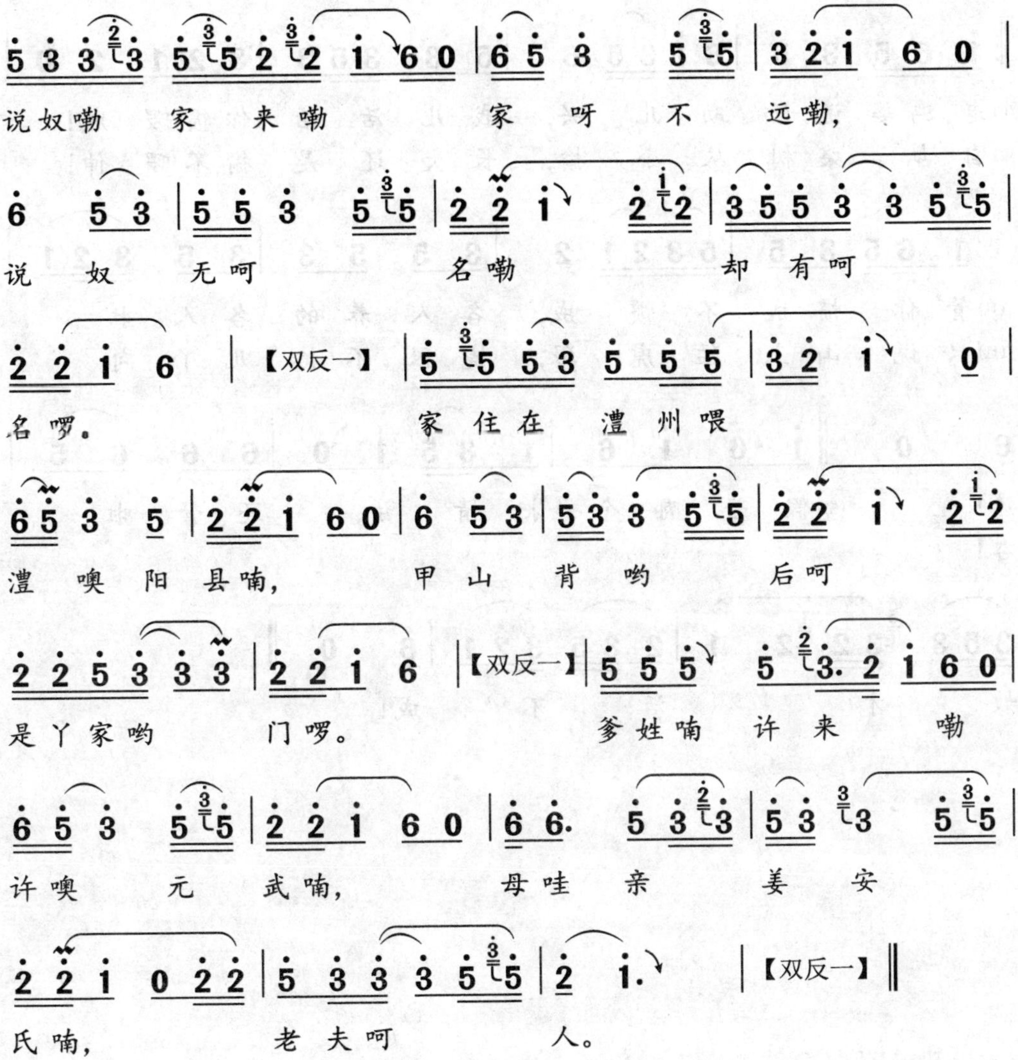

教 子 板

《清查女》许元武[生]姜氏[旦]唱

钟以善 唱
黎连城 记

1=F 2/4 3/4

```
‖: 1 6 5 3 5 | 6 1 3 5 6 | 5 3  3 5 3 | 3 2 1  2 0 |
```
(生)老 鸡 婆 说 话 助 儿 兴， 我 儿 活 活 你 惯 啰 成！
(生)自 古 桑 树 从 小 揄， 长 大 还 是 揄 不 啰 伸！

```
1 6 5 3 5 | 5 3 2 1  2 | 3 5  3 | 3 5  3 2 1 |
```
(旦)管 你 惯 成 不 惯 成， 各 人 养 的 各 人 啦
(旦)只 说 山 上 猛 虎 狠， 虎 狠 不 把 儿 丫 肉

```
6̣ 0 :‖ 1 6  1 6 | 1 3 5 1 0 | 6 6  6 5 |
```
疼！　　　(生)假 若 哪 个 把 情 讲， 还 管 啦
吞！

```
3 5 3 | 3 2  2 | 1 | 2 3 5  3 2 1 | 6̣ 0 ‖
```
奴　才　　　　 活　不　成！

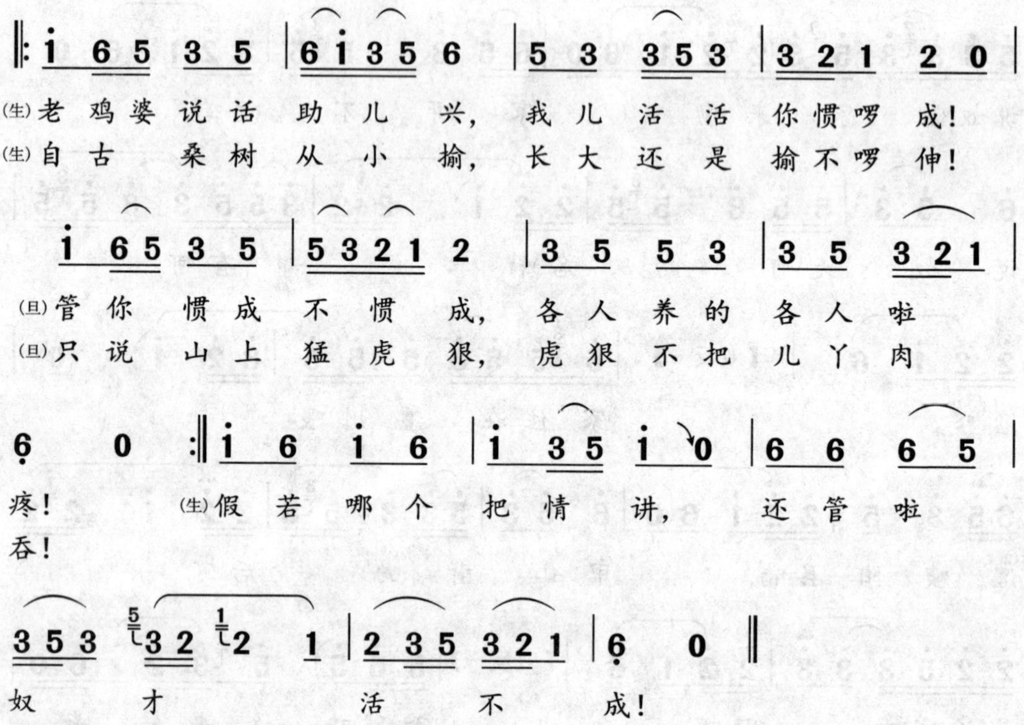

进宝下书板

《鲍家庄》进宝儿[丑]唱

陈才伦 唱
陈金钟 记

1=G 2/4 1/4

【大刀鼠头】
吖 不是我 进宝(哩啦) 手哇段 快，细伙儿① 捅 破
天 门 啦② 盖哟；【双反一】不是我 进宝(哩啦)
手 段 强吖，细 伙儿 一 命啦 见 阎 嘞
王！（夹白：我还背得有个灵牌子吖！）【双反一】 吖 我 一封吖 书信啦
背呀背呀上 进宝 背起呀 转 回 噢 乡噢。

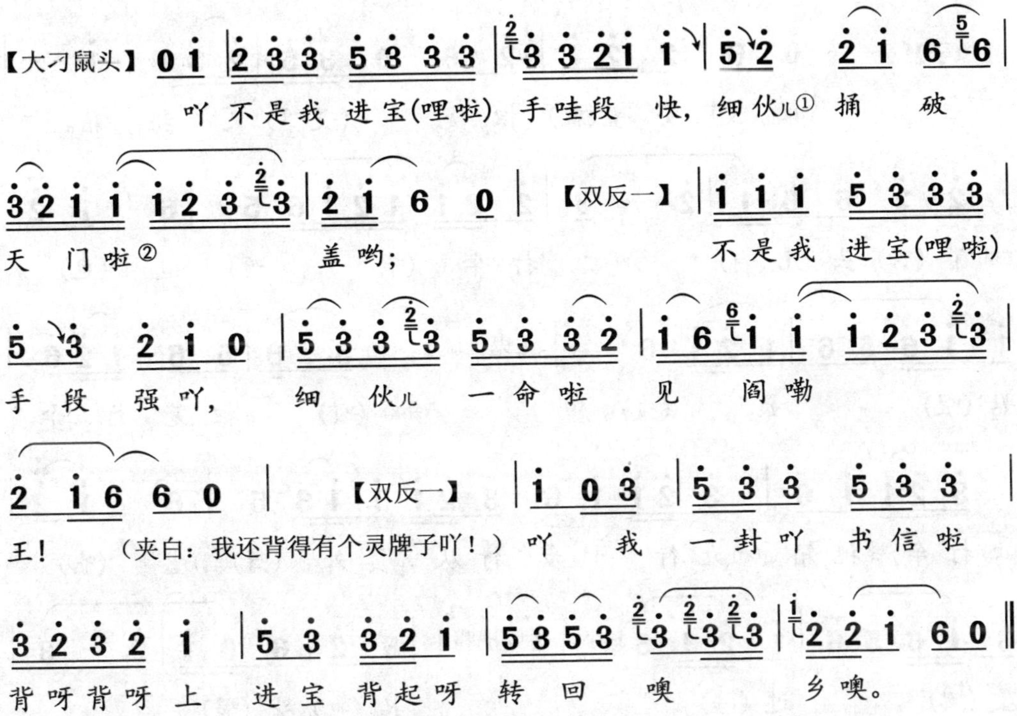

注：①细伙儿：方言，即差一点点。
②天门盖：方言，即头顶正中软骨处。

景致多

《孟姜女·晒衣》柏芳[丑]、梅香[旦]唱

1=♭B 2/4 3/4
中速

向顺进 唱
汪吉山 记

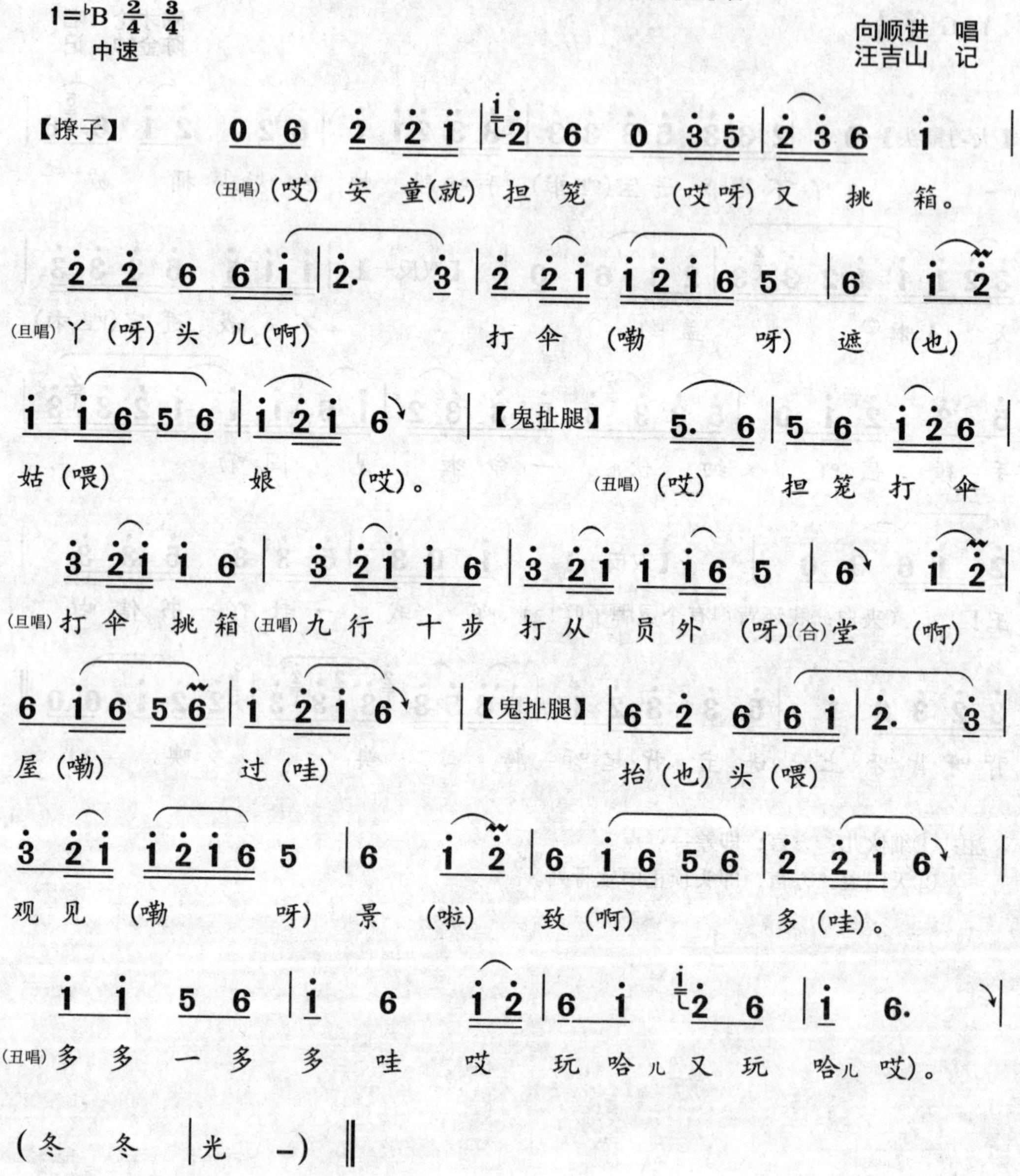

注："撩子""鬼扯腿"，打击曲牌。

敬 酒 板

《鲍家庄》鲍玉英[旦]唱

1=G 2/4 3/4

谷兆芹 唱
陈金钟 记

| 6. 5 3 3 | 5 3 5 6 — | 6. 5 3 3 5 | 3 2 1 6 2 — |

手 提 银 瓶 把 酒 斟， 尊 声 爹 爹 你 请 听，
二 杯 美 酒 满 满 斟， 爹 爹 在 上 你 请 听，
三 杯 美 酒 满 满 斟， 爹 爹 在 上 你 请 听，

| 2 6 1 2 6 1 | 2 3 5 2 | 2 2 5 3 3 5 | 2 3 2 1 6. 0 ‖

这 杯 美 酒 您 饮 清， 寿 哇 比 彭 祖 八 百 呀 春。
二 杯 美 酒 您 饮 清， 犹 哇 如 枯 树 倒 生 啦 根。
三 杯 美 酒 您 饮 清， 寿 哇 比 南 山 松 长 丫 青。

开洞板

1=♭B $\frac{2}{4}$ $\frac{3}{4}$
中速

向茂生　黄道春　唱
汪吉山　　　　　记

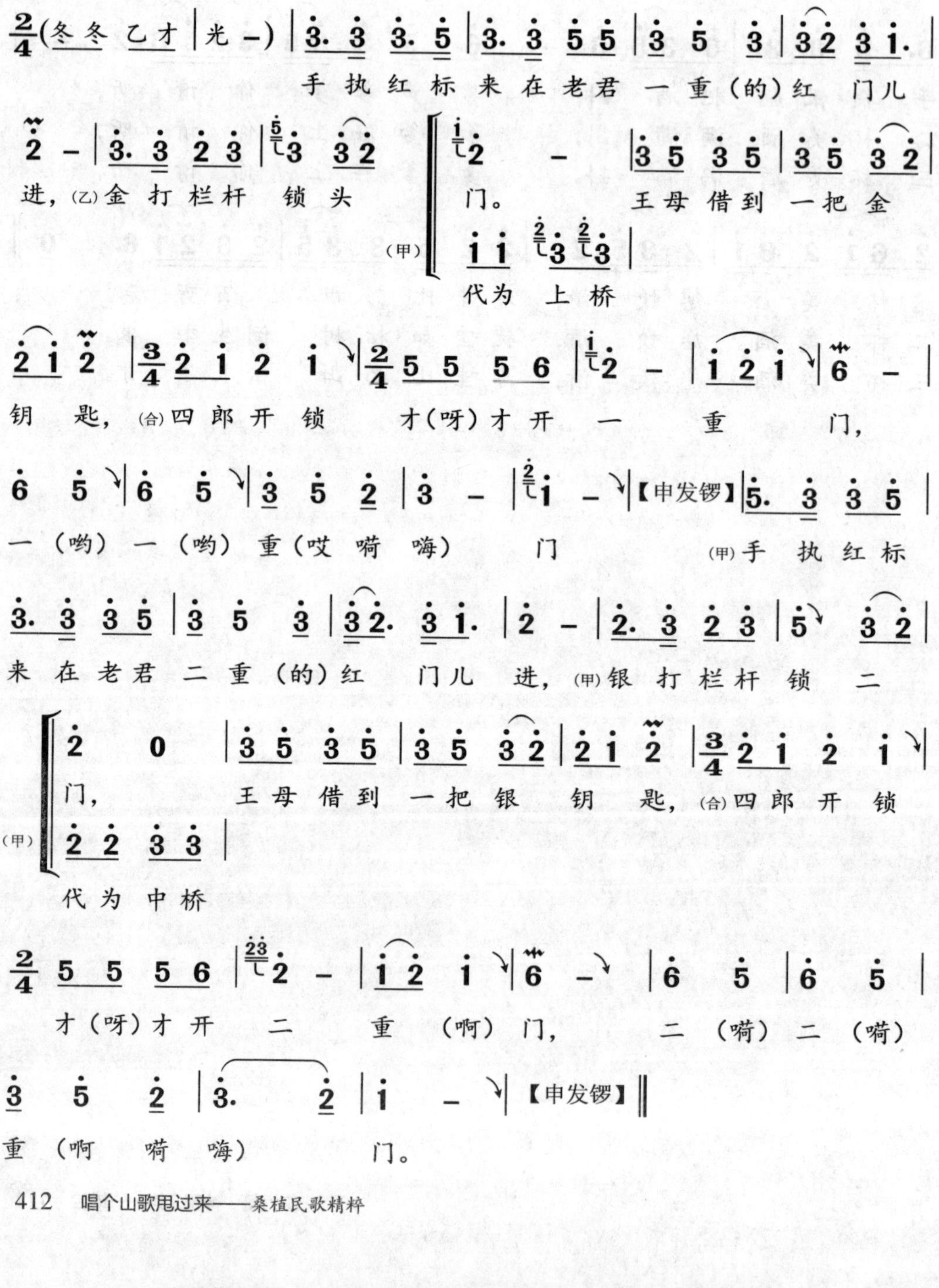

冬冬 乙才 光
手执红标来在老君一重(的)红门儿
进,(乙)金打栏杆锁头
门。王母借到一把金
(甲)代为上桥
钥匙,(合)四郎开锁才(呀)才开一重门,
一(哟)一(哟)重(哎嗬嗨)门
【申发锣】
(甲)手执红标
来在老君二重(的)红门儿进,(甲)银打栏杆锁二
门,王母借到一把银钥匙,(合)四郎开锁
(甲)代为中桥
才(呀)才开二重(啊)门,二(嗬)二(嗬)
重(啊嗬嗨)门。
【申发锣】

老旦板

《观花》姜氏[旦]唱

谷兆芹 唱
陈金钟 记

1=E 2/4 3/4

(安,)我在上房吁闷沉沉啦,
(安,)左思右想吁心不定啦,
(安,)出得二堂吁用目看啦,
(安,)你犯父亲吁什么令啦,

常为的娇儿吁挂在哟心啦；闺女长大呀
忽听的二堂吁放悲哟声啦；去下麻团啦
只见的我儿吁跪埃哟尘啦；双手将儿啦
把你的罚跪吁在堂哟厅啦；你把情由啦

婚姻未定啦,东咴挑喂西选喃
插下针啦,去呀在呀二堂打喃
来扯起啦,衣呀袖呀弹喃
对娘讲啦,大呀事呀小事喃

总呀难啦成啰。
看呀分啦明啰。
儿呀灰啦尘啰。
娘呀担啦承啰。

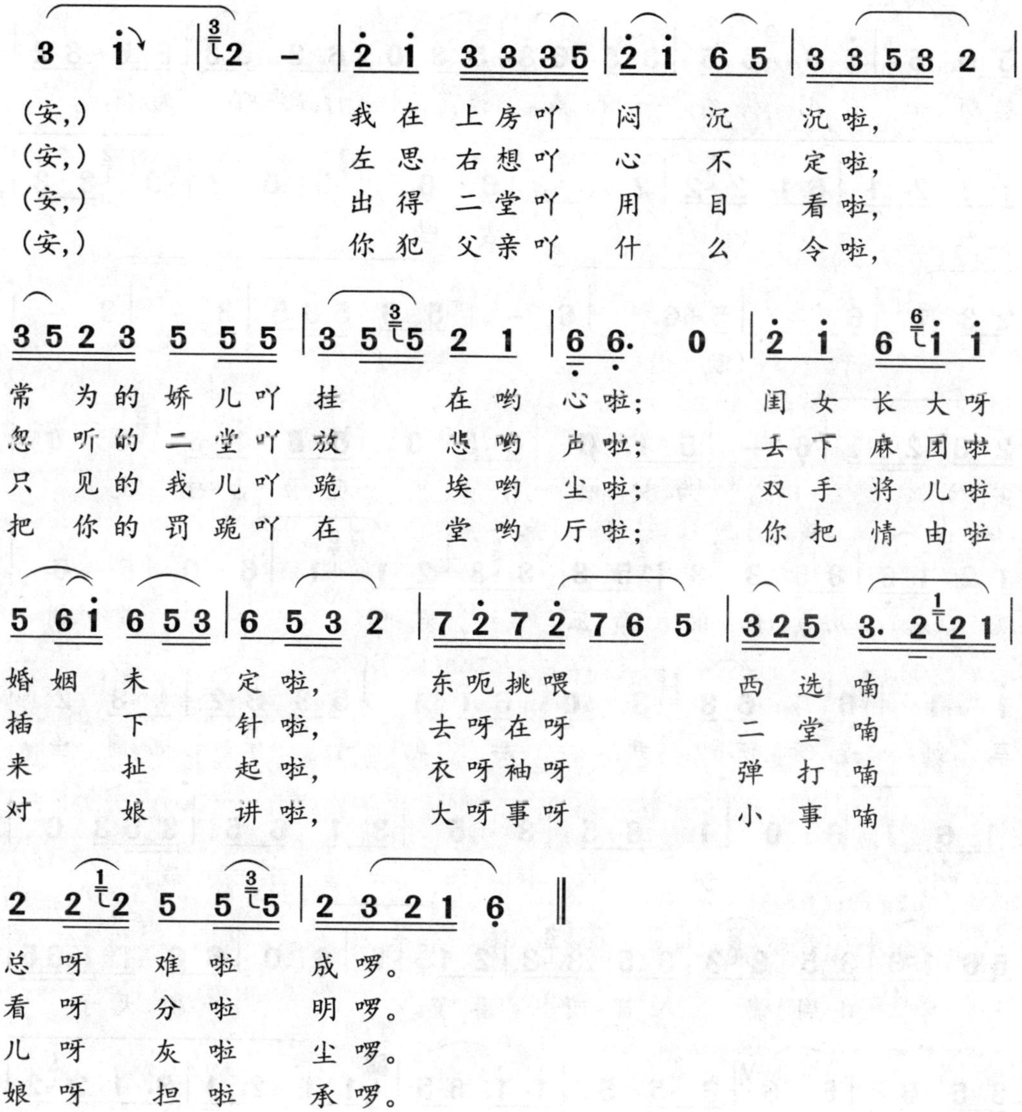

老 生 板

《求嗣》许元武[生]唱

陈才伦 唱
陈金钟 记

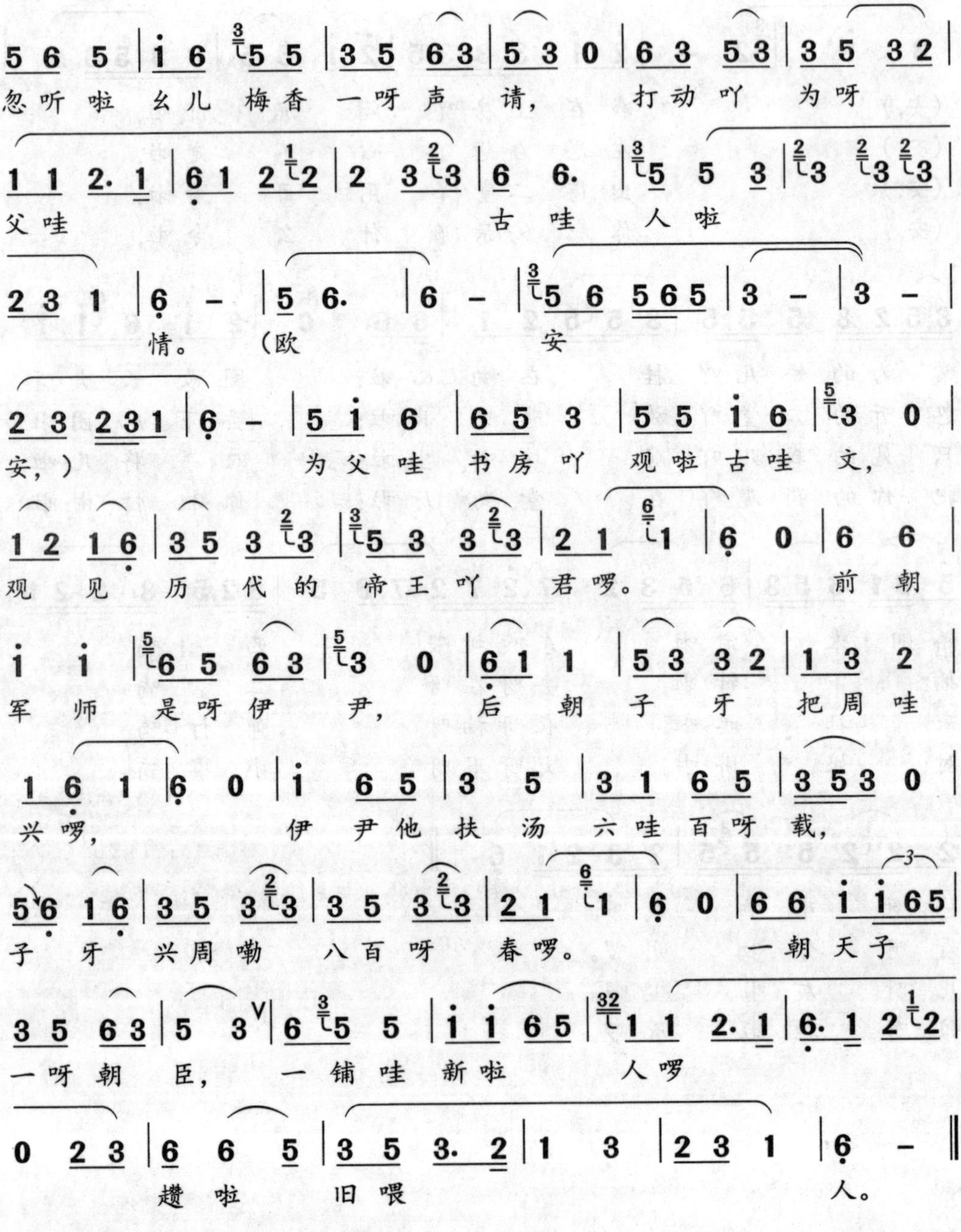

鲁班词

《造殿》法师唱

陈才伦 唱
汪吉山 记

1=D

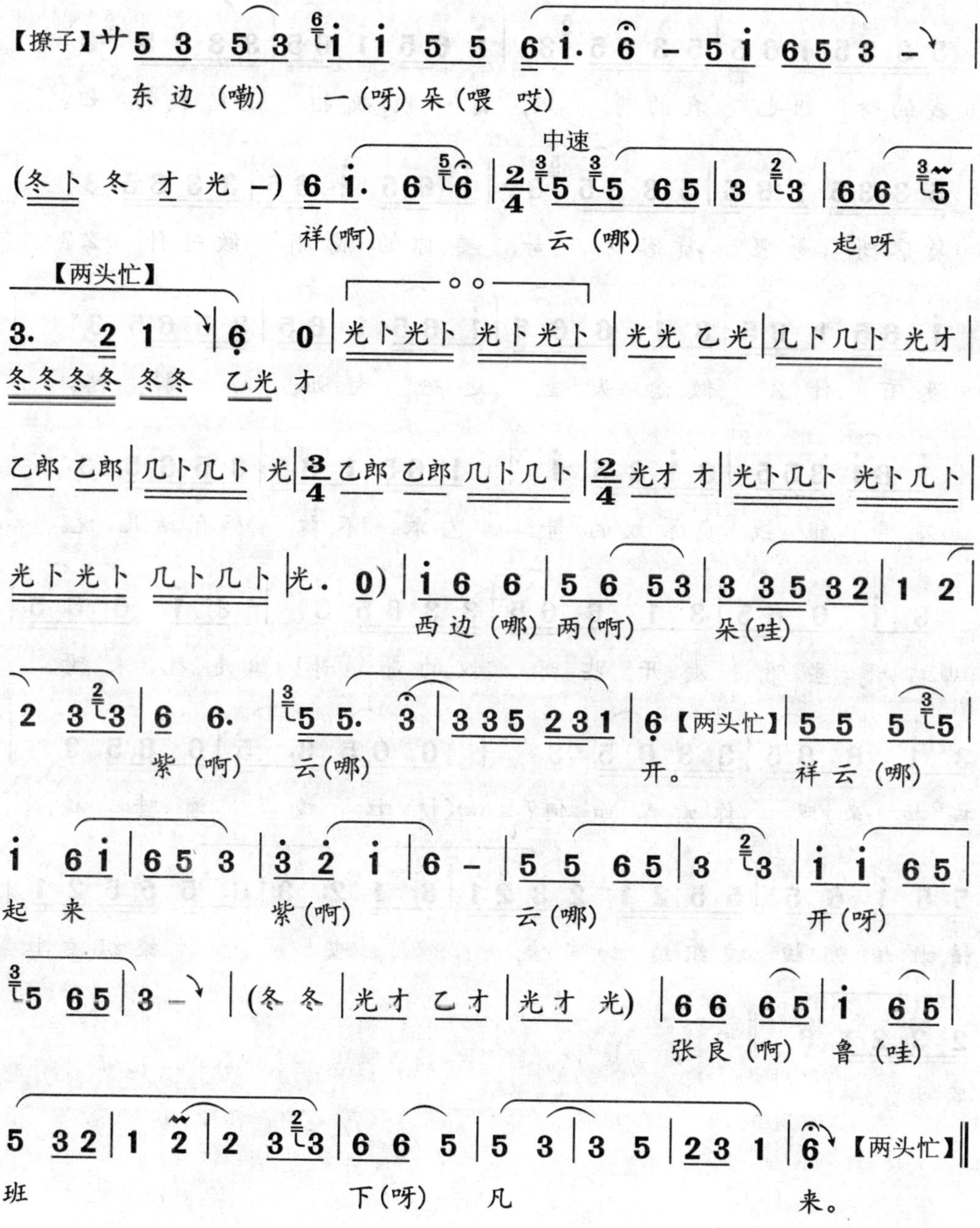

卖 货 调

《王三卖货》王三[丑] 张梅香[旦]唱

钟学之 唱
黎连城 记

1=F 2/4

(旦)我的呀 姐也 我的呀 姐，打一颗戒指 送给我的 姐。

(旦)货客呀 哥喂 货客呀 哥，要你的戒指 做哇什 么？

(旦)没有 什么 做念头哇，送给 大姐 解一解 愁。

(旦)花费 银钱 负累奴的哥。(旦)岂敢 不敢 哪有话儿 说。

(旦)站开 些呀 走开 些呀 奴的 哥 哥！(旦)走拢来呀

挨拢来呀 你看又如何？(合)(情啦 梭 溜哇 梭，

情啦梭溜梭 梭织绫啦罗哇， 哎 梭织绫啦

罗啦。)

416　唱个山歌甩过来——桑植民歌精粹

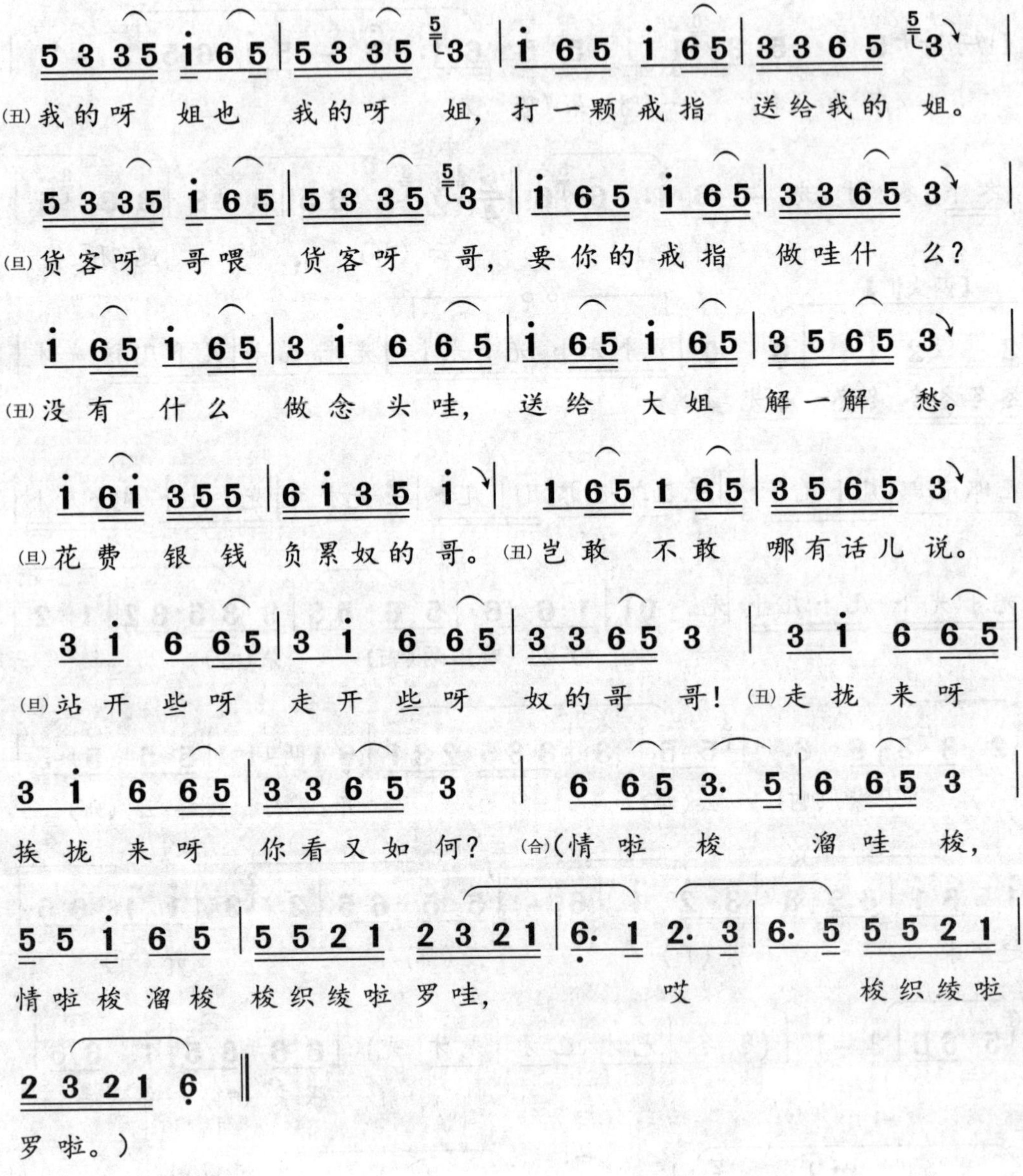

梅香正板

《晒衣》张梅香[旦]唱

1=E 2/4 3/4

谷兆芹 唱
陈金钟 记

3 5 3 2 | 1 6 5 3 2̲3 | 6 1 6 5 3 3 | 3 6 5 3 2 | 1 1 3 3 6 5 3 |
奴本是 许家嘞 一呀 梅呀香吖, 相吖伴啦

5 3 5 | 3 2 1̲2 1 | 2 2 5 5̲3 5 | 2 3 1 6 | 【长套】
姑哇儿吖 晾晒衣呀 裳吖。

3 3 5 1 6 5 3 | 2 1 5 3 6 5 | 5 6 5 3 2 | 3 3 3 3 6 5 3 |
急急的走来哟 走哇忙吖 忙吖, 前啦去呀

5 5 2 5 3 2 1 | 2 2 3̲5 5 3 5 | 3 2 1 6 | 【长套】
我哇要哇 喊啦柏呀 芳啰。

牧羊板

《柳毅传书·放羊》龙三公主[旦]唱

1=A 2/4
慢

谷兆芹 唱
陈金钟 记

3 3 2 2 7 | 2 5 3 2 7 2 | 3. 5 | 5 3 5 3 2 7 | 2 2 7 |
正月也 放羊   正月噢 正啦,
羊儿嘞 赶起   前面嘞 走嘞,

3 3̲2 3 2 | 7 6̲7 2 1̲2 | 3. 5 | 5 5 5 3 7 | 2 2 7 |
辞 别也   秦啦 家噢
奴 家也   后哇 面嘞

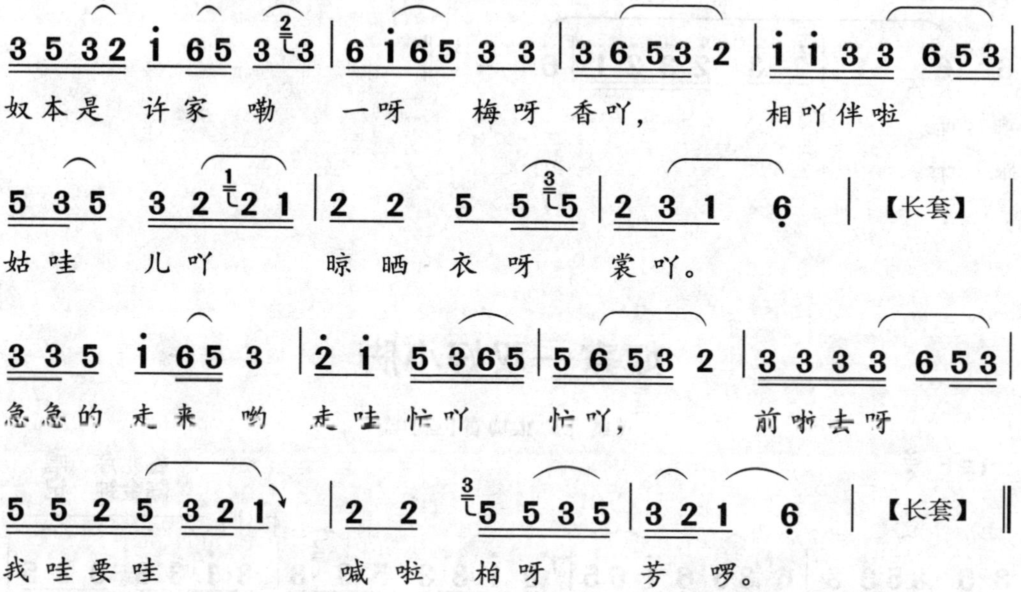

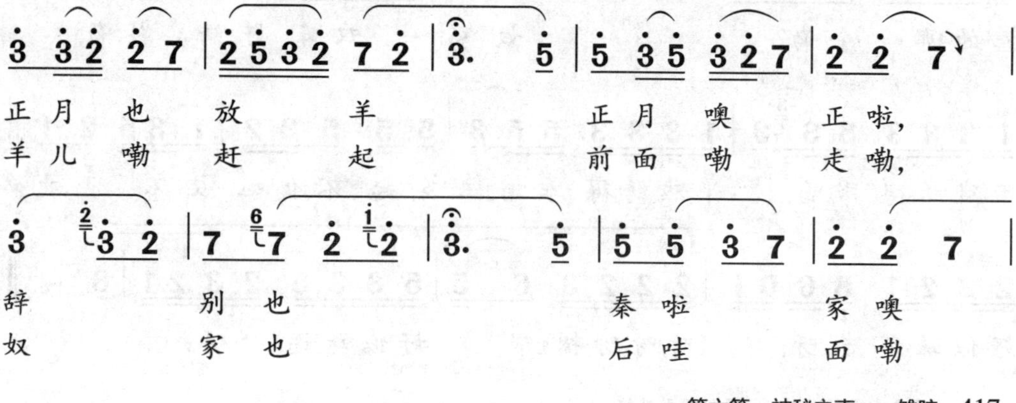

| 6 - | 5 5 3 5 | 2 3 2 7 | 3 5 2 | 2 3 2 3 5 0 |

我喂　　　　　　　动　呃
随噢　　　　　　　后　喂

| 6 6 | i | 2 3 | 2 3 2 1 | 6 - ||

身 啦。
跟 啦。

奴家一双好小脚

《绣花》张梅香[旦]唱

谷兆芹　唱
陈金钟　记

1=F 2/4

| 3 5 | 3 5 3 3 | 5 3 5 6 i 6 5 | ⌈(帮) 3 i 3 3 | 5 3 ²⌉3 | 3 i 3 3 | 3 3 5 |

奴家一 双嘛 好小　脚嘞，　　白布绫子儿裹嘞，　白布绫子儿裹嘞，

| 5 5 i | 6 6 5 | 5 3 5 | ²̃1 | 2 3 2 1 | 6 6 0 1 | ⌈(帮) 2 2 2 3 | 6. 5 |

走路嘛 好似那 踩 软 索嘞惹的 那一 个哇？（呀呀呀树儿喂）

| 5 3 3 5 | 2 3 2 1 | 6̣ 【双反】| 3 5 | 3 5 3 3 | 5 3 5 6 i 6 5 |

惹的 哪一 个嘞？　　　　　奴家一 双嘛 好绣　鞋嘞，

| i 3 3 3 | 5 3 ³⌉3 | i 3 3 3 | 5 5 3 | 5 5 5 3 2 | 1 3 5 2 1 |

果然绣得 乖喃， 果然绣得 乖喃， 穿起 不偏啦 又不 歪也，

| 2 3 2 1 | 6 6 0 1 | (帮) 2 2 2 3 | 6. 5 | 5 3 3 5 | 2 3 2 1 | 6̣ - ||

好似踩莲 台呀， （呀呀呀树儿喂，）好似 踩连 台呀。

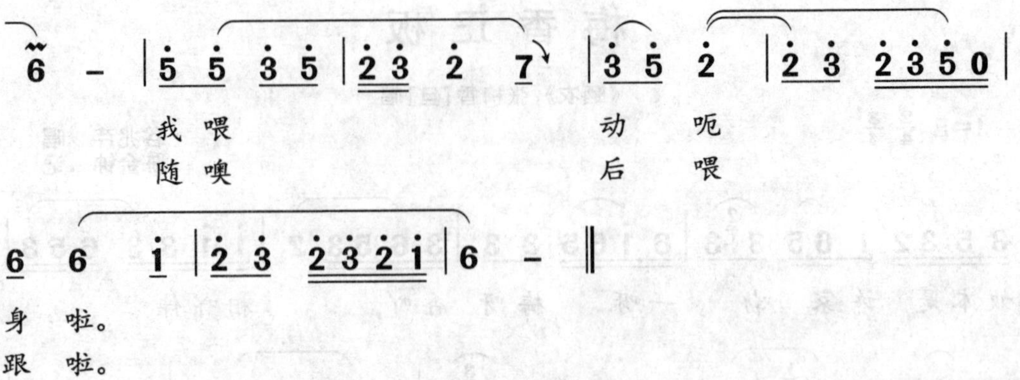

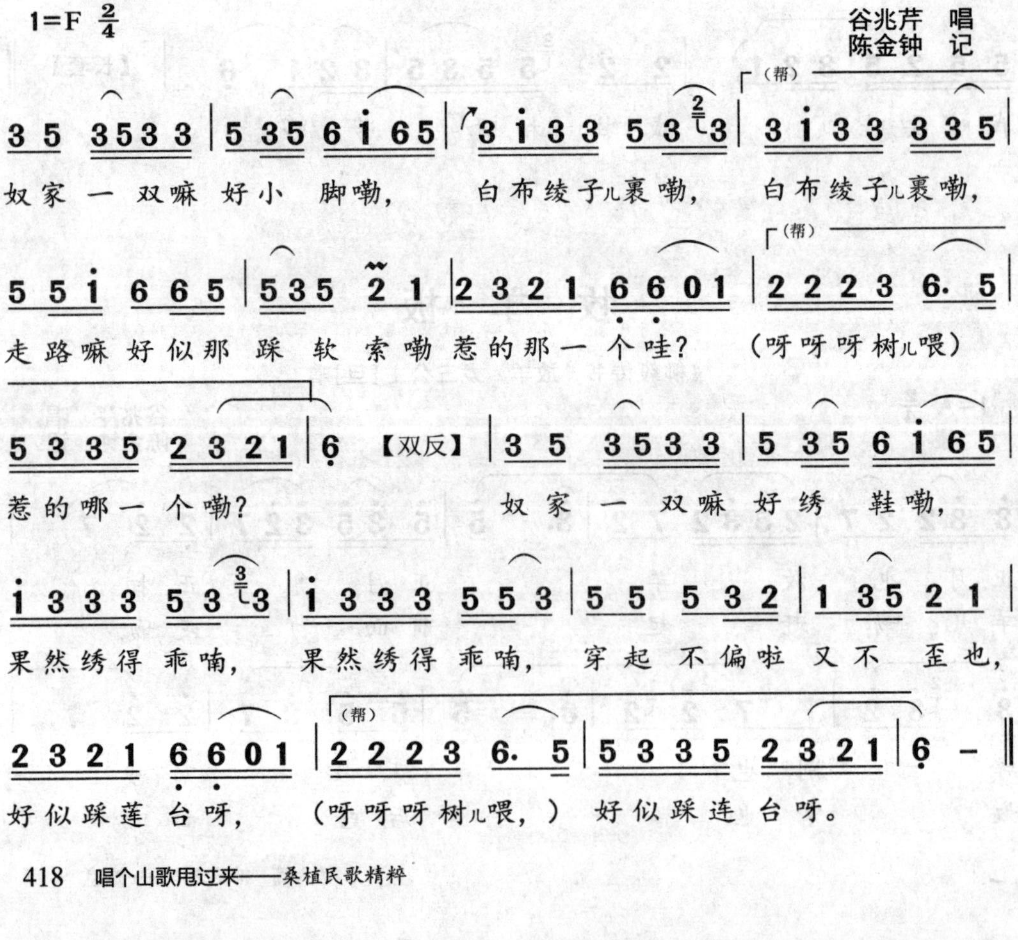

十绣十样景

《绣花》许孟姜[旦]唱

1=♭B 2/4

钟以善 唱
陈金钟 记

一绣喂 锦鸡呀头 喂， 二绣的凤凰呃尾呀，
五绣喂 一笼吖鸡 嘞， 锦鸡呀半夜呀啼呀，
七绣喂 关大吖刀 嘞， 千里呀送嫂呀嫂呀，
赵云喂 救阿吖斗 嘞， 张飞呀站桥呀头 呀，

三 绣 蜜蜂 展翅吖 飞， （衣 呀衣呀，）
头 戴 芙蓉 身穿五色衣， （衣 呀衣呀，）
华 容 道上 放曹吖 操， （衣 呀衣呀，）
大 吼 一声 水倒吖 流， （衣 呀衣呀，）

展翅吖 飞， 四绣哇一只吖船嘞， 弯在江河嘞
身穿五色衣， 六绣哇杨六哇郎嘞， 把守三关嘞
放曹吖 操， 八绣哇八卦哇阵嘞， 困退曹家嘞
水倒吖 流， 十绣哇十样哇景嘞， 绣起十三嘞

边 嘞， 又 绣 艄 公 把舵 嘞 搬。
上 嘞， 又 绣 焦 赞 和孟 嘞 良。
军 嘞， 又 绣 神 机 军师 是孔 嘞 明。
省 嘞， 又 绣 天 子 管万 嘞 民。

第六篇　神秘之声——傩腔　419

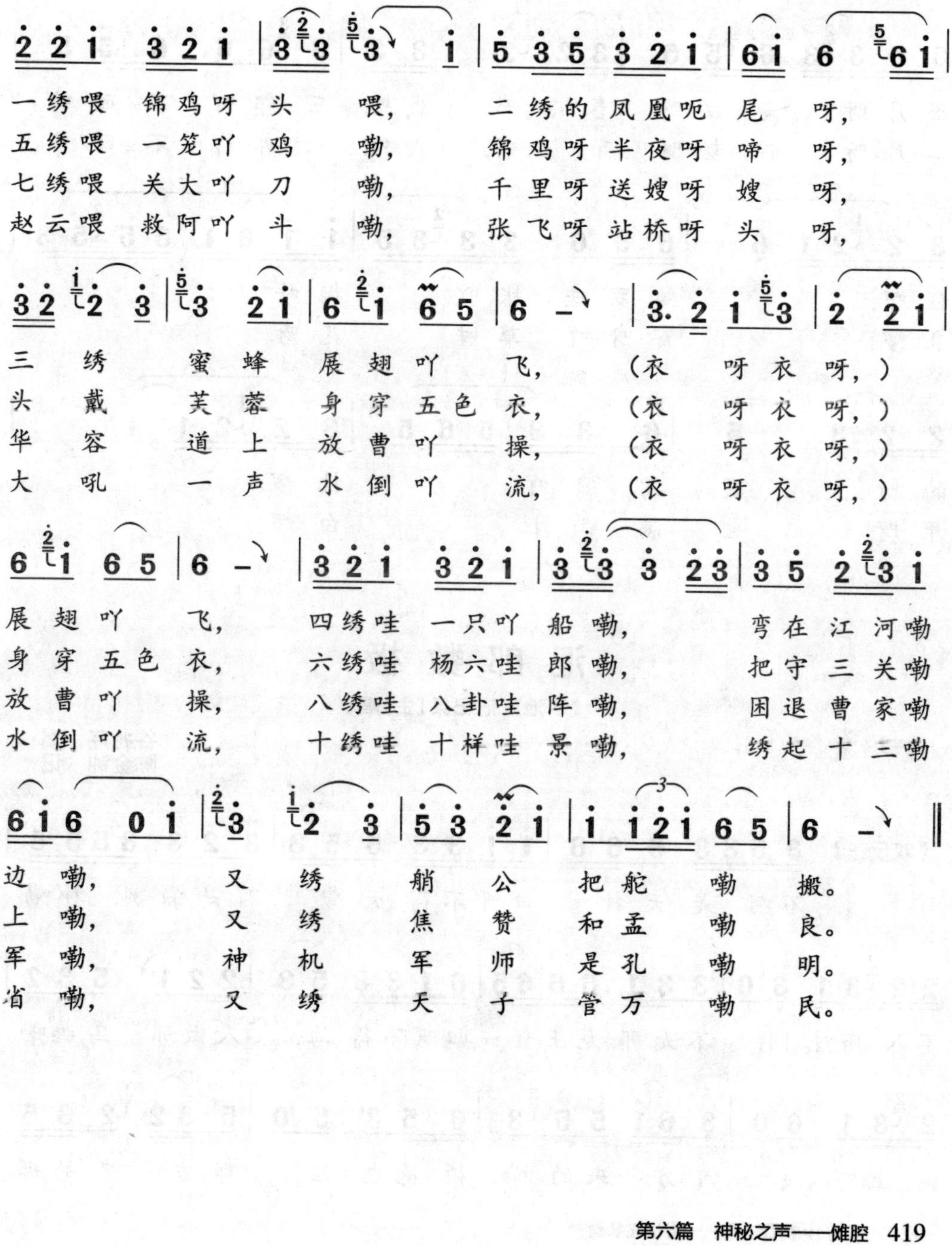

思夫板

《思夫还魂》许孟姜[旦]唱

谷兆芹 唱
陈金钟 记

$1=$♭E $\frac{2}{4}$

正月呀 是立呀春 嘞，我哩三郎吖不回哟
二月呀 惊蛰呀节 嘞，我哩三郎吖不回哟

程啰， 绫罗哇帐吖 抛哇
来啰， 百呀吖草哇 花呀

的呀 我 鸳鸯吖 枕啰。
开呀 也 满山啦 白啰。

汜郎数板

《下池》汜杞梁[生]唱

谷兆芹 唱
陈金钟 记

$1=F$ $\frac{2}{4}$

【双反三】

不呵是天神啦归呀不得天嘞，不是嘞地神嘞
不入庙哇门，不是那龙王吖归呀不得海，人做那乌鸦嘞
树上吖跤 何方 来的嘞挑花也姐？哪方 来的那

420　唱个山歌甩过来——桑植民歌精粹

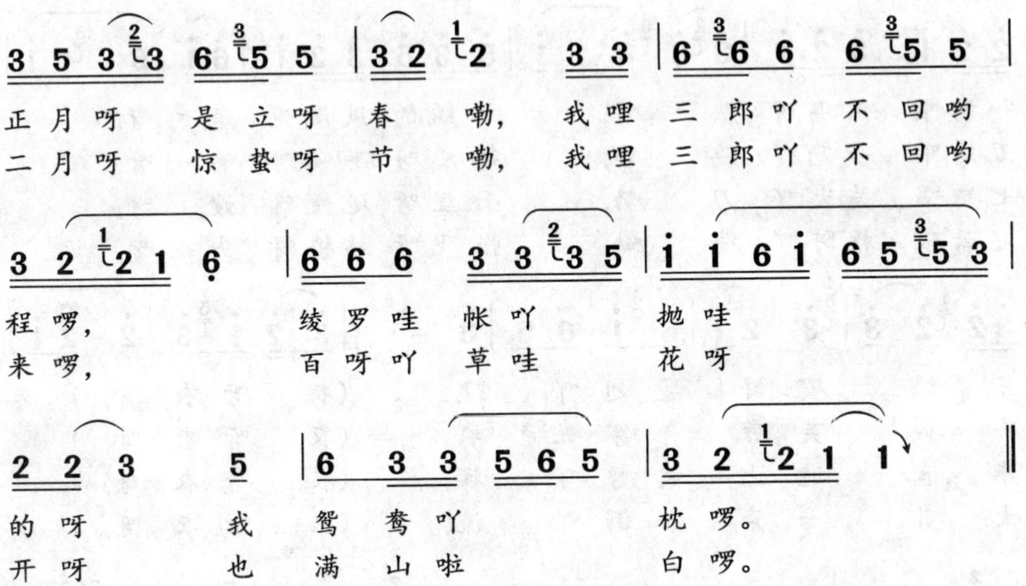

汜郎正板

《下池》汜杞梁[生]唱

谷兆芹 唱
陈金钟 记

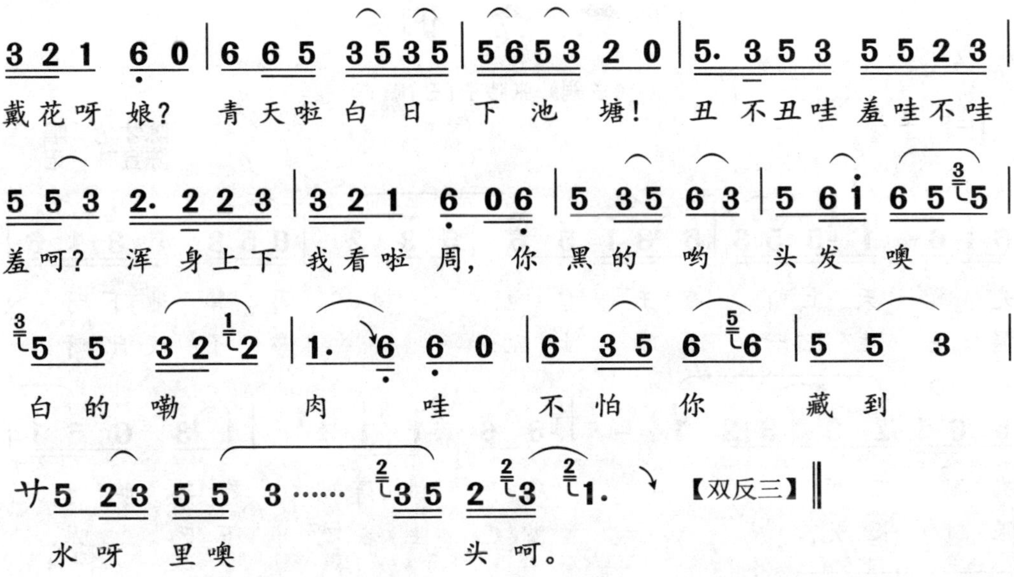

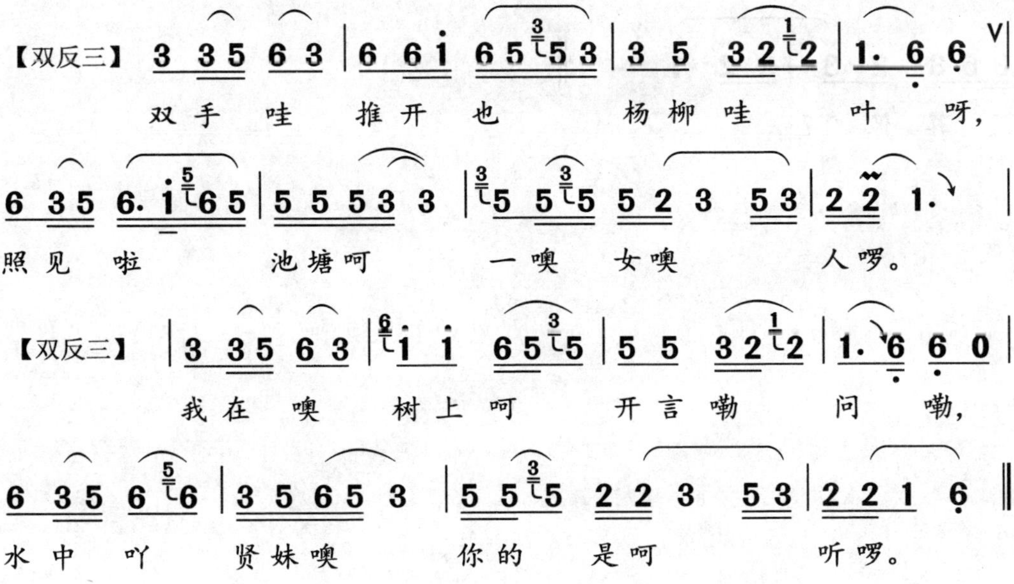

算命调

《求嗣》张瞎子[丑]唱

1=F 2/4 3/4

陈才伦 唱
陈金钟 记

先算天上吖 有玉皇呃， 再算地下呀
眉毛生在呀 眼睛上呃， 鼻子硬比呀

有阎王呃， 庙里供得呀有菩萨呀，
眼睛长呃， 嘴巴生在呀下巴上呃，

栏里头喂得呀有猪羊吖。
牙齿和舌头他经常碰吖。

肚脐儿长到肚子上呃， 看我嘛算像

没算像吖？

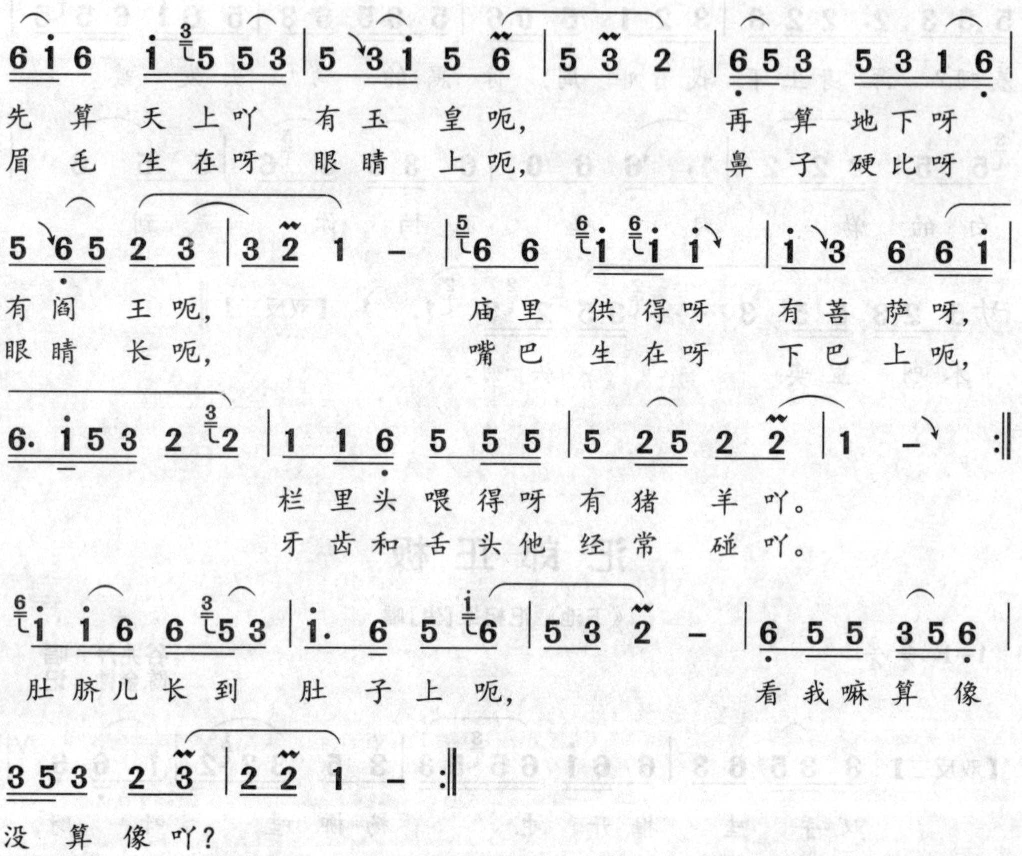

太阳出来一盆火

《柳毅传书·贬媳》秦婆[旦]唱

谷兆芹 唱
陈金钟 记

1=A 2/4

啊 太阳 出来 一 盆啦 火哇，老哇 娘吖

(那个)出哇 来也 似吖 阎嘞

啰 喂。 【大飞撩子】 有人 闯到哇 老娘的火，

挖 他的 心肝 打 酒 喝，打 酒 喝！

头上乌鸦叫呱呱

《柳毅传书》龙三公文[旦]唱

谷兆芹 唱
陈金钟 记

1=A 2/4 3/4
稍慢

头上喃 乌喂 鸦也 叫呱呀 呱呀，

叫哇 得也 奴哇 家呀

心啦 寒啦 麻呀！

第六篇 神秘之声——傩腔

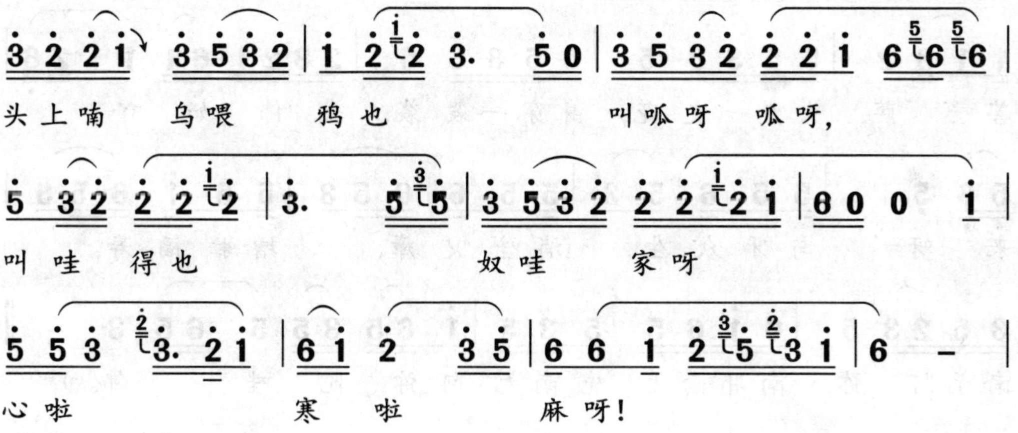

$\widehat{\underline{\dot{5}}\,2}\,2\,1\ \widehat{3\,5}\,\widehat{3\,2}\ |\ \widehat{1\,1\,\underline{\dot{2}}\,2}\,3.\ |\ \widehat{5\,0}\,\widehat{5\,3\,5}\ \widehat{2\,1}\ \widehat{6\,\underline{\dot{5}}\,\underline{\dot{5}}\,6}\ |$
阎王呃 叫喂 奴喂　　　　　都不喂 怕嘞,

$\widehat{5\,5\,3\,2}\ \widehat{2\,2\,\underline{\dot{1}}\,2}\,3.\ |\ \widehat{5\,\underline{\dot{5}\,\dot{3}}\,5}\ \widehat{3\,5\,3\,2}\ \widehat{2\,2\,1}\ |\ \widehat{6\,\underline{\dot{5}}\,\underline{\dot{5}}\,6\,\underline{\dot{5}}\,\underline{\dot{5}}\,6}\ 0\ 1\ |$
幺哇 姑儿吖　　　　叫喂 我喂

$\widehat{5\,5\,3\,5}\ 3.\,\widehat{2\,1}\ |\ \widehat{6\,1}\ 2\ \widehat{3\,5}\ |\ \widehat{6\,6}\ \widehat{1\,3\,\underline{\dot{5}}\,\underline{\dot{3}}\,\underline{\dot{2}}\,3}\,1\ |\ 6\,-\,\|$
胆啰　　　颤 啦　　麻呀。

西嵋山上一蔸茶

《求嗣》小和尚[丑]唱

1=F　2/4　3/4

钟以善　唱
黎连城　记

$\widehat{5\ 6\,\dot{1}}\ \widehat{5\ 3}\,|\,\widehat{5\ \widetilde{6}}\ \widehat{5\ 3}\,|\,\widehat{6\,\underline{\dot{5}}\,\underline{\dot{5}}}\ \widehat{5\ 3}\,|\,\widehat{2\,1}\ 2.\,|\,\widehat{1\ 1\ 3}\,2\,|$
西呀嵋　山啦　上一　蔸　茶　呀,
枝呀枝　丫呀　丫都　发　芽　呀,
有哇人　吃呀　得茶　中　味　呀,
三啦岁　孩呀　儿想　出　家　呀。　（菩哇　萨

$\widehat{1\ 1\ 3}\,2\,|\,\widehat{5\,5\,3\,6}\,5\,|\,\widehat{5\,5\,3\,6}\,5\,|\,\widehat{2\,3\,2\,1}\,\widehat{6\,1}\ 1\,|\,2\ 6\,|$
菩哇萨, 头戴一支花, 身穿一袈裟, 我佛 如 吖

$\widehat{5\,6}\ \underline{5}.\ |\ \widehat{5\,5\,6\,5}\,3\,|\,\widehat{5\,5\,6}\ \widehat{6\,5\,3}\,|\,\widehat{5\,5\,1}\ \widehat{6\,5\,3}\,|$
来　呀,　与呀众生　消哇灾瘴,　增啦福寿,

$\widehat{3\,5\,2\,3}\,5\,|\,\widehat{6\,\dot{1}\,6}\,5\,|\,\widehat{\underline{\dot{2}}\,5\,3}\,5\,|\,\dot{1}\,\widehat{6\,5}\ \widehat{3\,5}\,5\,|\,\widehat{6\,5}\,3\,-\,\|$
南无阿　弥, 南耶南无 唵南无阿 弥陀哇　佛。）

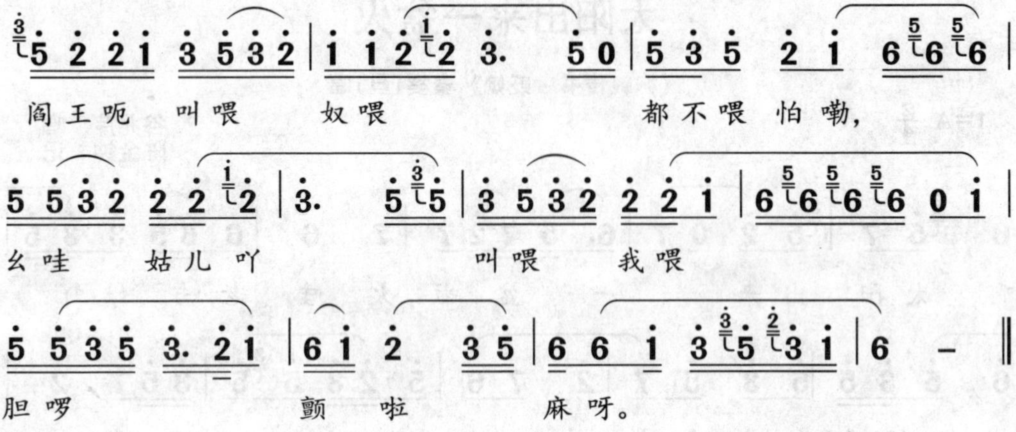

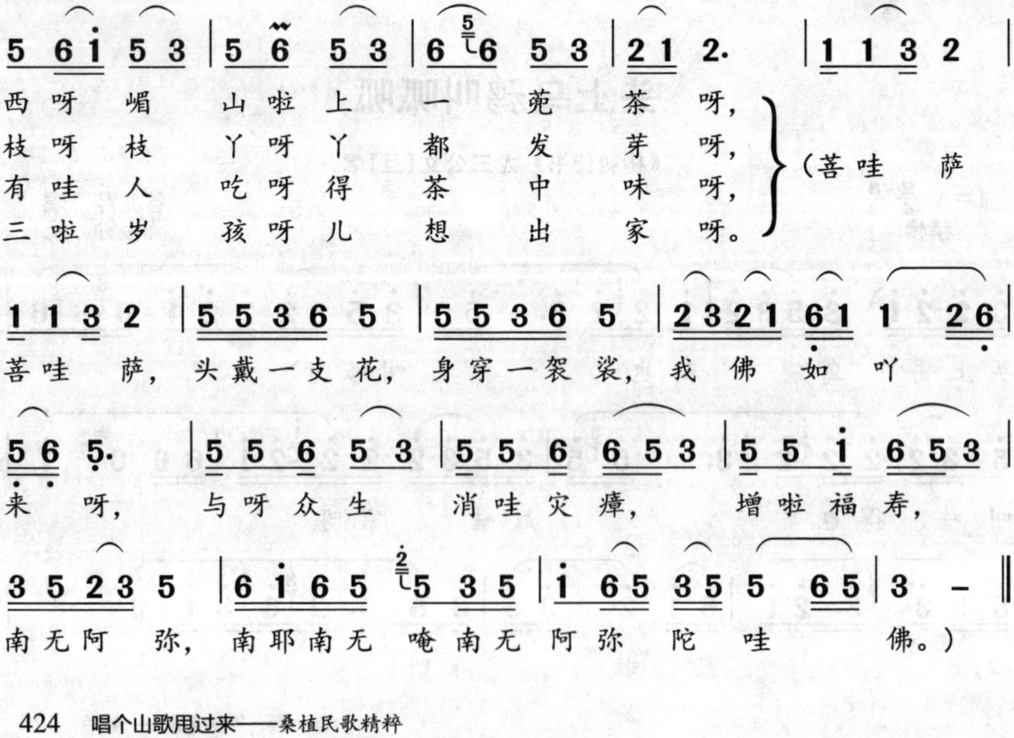

小生垛板

《孟姜女·下池》范杞良[生]唱

向国勤 唱
汪吉山 记

1=D 2/4

【安位锣】（哎）高崖流水响丁（哪）当（呃），池中娘行听端详：【安位锣】你是谁家插花姐，戴花娘，你阳天白日下池塘？过路上下人来往，我看小姐怎（欧）下（哟）场！告信①你的爹（哟），告信你的娘（欧），【安位锣】告信你的叔（哇）叔和（哇）婶娘。【安位锣】

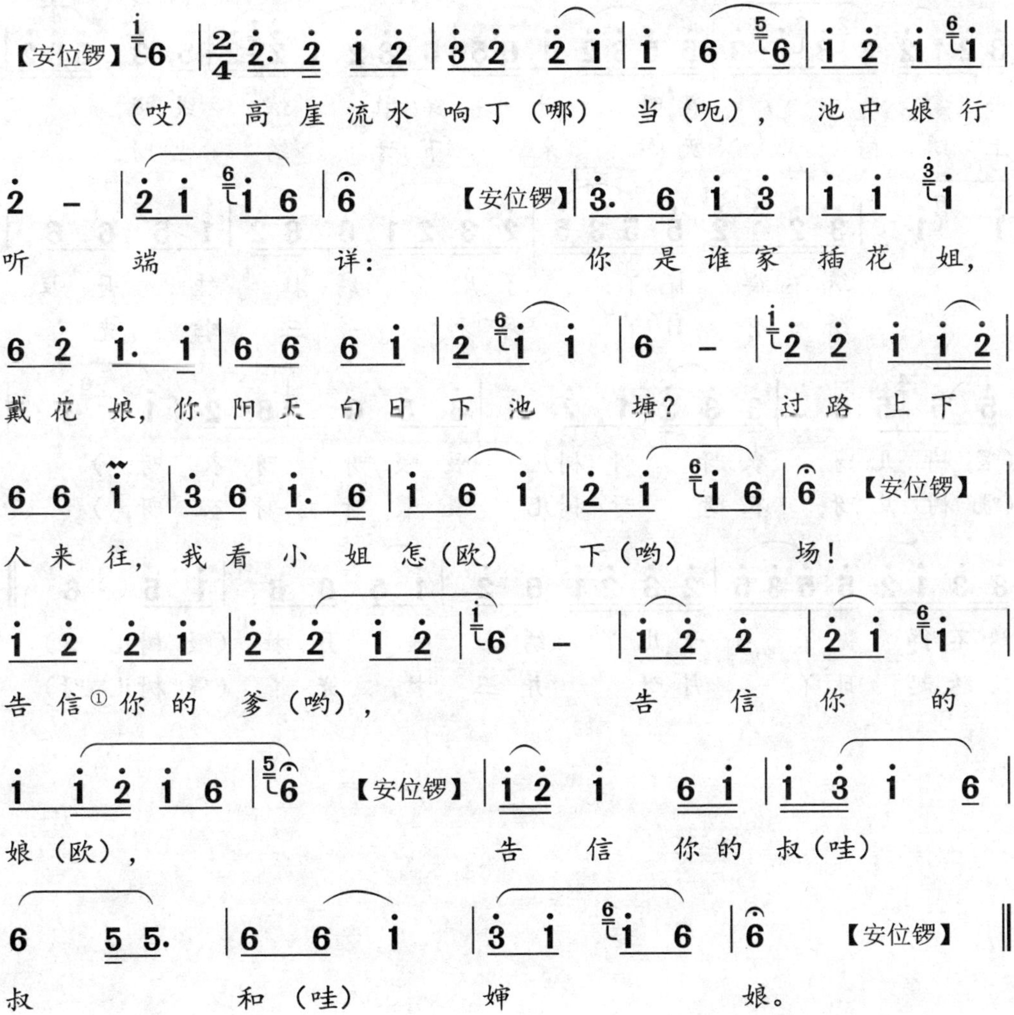

注：①告信：告诉。

绣 花 调

《绣花》许孟妆［旦］唱

1=♭B 2/4 3/4

谷兆芹 唱
陈金钟 记

手拿呀 花呀针 穿啦 绒 线啦,
上绣哇 天啦来 下呀绣 地呀,

绣不得 栀丫 子儿丫 绣牡哇 丹啦
绣哇有日丫 月呀并三 啦 光丫

（喂树儿呀, 衣呀 呀树儿 喂喂呀 呀衣呀,）
（喂树儿呀, 衣呀 呀树儿 喂喂呀 呀衣呀,）

绣不得 栀丫 子儿丫 绣牡哇 丹啦（喂树儿呀）
又绣起日丫 月呀并三 啦 光丫（喂树儿呀）

丫 环 板

《求嗣》张梅香[旦]唱

谷兆芹 唱
陈金钟 记

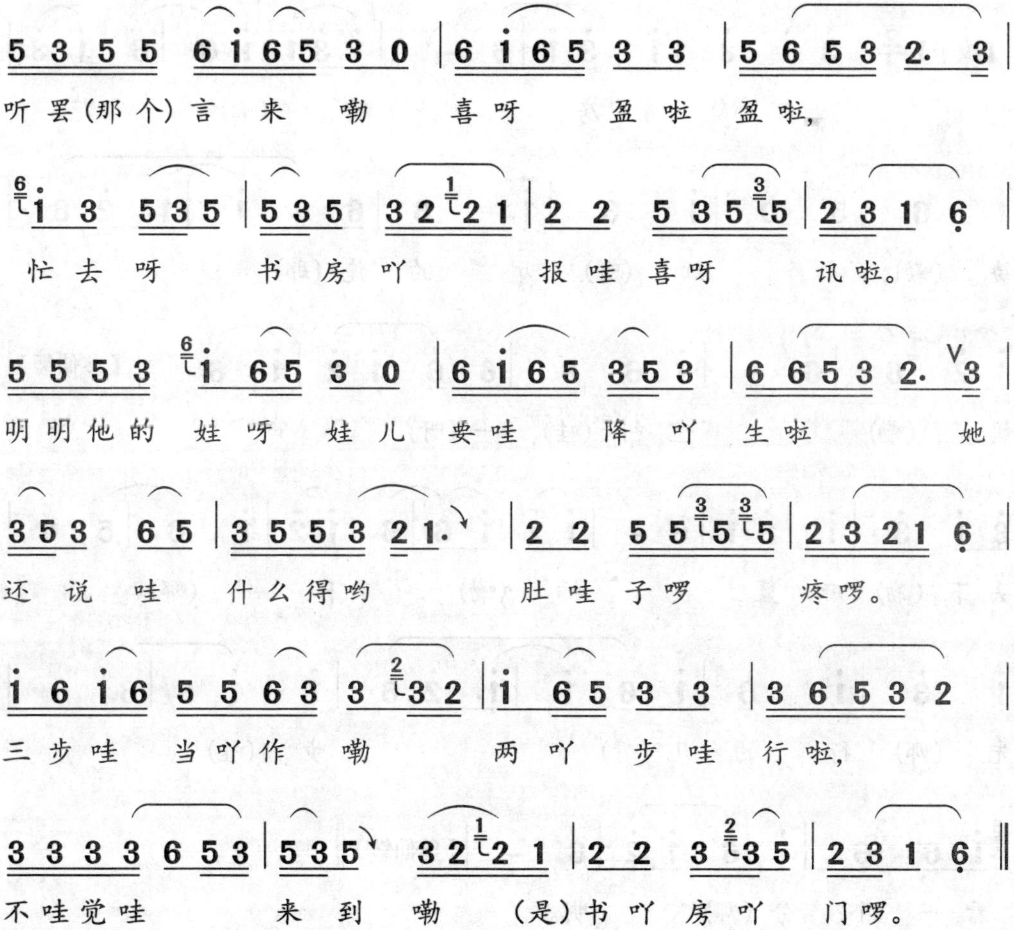

幺 姑 娘

《放羊·贬媳》幺姑[旦]唱

向元玉 唱
汪吉山 记

1=F
中速

【撩子】正在(嘞)绣房 绣(嘞) 花绫(嘞),细(呀)听的俺(那)妈(嘞) 喧叫(哇)一(呀)声,【参仙锣】丢下(嘞)麻篮 插(嘞)下针(哪)先(哪)行的几(呀) 步(哇)看一个分(哪)明。【参仙锣】

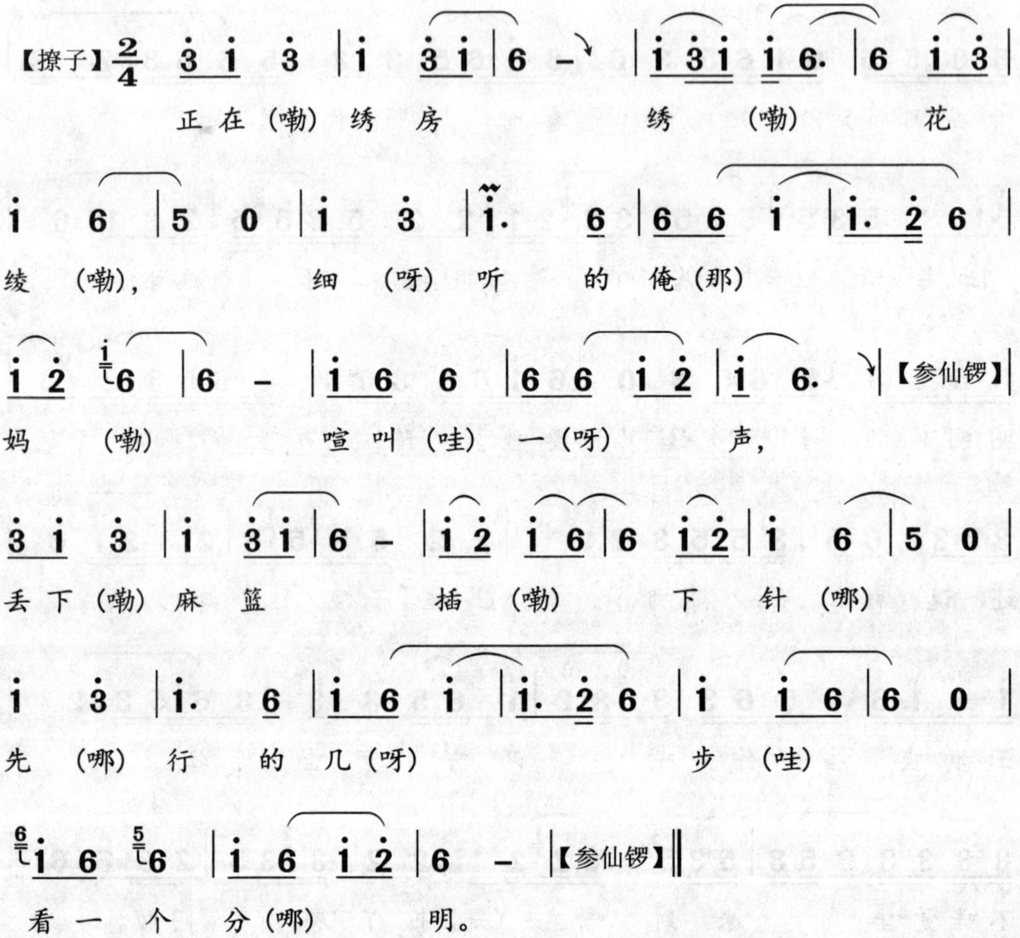

叶青花儿红

《孟姜女·晒衣》梅香[旦]唱

1=F 2/4
中速

谷兆芹 唱
陈金钟 记

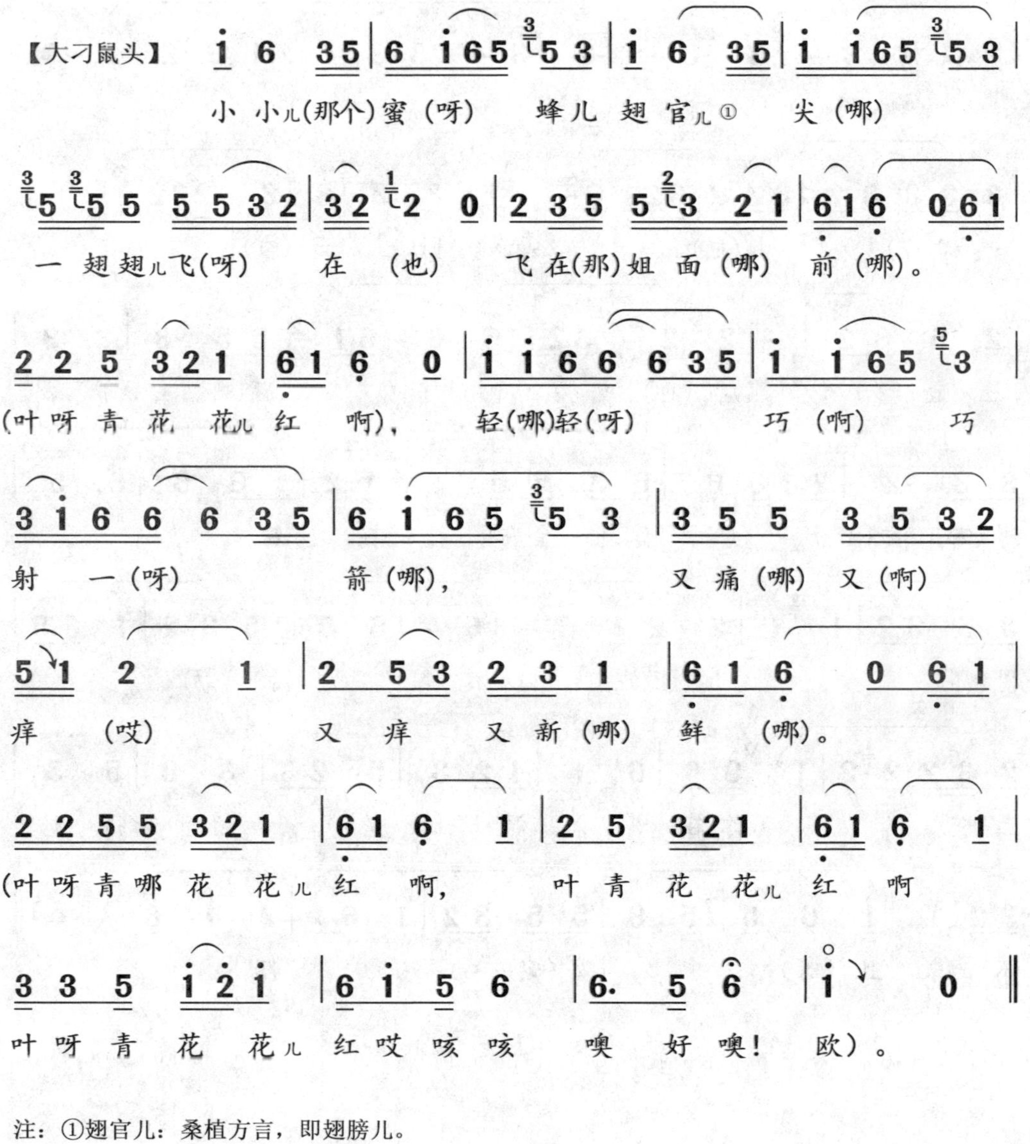

注：①翅官儿：桑植方言，即翅膀儿。

一 树 槐

《迎神》法师唱

陈才伦 唱
汪吉山 记

1=G

[长套] (领唱)洞 门 前 （哎）

一 树（哎） 槐(也)。 （合唱）槐 树 上 面 （哎）

挂 金 （罗） 牌 (也)。 （领唱）啊 清（哪）玄爷爷

清（哪）玄爷（呀）你把金牌挂在槐哟

树（哪） 上（欧）， （合唱）槐 树 （嘞）

上（哎） （领）你在黄梁洞上宽心 坐。 （合）得 宽

怀 来 且（呀） 宽（嘞） 怀。 【长套】

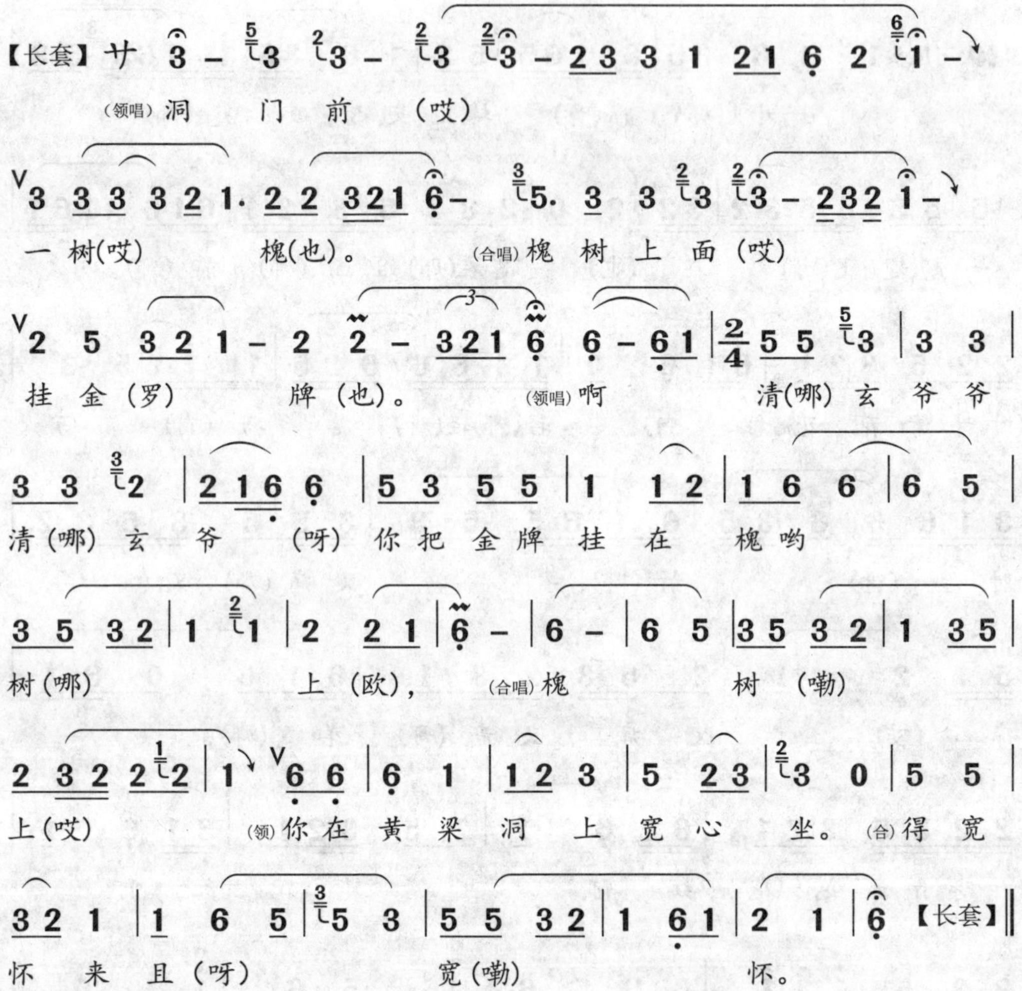

一心要挑杂货担

《王三卖货》王三[丑]唱

1=F 2/4
中速

钟学之 唱
黎连城 蔡晞 记

5 5 3 | 5 3 3 5 | 6 i 6 5 3 | ³⌐5 6 i 6 5 3 | 2 3 2 1 2 |
一到哇 正月呀 间哪， 莫吃 无 事 饭哪，

5 i 6 5 | 2 3 5 2 1 | 6 6 6 1 | 2 3 2 1 | 6 6 5 6 | 2. 3 6 5 |
一心 哪 要 挑 要挑(那个)杂 货 担哪， 哎，

5 i 6 5 | 2 3 5 2 1 | 6 6 6 1 | 2 3 2 1 | 6 6 5 6 ‖
一心 哪 要 挑 要挑(那个)杂 货 担哪。

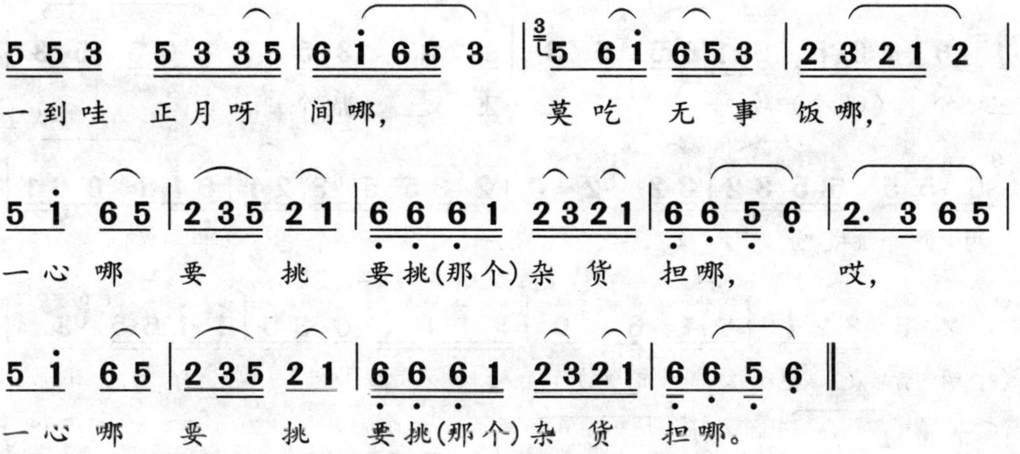

赞 鸽 子

《晒衣》柏芳[丑]唱

谷兆芹 唱
陈金钟 记

1=F 2/4

三个（那个）鸽哇 子儿飞过（那个）山啦，
两个个儿成唠 双吖 一呀 一个哇 单啦，
(叶呀青花花儿红吖，) 人啦人啦 只吖 说
单的呀 好哇， 日里呀 好哇过奈
好过夜里呀难啦。(叶呀青啦花 花儿红吖，
叶青花花儿红 吖， 叶呀青花 花儿红呃嗨嗨
噢 好好！ 欧！)

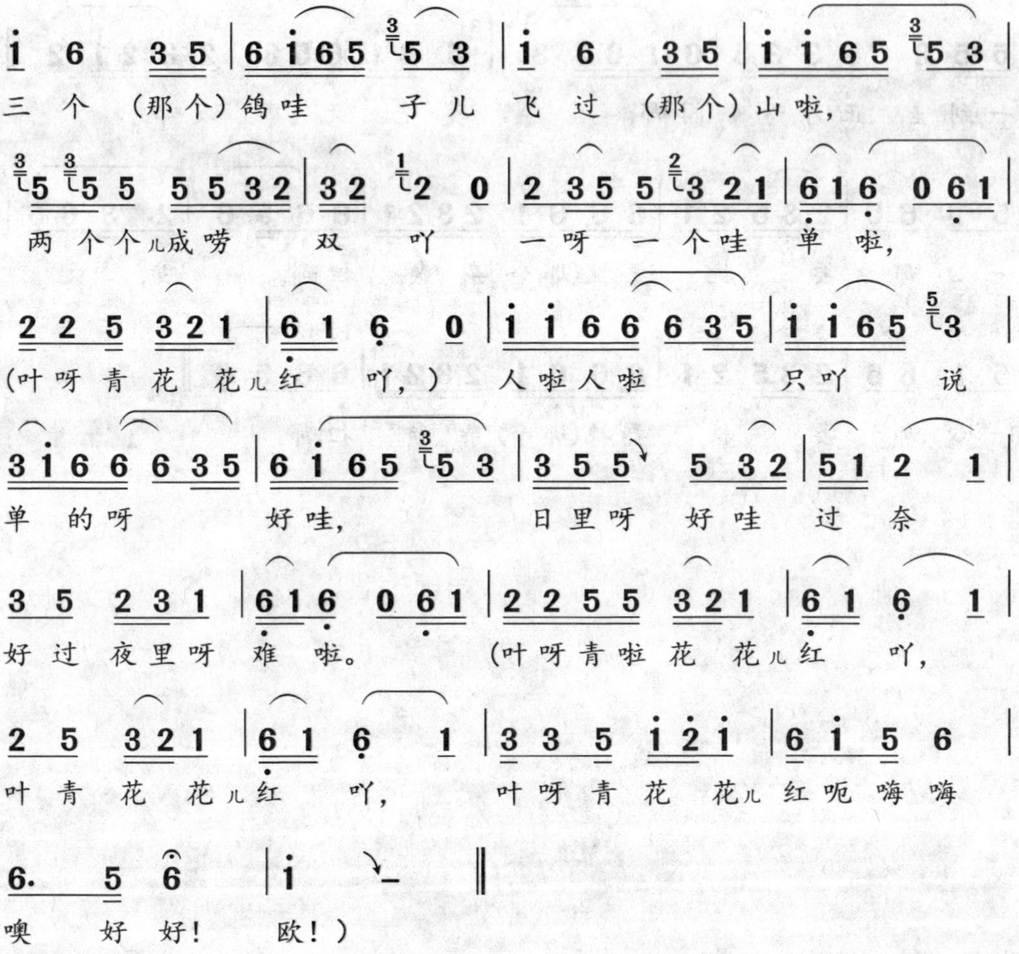

赞牙床

《晒衣》孟姜、梅香[旦]唱 柏芳[丑]唱

1=♭B 2/4 3/4
自由地

谷兆芹 唱
鲁颂 记

(姜)四十八步呃 象牙床呃，（夹白：梅香赞！）（梅）
一十二重格子儿呃 亮堂堂；

有节奏地稍快

(柏)双手挠开 红罗帐，鸳鸯那个枕头 放两旁
红绫被窝 放中央吖，鞋子脱在 踏板儿上，

（夹白：还缺一个哇！（梅）不缺！）缺少个十七 八岁桩巴①
胡子的姑喂爷也 配着姑 娘。

注：①桩巴：意为短小。

第七篇　红色之恋——革命歌曲

　　桑植是贺龙元帅的故乡,是红二方面军长征出发地,是湘鄂边、湘鄂西、湘鄂川黔革命根据地的策源地和中心地,波澜壮阔的革命时期,使桑植民歌走上了一个新的历史舞台,时代的急剧变革,丰富了桑植民歌的新内容。在这块红色革命土地上,桑植民歌起到了其他民歌不可替代的鼓舞士气、振奋人心的作用,同时,川、滇、云、鄂、赣、桂等地红军来到桑植也带来他们本地的民歌,与桑植民歌相互融合,赋予了桑植民歌新内容,从而形成一种具有独特历史价值的文化现象——桑植革命民歌。大量的山歌、小调、花灯调被重新填词广泛运用于火热的革命斗争中。

　　如《马桑树儿搭灯台》,这首被誉为"金色的旋律"的经典民歌,多次出现在影视剧中,为《中外抒情歌曲三百首》所收录,并被改编成交响乐演奏。"马桑树儿搭灯台,写封书信与郎带,你一年不来我一年等,你两年不来我两年挨,钥匙不到锁不开。"这首五句体山歌不仅讲究"起承转合"的音乐结构,而且通过第五句的补充抒发感情的极致,从而构造音乐的完美性。一句"钥匙不到锁不开",把对爱情的忠贞提升到"咀之不尽,挹之不尽"的绝美境地。这首原本表现男女分别后思念的情歌经过红色土地的浸染赋有了新的内涵,充分展现了桑植革命志士坚定不移和桑植女性坚贞不屈的优秀品质。

　　如《泥腿子坐江山》,"泥腿子坐江山,盘古开天头一回,跟着贺龙闹革命,就是死了也心红"的豪迈;如表现鱼水情深的《贺龙夜过马鬃岭》,"月钻云层星失明,贺龙夜过马鬃岭,大妈举灯站岭头,亮如月亮月如星"等等。

不打胜仗不回乡

1=F 2/4
稍快

吴小妹 唱
蔡 晞 记

红漆桌子（哟 哟），四呀 四方（啦么呀嗬儿
你要文的（哟 哟），动吖 笔墨（啦么呀嗬儿
有情妹妹儿（哟 哟），等啦 等我（啦么呀嗬儿

衣 衣），纸笔墨砚（干妹 妹儿）摆呀 中
衣 衣），你要武的（干妹 妹儿）动吖 刀
衣 衣），不打胜仗（干妹 妹儿）不哇 回

央 （有情的干妹 妹儿）。
枪 （有情的干妹 妹儿）。
乡 （有情的干妹 妹儿）。

朝盼日头夜盼星

1=G 4/4
稍慢

陈昌君 唱
陈金钟 记

朝盼日头哟 夜盼的星哟，盼望红军
早来临哟。土豪劣绅嘞 全打的垮呀，

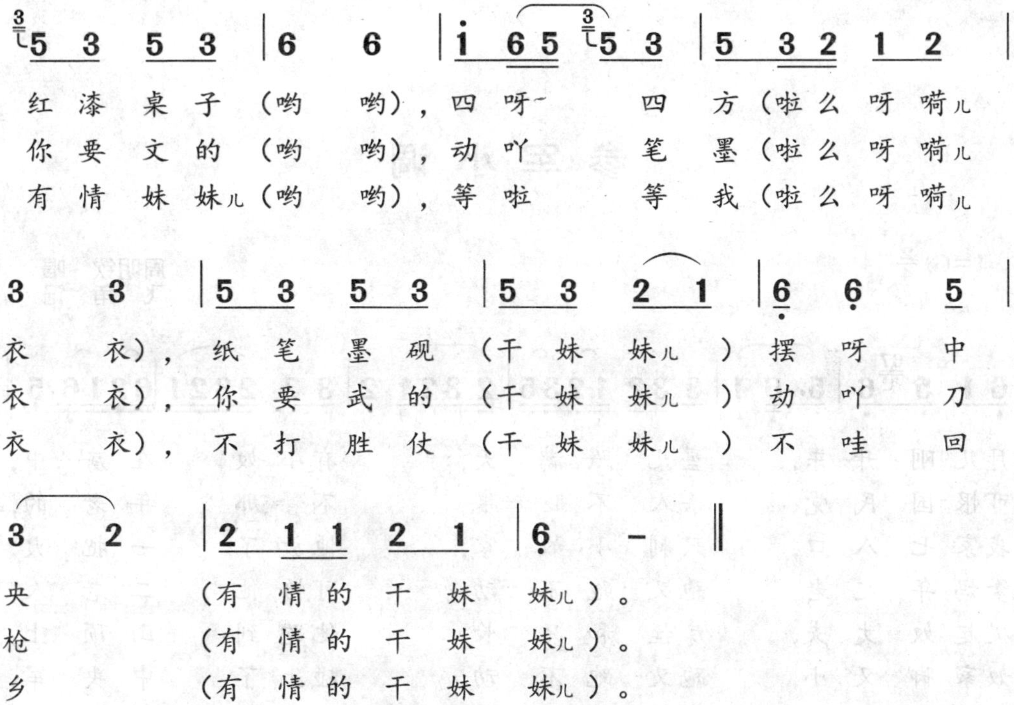

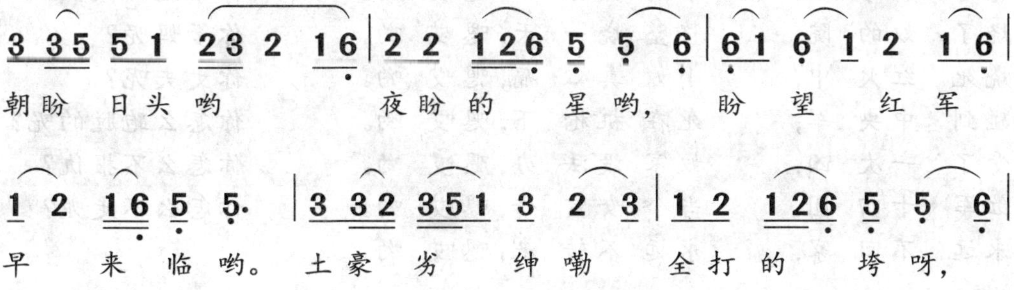

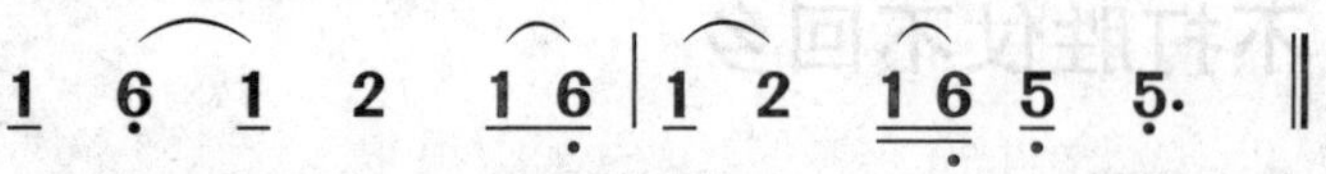

$1\widehat{6}\ 1\ \widehat{2\ 16}\ |\ 1\ 2\ \widehat{16}\ \underline{5}\ \dot{5}\cdot\ \|$

跟　着　贺　龙　闹　革　命　啰。

参 军 小 调

1=G 2/4

周明钦 唱
飞　角　记

| 6 1 | 5 ⁶⁷6 | 5. 6 1 | 3 32 | 1 2 3 5 | 2 321 | 2 | 3 3 | 23 21 | 6 216 | 5 |

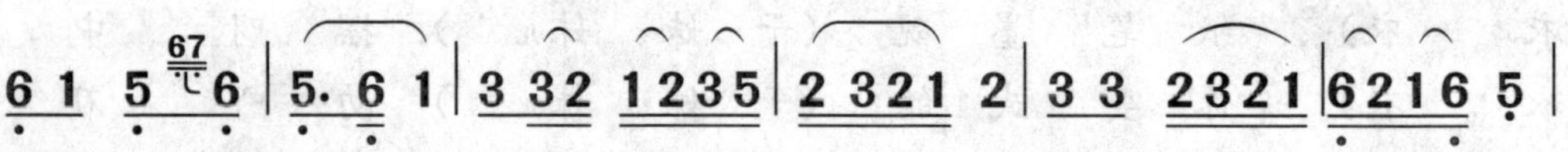

月儿　刚　升　东，　星儿　照　满　天，　有　小　奴　在　房　中，
可恨　国民　党，　杀人　不　眨　眼，　不管　那　年　老　的，
我家　七八　口，　只剩　小　奴　家，　他放　了　一　把　火，
爹妈　年纪　老，　跑又　跑　不　动，　可怜　他　二　老　人，
提起　奴丈　夫，　房侄　和　兄　长，　他跑　到　山　顶　上，
奴家　脚又　小，　跑又　跑　不　动，　碰上　了　中　央　军，
吃了　不少　亏，　报仇　在　后　面，　一心　要　参　加　那，
讲走　咱就　走，　同志　别　留　咱，　不打　垮　反　动　派，

| 6 61 | 5 6 | 5. 6 1 | 2 2 | 3 2 | 1 | 3 2 | 1 - ||

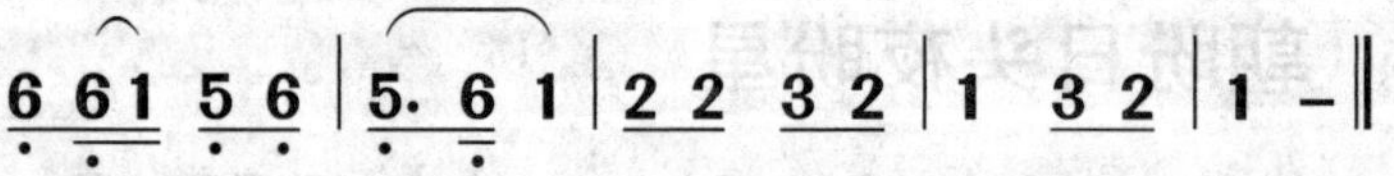

（红军问白）

一念　好心　酸，　思想　真可　恨，嗯哎　哟。　可恨是谁？
青春　和年　少，　杀死　数万　千，嗯哎　哟。　你家几口人？
烧了　奴的　院，　整整　烧一　天，嗯哎　哟。　你爹妈呢？
烧死　红火　中，　小奴　真心　痛，嗯哎　哟。　你丈夫呢？
碰到　中央　军，　死在　机枪　下，嗯哎　哟。　你怎么跑脱的呢？
受了　一次　凶，　奴家　没法　办，嗯哎　哟。　你怎么不报仇？
红军　十四　团，　当个　女宣　传，嗯哎　哟。　你怎么不走呢？
永远　不回　家，　永远　不转　来，嗯哎　哟。

当兵就要当红军

1=C 2/4
进行速度

文昌南 唱
文化馆 记

当兵就要当红军,处处工农都欢迎,会做工的有工做,会耕田的有田耕。
当兵就要当红军,工农配合打敌人,消灭反动国民党,民族革命要完成。
当兵就要当红军,冲锋前进杀敌人,长官士兵都一样,没有人来压迫人。

地主恶霸怕贺龙

1=G 2/4

贺仕竹 唱
陈金钟 记

杉皮盖屋嗯 怕大风吖嗯,烂衣最怕哎哟烂火笼啊嗯。白军最怕嗯 共产党啊嗯,地主恶霸哎哟怕贺龙啊嗯。

第七篇 红色之恋——红色歌曲 437

妇女歌

1=B 4/4
中速

张华姑 唱
程祖瑜 记

姐姐妹妹口把心儿问，男和女女和男本当是平等，
三尺裹腿用手来扯断，把封建的旧枷锁砸得稀巴烂，
姐姐妹妹快加入妇女会，打土豪分田地努力支前，

为什么妇女脚，裹得紧又紧，三步难走一尺远，就喊脚疼。
快穿上文明鞋，走上革命路，争平等求自由，大步向前。
反压迫反剥削，坚决革命，定将那共产主义，彻底实现。

贺龙夜过马鬃岭

1=G 2/4
中速

钟为义 唱
钟以成 记

月钻云层星失明，贺龙夜过马鬃岭。大妈举灯（唉嗨呀衣哟）站岭头，（唉嗨呀衣儿哟）亮如月亮亮如月亮明如星（衣哟）。

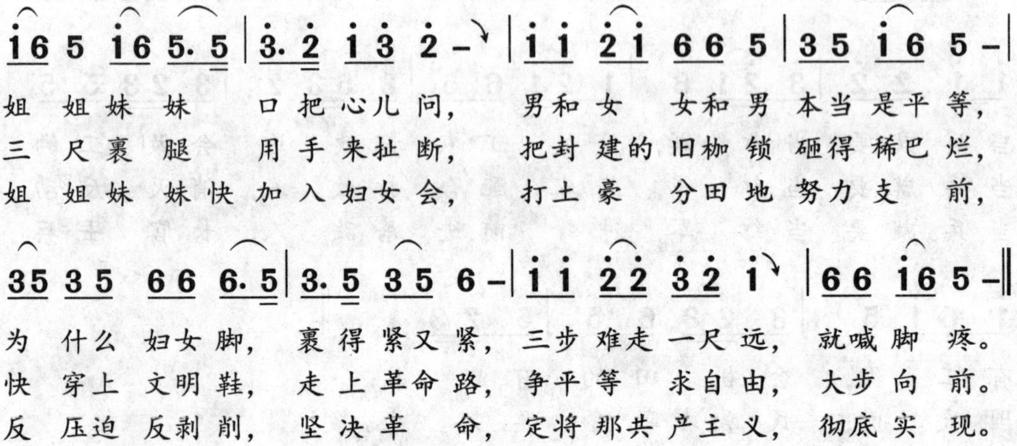

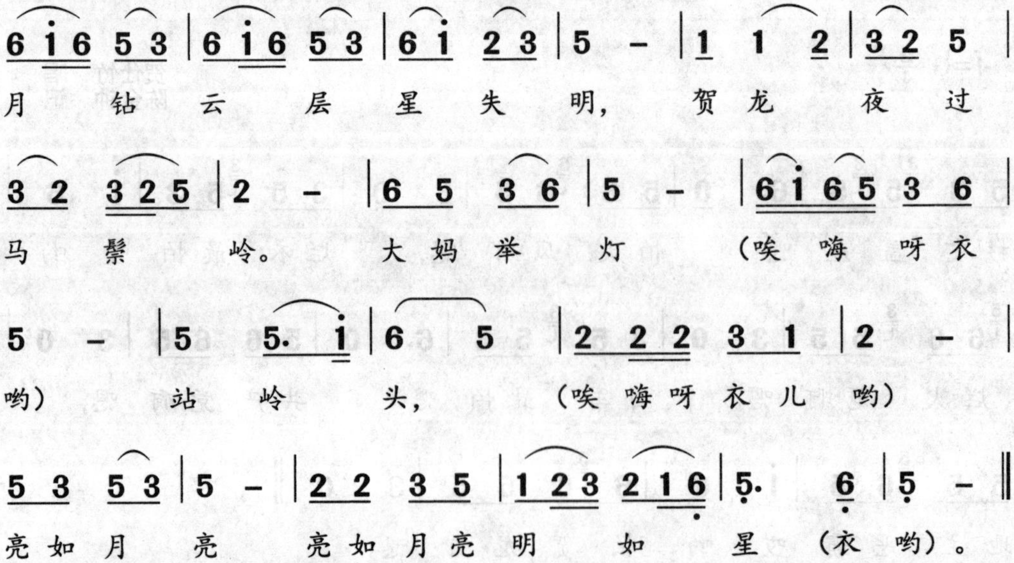

歌唱红三军

(五更调)

向兴顺 唱
范志光 黎连城 记

1=G 2/4
中速

| 5 3 3 5 | 6 1 6 | 5 — | 2 3 5 | 2 1 6 1 | 2. 6 | 5 3 3 5 | 6 1 6 |

一更(的个)一呀　点　月初　升(啦哎嗨哟)，穷人(的个)参啦
二更(的个)二呀　点　月儿　正(啦哎嗨哟)，贺龙(的个)萧啦
三更(的个)三呀　点　月亮　明(啦哎嗨哟)，红军(的个)进啦
四更(的个)四呀　点　月亮　黄(啦哎嗨哟)，红军(的个)就啦
五更(的个)五呀　点　月照　墙(啦哎嗨哟)，红军走了就啦

| 5 — | 2 5 | 2 1 6 1 | 2. 3 | 1. 2 | 5 5 | 5 3 5 | 2 3 2 1 |

加　　　红三　军(啦哎嗨哟)，翻山越岭不嫌苦，(哇是
克　　　为将　军(啦哎嗨哟)，星星跟着月亮走，(哇是
了　　　桑植　城(啦哎嗨哟)，四处百姓来迎接，(哇是
是　　　救命　王(啦哎嗨哟)，红军枪法打得准，(哇是
像　　　失爹　娘(啦哎嗨哟)，盼星星来盼月亮，(哇是

| 1 6 5 | 5. 6 | 1 1 | 1 5 | 3 2 1 2 1 | 6 1 6 5 ‖

年太平)跟着红军闹革命　(又是　太平年)。
年太平)杀猪宰羊庆翻身　(又是　太平年)。
年太平)送柴送水忙不停　(又是　太平年)。
年太平)不怕敌人势力强　(又是　太平年)。
年太平)只盼红军早回乡　(又是　太平年)。

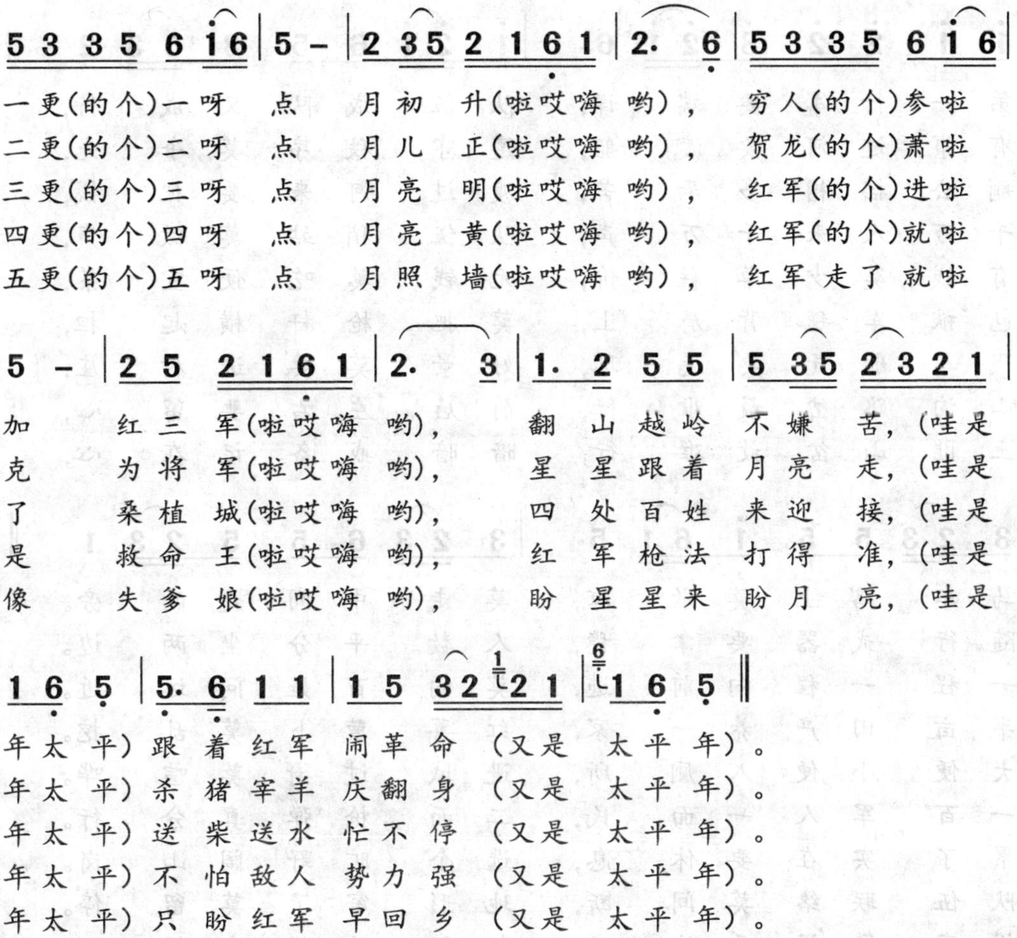

行 军 歌

1=G 4/4

文昌南 唱
文化馆 记

| 1 1 | 2 2 | 3 2 1 6 | 1 2 1 6 5 | 3 5 3 2 |

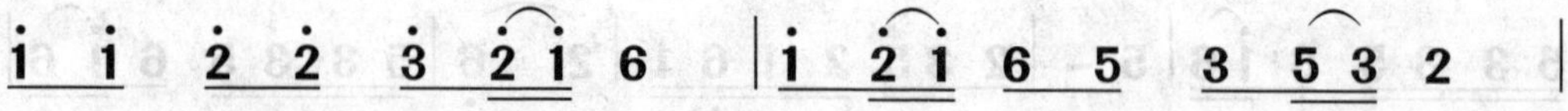

第一行军要端详，队伍成队又成行，
有事过河要渡船遵守秩序莫先钱，
公摇渡多苦过队河争把声，
千万橹辛万声队钱稍莫做茶
钱人来千鞋苦无把吃便宜担，
袱军少草肩，莫景枪宜起心，
飞军毯背上好前莫横村心，
山歌气连行暗后要进要，
土路岔难，暗戒左右留
匪山岔最 备 记 在

| 3 2 3 | 5 5 | 1 6 1 5 | 3 2 3 6 5 | 5 2 3 1 |

马车路上莫歌凉莫走中间走两旁。
随行武器拿进人数平分两边。
一程一程莫前稳莫薯向百姓坐远近。
半亩田产向一，红城分过问乱挖
大便小便养厕所城面卜街莫哗
一了军便人一息形枪弹喧行。
累伍实在要休，二好旷野真岗
队提高联络络注意打选地胜阔留停。
    警惕 地 有保 证。

440 唱个山歌甩过来——桑植民歌精粹

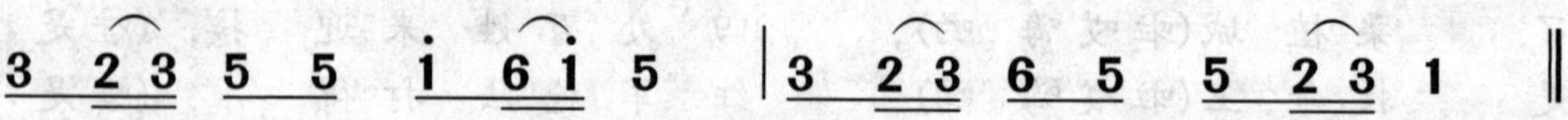

贺龙将军到

1=G 2/4

贾成贵 唱
文化馆 记

| 6̣ 16 11 | 6̣ 1 6. | 6̣ 1 2 1 | 6 — | 2 1 6̣ 1 | 6 2 1 | 2 1 6 ||

贺龙 将军 到，　　来到 石灰 窑；　　千军 万马 红旗（唷）飘（哦），
红军 汤师 长，　　率队 上战 场；　　恶霸 听见 枪声（唷）响（哦），
师长 卢东 生，　　领导 穷苦 人；　　刀矛 火炮 去上（唷）阵（哦），
新塘 付维 风，　　封建 伪团 总；　　怕我 红军 打得（唷）猛（哦），
东乡 冯玉 池，　　义勇 队组 织；　　怕我 红军 大势（唷）力（哦），
恶霸 赵奎 宣，　　乳臭 都未 干；　　当起 团总 逞威（唷）严（哦），
红军 一来 到，　　团总 吓慌 了；　　听见 乒乓 几大（唷）炮（哦），
红军 有本 领，　　枪法 打得 准；　　一枪 打在 顶眉（唷）心（哦），
庚午 癸酉 年，　　红军 已普 遍；　　打倒 土豪 又分（唷）田（哦），

| 6 1 1 5 | 6 5 | 0 6 1 | 2 1 6 5 | 6 1 | 6 1 1 6 | 6 5 | 0 ||

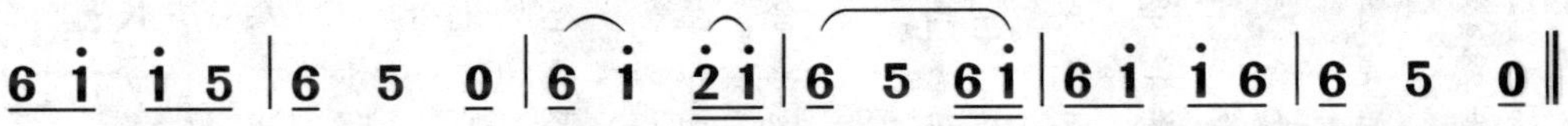

穷人 伸了 腰（啊），（哎　伊　唷）　穷人 伸了 腰（啊）。
滚下 乱岩 岗（啊），（哎　伊　唷）　滚下 乱岩 岗（啊）。
百战 百胜 军（啊），（哎　伊　唷）　百战 百胜 军（啊）。
枪杆 一缴 空（啊），（哎　伊　唷）　枪杆 一缴 空（啊）。
吓得 流稀 屎（啊），（哎　伊　唷）　吓得 流稀 屎（啊）。
压榨 人民 钱（啊），（哎　伊　唷）　压榨 人民 钱（啊）。
屎尿 只是 标（啊），（哎　伊　唷）　屎尿 只是 标（啊）。
团总 四脚 伸（啊），（哎　伊　唷）　团总 四脚 伸（啊）。
穷人 掌政 权（啊），（哎　伊　唷）　穷人 掌政 权（啊）。

贺龙将军颂

1=C 2/4
进行速度

文昌南 向诩仁 唱
白诚仁 记

| 1 1 | 2 2 | 3 2 1 6 | 1 2 1 6 5 | 3 5 3 2 |

| 3 2 3 | 5 5 | 1 6 1 5 | 3 2 3 6 5 | 5 2 3 1 ‖

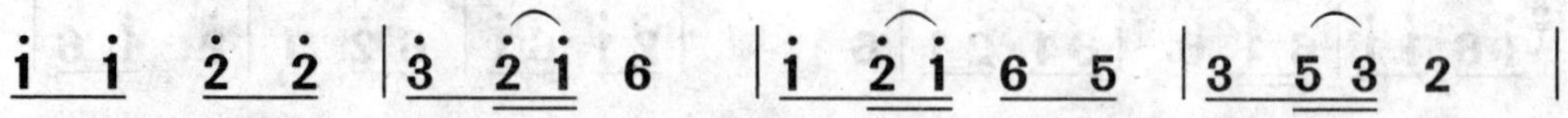

（因乐谱歌词为竖排多段，内容从略）

442　唱个山歌甩过来——桑植民歌精粹

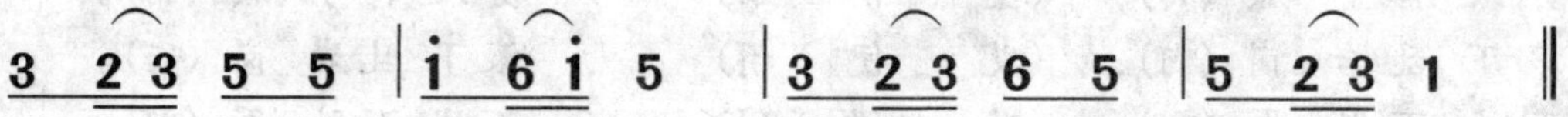

贺龙总的儿童团

1=C 2/4

周月萍 唱
蔡晞 记

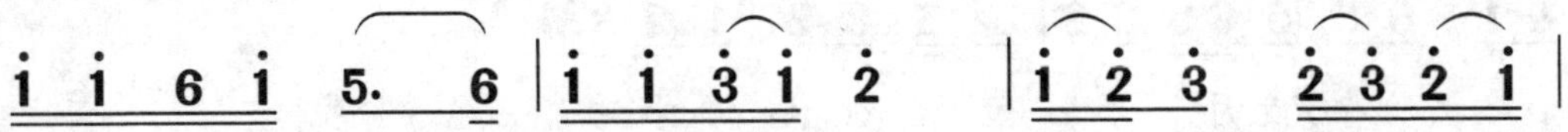

星儿(那个)闪　月呀儿　偏，　爬　墙　翻　进
东边(那个)瞧　西呀边　探，　王霸天　正在
缴了(那个)枪　捆啦个　严，　嘴　里　塞　块
神不(那个)知　鬼呀不　觉，　只　见　老总
不是(那个)鬼　不哇是　仙，　贺　老　总　的

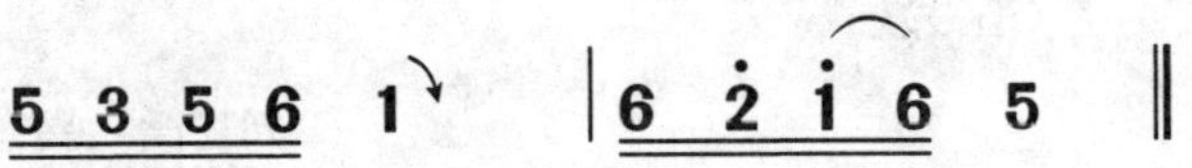

(呀呀呀子儿喂)　地方哇　院。
(呀呀呀子儿喂)　打鼾啦　鼾。
(呀呀呀子儿喂)　乱棉呀　棉。
(呀呀呀子儿喂)　贴门啦　前。
(呀呀呀子儿喂)　儿童吖　团。

红军打来晴了天

1=G 2/4

何大友 唱
程祖瑜 记

红　军　打　来　晴　了　天啦，　穷苦(的个)人家　呀
笑哇笑连　连啦，　五荒(的个)六月　呀哈有　饭　吃呀，

第七篇　红色之恋——红色歌曲　443

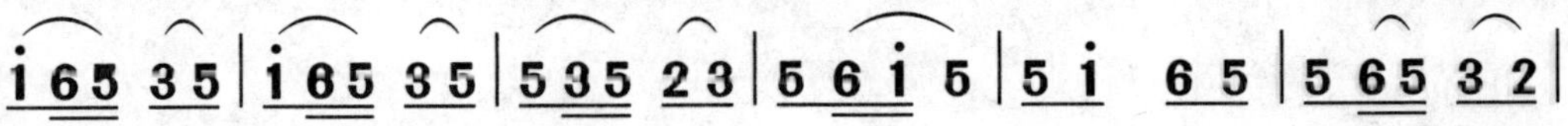

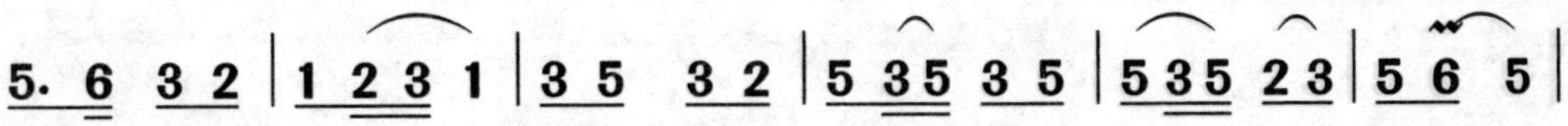

| 1 1 6 5 | 5 6 5 3 2 | 5. 6 3 2 | 1 2 3 1 | 3. 5 2 3 | 5 3 5 |

十冬（的个）腊月 呀 有哇有衣 添啦， （哎呀呀得儿喂）

| 1 1 6 5 | 5 6 5 3 2 | 5. 6 3 2 | 1 2 3 1 ‖

十冬（的个）腊月 呀 有哇有衣 添啦。

红军大战十万坪

（渔鼓）

1=♭B 2/4

刘任谱 唱
黎连城 记

| 5 3 5. | 5 5 3 5 3 | （当当当） | 5 3 5 3 | 2 3 2 1 6 |

井 冈 山上播火种， 湘鄂 边 区

| 1. 2 3 3 | 1 2 3 | 1 3 2 1 6 | （当当当当｜当当当当当当）|

战 旗 红。

| （当当当当｜当当当当当当）｜（当当当）| 5. 5 5 4 | 4 5 4 5 4 |

贺 龙将军 大战 十万坪

| 0 5 5 5 4 | 5 2 1 2 4 | 5 5 3 2 | 1 2 2 3 2 1 6 | 1 2 | 1 3 2 1 6 ‖

英雄 凯歌 震乾 坤（哪）。

444 唱个山歌甩过来——桑植民歌精粹

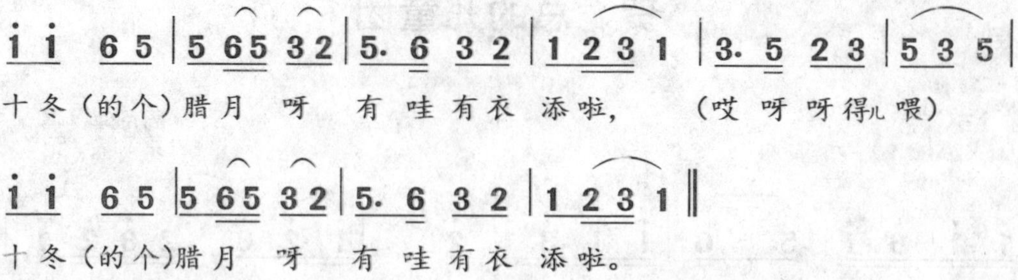

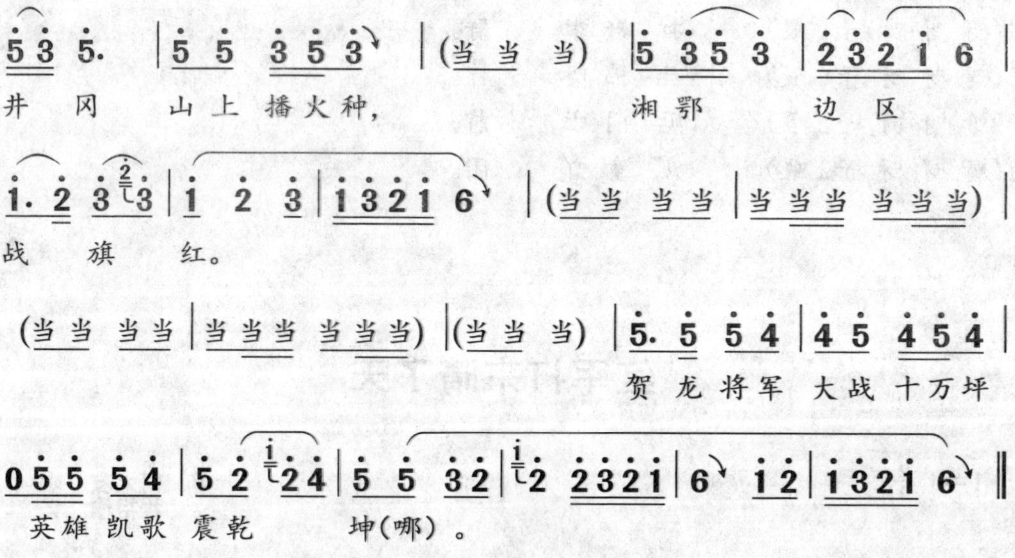

红 军 到

1=A 2/4

胡卓然 唱
陈金钟 记

5. 5 53 | 5 6 5 - | 6 5 5 3 | 5 6 5. | 0 5. 5 3 |

红军到来穷人笑，家家户户放鞭炮，敲锣又打
红军到来真正好，打倒劣绅和土豪，有吃又有

6 5 3 | 5 3 3 5 3 | 2. 3 | 5 5 3 5 | 3 3 2 | 1 - ‖

鼓 哇，（哎呀哎衣 哟） 穷根要拔 掉 哇。
穿 啦，（哎呀哎衣 哟） 铁树开花 了 哇。

红军到了我的屋

1=C 2/4 3/4

钟为义 唱
文化馆 记

6 12 1 2 | 6 1 1 2 | 2 1 6 | 6 1 6 | 6 1 6 1 | 6 1 2 2 1 6 |

红 军 同志 好辛 苦（哇）半夜 时候 到我
口 叫 一声 红军 哥（哇）抱柴 热水 你洗
红 军 同志 到我家来（呀）煮饭 烧了 几捆

6 1. 6 5 6 0 | 6 12 1 2 | 2 1 6 | 2 1 6 | 2 6 1 | 6 1 6 1 |

屋（啊） 恶霸 土豪 吓跑 了（哇）我们
脚（啊） 今晚 就在 我家 歇（呀）明日
柴（啊） 天亮 起来 人不 见（啦）柴钱

6 1 2 1 2 1 6 | 6 1 6 5 6 0 ‖

百姓 才归屋（啊）。
再把 土豪捉（啊）。
放在 水缸盖（啊）。

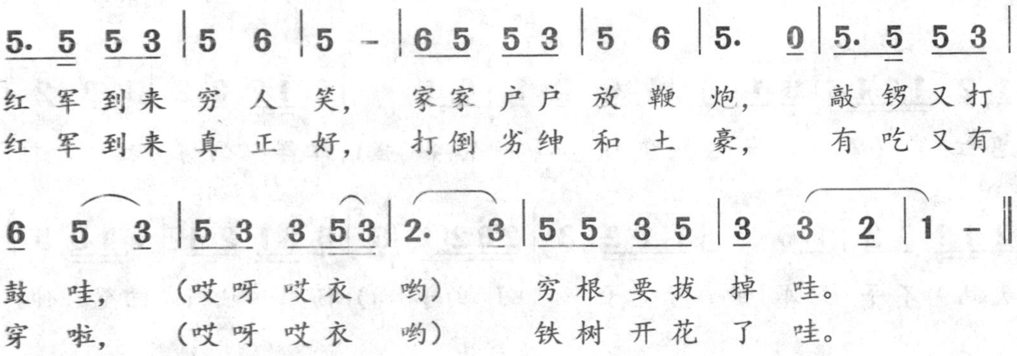

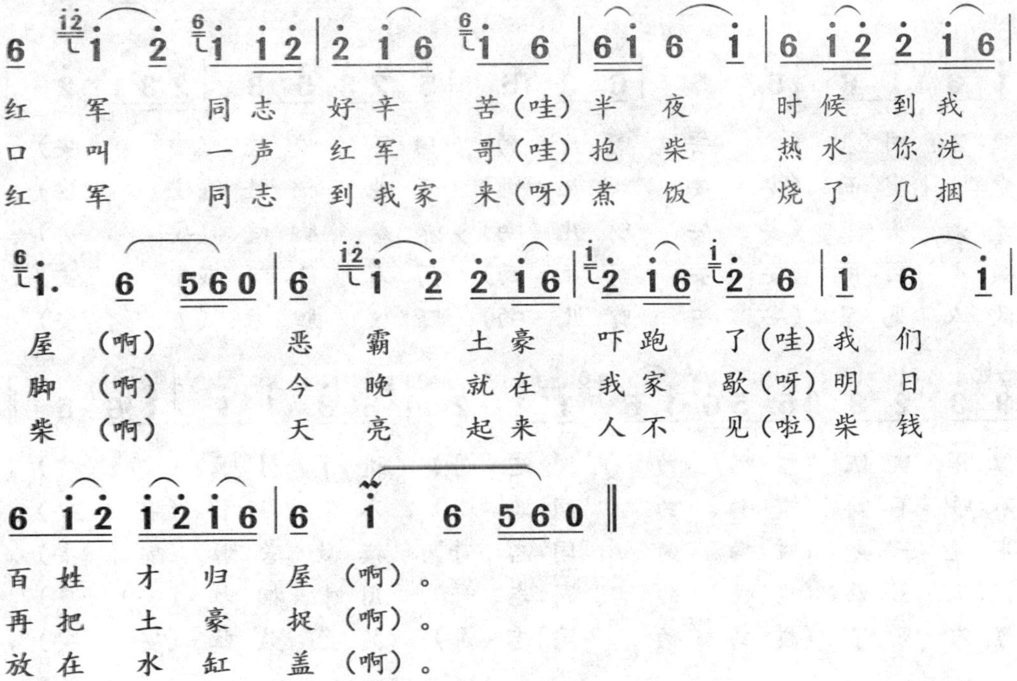

红军到了我们村

1=G 2/4

何大友 唱
程祖瑜 记

1 2 | 12 16 | 6̇ 1 6̇ | 2 6̇ | 2 1 | 6 1 6̇ | 2 12 32 | 1 3 2 |
想红军（哪 雷推搭），爱红军（哪 雷推搭），红军 到了 我们 村；

2 12 32 | 1 6̇ 5̇ | 1 1 2 3 | 23 21 6̇ | 6̇ 6̇1 21 | 1 16̇ 5̇ ‖
大路 不平 红军铲（呀呀子哟 哟 哟子呀）扬眉 吐气 把冤 伸。

红军队伍进了村

1=G 2/4

刘占林 唱
陈金钟 记

i 6 i 6 | 5 5 | 6 3 5 | 5 23 5 3 | 23 1 2 |
鸡不叫来（安 安 呀儿哟）狗不 咬哇（安 安），
堂屋里面（安 安 呀儿哟）开地 铺哇（安 安），
光着头来（安 安 呀儿哟）赤着 脚哇（安 安），
摸着白匪（安 安 呀儿哟）用力 杀呀（安 安），
敌人见了（安 安 呀儿哟）吓破 胆啦（安 安），

3 3 23 | 5 56 i6 | 6̇1 1 2 | 2̇3 3 1 1 | i 6 5 ‖
红军队伍（哎哟 哟 同志哥）进了 村啦（安 安）。
不吵不闹（哎哟 哟 同志哥）不做 声啦（安 安）。
半夜三更（哎哟 哟 同志哥）摸敌 营啦（安 安）。
摸到土豪（哎哟 哟 同志哥）用索 捆啦（安 安）。
穷人见了（哎哟 哟 同志哥）笑盈 盈啦（安 安）。

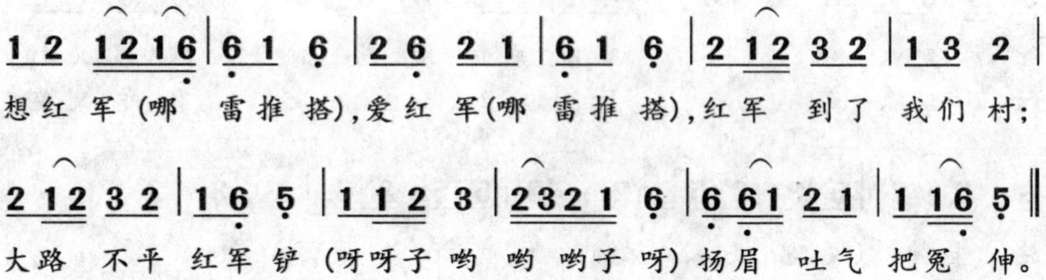

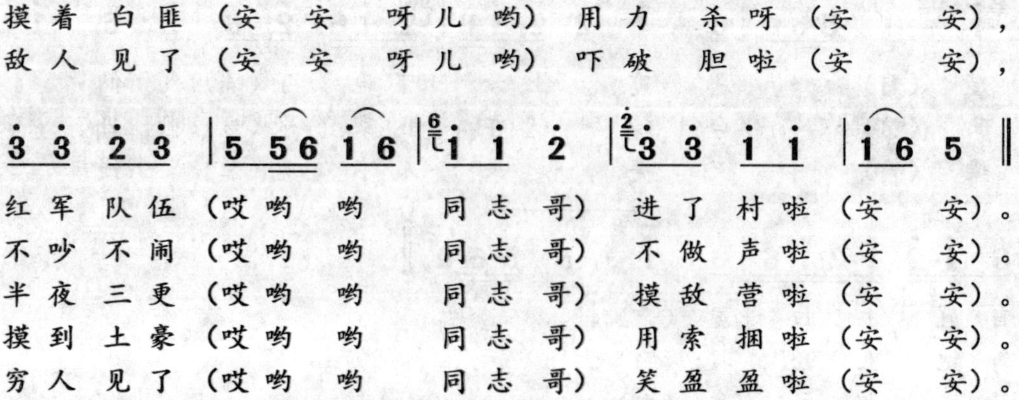

红军发给土地证

1=G 2/4

何开臣 唱
田贵忠 记

正月（哟）里来是新春（哎），红军（的那个）发我（哎）土地证，四四方方一张纸，圆圆（的那个）巴巴（也）一（哟）颗印。

门前（哟）喜鹊叫喳喳（哎），田里（的那个）泥巴（哎）香喷喷，土坡层层穷人种，大田（的那个）方方（也）穷（哎）人耕。

红军哥哥到我家

1=A 2/4 3/4

谷清香 唱
陈金钟 记

地米菜菜儿开白呀花呀，红军嘞
不是妹妹儿故意呀夸呀，红军嘞
不是你争水桶啊挑呀，就是嘞
不要百姓一灯啦草哇，对待嘞

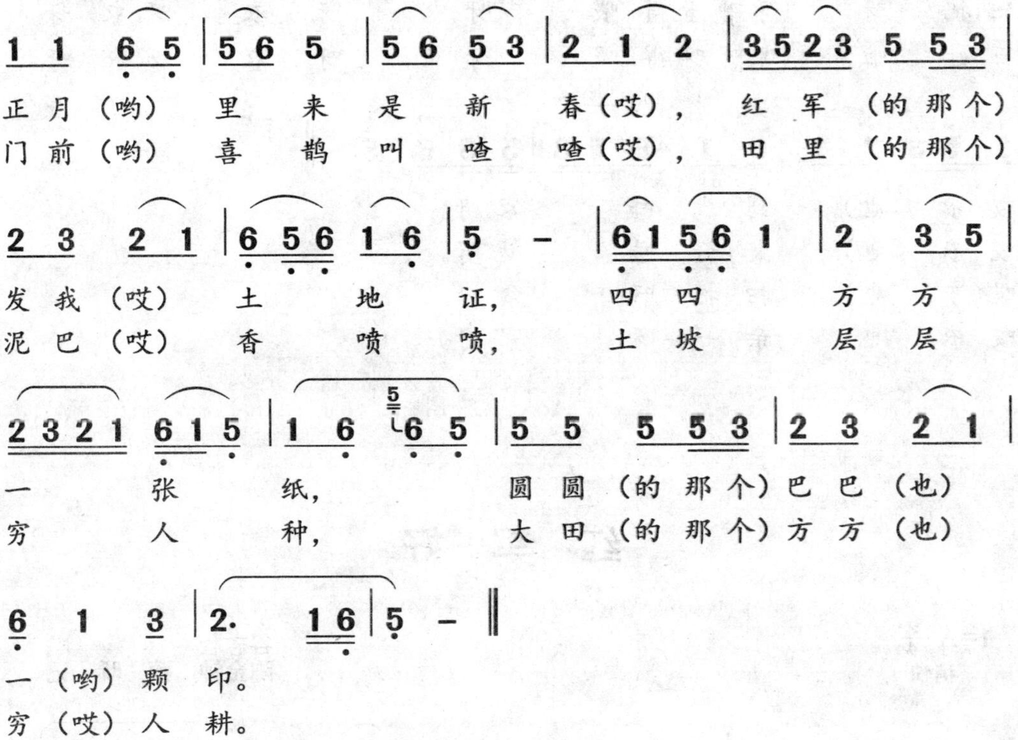

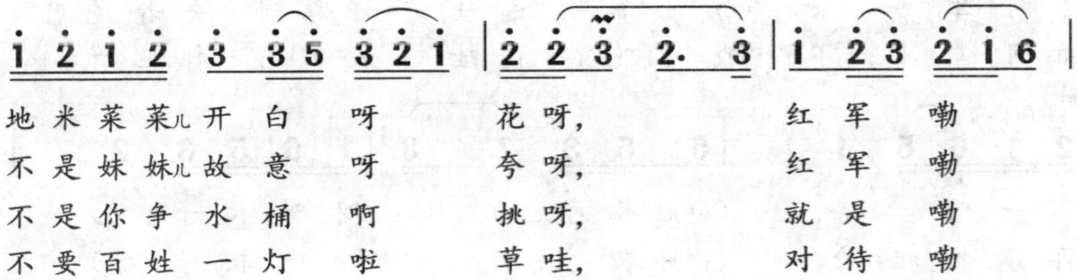

| 2 16 56.1 | 6 66 i 2.i | i 2i6 6 | i.6 5 65 5 |

哥哥 嘞 （呀呀呀得儿喂 呀衣 呀衣 呀衣 呀
哥哥 嘞 （呀呀呀得儿喂 呀衣 呀衣 呀衣 呀
他把 呀 （呀呀呀得儿喂 呀衣 呀衣 呀衣 呀
百姓 啦 （呀呀呀得儿喂 呀衣 呀衣 呀衣 呀

| 2 53 2 i | 6 i 6 53 | 5 5 6 5 ‖

哎衣 也） 到我哇 家呀。
哎衣 也） 太好哇 哒呀。
哎衣 也） 扫把呀 拿呀。
哎衣 也） 亲一呀 家呀。

红 军 好

1=A 2/4
稍快

谷志壮 唱
陈金钟 蔡晞 记

| 3 32 1 12 | 3 32 1 | 2 53 | 2 3 56 1.6 |

红军 （呀的个）好来 呀， 红军 好哇，
红军 （呀的个）好来 呀， 红军 好哇，

| 1 12 3 532 | 1. 2 35 | 2 2. | 5 35 11 13 |

红呵军一来白军 逃哇， 好象哪 夹着尾巴
红呵军来了我们吃得 饱哇， 栽田哪 种地呀

| 2 165 1 | 5 53 2. 3 | 1 65 3 2 |

狗一呀 条， （得儿衣子儿哟 呀呀衣子儿哟）
再不把租交， （得儿衣子儿哟 呀呀衣子儿哟）

448　唱个山歌甩过来——桑植民歌精粹

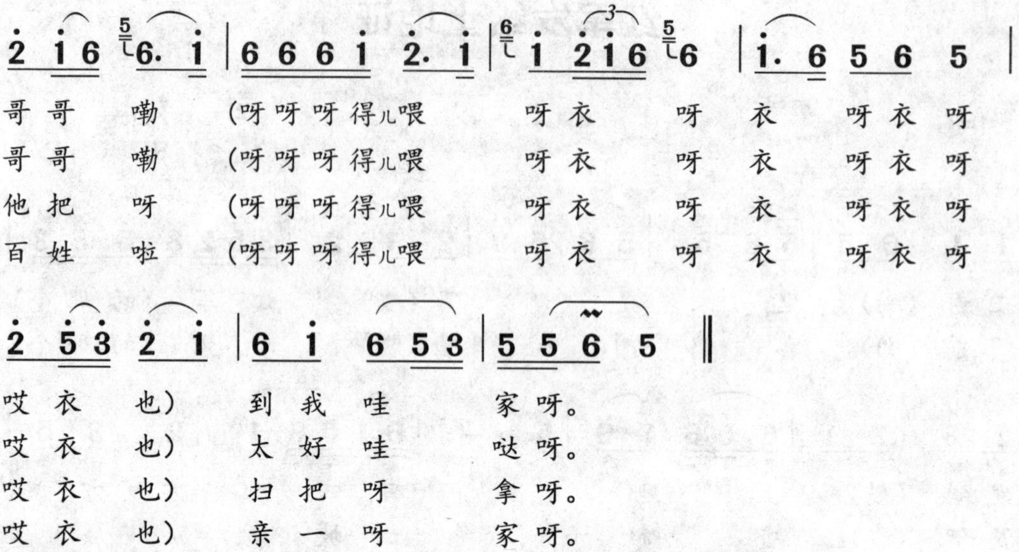

红军几时才回返

刘占林 唱
黎连城 记

1=B 2/4
中速

一 把 扇 子（连 连）正 逢 春（那么 溜 溜），
他 把 井 岗 山（连 连）作 榜 样（那么 溜 溜），
二 把 扇 子（连 连）是 立 夏（那么 溜 溜），
村 村 建 立（连 连）苏 维 埃（那么 溜 溜），
三 把 扇 子（连 连）秋 风 凉（那么 溜 溜），
重 九 登 高（连 连）送 红 军（那么 溜 溜），
四 把 扇 子（连 连）天 气 寒（那么 溜 溜），
朝 也 盼 来（连 连）暮 也 盼（那么 溜 溜），

贺 龙 率 领（是 哟 喂）红 二 军 哪（哎 嗨 哟）；
组 织 工 农（是 哟 喂）闹 革 命 哪（哎 嗨 哟）。
革 命 枪 杆 子（哟 喂）手 中 拿 呀（哎 嗨 哟）；
打 倒 土 豪（是 哟 喂）和 恶 霸 呀（哎 嗨 哟）。
红 军 北 上 是 哟 喂）把 日 抗 吖（哎 嗨 哟）；
难 舍 难 分（是 哟 喂）情 意 长 吖（哎 嗨 哟）。
红 军 过 草 地（哟 喂）翻 雪 山 哪（哎 嗨 哟）；
红 军 几 时（是 哟 喂）才 回 返 哪（哎 嗨 哟）。

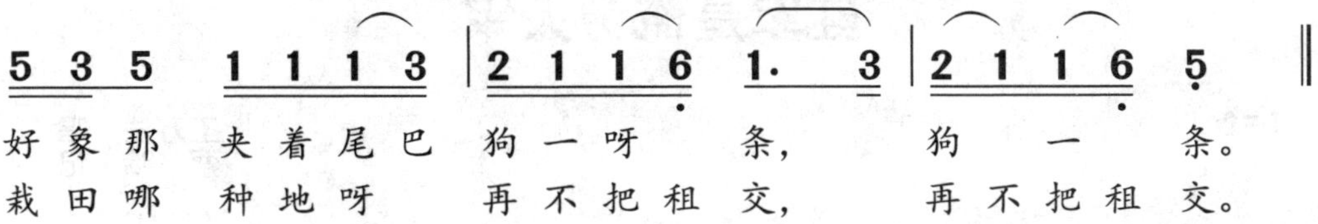

红军是俺穷人军

1=G 2/4

王万法 唱
蔡晞 记

金银花开一根藤嘞（荷叶呀嗬），蜡烛点灯（牡丹花）一条心嘞（朵朵红）。红军是俺穷人军嘞（荷叶呀嗬）吃颗的芝呀麻（牡丹花）平半分嘞（朵朵红）。

姐妹双双做军鞋

1=♭B 2/4

钟桑一 唱
宋家云 记

红日放光彩，满山的茶花儿开，红日放光彩，满山的茶花儿开，穿针引线（呀呀呀树儿喂喂喂呀喂树儿呀呀）飞巧手，姐妹双双做军

金线锁鞋口，银线扎鞋带，金线锁鞋口，银线扎鞋带，密针密线（呀呀呀树儿喂喂喂呀喂树儿呀呀）密呀么密密缝，飞针走线绣得

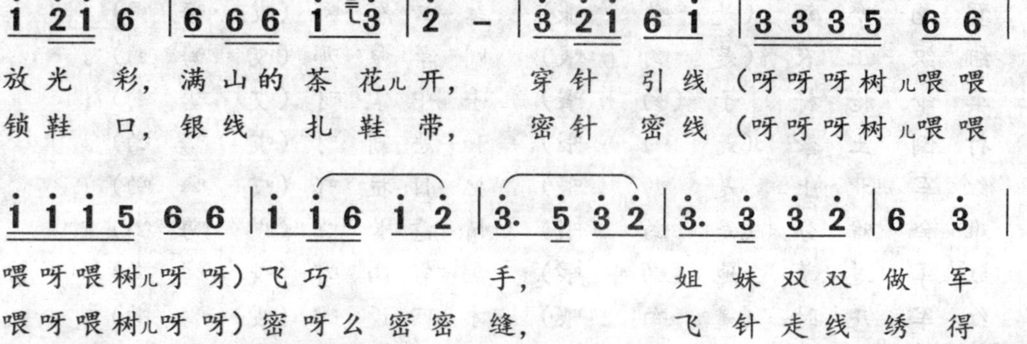

| 2. 3 3 2 1 | 1 6 1 1 | 3 5 1 2 1 | 6 - ‖

鞋， 姐妹双双做军 鞋。
快， 飞针走线绣得 快。

马桑树儿搭灯台

1=G 2/4 3/4
中速

朱耀榜 唱
左泽松 黎连城 记

（男）马桑树 树儿 搭灯 台（哟 嗬），
（女）马桑树 树儿 搭灯 台（哟 嗬），

写封的书信 与也 姐 带（哟），
写封的书信 与也 郎 带（哟），你

郎去当 兵 姐（也）在 家 （呀），我
一年不 来 我一（呀）年等 （啦），你

三五两 年 我不得 来（哟）， 你个儿 移花
两年不 来 我两年 挨（哟）， 钥匙的不到

别（也） 处 栽（哟）。
锁（喂） 不 开（哟）。

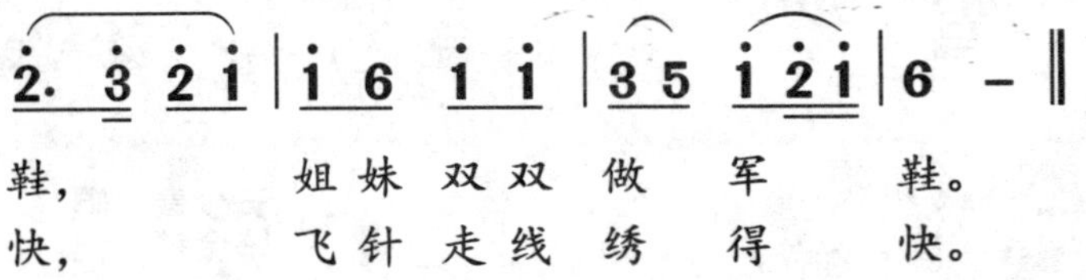

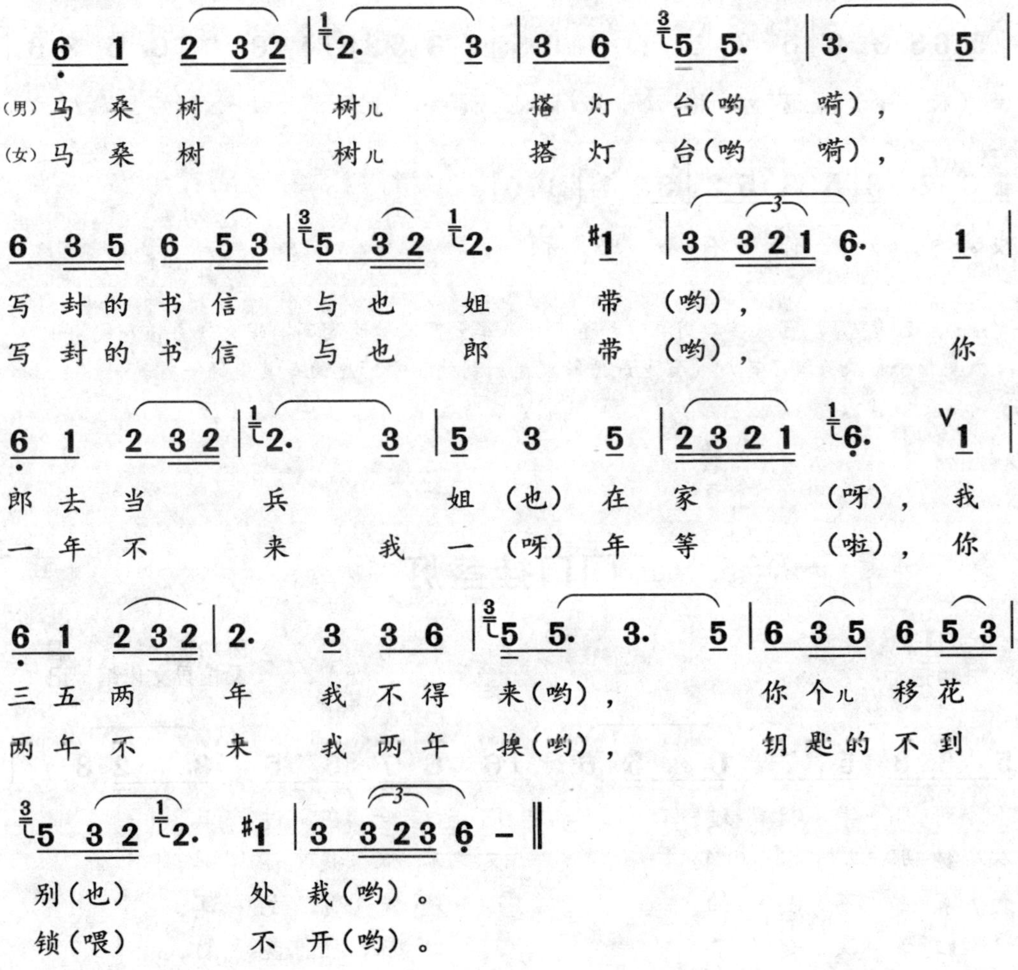

骂洋人

1=G 2/4
欢快地

黄少青 唱
陈金钟 记

洋人鼻子高又高哇,像个强啊盗,穿洋衣,戴洋帽哇,戴起洋帽像啊呀瓜瓢,一股洋啊骚啊(衣哟)。贺哇将军啦把他捉哇到了哇,(哎嗨哎哎哎嗨哟,)看你狡不狡啰嚼!

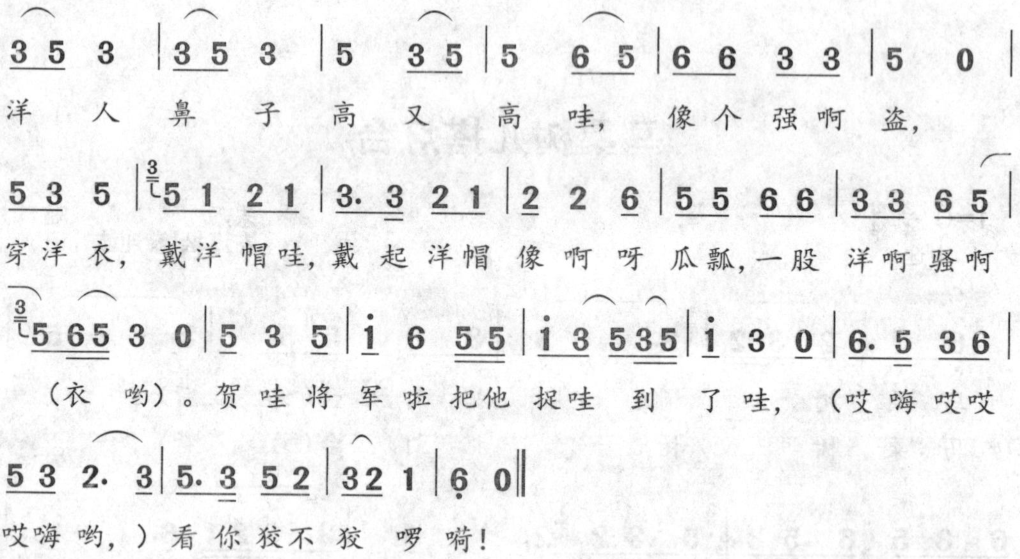

注:1923年9月,贺龙在四川涪陵扣留了日本军火商及偷运的两船军火。桑植人民闻讯拍手称快,编了花灯《贺龙严惩军火商》到处演唱,此曲是其中的一首。

门口挂盏灯

1=G 4/4
中速

陈功远 唱
桑植县文化馆 记

睡到那半夜过,门口嘛在过兵,
不要那茶水喝,又不嘛喊百姓,
大家都不要怕,这是嘛贺龙军,
媳妇你快起来,门口嘛挂盏灯,

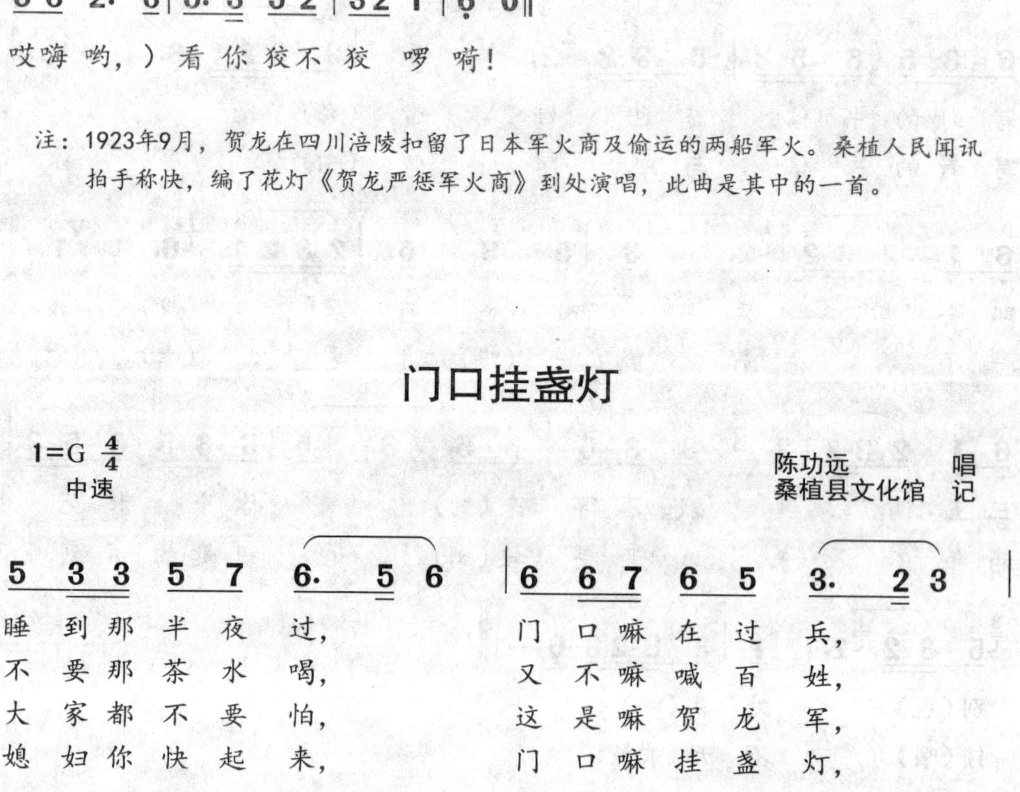

| 5 3 | 3 5 ³5̲ | 5 3̲2̲ | ¹2̲ 7̣ | ¹2̲ 2̲3̲ | 3̲2̲ 7̣ | 6. 5̲ | 6̣ : ||

婆 婆 （的个） 坐 起 来， 侧 着嘛 耳 朵 听。
只 听 （的个） 脚 板儿 响， 不 见嘛 人 做 声。
红 军 （的个） 多 辛 苦， 全 是嘛 为 我 们。
照 在 （的个） 大 路 上， 同 志们 好 行 军。

农民协会歌

1=♭E 2/4

尚本忠 唱
左泽松 记

| 5 1 | 2̲5̲ 4̲2̲ | 1 — | 1̲2̲ 1̲6̲1̲ | 5 — | 4̲2̲ 4̲6̲ |

农 民 联合 起来 呵! 黑地 又昏 天， 压迫 数千
农 民 联合 起来 呵! 想起 好伤 悲， 农民 最吃

| 5 — | 1̲6̲1̲ 5 | 4̲6̲ 5.4̲ | 2̲5̲ 4̲2̲ | 1 — | 2̲2̲1̲2̲6̲ |

年， 忍劳 苦，耐饥 寒， 农民 苦无 边， 年年 扶锄
亏， 要吃 饭，要穿 衣， 大家 出主 意， 快快 团结

| 5. 3̲ | 2̲3̲2̲1̲ 6̲5̲6̲ | 1 — | 5 5 | 6̲5̲6̲1̲ | 3 — | 5 3 | 2̲3̲5̲ |

犁， 天天 不空 闲， 熬过 荒月 苦， 盼来 打谷
起， 加入 农协 会， 建立 苏维 埃， 实行 分土

| 1 — | 1. 2̲ | 4̲4̲ 4̲2̲ | 4̲2̲ 1 | 6̲1̲ 2̲1̲2̲4̲ | 1 — ||

关， 四六 三七 租粮 上齐， 衣食 不周 全。
地， 打倒 土豪 打倒 劣绅， 我们 才安 逸。

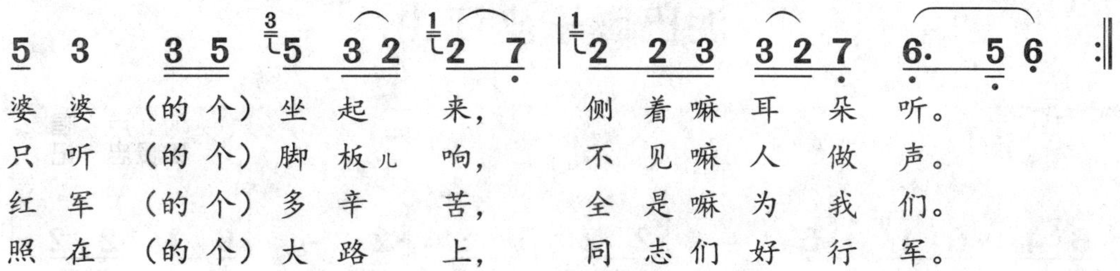

泥巴腿子坐江山

1=G 2/4

何开卢 唱
田贵忠 记

泥巴腿子（哎）坐江山（哟喂），盘古开天头一（哟）回（哟喂）。
(土豪劣绅（哎）全打倒（哟喂），一切权力归农（哟）会（哟喂）。
穷人志气（哎）大不同（哟喂），生死都要跟贺（哟）龙（哟喂）。
跟着贺龙（哎）闹革命（哟喂），就是死了心也（哟）红（哟喂）。

千山万岭举梭标

1=G 4/4
中速

谷兆芹 唱
蔡晞 记

参加哟农会哟不怕哟杀，哪怕挖眼哟又扳嘞牙；
枯树哟劈柴哟不用哟刀，干柴只等哟星火嘞烧；
树树儿砍了桩桩儿在，冬去哟春来又发哟芽。
贺龙只要绕一绕，千山哟万岭举梭哟标。

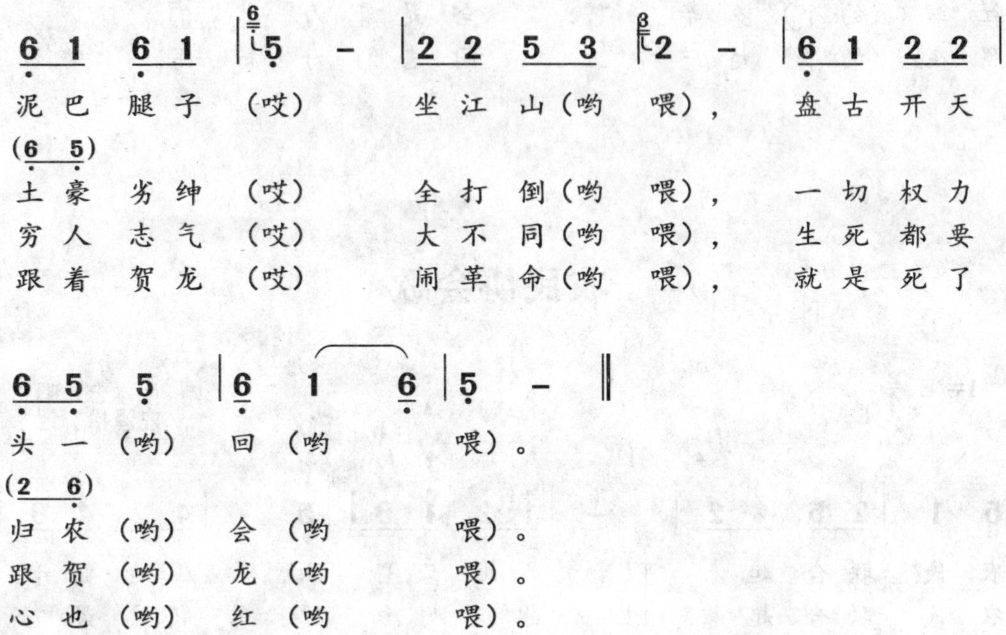

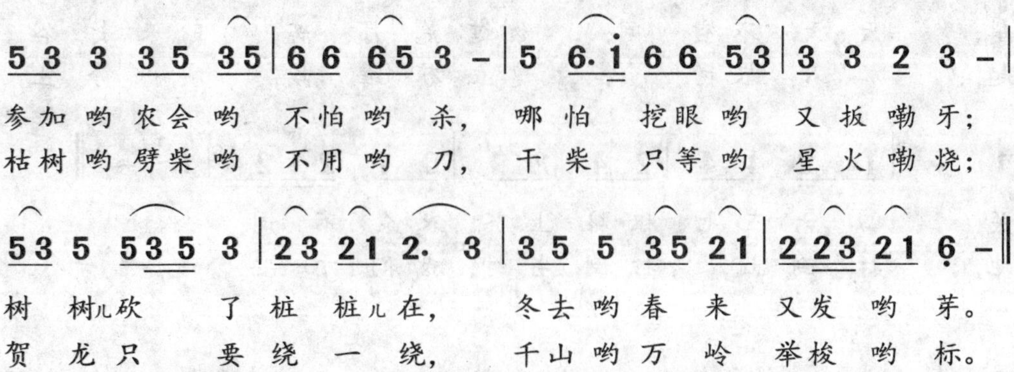

农民协会力量大

1=A 2/4
中速

刘占林 唱
陈金钟 记

叶连树来树连根,穷人翻身要连心(啦嗬衣呀嗨),
农民协会力量大,穷人欢喜敌人怕(啦嗬衣呀嗨),
千万哪农民组织起呀,打倒土豪和哇劣
减租哇减息又减押呀,千年的土地回呀老
绅(哪嗬衣呀嗨,衣呀嗬衣嗬呀嗬嗨哎,)
家(哪嗬衣呀嗨,衣呀嗬衣嗬呀嗬嗨哎,)
打倒土豪和哇劣绅(哪嗬衣呀嗨)。
千年的土地回呀老家(哪嗬衣呀嗨)。

穷人只望贺龙军

1=G 2/4

陈天兰 唱
蔡晞 记

高山走路望呀路平,六月天旱望呀起云,
口渴只望凉水呀井,穷人只望啊

第七篇 红色之恋——红色歌曲 455

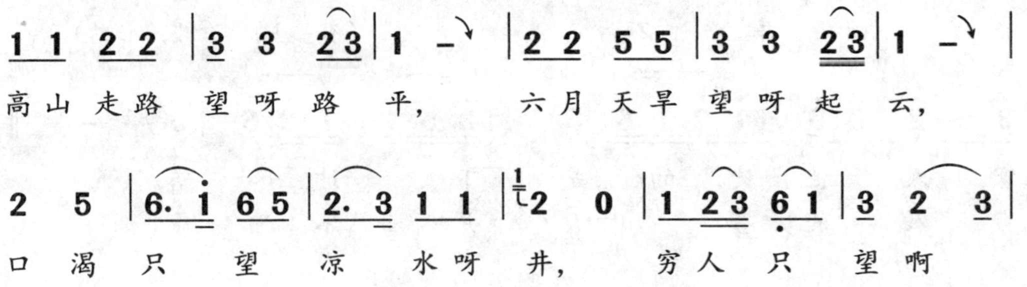

| 1 6 1 | 2. 3 6 1 | 3 1 6 1 | 1 - ||
贺龙军，穷人只望贺龙啊军。

穷人登天并不难

1=G 2/4 3/4

黎兴维 唱
陈金钟 记

| 1 5 6 1 | 2 1 6 5 | 2 3 5 3 | 2 3 2 1 6 1 6 |
桑植呵有个哇珠石头哇,
大庸呵有个哇天门山啦,

| 3 5 2 | 1 6 5. 6 | 1 6 1 | 2 3 1 | 2 1 6 | 5 - |
半截伸到伸到天里头。
隔天只隔只隔三尺三。

| 5 5 6 1 | 2 1 6 5 | 2 5 3 | 2 3 2 1 2 | 3 5 2 5 |
打倒哇土豪哇分田地呀,富人他
如今啦有了哇贺老总呀,穷人的

| 1 2 1 6 5 | 3 5 1 1 2 6 | 5 - | 3 2 3 2 1 6 |
走的是下坡路,(衣哟哎哟)
登天并不难,(衣哟哎哟)

| 3 5 2 5 | 1 2 1 6 5 | 3 5 1 1 2 6 | 5 - ||
富人他走的是下坡路。
穷人的登天并不难。

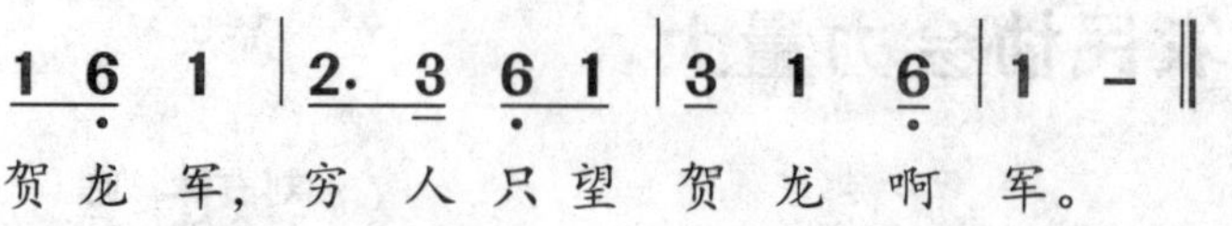

盼 红 军

1=C 2/4

戴桂香 唱
文化馆 记

(喂) 太阳(那个)落坡 四山 黄(啊),犀牛(那个)望 (啊) 月

犀牛(那个)望 (啊) 月 姐望郎 (衣火呀火嗨)姐望 郎 (啊

喂)。 记得那年菜花黄, 我送(那个)红军 上山 梁;

叫声(那个)哥哥 早 回 转(啰啊),老百姓的痛苦记 心 上!

(喂) 站在(那)芭谷 地旁, 望着(那)摩天 岭上,

四山(那个)彩云 放 红 光(啰啊)犀牛(那个)望 (啊) 犀牛(那个)望 (啊)

月 姐望 红军 (衣火呀火嗨) 早 回 乡(啰 喂)。

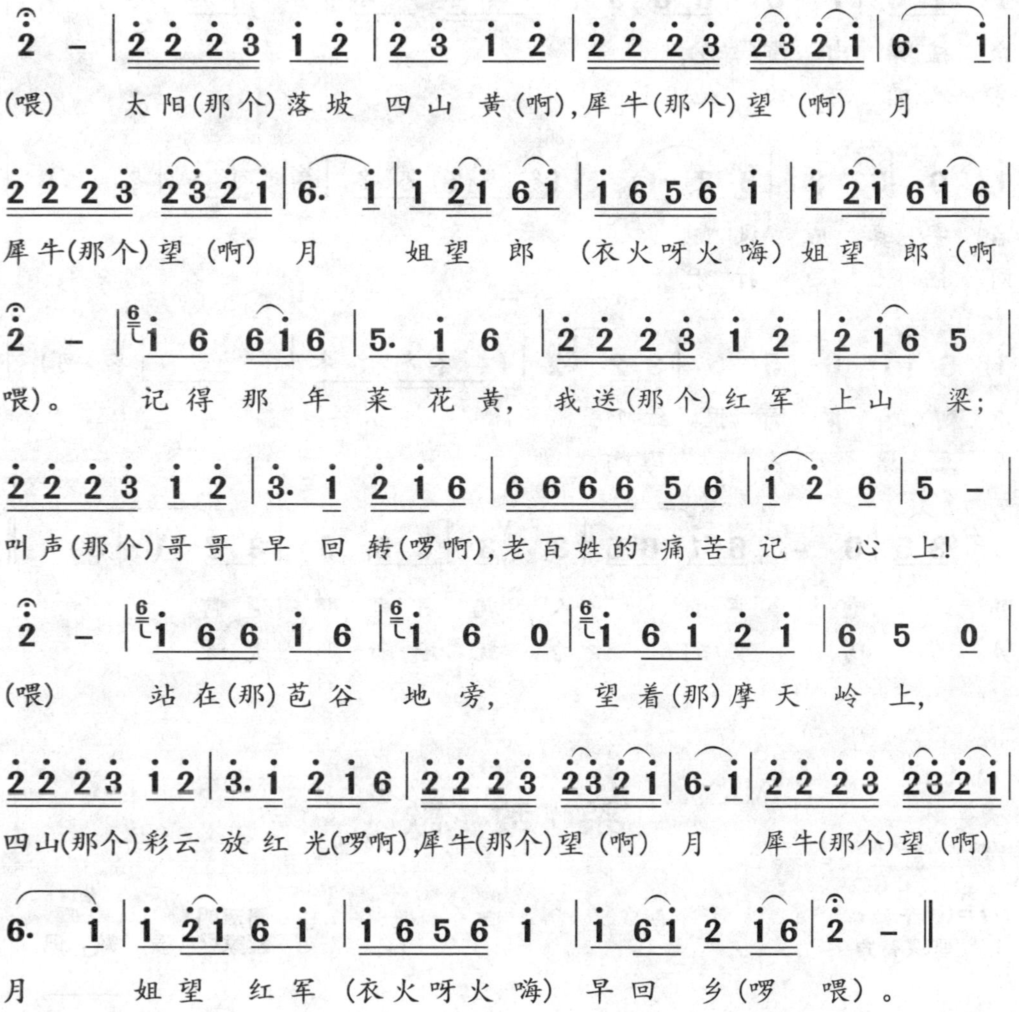

桑植出贺龙
（三棒鼓）

1=F 2/4

刘任谱 唱
黎连城 记

桑植嘛出贺龙，
穷人嘛喜欢他，

名字真威风啊。
同把土豪打呀。

走到哪里哪里红啊，
天天增加人和马啊，

穷人啊，穷啊人就都串那通啊。
势力呀，势啊力就渐渐那大呀。

杀敌歌

1=G 2/4
坚决有力

周清明 唱
蔡家鳌 吴敏 记

工农红军 恨的是反革命，他专打 土豪和劣绅，反革命，胡乱行，又放火，又杀人，杀的劳苦老百姓。

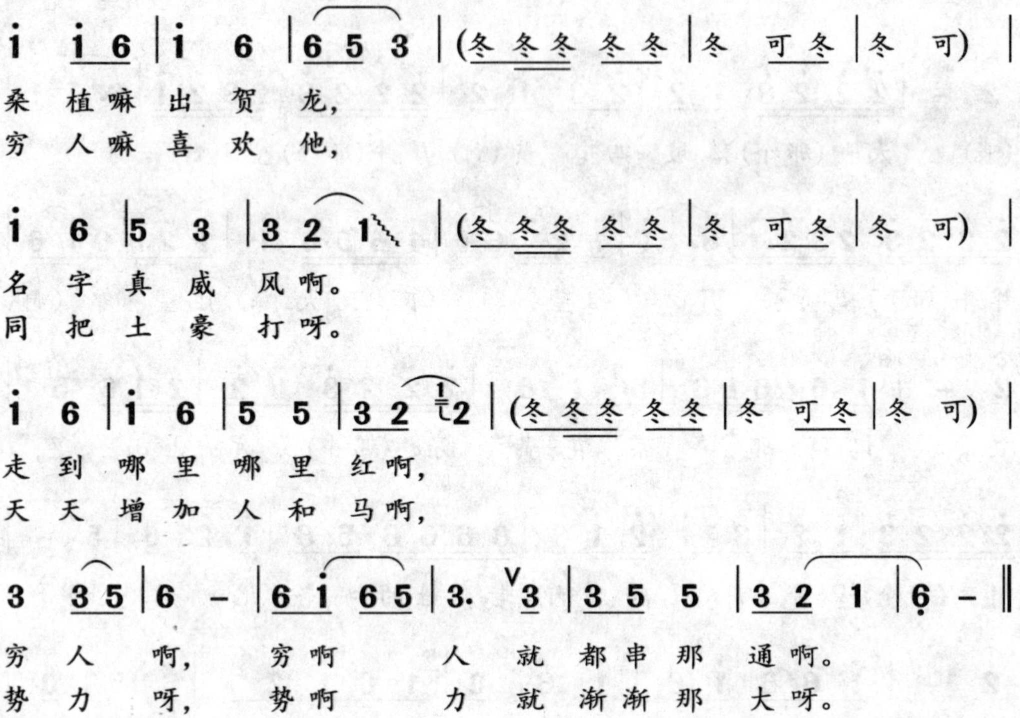

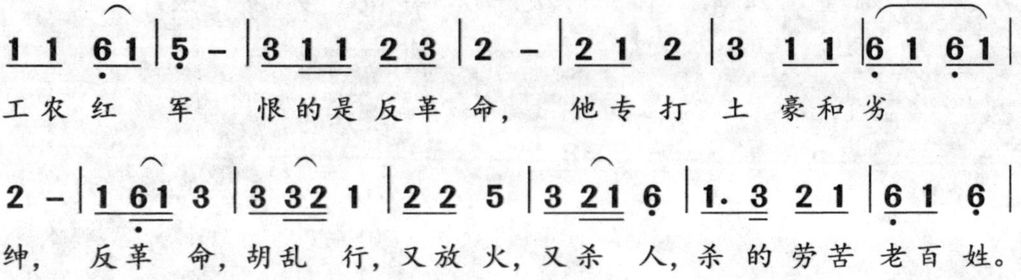

同志们，下决心，要把革命闹成功，要把反革命都杀尽。一二三，杀杀杀，一扫光，都杀尽，要替穷人报仇恨，立功勋，立功勋那真光荣。立功勋，立功勋那个真光荣，真光荣！

山寨来了贺龙军

1=G 2/4
中速

娄菊香 唱
蔡晞 记

正月里来是新春哪，(溜连花呀溜连花呀,)山寨的来了贺龙军啦。(三支杨柳牡丹花呀。)

村村寨寨玩花灯哪，(溜连花呀溜连花呀,)扛起的枪杆闹翻身啦。(三支杨柳牡丹花呀。)

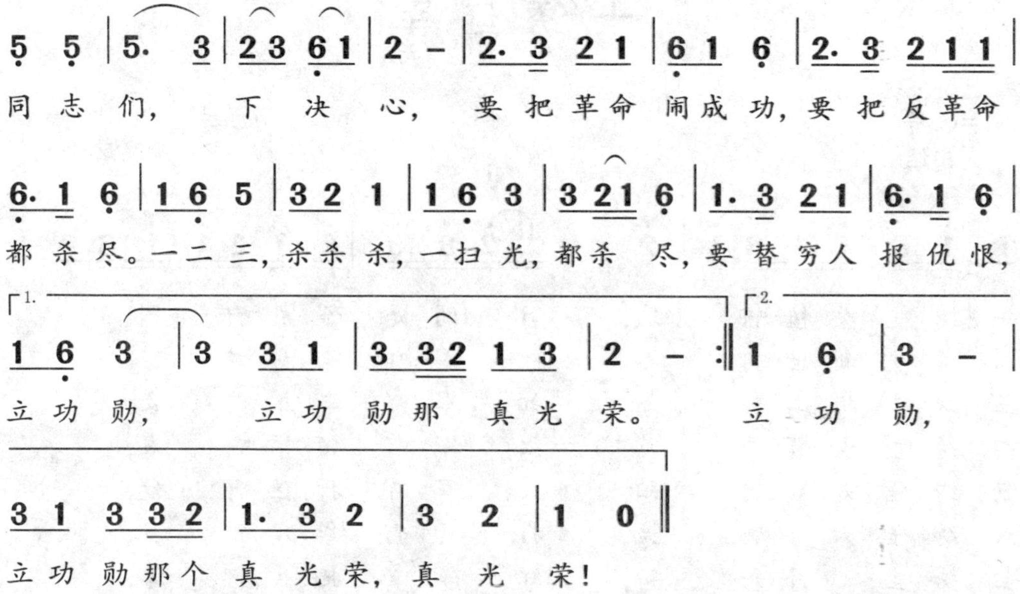

十绣红军

1=C 2/4
中速

娄菊香 唱
蔡 晞 黎连城 记

| 1 1̇ 6 | 1 1̇ 6 1 | 1̇·2 | 1̇ 2 3 3 | 2 3 2 1̇ | 1̇ 6 0 |

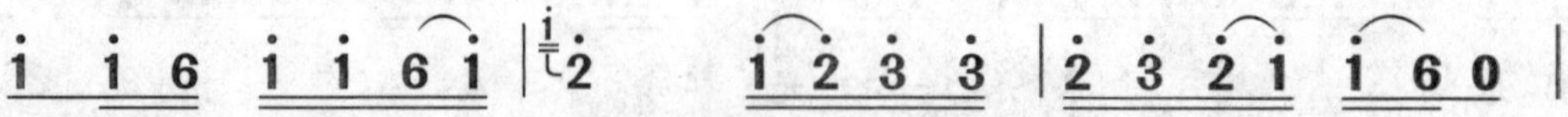

一绣哇桑植啊城, 驻的是贺龙啊军,
二绣哇新世啊界, 红军吖除恶啊害,
三绣哇梅山啊高, 红军吖志气啊豪,
四绣哇女贺啊英, 红军吖领导啊人,
五绣哇是端啊阳, 红军吖打胜啊仗,
六绣哇六月啊天, 打开啊华容啊县,
七绣哇七月啊半, 红军吖把兵啊添,
八绣哇是中啊秋, 红军吖处处啊有,
九绣哇是重啊阳, 红军吖把名啊扬,
十绣哇绣完啊哒, 红军吖遍天啊下,

| 2 3 1̇ 2 | 3 2 1 | 6 ⌵ 5 6 | 1̇ 2̇ 3 | 2̇ 1̇ ‖

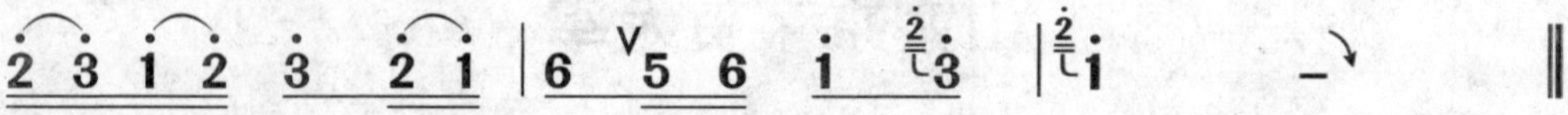

领导杀腰带占华打计打打
穷尽挂红荆红恩回汉反动
人是的军州起施头口派
人是的军州起施头口建
闹反盒杀和半进打坐新
翻动子敌当边四汉武中
身。派。炮。人。阳。天。川。口。昌。华。

460 唱个山歌甩过来——桑植民歌精粹

水淹向子荣

(花灯)

1=A 2/4 3/4
中速、稍慢

陈文成 唱
陈金钟 记

| 5 5 5 3 | 5 5 | 6 5 3 | 2.3 | 5 5 5 3 | 5 3 1 2 | 2 2 3 | 5 3 5 | 5 3 ⌒3 5 | 2 2 1 |

一字写一 横啦（衣 儿 呀），桑植贺云 卿啦， 他呀从汉 口 打呀 转 身啦，
二字头横 短啦（衣 儿 呀），贺龙闹共 产啦， 湘鄂西 红起半呀 边 天啦，
三字写三 横啦（衣 儿 呀），何健下命 令啦， 永顺啦匪 首向呀 子 荣啦，
四字四四 方吖（衣 儿 呀），先来匪团 长吖， 南岔啦半 渡全呀 泡 汤吖，
五字写空 心啦（衣 儿 呀），子荣气得 哼啦， 自呀带喽 罗三呀 千 人啦，
六字三朵 云啦（衣 儿 呀），子荣笑三 声啦， 电啦告何 健报呀 喜 讯啦，
七字一个 弯啦（衣 儿 呀），贺龙把令 传啦， 红啊军反 攻冲呀 下 山啦，
八字二面 翘哇（衣 儿 呀），向匪夹尾 跑哇， 赤溪河拦 断路呀 一 条哇，
九字勾脚 踢呀（衣 儿 呀），红军追得 急呀， 子呀荣双 手抓呀 马 尾呀，
十字穿心 过哇（衣 儿 呀），匪军沉漩 涡哇， 军啦民高 唱胜啦 利 歌哇，

| 3. 3 3 1 | 2 1 6 6 ⌒6 | 5 - | 2 5 3 | 2 2 1 | 3. 3 3 1 | 2 1 6 6 ⌒6 | 5 - ‖

建立红二 军 啦， （呀衣得 呀呀） 建 立红二 军 啦。
穷人好喜 欢 啦， （呀衣得 呀呀） 穷 人好喜 欢 啦。
剿共打头 阵 啦， （呀衣得 呀呀） 剿 共打头 阵 啦。
红军喜洋 洋 吖， （呀衣得 呀呀） 红 军喜洋 洋 吖。
一齐进空 城 啦， （呀衣得 呀呀） 一 齐进空 城 啦。
伸手要赏 银 啦， （呀衣得 呀呀） 伸 手要赏 银 啦。
眨眼把城 战 啦， （呀衣得 呀呀） 眨 眼把城 战 啦。
跳水把命 交 哇， （呀衣得 呀呀） 跳 水把命 交 哇。
投河去喂 鱼 呀， （呀衣得 呀呀） 投 河去喂 鱼 呀。
威震湘和 鄂 哇， （呀衣得 呀呀） 威 震湘和 鄂 哇。

四 劝
（扩军宣传歌）

龚宏益 唱
龚建业 朱玉枝 记

1=C 2/4

```
i 6 i | 6 5 | 5 5 6 | i 2 i | i | 2. 3 | 2 6 6 i |
```
一劝（啦）我（哇）的 爹和（哇）妈， 千万（的个）
二劝（啦）我（哇）的 哥和（哇）嫂， 为弟（的个）
三劝（啦）我（哇）的 妹和（哇）姐， 我上（的个）
四劝（啦）我（哇）的 恩爱（哇）妻， 国难（的个）

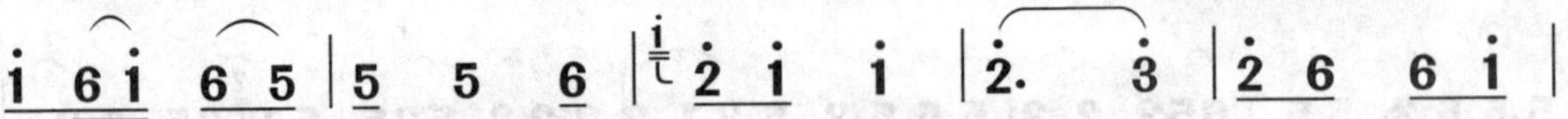

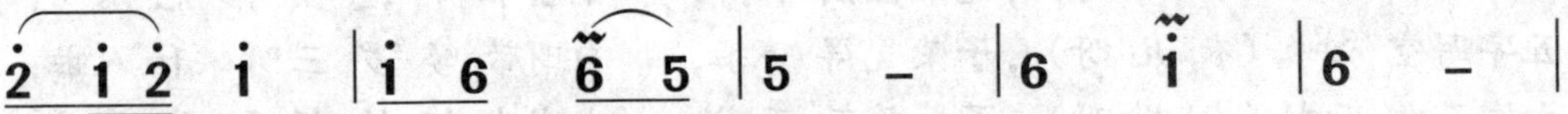

```
2 i 2 i | i 6 6 5 | 5 — | 6 i | 6 — |
```
莫把（哟）儿牵（啦）挂， 爹 妈 （也）
尽忠（哟）难尽（啦）孝， 哥 嫂 （也）
前线（哟）莫悲（呀）切， 姐 妹 （也）
当头（哟）不由（哇）己， 我的妻 （也）

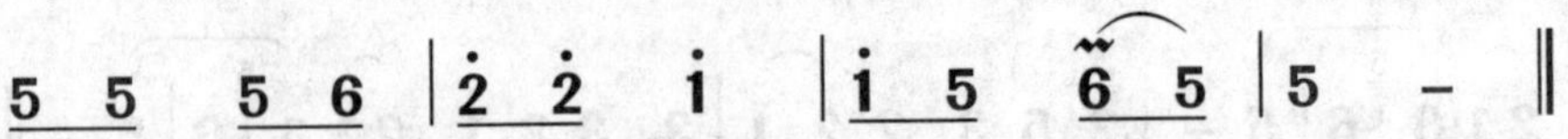

```
5 5 5 6 | 2 2 i | i 5 6 5 | 5 — ||
```
常言（的个）有国（啊）才有（哟）家。
替我（的个）堂前（哟）孝二（哟）老。
有志（的个）男儿（哟）应报（哟）国。
棒打（的个）鸳鸯（哟）各东（哟）西。

四 思 念

桂顺姑 唱
左泽松 黎连城 记

1=♭B 4/4
稍慢

```
6 i 5 | 6 i 5 | 5 2 3 5 3 | 2. 3 | 5 2 3 5 3 | i 2 i 6 |
```
一思念我的郎去当红军， 三五载信没回
二思念我的郎去当红军， 不爱财不贪花
三思念我的郎心红胆壮， 身佩刀肩扛枪
四思念我的郎一心为公， 不怕苦不怕死

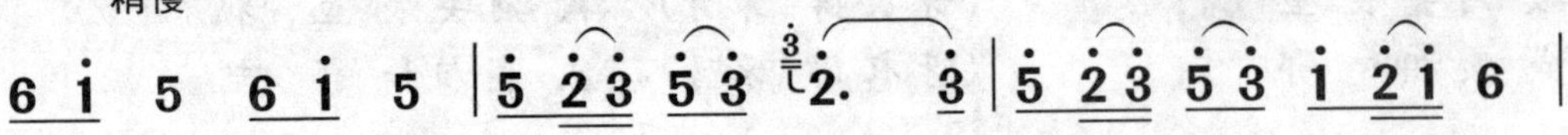

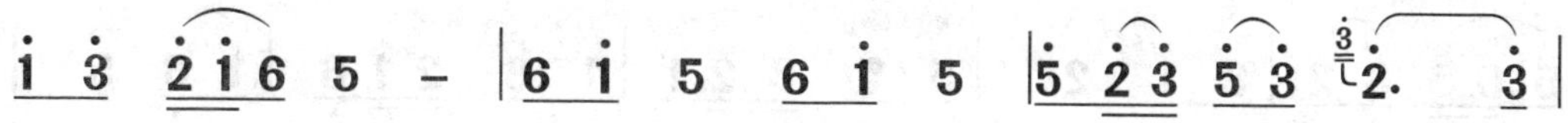

奴好挂　心，想我郎　干革命　立场坚　定，
品行端　正，爬雪山　过草地　转战南　北，
斗志昂　扬，革命旗　高高举　勇敢前　进，
革命英　雄，誓把那　反动派　铲除干　净，

打土　豪　杀敌　人　全为穷　人。
一辈　子　为革　命　苦苦辛　辛。
杀得　那　国民　党　哭爹喊　娘。
穷苦　人　将我　郎　万古传　颂。

逃 难 调

1=F 2/4
慢

向兴顺 唱
黎连城 记

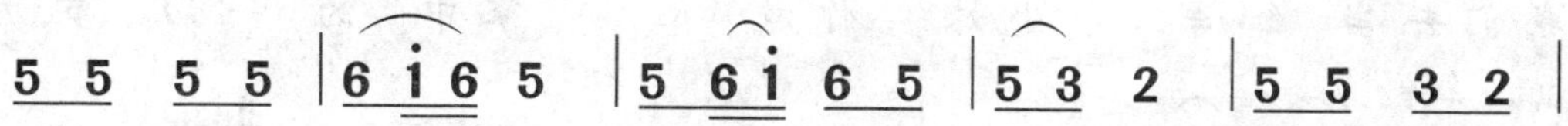

身穿破烂衣　呀，竹篮手中提　哟，怀呀抱的
内战狼烟起　呀，白匪扎遍地　哟，奸啦淫的

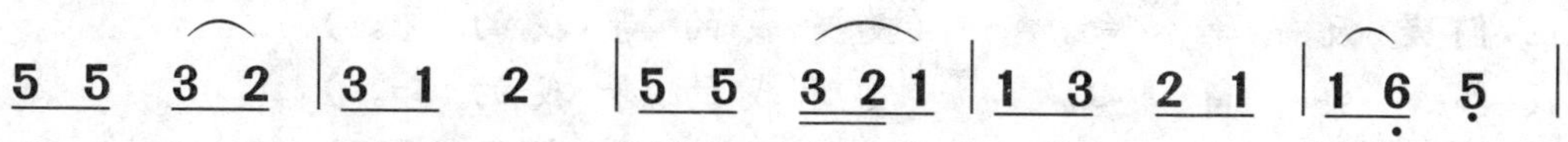

娃呀娃儿逃难去，(哎嗨哟)　泪珠往下滴　哟，
掳哇抢恶无比，(哎嗨哟)　州村流血水　哟，

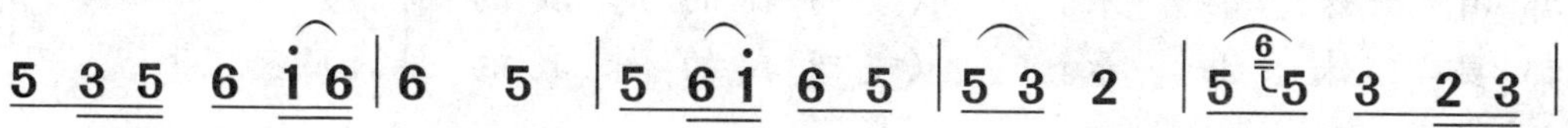

万恶的刮民　党哟，抗战不出力　哟，敲榨(那个)
万恶的刮民　党哟，抗战不出力　哟，调转(那个)

| 5 6 5 3 2 | 3 1 2 | 5 5 3 2 1 | 1 3 2 1 6 | 1 6 5 ‖

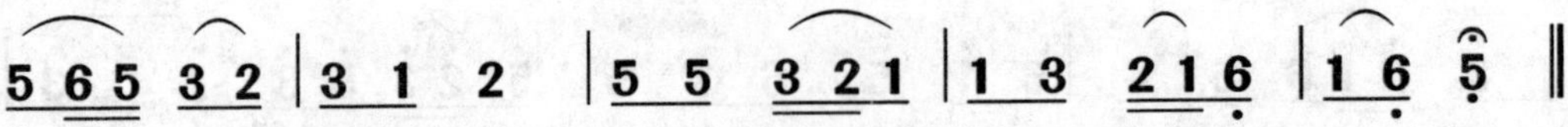

百　姓　赛虎狼，（哎嗨哟）　何处有生　机　哟。
枪　口　打兄弟，（哎嗨哟）　何日是了　期　哟。

送郎当红军

1=A 4/4
中速

蒋太盛　何大友　唱
程祖瑜　　　　　记

| 2 2 5 3 2 1 2 - | 5 5 6 1 2 3 1 - | 5 5 3 2 1 1 6 5 |

送郎是当红军，勇敢　向前　进，打土　豪捉歹　绅，
送郎是当红军，阶级　要分　清，地　主恶　霸，
送郎是当红军，红军　为人　民，站　岗放　哨，
送郎是当红军，纪律　真严　明，公　买公　卖，
军阀国民党，我们的大仇　人，情郎　哥一　定事，
我郎去当红军，情哥　你放　心，家中　的一切　事，
我们去当红军，小妹　你放　心，家中　的一切　事，

| 5 5 1 6 5 3 2 5 - | 6 5 3 6 5 3 6 5 - ‖

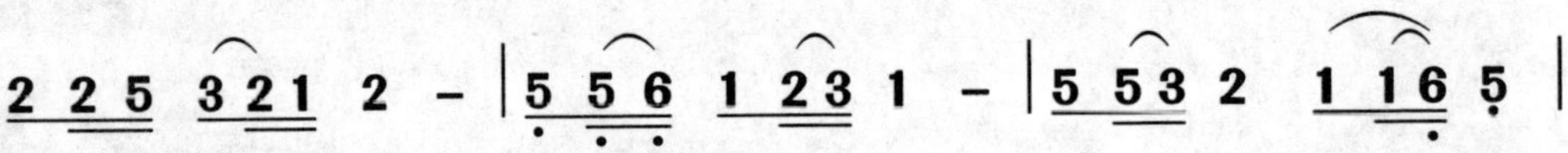

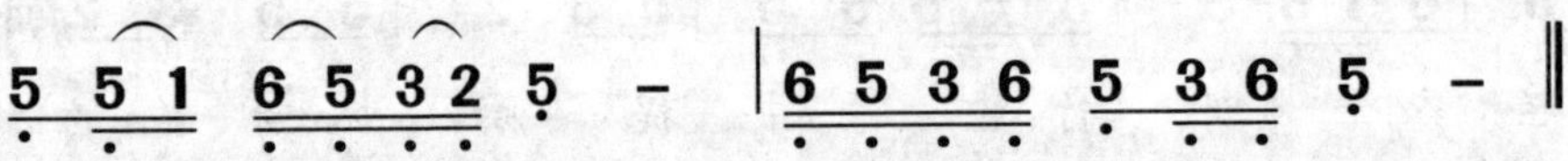

一个　不留　情。（哎呀我的哥我的哥。）
他们　是反革　命。（哎呀我的哥我的哥。）
我郎　要留　心。（哎呀我的哥我的哥。）
人人　都欢　迎。（哎呀我的哥我的哥。）
把他　消灭干　净。（哎呀我的哥我的哥。）
都有　妹担　承。（哎呀我的哥我的哥。）
都要　妹担　承。（哎呀我的妹我的妹。）

天天只盼红军到

1=G 2/4
中速

金岩武 唱
李忠文 陈金钟 记

5 5 1 | 6. 5 3 5 3 | 5 3 5 6 | 5. 6 | 1. 6 | 5 — |

小哇公鸡呀 小哇 公鸡， 跳 花
小哇公鸡呀 小哇 公鸡， 喔 喔

6 5 3 5 | 2 — | 2 3 5 | 6 5 3 2 | 1 1 | 2 | 1 — |

台呀跳花台， 天 天 只 盼 红啊军来，
叫哇喔喔叫， 天 天 只 盼 红啊军到，

3 3 2 | 1 6 5 3 | 2 1 | 6 1 | 2 — | 1 2 | 5 — |

吃碗的安静饭（依儿哟， 呀呀子儿喂）
说句的欢心话（依儿哟， 呀呀子儿喂）

3 3 2 | 1 6 3 5 | 2 1 | 6 1 6 | 5 — ‖

穿双的合脚鞋呀（依儿哟）。
睡个的太平觉哇（依儿哟）。

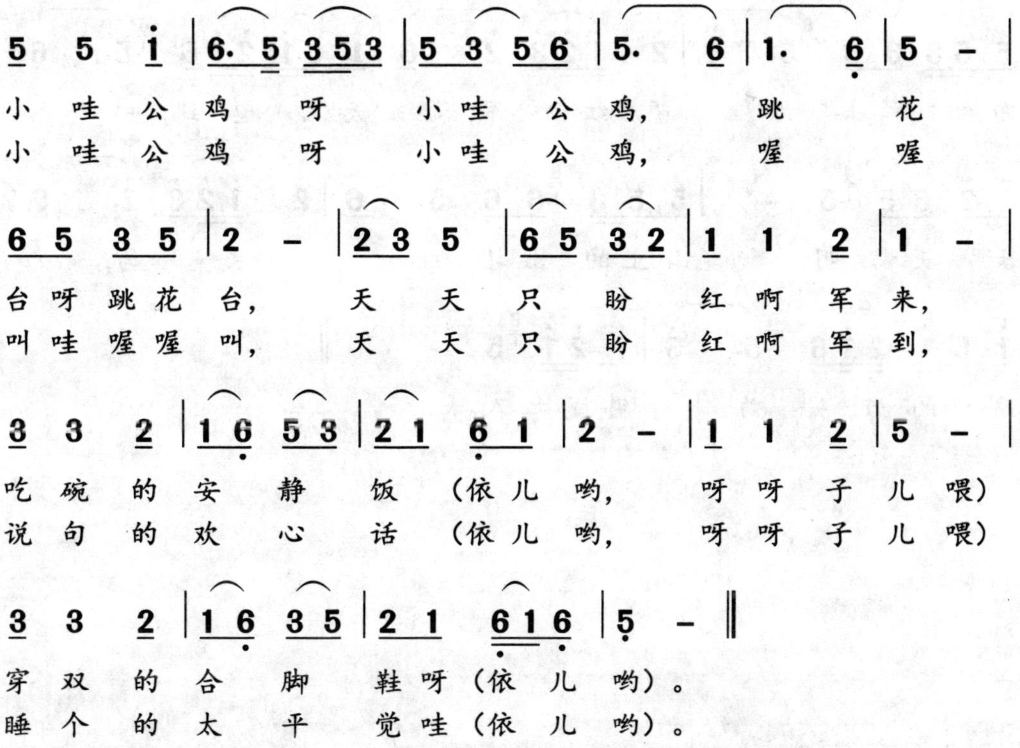

望 红 军

1=D 4/4
稍慢

姚伏之 唱
蔡 晞 记

5 5 3 6 6 ⁶⁄₇5. 6 | 2 1 2 3 2. 6 | 1 6 1 2 1 6 ⁶⁄₇5. 6 |
盼 红 军 来 哟　　望 红 军，　天 黑 望 到 哇

1 2 6 5 ⁴⁄₇5 — | 5 5 3 6 6 5. 6 | 2 1 2 3 2. 6 |
大 天 明。　　山 上 的 土 堆 哟　　望 成 马，

1 6 1 2 1 6 ⁶⁄₇5. 6 | 1 2 1 ⁶⁄₇5 — — ‖
路 边 的 岩 头 哟　　望 成 人。

慰劳亲人贺龙军

1=A 2/4
欢快地

陈天兰 唱
黎连城 蔡晞 记

3.5 161 | 2. 5 | 535 161 | 2 — | 2.3 56 | 3216 |
对 面 啦 走 来 呀 一 呀嘛 一 群
口 问 啦 大 伙儿 呀 哪 呀嘛 哪里

22 3532 | 2 0 | 5 32 | 5.6 32 | 3.5 32 | 1 2 |
人啦啊 喂 肩挑 酒肉（枝 子的 莲 花
去呀啊 喂 慰劳 亲人（枝 子的 莲 花

5.6 32 | 1.6 2 | 3.2 31 | 22 12 — | 1 67 |
梭罗儿一个梅 花，四季花儿 开呀，） 笑哇是
梭罗儿一个梅 花，四季花儿 开呀，） 贺哇是

6.1 23 | 66 76 | 5 — | 35 35 | 66 | 1.1 35 | 66 |
笑 盈 盈 啦。 （萝卜 白菜 心心儿，豆腐 落花 生生儿，
贺 龙 军 啦。 （萝卜 白菜 心心儿，豆腐 落花 生生儿，

5.6 35 | 66 | 1.1 35 | 66 | 1.2 35 | 22 1 |
香葱 大蒜 苗苗儿，辣子 胡椒 粉粉儿，哎嗨 哎嗨 哟哇，）
香葱 大蒜 苗苗儿，辣子 胡椒 粉粉儿，哎嗨 哎嗨 哟哇，）

2 — | 56 7 | 6.1 23 | 66 276 | 5 — ‖
笑 哇是 笑 盈 盈 啦。
慰劳是 贺 龙 军 啦。

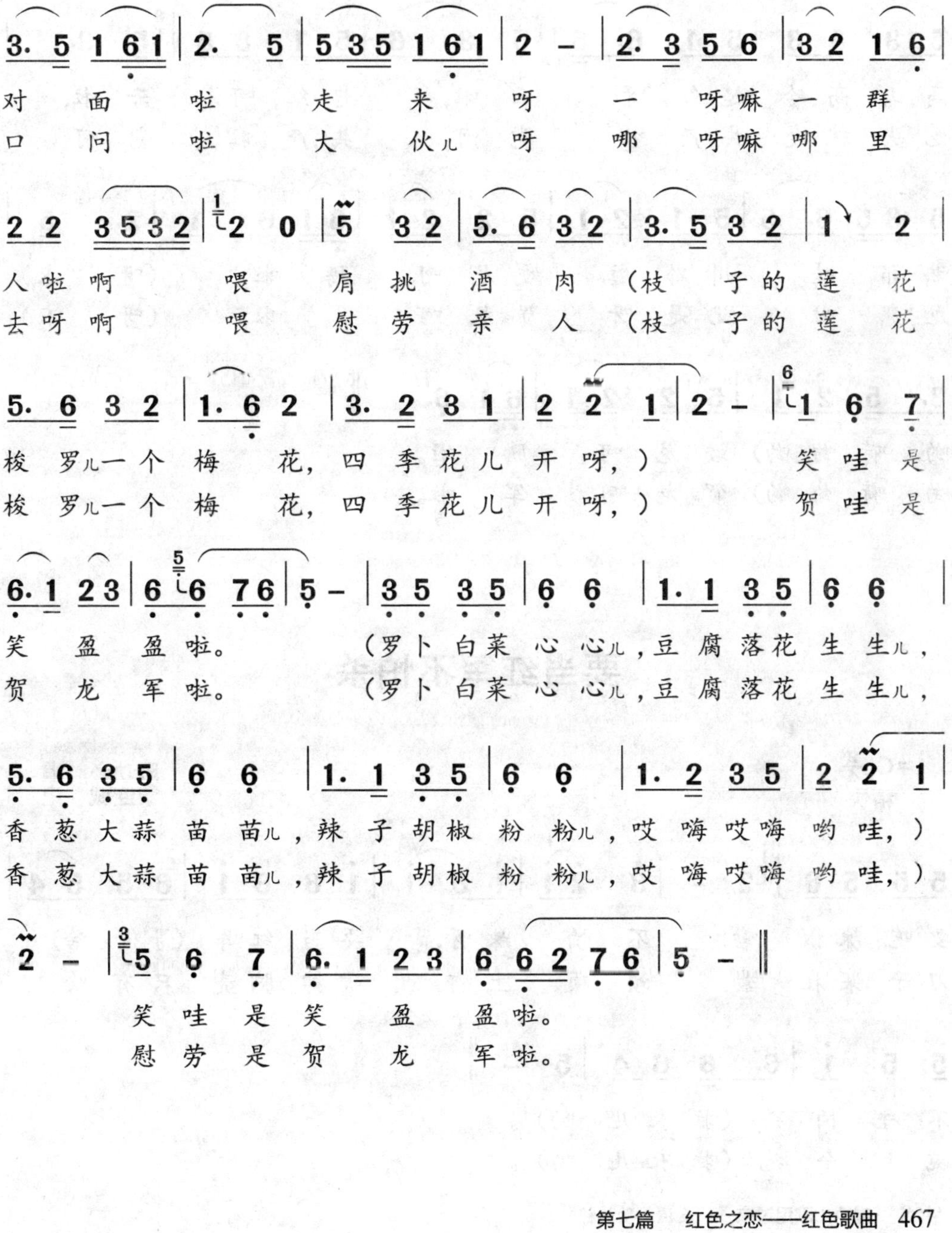

湘鄂川黔蛟龙腾

1=E 2/4
欢快地

金绪武 唱
李忠文 陈金钟 记

高山高岭起红呀云啦，起红呵云啦，
龙头就是共产啦党呵，共产啦党呵，

湘鄂哇川黔啦蛟龙呵腾啦，（呀衣）
龙身啦就是呀贺龙呵军啦，（呀衣）

哟嗬哟哟）蛟龙呵腾啦。
哟嗬哟哟）贺龙呵军啦。

要当红军不怕杀

1=C 2/4
稍快

陈功必 唱
黎连城 记

要吃辣椒嘞，不怕辣呀，要当红军（哥哥儿啥）
刀子架在嘞，颈项上啊，砍掉脑壳只有啥

不哇怕杀（啦衣儿哟）。
碗大个疤（啦衣儿哟）。

468 唱个山歌甩过来——桑植民歌精粹

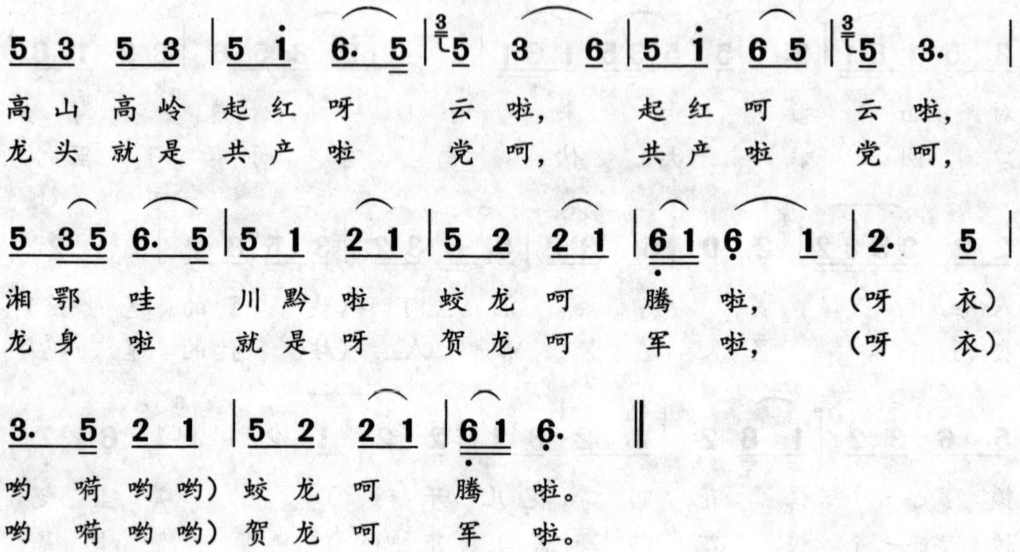

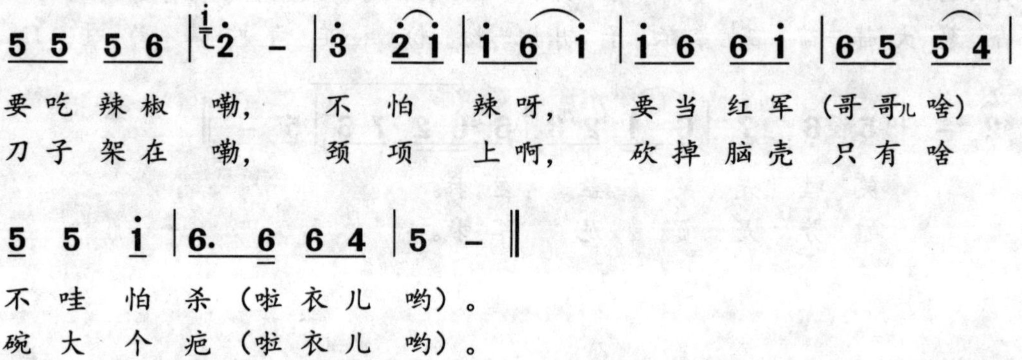

想念香大姐

1=G 2/4　　　　　　　　　　　　　　　　陈昌君　唱
稍慢、深情地　　　　　　　　　　　　　　陈金钟　记

| 5 5 5 | 5 3 | 6 5 3 | 5 5 6 5 3 | 2 3 1 | 2 | 5 3 | 5.5 | 5 3 | 2 | 3 5 1 | 2 1 6 |

一呀嘛 更子儿里呀　想啊贺英啦，支持啊的贺啊龙闹革
二呀嘛 更子儿里呀　想啊贺英啦，带我们啦建政权掌大
三呀嘛 更子儿里呀　想啊贺英啦，坚持的呀武啊装闹革
四呀嘛 更子儿里呀　想啊贺英啦，单枪的呀匹呀马会神
五呀嘛 更子儿里呀　想啊贺英啦，赤胆的呀忠啊心为革

| 5 — | 5.5 1 2 | 3 2 1 1 6. | 0 6 | 1 2 1 6 | 5 5 | 5.5 5 3 |

命，红军初建立呀，姐呀！你建军费尽心啦，哎呀香大
印，领俺打土豪哇，姐呀！你从来不留情啦，哎呀香大
命，建立游击队呀，姐呀！你保卫我穷人啦，哎呀香大
兵，收编一个团啦，姐呀！你扩大我红军啦，哎呀香大
命，艰苦岁月里呀，姐呀！你闯山救红军啦，哎呀香大

| 6 5 3 | 5 6 6 5 3 | 2 3 1 | 2 | 5 3 | 5.5 | 5 3 | 2.1 | 1 2 1 6 | 5 — ||

姐呀，你送枪又送人啦，你是啊的红啊军的贴心啦人。
姐呀，你吃尽苦和辛啦，踏遍啦的湘鄂西为穷吖人。
姐呀，是我们的好司令啦，手使啊的双啊枪威镇敌呀人。
姐呀，是我们的女将军啦，一往啊的无啊前建立奇呀勋。
姐呀，是烈火见真金啦，丰功啊的伟呀绩万古垂呀青。

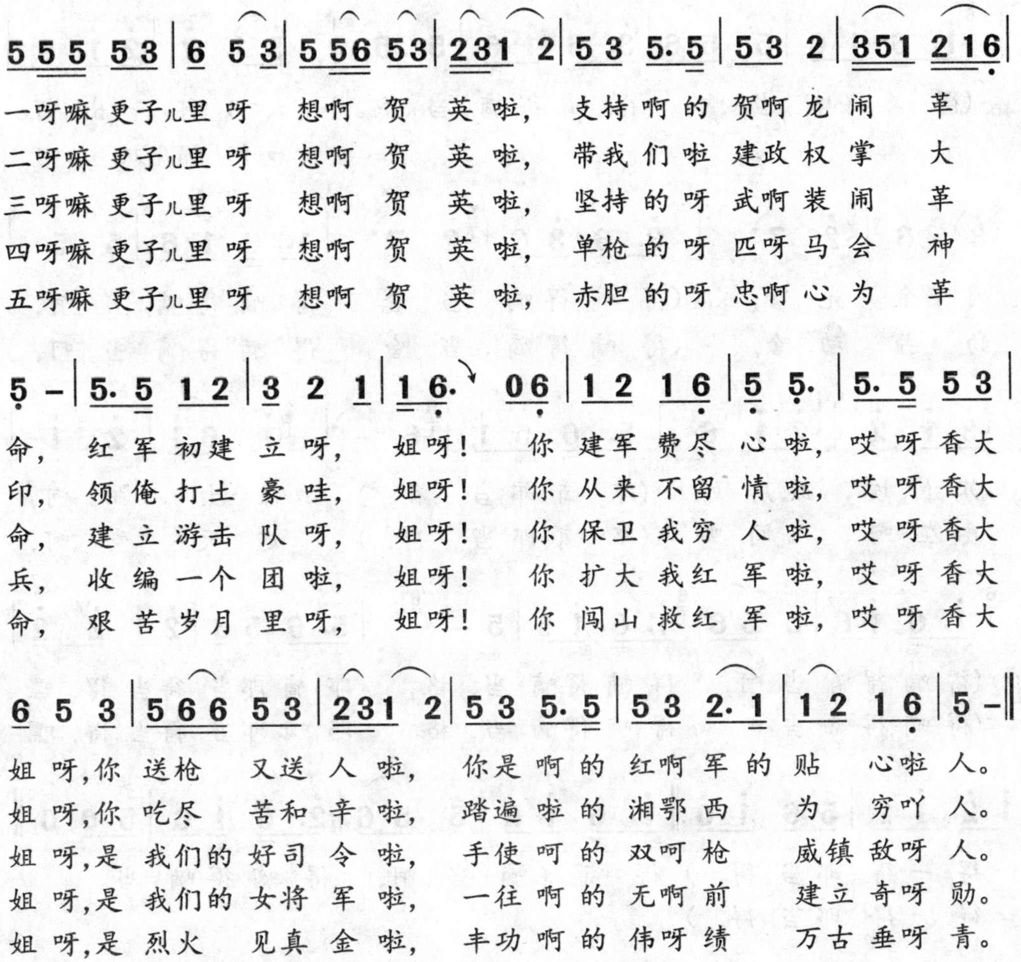

要在人间建天堂

1=♭B 2/4
豪迈高亢

谷志壮 唱
曲 辰 记

(合)(得嘀得嘀当呵,得嘀得嘀当呵。)(领)太阳呵一出呵
我们哪双手呵
闪金光啥,(合)(得嘀得嘀当啥 得嘀得嘀当呵,)
勤劳动啥,(得嘀得嘀当啥 得嘀得嘀当呵,)
(领)苏维埃 政府哇(合)(郎嘀郎当得,)(领)像太阳呵,
要在呵 人间哪 (郎嘀郎当得,) 建天堂呵,
(合)(得嘀得嘀当呵, 得嘀得嘀当,格 郎嘀郎当得当得,嘿
(得嘀得嘀当呵, 得嘀得嘀当,格 郎嘀郎当得当得,嘿
一得一得郎当得,)得嘀得嘀当呵,得嘀得嘀当。
一得一得郎当得,)

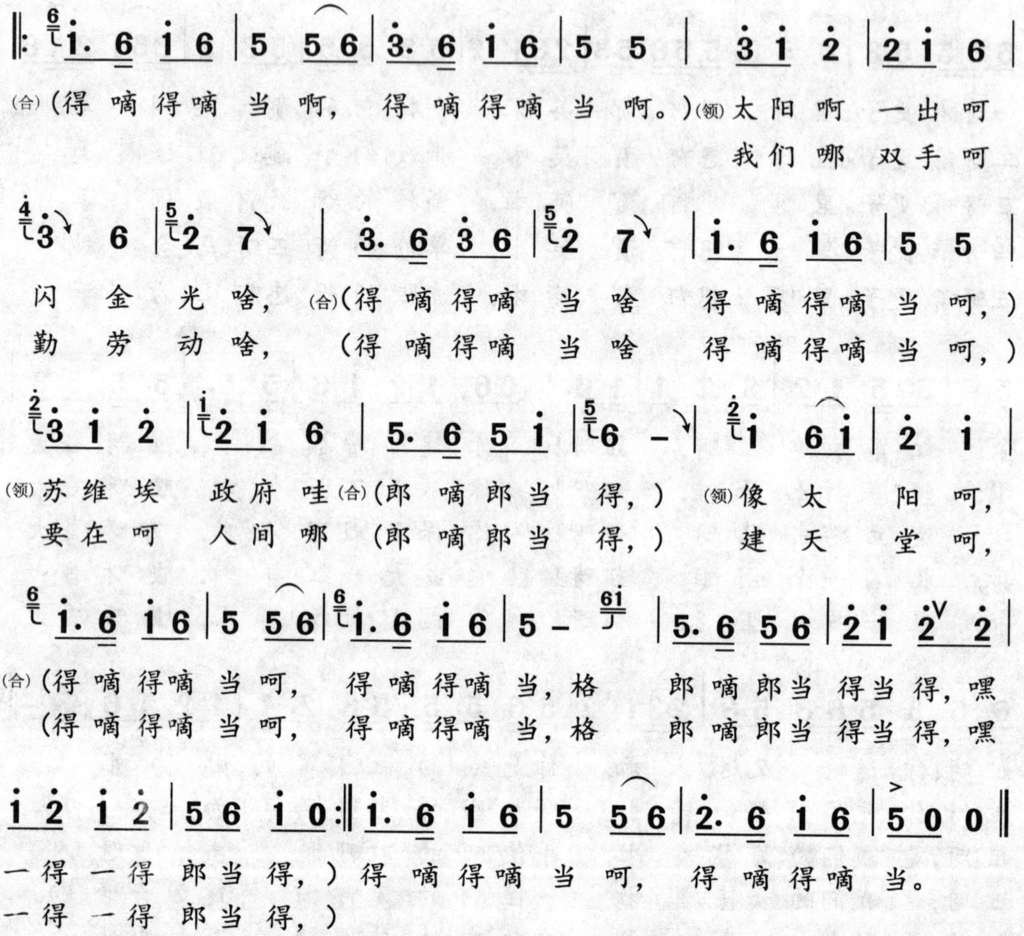

拥护苏维埃政府

1=G 2/4 3/4
中速

钟为义 唱
钟以成 记
黎连城 整理

再不能忍受了国民党残酷压榨,反动派血腥的
工友们农友们勇敢的红色战士们,亲爱的劳苦

屠杀,已敲响埋葬那旧世界的丧钟,拯救我
群众们,准备着猛烈地向着国民党冲锋,消灭那

苏维埃已产生。帝国主义国民党军阀死亡
万恶的敌人。帝国主义国民党军阀死亡

末日已到来,我们要坚决地拥护苏维埃政府
末日已到来,我们要坚决地拥护苏维埃政府

完成中国革命。
完成中国革命。

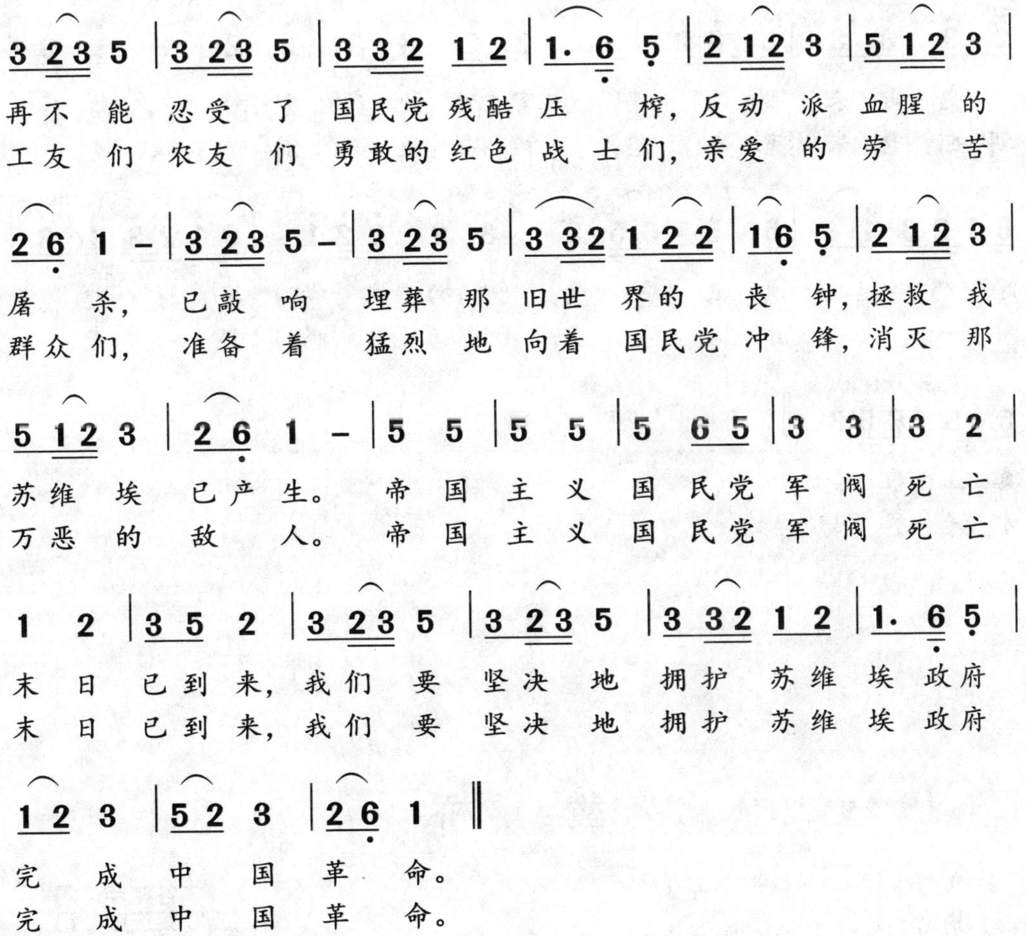

月亮起来照高楼

1=♭B 2/4 3/4

赵转芝 唱
蔡晞 记

月亮起来照高楼，富人欢喜穷呵人愁，
朝也愁来暮也愁，挨冻挨饿泪呀双流，

思想起 真正难受，(哎哟依哟，)思想起
哪一天 才是尽头，(哎哟依哟，)哪一天

真正难受。
才是尽头。

赞 桥

1=A 2/4
稍快

谷兆芹 唱
黎连城 记

彩虹当空照 啊，桥下白云飘，贺老总部队
就是好啊，修起了这一座桥啊。红啊漆柱子二面靠啊，

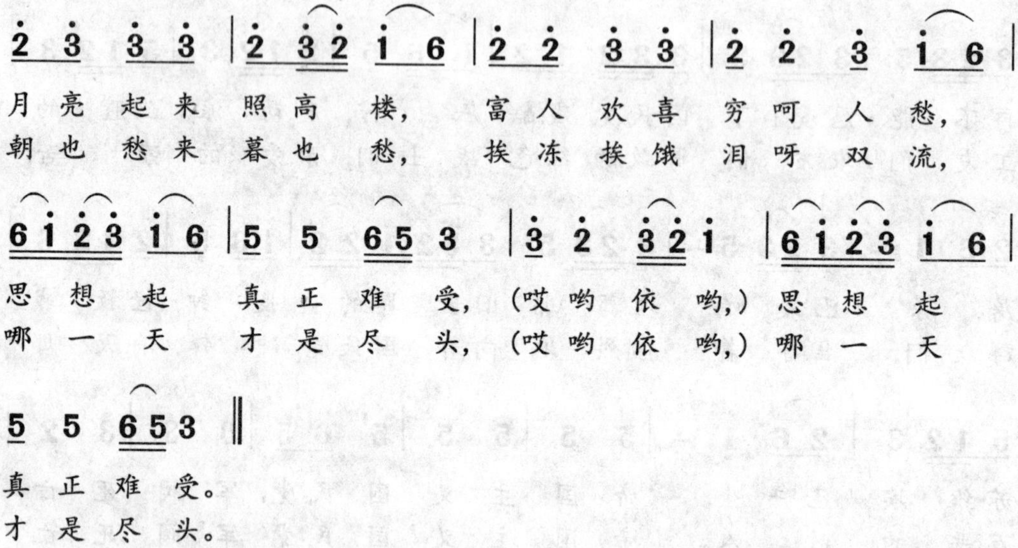

| 1 1 3 1 1 | 3 6 5 5 | 1. 2 1 6 | 5 6 1 | 1. 2 1 6 |
屋啊上飞龙 戏珠宝啊, 四 座 雄 狮 守 大 桥,(呀 儿 衣 儿

| 5 3 5 | 3. 5 6 1 | 1 5 6 | 5 5 6 1 | 2. 3 2 1 |
哟) 山 欢 水 笑 啊 人 欢 喜, 千 年 古 迹

| 6. 1 5 6 | 1 1 3 2 1 6 | 5 — ‖
万 年 牢 啊。

抓我当壮丁

1=A 2/4

陈祚殿 唱
陈金钟 记

| 1 1 1 1 2 3 | 5 5 0 | 3 3 3 ⁵⌒3 | 2 2 0 | 2. 3 5 ³⌒5 |
爹妈 把我 生啦,　 长到 十八 春啦,　 保长 说我
狗腿子 多又 多啦,　 来上 十几 个啦,　 富人 有钱
解到 乡公 所啦,　 乡长 把话 说啦,　 这次 抓你

| 3 3 5 | 2 2 | 5 ⁵⌒5 3 5 | ²⌒3 3 2 ¹⌒2 | ³⌒5 ³⌒5 2. 3 |
中了 签啦, 抓我 当 壮 丁来 哟,　 (哎哎 哟荷)
用钱 请啦, 穷人 任他 捉来 哟,　 (哎哎 哟荷)
怪不得我啦, 保长 把你 捉来 哟,　 (哎哎 哟荷)

| 5 3 5 3 5 | ²⌒3 3 2 ¹⌒2 ‖
抓我 当 壮 丁来 哟。
穷人 任他 捉来 哟。
保长 把你 捉来 哟。

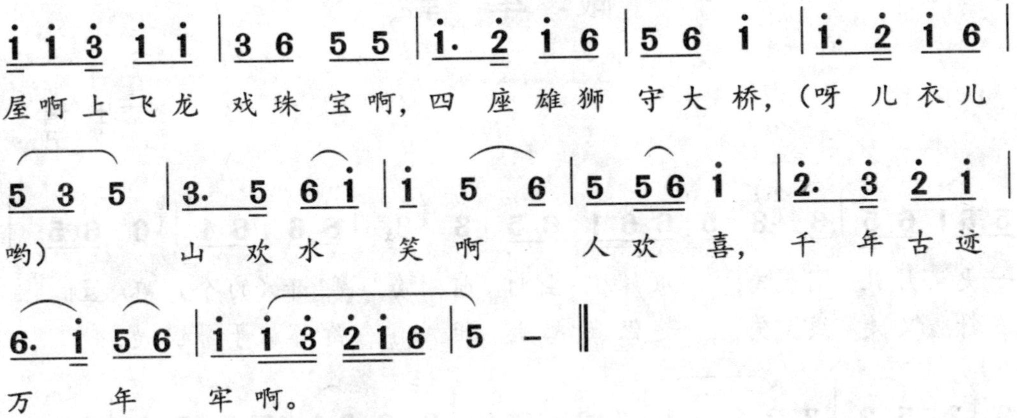

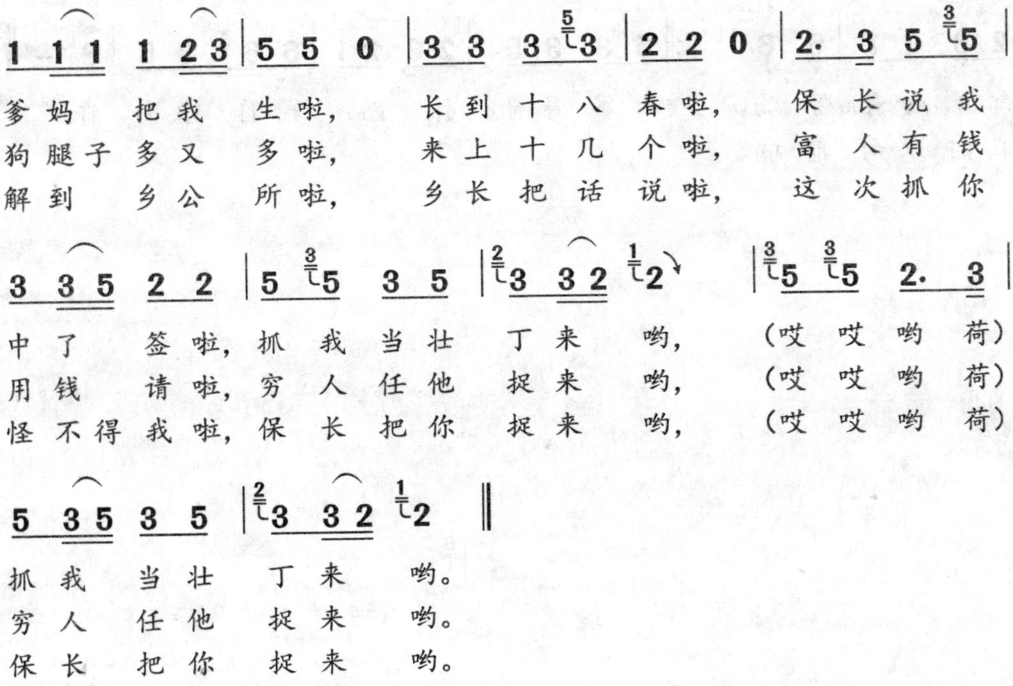

做 军 鞋

1=F 2/4

谷志壮 唱
陈金钟 记

5 6ⁱ 6 5 | 3 ²⁓3 5 | 6 6ⁱ 6 5 | 3 ²⁓3. | 6 6 6ⁱ | ⁵⁓6 6 5 |

一更　月儿圆喃，　姐妹们坐灯前　喃，翻开（的个）麻篮儿
飞针　又走线喃，　越做我心越甜　喃，红军　哥哥儿是针

3 ²⁓3 5 3 | 2 2 3 ⁓2 1 | 5 3　3 5 | 2.　3　2 1 | 2 3　2 1 | 6 — |

抽　哇　根根儿线喃，　做双（的个）鞋　子儿 红军 哥哥儿穿，
我　们　是　　线喃，　红军 哥哥儿引　路　我们 永向 前，

6. 1 6. 1 | 2 1 2 | 6. 5 6 5 | 3 2 ¹⁓2 | 5 3　3 5 | 2 3　2 1 |

（连哪 连子儿纽哇纽，纽哇 纽子儿连　连）做双（的个）鞋　子儿
（连哪 连子儿纽哇纽，纽哇 纽子儿连　连）红军　哥哥儿引　路

2 3　2 1 | 6 6. ↷ ‖: 5 3　3 5 | 2 3　2 1 | 6 6ⁱ 3 5 | ⁓6 — ‖

红军 哥哥儿穿喃。　　红军 哥哥儿引　路　我们　永向 前。
我们 永向 前喃。

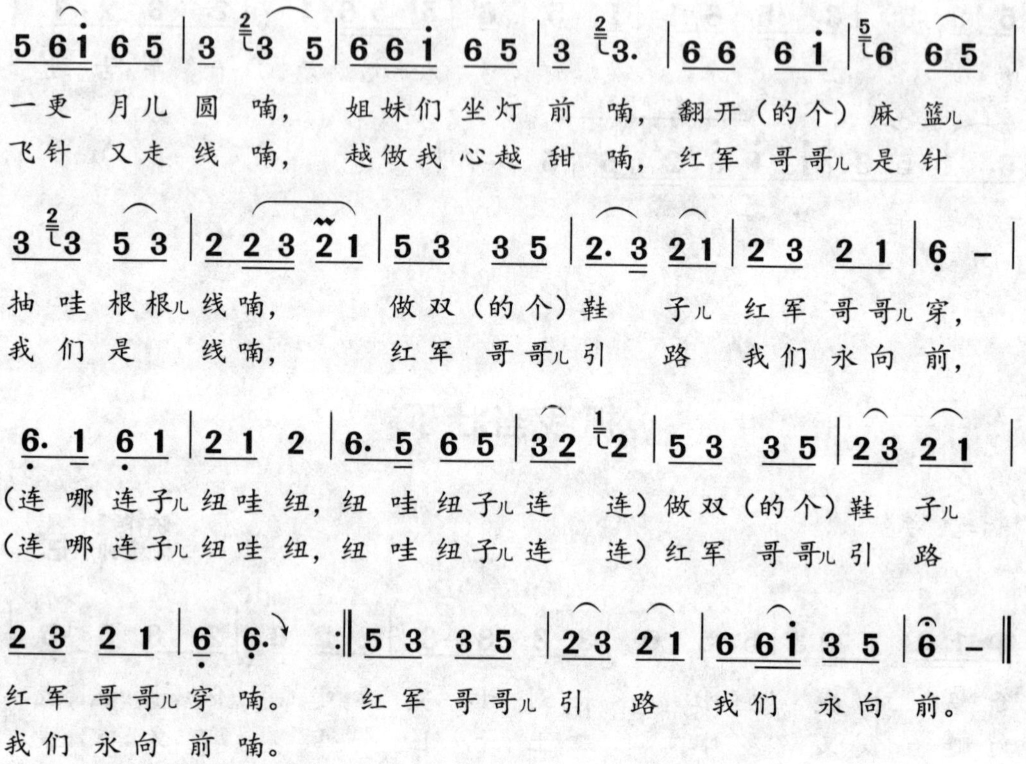

后 记

当笔尖划下最后一个句点时,忍不住长叹一声,此时,窗外已是夜色阑珊,远处的澧水正从生活在这座城市中的人们的梦中静静流过。面对眼前《唱个山歌甩过来——桑植民歌精粹》的最终定本,我竟然没有那种放下石头般的轻松,反而多了一丝惶恐不安。我知道这种不安的情绪一定是源于内心深处对桑植民歌的敬畏,源于对自身底气不足的忐忑,我深怕因为自己的疏漏而让那些本应呈现光彩的桑植民歌"藏在深闺无人识"了。

坦率地说,从接受任务的第一天开始,我就没有真正轻松过。脑子里一直在设想新的《桑植民歌精粹》要以怎样的面貌呈现给大家,做到经典,达到顶峰肯定有很大难度。但我想,既然认领了这项神圣而伟大的民族文化延续任务,那么就要尽到一个非遗工作者的文化责任,凭借自己最大的努力,做到至精至美,至少不留太多遗憾。于是,我从已经发黄的桑植民歌最初编纂的手抄本开始翻检。一入手,便深陷其中,难以自拔。

在这里,有必要对几十年来桑植民歌的搜集、整理等情况做一个简要的回顾。

桑植民歌生于泥土,传于口间,一直无人去系统地搜集或研究。直到20世纪50年代,黎连城、蔡晞、佘鸿才、尚立顺等早期文化工作者,已经意识到了桑植民歌特有的艺术价值,开始走向田间地头,深入全县各乡镇村落,走访散落在偏远乡村的民歌高手,忠实地记录曲调乐谱,有意识地从事最初的民歌整理。这是桑植民歌得以走出深山,让世人惊艳的一次巨大的文化抢救性保护工程,也奠定了桑植民歌版本的最初雏形,

这是桑植民歌发展史上的一次具有划时代意义的大事件。以陈金钟、尚立喜、汪吉山、尚生武等为代表的桑植民歌第二代研究者们，秉承前人，义无反顾地接过文化振兴的旗帜，开始了新一轮的探索，并收获了可喜的成果，1963年整理了《桑植民歌选》(上、下集)，1979年编辑了《桑植民歌上送资料专辑》《中国民间歌谣集成湖南卷——桑植县资料本》等，桑植民歌第一次有了较为成型的书稿。接着走入桑植民歌舞台中心的是尚生武、向佐绒、黄道英、向光清等人，他们既是桑植民歌的研究者，也是实践者。特别是尚生武、向佐绒分别是桑植民歌国家级和省级代表性传承人。1987年，尚生武在第十九届国际民间艺术节上一口气唱了5首桑植民歌，一时被誉为"桑植民歌歌王"，成为第一个登上国际舞台的桑植民歌手。1995年3月，尚生武、向佐绒两人在张家界陪伴江泽民总书记走几公里路，边走边唱桑植民歌，为桑植民歌走出大山，打开了一扇通向更大音乐舞台的窗户，也开启了桑植民歌的新征程。当前，活跃在桑植民歌前沿的主要以侯碧云、尚艳丽等新生群体为代表，他们潜心夯实基础性工作，厚积薄发，出版发行了《桑植民歌经典第一辑》光碟、《守望精神家园——走近桑植非物质文化遗产》等，撰写了多篇专业论文，为桑植民歌的理论研究提供了宝贵实践。

　　桑植民歌已成为一块金色的文化品牌，它不仅仅滋养着本土文化工作者，更是吸引了一大批名家、大家的热切关注。白诚仁、彭梦麟、谭盾、鲁颂、王佑贵、蒋慧鸣等都曾来桑植采风，他们在吸纳桑植民歌丰富营养和借鉴其艺术创作手法的基础上，创作了大量脍炙人口的作品，如白诚仁创作的《挑担茶叶上北京》、鲁颂创作的《甜甜的山歌》、王佑贵根创作的《心头爱》、孟勇创作的《棒棒捶在岩头上》、彭梦麟创作的《花大姐》等，桑植民歌已成为广大艺术工作者进行创作取之不竭的宝贵资源，也从另一个侧面反映了桑植民歌的无穷魅力。

　　回顾桑植民歌不平凡的历程，让我有了继续坚持下去的勇气和力量。文化的传承，必须要有担当。编辑出版《唱个山歌甩过来——桑植民歌精粹》的初衷，就是希望用我们的努力对前人所搜集整理的版本进

行一次全面的甄选、校正和补充,编辑一本能够代表目前最为全面、最为权威的桑植民歌版本,为后人研究桑植民歌提供一个较为系统和较为正确的范本。桑植民歌虽然研究者众多,但正式发行出版专著者少,仅在2000年11月由岳麓出版社出版过一本《桑植民歌精选》,除此之外,均是资料整理的小册子或内部刊物。

  愿望固然美好,但过程却超出想象。最早产生出版发行桑植民歌专辑的想法,源于2006年桑植民歌被列为第一批国家级非物质文化遗产保护名录时,后因种种原因,中途只是做一些资料的收集工作,实质性的行动一直未能启动实施,在困惑和焦虑的煎熬中一晃就是12年。下定决心提笔投入到这项庞大的文化工程,已是2018年3月。一旦沉入其中,才知道困难重重。限于过去的搜集整理条件和民间歌手演唱的随意性,许多乐谱记录不准,再加上歌词中方言、衬词、语气词等广泛使用,导致很多前后不统一,十分混乱。要把这些一一纠正、规范,是一件需要细致和耐心的事,不能够有丝毫懈怠。于是,每天只能一个调、一个音、一个字地去推敲、去求证、去核对,更加苦恼的是当时的民间歌手基本都已去世,可以借鉴的音频资料也无法从老式的盒带里导出来。在这个过程中,我们始终坚持以最早出现的版本为原则,遵从原汁原味,结合现有的民间歌手传唱的民歌风格,综合考量,力求让桑植民歌回归本真,从2300多首现存桑植民歌中去杂存精,剔除糟粕,力求选准,选出精品。经过反复筛选,我们最终选取了590首民歌列入《唱个山歌甩过来——桑植民歌精粹》。内容涵盖桑植山歌、小调、灯调、劳动号子、风俗礼仪歌、傩腔6个类别和富有历史特性的红色歌曲。

  我们这样做了,但能否达到预期的目标,还真是心里没底。限于自身的学识水平,错误之处肯定难免,敬请读者提出宝贵意见,共同为桑植民歌的丰富和发展做出贡献,为弘扬桑植文化事业奉献一分力量。其中有一点要做个说明,由于排版软件的原因,导致有个别象声字电脑打印不出来,造字后又没办法插入到曲谱里,如象声字的"欧"应该是"口"字旁,但由于这原因而只能全用"欧"字来替代。我们还有一个宏大的愿

望,那就是编辑出版"桑植非遗系列丛书",《唱个山歌甩过来——桑植民歌精粹》只是系列丛书的第一本,接下来,计划在五年之内完成桑植传统舞蹈、传统戏曲、民间器乐等专著的编辑任务。力争让后来者能够更加便捷的接触到最为系统的专业丛书,也让桑植非遗的保存和研究迈向新的高度。

  站在深秋的晚风中,这一刻,我终于可以释怀了。12年的苦心酝酿,6个月的筚路蓝缕,今天如期交出了这样的答卷,虽不完美,但它却是我们对桑植民歌的最好献礼。在这里,要特别感谢所有曾经为研究桑植民歌付出过心血的先辈们,感谢所有依然在关心和支持桑植民歌成长壮大的各界力量。我相信,即使再过千年,桑植民歌也一定会如澧水一般,在这片土地上依旧流淌。因为,它已浸入灵魂,融入血液。

2018年9月.桑植